Stille Wasser

Das Buch

An den Ufern des Bosporus wird die grausig zugerichtete Leiche eines jungen Mannes gefunden. Laut Pass handelt es sich um Rifat Berisha, einen fünfundzwanzigjährigen Albaner, der schon einige Zeit in Istanbul lebt. Als Inspektor Çetin İkmen sich auf die Suche nach dem Mörder macht, muss er jedoch feststellen, dass Rifat Berishas Familie keineswegs an der Aufdeckung des Falles interessiert ist. Im Gegenteil: Schon bald wird İkmen klar, dass er es mit einer unerbittlichen Blutsfehde zu tun hat, die weit zurück in die Vergangenheit reicht. Aber was hat sein exzentrischer Cousin Mustafa mit dem Fall zu tun? Ist es möglich, dass er İkmen etwas verschweigt? Und war es wirklich ein Herzinfakt, an dem seine Mutter so früh starb? Je mehr der Inspektor seine Ermittlungen vorantreibt, desto tiefer gerät er in ein Labyrinth aus Halbwahrheiten und Schweigen – und kommt einem Geheimnis auf die Spur, das ihn zu den Wurzeln seiner Herkunft führt.

Die Autorin

Barbara Nadel wuchs im Londoner East End auf, bereist die Türkei seit über zwanzig Jahren und hat »ein Liebesverhältnis zu Istanbul«. Ausgebildet als Schauspielerin und Psychologin, arbeitet sie seit vielen Jahren im Bereich Erziehung und mentaler Gesundheit. Sie lebt mit ihrem Mann Malcolm und einer Perserkatze in Essex, verbringt aber jedes Jahr mehrere Wochen in der Türkei.

In unserem Hause sind von Barbara Nadel außerdem erschienen:

Arabeske
Belsazars Tochter
Der gläserne Käfig

Barbara Nadel

Stille Wasser

Roman

Aus dem Englischen
von Franca Fritz und Heinrich Koop

List Taschenbuch

Besuchen Sie uns im Internet:
www.list-taschenbuch.de

Umwelthinweis:
Dieses Buch wurde auf chlor- und säurefreiem Papier gedruckt.

List Verlag
List ist ein Verlag der Ullstein Buchverlage GmbH.
1. Auflage August 2004

Titel der englischen Originalausgabe: *Deep Waters*
(Headline Book Publishing, a division of Hodder Headline, London)
Übersetzung: Franca Fritz und Heinrich Koop
Umschlagkonzept: HildenDesign, München – Stefan Hilden
Umschlaggestaltung: Hauptmann und Kampa Werbeagentur, München–Zürich
Titelabbildung: © zefa/M. Taner
Satz: Franzis print & media GmbH, München
Druck und Bindearbeiten: Clausen & Bosse, Leck
Printed in Germany
ISBN 3-548-60431-5

Dieses Buch ist dem Gedenken meines geliebten Vaters gewidmet. Sein allzu früher Tod im August 2001 nahm der Welt einen großzügigen, humorvollen und wundervollen Menschen. Mit keinem meiner Worte kann ich ihm je gerecht werden.

I

Erschreckt weiteten sich die Augen der Frau.

»Du willst doch nicht etwa ausgehen?«, fragte sie den jungen Mann, der ihr den Rücken zugewandt hatte und einen Blick in die Spiegelscherbe über dem Waschbecken warf, um sich zu begutachten.

»Wir brauchen Geld«, erwiderte er schlicht.

Die Frau – sie war nur vierzehn Jahre älter als ihr Sohn – schob ihren schweren Körper zwischen den Spiegel und den Jungen und blickte ihm direkt ins Gesicht, die Hände in die Hüften gestemmt.

»Falls du vorhast, einen Wagen zu stehlen …«

»Nein, ich werde keinen Wagen stehlen, Mutter«, sagte er, wobei eine gewisse Verärgerung in seiner Stimme mitschwang.

»Als du das letzte Mal versucht hast, den Leuten die Geldbörse aus der Tasche zu ziehen, bist du erwischt worden.«

»Aber ich bin noch mal davongekommen, richtig?« Er blickte in das vorzeitig gealterte Gesicht seiner Mutter. »Und darum geht's doch auch gar nicht, oder?«

»Nein.«

Ein paar Sekunden herrschte Schweigen zwischen den beiden, während der junge Mann und seine Mutter einander tief in die Augen sahen. Auf dem Fußboden lagen mehrere alte Kinderspielsachen und einige vergilbte Zeitungen, deren Seiten sanft im Durchzug flatterten, der die Badezimmertür klappern ließ.

»Wenn sie dich sehen, werden sie dich umbringen. Sie haben

keine andere Wahl.« Ihre Worte klangen vollkommen sachlich; nur jemand, der sie gut kannte, hätte die dahinter liegende starke Anspannung hören können.

Ihr Sohn seufzte. »Wer – Mehti? Wir reden hier von *Mehti*, Mutter. Den seh ich jeden Tag! Das ist ein Idiot, total zurückgeblieben ...«

Die Frau schlug die Augen nieder und biss sich auf die Oberlippe. »Wenn wir Geld brauchen, dann werde ich es besorgen«, sagte sie leise. »Ich kann betteln, und ich kann stehlen ... Es ist bereits dunkel draußen und gefährlich.«

»Ich habe geschäftlich zu tun, Mutter.« Er rieb sich viel zu viel billiges Aftershave ins Gesicht und streifte die restliche Lotion an seiner Jeans ab. »Es geht ums ganz große Geld.«

»Aber was ...«

»Frag nicht! Du willst doch nicht, dass ich mein eigenes Blut belüge!«

»Rifat ...«

»Nein!«

Rifat wandte sich von seiner Mutter ab, nahm einen dünnen Gürtel von einem der Haken an der Wand und zog ihn durch die Schlaufen seiner Jeans. Obwohl er gut proportioniert wirkte, war er recht klein und hatte bereits einen leichten Bauchansatz. Nichtsdestotrotz war er noch immer ein attraktiver Mann, dachte seine Mutter, ein sehr attraktiver Mann, fast wie sein Vater – oder eher wie der Mann, der sein Vater einst gewesen war.

Allein der Gedanke daran ließ ihre Stimme zittern: »Wenn sie dich umbringen, dann wird das Blut niemals aufhören zu fließen. Das weißt du, Rifat, oder?«

Rifat öffnete die Tür, und ein eisiger, beißender Wind aus der zentralasiatischen Steppe drang durch den Spalt. Als sein Haar vom Durchzug aufgewirbelt wurde, glättete er es mit einer Hand, nahm dann mit der anderen ein kleines, in buntes Papier gewickeltes Päckchen und sagte lächelnd: »Wenn sie mich töten, dann erwarte ich, dass das Blut niemals aufhört zu fließen. Nicht für einen Mann wie mich.«

Im nächsten Moment war er durch die Tür und zog sie fest hinter sich zu, während ein kleiner Schwaden des dichten

Nachtnebels, der in den Raum eingedrungen war, sich über den Boden senkte.

Als seine Mutter sicher war, dass er sie nicht mehr hören konnte, murmelte sie: »Dummer, dummer, dummer Junge!«

Nur die Wände hörten ihr Klagen; der Rest ihrer Familie war entweder bereits im Bett oder tot.

Es hatte einmal eine Zeit gegeben, erinnerte sich Dr. Zelfa Halman, als ein Telefonat von Istanbul zu irgendeinem Ort außerhalb der Türkei eine lange Vorbereitung und viel Geduld erforderte. Und obwohl sie eine gebildete Frau war und wusste, dass der Fortschritt sich nicht aufhalten ließ, wunderte sie sich doch immer wieder, mit welcher Geschwindigkeit heutzutage die Verbindung zu der Familie ihrer Mutter in Irland hergestellt werden konnte – wenn man einmal davon absah, dass Pater Francis Collins ein Weilchen benötigte, um von seinem Lieblingssessel zu dem alten Telefonapparat zu gelangen, der schon immer im Flur gestanden hatte und dort auch immer stehen würde. Onkel Frank, wie Zelfa ihn nannte, war fast achtzig, knapp drei Jahre älter als ihre Mutter, wenn sie noch gelebt hätte.

Ein schwerer Hustenanfall verkündete Pater Collins' Anwesenheit, noch bevor er es schaffte, seinen Namen zu nennen.

Zelfa musste lächeln. »Na, rauchst du etwa noch immer, Onkel Frank?«, fragte sie, wobei ihr singender irischer Tonfall mit jedem Wort zunahm.

»Also bitte, Bridget, redet man so mit einem Mann Gottes?«

Erneut musste Zelfa lächeln – einerseits über die Ironie in seiner Stimme und andererseits über die Verwendung ihres irischen Namens. Nach zwölf Jahren in der Türkei stand der Name »Bridget« für eine Person, mit der sie sich nur gelegentlich und dann auch nur punktuell identifizieren konnte.

»Was habe ich deinen lieben Anruf zu verdanken?«, fragte der alte Priester. »Kommst du für ein Weilchen nach Hause oder wie komme ich sonst zu der Ehre?«

»Ich hoffe natürlich, dass ich bald zu Besuch kommen kann, aber …« Sie schwieg einen kurzen Moment, um sich eine Zigarette anzuzünden. »Aber weswegen ich eigentlich anrufe ... also, ich wollte dich um einen Rat bitten.«

»Ich dachte, Leute wie du hätten das alles bestens im Griff«, erwiderte er, wobei immer noch Ironie in seiner Stimme schwang.

»Selbst Psychiater brauchen manchmal Hilfe, Onkel Frank.«

»Wohl wahr. Aber da du und Gott unterschiedliche Wege eingeschlagen habt, als du achtzehn warst, wüsste ich nicht, welchen Rat ich dir geben könnte, der in deinen Augen nicht lächerlich ist. Wenn man mal die Zigaretten und den Schnaps beiseite lässt, sind meine eigenen moralischen Grundsätze eher von unserem Herrn inspiriert und weniger von einem gewissen Herrn Freud.«

»Ein türkischer Mann hat um meine Hand angehalten, Onkel Frank.« So, jetzt war es raus. Sie warf einen kurzen Blick in den Spiegel im Flur und sah sich selbst als kleinen, grauen Schemen. Entschlossen drehte sie sich wieder zum Telefon. »Onkel Frank, bist du noch dran?«

»Äh ...« Der alte Mann räusperte sich, wobei es so klang, als müsste er gegen jede Menge Schleim ankämpfen. »Äh, also, das ist ... ähm ... Dein Vater muss sehr erfreut sein ...«

»Vater weiß es noch nicht.«

»Ähm, solltest du nicht ...«

»Onkel Frank, ich bin siebenundvierzig, Herrgott noch mal! Ich kann doch wohl selbst bestimmen, wem ich was zuerst erzähle!«

Es folgte ein kurzes Schweigen, ein Moment, in dem der Priester zumindest Atem holen konnte.

»Angesichts der Tatsache, dass dein Vater Türke ist und du nun auch dort lebst, wüsste ich nicht, wo das Problem liegt, Bridget«, sagte er schließlich. »Ich meine, wenn du auch nur das geringste Interesse an deinem Glauben ...«

»Dieser Mann – sein Name ist Mehmet – ist zwölf Jahre jünger als ich, Onkel Frank.«

Als Zelfa hörte, wie der Priester am anderen Ende der Leitung scharf die Luft einzog, verstärkte das ihre Verzweiflung noch: »Verglichen mit ihm sehe ich furchtbar alt aus! Er ist so fit, wie man es sich nur vorstellen kann, Onkel Frank, und ich wirke an seiner Seite wie ein fetter, grauer Troll! Und ich bin zu alt, um ihm noch Kinder schenken zu können! Ich meine, was zum Teufel findet er an mir? Verstehst du …«

»Also, wenn wir mal die anständige Summe Geld, die du und deinesgleichen verdienen, außer Acht lassen – wofür er sich höchstwahrscheinlich sowieso nicht interessiert –, dann blieben da noch dein Esprit, deine Intelligenz, deine Schönheit und dein Charme. Und da diese Eigenschaften alles sind, was du besitzt, nehme ich mal an, dass der Kerl ziemlich verrückt sein muss, dich heiraten zu wollen.«

Wider ihren Willen musste Zelfa lächeln. Also gut, der alte Mann war voreingenommen, doch sie wusste, wenn es um ihre Attraktivität ging, war sie selbst ihr ärgster Feind und härtester Kritiker. Tief in ihrem Inneren wusste sie zwar, dass die Wahrheit irgendwo zwischen der Aussage ihres Onkels und ihrer eigenen Selbstwahrnehmung lag, aber …

»Aber wenn ich sechzig bin, wird er erst achtundvierzig sein!«

»Und wenn du hundert bist, ist er achtundachtzig, und ihr werdet beide nicht mehr besonders knackig aussehen! Aber wenn er dich dann noch liebt und du ihn noch liebst, wen kümmert alles andere dann noch?« Obwohl der alte Mann über zweitausend Kilometer entfernt war, konnte Zelfa deutlich hören, wie er eine Zigarette aus seiner Schachtel nahm, sie in den Mund steckte und anzündete. »Was ich damit sagen will, Bridget, ist Folgendes: Wenn er dich liebt, spielt alles andere keine Rolle. Und, liebt er dich?«

»Er sagt zwar, dass er mich liebt, aber ich kann mir nicht vorstellen, warum.«

Frank Collins seufzte. In so vielerlei Hinsicht war die Tochter genau wie die Mutter – mit Ausnahme der wichtigsten Eigenschaft: Obwohl Bridget doppelt so klug und wesentlich hübscher war als ihre Mutter, hatte sie niemals Bernadette Halmans außerordentliches Selbstbewusstsein besessen. Möglicherweise hing dies damit zusammen, dass Bernadette in ihrem kurzen Leben viele Männerherzen erobert und gebrochen hatte – selbst als sie noch mit Bridgets Vater zusammenlebte. Vielleicht hatte Bridgets Wissen darum ihr Vertrauen in die Ehe an sich untergraben. Oder vielleicht war es auch so, wie sie sagte – dass dieser Mann zu jung war, um ihr ein Gefühl der Sicherheit zu vermitteln. Nur Bridget und dieser Mehmet konnten das wohl richtig einschätzen. Aber seine Nichte bat ihn schließlich um einen Rat, und den würde er ihr auch geben. Wenn schon ein Priester keine Ratschläge mehr erteilen konnte (neben dem bisschen Messe lesen), wozu war er dann noch gut?

»Also, entweder du traust ihm, oder du traust ihm nicht, Bridget«, sagte er schließlich, »und nur du allein kannst das wissen. Liebst du ihn denn?«

»Ich würde mein Leben für ihn geben, Onkel Frank.« Diese leidenschaftlichen Worte, die fast wie die Beteuerungen eines Teenagers klangen, ließen sie plötzlich wie ein junges Mädchen erscheinen. Andererseits hatte Bridget zum großen Bedauern zumindest ihres irischen Familienzweigs nie Anstalten gemacht, jemals zu heiraten. In Herzensangelegenheiten war sie im Grunde vollkommen unerfahren.

»Also, wenn du ihn liebst«, setzte der Priester erneut an, »und er ...«

»Wie kann er mich denn lieben? Ich werde den Gedanken nicht los, dass er entweder pervers sein muss oder auf mein Geld aus ist!«, klagte sie düster, fast schon den Tränen nahe.

»Ist er denn arm?«

»Nein. Seine Familie gilt zwar als verarmt, aber nur im Vergleich zu den Unmengen von Geld, die sie früher besaß. Es sind Aristokraten.«

»Tatsächlich?«

»Ja, aber Mehmet ... Mehmet ist nur ein einfacher Polizeibeamter. Die verdienen hier nicht viel.« Sie drückte ihre Zigarette im Aschenbecher aus und zündete sich sofort die nächste an. »Nicht, dass er mich je um Geld gebeten hätte. Im Gegenteil, er gibt eine Menge Geld aus für mich, führt mich aus und ...«

»Macht dich sehr glücklich, so wie es klingt«, fügte der Priester in spitzem Ton hinzu.

Zelfa, die jetzt ein wenig zurückhaltender wirkte – vor allem nach dem, was ihr Onkel gerade gesagt hatte –, senkte den Kopf. »Ja. Ja, das tut er.«

»Also, das ist doch schon mal etwas, an dem man sich festhalten kann und das du als Ausgangspunkt für deine Überlegungen nehmen kannst, oder?«

»Wie?« Vielleicht lag es an der späten Stunde und an ihrer Müdigkeit, aber Zelfa konnte ihrem Onkel nicht ganz folgen.

»Ich meine damit«, fuhr er fort, »dass du vielleicht nicht auf das Geld oder den Altersunterschied oder dergleichen schauen, sondern dich stattdessen auf die Liebe konzentrieren solltest.«

»Ja, schon, aber ...«

»Nein, Bridget, kein ›aber‹.«

Sie konnte förmlich sehen, wie er jetzt den rechten Zeigefinger erhob, so wie er vor langen Jahren Störenfriede während des Kommunionsunterrichts zum Schweigen gebracht hatte. Trotz ihres verwirrten Gemütszustands musste Zelfa lächeln.

»Wenn du ihn liebst und er dich, dann ist das völlig ausreichend, falls ich diese Dinge richtig einschätze«, sagte Frank Collins energisch. »Und außerdem dürfte der Besitz deines Vaters nach dem Erdbeben nicht mehr besonders viel wert sein. Daher würde ich mir an deiner Stelle mal keine Sorgen darum machen, ob jemand hinter deinem Geld her ist«, fügte er mit jenem wunderbaren Zynismus hinzu, für den Zelfa ihn so schätzte und liebte.

»Falls uns noch mal ein solches Erdbeben trifft, kann ich mich glücklich schätzen, wenn ich dann noch einen Kopf habe, den ich mir zerbrechen kann«, erwiderte sie mit der Art von Galgenhumor, der typisch war für diejenigen, die ein derartiges schweres Trauma erlitten hatten.

»Ja, der Mensch kann seinem Schöpfer schneller gegenüberstehen als erwartet.«

»Ich weiß. Mehmets Schwägerin kam ums Leben, und seinem besten Freund mussten beide Beine amputiert werden nach dem ...« Plötzlich konnte sie sich nicht überwinden, das Wort »Erdbeben« über die Lippen zu bringen. Sie hatte einfach Angst, dass ihre Gefühle mit ihr durchgingen. Jeder, den sie kannte, hatte während der Katastrophe einen geliebten Menschen verloren. Jeder. »Nach den Ereignissen des vergangenen Jahres. Manchmal ist Mehmet immer noch sehr traurig.«

»Wenn das so ist«, sagte der Priester forsch, »dann solltest du ihn vielleicht ein wenig aufheitern. Ich will damit nicht sagen, dass ich es nicht lieber sähe, wenn du einen Padraig oder einen Declan heiraten würdest, aber ...«

»Aber wenn er mich nur heiraten will, um seiner Welt wieder ein gewisses Maß an Sicherheit zu verleihen? Ich meine, er hat Probleme mit seiner Mutter, und ich habe mir gedacht, dass ich für ihn vielleicht nur eine Art Ersatzmutter bin.«

»Man kann auch jeden Furz analysieren und zum Problem machen«, erwiderte der alte Mann mit einem Lächeln in der Stimme. »Du und deinesgleichen, ihr neigt doch dazu. Aber am Ende, Bridget, ist alles eine Frage der Gefühle und der Risikobereitschaft. Wenn du ihn wirklich liebst, dann gehst du das Risiko mit ihm ein, und wenn du ihn nicht liebst, dann eben nicht.«

Zelfa runzelte die Stirn. Die Worte ihres Onkels trafen zweifellos den Kern der Sache, und es ließ sich nicht leugnen, dass sie Mehmet Süleyman aufrichtig liebte. Aber es war etwas ganz anderes, ihre antrainierte Art, alles zu hinterfragen, schlicht zu ignorieren und sich einfach dem Verlangen hinzugeben.

Er wusste, dass er eigentlich nicht hier sein sollte. Auch wenn das Kriegsrecht schon lange aufgehoben war, konnte jeder beliebige Polizist ihn nach Lust und Laune verhören, mitnehmen oder ihm auf andere Weise das Leben schwer machen. Aber nur, wenn sie ihn im dichten Nebel auch sehen konnten, dachte Enver mit einem Lächeln. Und da er sich nicht vom Fleck rührte und die Polizei sich im Augenblick offensichtlich nicht blicken ließ, war diese Gefahr relativ gering. Enver lehnte sich entspannt gegen das Geländer und seufzte. Es war jetzt vier Uhr morgens, und normalerweise konnte man um diese Uhrzeit zusehen, wie drüben in Karaköy immer mehr Lichter angingen; wenn die Menschen aufstanden, um zur Arbeit zu gehen, oder Prostituierte ihre Freier aus den Betten warfen. Doch nicht so an diesem Morgen. An diesem Morgen verschwand die massive Form der Galatabrücke, die sich über das

Goldene Horn erstreckte, in einer Mischung aus Dunkelheit und dichtem Nebel – was Enver jedoch nicht davon abhielt, hinüber nach Karaköy zu blicken. Dort lag der einzige Ort, an dem er jemals glücklich gewesen war.

Da konnten die Refah-Partei und die unruhige Mutter Erde tun und lassen, was sie wollten – gewisse Gegenden von Karaköy würden immer den beiden Hauptlastern des Menschen frönen: Alkohol und Sex. Als jungem Mann waren Enver diese beiden Leidenschaften wohl vertraut gewesen. Damals hatte seine inzwischen verstorbene Frau ihrer Mutter, die ein gewisses »Etablissement« führte, bei ihren Geschäften geholfen, und seine Kinder hatten die Großmutter regelmäßig in ihrem Bordell besucht. Allerdings waren sie damals noch recht klein gewesen, und sie wussten bis zum heutigen Tag nichts von der einträglichen Tätigkeit ihrer Großmutter. Und da sein ältester Sohn inzwischen keine fünf Minuten von hier ein angesehenes Kaffeehaus führte, war jede noch so geringe Anspielung auf die etwas »unziemliche« Vergangenheit der Familie tabu. Und obwohl sein jetziger Wohnort – der häufig von Touristen überlaufene Stadtteil Eminönü, die »Altstadt« von Istanbul – wie das genaue Gegenteil des eher halbseiden anmutenden Viertels Karaköy wirkte, war Envers Herz voller Wehmut. Diese Sehnsucht in Kombination mit einer zunehmenden Schlaflosigkeit trieb ihn immer häufiger aus seinem Bett, um entweder zu den Lichtern von Karaköy hinüberzuschauen oder sogar hinüberzugehen. Letzteres kam zum jetzigen Zeitpunkt natürlich nicht in Frage. Denn Enver wusste, dass der Nebel nicht nur ihn, sondern auch andere, zwielichtigere Gestalten verdeckte, die nicht zögern würden, ihm wegen ein paar Zigaretten oder etwas Kleingeld Schaden zuzufügen. Natürlich hatte es auch früher schon solch kriminelle Elemente gegeben, meistens die wahrhaft Verzweifelten – Abwanderer aus dem anatolischen Hinterland. Aber heutzutage, mit all den Russen, Albanern und Allah weiß wem noch, die allesamt in die Stadt drängten, ließ sich wesentlich schwieriger feststellen, wer einem denn nun Uhr, Brieftasche oder sonst was gestohlen hatte.

Deshalb schien es Enver alles in allem das Beste, sich nicht vom Fleck zu rühren. Da die Reşadiye Caddesi direkt hinter ihm lag, war er selbst bei seinem langsamem Tempo innerhalb weniger Minuten in der Hasırcılar Caddesi und damit zu Hause. Und falls auf dem Stück dazwischen etwas passieren sollte, dann war das eben Allahs Wille und daher unvermeidlich. Doch als ein Wagen irgendwo hinter Enver stoppte, direkt jenseits der Straßenbahnhaltestelle Eminönü, hielt der alte Mann trotzdem kurz den Atem an. Wer, außer Polizei oder Militär, würde zu dieser frühen Morgenstunde an einem von undurchdringlichem Nebel umgebenen Gewässer anhalten? Tatsächlich konnte er sich niemand anderen vorstellen, und er war so fest davon überzeugt, dass es die Polizei sein musste, dass er in die Richtung starrte, aus der das Motorgeräusch kam. Doch sosehr er sich auch anstrengte, konnte er durch den Nebel nicht ausmachen, um was für eine Art von Wagen es sich handelte.

Als nach ein paar scheinbar endlosen Minuten eine der Wagentüren geöffnet wurde, setzte Enver sich in Bewegung und ließ sich mit erstaunlicher Behändigkeit auf die Unterführung direkt unter der Galatabrücke gleiten. Dort wartete er mit angehaltenem Atem auf den Klang von »offiziellen« Stimmen, wobei er angestrengt lauschte, um nur ja kein Geräusch zu verpassen.

Aber es waren keine Stimmen zu hören, nur ein dumpfer Aufschlag, wie das Geräusch eines schweren Gegenstands, der zu Boden fällt. Sonst nichts. Keine Stimmen, keine Waffen, nur ein tiefer und – in seinen Ohren – gedämpfter Aufschlag. Doch ohne Begleitung von Stimmen bedeutete das gar nichts. Als er schließlich hörte, wie die Wagentür geschlossen wurde und der Wagen erst auf ihn zu und dann über die Brücke davonraste, nahm er an, dass die Insassen dieses Wagens alles erledigt hatten, was sie in Eminönü erledigen wollten. Er selbst war nur froh, dass er nichts damit zu tun hatte – was es auch immer gewesen sein mochte.

Dennoch wartete er noch ein paar Minuten, bevor er sich aus seinem Unterschlupf wagte und wieder auf die Straße kletterte. Doch statt noch länger sinnend am Wasser zu stehen, beschloss Enver, sich auf den Heimweg zu machen. Durch den Nebel, der ihm allmählich doch Angst einjagte, konnte er kaum die Hand vor Augen sehen. Vorsichtig tastete er sich über die Reşadiye Caddesi, immer auf der Hut vor Polizisten, Soldaten oder Dieben. Und während er weiterging, stellte er erleichtert fest, dass das, was aus dem geheimnisvollen Wagen gefallen war, nicht zu sehen war, jedenfalls nicht in seiner unmittelbaren Nachbarschaft.

Auf den letzten hundert Metern seines Heimwegs schloss Enver die Augen und stellte sich vor, wie der verführerische Duft von frisch gebrühtem Kaffee ihn direkt nach Hause führte, zu seinem Sohn.

2

Als Fatma İkmen an diesem eiskalten Morgen erwachte, entdeckte sie ihren Mann statt neben sich im Bett bereits vollständig angezogen am Fenster. Mit einer brennenden Zigarette in der Hand drehte Inspektor Çetin İkmen sich zu seiner Frau um und deutete vorwurfsvoll auf einen kleinen Käfig, der neben dem Ehebett auf dem Boden stand.

»Dank dieses Tiers werde ich eines Tages noch an Schlafmangel zugrunde gehen«, sagte er finster. »Ich will, dass es verschwindet.«

Fatma strich ihre langen schwarzgrauen Haare nach hinten und erwiderte ruhig: »Hamster sind in der Lage, Bewegungen der Erde noch vor uns Menschen wahrzunehmen. Mein kleiner Freund hier ist nichts weiter als ein Frühwarnsystem, aber das habe ich dir schon hundertmal gesagt.«

»Ja, und ich habe dir schon hundertmal gesagt, dass diese kleinen Scheißer nachtaktiv sind«, erwiderte Çetin, dessen Stimme vor Ärger zunehmend lauter wurde. »Die turnen die ganze Nacht herum, Fatma! Erdbeben hin oder her – diese kleinen Mistbiester werden aktiv, wenn die Sonne untergeht, und legen sich erst bei Sonnenaufgang wieder schlafen!«

»Das ist mir egal. Ich würde lieber den Rest meines Lebens wach bleiben, als zuzulassen, dass meine Kinder unter den Ruinen dieses Hauses begraben werden. Du etwa nicht?«

»Natürlich würde ich das«, sagte er, während er sich mit einer Hand am feuchten Fensterrahmen abstützte. »Korrigier mich, wenn ich mich irre, Fatma, aber ich dachte, dass unsere Katze unser Frühwarnsystem sei und nicht dieser ...«

»Ach, die Katze ... Die schläft doch Tag und Nacht. Eine schöne Hilfe!«, sagte Fatma, während sie ihre kurzen, stämmigen Beine über die Bettkante schwang und aufstand.

Ihr Mann rieb sich mit beiden Händen über die sich vertiefenden Falten in seinem Gesicht, um wach zu werden. »Marlboro kann verdammt laut sein, wenn er will.«

»Oh ja, wenn er auf Brautschau ist!«, erwiderte Fatma scharf. »Draußen, zwischen den Mülltonnen, da ist er der Held, aber hier drinnen? Hier drinnen brauchen wir jemanden, auf den wir uns verlassen können und der uns zuverlässig weckt. Und dieser Jemand ist mein Freund Squeaky und sein kleines Laufrad.«

Vorsichtig – wegen des Rheumas in ihren alternden Knochen, das durch das feuchte Wetter noch verschlimmert wurde – beugte sie sich zum Käfig hinunter und pfiff leise in Richtung des schlafenden Hamsters.

Dieser Anblick erfüllte ihren Mann erneut mit Zorn: »Bei Allah, wenn dieses gigantische Erdbeben kommt, das einige Seismologen vorhersagen, wird die ganze Stadt in einer riesigen Verwerfung versinken, und wir werden innerhalb von Sekunden tot sein, inklusive Klein-Squeaky und seinem verdammten Laufrad!«

»Ach, tatsächlich?« Seine Frau erhob sich langsam aus der gebückten Haltung, stemmte die Hände in die Hüften und blickte Çetin İkmen direkt in die Augen. »Wenn es wirklich so schlimm steht, warum willst du dann nicht, dass wir in eine andere Stadt ziehen? Kannst du mir das mal verraten?«

İkmen, dessen ohnehin dünner Geduldsfaden bis zum Reißen angespannt war, explodierte. »Das haben wir schon hundertmal besprochen! Das ganze verdammte Land ist ein potenzielles Erdbebengebiet, wo ...«

»Konya nicht. Ich hab auf der Karte nachgesehen, wo die Verwerfungslinien verlaufen. Konya liegt in einer sehr sicheren Gegend. Und dort werden gute Polizisten gebraucht. Du könntest dich doch bewerben.«

»Ja, das könnte ich, Fatma.« Er bewegte seinen dünnen Körper in Richtung ihrer üppigeren Formen, riss dann aber abrupt die Arme über den Kopf. »Aber für einen atheistischen Trinker wie mich wäre das Leben in der religiösesten Stadt des Landes die reinste Tortur. Ich nehme lieber das Erdbeben und einen raschen Tod in Kauf, als auch nur einen Tag an diesem Ort zu verbringen!«

»Aber die Kinder, Çetin«, rief seine Frau, die Hände zu einer flehentlichen Bitte gegen die Brust gedrückt. »Was ist mit den Kindern?«

Einen kurzen Moment lang hatte Fatma den Eindruck, als fehlten ihrem Mann – gänzlich ungewöhnlich – die Worte. Sein Atem ging stoßweise, und seine Gesichtsfarbe wechselte vor ihren Augen von Weiß zu Grau. Eine Veränderung, die sie besorgt eine Hand auf seine Wange legen ließ. Genau diesen aschfahlen Ton hatte sein Gesicht am Tag nach dem Erdbeben gehabt – der Tag, an dem sein Freund Dr. Arto Sarkissian »gescherzt« hatte, wenn nicht alle Herzüberwachungsgeräte in der Stadt zerstört oder mit Beschlag belegt wären, würde er Çetin unbedingt eine Weile an einen dieser Monitore anschließen. Und das war, noch bevor sie die schlimme Nachricht von den schrecklichen Verletzungen erfuhren, die einer von Çetins Kollegen erlitten hatte. In den Nächten danach, daran erinnerte sich Fatma genau, hatte ihr Mann im Schlaf geweint.

»Çetin ...«, begann sie vorsichtig.

»Ich glaube einfach nicht, dass die Kinder an einem Ort wie Konya das bekommen, was sie brauchen«, sagte er, ein wenig besänftigt von der tröstenden Berührung seiner Frau. »Ich hab mich schließlich nicht all die Jahre abgerackert, um mit anzusehen, wie meine jüngeren Kinder ihr Leben auf dem Land vergeuden. Außerdem wollen die Älteren sowieso alle hier bleiben.« Er seufzte schwer und fügte müde hinzu: »Ich habe einfach das Gefühl, dass es besser wäre, wenn wir alle zusammenblieben. Ich meine, wie würdest du dich fühlen, wenn wir mit den Kleinen hier wegziehen würden und dann das große Erdbeben käme und Sınan, Orhan, Çiçek und Bülent tot wären? Ich meine ...«

»Nicht!« Den Tränen nahe hielt Fatma eine Hand vor ihr Gesicht, als wolle sie jeden Gedanken an diese hypothetische

Möglichkeit ausschließen. »Sag nicht so was, Çetin! Allah war beim letzten Mal so gnädig zu dieser Familie. Es muss wohl geschrieben stehen, dass wir alle verschont werden sollten.«

»Und außerdem wüsste ich nicht, wie wir uns einen Umzug in eine andere Stadt überhaupt leisten könnten.« Liebevoll legte Çetin eine Hand auf Fatmas Schulter. »Mein Bruder hat schon für so vieles gezahlt, was diese Familie benötigte. Ich kann ihn nicht noch ein weiteres Mal bitten.«

Mit Tränen in den Augen schlang Fatma die Arme um Çetins Hals und drückte ihren Mann an sich, so fest es ihre molligen Rundungen erlaubten. Er küsste sie zärtlich in den Nacken.

»Oh, Çetin«, flüsterte sie leise für den Fall, dass eines ihrer Kinder draußen am Schlafzimmer vorbeiging und sie hören konnte. »Ich habe ständig solche Angst! Jedes Mal, wenn eines der Kinder auf den Boden springt, schlägt mir das Herz bis zum Hals, weil ich denke, es ist wieder ein Erdbeben. Manchmal braucht es Stunden, bis sich mein Herzschlag wieder beruhigt und ...« Behutsam zog sie seinen Kopf aus ihren Haaren, damit sie ihm direkt in die Augen sehen konnte. »Und manchmal denke ich, dass ich noch mal einen Herzinfarkt bekomme wegen dieser ganzen Geschichte – entweder das, oder ich drehe vollkommen durch!«

Çetin lächelte und küsste sie leicht auf die Wange. »Weißt du was? Ich glaube, dass ich dir dieses eine Mal tatsächlich dazu raten muss, dein Heil in der Religion zu suchen. Wenn du solche Dinge wie Erdbeben in Allahs Hände legst, dann bedeutet das, dass du Ihm auch deine Sorgen anvertrauen kannst. Ich habe gedacht, ihr Frommen würdet das sowieso schon so machen.«

»Das Erdbeben hat uns alle auf eine Probe gestellt, Çetin.« Fatma löste sich aus den Armen ihres Mannes und setzte sich mit gesenktem Kopf auf die Bettkante. »Selbst Tante Arın, der frommste Mensch, den ich kenne, hat wochenlang auf der Straße geschlafen, auch nachdem die Soldaten ihr gesagt hatten, sie könne wieder in ihr Haus zurückkehren.« Sie hob den Kopf und sah ihrem Mann fest in die Augen. »Sie sagte, das läge nicht daran, dass sie den Glauben an Allah verloren hätte, sondern daran, dass die Erde sie im Stich gelassen hat. Und genau so empfinde ich auch. Ich fühle mich im Stich gelassen und verängstigt, und selbst wenn meine Gedanken nicht mehr in heller Panik durcheinander rasen, schlägt mein Herz immer noch wie wild. Ich will mich sicher fühlen, Çetin! Ich will, dass meine Kinder sicher sind!«

Seufzend setzte er sich neben seine Frau und nahm ihre Hand in seine. Obwohl er vollstes Verständnis für das hatte, was Fatma beunruhigte, konnte er nicht viel tun, um ihre Ängste zu lindern. Ein Umzug stand völlig außer Frage – die älteren Kinder waren sowieso dagegen –, und ohne den geringsten Hinweis darauf, ob und wann sich das nächste große Erdbeben ereignen würde, war jede Spekulation müßig. Es gab nichts, was er hätte tun oder erwidern können. Nach einer Weile sagte er: »Behalte den Hamster, Fatma, wenn es dich glücklich macht.« Doch obwohl sie dies ein wenig aufzumuntern schien – was sich an dem kleinen Lächeln zeigte, das sich auf ihr Gesicht stahl –, verfolgten ihre Augen jede seiner Bewegungen, als er sich ein paar Minuten später erhob, um zur Arbeit zu gehen.

Es schien, als versuche sie, jede geringste Kleinigkeit seines Erscheinungsbilds in ihr Gedächtnis zu brennen.

Niemand wusste, wie lange er schon dort gelegen hatte. Haluk, der Taxifahrer, der offenbar zu den Menschen gehörte, die gerne den Anschein erweckten, als wüssten sie alles, verkündete ungefragt, dass er wohl schon eine ganze Weile dort liegen müsse.

»Das sieht man schon an den Verletzungen«, sagte er und zog am Hemd des toten Mannes. »Seht ihr?«

»Fass das nicht an!«, rief Beyazıt, der schockierte Busfahrer, und versuchte, die Hand des Taxifahrers von der Leiche fortzuziehen. »Wenn die Polizei Fingerabdrücke nimmt und dann deine findet …«

»Ach, als ob die Fingerabdrücke von einem Kleidungsstück nehmen würden!«, erwiderte Haluk verächtlich. »Für wie blöd hältst du mich eigentlich?«

Einer der zahlreichen Fischer von Eminönü, der sich zu der immer größer werdenden Menschenmenge auf der Reşadiye

Caddesi gesellt hatte, stimmte dem Busfahrer wortreich zu. Und da dieser Seemann ein ganzes Stück größer war als Haluk, zog der Taxifahrer es vor, seine Meinung besser für sich zu behalten.

Kaum zehn Minuten zuvor war Haluks Taxi gegen etwas gefahren, das er zu diesem Zeitpunkt für einen besonders schweren Sack Müll gehalten hatte. Er hatte angehalten, um seinen Wagen auf Schäden zu überprüfen, und wollte dem Bündel eigentlich nur einen wütenden Blick zuwerfen, als er plötzlich sah, dass es ein menschliches Gesicht besaß.

Zunächst dachte Haluk, dass er den Mann möglicherweise selbst getötet hatte. Schließlich hatte sein Wagen den Toten angefahren. Daher war sein erster Impuls, sich sofort aus dem Staub zu machen. Aber als ihm allmählich die Erkenntnis dämmerte, dass nicht nur er angehalten hatte, sondern auch der Bus hinter ihm, mitsamt dem Busfahrer und allen Fahrgästen, besann er sich eines Besseren. Falls er den Mann wirklich getötet hatte, musste dieser schließlich schon im Rinnstein gelegen haben – was nicht gerade auf das Verhalten eines gesunden Menschen schließen ließ. Und da der Mann zu einem Bündel verpackt war, war es ganz bestimmt nicht Haluks Schuld, dass er ihn überfahren hatte.

»Das Blut hier ist schon ziemlich angetrocknet«, bemerkte jetzt ein anderer, etwas kleinerer Fischer, der sich über die Leiche beugte. »Der könnte schon eine ganze Weile hier liegen. Wahrscheinlich wurde er überfahren, bevor der Nebel sich lichtete. Bei dem Wetter konnte man ja wirklich absolut gar nichts sehen.«

Mehrere Passanten stimmten murmelnd zu. Sie wussten nur zu gut, dass die vorherige Nacht vollkommen undurchdringlich gewesen war – eine von den Nächten, in denen nach Ansicht ihrer Vorfahren Hexen, Dämonen und andere Schreckensgestalten herumgeisterten. Was den Tod des – wie sich herausstellte – relativ jungen Mannes natürlich nicht weniger furchtbar machte. Und das allgemeine Schweigen, das bis zum Eintreffen der Polizei herrschte, sprach durchaus dafür, dass alle Anwesenden so empfanden.

Die zum Fundort geschickte Polizeistreife bestand aus zwei

jungen Motorradpolizisten, den so genannten »Yunus« oder »Delphinen«, deren Motorräder sofort eine Gruppe bewundernder junger Männer um sich versammelten.

Der kleinere der beiden Yunus nahm gerade seinen Helm ab, als Haluk mit seinem Vortrag begann.

»Dieser Mann ist tot«, sagte er und deutete mit der Hand in Richtung der Leiche. »Er war schon tot, bevor mein Wagen ihn auch nur berührte.« Dann blickte er erwartungsvoll zu den Fischern hinüber und fragte: »Hab ich Recht, Brüder?«

»Also, um ehrlich zu sein ...«

»Wie wär's, wenn wir uns die Leiche erst mal ansehen?«, erwiderte der etwas größere der beiden Polizisten, ein Mann namens Rauf. Während sein Partner versuchte, die Menge zurückzudrängen, bückte er sich und betrachtete das Gesicht, das zwischen den Resten eines Hemdes und den großen Stofflappen eines Vorhangs oder Bettüberwurfs hervorragte. Genau wie der Fischer bemerkte auch Rauf sofort, dass trotz des vielen Bluts am Fundort ein großer Teil bereits getrocknet war. Das Gesicht des Mannes zeigte zwar schwere Verletzungen, aber woher diese Menge an Blut stammte, war nicht sofort ersichtlich. Doch als Rauf das Kinn des Mannes vorsichtig aus dessen blutverschmiertem Hemd anhob, wurde ihm plötzlich alles klar. Bis auf seine Augen, die sich bei diesem Anblick ein wenig geweitet hatten, ließ er sich jedoch nichts anmerken und rief seinen Kollegen zu sich.

»Sieh dir das mal an«, sagte er und hob das Kinn erneut leicht an.

Sein Partner verdrehte kurz die Augen und griff dann zu seinem Funkgerät, um mit der Zentrale zu sprechen. Er und sein Kollege, meldete er, seien zu einem Vorfall gerufen worden, bei dem jemand ganz offensichtlich eines unnatürlichen Todes gestorben war.

Nachdem er die Tür zu seinem Büro hinter sich geschlossen hatte, zog Inspektor Mehmet Süleyman das Päckchen mit Fotos aus seiner Tasche und legte es auf seinen Schreibtisch. Während er sich setzte, nahm er das erste Foto heraus und lächelte, als er das verschmitzte Gesicht seines Freundes Balthasar

Cohen erblickte. Wie immer in eine Wolke von Zigarettenqualm gehüllt, hatte Balthasar seinen Arm um die Schulter eines jungen, etwas größeren Mannes gelegt, den Süleyman als den Sohn seines Freundes erkannte. Berekiah war nach Abschluss seines Militärdienstes unwissentlich genau in dem Moment wieder nach Hause gekommen, als die ganze Familie versammelt war. Süleyman erinnerte sich, dass er die ganze Situation relativ gut aufgenommen hatte. Schließlich konnte es für den Jungen nicht leicht gewesen sein, seinen einst so aktiven Vater als verstümmelten Mann ohne Arbeit wiederzutreffen, selbst wenn man ihn bereits vorher benachrichtigt hatte.

Obwohl das Haus des damaligen Hauptwachtmeisters Cohen bei dem schweren Erdbeben, das Istanbul am 17. August 1999 erschütterte, vor größeren Schäden bewahrt worden war, traf dies nicht auf ihn selbst zu: Cohen hatte die Nacht nicht zu Hause, sondern bei einer erst kurz zuvor geschiedenen Dame verbracht, die in einem der neueren Apartmenthäuser in Yeşilköy wohnte, draußen am Flughafen. Als das Erdbeben in den frühen Morgenstunden auftrat, brach das Gebäude wie ein Kartenhaus zusammen, und Balthasar Cohen wurde unter den Trümmern begraben, wo er die darauf folgenden sechsunddreißig Stunden auf Hilfe wartete – neben der Leiche seiner toten Geliebten. Mit einer gewissen Bewunderung hatte Süleyman, der seit der Trennung von seiner Frau vor zwei Jahren bei den Cohens in Karaköy wohnte, festgestellt, dass Balthasars Frau nicht ein einziges Wort über die Umstände rund um die Verletzungen ihres Mannes verloren hatte. Möglicherweise war Estelle Cohen genau wie einige alte Kollegen ihres Mannes aber auch davon überzeugt, dass Balthasar jetzt für seine Sünden büßte.

Süleyman überflog rasch die restlichen Fotos, lächelte hin und wieder, wenn er seinem eigenen, kamerascheuen Gesicht begegnete, und steckte die Bilder schließlich wieder ein. Sie würden Estelle gefallen, dachte er, während er einen Blick aus seinem schmutzigen Fenster warf. Vor allem ihr Sohn Berekiah war auf den Fotos gut getroffen. Möglicherweise würde sich der junge Mann im Laufe der Zeit doch mit dem Vorschlag seines Vaters anfreunden, ebenfalls zur Polizei zu gehen. Süleyman hoffte dies zumindest, auch wenn Cohens kurze »Unterredungen« mit seinem Sohn zu diesem Thema manchmal den Eindruck vermittelten, als wolle der Vater in Berekiah sein eigenes Leben fortgesetzt sehen – was natürlich nur allzu verständlich war. Cohen hatte nicht nur seine Beine, sondern auch seine Freiheit und Unabhängigkeit verloren und musste sich in den Monaten nach der Katastrophe in zunehmendem Maße auf die Berichte aus der »Außenwelt« verlassen, die Süleyman, Estelle und Berekiah ihm lieferten. Süleyman wusste, wenn er eines Tages aus der Cohen-Wohnung auszog, würde Balthasar dies schwer zu schaffen machen – falls er tatsächlich auszog. Denn ein Umzug ohne die Frau, die er hoffentlich bald seine Ehefrau nennen konnte, war ziemlich sinnlos. Allerdings erwies es sich als recht schwierig, Zelfa Halman davon zu überzeugen, dass er sie wirklich liebte. Da sie keinerlei Selbstvertrauen hinsichtlich ihres eigenen – seines Erachtens sinnlichen – Aussehens hatte und diverse psychologische Theorien zum manchmal impulsiven Verhalten traumatisierter Menschen hegte, betrachtete Zelfa seinen Heiratsantrag mit einer gewissen Skepsis. Wenn er sie doch nur davon überzeugen könnte, dass es für ihn nichts Wichtigeres auf der Welt gab, als sie an seiner Seite zu wissen! Aber dann wurde ihm wieder einmal bewusst, dass er es hier schließlich mit einer Psychiaterin zu tun hatte. Und man weiß ja, wie die so sind, dachte er finster.

Nichtsdestotrotz musste er diese Gedanken jetzt beiseite schieben. Er schaltete seinen Computer ein und sah zu, wie der Rechner mühsam hochfuhr. Während er wartete, leerte Süleyman den Aschenbecher in den Mülleimer und zündete sich die erste Zigarette des Tages an. Er wusste, dass ihr bis zum Ende des Tages noch zahlreiche weitere folgen würden. Da sein Mitarbeiter, Wachtmeister Çöktin, mit einer Grippe im Bett lag, würde er die nächsten Tage wahrscheinlich allein in seinem Büro verbringen. Dann konnte er sich endlich dem riesigen Stapel mit Schreibkram auf seinem Tisch widmen. Alles in allem also keine schlechte Sache – auch wenn seine Lungen auf diese besondere Erfahrung wahrscheinlich lieber verzichten würden.

Als er gerade die verschiedenen Tastenkombinationen eingeben wollte, um Zugang zu seinen Daten zu erhalten, hörte er jemanden an der Tür klopfen.

»Herein«, rief er genau in dem Moment, als sich die Tür öffnete und eine kleine, hagere Person eintrat.

»Ich muss zu einem Fall in Eminönü«, verkündete Çetin İkmen strahlend. »Ein paar Yunus scheinen auf eine Exekution in der Unterwelt gestoßen zu sein.«

Süleyman runzelte die Stirn. »Tatsächlich? Und wie kommen die darauf?«

»Klassischer Exekutionsstil. Dem Opfer wurde anscheinend die Kehle durchgeschnitten. Von Ohr zu Ohr.« İkmen unterstrich seine Erläuterung, indem er einen Finger quer über die eigene Kehle zog. »Bist du gerade beschäftigt?«

»Ich muss eine Menge Papierkram erledigen.«

»Also hast du Zeit, mich zu begleiten«, bemerkte İkmen und nahm den Mantel seines Kollegen vom Türhaken.

»Ich glaube nicht, dass unsere Vorgesetzten deine Geringschätzung gegenüber den Dienstvorschriften teilen, Çetin«, erwiderte Süleyman mit einem Lächeln. »Andererseits ...« Er tippte die notwendigen Kürzel, um seinen Computer herunterzufahren.

»Das lob ich mir!«, rief İkmen leidenschaftlich und reichte Süleyman seinen Mantel. »Und seitdem der Nebel sich verzogen hat, ist es gar kein so übler Tag.«

»Prima.«

»Ist schon ziemlich lange her, dass wir beide zusammen zu einem Tatort gefahren sind«, bemerkte İkmen.

»Ja«, stimmte Süleyman ihm zu, »aber ich komme sozusagen nur als dein Gast mit, okay? Ich meine, Tepe ist jetzt dein Assistent und ...«

»Schon gut, schon gut«, sagte İkmen und wedelte mit der Hand, »das Problem mit ihm ist jedoch, dass er nicht du ist, mein lieber Mehmet.«

»Also, Çetin, ich ...«

Aber İkmen war bereits durch die Tür verschwunden, und nachdem Süleyman seinen Mantel angezogen hatte, folgte er ihm – leicht amüsiert und auch ein klein wenig gespannt.

3

Der verstorbene Besitzer des Personalausweises, den Orhan Tepe zwischen seinen Latexhandschuhen hielt, hatte Rifat Berisha geheißen. Der Name ließ Tepe die Stirn runzeln. Soweit er das beurteilen konnte, war Berisha kein herkömmlicher türkischer Name, deutete aber andererseits auch auf keine der üblichen Minderheiten. Er war offenkundig weder Armenier noch Grieche und wahrscheinlich auch kein Jude. Nicht, dass dies eine besondere Rolle gespielt hätte. Entscheidender war vielmehr die Tatsache, dass dieser Rifat Berisha nur fünfundzwanzig Jahre alt gewesen und aller Wahrscheinlichkeit nach ermordet worden war. Das dachte zumindest ein Großteil der Menge, die Tepe zusammen mit anderen Kollegen vom Tatort zurückgedrängt hatte und die jetzt von der anderen Seite der hastig aufgerichteten Absperrung herüberstarrte. In der halben Stunde seit der Räumung des Tatorts hatte die Zahl der Zuschauer beständig zugenommen, was Tepes Vorgesetztem, Inspektor İkmen, gar nicht gefiel.

»Müssen diese verdammten Gaffer eigentlich nicht zur Arbeit?«, fragte er einen gelangweilt dreinblickenden Beamten neben Tepe.

Da der Polizist auf diese ohnehin rhetorische Frage keine Antwort wusste, grinste er nur verlegen. Doch bevor İkmen sich über diese Reaktion aufregen konnte, unterbrach ihn der Mann, der vor Tepe sein Assistent gewesen war.

»Falls dieser Mann sich nicht selbst getötet hat«, meinte Süleyman, während er einen Blick auf die blutverschmierte Leiche warf, »muss irgendjemand jetzt mit ziemlich besudelter Kleidung herumlaufen. Unser Freund hier wurde ja fast enthauptet.«

»Das wird der Arzt klären«, sagte İkmen abgelenkt, während er sich eine weitere Zigarette anzündete. »Sobald er erst mal hier ist.«

Dann seufzte er schwer und ging die paar Schritte zum Ufer. Möglicherweise dachte er, dass ihm der Anblick des Bosporus gut täte und über sein plötzliches Stimmungstief hinweghelfen würde.

Tepe, der den Ausweis des Toten noch immer in den Händen hielt, folgte seinem Chef zum Geländer.

»Inspektor?«

İkmen blickte sich kurz zu seinem jungen Assistenten um, lächelte und sah wieder hinaus aufs Wasser, in Richtung des asiatischen Teils der Stadt.

»Wissen Sie, Tepe«, sagte er schließlich, als der junge Mann schon dachte, sein Chef hätte sich wohlmöglich in seine eigene Gedankenwelt zurückgezogen, »meine Mutter hat immer behauptet, dass man von hier aus unser Haus in Üsküdar sehen könnte. Aber sosehr ich es auch versucht habe – es ist mir nie gelungen. Möglicherweise liegen heute zu viele Gebäude dazwischen. Vielleicht hat meine Mutter aber auch einfach nur gelogen.« Er drehte sich zu seinem Assistenten um und lächelte ihn erneut an. »Das wäre sogar typisch für sie gewesen.«

Tepe, der schon einige Geschichten über İkmens verstorbene Mutter gehört hatte – beispielsweise über ihren Glauben an Magie –, errötete leicht. Schließlich wurde man nicht täglich Zeuge, dass ein Mann seine eigene Mutter als Lügnerin bezeichnete. Denn gerade die Mutter galt den herkömmlichen türkischen Männern als nahezu heilig. Andererseits war İkmen natürlich alles andere als ein herkömmlicher Türke.

Ein paar Sekunden später erinnerte sich Tepe wieder an den Ausweis in seiner Hand und räusperte sich vernehmlich.

»Ja?«, fragte İkmen, der erneut aus seinen Gedanken gerissen wurde.

»Ich habe das hier gefunden«, sagte Tepe und hielt den blutbefleckten Personalausweis hoch, damit İkmen ihn betrachten konnte. »Er ragte aus einer der Hosentaschen des Toten heraus, und da dachte ich ...«

»Sie hätten auf die Spurensicherung warten sollen«, sagte İkmen stirnrunzelnd. Aber als er näher herankam, um einen Blick auf den Ausweis zu werfen, murmelte er ein leises »Mmm«.

»Irgendetwas Interessantes?«, mischte sich jetzt eine jüngere, vornehmere Stimme ein.

Tepe sah in Süleymans ernstes, ebenmäßiges Gesicht und erwiderte: »Sieht nach dem Ausweis des Opfers aus, Inspektor.«

»Tatsächlich?«

»Ja«, sagte İkmen, der den Ausweis noch immer betrachtete. »Ein Albaner, wenn ich mich nicht irre.«

»Ach.«

»Berisha ist ein albanischer Name«, erläuterte İkmen. »Ich glaube, einer der letzten Gewaltherrscher Albaniens hieß Berisha. Es wäre interessant herauszufinden, ob der Tote zum gleichen Familienclan gehört.«

»Könnte das irgendeinen Einfluss auf seinen Tod gehabt haben?«, fragte Süleyman.

»O ja, das wäre möglich«, erwiderte der ältere Mann nachdenklich. »Das wäre durchaus möglich. Aber was auch immer die Ursache für den Tod dieses Mann gewesen sein mag – sein Clan wird sich ganz bestimmt einmischen, da können wir sicher sein.«

»Sie wissen eine Menge über Albaner, oder?«, fragte Tepe, der bis dahin nur schweigend zugehört hatte.

Sowohl İkmen als auch Süleyman lächelten. »Nur das, was meine albanische Mutter mir erzählt hat – was allerdings nicht besonders viel war«, erwiderte İkmen.

»Oh.«

»Aber liegt es nicht gerade in der Natur von Hexen, Dämonen und anderen Wesen der Nacht stets ein wenig vage zu bleiben?«, fragte jetzt der gedrungene Mann mit der Brille auf der Nase, der plötzlich neben İkmen aufgetaucht war.

»O doch, Doktor«, erwiderte İkmen mit einem Lächeln. »Stimmt genau.«

»Morgen, Dr. Sarkissian«, sagte Süleyman, während er zusah, wie İkmen und sein alter Freund einander herzlich umarmten. »Haben Sie die Leiche schon gesehen?«

»Nur kurz«, entgegnete der Armenier und gab Wachtmeister Tepe zur Begrüßung die Hand.

»Und?«

»Und ich denke, dass derjenige, der ihn umgebracht hat, es verdammt ernst meinte.«

İkmen lehnte sich gegen das Geländer und zog seinen dünnen Regenmantel fester um seinen schmalen Körper. Die Kälte schien ihm in die Knochen zu kriechen. »Wie kommst du darauf, Arto?«

»Weil ich selbst nach einem flüchtigen Blick schon sehen konnte, dass der Täter diesem armen Kerl fast den ganzen Kopf abgetrennt hat.«

»Genau wie du gesagt hast, Mehmet«, meinte İkmen und nickte Süleyman zu. »Brutal.«

»Sobald ich ihn mir näher angesehen habe, kann ich dir Genaueres sagen«, verkündete der Pathologe gut gelaunt. »Haben wir schon einen Namen für diesen armen Kerl?«

»Rifat Berisha«, sagte Tepe. »Das steht zumindest auf dem Ausweis ...«

»Ah ja, das ist doch ein albanischer Name, nicht wahr? Und wissen wir auch, ob dieser Berisha ein Flüchtling aus dem Kosovo war oder schon länger hier lebte?«, fragte der Arzt.

»Sein Ausweis lässt Letzteres vermuten«, erwiderte İkmen. »Obwohl man bei Albanern natürlich nie weiß, ob die Papiere und nicht sogar der Name gefälscht sind.«

»Ein hartes Urteil«, bemerkte Süleyman mit einem Stirnrunzeln.

İkmen schenkte ihm ein schiefes Lächeln. »Albanien ist ein hartes Land«, sagte er und ging wieder hinüber zum Tatort. »Ein Land, das Hexen und Dämonen, Diktatoren, Verbrecher und Lügner hervorbringt.«

Und dann lachte er einmal kurz auf.

Seit ihrem Umzug nach Istanbul vor neun Jahren hatte Aliya Berisha bereits dreimal ein blutbeflecktes Männerhemd in ein

Fenster ihrer Wohnung gehängt. Beim ersten Mal, als es das Hemd ihres Schwiegervaters war, wohnten sie noch in Balat, in einem Haus, dessen Besitzer ein älterer jüdischer Mann gewesen war. Und obwohl es hieß, dass der Vermieter sich unmissverständlich zum Tod von Aliyas Schwiegervater und dem aufgehängten Hemd geäußert hätte, hatte er weder ihr noch dem Rest der Familie gegenüber auch nur ein Wort darüber verloren. Außerdem waren sie alle kurze Zeit später – als ihre Cousine Mimosa den Türken Dilek Özer geheiratet hatte – in dessen Haus an der Kutucular Caddesi umgezogen, keine fünf Minuten von dem Ort entfernt, an dem die Istanbuler Polizei gerade die Ermittlungen in einem Mordfall einleitete.

Die beiden anderen blutbefleckten Hemden, die Aliya seit dem Einzug in Özers Anwesen ins Fenster gehängt hatte, gehörten dem einzigen Bruder ihres Mannes – Muhammed – und dem jüngsten ihrer Söhne, dem damals fünfzehnjährigen Egrem. Dilek Özer, der die albanische Sprache weder beherrschte noch verstand, glaubte bereitwillig den Erklärungen seiner Frau für diese eigenartige Sitte. »Wir präsentieren das Hemd, um den Toten zu ehren«, hatte Mimosa erläutert, als ihr Mann die grausigen Gegenstände skeptisch betrachtete. »Es ist ein Zeichen an andere Albaner, dass unsere Männer tapfer gestorben sind.«

Und da Dilek Özer nicht das geringste Wissen über die Kultur seiner Frau besaß, konnte er ihren Erläuterungen als hundertprozentiger Istanbuler nichts entgegensetzen.

Hätte er seine Frau jedoch einmal näher befragt oder sich anderweitig über diese Bräuche informiert, dann hätte sich Dilek Özers Einstellung zu dieser »Sitte« – besonders angesichts der daraus resultierenden Konsequenzen – sicherlich radikal geändert. Wahrscheinlich hätte er dann den gesamten Berisha-Clan, inklusive Mimosa, vor die Tür gesetzt.

An diesem speziellen Morgen hing jedoch kein Hemd im Fenster der Berisha-Wohnung; nur das weiße Gesicht von Aliyas Tochter Engelushjia leuchtete hinter der Scheibe. Nervös beäugte sie die Menschen in der unter ihr liegenden Straße. Hinter ihr – in der Dunkelheit des karg eingerichteten Wohnzimmers – saß Aliya vollkommen regungslos. Lediglich ihre

Finger bewegten sich hin und wieder, wenn sie an ihrer Zigarette zog. Ihre andere Hand lag schützend auf ihrem Bauch, der seit wenigen Tagen die ersten Wölbungen einer Schwangerschaft zeigte. Und obwohl die schweren Hustenanfälle, die in regelmäßigen Abständen aus dem hinteren Bereich der Wohnung drangen, die beiden Frauen hin und wieder aufblicken ließen, konnten diese sie nicht vollständig aus ihrer Versteinerung befreien.

Keine der beiden war in der Lage, das auszusprechen, was sie dachte. Engelushjia suchte unter den Gesichtern der vielen Passanten verzweifelt nach dem ihres Bruders, während Aliya, die pragmatischer war als ihre Tochter, einfach nur auf die Uhr starrte. Je mehr Zeit verstrich, desto mehr sanken Aliyas Mut und Hoffnung. Wenn bis zum Mittag nichts geschehen war, würde sie Bescheid wissen. Selbst ein junger Mann mit unersättlichem Appetit würde bis dahin seinen Hunger bei einer Frau gestillt haben. Und falls irgendetwas passiert sein sollte, bei dem die Polizei ins Spiel kam, dann würde sie es mit Sicherheit ebenfalls bis zur Mittagszeit wissen. Aber sie glaubte gar nicht daran, dass eines dieser beiden Szenarios wirklich eintreten würde. Weder Rifat noch die Polizei würden bei ihr auftauchen. Stattdessen ahnte sie bereits, dass sie Engelushjia bald in die Tahtakale Caddesi schicken musste, um die Leiche ihres Bruders abzuholen. Dieses Mal war Aliya nicht in der Lage, diesen Gang selbst zu machen – so wie damals bei Egrem. Allein der Gedanke an ihre eigene Schwäche ließ sie mehrmals schlucken, um die aufsteigenden Tränen zu bekämpfen.

»Ich weiß es wirklich zu schätzen, dass du mich begleitest«, sagte İkmen, während er sich zu seinem wesentlich größeren Kollegen gesellte.

»Ich vermute, dass Tepe nicht ganz so glücklich darüber ist«, erwiderte Süleyman.

İkmen zuckte die Achseln. »Irgendjemand muss ja am Tatort bleiben, bis die Leiche abtransportiert ist. Und ich wüsste nicht, warum wir diese Berishas nicht so schnell wie möglich informieren sollten. Falls wir die Identität des Toten noch heute zweifelsfrei feststellen, dann könnten wir eventuell auch schon mit der Befragung anfangen und erfahren so vielleicht, womit sich der junge Rifat so seine Zeit vertrieben hat.«

»Mit ›wir‹ meinst du hoffentlich nicht mich«, sagte Süleyman, während er sich eine Zigarette anzündete und den Mann, der an seiner Seite aufgetaucht war und ihm ein zerknittertes Päckchen Kondome andrehen wollte, demonstrativ ignorierte.

İkmen ließ sich nicht anmerken, dass er Süleymans Kommentar gehört hatte. Er hatte sich angewöhnt, die Dinge, mit denen er sich nicht beschäftigen wollte oder konnte, einfach aus seinem Gedächtnis zu verbannen. »Haben die Schwiegereltern deines Bruders nicht irgendeinen Laden im Mısır Çarşısı?«, wandte er sich an seinen Kollegen, als sie am kunstvoll verzierten Eingang zum Ägyptischen Basar vorbeigingen, der auch als Gewürzbasar bezeichnet wurde.

»Ja«, bestätigte Süleyman zurückhaltend. »Einen Kaviarimport, den meine Mutter als Lebensmittelgeschäft bezeichnet. Läuft gut und ist ziemlich griechisch.«

»Und sieht dein Bruder die Familie noch häufig? Ich meine, äh ...« İkmen wusste, dass der Tod von Süleymans Schwägerin noch immer ein sehr heikles Thema war, und stolperte völlig untypisch für ihn über seine eigenen Worte. »Ich meine, äh, seit Elena ...«

»Murads Schwiegereltern sind ihm eine große Hilfe. Da Murad jetzt in Beşiktaş arbeitet, kümmert sich seine Schwiegermutter jeden Tag um meine Nichte Edibe.« Und dann fügte er leise hinzu: »Was mehr ist, als man von Edibes türkischer Familie sagen kann.«

»Aber wieso?«, erwiderte İkmen, »Die Kleine verbringt doch ziemlich viel Zeit bei dir und den Cohens.«

»Als ich ›Edibes türkische Familie‹ sagte, meinte ich damit meine Eltern, Çetin«, sagte Süleyman mit Nachdruck.

»Oh.«

İkmen wusste aus Erfahrung, dass ein weiteres Gespräch über Süleymans Familie nach der Erwähnung dessen altmodischer osmanischer Eltern völlig unmöglich war, und verfiel daher in Schweigen. Nicht zum ersten Mal war er mehr als erleichtert, dass er selbst nur ein einfacher Bauernsohn von eher zweifelhafter albanischer Abstammung war, zumindest mütterlicherseits. Ayşe İkmen mit ihrem unerschöpflichen Fundus an rätselhaften albanischen Zaubersprüchen mochte zwar seit über vierzig Jahren tot sein, aber an Tagen wie diesem war sie im Geist zumindest eines ihrer Söhne sehr lebendig.

Während sie die Hasırcılar Caddesi, eine schmale, dicht bevölkerte Durchgangsstraße, passierten, fragte İkmen sich, wie gut die Türkischkenntnisse der Berisha-Familie wohl waren. Er hoffte, dass sie diese Sprache zumindest halbwegs fließend beherrschten. Denn da seine Mutter früh verstorben war und der Vater eine Abneigung gegenüber einer Sprache hegte, die er als Kauderwelsch von Verrückten bezeichnete, sprach Çetin İkmen nur sehr wenig albanisch. Abgesehen von ein paar weit verbreiteten Vorurteilen über den abergläubischen Charakter der Albaner wusste er nur eines über diese Menschen: dass sie mit großer Begeisterung einer Tradition anhingen, die sie als *gjakmaria* bezeichneten – Blutrache. Doch diese Gedanken beschäftigten ihn nicht sehr lange. Es erforderte seine ganze Aufmerksamkeit, sich durch die Menge schwer bepackter Käufer zu schieben und all den Handkarren und Wagen auszuweichen, die mit Mänteln, Socken, Tomaten und allem nur Erdenklichen beladen waren. Außerdem war es für jemand so Unsportlichen wie İkmen nicht gerade leicht, mit Süleyman Schritt zu halten. Erst als die Hasırcılar Caddesi schließlich in die Kutucular Caddesi überging, die Straße, in der die Berishas wohnten, drosselte der Jüngere allmählich sein Tempo.

Umgeben von winzigen Läden, die Elektrogeräte, Feuerzeuge, Knöpfe und Unterwäsche verkauften, spähten die beiden Männer angestrengt in die Eingangsbereiche zwischen den Geschäften, um die gesuchte Adresse zu finden. Sie wussten, dass diese Eingänge sowohl zu den Lagerräumen als auch zu den Wohnungen führten, die sich hinter den zerbröckelnden Fassaden aus dem siebzehnten Jahrhundert befanden. Vor allem İkmen wusste, dass sich über einem gut geführten und sauberen Elektrogeschäft durchaus eine Ansammlung feuchter und fast unbeschreiblich schmutziger Behausungen verbergen konnte.

Süleyman entdeckte als Erster die verblichene Hausnummer über dem dunklen Toreingang. »Da ist Nummer zweiunddreißig«, sagte er und rümpfte die Nase angesichts der kleinen Gruppe offensichtlich hier wohnender Halbstarker, die gierig seinen eleganten italienischen Anzug anstarrte. Forsch bahnte er sich einen Weg zur Treppe.

Bevor İkmen ihm folgte, glitt sein Blick über die Fenster in der oberen Wohnung. Hinter einer der Scheiben entdeckte er das bleiche Gesicht eines jungen Mädchens. Als sie ihn sah, hielt sie erschrocken die Hand vor den Mund und verschwand dann im Dunkel der Wohnung.

Während Mehmet Süleyman die Wohnung der Berishas betrat, saß ein älterer Mann, den einige Leute wehmütig als »Fürst Muhammed« bezeichneten, im Wartezimmer einer Arztpraxis und wartete darauf, ins Sprechzimmer gerufen zu werden. Groß gewachsen und ähnlich attraktiv wie sein Sohn, versuchte Muhammed Süleyman vergeblich, sich auf die Lektüre seiner Ausgabe von *Auf der Suche nach der verlorenen Zeit* zu konzentrieren – ein zum Scheitern verurteiltes Unternehmen, was unter diesen Umständen jedoch nicht weiter verwunderte. Ihm gegenüber saß ein sehr merkwürdiger Mann, der aus irgendeinem unerklärlichen Grund ständig das Wort »zwei« zu einer verschleierten Frau sagte, von der Muhammed annahm, dass es sich um die Mutter des Mannes handelte. Am Fenster hockte ein dünner Junge mit ausgehungerten Augen, während ein Furcht erregendes zahnloses Hutzelweib die Gruppe der Wartenden komplettierte. Alle vollkommen verrückt, mit Ausnahme von ihm selbst natürlich, dachte Muhammed. Hätte sein älterer Sohn Murad ihm nicht zu verstehen gegeben, dass Mehmet es mit dieser Psychiaterin ernst meinte, dann hätte er niemals einen Fuß in diese Praxis gesetzt.

Andererseits gingen geistig gesunde Menschen wohl nicht gerade häufig zum Psychiater, oder? Aber wahrscheinlich würde diese Ärztin – eine attraktive Blondine, nach dem zu urteilen, was er bisher von ihr gesehen hatte – seinen Mangel an bizarren Symptomen gar nicht zu schätzen wissen. Im Gegenteil: Sehr vermutlich würde sie äußert verärgert reagieren, wenn sie den wahren Grund für seinen Besuch erfuhr. Das Taxieren von Braut oder Bräutigam, die traditionelle Aufgabe des so genannten *görücü*, des Heiratsvermittlers, zählte nicht zu den Dingen, von denen Muhammed annahm, dass eine Ausländerin sie verstand. Diese Ärztin würde eine solche Vorgehensweise vermutlich als eine pure Verschwendung ihrer Zeit betrachten, und es war ja bekannt, wie sehr vor allem Menschen aus dem Westen jede Art von Zeitverschwendung hassten.

Auch Muhammeds Frau Nur würde toben, wenn sie erfuhr, was ihr Mann gerade machte, wenn auch aus anderen Gründen. Nicht nur, dass die Rolle des *görücü* traditionsgemäß von einer Frau übernommen wurde – erschwerend kam noch hinzu, dass Nur zurzeit ein äußerst gespanntes Verhältnis zu ihrem jüngeren Sohn hatte. Seit Mehmet sich vor zwei Jahren von seiner Frau, einer von Nurs energischen Nichten, getrennt hatte, hatten er und seine Mutter kaum ein Wort miteinander gewechselt. Selbstherrlich und nachtragend wusste Nur Süleyman stets besser, was für ihre aristrokratischen Söhne gut war – eine Einstellung, die im Laufe der Jahre das Verhältnis zu beiden Söhnen vergiftet hatte und zudem sehr merkwürdig war, wenn man bedachte, dass nicht sie, sondern ihr Ehemann aus einer adligen Familie stammte. Nur selbst kam aus einer recht aufstrebenden Bauernfamilie. Bei dem Gedanken daran musste Muhammed lächeln. Natürlich hätte er schon vor Jahren strenger mit ihr sein müssen …

Dr. Halman lächelte, als sie das zahnlose alte Weib in ihr Sprechzimmer führte. Während sie die Tür schloss, warf sie Muhammed zwar einen kurzen Blick zu, aber offensichtlich schien sie ihn nicht zu erkennen. Kein hässliches Gesicht, dachte Muhammed. Und obwohl Zelfa die Vierzig offensichtlich bereits überschritten hatte, war sie immer noch eine sehr schöne Frau. Aber ob sie nun seines Sohnes würdig war, konnte er erst beurteilen, wenn er mit ihr gesprochen hatte. Andererseits: Wenn Mehmet sie wirklich liebte, spielte es keine Rolle, ob sie seiner würdig war oder nicht. Ohne dass er es bemerkt hatte, war sein kleiner, lieber Junge zu einem Mann mittleren Alters herangewachsen, dachte Muhammed fast traurig. Mehmet war immer noch ziemlich attraktiv, doch bei den wenigen Gelegenheiten, zu denen sie sich überhaupt sahen, hatte Muhammed in den Augen seines Sohnes die ersten Anzeichen dafür entdeckt, dass er in seinem jungen Leben schon mehr gesehen hatte als gut für ihn war. Erst der jahrelange Umgang mit Toten ... und dann auch noch das Erdbeben. Wie so viele Bewohner der nordwestlichen Region dieses Landes versuchte auch Muhammed jede Erinnerung an diesen schrecklichen Tag zu verdrängen. Aber als die kleine blonde Frau wieder aus ihrem Sprechzimmer trat – dieses Mal bat sie den merkwürdigen Mann und seine Mutter herein –, dachte Muhammed, dass dieses weiche, gut gerundete kleine Wesen möglicherweise genau das war, was sein Sohn brauchte, um die düsteren Schatten der Vergangenheit zu verbannen. Und als Dr. Halman ihn anlächelte, ertappte Muhammed sich dabei, wie er erfreut zurücklächelte.

Sofort danach verließ er jedoch das Wartezimmer. Es heißt immer, Mut gehöre zu den natürlich angeborenen Eigenschaften eines Fürsten. Bei Muhammed Süleyman war dies jedoch nicht der Fall.

4

Haben Sie irgendeine Ahnung, wer Ihrem Sohn hätte schaden wollen?«, wandte İkmen sich an Aliya Berisha, als das Ticken der alten Uhr in der Ecke allmählich seine geistige Gesundheit bedrohte.

»Nein.«

Genau wie die Antworten der anderen Familienmitglieder waren auch Aliyas Entgegnungen einsilbig und von einem starken Akzent geprägt. Nur die blutigen Spuren, die ihre Fingernägel auf ihren Wangen hinterlassen hatten, ließen ein wenig von dem Leid erahnen, das Mutter und Tochter durchmachten. Echte, wenn auch seltsam stumme Trauer einfacher Leute, fast so wie bei dem Drama, das er miterlebt hatte, als Fatmas Vater verstorben war. Ein rascher Blick auf Süleyman und dessen weit aufgerissene Augen verriet İkmen, dass sein Kollege so etwas noch nicht kannte.

İkmen betrachtete den Vater des Toten – die leblose Inkarnation eines verdrossenen Alten. Dabei musste Rahman Berisha gar nicht notwendigerweise alt sein. Mit seinem wettergegerbten, vom Leben enttäuschten Gesicht konnte er jedes Alter zwischen fünfzig und siebzig haben. »Möchten Sie dem, was Ihre Frau gesagt hat, noch etwas hinzufügen, Herr Berisha?«

»Nein.«

Selbst wenn die Antworten der Familie nicht so verdächtig schnell und wie aus der Pistole geschossen gekommen wären, hätte spätestens der rasche Blickwechsel zwischen Rahman und seiner Tochter İkmen darauf aufmerksam gemacht, dass hier irgendetwas nicht stimmte. Im Blick des Mädchens lag fast panische Angst. İkmen ließ sich jedoch nichts anmerken und behielt seine Vermutungen noch für sich.

»Sie wollen also sagen«, wandte sich der Inspektor wieder an den Vater, »dass Sie alles wissen, was es über Ihren fünfundzwanzigjährigen Sohn zu wissen gibt.«

»Zwischen Blutsverwandten gibt es keine Geheimnisse«, erwiderte der Albaner. Die Verwendung des Wortes »Blutsverwandte« an einer Stelle, wo İkmen selbst »Familienmitglieder« gesagt hätte, war dem Polizeibeamten nicht unbekannt, da er es bei seinen eigenen Verwandten schon einmal gehört hatte. Nichtsdestotrotz ließ der Ausdruck die Alarmglocken in seinem Kopf schrillen. Falls es sich bei Rifats Ermordung um das handelte, wonach es auf den ersten Blick aussah, dann wäre der Fall leicht zu lösen. Andererseits – das wusste İkmen aus Erfahrung – war genau dies auch ein Grund, mit umso mehr Bedacht vorzugehen. Denn die Dinge waren nicht immer das, was sie zu sein schienen.

Nach einer weiteren Pause, die endlos lange zu dauern schien, gelangte İkmen zu der Überzeugung, dass der traumatisierte Berisha zum jetzigen Zeitpunkt nicht mehr viel zur Klärung des Mordes an seinem Sohn beitragen konnte, und wandte sich einem Punkt zu, den die Familien der Opfer am meisten fürchten. Mit einem Blick auf Rahman, dem einzigen, der für diese Aufgabe in Frage kam, sagte İkmen: »Die Leiche muss noch offiziell identifiziert werden.«

»Warum?«

Einen kurzen Moment dachten beide Polizeibeamten, sie hätten sich verhört, und sahen einander zweifelnd an. Doch als wieder eine unangenehme Stille eintrat, räusperte Süleyman sich und beantwortete die Frage.

»Wir müssen wissen, ob das Opfer wirklich Rifat ist«, sagte er. »Selbst wenn die Papiere und die Beschreibung mit der Ihres Sohnes übereinstimmen, müssen wir Gewissheit haben. Es kommt hin und wieder vor, dass jemand einer Leiche falsche Papiere unterschiebt, um die Polizei auf eine falsche Fährte zu locken.«

»Dann werden Sie ihn also hierher bringen? Rifat?«, fragte

Aliya Berisha, während sie mit einer ihrer blutverkrusteten Hände über ihren gewölbten Bauch strich.

»Nein«, sagte İkmen, »Sie werden wohl oder übel ins Leichenschauhaus kommen müssen.«

»Nein.«

»Wie bitte?«

»Ins Leichenschauhaus, nein«, sagte die Frau, »nein.«

»So habe ich das auch nicht gemeint«, setzte İkmen an, da er zu wissen glaubte, warum Aliya Berisha sich weigerte: Es war durchaus denkbar, dass sie es als religiöse Frau ablehnte, einen nackten Körper des anderen Geschlechts zu sehen, selbst wenn es ihr eigener Sohn war. »Ich hatte eher daran gedacht, dass Ihr Mann ...«

»Nein.«

»Aber so hören Sie doch«, mischte Süleyman sich ein und beugte sich leicht vor, um die Wichtigkeit der Angelegenheit zu unterstreichen. »Wie ich Ihnen eben erklärt habe ...«

»Engelushjia wird mitgehen«, fiel die Frau ihm ins Wort und warf ihrer Tochter einen scharfen Blick zu – einem Mädchen von höchstens sechzehn Jahren.

»Aber ...«

»Ich werde mitkommen.« Ihre Worte klangen fest und entschlossen, obwohl İkmen und Süleyman sehen konnten, dass die Augen des Mädchens unruhig flackerten.

»Wenn Sie wirklich darauf bestehen.«

»Das tut sie«, antwortete ihr Vater für sie.

»Also gut.« İkmen betrachtete die Berishas. Ihnen ein Lächeln zu schenken, zeigte wenig Wirkung, wie er ziemlich rasch herausfand. Die gesamte Familie, inklusive der Frau des Vermieters – ebenfalls irgendeine Verwandte – war wieder in tiefes Schweigen versunken. Nur das Mädchen, dessen Gesicht kreidebleich war, schien irgendwie in Alarmbereitschaft, wenn nicht sogar völlig verängstigt zu sein. Wahrscheinlich war es tatsächlich das Beste, wenn sie ihren toten Bruder identifizierte, dachte İkmen. Er hoffte nur, dass es sie nicht zu sehr mitnehmen würde, wobei er im Grunde bereits wusste, dass das gar nicht zu vermeiden war. Selbst unter günstigsten Umständen boten Leichen keinen angenehmen Anblick, doch Rifat

Berishas sterbliche Überreste mit dem fast vollständig abgetrennten Kopf waren besonders unerfreulich anzusehen. Einen kurzen Moment stieg in İkmen eine Welle der Wut gegenüber dieser Familie auf, die ein junges Mädchen scheinbar gedankenlos einem solchen Horrorszenario aussetzte.

»Also dann«, sagte İkmen, während er sich mit den Händen auf seine Knie aufstützte und aufstand, »wenn wir die ganzen Formalitäten hinter uns bringen und die Ermittlungen im Fall Ihres Sohnes einleiten wollen …«

»Wann werden wir meinen Sohn begraben können?«, fragte Rahman, den Blick weiterhin unverwandt auf den Boden vor seinen Füßen gerichtet.

İkmen wusste, wie wichtig es für Moslems war, ihre Toten möglichst rasch zu beerdigen, und runzelte die Stirn, als er der traumatisierten Familie zu erklären versuchte, warum das in diesem Fall nicht so schnell möglich war. Ein Mord veränderte die üblichen Gebräuche in vielerlei Hinsicht – wie İkmen und Süleyman nur allzu gut wussten.

»Ich fürchte, Sie werden noch warten müssen«, sagte er ernst, »bis unser Pathologe die Todesursache festgestellt und dem Leichnam Ihres Sohnes möglichst viele Beweismittel entlockt hat. Die Körper der Opfer können uns häufig genügend Hinweise liefern, um das Umfeld der Ermittlungen beträchtlich einzugrenzen. Wie Sie wissen …«

»Wenn mein Sohn tot ist, was spielt das für Sie dann noch für eine Rolle?«

İkmen und Süleyman drehten sich zur Quelle dieses außergewöhnlichen Kommentars um: Aliya Berisha war aus ihrer Versteinerung erwacht.

»Wir glauben, dass Ihr Sohn ermordet wurde, Frau Berisha«, setzte Süleyman an.

»Und?«

Wieder erfüllte ein tiefes, undurchdringliches Schweigen den Raum, während İkmen kurz die Augen schloss, um etwas Abstand zu diesem seiner Ansicht nach extremen Fall von irrationalem Verhalten zu gewinnen, das durch das schwere Leid ausgelöst wurde.

»Mord ist ein Verbrechen«, sagte er schließlich langsam und

deutlich, als spräche er mit einer Gruppe von Kindern. »Und als Polizist ist es meine Aufgabe, dieses Verbrechen zu untersuchen und, wenn möglich, den dafür Verantwortlichen zu verhaften.«

»Bei uns zu Hause wendet man sich nur dann an die Polizei, wenn man keine Familie hat«, erwiderte Rahman Berisha leicht erregt. »Um solche Angelegenheiten kümmern wir uns selbst.«

İkmen wusste dank der gelegentlichen Kontakte zu seinen albanischen Verwandten, dass selbst nach dem Sturz von Albaniens korruptem kommunistischem Regime im Jahr 1992 das Land noch immer keine einheitliche Polizei- und Vollstreckungsbehörden besaß. Außerdem erinnerte er sich an eines der wenigen Dinge, die ihm sein verstorbener Vater über seine Mutter erzählt hatte: Ihre Belustigung bei dem bloßen Gedanken an ein albanisches Rechtssystem. Etwas Derartiges sei ein Widerspruch in sich, hatte sie offenbar damals gesagt.

»Das mag zwar in Albanien der Fall sein«, sagte İkmen, »aber wir sind hier in der Türkei. Und wenn in der Türkei ein Mann unter mysteriösen Umständen stirbt, sind Polizisten wie Inspektor Süleyman und ich zur Ermittlung verpflichtet.«

»Wenn Sie denn unbedingt wollen«, meinte Rahman Berisha mit einem Achselzucken.

»O ja, das wollen wir, Herr Berisha«, entgegnete İkmen, während er auf das Mädchen zuging. »Darauf können Sie sich verlassen.« Er streckte Engelushjia die Hand entgegen, und nach einem kurzen Blick auf ihren Vater ergriff das Mädchen sie und verließ mit den beiden Beamten die Wohnung.

Solange Engelushjia und die beiden Männer noch nicht aus der Tür waren, gab Aliya Berisha keinen Mucks von sich. Doch danach stieß sie mit vor Schmerz verzerrtem Gesicht einen Schrei aus, der allen, die ihn hörten, das Blut in den Adern gefrieren ließ.

Die beiden Pfleger mussten sich anstrengen, um die Bahre auf den Tisch zu heben. Das war für sie jedoch nichts Ungewöhnliches: Beide Männer wussten, dass der Tod den Körper eines Menschen häufig schwerer und unhandlicher erscheinen ließ.

Der ältere der beiden Pfleger öffnete den Reißverschluss des Leichensacks, während der Jüngere die beiden Seiten herunterzog, um die darin befindlichen sterblichen Überreste des jungen Mannes freizulegen. Dann schob Arto Sarkissian eine Metallbahre neben den Tisch, warf den beiden Männern einen Blick zu und fragte: »Fertig?«

»Ja, Doktor.«

»Eins …«

Die beiden Sanitäter schoben ihre Hände unter die Leiche und machten sich bereit.

»Zwei … drei.«

Mit einer fließenden, nahezu mühelosen Bewegung holten sie den Toten aus dem Sack heraus und legten ihn auf die Bahre. Nur die Fetzen seines einst weißen Hemdes flatterten ein wenig, bevor der Körper des toten Mannes schließlich auf dem Metalltisch zur Ruhe kam.

»Okay«, sagte Arto und postierte sich neben der Bahre.

»Sollen wir uns fertig machen, Doktor?«, fragte Ali Mertez, der ältere Pfleger.

»Ja, macht mal«, erwiderte der Pathologe, während er seine Brille hochschob, um die Leiche genauer zu betrachten. »Aber bleibt erst noch mal im Hintergrund, bis ich euch rufe. Wir können noch nicht sofort loslegen. Inspektor İkmen will mit der Schwester des Toten für die offizielle Identifizierung vorbeikommen. Sie müssten jeden Moment hier sein.«

»Sollten wir ihn dann nicht ein bisschen herrichten?«, fragte der jüngere Mann, Alis Neffe İsmet.

»Das ist doch Schwachsinn«, setzte sein Onkel an. »Du …«

»Bedauerlicherweise wird die junge Frau ihren Bruder in diesem Zustand sehen müssen«, sagte der Pathologe und schenkte dem noch unerfahrenen jungen Mann einen freundlichen Blick. »Dies sieht nach einem Mordfall aus, daher müssen wir die Leiche als eine Quelle von Indizienbeweisen behandeln. Wir können nichts weiter tun, als ihn mit einem sauberen Tuch zu bedecken. Solange Engelushjia Berisha das Gesicht ihres Bruders sehen kann …«

»Ich hole schnell ein Tuch«, sagte Ali und verließ rasch den Raum.

Auf diese Weise allein gelassen mit dem Armenier und der Leiche erschien İsmet seine eigene naive Bemerkung plötzlich peinlich und dumm, und er stammelte: »Tut mir Leid, Doktor Sarkissian, dass ich eben so schwer von Begriff war, aber ich, äh ... ich bin neu hier. Ich meine, ich finde die Arbeit interessant ...«

»Das ist doch schon mal was«, murmelte sein Vorgesetzter, während er mit Hilfe einer großen Pinzette die Fetzen des zerrissenen Hemdes beiseite legte.

»Werden Sie ...«

»Könntest du bitte mal einen Moment still sein, İsmet?«, sagte der Armenier und betrachtete den Körperteil, den man als Rumpf bezeichnete, wie İsmet inzwischen gelernt hatte. »Mmm.«

Es verstrichen ein paar Minuten, in denen sich der Pathologe dem Rumpf abwechselnd näherte und wieder davon entfernte, wobei er die ganze Zeit vor sich hin murmelte. Dabei berührte er die Leiche nicht ein einziges Mal. Vermutlich, bis die Autopsie begann, dachte İsmet.

Als Ali mit dem Tuch zurückkehrte, hatte Dr. Sarkissian sich von der Bahre entfernt und lehnte gegen eines der großen Waschbecken. Doch seine Augen ruhten unverwandt auf der Leiche – genau wie İsmets. Allerdings wusste Letzterer nicht, warum. Während Ali Mertez den Leichnam mit dem Tuch abdeckte, sagte der Pathologe plötzlich: »Ich glaube, das wird eine interessante Autopsie werden.«

»Ach ja? Warum denn, Doktor?«, fragte Ali.

»Weil dieser Mann eine größere Operation hinter sich hat«, erwiderte Arto Sarkissian, »und zwar eine von der Sorte, die man nicht häufig zu sehen bekommt.«

Als Samsun Bajraktar die Rollos vor den Fenstern in der Wohnung herunterzog, die sie seit kurzem als *ihre* Wohnung zu bezeichnen wagte, dachte sie wieder einmal, wie glücklich sie war. In den fast sechsundfünfzig Jahren ihres Daseins hatte es nichts gegeben, was auch nur in die Nähe dieses eigenen kleinen Paradieses gekommen wäre. Und das alles verdankte sie der Güte und der Schönheit dieses großen, starken Mannes, der genau in diesem Augenblick unten im Ledergeschäft für ihre gemeinsame Zukunft arbeitete – ein weiterer Beweis dafür, welch wundersame Wendung ihr Leben genommen hatte.

Abdurrahman, Händler von Lederwaren in jeder erdenklichen Farbe, ehemaliger Ringkämpfer und zehn Jahre jünger als sie – allein sein Name ließ ihr Herz bereits schneller schlagen, ganz zu schweigen von seinen kräftigen, dunklen Muskeln, seinem Körper, der wie eine Marmorstatue glänzte, seinem ... Nein, dachte sie mit für sie eher untypischer Sittsamkeit, lieber nicht daran denken, was sie sonst noch an Abdurrahman liebte und begehrte. Später war noch genügend Zeit dazu. Sie lächelte. Wenn der Laden schloss, würde sie das tun, wofür Abdurrahman sie besonders liebte. Und in der Dunkelheit, wenn ihr Kleid und ihr Schmuck auf den Boden am Fuße ihres Bettes glitten, würden sie und Abdurrahman beide Lust schenken und empfangen, einer dem anderen und umgekehrt, als gleichberechtigte Partner – so wie es sein sollte und wie Samsun es sich immer erträumt hatte.

Nachdem sie die Rollos heruntergelassen und damit das hektische Treiben ausgesperrt hatte, das die Schließung des gegenüberliegenden Bazars Kapalı Çarşı begleitete, ging Samsun hinüber ins Schlafzimmer und entzündete die Kerzen in dem Leuchter, der auf ihrer Frisierkommode stand. Mit geschlossenen Augen murmelte sie ein paar Beschwörungen in einer Sprache, die in dieser Stadt nur wenige Menschen verstanden, und kommunizierte mit Wesen, die sich noch weniger Menschen vorstellen konnten. Wesen, die den Fortbestand ihrer Beziehung zu ihrem Geliebten gewährleisten würden, sofern man sie auf angemessene Weise beschwichtigte. Und obwohl sie während der Beschwörungszeremonie jeden Moment hätte unterbrochen werden können, wurde wie von Zauberhand erst in dem Moment an die Wohnungstür geklopft, als sie ihr Ritual beendet hatte. Als Samsun die Tür öffnete, fiel ihr Blick auf eine kleine, zerzauste Gestalt, die lächelte, als sich ihre Augen trafen.

»Çetin!«, rief Samsun und bückte sich, um ihren Cousin in ihre mächtigen Arme zu schließen. »Das ist aber eine nette Überraschung! Komm rein!«

Lächelnd trat der Inspektor über die Schwelle, nachdem er seine Schuhe ausgezogen hatte.

»Du siehst gut aus«, sagte er und betrachtete seine Verwandte wohlwollend. »Onkel Ahmet sagte, du hättest, äh, jemanden, äh, kennen gelernt ...«

Samsun kicherte und errötete sichtlich, fast wie ein kleines Mädchen. »Abdurrahman«, sagte sie und hob ihre Stimme, während sie den Namen ihres Geliebten aussprach. »Ihm gehört der Laden unten.«

İkmen, der einen wohlproportionierten Mann in dem Ledergeschäft bemerkt hatte, nickte. »Ja, ich glaube, ich habe ihn beim Hereinkommen gesehen.«

»Er ist sehr stark«, sagte Samsun, während sie İkmen in ein Zimmer führte, das an das Boudoir einer Professionellen erinnerte – es fehlte lediglich das Bett. Rote und schwarze Fransen, so weit das Auge reichte. İkmen setzte sich und schluckte einmal heftig, bevor er sich eine seiner unvermeidlichen Maltepe-Zigaretten anzündete. Es fiel ihm nicht leicht, mit Samsun in einem Raum zu sein, sosehr er sie auch mochte. Aus den unterschiedlichsten Gründen hatten sich die albanischen Verwandten seiner Mutter immer als schwierig erwiesen, und obwohl Samsun – genau wie Ayşe İkmen – eine renommierte Wahrsagerin war und İkmen sie gut kannte, war sie doch eine recht ungewöhnliche Frau. Bis zum Alter von etwa zwanzig Jahren, als sie sich einer Gruppe stadtbekannter Gleichgesinnter anschloss, war Samsun als Mustafa Bajraktar durchs Leben gegangen. Heute, eine stattliche Anzahl teurer operativer Eingriffe in Italien später, war aus Mustafa Samsun geworden, die mit Abdurrahman zusammenlebte, einem Kerl, der İkmen irgendwie an einen spanischen Kampfstier erinnerte.

»Ich könnte dir eine Tasse Sahlep machen, um dich ein wenig aufzuwärmen«, sagte Samsun, während sie einen sauberen Aschenbecher auf den Beistelltisch vor İkmen stellte.

»Danke für das Angebot«, erwiderte İkmen mit einem Lächeln, »aber wenn ich dir jetzt erzähle, dass ich gerade aus dem Leichenschauhaus komme, würdest du mir dann auch ein etwas stärkeres Getränk anbieten?«

Samsun lächelte. »Wie wäre es mit einem Kanyak?«

»Alte Laster schmecken doppelt süß«, entgegnete İkmen und ließ sich nach hinten in die Tiefen des riesigen roten Sofas sinken.

Nachdem sie in die Küche verschwunden war, kehrte Samsun nach wenigen Minuten mit einer großen, goldfarbenen Flasche und zwei Gläsern zurück. Ihre Fähigkeit, all diese Gegenstände in einer einzigen Hand zu tragen, entlockte İkmen ein Lächeln.

»So«, sagte Samsun, während sie sich setzte und die beiden Gläser füllte, »was führt denn nun Istanbuls berühmtesten Mordkommissar zu einer Exprofessionellen wie mir?«

Obwohl sie beide aus ein und derselben Familie stammten, hatte Samsun ihrem Cousin nie hundertprozentig getraut. Die Tatsache, dass er nur Halbalbaner war und außerdem bei der Polizei arbeitete, weckte in ihr das Bedürfnis, noch einmal zu betonen, dass sie eine *Ex*prostituierte war. Zwar waren İkmen – anders als Samsun glaubte – diese Details herzlich egal, aber er hatte sich im Laufe der Jahre an Samsuns Eigenarten gewöhnt und sie als unabänderbar akzeptiert. Genau wie das Bild des genialen Ermittlers, das Samsun sich von ihm gemacht hatte, zeigte auch diese Haltung eher Samsuns eigene geschraubte Sicht der Welt und aller darin befindlichen Personen.

Wie es seine gänzlich untürkische Gewohnheit war, kam İkmen direkt zur Sache. »Ich möchte etwas über *gjakmaria* erfahren, Samsun«, sagte er. »Ich muss unbedingt wissen, wie das funktioniert.«

Samsun reichte İkmen ein Glas Weinbrand und nahm dann selbst einen großen Schluck aus ihrem eigenen Glas.

»Ich bin gerade mit einem Fall beschäftigt, bei dem diese Blutrache möglicherweise eine Rolle spielt«, fuhr İkmen fort und versuchte vergeblich, in Samsuns niedergeschlagene Augen zu schauen.

»Falls Albaner in eine *gjakmaria* verwickelt sind, gibt es für euch – die Polizei – keinen Platz darin«, sagte Samsun und wiederholte damit, was ihm schon Rahman Berisha zu verstehen gegeben hatte. »Vor allem, wenn es sich um Ghegen handelt.«

»Ghegen?«

Sie warf ihm einen geringschätzigen Blick zu. »Du weißt wirklich nicht viel, richtig?« Dann seufzte sie und fuhr fort: »Ghegen stammen aus dem Norden, aus Ghegerien. Sie sind ein echtes Bergvolk, sehr traditionell. Lek Dukagjini, der unter anderem die Gesetze der *gjakmaria* aufgestellt hat, in einem Buch, das wir als das Kanun bezeichnen, war ein Ghege. Die Tosken im Süden sind dagegen offener.«

»Und du bist ein ...?«, fragte İkmen.

»Genau wie deine Mutter gehöre ich zu den Ghegen«, erwiderte Samsun.

»Aber du bist derzeit nicht in eine *gjakmaria* verwickelt, nehme ich an ...«

»Dein türkischer Vater muss dir doch erzählt haben, dass dies zu unserer Tradition gehört.«

»Also ...«

»Was unsere Familie betrifft, haben wir alle unsere Streitigkeiten beigelegt, bevor wir in dieses Land kamen.« Sie lächelte kurz. »Ich habe noch nie ein blutbeflecktes Hemd im Fenster eines unserer Verwandten gesehen, Çetin.«

»Das blutbefleckte Hemd bedeutet ...?«

»Dass ein toter Mann darauf wartet, gerächt zu werden. Es gibt einige Dörfer in der alten Heimat, da hängt in jedem Fenster so ein Hemd.«

»Kein Wunder, dass Großvater sich entschloss auszuwandern«, sagte İkmen spitz.

Samsun seufzte und lehnte sich in ihrem Sessel zurück. »Wenn du es wirklich mit einer Blutfehde zu tun hast, Çetin, dann wird der ›Fall‹, an dem du gerade arbeitest, nicht das Ende der Geschichte sein. Falls Blut vergossen wurde, muss dieses Blut gerächt werden. Das sind stille, aber tiefe Wasser, Çetin, durchmischt mit einer Überlieferung und Tradition, die du kaum verstehst. Und als Polizist wirst du da überhaupt nichts ausrichten können. Natürlich kannst du der ganzen Sippe mit der Todesstrafe drohen – doch das wird am Ergebnis absolut nichts ändern.«

İkmen nahm einen tiefen Schluck von seinem Drink und stellte das leere Glas zurück auf den Beistelltisch. »Also, mal angenommen, dass ich es tatsächlich mit einer Blutfehde zu tun habe, mit anderen Worten mit einer Sippe, die an Blutrache denkt, was genau passiert dann als Nächstes?«

»Wenn das Hemd aufgehängt ist, weiß der gegnerische Clan, dass es jetzt ernst wird. Sämtliche männlichen Mitglieder verlassen dann ab sofort das Haus nicht mehr.«

Das kam İkmen bekannt vor, und er erinnerte sich an Rahman Berishas ernste Miene. Und das wiederum führte ihm den entsetzten Ausdruck im Gesicht von Rahmans Tochter erneut vor Augen, als sie den bis auf den Kopf übel zugerichteten Körper ihres toten Bruders gesehen hatte – ein Mädchen, fast noch ein Kind, das den harten Gesetzen ihrer »Blutsverwandten« Folge zu leisten hatte.

»Was auch immer sie dir in dieser Sache erzählen – du solltest es mit großer Vorsicht genießen«, fuhr Samsun fort. »Es gibt bei uns eine Redensart: ›Du kannst dich an dein Wort halten; du kannst dich aber auch nicht daran halten.‹« Bei diesen Worten stieß Samsun ein Lachen aus – ein trotz aller Operationen auffällig dunkles Lachen.

Nachdem ihm die volle Bedeutung von Samsuns Worten bewusst geworden war, sagte İkmen nach einer Weile: »Natürlich versuche ich, keine voreiligen Schlüsse zu ziehen. Dieser Fall mag etwas mit einer Blutfehde zu tun haben, möglicherweise aber auch vollkommen unabhängig davon sein.«

»Eine vernünftige Einstellung«, erwiderte Samsun und füllte İkmens Glas erneut. »Die Berishas leben schon solange sich irgendjemand aus Ghegerien erinnern kann in einer Blutfehde mit der Vlora-Sippe.«

»Bei Allah!«, stieß İkmen hervor. Es erstaunte ihn, dass Samsun solch intime Details über seinen Fall wusste und auch noch preisgab. »Aber wie um alles in der Welt ...«

»Wir sind Albaner, Çetin.« Die Transsexuelle lächelte. »Wir sind an Tragödien gewöhnt. Solche Nachrichten machen schnell die Runde. Die Cousine der Familie, Mimosa Özer, erzählt überall herum, dass Rifat Berishas Kopf fast vollständig vom Körper abgetrennt wurde. Das würde allerdings darauf hinweisen, dass es sich bei dem Tod nicht um eine Blutracheaktion handelt.«

»Und wieso?«, fragte İkmen, nachdem es ihm gelungen war, seinen weit offen stehenden Mund wieder zuzuklappen.

»Weil es unehrenhaft ist, den Kopf eines Mannes abzutrennen«, sagte Samsun und fügte mit einem Achselzucken hinzu: »Was die Berishas natürlich nicht davon abhalten wird, Rifat zu rächen. Ich bin mir sogar sicher, dass jetzt in diesem Moment bereits Pläne geschmiedet werden, um ein Mitglied der Vlora-Sippe umzubringen. Und ich empfehle dir, den Fall schnellstmöglich einem unbefangenen Kollegen zu übertragen – diesem niedlichen Süleyman zum Beispiel.« Dann beugte sie sich vor und sah İkmen direkt ins Gesicht. »Denn du magst ja der Meinung sein, du wärst durch und durch Türke, aber wenn irgendeiner von der Berisha- oder Vlora-Sippe herausfindet, dass auch du ›einer von ihnen‹ bist, könntest du schon bald in großen Schwierigkeiten stecken, mein kleiner Cousin.«

5

Obwohl Mehmet Süleyman das Gewicht von Zelfas warmem, nackten Körper auf seiner Brust als tröstlich empfand, konnte er das Bild von Engelushjia Berishas entsetztem Gesichtsausdruck dennoch nicht vollständig aus seinem Gedächtnis löschen. Als das Mädchen sah, was ihrem Bruder Rifat angetan worden war, hatte sie sich zuerst übergeben und dann so lange und laut geweint, dass Dr. Sarkissian sich gezwungen sah, ihr ein Beruhigungsmittel zu geben. Armes Mädchen. Mehmet wurde noch immer ganz wütend bei dem Gedanken, dass ein so junger Mensch von seinen gewissenlosen Eltern zu dieser Aufgabe gezwungen worden war.

Doch als Zelfa sich allmählich aus ihrer postkoitalen Erstarrung löste, konzentrierte er sich voll und ganz auf ihre ansehnliche Figur.

»Ich brauche eine Zigarette«, sagte Zelfa und erhob sich abrupt aus dem zerwühlten Bett.

»Ach nein, bleib noch ein bisschen so liegen«, sagte Mehmet, während er sie an der Schulter festhielt und wieder auf seine Brust zurückzog. »Mir wird kalt, wenn du gehst.«

Um sie zu überzeugen, drückte er seinen Mund fest und hart auf ihre Lippen. Und während sie sich erkunden und schmecken ließ, vergaß Zelfa sofort jeden Gedanken an eine Zigarette.

Als er seine Umarmung schließlich ein wenig lockerte, sah er sie mit einem begehrlichen Blick an. »Du bist so warm und weich ...«

»Ich schätze mal, das hängt mit meiner Menopause zusammen«, erwiderte sie und drehte sich mit einem Lachen zur Bettkante, um nach ihren Zigaretten und ihrem Feuerzeug zu angeln.

»Ich weiß wirklich nicht, warum du dieses Thema immer wieder ansprichst«, erwiderte ihr nun leicht verärgerter Geliebter. »Das ist so unromantisch. Warum tust du das, Zelfa?«

Nachdem sie erst eine Zigarette für sich selbst und dann eine für ihn angezündet hatte, sagte sie: »Also, erstens weil ich Ärztin bin und mich zwangsläufig mit derlei Dingen auseinander setze.«

»Ja? Und noch?«

»Und weil ...«, sie rückte etwas näher, damit sie ihm direkt in die Augen sehen konnte, »weil ich dich darauf aufmerksam machen möchte, Mehmet. Die ersten Anzeichen lassen sich dafür bei mir schon feststellen; ich habe zugenommen, bekomme Hitzewallungen, hatte letzten Monat meine Periode nicht ... Ich bin Ärztin, ich kenne mich damit aus. Du und ich, wir können es treiben wie die Karnickel, aber die Wahrscheinlichkeit, dass wir noch Kinder bekommen, ist sehr gering.«

»Verstehe.« Verärgert richtete er sich ein wenig auf. Er wirkte sehr sexy, wenn er mit geringschätzigem Gesichtsausdruck an einer Zigarette zog, dachte sie. »Aber ich habe dir schon zigmal gesagt, dass du mir wichtiger bist als Kinder.«

»Du musst dir deiner Sache wirklich sehr, sehr sicher sein, Mehmet.«

»Ja, das weiß ich, und das bin ich auch«, sagte er, wobei seine Stimme mit zunehmender Verärgerung lauter wurde, »obwohl es mich rasend macht, dass du mich dauernd aufforderst, über meine Gefühle zu dir nachzudenken. Anscheinend glaubst du, ich wäre nicht in der Lage, selbst zu wissen, was ich wirklich will.«

»Ich weiß, dass du dazu in der Lage bist, Mehmet, aber ...«

»Ich bin nicht einer deiner Patienten!« Er hatte sich jetzt vollständig aufgerichtet und schenkte ihr einen wütenden Blick aus seinen aristokratischen Augen. »Ich entstamme einer langen Reihe von Ahnen, die immer genau wussten, was sie wollten – sie haben dieses Land und das ganze Reich regiert! Das

Fällen von Entscheidungen ist uns zur zweiten Natur geworden, und daher habe ich beschlossen, dass ich dich heiraten möchte, Zelfa. Und du kannst dir ziemlich sicher sein, dass es das ist, was ich will!« Er drehte sich zur Seite, um die Zigarettenasche am Aschenbecher abzustreifen, wie Zelfa annahm, aber als er sich wieder umdrehte, waren seine Hände leer.

»Mehmet ...«

Mit einer schnellen Bewegung schob er sich über sie und drückte sie mit seinem großen, dunklen Körper auf das Bett.

»Weißt du eigentlich, wie oft ich am Tag daran denke, mit dir zu schlafen?«, fragte er, während seine Lippen dicht über ihrem Mund schwebten. »Oder wie oft ich mir dein Lachen vorstelle oder mir deine geistreichen Bemerkungen noch mal durch den Kopf gehen lasse?«

Sie sah, dass seine Augen vor Leidenschaft ganz dunkel geworden waren, und sagte beschwichtigend: »Mehmet ...«

»Ich liebe dich«, sagte er. »Ich liebe deine liebenswerte Art und deine Intelligenz und deine Schönheit, und ich weiß zwar, dass du diese kleinen Rundungen an deinen Hüften hasst, aber ...«

»Aber ich muss sicher sein, dass du mich nicht verlässt, Mehmet!«, erwiderte sie mit einer Verzweiflung in der Stimme, die sie ihm eigentlich nicht hatte offenbaren wollen. »Denn wenn wir erst verheiratet sind und du mich dann verlässt ...«

»Man verlässt das, was man anbetet, nicht, du dummes Weib!«

Im nächsten Moment drehte Mehmet sich von Zelfa weg, als würde er von den Worten fortgetrieben, die er seinerseits nicht hatte preisgeben wollen, und blieb schweigend auf dem Rücken liegen.

So verstrichen ein paar Minuten völliger Stille, während sie beide an die von starken Rissen überzogene Decke in Zelfas Schlafzimmer starrten, die die Erinnerungen an die jüngsten Erschütterungen der Erde wieder wachriefen. Die mit diesen Erinnerungen verbundene Trauer ließ ihren Geist etwas zur Ruhe kommen.

Schließlich brach Zelfa das Schweigen. »Ich würde wirklich gerne ›Ja‹ sagen, verstehst du?«, sagte sie leise. »Aber ich brauche einfach noch ein paar Tage, um mir über die Konsequenzen noch einmal ganz klar zu werden.«

»Welche Konsequenzen?«

»Na zum Beispiel die Tatsache, dass ich, wenn ich dich heirate, nie wieder in Irland leben werde.« Sie drehte sich zu ihm um und lächelte. »Ich weiß, dass wir jederzeit dorthin zu Besuch fahren können, aber ...«

»Irgendwie werde ich das Gefühl nicht los, deine ganzen Grübeleien bedeuten lediglich, dass du mich nicht liebst«, sagte er, wobei sein Gesicht jetzt besorgt und angespannt wirkte.

Zelfa nahm sein Gesicht in ihre Hände und küsste ihn. »Aber das tue ich, Mehmet. Ich liebe dich wirklich, aber ich muss erst alle Konsequenzen abwägen, bevor ich mich binde.«

Langsam zeichnete sich ein kleines, wenn auch trauriges Lächeln auf seinem Gesicht ab. »Ich weiß, ich weiß.«

»Wenn du wüsstest, wie sehr ich dich tatsächlich liebe, würde dir das eine Heidenangst einjagen«, sagte sie und schob ihre Hände, als wolle sie ihre Aussage bekräftigen, langsam über seine Brust hinunter in Richtung seines Unterleibs.

Er lächelte.

Genau das gleiche Lächeln wie bei diesem Patienten mit dem Nachnamen Süleyman, der bei ihr im Wartezimmer gesessen hatte, aber dann plötzlich verschwunden war. Muhammed Süleymans Probleme hatten sich offensichtlich in Luft aufgelöst, oder der alte Herr hatte sich entschlossen, seine Verabredung mit der Geliebten seines Sohn platzen zu lassen – falls Mehmet wirklich sein Sohn war. Aber bei diesem Lächeln musste er wohl der Vater sein, oder? Obwohl sie nicht wusste, woher der alte Mann, zu dem Mehmet nach eigener Aussage nur wenig Kontakt hatte, von ihr überhaupt wusste. Doch während sie ihren Liebsten streichelte, beschloss Zelfa, dass es vielleicht nicht der richtige Moment war, um sich über derlei Dinge Gedanken zu machen.

Orhan Tepe hatte einen langen, schweren Tag hinter sich. Nachdem er den Ort gesichert hatte, von dem sie nun wussten, dass es sich nur um die Fundstelle von Berishas Leiche, nicht aber um den eigentlichen Tatort handelte, war er Dr. Sarkissian und der Leiche in die Pathologie gefolgt. Da er erst kurz nach der offiziellen Identifizierung durch die Schwester des Opfers dort eintraf, hatte er İkmen nur kurz gesehen, der das aufgelöste junge Mädchen zusammen mit Süleyman nach Hause brachte. İkmen und Süleyman, dachte er traurig, schienen sich immer noch so gut miteinander zu verstehen wie zu der Zeit, als Süleyman noch für den Alten gearbeitet hatte. Die zwei waren ein Team gewesen, echte Partner, und zwar auf eine Weise, wie es zwischen ihm und İkmen nie sein würde, das wusste Tepe. Zwar ermittelten er und İkmen noch nicht so lange zusammen, gerade einmal ein Jahr. Aber in diesem Jahr, das spürte Tepe, hatte sein Vorgesetzter getrauert – getrauert wegen der Beförderung seines engsten Verbündeten. Dazu kam das Trauma des jüngsten Erdbebens, unter dem sie alle zu leiden hatten. Nahm man dies alles zusammen, war es leicht zu verstehen – wenn auch bitter für ihn –, warum es für einen »Neuling« wie ihn nicht einfach war, an İkmen heranzukommen. Aber diese Gedankenkette half ihm auch nicht weiter, dachte Tepe. İkmen würde ihm entweder eines Tages entgegenkommen oder eben auch nicht – das lag ausschließlich in Allahs Hand.

Orhan trank von dem Tee, den Ayşel ihm gegeben hatte, bevor sie sich hingelegt und zu schlafen versucht hatte; Cemal würde sie ohne Zweifel in den frühen Morgenstunden wecken, um gestillt zu werden. Orhan liebte sein Kind sehr, aber er fragte sich auch ernsthaft, wie seine Frau es wohl schaffen sollte, noch ein solches, derart hyperaktives Kind zu ertragen – falls sie sich das finanziell überhaupt leisten konnten. Bedauerlicherweise bedeutete ein Wohnsitz in einem aktiven Erdbebengebiet keineswegs, dass die Mieten niedrig oder auch nur stabil waren. Die Entscheidung, eine Stelle als schlecht bezahlter Polizeibeamter anzunehmen und dazu auch noch in den Diensten des absolut unbestechlichen Inspektor İkmen, zählte wahrscheinlich nicht zu seinen cleversten Schachzügen. Nicht dass er dafür bekannt war, immer die richtigen Entscheidungen zu treffen: Die letzte aus einer Reihe von Fehlentscheidungen, eine im Nachhinein irgendwie schal anmutende Affäre mit einer Kollegin, bereitete ihm immer noch ziemliche Kopfschmerzen. Er schob den unangenehmen Gedanken an derlei unlösbare Probleme beiseite und konzentrierte sich wieder auf den Fall.

Obwohl er normalerweise nicht an Autopsien teilnahm, war er bei der von Rifat Berisha zugegen gewesen. Dr. Sarkissian hatte während der ganzen Zeit nur mit seinen Assistenten gesprochen, doch als İkmen von der Wohnung der Berishas in die Pathologie zurückgekehrt war, hatte der Arzt einen Teil seiner Beobachtungen preisgegeben. Wie sie bereits wussten, war Rifat Berisha infolge des großen Blutverlusts gestorben, der durch die tiefen Schnittwunden im Hals entstanden war. Bei der Waffe konnte es sich entweder um ein Jagdmesser handeln oder eine ähnliche glatte Klinge, die der Täter dann wie eine Säge geführt hatte, bis das Opfer fast vollständig enthauptet war, fuhr der Pathologe fort. Seiner Vermutung nach musste der Täter kräftig und wahrscheinlich wütend gewesen sein, aber nicht notwendigerweise jemand mit enormer Körperkraft. Interessanterweise, so der Pathologe, waren sowohl die Wunde als auch das Gesicht des Opfers mit kleinen, aber sichtbaren Glasscherben übersät. Und obwohl die Messerschnitte zweifellos die Todesursache waren, hatten die Scherben Berishas Gesichtshaut zerschnitten und das Chaos aus Gewebe und Blut, das einst sein Hals gewesen war, zusätzlich verschlimmert.

Der Mangel an Blut an der Fundstelle deutete darauf hin, dass Rifat an einem anderen Ort umgebracht worden sein musste. Des Weiteren waren die Schlagverletzungen, die das Opfer erlitten hatte – entweder auf der Reşadiye Caddesi oder kurz bevor es dorthin geschafft wurde –, ihm erst nach dem Tod beigebracht worden, erläuterte Dr. Sarkissian. İkmen wollte nach Zeugen suchen lassen, die vielleicht irgendetwas Ungewöhnliches in den frühen Morgenstunden beobachtet hatten, aber angesichts des dichten Nebels in jener Nacht schien es unwahrscheinlich, dass viele Leute unterwegs gewesen waren.

Doch wesentlich interessanter als all diese Details erschien Orhan die gewaltige, ebenfalls mit Blutergüssen bedeckte Narbe, die der Pathologe ihnen auf der linken Seite von Rifats Rumpf gezeigt hatte. Die verheilte Wunde war identisch mit der Art von Narbe, die man nach einer Nierentransplantation erwarten würde. Und tatsächlich hatte die Autopsie bestätigt, dass der junge Rifat Berisha nur noch eine Niere besaß. Sein Körper war an der Flanke sorgfältig aufgeschnitten und später wieder vernäht worden. Dr. Sarkissian war voll des Lobes für den unbekannten Chirurgen gewesen, der diese Operation durchgeführt hatte. Es blieb allerdings die Frage, warum einem scheinbar gesunden jungen Mann wie Rifat überhaupt ein Organ hatte entfernt werden müssen. Ohne erkennbare Anzeichen für eine Krankheit, fuhr der Arzt fort, bestand natürlich die Möglichkeit, dass Berisha eine seiner gesunden Nieren verkauft hatte. Orhan wusste, dass in seinem Land der Handel mit gesunden Organen nicht gerade selten vorkam und meistens zwischen armen Bürgern der Türkei und ausländischen Käufern stattfand. Der Eingriff wurde in der Regel im Ausland vorgenommen, wobei der »Verkäufer« für einen Kurztrip nach London oder Rom oder in eine andere westeuropäische Stadt fuhr. Allerdings ließen sich diese Fälle nur schwer nachweisen. Sowohl die türkische als auch die Polizei in den jeweiligen anderen Ländern standen vor dem Problem, dass, solange alle an der Transaktion beteiligten Parteien zufrieden waren, derartige illegale Operationen ungehindert weiter unternommen werden konnten. Und, so hatte der Pathologe hinzugefügt, ein armer Albaner wie Rifat war ein geeigneter Kandidat für diese Art von Geldbeschaffung. Für jemanden, dessen Mutter selbst Albanerin war – wie Orhan an diesem Tag erfahren hatte –, klang İkmens anschließender Kommentar ziemlich abgebrüht. »Was will man von Leuten erwarten«, hatte er gesagt, »die geradezu süchtig danach sind, ständig im Streit miteinander zu liegen?«

Was das genau zu bedeuten hatte, wusste Orhan nicht, aber falls Rifat Berisha eine seiner Nieren verkauft hatte, dann mussten er und seine Familie in einer wirklich verzweifelten Lage gewesen sein. Und Menschen in verzweifelten Situationen waren leichte Opfer und schutzlos ausgeliefert, nicht nur den Bedürfnissen reicher Ausländer, sondern auch den Launen und Wünschen einer ganzen Reihe von zwielichtigen Gestalten. Es wäre interessant zu erfahren, ob Rifat unter Drogeneinwirkung stand, als er starb. Die toxikologische Untersuchung würde ergeben, ob an dem Vorurteil, dass Albaner häufig in Drogengeschäfte verwickelt waren, etwas dran war.

Das Klingeln seines Mobiltelefons durchkreuzte Tepes Gedanken.

»Ja, bitte?«

»Orhan? Hier ist Inspektor İkmen«, sagte eine vertraute Stimme. »Ich rufe an, weil ich Sie informieren wollte, dass ich gerade ein Überwachungsteam für die Wohnung der Berishas zusammenstelle, zu dem auch Sie gehören sollten. Ich möchte, dass Sie morgen so früh wie möglich auf die Wache kommen.«

Tepe runzelte die Stirn. Es war höchst ungewöhnlich, in diesem frühen Stadium der Ermittlungen die Wohnung des Opfers überwachen zu lassen. Aber er wusste aus Erfahrung, dass es in der Regel ein Fehler war, İkmens Anweisungen zu hinterfragen. Am Ende war man meist selbst der Dumme, selbst wenn der Alte noch so bizarre Ideen hatte.

»In Ordnung.«

»Ich werde Ihnen alles Weitere morgen früh erklären«, sagte İkmen und fügte, für Orhans Geschmack, etwas steif hinzu: »Eine interessante Autopsie heute, oder?«

»Ja, Chef.«

»Mmm.« Und nach einer Weile, als ihm entweder nichts mehr einfiel oder es ihm peinlich war, seinen Untergebenen zu so später Stunde noch zu stören, sagte İkmen schließlich: »Also gut, das wär's dann, Orhan. Ich seh Sie dann morgen früh.«

»Geht klar, Chef.«

Als İkmen auflegte, hörte Tepe noch einen Moment das Summen der unterbrochenen Telefonverbindung. Er hatte nicht die geringste Ahnung, was der Alte im Schilde führte, aber es musste einen triftigen Grund dafür geben, dass er die Wohnung der Berishas beschatten lassen wollte. Die Ergebnisse der toxikologischen Untersuchung konnten unmöglich bereits vorliegen, aber vielleicht hatte der Pathologe oder die Gerichtsmedizin irgendetwas gefunden, was die Berishas selbst oder jemanden aus dem Umfeld der Familie mit Rifats Tod in Verbindung brachte. Schließlich war der Schoß der Familie nicht immer der sicherste Ort auf Erden, so viel wusste selbst Orhan, auch wenn er noch nicht über so viel Berufserfahrung verfügte wie İkmen.

Obwohl er daran dachte, Mehmet Süleyman anzurufen, nachdem er mit Orhan Tepe gesprochen hatte, widerstand İkmen diesem Impuls. Süleyman war um diese Zeit wahrscheinlich schon im Bett, und außerdem bestand immer die Gefahr, dass ein nächtlicher Anruf, selbst auf Mehmets Handy, den armen, alten Cohen aus dem Schlaf reißen konnte. Seit der Amputation beider Beine ab dem Knie, die ihn fast vollkommen bewegungsunfähig machte, fand Exhauptwachtmeister Balthasar Cohen trotz einer ganzen Reihe schmerzstillender Medikamente und Beruhigungsmittel in letzter Zeit nur selten Schlaf. Aufgewühlt von den quälenden Visionen vergangener und möglicher zukünftiger Erdbeben – ganz zu schweigen von dem Trauma seiner verlorenen Männlichkeit –, verbrachte Cohen seine Tage und auch einen Großteil der Nächte in einem Zustand diffuser Angst. Daher hielt İkmen es nicht für klug, so spät noch anzurufen, falls Cohen vielleicht gerade eingenickt war.

Außerdem war er sich noch nicht einmal sicher, was er Mehmet genau erzählen sollte, falls er ihn erreichte. Samsuns Enthüllung, dass die Berishas in eine Blutfehde mit der Vlora-Familie verwickelt waren, hatte ihn ziemlich bestürzt. Stand dies in irgendeinem Zusammenhang mit Rifats Tod? Falls das der Fall war und bekannt wurde, dass er selbst einer weiteren Ghegen-Familie angehörte, könnte dies – wie Samsun bereits gesagt hatte – zu einem großen Problem werden. Er musste daher darauf bedacht sein, seine albanische Herkunft geheim zu halten. Istanbul konnte manchmal ein ziemlich kleines Dorf sein, das wusste er nur zu gut.

Doch die Überwachung der Wohnung der Berishas würde hoffentlich bald zutage bringen, ob sie etwas gegen die Vlora-Familie im Schilde führten. Engelushjia Berisha hatte ihn nicht um das blutbefleckte Hemd ihres Bruders gebeten. Vielleicht war das ja ein gutes Zeichen – nicht, dass er es ihr gegeben hätte. Falls die Berishas also nichts gegen ihre »Feinde« planten, war alles in Ordnung. Falls doch, sollte er vielleicht Samsuns Rat folgen und den Fall einem unbeteiligten Inspektor wie Süleyman übergeben. Das Ganze war vollkommen verrückt. Obwohl er mit dem Wissen aufgewachsen war, dass die *gjakmaria* im Volk seiner Mutter noch ausgeübt wurde, war es ihm nie in den Sinn gekommen, dass er einmal persönlich damit zu tun haben könnte. Er wusste zwar, dass er im Mordfall Berisha nicht nur in diese eine Richtung ermitteln durfte, aber der Gedanke an Blutrache ließ sich einfach nicht aus seinem Hirn verbannen. Er hatte das Gefühl, dass sich seine verstorbene Mutter wieder einmal aktiv in seine Gedankenwelt hineindrängte.

Ayşe İkmen war gestorben, als ihr jüngster Sohn Çetin gerade einmal zehn Jahre alt gewesen war. Obwohl er es versucht hatte, konnte İkmen sich nicht an irgendwelche Einzelheiten ihrer letzten Krankheit erinnern. Er wusste nur noch, dass er und sein dreizehnjähriger Bruder Halil von der Schule nach Hause gekommen waren und ihre Mutter tot im Bett vorgefunden hatten. Dabei hatte Çetin im Grunde überhaupt nichts gesehen: Der Körper seines wesentlich größeren Bruders hatte ihm die Sicht versperrt, und dann hatte Halil Çetin schreiend aus dem Zimmer gedrängt, um den Kleinen zu schonen. Halil war gar nicht auf den Gedanken gekommen, dass Çetin sich gerne von der Mutter verabschiedet hätte. Manchmal wünschte İkmen, er könnte seinen Bruder auf dieses Thema ansprechen, denn er erinnerte sich genau, dass Halil am Nachmittag die Polizisten ins Schlafzimmer geführt hatte. Und selbst über vierzig Jahre später gab es immer wieder Momente in İkmens Leben – wenn er sich Ayşe besonders nah fühlte wie etwa zum jetzigen Zeitpunkt –, in denen er den Gedanken hegte, dass ein vor langer Zeit gesprochener Zauberspruch sie vielleicht wieder zum Leben erwecken könnte. Vielleicht sollte er mal wieder zum Karaca-Ahmet-Friedhof gehen; vielleicht sollte er seine Eltern mal wieder besuchen.

İkmen zündete sich eine Zigarette an und sah aus dem Fenster hinaus auf die Stadt, wo sich der Nachtnebel in Schwaden erhob und schließlich große Teile der Sultan Ahmet Camii, der berühmten Blauen Moschee, einhüllte.

6

Als Engelushjia Berisha an diesem Morgen aufstand, ließ nicht nur die Kälte des billigen Linoleumbodens unter ihren Füßen das Mädchen zusammenzucken. Die Erinnerung daran, was man ihrem Bruder Rifat angetan hatte, überkam sie wie ein brennender Schmerz. Die Stelle, wo man ihm die Kehle durchgeschnitten hatte, erinnerte an den Hals von geschächteten Schafen, die an Kurban Bayram zu Ehren des Propheten Abraham geopfert wurden – rohes und blutiges Fleisch. Nur mit dem Unterschied, dass Rifat kein Schaf war, sondern ein menschliches Wesen. Und jetzt war er tot, genau wie ihr anderer Bruder Egrem. Getötet von einem Clan, dessen einziges Ziel darin bestand, sämtliche Mitglieder ihrer eigenen Familie zu verfolgen, bis die Berishas vollkommen ausgelöscht waren. Und von diesem Ziel waren sie gar nicht mehr so weit entfernt: Von der Berisha-Familie lebten nur noch ihre Eltern, Tante Mimosa – obwohl sie keine richtige Blutsverwandte war – und natürlich sie selbst.

Als sie den ersten der zahlreichen Pullover überstreifte, die sie über ihrem dünnen Baumwollkleid tragen würde, brach Engelushjia in Tränen aus. Der Tod ihres geliebten Bruders Rifat machte sie zu einem Einzelkind, etwas, das sie sich nie hätte vorstellen können. Ihre Eltern waren sowohl von Angst erfüllt als auch rachsüchtig, und da ihre Mutter ein Kind erwartete, war Engelushjia das einzige Mitglied der Familie, das sich ohne Gefahr außerhalb der Wohnung bewegen konnte. Denn nur sie galt zur Zeit als »echte« Frau, da ihr Blut nicht vom

Blut eines männlichen Samens in ihrem Körper verunreinigt war. Sie fragte sich, ob sie – falls ein Mann sie jemals lieben sollte –, ob sie sich dann selbst umbringen würde, nachdem sie einmal vom Glück gekostet hatte. Bis dahin würde wohl kaum noch jemand übrig sein, um sie zu rächen. Und wenn sie sich selbst tötete, brachte sie die Vloras zumindest um diese Genugtuung. Denn sobald Rifats Hemd im Fenster hing, waren die Tages ihres Vaters gezählt. Schließlich gab es eine ganze Reihe von Vloras, die Rahman töten konnte – und auch würde –, aber nur einen männlichen Berisha: ihn selbst. Sobald Mehmet, Aryan oder Mehti Vlora dem Messer ihres Vaters zum Opfer gefallen waren, hatte er selbst auch nicht mehr lange zu leben, das wusste Engelushjia genau.

Was sie nicht wusste, war der Grund, warum es zu diesem plötzlichen erneuten Ausbruch gekommen war. Vielleicht hatte Rifat irgendetwas getan, von dem sie alle nichts wussten. Seit Egrems Tod hatte er viel Zeit außer Haus verbracht, häufig um diesen armen Irren Mehti Vlora zu ärgern. Und dann war da noch diese Auslandsreise mit dieser Frau gewesen. Engelushjia hatte noch die Telefonnummer, die Rifat ihr gegeben hatte. Sie würde diese Frau von Rifats Tod in Kenntnis setzen müssen; nach dem, was Rifat für sie getan hatte, würde sie es wissen wollen. Außerdem handelte es sich um die gleiche Frau, die Rifat den Wagen geschenkt hatte – wovon ihre Eltern natürlich nichts wussten. Sie nahmen an, dass er den Wagen irgendwo gestohlen hatte. Aber das spielte im Grunde jetzt auch keine Rolle mehr, da der Wagen seit Rifats Tod urplötzlich verschwunden war. Und Engelushjia wusste nur zu gut, dass es keinen Sinn hatte, ihren Eltern vorzuschlagen, sie sollten den Wagen als vermisst melden. Da sie glaubten, das Auto sei gestohlen, würden sie sich nicht zur Polizei trauen. Und nun war es zu spät, ihnen die Wahrheit zu erzählen. Fest stand, dass einer der Vloras, vielleicht sogar dieser Schwachkopf Mehti, Rifat umgebracht und sich durch das Abtrennen des Kopfes als ehrloser Abschaum erwiesen hatte. Und es würde nicht lange dauern, bis sie auch ihren Vater töteten.

Während sie gegen eine ansteigende Woge aus Schmerz und Panik ankämpfte, trocknete Engelushjia flüchtig ihre Augen mit dem Ärmel ihres Pullovers. In der Küche würde sie wie so häufig nichts zu essen und höchstens etwas Tee vorfinden – was sie normalerweise deprimierte. Aber heute war ihr Magen so verkrampft und zusammengezogen wie eine Rosine, und sie wünschte sich nichts mehr, als dass die ganze Geschichte ein für alle Mal vorbei wäre.

Als sie die Küche betrat, wurde sie von den bedächtigen Bewegungen ihrer Eltern schmerzlich daran erinnert, in welch quälend langsamem Tempo sich die Tragödie entwickeln würde. Rahman rollte geduldig einen Stapel Zigaretten, der ihn durch den Tag bringen sollte, während Aliya, deren dicker Bauch einen starken Kontrast zu ihrem eingefallenen, übernächtigten Gesicht bildete, wie in Trance Tee aufsetzte. Es hatte ihren Vater Monate gekostet, den Tod ihres Bruders Egrem zu rächen – die Vloras hatten die Leiche bis heute nicht gefunden. Sie mussten zwar beobachtet haben, wie Egrems Hemd aus dem Fenster der Berishas genommen wurde, aber *Gewissheit* hatten sie noch keine. Und solange sie es nicht definitiv wussten, war es für Rahman und Rifat zwar riskant, aber nicht allzu gefährlich gewesen, die Wohnung zu verlassen – außer nachts, wenn sich im Schutze der Dunkelheit alles Mögliche ereignen konnte. Aber die Nacht war auch die Zeit, in der Rifat am liebsten ausging – und nachts war er auch gestorben.

»Ich möchte keinen Tee«, sagte Engelushjia, als ihre Mutter ihr ein Glas einschenken wollte.

»Aha.«

»Ich gehe aus«, sagte das junge Mädchen, wickelte einen Schal um ihren Kopf und steckte ihn unter dem Kinn fest.

Rahman, dessen Augen durch den Schlafmangel blutunterlaufen waren, blickte kurz von seinen Zigaretten auf und fragte: »Wo gehst du hin? Was hast du vor?«

»Ich weiß es nicht«, erwiderte Engelushjia ohne den sonst üblichen respektvollen Ton in ihrer Stimme. »Ich fühle mich so unruhig, so ...«

»Ein weiterer Grund, zu Haus zu bleiben«, sagte Aliya. »Du stehst unter Schock, und die Straßen sind so unsicher ...«

»Ach, keine Sorge, Mutter, für mich sind die Straßen sicher

genug«, entgegnete das Mädchen aufgebracht. »Selbst die Vloras werden einem unschuldigen Mädchen kein Haar krümmen, obwohl ich sie hasse und ihnen den Tod wünsche. Aber so krank sind nun mal unsere Sitten und Gebräuche!«

»Du solltest dich nicht gegen die Gesetze vergehen, die Lek Dukagjini festgelegt hat«, sagte ihr Vater zornig. »Als guter Ghege, der er war, hatte er seine Gründe.«

»Wenn die Ehre eines Mannes beschmutzt ist, hat er keine andere Wahl, als Blutrache auszuüben«, fügte Aliya hinzu. »Auch wenn es mir das Herz bricht, müssen wir akzeptieren, was mit Rifat geschehen ist, und das tun, was wir noch für ihn tun können: sein vergossenes Blut zu rächen.«

»Also wird Vater einen von den Vloras töten, und die übrigen werden sich Vater holen und ihn umbringen.«

»Wenn dies Allahs Wille ist«, sagte Aliya und senkte respektvoll den Blick.

Plötzlich hatte Engelushjia das Gefühl, ihre Eltern mit ganz anderen Augen zu sehen. Ihr Vater schien ihr mitteilen zu wollen, dass er – dieser sanfte Rahman Berisha, an den sie sich mit all ihren Sorgen und Nöten immer hatte wenden können – nun beabsichtigte, zum zweiten Mal einen Menschen zu töten. Und ihre schwangere Mutter mit dem ausgemergelten Gesicht schien das Ganze auch noch gutzuheißen. Doch genau wegen dieses irrsinnigen Ehrenkodex – der überhaupt keinen Sinn ergab, wie sie plötzlich wütend feststellte –, genau deswegen waren ihre Brüder jetzt beide tot. So wie es derzeit aussah, konnte ihr Vater aus Furcht vor seinen Mördern nicht arbeiten gehen. Bis zu ihrer Schwangerschaft hatte Aliya die Familie durch Betteln und Stehlen unterstützt. Aber jetzt, da sie ein Kind erwartete und daher nach den Regeln von Lek Dukagjinis Kanun ebenfalls ein legitimes Ziel abgab, waren sie alle von Mimosas Unterstützung abhängig – wobei niemand wusste, wie lange ihr türkischer Ehemann dies tolerieren würde. Es war vollkommen verrückt und sinnlos, so weiterzumachen, dachte Engelushjia. Und als ihr zum zweiten Mal an diesem Morgen die Tränen in die Augen schossen, rief sie: »Das muss endlich aufhören! Ich muss hier raus!«

»Aber wo willst du denn hin?«, schrie ihre Mutter und schob

sich in Richtung der Tür, um ihre Tochter dran zu hindern, das Haus zu verlassen.

»Halt dich da raus, du dummes Mädchen! Das ist Männersache!«, fügte ihr Vater streng hinzu.

»Das ist mir egal!«, schrie Engelushjia und befreite sich aus der klammernden Umarmung ihrer Mutter. »Meine beiden Brüder sind tot! Rifat wurde wie ein Tier abgeschlachtet! Ich habe es gesehen, Mutter ... ich! Ich kann nicht zulassen, dass noch jemand von meiner Familie stirbt!«

»Aber ...«

»Nein!«, schrie sie, stürmte aus der Küche und die Treppe hinunter. Sie blickte sich noch einmal kurz um und sah durch einen Schleier von Tränen, wie ihre Mutter schwer atmend im Flur stand. Doch dieser Anblick hielt sie nicht zurück. Tränenblind rannte sie hinaus auf die Straße. Erst als die kalte Winterluft ihr entgegenschlug, wurde ihr allmählich bewusst, dass sie nicht die geringste Idee hatte, was sie als Nächstes tun sollte.

»Sie denken also, dass die Familie des Opfers diesen anderen Clan verfolgen wird«, fasste Ayşe Farsakoğlu die Situation unverblümter zusammen als İkmen lieb war.

»Ich will es zumindest nicht ausschließen«, erwiderte er. »Albanische Blutfehden sind berüchtigt für ihre Brutalität und ihre Unabwendbarkeit. Dabei richten sie sich nach einem Gesetzeskodex, der als das Kanun des Lek Dukagjini bezeichnet wird. Diese Regeln besagen: Wenn auf einer Seite Blut vergossen wurde, dann muss auch auf der anderen Seite Blut fließen. Falls Rifat Berisha also von einem Mitglied der Vlora-Familie getötet wurde, müssen wir damit rechnen, dass bald ein weiterer Mann sterben wird.«

»Ist Ihr Informant denn der Überzeugung, dass Rifat Berishas Tod definitiv das Werk dieser anderen Sippe war?«, fragte Orhan Tepe.

Die drei unifomierten Beamten drehten sich zu ihm um. Tepes Frage traf den Nagel auf den Kopf. Eine Überwachung der Berisha-Wohnung und des Hauses auf der Tahtakale Caddesi würde viel Zeit erfordern, daher musste wenigstens ein begründeter Verdacht gegenüber dieser anderen Familie vorliegen.

»Die Gerichtsmedizin ist mit Rifats Leiche noch nicht fertig«, sagte İkmen und zündete sich eine Zigarette an. »Und ohne Zeugen können wir nicht einmal daran denken, irgendjemanden zu verhaften.« Ein kurzer Hustenanfall unterbrach seine Erläuterungen, dann fuhr er fort: »Nichtsdestotrotz weiß mein Informant, dass die Blutfehde zwischen den Berishas und den Vloras schon seit langem besteht und sehr ernst ist. Ganz egal, ob die Vloras Rifat nun umgebracht haben oder nicht – die Berishas werden wahrscheinlich davon ausgehen. Und das ist für mich Grund genug für eine sorgfältige Überwachung.«

»Und was sollen wir nun genau machen?«, fragte ein junger Beamter namens Hikmet Yıldız.

»Ich möchte, dass ihr die beiden Häuser überwacht und erfasst, wer dort alles rein- und raus spaziert. Notiert euch, wenn ihr etwas Ungewöhnliches oder Verdächtiges seht. Zum Beispiel irgendwelche bekannten Gesichter, die bei einer der beiden Adressen auftauchen.«

»Und wenn es hart auf hart kommt?«, fragte Tepe. »Wenn wir beispielsweise beobachten, wie ein Berisha einen Vlora angreift oder …«

»Bevor ihr irgendetwas unternehmt, setzt euch mit mir in Verbindung«, sagte İkmen ernst. »Es ist sehr wichtig, dass sie von unserer Beschattung nichts mitbekommen.«

»Aber was ist, wenn sie sich tatsächlich gegenseitig umbringen wollen?«, fragte ein älterer Beamter namens Roditi.

»Als Gesetzeshüter werdet ihr das natürlich verhindern müssen«, sagte İkmen, »aber mir wäre es am liebsten, wenn ihr niemanden vor Ort verhaften würdet. Wir haben offiziell nichts gegen die Vloras in der Hand, und ich möchte meinen Informanten nicht in Gefahr bringen. Übrigens, spricht irgendeiner von euch Albanisch?«

Die drei Uniformierten und Tepe sahen einander erst ratlos an und dann wieder zu İkmen.

»Also nicht«, sagte er, während er zu seinem Schreibtisch ging und sich setzte.

»Wir wissen doch, dass die Berishas türkisch sprechen, oder etwa nicht?«, fragte Tepe stirnrunzelnd.

»Ja, schon. Genau wie die Vloras, aber es wäre sehr hilfreich, wenn wir verstehen könnten, was sie sagen, wenn sie sich untereinander unterhalten. Leider haben wir keine Albaner in unserer Truppe, sonst wären die natürlich längst für diesen Fall eingeteilt. Also müssen wir das Beste aus der Situation machen. Wenn Allah will, kommen wir auch so zu irgendwelchen Ergebnissen. Noch weitere Fragen?«

Einen Moment lang sahen sich die Beamten in İkmens Büro gegenseitig fragend an, bis Tepe schließlich sagte: »Nein, Chef. Ich denke, wir sind bereit.«

Mehrere Köpfe nickten zustimmend.

»Gut. Dann los mit euch«, sagte İkmen und entließ sie mit einer gebieterischen Handbewegung.

Die Uniformierten setzten sich in Bewegung; nur Tepe ging noch einmal zu İkmens Schreibtisch.

»Chef?«

»Ja?«

»Werden irgendwelche Ermittlungen bezüglich der Operation eingeleitet, die an Rifat Berisha durchgeführt wurde?«

İkmen drückte seine Zigarette aus, steckte sich sofort die nächste an und warf seinem jungen Assistenten einen ernsten Blick zu. »Das fasziniert Sie wohl, Tepe?«

»Nur insofern, als dass ich den Gedanken, seine eigenen Organe zu verkaufen, ziemlich abstoßend finde«, sagte Tepe, während er sich ebenfalls eine Zigarette anzündete.

İkmen seufzte. »Ich habe vor, die Berishas in naher Zukunft offiziell zu befragen, und dann werde ich dieses Thema ebenfalls zur Sprache bringen. Schließlich besteht immer noch die Möglichkeit, dass ihm die Niere ganz legal entnommen wurde. Aber selbst wenn nicht, wird es erfahrungsgemäß sehr schwierig, diejenigen ausfindig zu machen, die das Ganze organisiert haben. Ganz zu schweigen von den Chirurgen, die die Operationen durchführen.«

»Und die meistens im Ausland sitzen, richtig?«

»Ja, normalerweise schon«, sagte İkmen, »aber man weiß nie, was einem das Leben so bringt. Und in einem solchen Fall könnte unser Chirurg möglicherweise auch irgendwo hier in der Nähe sitzen.«

»Stimmt.«

»Also dann mal los«, sagte İkmen und winkte Tepe hinaus. »Wir können die Uniformierten schließlich nicht ohne Begleitung auf diese wichtige Mission schicken, oder?«

Als Orhan Tepe die Andeutung eines Zwinkerns in İkmens Augen entdeckte, lächelte er zurück und sagte: »Nein, Chef.«

Sein Freund wurde mit zunehmendem Alter noch attraktiver, dachte Balthasar Cohen, während er zusah, wie Mehmet Süleyman entschlossen das Wohnzimmer betrat. Groß gewachsen, dunkel und würdevoll: Mehmet entwickelte sich zu einem dieser Helden mittleren Alters, die in den Filmen der sechziger Jahre so beliebt gewesen waren. Aber das würde er Mehmet natürlich auf keinen Fall sagen.

»Letzte Nacht ist es wohl ziemlich spät geworden«, meinte Balthasar und grinste anzüglich. Es war doch merkwürdig, dass Mehmet immer dann so spät nach Hause kam, wenn der alte Dr. Barbur Halman nicht in der Stadt war.

»Ich musste noch arbeiten«, erwiderte der Jüngere.

»Ach so, na dann hoffe ich mal, dass du danach eine gewisse Erleichterung verspürt hast.«

»Cohen!«

Obwohl ihn die attraktiven Augen seines Kollegen passend zur zornigen Stimme scharf anblitzten, wusste Cohen, dass es sich nur um einen Warnschuss handelte. Schließlich waren sie alte Freunde und derartige Neckereien nichts Ungewöhnliches.

Cohen zündete sich eine Zigarette an und sah amüsiert zu, welch große Anstrengungen Süleyman unternahm, um seine Krawatte korrekt zu binden. Doch nach einer Weile ermüdete ihn dessen pedantisches Herumgezupfe, und er sagte beiläufig: »Berekiah wird sich heute bei dem Alten vorstellen.«

»Ja, ich weiß. Ich nehme ihn doch mit.«

»Ich hoffe, dass er ihn überreden kann, bei euch anzufangen.«

Süleyman runzelte die Stirn. »Ich glaube nicht, dass İkmen zu den Leuten zählt, die den Polizeidienst angenehmer darstellen als er tatsächlich ist, Cohen.«

»Mein Sohn braucht eine Arbeit, Mehmet«, sagte Cohen, während er seinen Freund mit dunklen Ringen unter den Augen ansah. »Er kann nicht ewig für Lazar schuften. Ich meine, wenn er das Goldgeschäft selbst führen würde, dann wäre es ja was anderes. Aber als einfacher Verkäufer, und das in seinem Alter – das ist ein Aufgabe für Kinder, und er ist ein erwachsener Mann. Deshalb braucht er auch eine richtige Männerarbeit.«

»Hm, das muss Berekiah wohl selbst entscheiden«, sagte Süleyman seufzend. »Wenn Allah will, trifft er die richtige Entscheidung.«

»Mmm.«

Als das Telefon, das sich seit der Amputation ständig in seiner Nähe befand, klingelte, nahm Cohen mit zitternder Hand den Hörer ab.

»Ja, bitte?«, fragte er und blickte zu seinem Freund hoch. »Ja, der ist noch hier ... ja ... einen Moment.« Er legte seine andere zittrige Hand über die Muschel und sagte leise: »Ich glaube, das ist dein Vater.«

»Mein Vater? Aber ...«

»Nun nimm schon den Hörer, Mehmet«, sagte Cohen und reichte ihm das Telefon. »Wer auch immer es ist – er will mit dir reden.«

Mit einem Achselzucken nahm Süleyman den Hörer und ging hinüber zum Fenster.

»Hallo?«, sagte er zögernd. »Mit wem spreche ich?«

»Ich bin's, Mehmet«, erwiderte eine vertraute Stimme. »Höre, mein Sohn, wir müssen miteinander reden.«

»Ich denke, das haben wir vor einiger Zeit schon getan.«

»Junge, ich muss mit dir reden, bevor dieses ganze dumme Theater dazu führt, dass wir uns für den Rest des Lebens nicht mehr sehen!« In der Stimme seines Vaters lag eine Verzweiflung, die Süleyman aufhorchen ließ. »Ich habe schon mit deinem Bruder gesprochen«, fuhr sein Vater fort, »und ich denke, dass es das Beste wäre, wenn wir drei uns treffen. Ich könnte im Rejan einen Tisch reservieren. Sprich mit Murad, und sucht euch einen Abend aus, an dem ihr beide könnt. Murad wird mir dann Bescheid geben.«

Allmählich bereitete Mehmet die Stimme seines Vaters wirklich Sorgen. Er fragte sich, warum sein Vater sich wohl entschlossen hatte, sich dem harten Regiment seiner Frau zu widersetzen und ihn direkt anrief. »Dir und Mutter geht es doch gut, oder, Vater?«, fragte er, während sein Herz in der Brust wild zu pochen begann.

»Keine Sorge, mit Mutter und mir ist alles in Ordnung«, erwiderte sein Vater. »Ich möchte nur den Streitereien und der Bitterkeit in unserer Familie endlich ein Ende machen.«

»Und was ist mit Mutter?«

»Deine Mutter trifft ihre eigenen Entscheidungen, wie du ja zur Genüge weißt«, sagte der alte Mann seufzend. Mehmet sah sein schmales, leidgeprüftes Gesicht vor seinem inneren Auge auftauchen.

»Ich weiß«, sagte er mit einem Lächeln. »Ich werde mit Murad reden.«

»Und wirst du auch kommen?«

»Wenn mein Bruder kommt, komme ich auch.«

Ein schwacher Seufzer am anderen Ende der Leitung signalisierte Mehmet, dass sein Vater sehr erleichtert war über diese – wenn auch eingeschränkte – Zusage seines Sohns.

»Du weißt doch, dass ich dir gegenüber nie irgendwelchen Groll gehegt habe, Vater, oder?«, setzte Mehmet an. »Ich ...«

»Wir besprechen diese Dinge, wenn wir uns treffen, mein Sohn«, unterbrach ihn sein Vater mit beinahe tränenerstickter Stimme. »Ein Mann sollte mit seinen Söhnen speisen und ... Du rufst deinen Bruder bald an, ja?«

»Ich gebe dir mein Wort darauf«, sagte Mehmet förmlich.

»Ich danke dir, mein Sohn. Wir werden uns bald sehen.«

»Ja, das werden wir«, erwiderte Mehmet sanft. »Bis bald, Vater.«

»Bis bald, Mehmet.«

Wenn Berekiah Cohen nicht in diesem Moment strahlend und im Anzug seines älteren Bruders hereingekommen wäre, hätte Mehmet Süleyman wohl noch lange am Fenster gestanden und hinausgestarrt. Doch Berekiah brauchte jemanden, der etwas von Kleidung verstand, um sein Erscheinungsbild zu begutachten. Und der Einzige, der in dieser Wohnung dafür in Frage kam, war Mehmet.

Einen kurzen Moment runzelte der aristokratische Türke die Stirn. »Mmm«, sagte er schließlich lächelnd, »ein grauer Anzug zu grauen Schuhen sieht wirklich sehr smart aus, Berekiah, wenn auch ein klein wenig zu elegant für ein Polizeirevier. Womit ich nicht sagen will, dass ich mich bei meiner eigenen Kleiderwahl jemals nach dem Mittelmaß gerichtet hätte.«

Estelle Cohen, die ihren Sohn von der Küchentür aus beobachtet hatte, ging rasch auf ihn zu und umfasste sein Gesicht mit beiden Händen. »Hab ich dir nicht gesagt, dass du phantastisch aussiehst?«, sagte sie und küsste den sich leicht sträubenden Berekiah auf die Wange.

»Niemand versteht so viel von erstklassiger Kleidung wie Mehmet, und wenn er dir sagt, dass du elegant aussiehst ...«

»Mach bitte nicht so einen Wirbel, Mama.«

»Solange er dem Inspektor gefällt ... das ist schließlich die Hauptsache«, sagte Balthasar ernst. »Du wirst dich höflich und respektvoll verhalten und echtes Interesse zeigen, Berekiah. Der Inspektor ist ein wichtiger Mann, vergiss das nicht.«

»Nein, Vater.«

Da Süleyman fürchtete, dass sein Freund jetzt wieder einen Lobgesang auf İkmen oder seine eigene glorreiche Zeit bei der Truppe anstimmen würde, wandte er sich rasch an Berekiah und sagte: »Wir sollten jetzt besser gehen.«

»Ich komme.« Berekiah küsste erst seine Mutter und dann seinen Vater und wandte sich zur Tür.

»Du wirst doch auf ihn aufpassen, Mehmet, oder?«, fragte Estelle mit deutlicher Sorge in der Stimme, die daher rührte, dass der älteste Sohn der Cohens, Yusuf, in einer Nervenklinik lebte. Während seiner monatelangen zermürbenden Militäreinsätze in den Ostprovinzen des Landes hatte sein Geist schweren Schaden genommen, und er würde wahrscheinlich nie wieder nach Hause zurückkehren können, so dass jetzt alle Hoffnungen und Ambitionen auf Berekiah ruhten.

Süleyman lächelte. »Mach dir keine Sorgen, Estelle«, sagte er beruhigend. »Berekiah wird nichts geschehen; außerdem weißt du, dass Çetin ihn zu nichts zwingen wird, was er nicht will.«

»Ja.«

»Ach, jetzt lass die beiden endlich gehen, Weib!«, rief Balthasar von der anderen Seite des Zimmers. »Sie müssen sich um wichtigere Dinge kümmern!«

Süleyman schenkte der besorgten Estelle noch ein Lächeln, drückte ihre Hand und machte sich zusammen mit Berekiah auf den Weg. Hätte er sich einen Moment später noch einmal umgesehen, dann hätte er den harten Ausdruck in Estelles Gesicht bemerkt, als sie auf ihren Mann herabsah. Doch erst als Süleyman und Berekiah die Wohnungstür erreichten, hörten sie ihre laute Stimme.

»Sag du mir nicht, was ich tun und lassen soll!«, schrie sie.

»Ich ...«

»Du hast nicht das geringste Recht, mir auch nur irgendetwas vorzuschreiben, Balthasar Cohen!«

Süleyman sah Berekiah an, der die Achseln zuckte und mit einem schiefen Lächeln meinte: »Familie!«

»Das kannst du wohl sagen«, stimmte der türkische Aristokrat zu und hielt seinem jungen Freund die Tür auf. »Lass uns hier verschwinden.«

Das Mietshaus, das İkmens Informant als Wohnsitz der Vlora-Familie genannt hatte, zählte nach Tepes Einschätzung nicht gerade zu den Orten, an denen er oder sein derzeitiger Beschattungspartner, Hikmet Yıldız, gerne gewohnt hätten. Das triste Gebäude stammte wahrscheinlich vom Anfang des zwanzigsten Jahrhunderts und umfasste ein heruntergekommenes Bekleidungsgeschäft im Erdgeschoss mit noch heruntergekommeneren Wohnungen darüber. Im zweiten Geschoss waren mehrere Fenster mit Brettern vernagelt, und vor dem Eingang hatte sich ein Haufen Dreck und Müll angesammelt. Tepe wurde das Gefühl nicht los, dass der Hausmeister – falls dieses Mietshaus überhaupt einen besaß – für diese Nachlässigkeit eigentlich eine Tracht Prügel verdient hätte.

Seitdem die beiden Beamten am frühen Morgen ihren Beobachtungsposten eingenommen hatten, waren zahlreiche Menschen in das Haus hineingegangen oder herausgekommen: Frauen mit Kopftüchern, die mit ihren leeren Körben zum Einkauf im Mısır Çarşısı oder bei den örtlichen Straßenhändlern eilten; kleine, dick eingepackte Männer mit flachen Käppchen und einer Zigarette im Mundwinkel, die auf dem Weg zur Arbeit waren, und natürlich jede Menge Kinder, die dauernd rein und raus rannten, lachten und kreischten. Die einzige Konstante in dieser ständig wechselnden Szenerie bildete eine kleine Gruppe von Männern mittleren Alters, die gesellig neben dem Treppenaufgang hockte. Sie waren zu dritt und hatten bereits dort gesessen, als Tepe und Yıldız morgens angekommen waren. Zwei waren klein und dunkelhäutig, während der dritte – ein großer, blonder Mann – vollkommen anders wirkte. Sie verbrachten die ganze Zeit mit Reden, Lachen und Rauchen, und obwohl die Beamten nicht wussten, ob sie zur Vlora-Familie gehörten, bestand kaum ein Zweifel daran, dass es sich um Albaner handelte. Ein kurzer Spaziergang auf die andere Straßenseite hatte Tepe bestätigt, dass sie weder Türkisch noch Griechisch, noch irgendeine andere ihm bekannte Sprache miteinander sprachen.

Yıldız blickte auf die Karten in seiner Hand und legte sie offen auf den Tisch.

»Ich passe«, sagte er und leerte sein Teeglas in einem Zug.

Tepe warf einen kurzen Blick auf die Karten vor seinem Partner und fing an zu lachen. »Das ist echt nicht dein Spiel, was?«

»Ich mag solche Orte nicht«, sagte Yıldız und sah sich in dem tristen, ausschließlich von Männern frequentierten Kaffeehaus um.

Tepe zuckte die Achseln. »Aber für unsere Zwecke eignen sie sich ganz hervorragend«, sagte er. »Was kann man auch sonst in einem Kaffeehaus machen außer Tee trinken, Karten spielen, herumsitzen und beobachten? Wir könnten hier den ganzen Tag verbringen, ohne dass wir irgendjemandem auffallen würden.«

»Eigentlich ein Kinderspiel, unser Job«, erwiderte Yıldız lächelnd, »mit einem Kaffeehaus in fast jeder Straße.«

»Ach, es gibt immer noch genug Nischen und Schlupfwinkel, in die sich diejenigen zurückziehen können, die das Tageslicht scheuen«, bemerkte der Ältere weise. »Das werden Sie lernen, wenn Sie den gleichen Fehler machen, den wir alle gemacht haben.«

»Und welcher Fehler ist das?«

»Seine Gegner zu unterschätzen.«

»Und ist Ihnen das auch ...«

Tepe lächelte. »Als ich selbst noch Streife ging, war ich einem Überwachungsteam unter der Leitung von Inspektor İskender zugeteilt. Er war jung und unerfahren, wie wir alle. Aufgrund eines Tipps fuhren wir zu einem Haus in Edirnekapı. Als wir jedoch da ankamen, war das Gebäude leer – bis auf die Leiche unserer toten Informantin, der Frau des Dealers. Vor seiner Flucht nach Bulgarien hatte der Dealer noch schnell seine Frau enthauptet und ihren Kopf aufgespießt. Das war das Erste, was wir sahen, als wir das Gebäude betraten.« Er seufzte und verschränkte die Arme vor der Brust. »Nach dem Anblick war mir damals ziemlich schlecht, das weiß ich noch genau.«

Obwohl Yıldız Tepe konzentriert zuhörte, hatte er weiterhin das Kommen und Gehen auf der Straße beobachtet und bemerkte daher als Erster, dass sich die kleine Gruppe von Albanern urplötzlich ins Haus verzog.

»Ich frage mich, warum sie auf einmal im Haus verschwinden«, sagte er und deutete mit dem Kopf in Richtung der forteilenden Männer.

Tepe suchte sorgfältig die Straße ab, konnte aber auf den ersten Blick nichts erkennen, was die Männer in Alarmbereitschaft versetzt hätte. Doch plötzlich vernahm er ein lautes Gezeter, das nichts Gutes verhieß. Offensichtlich näherte sich, der Stimmlage nach zu urteilen, eine junge, fremdländische und sehr wütende Frau dem Haus.

Auch die anderen Passanten auf der Straße schienen der Besitzerin dieser Stimme nicht zu nahe kommen zu wollen, so dass sich die Menge teilte und den Blick auf ein junges Mädchen mit Kopftuch freigab, das neben dem Namen »Mehmet« eine ganze Reihe vollkommen unverständlicher Worte ausstieß.

Tepe stand auf und betrachtete das Mädchen eingehender. »Wenn ich mich nicht irre«, murmelte er, »dann ist das Engelushjia Berisha.«

»Sind Sie sicher?«, fragte Yıldız.

»Ziemlich sicher«, erwiderte Tepe. Während sie das Szenario beobachteten, wurde im ersten Stock des Gebäudes ein

Fenster geöffnet, in dem das spöttische Gesicht eines Mannes erschien.

»Mehmet!«, schrie das Mädchen, als es den Mann entdeckte. »Mehmet Vlora!« Und dann stieß sie eine Reihe übler Flüche aus und schrie sich fast die Seele aus dem Leib. Der Mann im Fenster reagierte mit einem Wortschwall, bei dem es sich ebenfalls nur um eine Schimpfkanonade handeln konnte.

»Ich glaube, wir sollten mal besser rausgehen ... nur für alle Fälle ...«, sagte Tepe. Er warf ein paar Geldscheine auf den Tisch und nahm seinen Mantel von der Stuhllehne. Sein Kollege folgte ihm schweigend, wobei er seinen Blick unverwandt auf das Mädchen richtete, das jetzt vor Erregung hin und her sprang.

Als Tepe die Ausgangstür öffnete, traf ihn die nasskalte Winterluft wie ein Schlag ins Gesicht. Einen kurzen Moment wunderte er sich, wie Engelushjia mit ihrem dünnen Baumwollrock diese Kälte wohl aushielt – aber vermutlich hielt ihre hoch auflodernde Wut sie warm.

»Ich frage mich, warum Roditi und Farsakoğlu uns nicht gewarnt haben«, sagte Tepe, sobald Yıldız neben ihm auf dem Bürgersteig stand.

»Vielleicht ist das Mädchen ihnen entwischt«, erwiderte Yıldız. »Meinen Sie, wir sollten Inspektor İkmen kontaktieren, bevor wir irgendetwas unternehmen?«

»Ich weiß es nicht genau«, sagte Tepe, während er beobachtete, wie das Mädchen plötzlich die Treppe hinaufstürmte und im Haus verschwand. »Aber ich glaube, dass wir jetzt erst mal hinter ihr her sollten«, rief er und rannte los.

Als sie den ersten Stock erreichten, stand Engelushjia Berisha mit dem Rücken zu ihnen vor der Tür der Vloras. Im Türrahmen lehnte der Mann, der sie vom Fenster aus beschimpft hatte, die Hände lässig in die Hüften gestemmt. Offensichtlich war es Mehmet Vlora. Neben ihm stand einer der beiden dunkelhäutigen Männer, die bis zur Ankunft des Mädchens vor dem Haus herumgelungert hatten.

Engelushjia warf den beiden Männern, die die Treppe hinaufkamen, nur einen kurzen Blick zu, spuckte dann vor den

Brüdern auf den Boden und zog einen Gegenstand aus ihrer Rocktasche.

Yıldız, der sich zwar tiefer im Schatten der Treppe befand, aber dennoch eine bessere Sicht auf das Geschehen hatte, beugte sich vor und flüsterte seinem Vorgesetzten ins Ohr: »Sie hat ein Messer.« Diese Beobachtung stand im Gegensatz zu der offensichtlichen Heiterkeit, die dieser Gegenstand bei den potentiellen Opfern des Mädchens auslöste.

Doch die Situation änderte sich schlagartig, als Mehmet Vlora seinerseits eine ziemlich große Waffe zum Vorschein holte. Nachdem er den beiden Männern im Schatten einen kurzen Blick zugeworfen hatte, hob Mehmet Vlora mit einem selbstgefälligen Grinsen im Gesicht das Jagdmesser, bis es genau auf Höhe der Kehle des Mädchens war. Dann stieß er langsam ein paar albanische Worte aus. Der Rücken des Mädchens verspannte sich zusehends – genau wie die Hand, in der sie das Messer hielt.

»Ich geh dazwischen«, murmelte Tepe seinem Partner zu. Er zog seine Dienstwaffe aus dem Halfter unter seinem Arm, trat aus dem Schatten und hielt seine Dienstmarke hoch. »Polizei!«, schrie er. »Bleiben Sie, wo Sie sind!«

»Keine Bewegung, dann passiert auch keinem was!«, rief nun der gleichermaßen bewaffnete Yıldız, während er ebenfalls aus dem Schatten trat.

Einen kurzen Moment lang rührte sich tatsächlich niemand von der Stelle. Das Mädchen, dessen Mund erschrocken aufgeklappt war, wirkte zu verwirrt, um zu reagieren, genau wie die Albaner – doch nur einen kurzen Moment lang. Dann kam plötzlich Bewegung in die Männer. Mit einem wilden Blick kommandierte Mehmet Vlora seinen Bruder zurück in die Wohnung und warf die Tür krachend hinter sich ins Schloss.

Tepe stürzte nach vorne, um sich gegen die Tür zu stemmen, und konnte gerade noch verhindern, dass sein Fuß bei dieser Aktion zerquetscht wurde. Laut fluchend vor Wut hielt er mit einer Hand das Mädchen fest, das jetzt laut schrie, und wedelte mit seiner Waffe in Richtung Tür.

»Brich die verdammte Tür auf, Yıldız!«, schrie er seinem Partner zu.

»Ja, Chef!«

Zwei gut platzierte Tritte, mehr brauchte es nicht, um aus der schlecht zusammengezimmerten Tür einen Haufen Kleinholz zu machen. Die Vlora-Brüder waren nirgends zu sehen. Als die beiden Beamten die schreiende und unverständliche Worte kreischende Engelushjia hinter sich her zerrten, wurde angesichts der geringen Wohnungsgröße schnell deutlich, dass sich die beiden Brüder aus dem Staub gemacht hatten. Die einzige Bewohnerin, die sie antrafen, war eine winzige alte Frau, deren Kopf mit einem dicken, schwarzen Tuch bedeckt war.

»Sie müssen über die Feuerleiter geflüchtet sein«, rief Tepe seinem Kollegen keuchend zu, drehte sich zu der Frau um und fragte sie barsch: »Wo ist die Feuerleiter?«

»Ich nehme an, sie befindet sich irgendwo hinten am Gebäude«, erwiderte sie in fehlerfreiem Türkisch, wenn auch mit starkem Akzent. »Dort sind sie normalerweise angebracht.«

Tepe warf der Frau einen bitterbösen Blick zu, befahl Yıldız, alle Räume zu durchsuchen, und wandte sich zum ersten Mal direkt an Engelushjia Berisha. »War wohl ein Fehler, hierher zu kommen, was? Ich ...«

»Was wollen Sie hier?«, schrie das Mädchen statt einer Antwort. »Warum mischen Sie sich in anderer Leute Privatangelegenheiten?«

»Das ist eine gute Frage«, sagte die alte Frau, »auf die ich auch ganz gerne eine Antwort hätte.«

»Wenn Leute sich gegenseitig mit Messern bedrohen«, setzte Tepe langsam an, als spräche er zu einer Schwachsinnigen.

»Ein Vorfall, den Sie ›ganz zufällig‹ beobachtet haben«, bemerkte die Alte spöttisch.

»Also, ich ...«, stotterte Tepe. Er wusste zwar, dass die Beteiligten in diesem Drama nichts von ihrer Beschattung erfahren durften, aber das machte es nicht gerade leichter, diese gerissene Alte zu überzeugen – ganz zu schweigen von der durch und durch misstrauischen Engelushjia Berisha. »Ja, das haben wir«, sagte er, »und als ...«

»Auf der Feuerleiter ist weit und breit niemand zu sehen, Chef«, unterbrach Yıldız seine Erklärungen, als er in das Wohnzimmer zurückkehrte, den Revolver locker in der Hand.

»Sie müssen wohl in irgendeine andere Wohnung geklettert und von dort aus weiter geflohen sein.«

»Und, war es so?«, herrschte Tepe die sichtlich amüsierte Alte an.

»Vielleicht ja, vielleicht nein«, sagte sie mit einem Achselzucken und fügte dann vielsagend hinzu: »Unsere Männer tun, was sie wollen, genau wie Ihre Leute.«

»Hören Sie ...«

»Und außerdem«, sie warf Engelushjia einen kurzen Blick zu, »außerdem haben meine Jungs mit meiner jungen Freundin hier nur ein wenig gescherzt, ist es nicht so?«

»Doch, äh. Doch, das stimmt ...«

»Aha, und die Messer waren also eine Art Spielzeug?«, entgegnete Tepe aufgebracht. »Das Ganze war nur ein Scherz, eine Art Geplänkel mit scharfen Gegenständen, richtig?«

Es entstand eine gefährliche Pause, die dem verstörten Mädchen vollends die Sprache zu verschlagen schien. Tepe warf einen nervösen Blick zu Yıldız, der die alte Frau mit offensichtlichem Widerwillen betrachtete.

»Wenn ich das richtig sehe«, sagte die Alte schließlich gedehnt, »dann liegt es allein bei dieser jungen Frau, ob Anzeige gegen meine drei Söhne erstattet wird. Falls sie das nicht möchte, dann ist es an der Zeit, dass Sie gehen.« Sie wandte sich an Engelushjia und sagte lächelnd: »Nun?«

»Wir haben nur gespielt, Mehmet und seine Brüder und ...«

»Und warum sind sie dann getürmt, als sie uns gesehen haben?«, fauchte Tepe sie an.

»Ich könnte mir vorstellen, das liegt daran, dass die türkische Polizei gerne albanische Bürger verfolgt«, sagte die Alte erstaunlich ruhig. »Meine Söhne hatten Angst, eine zweifelsfrei übertriebene Reaktion, doch hervorgerufen von der Vorstellung, dass Sie das Spiel zwischen ihnen und Engelushjia vollkommen missverstehen könnten – was ja auch so war.«

»Also, jetzt hören Sie mal ...«

»Ihr macht euch nicht einmal die Mühe, uns näher kennen zu lernen«, fuhr die Alte ungerührt fort. »Ihr lernt unsere Sprache nicht, ihr missversteht unsere Sitten ... Aber manchmal, ganz selten gewährt euch einer unserer Leute einen kurzen

Blick in unsere Welt.« Sie sah Tepe scharf an und sagte dann: »Wie etwa Mustafa Bajraktar.«

Da der Name Tepe nichts sagte, zuckte er nur die Achseln und wollte seine Aufmerksamkeit gerade wieder Engelushjia Berisha zuwenden, als die Alte hinzufügte: »Mustafa ist ein Blutsverwandter von einem eurer Leute.«

»Von einem Türken oder von einem Polizeibeamten?«, fragte Yıldız.

Die alte Frau lachte. »Na, beides, du dummer Junge!«, rief sie und schenkte ihm ein Lächeln, das früher einmal sehr anziehend gewesen sein musste. »Mustafa oder Samsun – wie er sich hier nennt – hat einen Cousin in eurer Polizeitruppe.«

»Aha. Und?«

»Und ich könnte mir vorstellen, dass Samsun, der Lustknabe, vielleicht mit seinem Cousin gesprochen hat, dem Sohn der Hexe Ayşe Bajraktar. Wahrscheinlich kennt ihr ihn ja, Çetin İkmen. Seine Verwandtschaft mit Samsun wäre eine Erklärung für eure Anwesenheit hier«, sagte sie und grinste die beiden Polizisten unverhohlen an.

Tepe starrte die Alte mit offenem Mund an, sagte aber kein Wort – er war einfach zu geschockt.

7

İkmen rauchte wie ein Schlot – wie immer, wenn er besonders erregt war.

»Also, noch einmal«, sagte er und zündete mit dem Stummel der alten Zigarette die Spitze der nächsten an, »diese Frau, diese …«

»Angeliki Vlora«, ergänzte Tepe, der vor dem Schreibtisch seines Vorgesetzten strammstand. »Sie sagte, dass irgendjemand namens Samsun mit Ihnen verwandt sei und dass Ihre Mutter, Ayşe Bajraktar …«

»Aber bis gestern habe ich noch nie von einer Familie namens Vlora gehört!«, explodierte İkmen und fügte dann mehr zu sich selbst hinzu: »Ich kann mir nicht vorstellen, woher diese Frau von meiner Mutter weiß. Ich meine, ich kannte die Freunde meiner Mutter, wenn auch nicht alle beim Namen. Wir Kinder wurden immer von großen Gruppen albanischer Frauen ins Hamam mitgenommen … Und natürlich hat sie für viele, viele Menschen Karten gelegt und Beschwörungsformeln gesprochen …«

»Vor allem in diesem Punkt war die Alte ziemlich eindeutig, Chef«, sagte Tepe, der das Gefühl hatte, İkmens selbstvergessene Überlegungen unterbrechen zu müssen.

»Ja, äh …« İkmen räusperte sich und blickte mit einem besorgten, fast schon gejagten Gesichtsausdruck auf seinen Schreibtisch. Als er wieder aufsah, hatten sich seine Züge geglättet, und obwohl er immer noch die Stirn runzelte, schien er wieder ganz der Alte. »Ihr habt also Engelushjia Berisha festgenommen und unten in einer der Zellen untergebracht?«

»Sie hat Yıldız in den Hals gebissen«, sagte der junge Mann. »Und ich ...«

»Oh, keine Sorge. Ich verstehe schon«, erwiderte İkmen und machte eine ungeduldige Handbewegung. »Sie können sich ruhig setzen, Tepe.«

Tepe folgte der Aufforderung.

»Hören Sie, ich weiß ja, dass Engelushjias tätlicher Angriff auf Yıldız Ihnen keine andere Wahl ließ, als sie festzunehmen, aber ich hatte doch extra darauf hingewiesen, dass Sie sich im Hintergrund halten sollten.«

»Wenn Sie uns gesagt hätten, dass Ihr Informant ein Mitglied Ihrer Familie ist, dann hätten wir das vielleicht auch getan!«, erwiderte Tepe erregt. »Außerdem waren sowohl das Mädchen als auch die Vloras mit Messern bewaffnet! Mit großen Messern, Chef! Irgendjemand wäre mit Sicherheit verletzt worden.«

»Ja, ja, schon gut, Orhan, aber eine albanische Blutfehde ist kein Kinderspiel, Sie Narr! Ich hatte vertrauliche Informationen über diese Familien erhalten und zwar von einem Informanten, den Sie jetzt möglicherweise in Gefahr gebracht haben.«

»Also, hören Sie, Chef, das ist nicht fair! Angeliki Vlora wusste bereits von dieser Samsun.«

»Sie hat nur geraten, Tepe! Sie sah die Polizisten, fragte sich, woher wir wohl von ihrer Familie wussten, und hat eins und eins zusammengezählt. Zwischen den trauernden Berishas und den Vloras gab es bis jetzt für uns keine offensichtliche Verbindung. Daher konnten wir von dieser Familie nur wissen, wenn uns jemand einen Tipp gegeben hatte, und der dafür wahrscheinlichste Kandidat war jemand aus dem albanischen Umfeld, der irgendwelche Kontakte zu Türken haben musste!«

»Aliya Berishas Cousine ist verheiratet mit ...«

»Menschen, die in eine Blutfehde verwickelt sind, reden nicht mit der Polizei!« İkmen schlug mit der Faust auf den Tisch. »Nein, diese Information musste von jemandem stammen, der nicht unmittelbar betroffen war. Und da offensichtlich sämtliche Albaner auf diesem Planeten wissen, dass Samsun und ich verwandt sind, fällt der Verdacht am ehesten auf sie.« Die Zigarette im Mundwinkel, senkte İkmen den Kopf und legte die Hände über die Ohren. »Oh Allah!«

»Chef, ich ...«

»Ach, im Grunde war es nicht Ihr Fehler, Tepe«, sagte İkmen müde. »Es war meine Schuld. Ich habe die möglichen Konsequenzen nicht gründlich genug durchdacht ...« Und dann fügte er, wie zu sich selbst, hinzu: »Vielleicht sollte ich diesen Fall wirklich Süleyman übergeben ...«

»Aber wir haben doch jetzt eine Zeugenaussage, oder, Chef?«, fragte Tepe, beunruhigt über die Art und Weise, wie İkmen sich selbst die Schuld gab. »Der alte Mann, der gehört hat, wie ein schwerer Gegenstand aus einem Wagen gestoßen wurde.«

»Sie meinen Enver Alpe? Er hat zwar ausgesagt, aber bei dem Nebel konnte er schließlich nicht viel sehen. Deshalb wissen wir nicht zweifelsfrei, ob es sich bei dem schweren Gegenstand um die Leiche von Rifat Berisha handelte, und zu dem Wagentyp haben wir auch keine Angaben.«

»Aber es ist zumindest ein Anfang«, wandte Tepe ein und versuchte optimistisch zu erscheinen. »Dadurch haben wir eine ungefähre Uhrzeit, wann die Leiche an den Fundort kam. Und wir arbeiten weiter daran ...«

»Ja«, sagte İkmen seufzend. »Allerdings bisher ohne großen Erfolg ...«

In diesem Moment klopfte jemand an die Tür.

»Herein«, rief İkmen. Die Tür ging auf, und vor ihm stand ein sehr elegant gekleideter junger Mann.

»Äh, Inspektor ...«

»Ah, da bist du ja, Berekiah«, sagte İkmen und lächelte freundlich. »Tut mir Leid, dass ich dich nicht selbst zum Essen begleiten konnte.«

»Das macht doch nichts.«

»Nimm doch Platz«, sagte İkmen und deutete auf einen der Stühle neben Tepe. »Das ist mein Assistent, Orhan Tepe.«

Tepe erhob sich, die beiden Männer verneigten sich kurz und setzten sich dann wieder.

»Berekiah Cohen ist der Sohn unseres alten Freundes und

Kollegen Balthasar Cohen«, wandte İkmen sich an Tepe, bevor er sich wieder dem jungen Mann widmete. »Ich nehme mal an, Inspektor Süleyman hat dich in ein Restaurant mitgenommen, das etwas eleganter ist als die von mir bevorzugten Lokale.«

Berekiah grinste. »Wir waren im Pandeli.«

»Dachte ich's mir doch! Aber glaub ja nicht, dass wir dort jeden Tag zu Mittag essen würden, Berekiah!«

»Nein«, erwiderte der Junge lachend. »Mein Vater hat immer gesagt: ›Arbeitsessen bei der Polizei – das ist ein Imbiss an der Straßenecke.‹«

»Dein Vater ist ein weiser und scharfsinniger Mann.«

Nachdem er Tepe einen kurzen Blick zugeworfen hatte, rückte Berekiah etwas näher zu İkmen. »Ich habe mich noch immer nicht entschieden«, setzte er an. »Ich weiß nicht …«

»Niemand erwartet von dir, dass du eine solche Entscheidung so schnell triffst, Berekiah«, erwiderte İkmen ernst. »Lazar bezahlt und behandelt dich gut, und obwohl du bei der Polizei einen sicheren Arbeitsplatz hättest, will ich dir nichts vormachen oder dir vorlügen, wie wundervoll es draußen auf den Straßen von Istanbul zugeht. Manchmal sehen wir wirklich schreckliche Dinge, Dinge, aus denen Alpträume gemacht sind. Und manchmal schweben wir auch in Lebensgefahr, aber meistens frieren wir uns nur halb zu Tode oder schwitzen wie die Tiere. Außerdem sind wir nicht besonders beliebt, Drogendealer aus der ganzen Welt lachen über uns, genau wie über jede andere Polizeitruppe auf diesem Planeten, aber …«

»Mein Vater hat diesen Beruf geliebt.« Als der junge Mann hochblickte, sah İkmen, dass dessen Augen feucht glänzten.

»Ja«, sagte İkmen, dessen Gesicht sich beim Gedanken an den armen Cohen ein wenig anspannte. »Ja, das hat er wirklich.«

Nach einer kurzen Pause, in der die Männer jeglichen Blickkontakt vermieden, meinte Berekiah schließlich: »Also, vielen Dank, Inspektor İkmen, dass Sie sich Zeit für mich genommen haben, aber ich, äh, ich sollte jetzt besser gehen.«

Der junge Mann stand auf, verabschiedete sich zuerst von

Tepe und reichte dann İkmen die Hand, der sich jedoch von seinem Stuhl erhob und den Jungen fest in die Arme schloss.

»Es war mir ein Vergnügen«, sagte İkmen, während sie einander umarmten.

»Nochmals vielen Dank, Inspektor.«

İkmen begleitete seinen Gast zur Tür und hielt sie für ihn auf. »Du weißt ja, falls du oder deine Familie irgendetwas braucht, kannst du jederzeit zu mir kommen«, sagte er leise.

»Danke.« Der Junge lächelte.

Tepe wusste zwar, dass İkmen für seine Großzügigkeit bekannt war, aber er fragte sich, wie um alles in der Welt dieser schlecht bezahlte, unbestechliche Vater von neun Kindern es schaffte, anderen seine Hilfe anzubieten. Doch İkmen war ein Mann alter Schule – ungläubig, aber durchdrungen von der alten islamischen Tradition gegenseitiger Unterstützung und Freigebigkeit. In dieser Hinsicht ähnelte Süleyman seinem ehemaligen Vorgesetzten, wenn auch auf eine eher erhabene, osmanische Weise. Obwohl sie sich bezüglich ihres Status und sozialen Hintergrunds stark voneinander unterschieden, waren Süleyman und İkmen sich im Grunde sehr ähnlich, erkannte Tepe allmählich. Erneut fragte er sich, ob es ihm jemals gelingen würde, die gleiche Bedeutung für İkmen zu bekommen wie Süleyman sie hatte.

Als er die Tür hinter Berekiah Cohen geschlossen hatte, gestattete İkmen sich eine kurze Denk- und Rauchpause. Obwohl er das Gespräch mit dem Sohn seines alten Kollegen mit großer Aufmerksamkeit geführt hatte, war ein Teil seines Gehirns mit dem Fall Berisha beschäftigt geblieben.

Schließlich blickte er auf, lächelte Tepe an und verkündete: »Ich werde Engelushjia Berisha freilassen. Begleiten Sie sie bitte zu ihren Eltern …«

»Aber Chef«, setzte Tepe an, »sie …«

»Ich bin mir sicher, dass Yıldız trotz seiner Verletzungen ihren tätlichen Angriff problemlos überstehen wird, Tepe.«

»Sie hat ihm die Haut aufgekratzt, Chef«, sagte der Assistent stirnrunzelnd. »Er musste zum Arzt und sich behandeln lassen.«

»Und wahrscheinlich sind ihm in der Zwischenzeit ein paar

schmerzhafte Spritzen verpasst worden«, sagte İkmen, während er um seinen Schreibtisch herum ging, »wofür er mein größtes Mitgefühl hat. Nichtsdestotrotz sollten wir nicht die Tatsache aus dem Auge verlieren, dass wir uns in erster Linie mit dem vorzeitigen Ableben von Rifat Berisha beschäftigen müssen. Und wenn beim Verfolgen dieser Aufgabe das ein oder andere kleinere Vergehen unter den Tisch fallen sollte ...«

»Aber Chef!«

Plötzlich verhärteten sich İkmens Züge. »Jetzt hören Sie mir mal gut zu«, sagte er, »diese beiden verfeindeten Familien wollen nicht, dass wir uns in ihre Angelegenheiten einmischen. Den Berishas geht es nur darum, die Vloras umzubringen und umgekehrt. Und uns erzählen sie gar nichts – solange wir nicht etwas haben, was sie gerne hätten, und es ihnen als Zeichen unseres guten Willens übergeben. Ich mag mich irren, aber Engelushjias Freilassung könnte genau diesen Zweck erfüllen.« Inzwischen stand er direkt vor Tepe, so dass dieser seinen Atemhauch spüren konnte. »Außerdem bin ich noch immer nicht davon überzeugt, dass die Vloras Rifat umgebracht haben. Aber um herauszufinden, wer ihn sonst getötet haben könnte – und um die näheren Umstände seiner Nierentransplantation zu klären –, müssen wir in Rifats Welt eindringen. Und um das zu erreichen, müssen wir das Vertrauen seiner Familie gewinnen, was angesichts des heutigen Vorfalls nicht ganz leicht sein wird.«

»Nein, Chef, ich ...«

»Es sei denn«, İkmen hob die Hand, um seinen Assistenten zum Schweigen zu bringen, »es sei denn, wir geben ihnen ihre Tochter zurück. Dann haben wir vielleicht eine kleine Chance.« Er nahm seinen Mantel vom Haken und öffnete die Tür. »Kommen Sie«, sagte er und marschierte den Flur hinunter.

»Aber was ist mit den Vloras?«, rief Tepe, während er seinen Mantel von der Stuhllehne nahm und İkmen hinterhereilte.

»Oh, die habe ich keineswegs vergessen«, entgegnete İkmen. »Die werden wir uns zu gegebener Zeit schon noch vorknöpfen – darauf können Sie sich verlassen.«

Sofort nachdem sie die eine Etage tiefer liegende Wohnung der Qerimis verlassen hatten, waren Mehmet, Aryan und Mehti Vlora in unterschiedliche Richtungen geflohen. Solange die Polizei im Haus war, zogen sie es vor, sich woanders aufzuhalten. Mehmet hatte noch kurz bei seiner Mutter hereingeschaut, nachdem die Polizei wieder abgezogen war, aber sowohl sie selbst als auch das Kokain, das sie in den Falten ihrer Kleidung versteckt hatte, waren unangetastet. Angeliki war schon immer sehr einfallsreich gewesen, und außerdem hatten die Beamten es gar nicht auf Drogen abgesehen. Entweder waren sie Rifat Berishas Schwester gefolgt, oder – was sehr viel wahrscheinlicher war – jemand hatte ihnen den Tipp gegeben, ihre Wohnung im Zusammenhang mit Rifats Tod zu überwachen. Die Hände tief in die zerrissenen Taschen gesteckt, marschierte Mehmet über die geschäftige Divanyolu Caddesi. Er wusste, dass ihn dieses Mal, bedauerlicherweise, keine Schuld traf. Und da Aryan am Abend des Todes von Rifat Berisha mit ihm zusammen gewesen war, blieb nur noch Mehti übrig. Aber so beschränkt sein Bruder auch sein mochte, er hätte bestimmt etwas gesagt, wenn er etwas derartig Folgenschweres getan hätte. Das Einzige, was dieser Geschichte noch die Krone aufsetzen konnte, wäre das plötzliche Auftauchen der Leiche seines Bruders Dhori, die sie noch immer nicht gefunden hatten. Jeder wusste, dass Rahman Berisha ihn getötet hatte; denn nur ein Berisha konnte so feige sein, die Leiche zu verstecken und damit den Fortgang der *gjakmaria* bis heute hinauszuzögern. Aber das war jetzt wahrscheinlich sowieso Schnee von gestern, dachte Mehmet. Denn jetzt glaubten die Berishas allen Grund zu haben, einen weiteren Vlora umzubringen. Er fragte sich, wie lange es wohl noch dauern würde, bis Rifats Hemd in einem der Fenster der Berisha-Wohnung hing.

Während er sich einen Weg durch den dichten Verkehr am Anfang der Babıali Caddesi bahnte, fiel Mehmets Blick auf eine junge, attraktive Frau in einem langen, dunklen Mantel. Sie stand auf dem Bürgersteig und unterhielt sich mit einer wesentlich größeren und beträchtlich älteren Frau. Aber obwohl seine Augen vom Anblick des Mädchens angezogen wurden, brachte letztendlich die ältere Frau ihn dazu, stehen zu bleiben. Und als ihm allmählich dämmerte, wen er vor sich hatte, wuchs seine Wut schlagartig – denn er erinnerte sich an die Worte seiner Mutter: Wenn überhaupt irgendjemand aus der Gemeinschaft der Exilalbaner mit der Polizei reden würde, dann wahrscheinlich dieser Cousin des türkischen Polizisten.

Mehmet war sich zwar bewusst, dass es nicht sehr schlau wäre, auf einer belebten Straße mit dieser perversen Samsun Bajraktar Streit anzufangen, aber er brachte es einfach nicht fertig, mit seiner unermesslichen Wut im Bauch wortlos an ihr vorbeizugehen. Deshalb entschied er sich für eine subtilere, aber nicht minder rachsüchtige Vorgehensweise. Er schob sich hinter die Transsexuelle und flüsterte etwas in deren Ohr.

»Ich weiß, dass du Informationen über uns an deinen Verwandten bei der Polizei weitergegeben hast«, zischte er, als sein Opfer sich umwandte, um ihn anzusehen, »mögest du in deinem dreckigen Bett keine ruhige Minute mehr finden, du widerlicher Schwanzlutscher!«

Bevor Samsun Bajraktar sich vollständig umdrehen konnte, tauchte Mehmet Vlora in der Menge unter, die in Richtung Divanyolu Caddesi strömte. Erst später kam ihm der Gedanke, dass es auch durchaus möglich war, dass Samsun der Polizei überhaupt nichts gesagt hatte. Denn vielleicht waren die Beamten ja doch einfach Engelushjia Berisha gefolgt. Aber das spielte jetzt auch keine Rolle mehr. Solche Typen wie Samsun verdienten es nicht anders, selbst wenn das eine Fehde mit der Bajraktar-Sippe bedeutete. Aber vielleicht wäre das ja auch *die* Chance für die Vloras, sich mit einem solch mächtigen Clan wie den Bajraktars einmal anzulegen. Hatten diese sich nicht ebenfalls vor vielen Jahren all ihrer Feinde entledigt, und zwar mit erstaunlicher Grausamkeit? Mehmet zog seine Jacke fester um seinen schmächtigen Körper und ging entschlossen in Richtung des Sultan Ahmet Parkı.

İkmen wusste, dass es beim Umgang mit Leuten wie den Berishas vor allem darauf ankam, dass sie begriffen, was er von ihnen wollte. Daher hielten er und Tepe die widerspenstige Engelushjia zwischen sich fest, während sie mit den Eltern sprachen, auch wenn İkmen dies widerstrebte. In den Augen der Eltern musste das Mädchen wie eine Art Polizeigeisel wirken.

»Erzählen Sie mir von Rifat«, wandte er sich nun an das graugesichtige Ehepaar vor ihm. »Was für eine Art Mann war er?«

Rahman zuckte die Achseln. »Ein ganz normaler.«

»Und das bedeutet?«

»Er amüsierte sich gerne.« Der Alte sah ihn ausdruckslos an. »Verstehen Sie, was ich meine?«

»Nein«, sagte İkmen ironisch, »das verstehe ich nicht. Deshalb frage ich Sie ja.«

Als Reaktion auf diese sarkastische Entgegnung verfiel der alte Mann wieder in Schweigen. İkmen warf einen kurzen Blick zu Tepe hinüber, der irgendwie angespannt wirkte, und entschloss sich dann zu einer anderen Vorgehensweise.

Mit seinem erprobten, normalerweise gewinnenden Lächeln versuchte er es erneut: »Also gut – wir wollen uns doch mal nichts vormachen. Ich weiß, dass Sie sich in einer Blutfehde mit dem Vlora-Clan befinden.« Er hob eine Hand, um Rahman Berisha zum Schweigen zu bringen, der heftig protestieren wollte. »Woher wir das wissen, geht Sie nichts an – genau wie es mich nichts angeht, warum und wieso Sie diese Fehde mit den Vloras austragen. Mir geht es einzig und allein darum, die Person zu fassen, die Ihren Sohn getötet hat. Falls es sich dabei um einen Vlora ...«

»Natürlich war es einer der Vloras!«, platzte Aliya heraus, woraufhin ihr Ehemann ihr für diese Indiskretion hart ins Gesicht schlug.

Tepe sprang sofort auf und konnte gerade noch von İkmen zurückgehalten werden, der rasch einen seiner dünnen Arme ausstreckte, um seinen Assistenten vor einer Dummheit zu bewahren.

»Also gut«, sagte İkmen entschieden, »ich schlage vor, dass wir uns jetzt alle wieder beruhigen. Jemanden zu schlagen ...«

»Die Frau hat zu schweigen!«, schäumte Rahman vor Wut.

»Jetzt hören Sie mir mal gut zu, Herr Berisha«, erwiderte İkmen, während er Tepe bedeutete, sich wieder hinzusetzen, »meine Aufgabe ist es, die Ursache herauszufinden, wenn jemand eines unnatürlichen Todes gestorben ist. Falls die Vloras also nicht tatsächlich Ihren Sohn umgebracht haben, endet mein Interesse an diesen Brüdern, sobald ich weiß, wo sie in der Nacht von Rifats Tod gewesen sind. Vielleicht haben sie ihn getötet, vielleicht aber auch nicht, doch solange ich keinen eindeutigen Beweis für ihre Schuld habe, muss ich auch jedem anderen Aspekt im Leben Ihres Sohnes nachgehen, genauso wie den gerichtsmedizinischen Ergebnissen unseres Labors.« Er hielt eine Hand hoch, um die verschiedenen Punkte aufzuzählen: »Ich muss wissen, wer seine Freunde waren, was er beruflich machte, ob es irgendwelche Frauen in seinem Leben gab, wie seine gesundheitliche Verfassung war, was er gerne aß, trank, trug, tat. Wer auch immer Ihren Sohn getötet hat – er hat dem Jungen fast den Kopf vom Hals abgetrennt, Herr Berisha. Diese Person ist bösartig und extrem gefährlich. Also, werden Sie mir nun helfen, den Täter zu finden, oder muss ich Rifats Tod allein rächen?«

Als İkmen, Tepe und die anderen Polizisten, die İkmen angefordert hatte, um Rifats persönliche Sachen zu katalogisieren und mitzunehmen, schließlich die Wohnung der Berishas verließen, war es bereits dunkel. Während die zwei Kriminalbeamten auf die Straße traten, steckten sie sich beide eine Zigarette zwischen die Lippen. Tepe sah, dass İkmen die Hände kräftig gegeneinander rieb, und bot seinem Vorgesetzten Feuer an. Es wird wieder eine bitterkalte Nacht werden, bemerkte er nach einem Blick auf den Himmel – ein Kommentar, den İkmen so interpretierte, dass Tepe gerne nach Hause wollte.

»Wir gehen Rifats Sachen morgen durch«, sagte er und schaltete sein Mobiltelefon wieder ein. »Fahren Sie nach Hause, Tepe«, fügte er hinzu.

Tepe lächelte. »Danke, Chef. Das war doch ein ziemlicher Erfolg, dass wir die Berishas überzeugen konnten, uns die Sachen ihres Sohnen zu übergeben, oder? Glauben Sie, die wissen, dass Sie, äh, Halbalbaner sind?«

»Wer weiß?«, erwiderte İkmen mit einem lakonischen Achselzucken. »Ich ...« Ein Piepsen aus seinem Handy zeigte an, dass er eine neue Nachricht auf seiner Mailbox hatte. Er drückte diverse Tasten, um sie abzuhören. »Wenn Sie noch einen Moment warten, bis ich mir angehört habe, was das hier ist …«

»Ja, natürlich«, meinte Tepe, während er zusah, wie İkmen das Telefon an sein Ohr drückte und gespannt lauschte.

Es war eine ziemlich lange Nachricht, und sie kam, der Stimme nach zu urteilen, von einer Frau. Einer ziemlich aufgeregten, wenn nicht sogar hysterischen Frau. Während er der Nachricht lauschte, wurde İkmens Gesicht immer ernster, und als er das Telefon schließlich wieder auf Empfang schaltete, seufzte er. Das grelle Licht der Laterne auf der anderen Straßenseite unterstrich die tiefen Schatten unter seinen Augen und Wangenknochen.

»Das war meine älteste Tochter«, sagte er nach einer Weile. »Offensichtlich hat sie meine Cousine Samsun Bajraktar heute beim Einkaufen getroffen.«

»Ach?«

»Und als sie an der Kreuzung Babıali Caddesi und Divanyolu Caddesi kurz stehen blieben, um ein Schwätzchen zu halten, tauchte plötzlich ein kleiner Mann mittleren Alters auf, der zuerst Samsun auf Albanisch als Polizeispitzel beschimpfte und sie dann bedrohte. Laut Samsun war es Mehmet Vlora. Offenbar ist meine Cousine im Augenblick bei mir zu Hause, am Rande eines Nervenzusammenbruchs, sagt meine Tochter.«

»Oje, ich …«

»Anscheinend habe ich bei dem Versuch, eine Eskalation dieser Blutfehde zu verhindern, alles nur noch schlimmer gemacht.« İkmen setzte sich in Bewegung und ging zum Ende der Straße, wo sein Wagen stand. »Ich habe meine eigene Familie in die Geschichte hineingezogen.«

»Sie haben getan, was Sie für richtig hielten«, sagte Tepe, der ihm gefolgt war. »Sie wussten, dass die Berishas sich nach Rifats Tod auf die Vloras stürzen würden. Aber Sie wussten auch, dass die Vloras den Jungen nicht notwendigerweise umgebracht haben, und solange wir die Wahrheit nicht definitiv kennen …«

»Ich schätze, die einzige Möglichkeit, dieses Problem zu lösen, besteht darin, dass ich zu Angeliki Vlora gehe und mit ihr rede«, unterbrach İkmen düster Tepes loyale Tröstungsversuche. »Ich muss versuchen, die Vloras von der Liste unserer Verdächtigen zu streichen – falls das überhaupt möglich ist. Wenn ich mit ihr reden kann und vielleicht sogar mit Mehmet und seinen Brüdern …«

»Möchten Sie, dass ich Sie begleite, Chef?«

İkmen schwieg einen Moment und dachte nach. »Nein, Orhan«, sagte er schließlich und klopfte dem jüngeren Mann leicht auf die Schulter. »Gehen Sie nach Hause zu Ihrer Frau und Ihrer Familie.«

»Aber …«

İkmen sah hinauf zum Vollmond, der inzwischen leuchtend hell am Himmel stand. »Nein«, sagte er mit einem seltsamen Lachen, »in Nächten wie dieser sollten diejenigen, die vom Balkan stammen, besser unter sich bleiben. Falls Angeliki sich in einen Werwolf verwandelt, könnte Sie – als Türken – das zu sehr erschrecken.«

»Wie bitte?«

»Ach, Tepe,«, rief İkmen ungeduldig, »sagen Sie jetzt nicht, Sie haben nicht gewusst, dass die schaurigsten Legenden der Welt alle aus Osteuropa stammen. Werwölfe, Vampire, Untote – die sind alle dort zu Hause. Ich wollte damit eigentlich nur sagen, dass ich als jemand, durch dessen Adern ebenfalls Balkanblut fließt, einfach besser mit diesen Leuten umgehen kann als Sie. Das Ganze war nur ein kleiner Scherz – falls Sie den vertragen können.«

»Oh.«

»Aber jetzt machen Sie sich mal keine Sorgen, Tepe. Gehen Sie nach Hause. Es ist wirklich kein Problem.«

»Also, wenn Sie sich ganz sicher sind …«

»Ja, das bin ich«, erwiderte İkmen, während er bei seinem Wagen ankam und die Tür aufschloss. »Ich meine, selbst wenn Angeliki Vlora sich vor meinen Augen in ein wildes Tier verwandeln sollte – wie schlimm kann das schon sein, hm?«

Und dann ließ er sich mit einem verschmitzten, fast schon boshaften Lächeln auf den Fahrersitz gleiten, warf den Motor an und fuhr davon. Doch als er ungefähr die Hälfte der Strecke zurückgelegt hatte, fiel ihm plötzlich wieder ein, wie sehr seine Frau seine transsexuelle Cousine hasste. Mit Samsun in einer Wohnung – selbst wenn seine Tochter Çiçek sich um sie kümmerte – würde Fatma auf jeden Fall furchtbar schlecht gelaunt sein.

»Mist!«, sagte er laut und brach in Gelächter aus, als er herauszufinden versuchte, wem er wohl lieber gegenüberstünde: seiner Frau mit einer Stinkwut oder Angeliki Vlora als Werwolf.

Schließlich kam er zu dem Schluss, dass letztere Begegnung ihm weniger unangenehm sein würde.

8

Ob sich Samsun Bajraktar ihr feminines Verhalten von den vielen türkischen Historienfilmen, die sie gesehen hatte, abgeschaut hatte oder ob sie anderweitige Vorbilder besaß, ließ sich nicht mehr feststellen. Aber allen Anwesenden in İkmens Wohnung wurde schnell deutlich, dass das Verhalten der Cousine stark an das der Damenwelt des 19. Jahrhunderts erinnerte, wo Ohnmachtsanfälle keine Seltenheit waren. Dabei war Samsuns hochgradig erregter Gemütszustand gar nicht so sehr auf Mehmet Vloras Drohungen zurückzuführen. Im Gegenteil: Seit İkmens Tochter Çiçek die Cousine am Nachmittag mit zu sich nach Hause genommen hatte, versuchte die Transsexuelle unermüdlich, ihren Liebsten Abdurrahman zu erreichen – bisher jedoch vergeblich. Er war weder in seinem Lederwarengeschäft noch in ihrer gemeinsamen Wohnung, und Samsun konnte sich nicht vorstellen, wo er sonst sein könnte. Sogar sein Mobiltelefon war ausgeschaltet, ein beispielloses Verhalten für den Handy-Fetischisten Abdurrahman.

»Also, wenn er bei einer anderen Frau ist …«, setzte Samsun erneut an, während sie sich noch ein weiteres Glas Tee von der verständnisvollen und aufmerksamen Çiçek einschenken ließ.

»Ich bin sicher, dass er das nicht ist«, erwiderte Çiçek beruhigend. »Nach dem, was du mir erzählt hast, scheint er doch ein sehr netter Mann zu sein.«

»Warum wirfst du nicht einen Blick in eine Schüssel mit Öl, um es herauszufinden?«, rief eine scharfe Frauenstimme aus der Küche. »Genau das hätte deine Tante nämlich getan.«

Çiçek drehte sich in Richtung Küche; die Zornesröte stand ihr im Gesicht. »Mutter! Ich …«

»Hör zu, wenn Samsun wirklich in Gefahr ist, kann er so lange hier bleiben wie er will«, sagte Fatma, als sie mit roten Flecken im Gesicht und einem Tuch um den Kopf in der Küchentür erschien. »Ich habe noch nie jemandem in Not die Tür gewiesen. Aber wenn er weiterhin von seinen Beziehungen zu anderen Männern redet …«

»Oh, es tut mir ja so Leid, Fatma«, sagte Samsun und sah ihrer widerstrebenden Gastgeberin direkt ins Gesicht. »Ich weiß, dass ich wirklich die schrecklichste, alte …«

»Warum hat die Tante so große Füße?«

Sämtliche Anwesenden, einschließlich des achtzehnjährigen Bülent, der bis dahin Zeitung gelesen hatte, drehten sich zu der kleinen Gestalt um, die jetzt neben Samsuns ausgestreckten Beinen stand. Die Lippen vor Wut zusammengepresst, brachte Fatma nur ein Räuspern zustande.

Wieder rettete Çiçek die Situation. »Manche Frauen haben nun mal große Füße, Kemal«, wandte sie sich lächelnd an ihren kleinen Bruder, der sie mit ernstem Gesicht ansah. »So wie es auch Männer mit kleinen Füßen gibt.«

»Papa hat sehr kleine Füße«, bemerkte Bülent, bevor er sich wieder seiner Lektüre widmete.

»Ja, das stimmt«, sagte Çiçek und legte ihrem jüngsten Bruder eine Hand auf die Schulter. »Aber darüber müssen wir doch jetzt nicht reden, oder? Solltest du nicht längst im Bett sein?«

»Nein.« Solange solch eine merkwürdige Frau hier im Wohnzimmer saß, zog ihn nichts in sein Kinderbettchen zurück.

»Hör mal, Gül liegt auch schon im Bett.«

»Bei Allah …« Genervt von den Versuchen ihrer Tochter, mit einem Achtjährigen zu diskutieren, stürzte Fatma aus der Küche und nahm ihren Jüngsten entschlossen an der Hand. »Du gehst jetzt sofort ins Bett, Kemal, und ich will nichts mehr davon hören.«

»Aber was ist mit Papa? Ich …«

»Wenn du dich noch immer nicht daran gewöhnt hast, dass du deinen Vater nicht zu sehen bekommst, dann kann ich dir auch nicht mehr helfen«, entgegnete Fatma und zog den protestierenden Nachwuchs hinter sich her.

Als die Wohnzimmertür hinter den beiden krachend zufiel, sagte Samsun mit gesenktem Blick: »Es tut mir so Leid. Ich scheine hier für einen ziemlichen Wirbel gesorgt zu haben, oder?«

»Polizei«, sagte İkmen und hielt der alten Frau seinen Dienstausweis unter die Nase.

»Schon wieder?«

»Ja, schon wieder.« Er setzte einen Fuß über die Schwelle von Angeliki Vloras spärlich möblierter und nach Bratkartoffeln riechender Wohnung.

Die alte Frau band die Enden ihres Kopftuchs unter ihrem Kinn zusammen und trat dann einen Schritt zur Seite, während sie İkmen misstrauisch betrachtete.

»Meine Jungs sind nicht da; die sind was trinken gegangen, falls Sie deswegen hier sind«, sagte sie, während sie ihm in das triste Wohnzimmer folgte.

»Nein, ich bin Ihretwegen hier, Frau Vlora«, erwiderte İkmen.

»Ach?« Angeliki Vlora bückte sich, um die Kartoffelschalen zur Seite zu räumen, die auf einem Stück Zeitung auf dem Boden lagen, und bedeutete İkmen, Platz zu nehmen. »Wieso?«

»Weil Sie heute Morgen gegenüber einem meiner Beamten bestimmte Mitglieder meiner Familie erwähnt haben.«

Angeliki richtete sich auf, eine Hand in den schmerzhaft gekrümmten Rücken gestemmt. »Ach ja?« Und dann schien sie sich wieder genauer an den Vorfall zu erinnern. »Sie sind İkmen?«

»Das steht zumindest auf meinem Dienstausweis.« İkmen zündete sich eine Zigarette an und lehnte sich in dem muffigen, alten Sessel zurück, den sie ihm angewiesen hatte.

»Ach«, sagte die alte Frau gereizt, »ich kann nicht lesen. Keine Albanerin in meinem Alter kann das.«

»Meine Mutter konnte lesen«, erwiderte İkmen.

»Aber nur, weil dieser Türke, Ihr Vater, es ihr beigebracht

hat«, sagte Angeliki und ließ sich auf dem Sofa gegenüber von İkmens Sessel nieder. »Ayşe Bajraktar hätte jedenfalls nicht lesen lernen müssen.«

»Und wieso nicht?«

»Weil die Bajraktars die mächtigste Familie außerhalb Gheheriens waren. Es gab eine Zeit, da trugen sie mit vielen rivalisierenden Clans Blutfehden aus. Aber dank ihrer Bösartigkeit und der Verwünschungen, die Ihr Großvater wie Schnee vom Himmel hageln ließ, haben sie alle vernichtet, selbst die Ndreks – aber das wissen Sie ja.«

»Nein.«

Ihr ungläubiger Blick traf İkmen unvorbereitet. Sie schien sogar derartig fassungslos, dass sie ihn mit offenem Mund anstarrte. Sie schloss ihn erst wieder, als sie schließlich eine verbogene, handgedrehte Zigarette aus den tiefen Falten ihres Rocks hervorholte und zwischen ihre Lippen schob. Obwohl İkmen ihre Reaktion übertrieben erschien, ging er nicht weiter darauf ein. Es war schon ziemlich spät, und da sich draußen der Nebel zu einer weiteren eisigen, undurchdringlichen Nacht verdichtete, musste er sehen, dass er hier bald fertig wurde und nach Hause kam – was auch immer ihn dort erwarten mochte.

»Sie haben Wachtmeister Tepe gesagt, dass Sie annehmen, mein Cousin Mustafa Bajraktar hätte die Polizei über Ihre Fehde mit den Berishas informiert«, sagte er.

Die alte Frau zuckte die Achseln. »Und, hat er das etwa nicht?«

»Nein. Und ich würde es begrüßen, wenn Sie in Zukunft nicht mehr mit irgendwelchen haltlosen Verdächtigungen um sich werfen.« Er schwieg einen Moment, um die Asche seiner Zigarette in den großen Metallaschenbecher zu streifen, der neben seinem Ellbogen stand. »Außerdem können Sie Mehmet ausrichten, wenn ich ihn noch einmal dabei erwische, dass er ein Mitglied meiner Familie bedroht, werde ich persönlich dafür sorgen, dass er eine Weile Urlaub auf Staatskosten macht. Da kann er dann in Ruhe über seine Missetaten nachdenken.«

»Mehmet hat niemanden bedroht.«

»Daraus schließe ich«, sagte İkmen eisig, »dass Sie entweder Ihren Sohn nicht mehr gesehen haben, seitdem er heute Morgen vor meinen Kollegen getürmt ist, oder dass Sie die edle Kunst der albanischen Lüge perfekt beherrschen.«

Vollkommen unempfänglich für İkmens Beleidigungen wechselte Angeliki Vlora einfach das Thema. »Wenn nicht die Schwuchtel Samsun der Polizei von den Berishas und uns erzählt hat, wer war es dann? Das erklär mir mal, Hexenkind!«

Verärgert über die plötzliche Verwendung eines Ausdrucks, den normalerweise nur seine Frau benutzte – und dann auch nur in einem liebevollen Zusammenhang –, fuhr İkmen die Alte an: »Als Polizeibeamter ist es mir nicht gestattet, meine Quellen preiszugeben!«

»Es sei denn, ich hole mein Portemonnaie hervor!«, krächzte die alte Frau säuerlich. »Türkische Männer und Geld ...«

»Ich nehme keine Bestechungsgelder!«, erwiderte İkmen barsch. »Genau wie mein türkischer Vater bin auch ich ein ehrlicher Mann. Ich bin niemandem etwas schuldig und mit niemandem verfeindet.«

»Das zu hören, würde Emina Ndrek aber freuen, oder eher noch ihren lebenden Sohn«, sagte sie mit einem unangenehmen Lächeln.

»Wovon reden Sie?«, fragte İkmen. »Lenken Sie nicht vom Thema ab ...«

»Eminas Bruder hat deine Mutter, Ayşe Bajraktar, umgebracht, Hexenkind.«

Plötzlich schien die Welt rund um İkmen zu erstarren. Einen Moment lang konnte er nichts hören, nur sehen, und er hatte das Gefühl, dass seine Augen aus einem versteinerten Gesicht herausstarrten und er in einem Körper gefangen war, den er nicht kannte. Plötzlich bekam er eine Ahnung davon, was es bedeutete, sich in etwas zutiefst Unmenschliches zu verwandeln – in einen Untoten, einen Geist, einen Werwolf ... Und als er schließlich seine Stimme wiederfand, klang diese so heiser und tonlos wie das Knurren eines Tiers.

»Meine Mutter starb an einem Herzinfarkt ...«

»Deiner Mutter wurde die Kehle aufgeschlitzt! Die Bajraktars befanden sich in einer Blutfehde mit den Ndreks, weil sie Eminas Bruder getötet hatten.«

»Nein! Nein!«, sagte İkmen, dessen Herz wie wild schlug, während er zitternd aufstand. »Meine Mutter hatte ein schwaches Herz; sie starb in ihrem eigenen Bett.« Und dann rief er laut: »Ich war dabei! Ich habe selbst gesehen, wie …«

»Was hast du gesehen?« Das faltige Gesicht der Alten nahm eine düstere Tönung an, während sie ihn verächtlich betrachtete. »Denk genau nach, İkmen«, sagte sie boshaft, »und lass deine Erinnerung nicht von irgendwelchen beschönigenden Lügen trüben.«

Normalerweise hätte İkmen sofort auf Angelikis Worte reagiert, auf die Beleidigungen, die sie ihm an den Kopf geworfen hatte. Aber einen kurzen Moment lang zog er sich in sich zurück und schwieg, bis er sich wieder gefangen hatte. Was diese alte Albanerin da sagte, war doch vollkommen lächerlich, oder? Das musste einfach völliger Blödsinn sein! Sowohl sein Bruder als auch sein Vater hatten die Leiche der Mutter gesehen, und keiner von beiden hatte jemals von Mord gesprochen. Natürlich war damals, an diesem schrecklichen Nachmittag, die Polizei in ihre Wohnung gekommen, aber schließlich war es ganz normal, dass sie bei unerwarteten Todesfällen kurz vorbeischaute. Und er konnte sich an überhaupt kein Blut erinnern. Eine aufgeschlitzte Kehle bedeutete eine Menge Blut. Und die Opfer der *gjakmaria* waren immer männlich, richtig? Das Bild der Frauen, die sich im Auftrag ihrer ins Haus verbannten Männer um die Belange der Familie kümmerten, zauberte ein unerwartetes Lächeln auf İkmens Gesicht, das Angeliki Vlora verwirrte.

»Das war wirklich sehr raffiniert«, sagte er. »Fast hätte ich Ihnen die Geschichte geglaubt.«

»Ich sage nur die Wahrheit, darauf gebe ich mein Wort.«

»Und das aus dem Mund einer Frau, in deren Heimat es heißt … wie geht das Sprichwort noch gleich? ›Du kannst dich an dein Wort halten; du kannst dich aber auch nicht daran halten.‹«

Die alte Frau lächelte. »Du weißt mehr über Albanien, als deinem türkischen Vater lieb gewesen wäre.«

»Versuchen Sie nicht länger, mich mit arglistigen Lügengeschichten abzulenken, sondern sorgen Sie lieber dafür, dass

Mehmet und seine Brüder sich morgen um neun bei mir auf der Wache melden.« Er legte seine Karte auf den Tisch. »Ich nehme doch mal an, dass Ihre ›Jungs‹ lesen können?«

Sie warf einen Blick auf die Karte und zuckte die Achseln.

»Wenn sie nicht erscheinen, lasse ich sie verhaften«, sagte er kurz angebunden und wandte sich zur Tür.

»Denk mal darüber nach, warum dein Vater dich immer von der Familie deiner Mutter fern gehalten hat«, sagte Angeliki, während sie ihre Zigarette im Aschenbecher ausdrückte. »Vielleicht kommst du ja dahinter.«

Aber İkmen ignorierte ihre Worte – zumindest nach außen hin. »Morgen früh um neun, Angeliki«, sagte er, »oder eure Blutfehde mit den Berishas endet in den Zellen der Wache.«

Und mit diesen Worten verließ er die Wohnung und ging hinunter auf die nur spärlich beleuchtete Straße.

Seit dem Telefonat mit seinem Vater an diesem Morgen hatte Mehmet Süleyman schon mehrfach darüber nachgedacht, seinen Bruder Murad anzurufen. Zum Teil war er durch seine Arbeit von dieser Aufgabe abgehalten worden, aber vor allem hatte er das Gespräch deswegen noch nicht geführt, weil er nicht wusste, was er sagen sollte. Den Worten seines Vaters nach zu urteilen, war Murad dafür, dass sie sich zu dritt trafen. Aber irgendwie erschien es Mehmet merkwürdig, wenn nicht sogar falsch, mit einem gemeinsamen Essen den jahrelangen Streit mit den Eltern einfach zu begraben. Und selbst wenn ihr Vater nicht die treibende Kraft in dieser Auseinandersetzung mit den beiden Söhnen war, so hatte er ihr Leid zweifellos stillschweigend in Kauf genommen. Doch es war bereits spät am Abend, und alle Vorwände, die Mehmet im Laufe des Tages angewandt hatte, um seinen Bruder nicht anrufen zu müssen, griffen nun nicht mehr. Murad musste jetzt definitiv zu Hause sein – wo sonst sollte er als allein erziehender Vater zu dieser späten Stunde wohl stecken?

Er schob einen Stapel unerledigten Papierkram zur Seite und zog das Telefon zu sich heran. Es konnte nicht schaden, mit Murad zu reden – schließlich telefonierten sie regelmäßig miteinander. Außerdem hatte er es seinem Vater versprochen, und als Mann von Wort blieb ihm nichts anderes übrig. Seine Hand lag bereits auf dem Hörer, als jemand an der Tür klopfte.

»Herein«, rief er und zog die Hand zurück.

Die Tür öffnete sich, und vor ihm stand ein uniformierter Beamter.

»Hallo, Roditi«, sagte Süleyman. »Was gibt's?«

»Eine Streife hat drüben in Ortaköy unter der Bosporusbrücke einen verlassenen Mercedes gefunden.«

»Und?« Süleyman wollte schon wieder zum Hörer greifen. »Was hat das mit mir zu tun?«

»Das Wageninnere ist blutgetränkt«, sagte Roditi mit einer Stimme, die sein Unbehagen bei dieser Vorstellung verriet.

Süleyman runzelte die Stirn. »Und wessen Blut ist das?«

»Also, der Wagen ist leer«, sagte Roditi. »Unsere Leute durchkämmen zurzeit noch das Gelände, um eine Leiche zu finden oder jemanden, der verletzt ist.«

»Ich schätze, ich sollte mir das mal ansehen.« Süleyman nahm sein Sakko von der Stuhllehne und streifte es über.

»Das dachte ich mir auch«, meinte Roditi, während er zusah, wie sein Vorgesetzter seine Taschen nach Schlüsseln, Zigaretten und Portemonnaie abtastete. »Ich meine, vielleicht handelt es sich hier ja gar nicht um Mord, aber nach dem, was die Kollegen vor Ort sagen, sieht es mir doch verdammt danach aus.«

»Na, dann kommen Sie am besten doch gleich mit«, sagte Süleyman und ging entschlossen auf seinen Kollegen zu.

Roditi holte tief Luft, um sich etwas zu beruhigen und seufzte dann: »In Ordnung. Ich hol nur schnell meinen Mantel.«

»Was für eine Wendung des Schicksals, was, Mutter?«, sagte İkmen, während er sich vor die kleine Marmorplatte hockte, die den Grabstein seiner Mutter bildete. »Mir ist kalt, es ist dunkel und neblig, und ich sollte überhaupt nicht hier sein. Ich habe das Gefühl, die Hauptfigur in einer Art Horrorfilm zu spielen.« Heftig zitternd fügte er hinzu: »Aber nach den schrecklichen Dingen, die diese grässliche Alte mir erzählt hat, musste ich einfach herkommen. Auf der Suche nach einer Eingebung vielleicht. Auf der Suche nach dir.«

Er bemühte sich, das feuchte Gras unter ihm nicht zu streifen, und beugte sich vor, um die kühle Platte zu berühren, die verkündete, dass seine Mutter Ayşe İkmen am 3. Mai 1957 gestorben war. Das lag ziemlich lange zurück. Es war zu einer Zeit gewesen, als es in der Türkei noch kein Fernsehen gab und die jungen Männer von ihren Heldentaten auf den Schlachtfeldern von Korea erzählten. Obwohl İkmen es mehrfach versucht hatte, konnte er sich nicht mehr an das Gesicht seines Vaters am Todestag seiner Mutter erinnern. Das Einzige, was er noch wusste, war die Beerdigung: Wie Timur İkmen grimmig an dieser Stelle gestanden und ihn und seinen Bruder Halil fest an der Hand gehalten hatte, in seinem dunklen Haar erste Anzeichen von grauen Strähnen. Manche Leute behaupteten, dass er die grauen Haare über Nacht bekommen hatte, aber vielleicht war sein Vater ja schon eine Weile vorher ergraut. Der kleine Çetin hätte es nicht sagen können. Der Vater war meistens zur Arbeit, und der Kleine hing mit Leib und Seele an Ayşe, an ihr, die er so gut kannte – oder von der er dachte, dass er sie kannte.

»Wenn dich jemand getötet hat, Mutter, dann muss ich herausfinden, wer das war.« İkmen kämpfte gegen die Tränen an, die ihm plötzlich in die Augen stiegen. »Ich habe dich an deinem Todestag nicht gesehen, daher könnte das, was dieses alte Miststück Angeliki sagt, vielleicht sogar stimmen. Aber dann hätten Timur oder Halil mir doch bestimmt davon erzählt? Ich meine, warum sollte man so etwas über vierzig Jahre geheim halten ...?«

Tränen der Trauer und der Ohnmacht rannen über İkmens hageres Gesicht.

»Wenn ich dich doch nur irgendwie erreichen könnte«, sagte er. »Manchmal glaube ich, dass ich dir ganz nah bin, aber ... jetzt fühle ich mich so verloren. Ich brauche einen Anhaltspunkt, irgendetwas, womit ich anfangen kann ... Es ist mir egal, ob dieser *gjakmaria*-Unsinn zu deiner Kultur gehört – er ist nicht richtig. Wenn du durch Blutrache gestorben bist, muss ich das wissen. Ich muss es verstehen und damit fertig werden.«

Als er sich wieder erhoben hatte, rief er in den eisigen Winterwind: »Ein junger Mann ist tot. Wahrscheinlich nur aufgrund seines Namens ermordet. Und seine Leute, *deine* Leute, Mutter«, sagte er und blickte wieder auf den Grabstein, »wollen mich verunsichern. Und weil sie etwas über dich wissen und weil ich dich liebe, scheint ihnen das auch zu gelingen!«

Aus der Ferne drang das Nebelhorn einer Bosporus-Fähre zu ihm herüber. Als er über das Grab seiner Mutter hinweg auf die verschwommenen Schemen der anderen Grabsteine sah, hatte İkmen plötzlich das Gefühl, am Ende der bekannten Welt zu stehen. In diesem Vorraum des Todes fühlte er sich einsam und verlassen: als trauernder Sohn, als Mann, der mit beruflichen Schwierigkeiten kämpfte, und als Mensch, dem allmählich bewusst wurde, dass entweder ein Erdbeben oder die bohrenden Schmerzen seiner Magengeschwüre dafür sorgen würden, dass man auch ihn eines Tages in dieser eisigen Erde begrub. Und als beuge er sich dem Unvermeidlichen, senkte er still den Kopf.

»Halil hat dich gefunden«, sagte er nach einer Weile zu dem Grabstein, »daher sollte ich wohl zu ihm gehen und mit ihm reden. Nicht, dass ihm das gefallen wird. Wir haben es immer vermieden, über diesen Tag zu sprechen. Es ist einfach zu schmerzhaft. Aber ich vermute, mir bleibt keine andere Wahl«, fügte er achselzuckend hinzu. »Wenn er bestätigt, dass es so war, wie ich immer geglaubt habe, dann werde ich erleichtert sein und auch ziemlich wütend auf diese Angeliki Vlora. Aber wenn ich herausfinde, dass Halil mich belogen hat, dann … dann weiß ich nicht, was ich tun werde.«

Er wandte sich vom Grabstein ab, um sich aus dem Wind zu drehen, holte Zigarettenschachtel und Feuerzeug aus seiner Manteltasche und zündete sich eine Zigarette an. Es wurde Zeit, von diesem unwirtlichen Ort zu verschwinden. Seine Mutter war tot. Von ihr waren nur noch die Knochen übrig, die jetzt unter den Füßen ihres jüngsten Sohns vermoderten. Während er langsam zum Ausgang des Friedhofs ging, fragte İkmen sich, warum er diese lange Fahrt hinüber auf die asiatische Seite der Stadt überhaupt unternommen hatte.

Als er jedoch den Hügel zur Hälfte hinuntergegangen war, blieb İkmen wie angewurzelt stehen. Ob der Gedanke, der ihm plötzlich kam, ihm von außen eingegeben wurde, oder ob seine fieberhaften Überlegungen einfach nur das herausgefiltert hatten, was schon die ganze Zeit vorhanden gewesen war – er wusste es nicht. Doch woher diese Eingebung auch immer stammen mochte, sie war nützlich und einleuchtend.

Vahan Sarkissian. Natürlich! Genau wie seine Söhne Arto und Krikor war auch Vahan Sarkissian Arzt gewesen. Aber nicht nur irgendein Mediziner, sondern der Arzt, der auf Halils Hilferuf hin zu den İkmens ins Haus gekommen war. Es war Vahan gewesen, der vor vielen Jahren Ayşes Totenschein ausgestellt hatte. Und er musste verpflichtet gewesen sein, diesen Vorfall in den Patientenakten zu vermerken – falls diese Unterlagen nach all der Zeit überhaupt noch existierten. Vahan war nur wenige Monate nach Ayşe gestorben. Und wer konnte wissen, was aus seinen Patientenunterlagen nach all diesen Jahren geworden war? Plötzlich spürte İkmen, wie ihn der Mut verließ. Andererseits: Vielleicht hatten ja Arto oder Krikor die Akten ihres Vaters ... Es war zumindest einen Versuch wert und besser, als sofort Halil anzurufen. In Gedanken dankte İkmen der Eingebung, die ihm diese Idee beschert hatte, und setzte seinen Weg zum Friedhofsausgang fort.

Es kam nicht häufig vor, dass Arto Sarkissian nach 22 Uhr noch wach war, wenn er keinen Dienst hatte. Aber seine Frau Maryam hatte an dem Tag den Film *Gladiator* auf Video gesehen und später ihm gegenüber davon geschwärmt. Daher hatte Arto, nachdem seine Frau ins Bett gegangen war, das Video in den Rekorder geschoben und es sich auf seinem breiten Sofa mit einem Glas Tee und einer großen Schüssel *Aşure* bequem gemacht. Mark Aurels geistesgestörter Sohn war gerade im Begriff, sich in diversen inzestuösen Perversionen zu ergehen, als das Telefon neben Arto klingelte.

Nachdem er den Film angehalten hatte, nahm Arto den Hörer ab. »Sarkissian«, sagte er. »Ja, bitte?«

»Hallo, Doktor«, klang die vertraute Stimme von Mehmet Süleyman durch das Telefon. »Entschuldigen Sie bitte, dass ich Sie zu dieser späten Stunde noch störe.«

»Kein Problem, Inspektor. Ich nehme an, Sie benötigen meine Hilfe.«

»Nein, glücklicherweise brauche ich Sie nicht persönlich«, erwiderte Süleyman. Der Arzt seufzte erleichtert auf. »Ich bin gerade in Ortaköy, neben einem leeren Wagen mit blutgetränkten Polstern.«

»Aha?«

»Ja. Wir haben noch keine Leiche gefunden, deswegen lasse ich den Wagen aufs Revier bringen, sobald die Spurensicherung fertig ist. Was ich von Ihnen brauche, Doktor, ist eine Probe von Rifat Berishas Blut. Könnten Sie die bitte morgen früh zum Labor schicken?«

»Glauben Sie, dass Berisha möglicherweise in diesem Wagen gestorben ist?«

Süleyman seufzte. »Ja, ich halte das für möglich. Wir müssen schließlich jeder Spur nachgehen.«

»Gut, ich schicke Ihnen morgen die Probe«, sagte Arto und machte sich eine Notiz auf dem Block neben dem Telefon. »Soll ich Sie morgen früh anrufen?«

»Ja, bitte.«

»Gut. Na, dann sehen Sie mal zu, dass Sie bald aus diesem furchtbaren Nebel rauskommen und nach Hause fahren«, sagte Arto lächelnd. »Wenn Sie mich fragen, liefern diese Wetterverhältnisse den Ärzten viel zu viel Arbeit.«

»Vielen Dank, Doktor, ich werde es versuchen«, erwiderte Süleyman. »Gute Nacht.«

»Gute Nacht, Inspektor«, erwiderte Arto und legte den Hörer auf.

Süleyman brauchte also eine Probe von Rifat Berishas Blut, um die Blutgruppen miteinander zu vergleichen, dachte der Pathologe. Obwohl er die Fernbedienung in der Hand hielt, drückte er nicht auf die Starttaste – noch nicht. Sein professionelles Interesse war geweckt. Ein Mann mit nur einer Niere, der in einem Wagen voller Blut mit dem Tode rang: kein schöner Gedanke – falls es sich tatsächlich so abgespielt hatte. Wenn ja, dann mussten sich in dem Wagen auch Glasscherben finden, und waren sie auch noch so klein. Da er inzwischen Gelegenheit gehabt hatte, die Scherben genauer zu untersuchen, wusste er, dass es sich um ein sehr dünnes und leuchtend buntes Glas gehandelt hatte. Fast schon ein als hübsch zu bezeichnendes Material und definitiv nicht von der Sorte, die ein Mörder seinem sterbenden Opfer ins Gesicht schlug. Es sei denn, das Glas übermittelte irgendeine Botschaft. Wie die Botschaft, die die italienische Mafia der Familie eines Informanten zukommen ließ, wenn sie den Mund des Toten mit Banknoten voll stopfte. Eine interessante und leicht morbide Tätigkeit, über diese Dinge zu spekulieren, dachte Arto, fast so wie das Erfinden von Charakterzügen eines Romanhelden. Allerdings blieb ihm keine Zeit, noch länger diesen Gedanken nachzuhängen. Das Klingeln an der Haustür und die Tatsache, dass die Haushälterin schon vor vielen Stunden zu Bett gegangen war, zwangen Arto auf die Füße und hinaus in den Flur.

Das Geräusch seiner eigenen Hausschuhe auf dem Marmorboden ließ ihn kurz zusammenzucken, aber dann schlurfte Arto in einem gemächlichen Tempo, das zu einem Mann seiner Statur passte, in Richtung Haustür. Als er die andere Seite seines großzügigen Hauses erreichte, hörte er, dass sich das Wetter offensichtlich verschlechterte. Der Nebel war einem strömenden Regen gewichen. Arto schaltete die Außenbeleuchtung ein, schob den Riegel beiseite und öffnete die Tür. Einen kurzen Moment lang hielt er den kleinen, klatschnassen Türken, der vor seiner Tür stand, für einen ziemlich erbärmlich aussehenden Bettler. Doch dann sah er die glimmende Zigarette in der rechten Hand und den vertrauten, manischen Ausdruck rund um die Augen des Mannes.

»Was, um Himmels willen, machst du hier, Çetin?«, fragte Arto, während er seinen Freund ins Haus zog.

»Das ist eine lange Geschichte, Arto«, erwiderte der Türke. »Und sie zu erzählen könnte die ganze Nacht dauern.«

9

Orhan Tepe sichtete gerade die beträchtlichen Hinterlassenschaften des verstorbenen Rifat Berisha, als er ein vertrautes Gesicht bemerkte, das an der Glasscheibe seiner Bürotür vorbeiging – eine willkommene Entschuldigung, sich mit etwas anderem zu beschäftigen als dem komplexen Bild, das er in Gedanken von der Welt des Albaners zeichnete: alte Zugfahrkarten, teure Turnschuhe, billiges Aftershave, fremdländische Kunstobjekte. Er sprang auf und rannte hinaus.

»Çöktin!«, rief er dem Mann hinterher, der mit gesenktem Kopf den Flur hinunterging. »Was machst du denn hier? Ich dachte, du wärst krank!«

Ein dünnes Lächeln auf den blassen Lippen, drehte İsak Çöktin sich um und ging auf Tepe zu, wobei ihn mehrere Hustenanfälle zwischendurch zum Stehenbleiben zwangen.

»Ich hab mich wieder zum Dienst gemeldet«, sagte er leicht keuchend, »nicht zuletzt, um mal raus zu einer Apotheke zu kommen und mir vernünftige Medikamente zu besorgen.«

»Hast du denn bisher nichts genommen?«

»Nein. Stattdessen wurden mir unzählige Mittelchen eingeflößt, die angeblich seit Hunderten von Jahren gegen solche Symptome helfen.«

»Deine Mutter«, sagte Tepe mit einem verständnisvollen Lächeln.

»Ja«, sagte Çöktin, »meine Mutter, die sich nichts sehnlicher wünscht als eine schnelle Genesung ihres Sohns.«

»Sie füttert dich mit der glorreichen Vergangenheit dieses Landes.«

Çöktins Lächeln ermutigte Tepe, seinen Kollegen in sein und İkmens Büro zu geleiten. Hätte er gewusst, dass das von Çöktins Mutter verabreichte Heilmittel nicht auf türkischer, sondern auf jesidischer Tradition beruhte, hätte er sich vielleicht nicht ganz so freundlich verhalten. Obwohl die Jesiden zu den Kurden gehören, sind sie keine Muslime, sondern beten eine vom Bösen erlöste Version des Satans an, die sie als Malak Tawus, Engel Pfau, bezeichnen. Im Gegensatz zu seinen aufgeklärteren Vorgesetzten İkmen und Süleyman wäre Tepe sicherlich ziemlich bestürzt gewesen, hätte er gewusst, dass Çöktin einer Religionsgemeinschaft angehörte, die der Volksmund auch als »Teufelsanbeter« bezeichnete. Çöktin selbst sprach so gut wie nie über seinen Glauben, nicht einmal gegenüber İkmen und Süleyman. Die beiden wussten zwar von seiner Abstammung, verloren aber in einer Art stillschweigendem Abkommen kein weiteres Wort darüber.

»Hast du Fieber?«, fragte Tepe, während er in der obersten Schublade seines Schreibtischs herumkramte.

»Ja«, sagte Çöktin und zog sich einen Stuhl vor Tepes Schreibtisch. Sein Blick fiel auf einige von Rifat Berishas Besitztümern, die über den Tisch verteilt waren. »Was ist das?«

»Hier, ich habe Aspirin – das senkt das Fieber«, sagte Tepe, der noch immer in seiner Schublade herumwühlte. »Du kannst aber auch eins von diesen Tütchen haben; das Pulver soll speziell gegen Grippe helfen. Welches wäre dir lieber?« Er hielt beide Medikamente hoch und setzte ein ernstes Gesicht auf.

»Zwei Aspirin wären erst mal prima«, erwiderte Çöktin lächelnd. »Was ist denn dieser ganze Kram auf deinem Schreibtisch?«

Tepe goss etwas Mineralwasser in ein Glas und reichte es Çöktin zusammen mit den Tabletten.

»Die Sachen gehörten einem Albaner, den wir in einer Straße in Eminönü tot aufgefunden haben«, erklärte er anschließend. »Ein Fünfundzwanzigjähriger namens Rifat Berisha. Der Täter hat ihm buchstäblich von Ohr zu Ohr die Kehle aufgeschlitzt.«

Nachdem er die Tabletten und das Wasser hinuntergeschluckt hatte, dankte Çöktin seinem Kollegen und fragte Tepe, ob es denkbar sei, dass Rifat einem Bandenkrieg zum Opfer gefallen war.

Tepe setzte sich seinem Kollegen gegenüber. »Das wäre durchaus möglich. Wir haben sogar festgestellt, dass Rifats Familie zurzeit eine Blutfehde mit einer anderen albanischen Familie austrägt. Trotzdem ist es nicht ganz eindeutig – es gibt da ein paar Unklarheiten.«

»Unklarheiten?«

»Ja.« Tepe nahm mehrere Gegenstände vom linken Stapel auf seinem Schreibtisch und reichte sie Çöktin. »Sieh dir die mal bitte an, und dann sag mir, was du davon hältst.«

»Wenn es dir weiterhilft«, erwiderte Çöktin und hustete erneut.

Während er die Gegenstände betrachtete – ein Päckchen Ansichtskarten und einige ausländische Fahrscheine –, hörte er sich Tepes Zusammenfassung der vergangenen Tage an: wie sie Rifats Leiche gefunden hatten, dass Dr. Sarkissian eine vor kurzem durchgeführte Nierentransplantation bei dem Opfer festgestellt hatte und auf welche Schwierigkeiten sie bei der Befragung der Berishas und der Vloras gestoßen waren.

Çöktin warf Tepe einen Blick zu. »Und inwiefern stellen Postkarten aus London jetzt eine Unklarheit dar? Das verstehe ich nicht.«

»Es besteht die Möglichkeit, dass Rifat die Niere im Ausland entnommen wurde«, sagte Tepe, bot seinem Kollegen eine Zigarette an und gab ihm Feuer.

»Ja, und weiter?«

»Und da hätten wir dann diese Postkarten aus London.«

»Ihr müsst doch nur die Visa im Pass eures Mannes überprüfen«, sagte Çöktin, während er seine Bronchien durch den Zigarettenqualm zusätzlich reizte.

Tepe seufzte. »Der Pass ist nicht aufzufinden. Und seine Eltern behaupten, nichts von Reisen ins Ausland zu wissen, obwohl sie zugeben, dass ihr Sohn manchmal mehrere Wochen von der Bildfläche verschwand – wegen Frauengeschichten, wie sein Vater glaubt.«

»Dann wende dich doch ans britische Konsulat.«

»Ja, das könnte ich machen.«

»Dann weißt du zumindest, ob der Kerl tatsächlich in England war oder die Postkarten nur geschenkt bekam«, sagte Çöktin lächelnd.

»Stimmt.«

»Und soweit ich das beurteilen kann, ist ja noch gar nicht klar, ob die Entnahme der Niere überhaupt etwas mit dem Tod des Mannes zu tun hat.«

Schweigend betrachtete Çöktin erneut die ausländischen Fahrscheine und runzelte die Stirn. »Übrigens«, sagte er nach einer Weile, »das hier sind englische Fahrscheine. Zumindest sind sie in englischer Sprache beschriftet.«

»Bist du dir sicher?«, fragte Tepe.

Çöktin deutete auf mehrere Worte auf der kleinen Karte mit dem orangefarbenen Rand. »Ja. Sieh mal: Hier steht Kensington – das ist in London.«

»Wirklich?«

»Oh ja, Kensington liegt definitiv in London«, erwiderte eine tiefere und wesentlich sonorere Stimme.

Die beiden jungen Männer drehte sich um und sahen zu Süleyman hoch, der gerade den Raum betreten hatte.

»Inspektor.«

Nachdem er Çöktin die Hand gereicht hatte, nahm Süleyman den Fahrschein und betrachtete ihn.

»Ja«, sagte er, »der hier stammt definitiv aus England. Das ist ein Fahrschein für die Londoner U-Bahn.«

Obwohl seine Kinder eigentlich längst in der Schule oder auf dem Weg zur Arbeit sein mussten, war in İkmens Wohnung mehr als nur eine Stimme zu hören. Als er müde die Tür aufschloss, glaubte er im ersten Moment, Fatma hätte den Fernseher eingeschaltet. Erst als er das Wohnzimmer betrat und sah, dass seine Frau auf dem Sofa saß – so weit entfernt wie nur möglich von einer Gestalt, die auf den ersten Blick an eine vom Leben gezeichnete und wesentlich größere Version von Marlene Dietrich erinnerte – wurde ihm bewusst, dass Samsun noch immer bei ihnen war.

»Oh, sieh mal einer an ... wen haben wir denn da?«, sagte Fatma, als sie ihren Ehemann erblickte, der mit hängenden Schultern in der Tür stand. »Ist das vielleicht der geheimnisvolle Fremde, dem ich manchmal in der Küche begegne?«

»Sehr witzig, Fatma«, konterte İkmen mit einem finsteren Blick, versuchte es dann aber mit einem entschuldigenden Lächeln. »Tut mir wirklich Leid, dass ich nicht angerufen habe.«

»Oh, das ist schon in Ordnung.« Fatma erhob sich und steckte das Kopftuch fest. »Schließlich langweile ich mich keineswegs ohne dich. Neben den üblichen Problemen, die uns unsere lieben Kinder bereiten, und der Tatsache, dass Squeaky letzte Nacht gestorben ist, sitzt Samsun seit gestern Nachmittag hier, um mit dir zu reden, hab ich Recht?«

»Also, ich, äh ...«, setzte die Transsexuelle an und errötete stark.

»Aber da du ja jetzt hier bist«, wandte Fatma sich an ihren Mann, »kannst du dich ja um alles Weitere kümmern.« Und während sie an Çetin vorbei in den Flur ging, fügte sie hinzu: »Denn ich habe jetzt einen Hamsterkauf und zigtausend andere Sachen zu erledigen.«

»Allah sei mit dir«, erwiderte İkmen.

Als Antwort hörte er nur ein verärgertes Grunzen – und das Knallen der Wohnungstür.

»Es tut mir so Leid, Çetin«, sagte Samsun, während sie ein Taschentuch aus ihrer Tasche hervorzog und ihre mit Mascara verschmierten Augen betupfte. »Wenn ich doch nur Abdurrahman erreichen könnte ...«

»Ach, das Ganze ist meine Schuld«, sagte İkmen und ließ sich neben Samsun auf das Sofa fallen. »Ich hätte Fatma anrufen sollen. Aber ich war so sehr anderweitig beschäftigt«, fügte er mit einem Achselzucken hinzu.

»Und mit wem?«, fragte Samsun, deren natürliche Neugier auf delikate Neuigkeiten geweckt war.

İkmen lachte und steckte sich eine Zigarette an, bevor er reagierte: »Mit niemandem, den du besonders interessant fändest, Samsun.«

»Oh, also keine ...«

»Nein, keine andere Frau. Ich hab schon genug Ärger mit meiner eigenen.« Eine Weile verfiel er in Schweigen und zog gedankenverloren an seiner Zigarette. Und obwohl Samsun gerne direkt über ihre Sorgen wegen Mehmet Vlora und ihres scheinbar unauffindbaren Geliebten gesprochen hätte, spürte sie, dass dies nicht der richtige Moment dafür war. Çetin İkmen wirkte zu abgelenkt und zu niedergeschlagen, um sich mit ihren Problemen zu beschäftigen. Seinem Gesicht nach zu urteilen, wogen seine Sorgen wesentlich schwerer als ihre eigenen.

»Was ist los?«, fragte sie und berührte ihn behutsam an der Wange. »Soll ich dir vielleicht die Karten legen?«

»Nein.« İkmen lächelte. »Nein, aber trotzdem vielen Dank.«

»Was ist es dann?«

İkmen seufzte, bevor er reagierte. Er wusste aus Erfahrung, dass Samsun nicht eher Ruhe gab, bis sie eine Erklärung bekam – auch wenn die Nacht auf dem Friedhof und bei Arto Sarkissian keine Erklärung zutage gebracht hatte. Angeliki Vloras Worte, die er weder beweisen noch entkräften konnte, nagte noch immer an ihm. Vielleicht sollte er Samsun befragen, woran sie sich im Zusammenhang mit Ayşe İkmens Tod erinnerte – wenn er den Willen oder die Kraft dazu fand.

»Ich war gestern an Mutters Grab«, sagte er schließlich. »Ich musste meine Gedanken ordnen.«

»Mitten in der Nacht?« Samsun riss erschrocken die Augen auf. »Hattest du denn keine Angst?«

»Natürlich hatte ich Angst!«, explodierte İkmen. »Ich bin zur Hälfte Albaner – ich sehe überall Gespenster!«

»Çetin!«

Er wandte sich ihr zu und sah sie ernst an. »Pass auf, Samsun, im Augenblick bin ich auf deine Leute nicht gerade gut zu sprechen. Gestern habe ich das Familienoberhaupt der Vlora-Sippe kennen gelernt, Angeliki Vlora.«

»Und?«

»Angeliki hat mir erzählt, dass meine Mutter im Zuge einer *gjakmaria* getötet wurde.«

»Tante Ayşe starb an einem Herzinfarkt. Das wissen wir doch alle, Çetin.«

»Ja? Wissen wir das tatsächlich?« Er zog heftig am Stummel seiner heruntergebrannten Zigarette und zündete sich daran sofort die nächste an. »Da bin ich mir nicht so sicher. Ich werde meinen Bruder danach fragen müssen, auch wenn mir das gar nicht gefällt.«

»Und warum nicht?«

»Weil wir noch nie darüber gesprochen haben. Er als älterer Bruder hat die Hauptlast getragen, und das hat bei ihm ziemliche Narben hinterlassen. Und obwohl mein Bruder sich sehr von mir unterscheidet, ist er doch ein guter Mensch, und ich möchte ihm nicht wehtun.«

»Und warum vergisst du dann das Ganze nicht einfach?«, fragte Samsun leichthin, während sie ihre Handtasche auf der Suche nach ihren Zigaretten öffnete. »Die Vloras sind schließlich Lügner und Diebe – das wird dir jeder bestätigen.«

»Angeliki behauptet, sie hätte meine Mutter gekannt.«

»Alle Albaner kennen sich irgendwie untereinander«, erwiderte Samsun und wedelte abschätzig mit ihrer brennenden Zigarette. »Sie lügen und betrügen und verfluchen einander. Sie wollen dich nur verwirren, Çetin. Denn sie wissen, dass du sie im Zusammenhang mit dem Berisha-Mord überprüfen musst, und sie vermuten, dass ich dir von ihrer Fehde erzählt habe – wie Mehmet Vlora mir so wundervoll eloquent zu verstehen gab. Und das gefällt ihnen gar nicht. Ich könnte mir vorstellen, dass vor allem Mehmet Angst davor hat, du könntest seine Drogengeschäfte aufdecken.«

Diese neue Information weckte einen Moment lang İkmens Interesse. »Mehmet dealt? Womit denn?«, fragte er.

Samsun zuckte die Achseln. »Mit allem Möglichen – so heißt es jedenfalls. Aber natürlich hast du das nicht von mir.«

»Nein, natürlich nicht.« İkmen lächelte und runzelte dann wieder die Stirn. »Ich habe Arto Sarkissian gebeten, nachzusehen, was von den Unterlagen seines Vaters noch vorhanden ist.«

Samsun sah ihn erstaunt an. »Warum?«

»Weil Vahan Sarkissian der Arzt war, der Mutters Totenschein ausstellte. Und weil ich zwischen den Unterlagen meines Vaters nicht den geringsten Hinweis auf irgendetwas gefunden habe, das sich auf den Tod meiner Mutter bezieht, nichts, rein gar nichts.«

»Wenn man mal davon absieht, dass schließlich alle wissen, dass deine Mutter an einem Herzinfarkt gestorben ist«, sagte Samsun ohne den geringsten Anflug von Ironie in der Stimme. »Und außerdem: Wie ich dir schon gesagt habe, waren wir Bajraktars in keine einzige Blutfehde verwickelt, seitdem wir Albanien verlassen haben. Und selbst wenn doch – dann wäre Tante Ayşe nicht getötet worden.«

»Warum nicht? Weil sie eine Frau war?«

»Ja, und als solche stammt sie nicht vom Baum des Blutes wie die Männer.«

»Dem Baum des was?«

»Hör mal, Çetin«, setzte Samsun an, »gemäß unserer Tradition stammen Männer vom Baum des Blutes und Frauen vom Baum der Milch. Das bedeutet, dass nur der Mord an einem Mann zu einer Blutfehde führen kann. Angeliki Vlora muss das wissen – und sie weiß auch, dass du, als Türke, das nicht weißt und deshalb ihre Geschichte für bare Münze nimmst. Die Vloras sind entschlossen, uns alle zu durcheinander zu bringen und uns Angst einzujagen, und bisher ist ihnen das auch wunderbar gelungen.« Sie lächelte. »Ich persönlich bete ja dafür, dass Beweise gefunden werden, die die Vloras in Verbindung mit Rifat Berishas Tod bringen, ganz egal, ob sie schuldig sind oder nicht.«

»Das erinnert mich an etwas«, sagte İkmen und blickte besorgt auf seine Uhr. »Ich habe um neun eine Verabredung mit Mehmet und seinen Brüdern.«

Samsun runzelte die Stirn. »Die Vlora-Brüder haben sich mit dir *verabredet*?«

»Nein, nicht ganz.« Er stand auf und streckte sich ausgiebig. »Ich habe Angeliki gesagt, dass ich ihre ›Jungs‹ verhaften lasse, wenn sie nicht um neun bei mir auf der Wache erscheinen. Ich war ein klein wenig gereizt wegen der Geschichte, die sie mir über Mutter erzählt hat.«

»Gut gemacht!«

İkmen, der allmählich die Auswirkungen einer Nacht ohne Schlaf zu spüren bekam, gähnte herzhaft. »Wenn du willst, kann ich dich ein Stück mitnehmen, Samsun.«

»Das wäre gut, denn ich schätze, ich sollte hier besser

verschwunden sein, bevor Fatma nach Hause kommt, richtig?«

İkmen lächelte und schwieg.

Nachdem Samsun aufgestanden war, steckte sie ihre Zigaretten in die Handtasche und zog die dünne rosarote Strickjacke um die Schultern.

»Ich vermute, die einzige Möglichkeit herauszufinden, wo oder mit wem Abdurrahman die Nacht verbracht hat, besteht darin, nach Hause zu gehen«, sagte sie düster.

»Glaubst du, dass Abdurrahman sich mit jemand anderem trifft?«, fragte İkmen.

»Ich weiß es nicht«, erwiderte Samsun mit einem Achselzucken. »Aber falls doch, werde ich ihm Feuer unterm Hintern machen – aber natürlich erst, nachdem ich sein Mobiltelefon in die Toilette geworfen und den Videorekorder mit Pizza gefüttert habe. Ich hatte die ganze Nacht Zeit, Rachepläne zu schmieden, und sag selbst: Wäre von mir als Albanerin etwas anderes zu erwarten gewesen?«

İkmen lachte und öffnete die Tür zum Flur. »Ich bin mir sicher, es gibt eine vernünftige Erklärung für sein Verhalten«, sagte er. »Komm, lass uns gehen.«

Als sie die Wohnung verlassen hatten und auf der kalten Straße standen, nahm İkmens Gesicht wieder diesen besorgten Ausdruck an. Samsun, die sich mit einem bodenlangen roten Kunstpelzmantel gegen die Winterkälte gewappnet hatte, stolzierte hinter ihrem Cousin her, bis sie İkmens »neues« Auto, einen Mercedes Baujahr 1981, erreicht hatten.

Plötzlich drehte İkmen sich zu Samsun um. »Ich glaube, wenn es noch jemanden geben könnte, der Bescheid weiß, dann Onkel Ahmet.«

»Worüber Bescheid weiß?«

»Die Wahrheit über Mutters Tod.«

Samsuns Atem dampfte in der kalten Luft, als sie aufgebracht rief: »Woher soll mein Vater etwas über eine Sache wissen, über die es nichts zu wissen gibt, Çetin? Meinst du nicht, er hätte es mir erzählt, wenn es da etwas gäbe?«

İkmen schloss die Fahrertür auf und seufzte. »Ja, vermutlich hast du Recht.«

»Hör mal, ich gehe lieber zu Fuß nach Hause«, wechselte Samsun plötzlich unvermittelt das Thema. »Schließlich wollen wir ja nicht, dass einer der führenden Polizeibeamten dieser Stadt in eine familiäre Auseinandersetzung hineingezogen wird, oder?«

İkmen lächelte. »Nimm ihn nicht zu hart ran, okay?«, sagte er, während er einstieg. »Denk daran: Die Anwälte in dieser Stadt sind verdammt teuer. Am besten behältst du diesen Gedanken bei allem, was du tust, im Hinterkopf. Und halte dich von den Orten fern, an denen die Vlora-Brüder regelmäßig verkehren, zumindest für eine Weile.« Dann schenkte er ihr noch ein Lächeln und fuhr davon.

Als der Wagen um die Ecke gebogen war, holte Samsun ihr Mobiltelefon aus der Handtasche und wählte eine Nummer. Nach dreißig Sekunden Wartezeit, in der sie vor Kälte kräftig mit den Füßen auf den Boden aufstampfte, nahm jemand am anderen Ende der Leitung ab.

Mit einem sehr ernsten Ausdruck im Gesicht sagte Samsun leise: »Vater? Ich bin's, Mustafa. Hör mal, wir müssen unbedingt miteinander reden. Es betrifft meine beiden Cousins, die İkmen-Brüder ...«

»Rifat Berisha starb also in seinem eigenen Wagen?«

»Nicht notwendigerweise«, entgegnete Süleyman und rührte zwei Würfel Zucker in seinen Tee. »Ich will damit nur sagen, dass der Wagen auf Rifat Berisha zugelassen ist. Ich habe Roditi zu den Eltern geschickt, um sie zu informieren. Des Weiteren hat der Wagen amtliche Nummernschilder, ist versichert, und der Fahrer besaß einen türkischen Führerschein – also alles in allem vollkommen legal. Mit anderen Worten: Ein ziemlich teures Spielzeug für einen Mann, dessen Schwester ich noch vor einer Stunde auf der Galatabrücke betteln sah.«

Tepe lehnte sich auf seinem Stuhl zurück und starrte nachdenklich an die nikotingelbe Decke. »Rifats Eltern haben ausgesagt, dass er arbeitslos war.«

»Genau.«

»Er könnte das Geld für den Wagen durch den Verkauf seiner Niere bekommen haben.«

»Ja, möglicherweise in London«, stimmte Süleyman zu und betrachtete erneut den Fahrschein mit dem Aufdruck »Kensington«.

»Und wo wurde dann seine Gewebekompatibilität untersucht?«, fragte eine verschnupfte Stimme von der anderen Seite des Raumes.

»Hier«, sagte Süleyman.

»Dann müsste doch eines der örtlichen Krankenhäuser einen Befund über die Untersuchung der Gewebemerkmale haben«, sagte Tepe.

Süleyman zuckte die Achseln. »Theoretisch ja. Aber Rifat oder der Käufer des Organs könnten dem Krankenhauspersonal einen gefälschten Ausweis vorgelegt haben.«

»Stimmt«, seufzte Tepe, einen kurzen Moment mutlos.

»Wie auch immer«, sagte Süleyman. »Was wir jetzt dringend brauchen, ist der Befund der Gerichtsmedizin, ob Rifats Blut mit dem im Wagen identisch ist. Und wir müssen versuchen herauszufinden, wo Rifat den Wagen gekauft hat, falls Inspektor İkmen einverstanden ist.«

»Und auf diese Weise vielleicht feststellen, wie und von wem der Händler sein Geld bekam?«, fragte Çöktin.

»Ja«, erwiderte Süleyman. »Aber erst, wenn ich mit Inspektor İkmen gesprochen habe. Schließlich ist es sein Fall, und vielleicht möchte er ganz anders vorgehen.«

»Stimmt.«

»Inspektor İkmen war gestern Abend bei dieser alten Frau Vlora«, sagte Tepe.

»Was, allein?«, fragte Süleyman und zog die Stirn in Falten.

»Aliya Berisha hat zugegeben, dass es zwischen den beiden Sippen böses Blut gibt. Deshalb dachte der Inspektor, es wäre vielleicht sinnvoll, mal mit der anderen Seite zu sprechen.«

»Die Vlora-Brüder waren sicherlich nicht besonders erfreut, ihn zu sehen.«

»Der Inspektor ging davon aus, dass sie sich nach Yıldız' und meinem Auftritt dort eine Weile unsichtbar machen würden«, sagte Tepe. »Und da der Inspektor selbst zur Hälfte Albaner ist, muss er schließlich wissen, wovon er spricht. Außerdem hat er irgendwas von Werwölfen und Vampiren erzählt, da konnte ich ihm zugegebenermaßen nicht mehr ganz folgen.«

»Werwölfe und Vampire?«, fragte Çöktin. »Was meinte er damit?«

»Da er und die Vloras und die anderen alle irgendwie aus Osteuropa stammen, glaubt er, dass sie alle mit diesen Dingen vertraut sind«, sagte Tepe lächelnd. »Und ich als Vollblut-Türke hätte seiner Meinung nach wahrscheinlich nicht damit umgehen können, falls die alte Frau sich in eines dieser Wesen verwandelt hätte.«

»Mit anderen Worten: Er wollte alleine dorthin«, sagte Süleyman und musste lachen.

»Vielleicht kannst du dem Inspektor vorschlagen, von nun an Silberkugeln in die Standardausrüstung der Polizei aufzunehmen«, sagte Çöktin, während er sich unsicher erhob und leicht wankend auf Tepe zuging.

»Hä?«

Sowohl Süleyman als auch Çöktin lachten über Tepes Begriffsstutzigkeit.

»Wahrscheinlich sollten Sie mal öfter ins Kino gehen«, meinte Süleyman schließlich, drückte seine Zigarette aus und wandte sich zur Tür. »Und in der Zwischenzeit mache ich mich mal wieder an die Arbeit, und Çöktin gehört nach Hause ins Bett.«

»Ja, aber ...«

»Die Mittelchen Ihrer Mutter mögen zwar nicht immer die gewünschte Wirkung zeigen, Çöktin, aber sie können auch nicht schaden«, sagte Süleyman. »Sie können froh sein, dass Sie eine Mutter haben, die Sie so sehr liebt.« Ein trauriges Lächeln umspielte seine Lippen. »Das sollten Sie zu schätzen wissen.«

İkmens Gespräch mit den drei Vlora-Brüdern dauerte nicht sehr lange. Die »Jungs«, vor allem Mehmet, waren nicht gerade gerne in İkmens Büro gekommen, aber sie waren seiner Aufforderung gefolgt. Der Inspektor beschlagnahmte nicht nur ein Messer, von dem Mehmet behauptete, es gehöre ihm, sondern verlangte auch eine Durchsuchung der Vlora-Wohnung, und zwar mit der Zustimmung der drei Brüder. İkmen war sich sicher, dass weder Mehmet noch Mehti die volle Tragweite dieser Durchsuchung bewusst war. Lediglich Aryan schien etwas zu vermuten: Er fragte, welche Substanzen verwendet würden, um verdächtige Flecken sichtbar zu machen. Immerhin war es ein Lichtblick, dass die Brüder der Durchsuchung bereitwillig zustimmten. Was jedoch die Mordnacht anging, so hielten sie an ihrer vorhersagbaren Geschichte fest, sie wären die ganze Zeit über zusammen gewesen.

Dennoch fragte sich İkmen, wie viel Aryan wirklich wusste. Warum hatte er sich nach den Mitteln der Spurensicherung erkundigt? Heutzutage konnten auch Kleidungsstücke, Teppiche und selbst sorgfältig vom Blut gereinigte Wände eindeutige Spuren und Beweise liefern. Es schien, als würde Blut, einmal mit irgendetwas in Berührung gekommen, auf ewig daran haften bleiben. Ähnlich den albanischen Racheritualen ließ es sich niemals vollständig beseitigen.

Vor der Unterredung mit den Vloras hatte İkmen von Tepe und Süleyman noch rasch ein paar Informationen über einen Wagen erhalten, der offensichtlich Rifat Berisha gehört hatte. Diesen Wagen sowie ein paar Ansichtskarten und Fahrscheine aus London hielt Tepe für die bislang wichtigsten Beweisstücke, abgesehen von der Leiche selbst. Aber während İkmen den Wagen ebenfalls als wichtig einstufte, war er sich bei den Gegenständen aus London nicht ganz so sicher. Schließlich konnte Rifat die Postkarten von jemandem geschenkt bekommen haben, und die Fahrscheine, dachte İkmen zynisch, konnten aus den Geldbörsen britischer Touristen stammen, deren Taschen Rifat gefilzt hatte. Sie konnten natürlich auch ein Hinweis darauf sein, dass Rifat tatsächlich in London gewesen war – aber selbst wenn, stand immer noch nicht fest, ob er dort seine Niere verkauft hatte. Außerdem gab es bislang keine Verbindung zwischen dem Verkauf der Niere und Rifats Ermordung. İkmen blieb nichts anderes übrig, als Rifats Hinterlassenschaft noch einmal selbst durchzugehen. Vielleicht kam er dabei zu einem anderen Ergebnis als Tepe. Und was Rifats Fahrzeugpapiere betraf, ging er jede Wette ein, dass es sich dabei um Fälschungen handelte. Das Gleiche galt für den verschwundenen Pass des Opfers. İkmen wusste, dass seine Haltung gegenüber dem Albaner vielleicht unnötig hart und voreingenommen war. Und wenn Angeliki Vlora nicht seine Mutter ins Spiel gebracht hätte und Mehmet Vlora nicht Samsun bedroht hätte, dann wäre er möglicherweise tatsächlich unbefangener an den Fall herangegangen. Aber diese Dinge waren nun einmal geschehen, und – zugegeben – er war vorbelastet.

Als das Telefon klingelte, zuckte İkmen nervös zusammen und griff dann zum Hörer. »İkmen.«

»Hallo, Çetin, ich bin's, Arto. Ich habe den toxikologischen Befund zum Berisha-Fall vorliegen.«

»Und?«

»Nichts außer jeder Menge Nikotin«, sagte er seufzend. »Soweit ich das beurteilen kann, war Rifat Berisha ein gesunder junger Mann, dessen verbleibende Niere vorzüglich arbeitete. Hast du seine Eltern zu eventuellen Krankenhausaufenthalten befragt?«

»Sie behaupten, sie wüssten nichts von einem Krankenhausaufenthalt oder Reisen ins Ausland – obwohl der Besitz eines teuren Wagens und einiger Gegenstände aus England schon ein paar Fragen aufwirft«, erwiderte İkmen. »Offenbar verschwand Rifat wegen Frauengeschichten immer wieder mal mehrere Wochen von der Bildfläche.«

»Haben sie dir gesagt, ob ihr Sohn mal krank war?«

»Wie du ja selbst schon festgestellt hast, war Rifat offenbar ein gesunder junger Mann.«

»Was die Annahme, dass er seine Niere verkauft hat, umso wahrscheinlicher werden lässt«, sagte der Pathologe.

»Ja«, stimmte İkmen zu. »Obwohl wir nicht wissen, ob diese Transaktion irgendeinen Einfluss auf seinen Tod hatte.«

»Alles moralisch Verwerfliche muss als verdächtig gelten.«

İkmen zuckte die Achseln. »Ja, möglicherweise.«

Nach einer kurzen Pause setzte Arto Sarkissian ein wenig zögerlich an: »Und was diese Blutrache betrifft ...«

»Ich gehe der Sache immer noch nach.«

»Nein, ich meine diese Geschichte, über die wir gestern Nacht gesprochen haben ...«

»Ja, was ist damit?« İkmens Stimme klang plötzlich erwartungsvoll.

»Ich werde wie versprochen heute Abend Vaters Unterlagen

durchgehen. Trotzdem denke ich, dass du in der Zwischenzeit versuchen solltest, diese Geschichte über deine Mutter aus deinem Gedächtnis zu verbannen. Das Ganze liegt jetzt schon so viele Jahre zurück.«

»Aber diese Frau hat behauptet, dass meine Mutter umgebracht wurde, Arto!«, rief İkmen, bestürzt über die scheinbare Gleichmütigkeit seines Freundes in diesem Fall.

»Ja, vor vierzig Jahren, Çetin! Das ist selbst für dich zu lange her, um noch den Mörder zu finden – falls es überhaupt einen Mörder gab, was ich sehr bezweifle.«

»Ja, aber begreifst du denn nicht, dass ich Gewissheit brauche?«

Dieser Satz kam in einem solch kläglichen Ton aus İkmens Mund, dass Artos Unbehagen über das vermeintlich irrationale Verhalten seines Freundes schwand. Natürlich musste man etwas unternehmen, wenn man annahm, dass der eigene Vater oder die eigene Mutter umgebracht worden war. Ob das nun vierzig Minuten zurücklag oder vierzig Jahre, spielte dabei überhaupt keine Rolle. Die Familie war nun einmal die Familie, daran gab es nichts zu rütteln – obwohl die Angelegenheit offenbar nicht so dringend war, dass İkmen schon mit seinem Bruder gesprochen hätte. Auch wenn Çetin sich manchmal furchtbar über seinen älteren Bruder aufregte, war Halil, sobald es um die Ereignisse vor vierzig Jahren ging, für İkmen ein Held und absolut sakrosankt. Und hatte der Dreizehnjährige, der seine Mutter an jenem milden Mainachmittag tot aufgefunden hatte, nicht schon genug durchgemacht?

»Ich verstehe, was du meinst, Çetin, natürlich verstehe ich das«, sagte Arto.

»Dann bitte ich dich nur um eines: Wenn du unter Onkel Vahans Dokumenten irgendetwas – egal was – finden solltest, dann sei bitte absolut ehrlich zu mir.«

»Selbstverständlich«, erwiderte Arto Sarkissian. »Du weißt doch, Çetin, dass du für mich wie ein Bruder bist.«

»Ja.«

»Dann werde ich auch alles tun, um dir zu helfen. Genau wie du mir helfen würdest, wenn so eine traurige Angelegenheit meine Familie beträfe.«

İkmen lächelte. »Danke, Arto. Ich weiß das wirklich zu schätzen.«

»Keine Ursache«, sagte der Arzt. »Aber jetzt muss ich mich wieder um meinen Schreibkram kümmern. Kannst du mir vielleicht den Gefallen tun und Mehmet Süleyman ausrichten, dass die Vergleichstests zwischen Rifat Berishas Blut und dem in dem Wagen gerade durchgeführt werden?«

»Natürlich«, sagte İkmen. »Ich gehe gleich zu ihm.«

»Danke.«

»Wir telefonieren dann also heute Abend noch mal, Arto?«

Da er erneut die Dringlichkeit in İkmens Stimme bemerkte, sagte Sarkissian fest: »Ja, auf jeden Fall.« Dann fügte er rasch hinzu: »Bis nachher, Çetin.«

»Bis dann, Arto.«

Während İkmen aufstand, um zu Süleyman zu gehen, dachte er darüber nach, dass er seinem alten Freund zwar durchaus trauen konnte, was das Sichten der Unterlagen seines Vaters betraf. Aber er war sich nicht sicher, ob Arto ihm auch die vollständige Wahrheit sagen würde, wenn es darum ging, was er genau gefunden hatte. Schließlich war Arto Sarkissian Arzt, und die erzählten ihren Patienten auch nicht immer alles, wenn sie glaubten, dass diese es nicht unbedingt zu erfahren brauchten. Dennoch blieb İkmen keine andere Wahl. Er würde Arto glauben müssen – entweder das, oder er musste ihn der Lüge bezichtigen und ihre Freundschaft aufs Spiel setzen, was İkmen nun ganz gewiss nicht beabsichtigte.

10

Obwohl die Bewohner der Kutucular Caddesi sich allmählich daran gewöhnt hatten, dass in dem Haus mit der Nummer 32 in letzter Zeit öfter unbekannte Gesichter ein und aus gingen, waren sie nicht auf den Anblick dieses riesigen Wagens vorbereitet, der die gesamte Straße versperrte. Der goldlackierte Rolls-Royce mit feinster Lederpolsterung – wie Mimosas Ehemann Dilek später seinen Freunden im Kaffeehaus berichtete – stand für einen Lebensstil, der den Bewohnern der Kutucular vollkommen fremd war. Obwohl der Chauffeur beim Wagen blieb und ein wachsames Auge auf ihn warf, nachdem die junge Dame in das Haus Nr. 32 hineingegangen war, versammelte sich eine vorwiegend männliche und missgünstig blickende Menge um das Luxusgefährt. Und obwohl Hassan diskret nach der kleinen Waffe tastete, die İlhan Evren ihm gegeben hatte, um seine Kinder unter allen Umständen zu schützen, fühlte er sich nicht wirklich sicher.

Im Inneren des Hauses Nr. 32 ging es zwar ruhiger zu als auf der Straße, aber die Stimmung war keineswegs weniger angespannt. Das Mädchen, oder besser die Frau, wie sich bei näherem Hinsehen herausstellte, hatte an der Wohnung der Berishas geklopft, um mit »Rifats Familie« zu sprechen. Ihre kleine, gekrümmte Gestalt war von Kopf bis Fuß in schwarze Gewänder gehüllt, und sie sprach auf die gleiche stockende Weise wie die Berishas, als stammte auch sie ursprünglich nicht aus der Türkei.

Wie nicht anders zu erwarten, verhielt sich Aliya Berisha

gegenüber dieser unbekannten und abstoßend wirkenden Frau eher unfreundlich.

»Was wollen Sie von Rifats Familie?«, fragte sie. »Wer sind Sie überhaupt?«

»Mein Name ist Felicity Evren«, erwiderte die Frau mit sanfter und relativ tiefer Stimme. »Ich war eine gute Freundin von Rifat. Seine Schwester hat mich gestern angerufen, um mir die schreckliche Nachricht von seinem Tod mitzuteilen. Ich habe ihr gesagt, dass ich heute vorbeikommen würde.«

»Was? Engelushjia?« Aliya drehte sich entgeistert zu ihrer Tochter um.

»Ja, Mutter, ich habe sie eingeladen«, erklärte Engelushjia, während sie vortrat, um der Fremden feierlich die Hand zu reichen. »Rifat hatte mir vor einiger Zeit ihre Telefonnummer gegeben.«

»Er hat dir die Nummer gegeben?!«, heulte Aliya auf, wobei sie in ihrer Erregung in ihre albanische Muttersprache verfiel. »Und warum wusste ich nichts von dieser – Beziehung?«

»Es gab eine ganze Reihe von Dingen, die du von Rifat nicht wusstest«, erwiderte Engelushjia gleichmütig auf Türkisch. Dann nahm sie diese merkwürdige Frau mit dem entstellten Gesicht an der Hand und führte sie ins Wohnzimmer.

Aliya und Rahman folgten, während sie erregt miteinander tuschelten.

Lediglich Mimosa Özer lächelte. »Das muss eine von Rifats Eroberungen sein«, flüsterte sie Aliya ins Ohr. »Und dem Aussehen nach zu urteilen, eine mit Geld, liebe Cousine.«

»Ich bin gekommen, um Ihnen mein Beileid auszusprechen«, sagte Felicity Evren. »Das ist das Einzige, was ich für den lieben Rifat noch tun kann.« Dann brach sie in Tränen aus, und ihr kleiner Körper wurde von heftigen Weinkrämpfen geschüttelt. »Es tut mir ja so Leid!«

Mit einem Blick auf den großen goldenen Wagen vor ihrer Tür nahmen die Berishas neben Felicity Platz, während Engelushjia in die Küche ging, um Tee aufzusetzen. Eine ganze Weile saßen Rifats Eltern einfach nur schweigend da und beobachteten die weinende Besucherin.

»Meinst du, sie will irgendwas?«, fragte Rahman schließlich

seine Frau auf Albanisch und versuchte gleichzeitig herauszufinden, ob das Gesicht der merkwürdigen Fremden durch Beulen entstellt oder aber teilweise gelähmt war.

»Wenn Rifat Sex mit dieser Gestalt hier hatte, dann glaube ich, ist das Rätsel gelöst, wer seine Reisen bezahlte und woher er den Wagen hatte«, bemerkte Mimosa bissig. »Ein Mann muss schon die Augen schließen und nur ans Geld denken, um mit solch einer Vogelscheuche schlafen zu können, ohne dabei zu kotzen.«

»Sprich nicht schon wieder von diesem verfluchten Wagen!«, rief Aliya. »Als dieser Polizist mir erzählte, dass sie ihn in Ortaköy gefunden hatten und ich trotz meines Kummers so tun musste, als wüsste ich nichts davon ... Ein Wagen, getränkt mit dem Blut meines Sohnes ...«

»Wir wissen gar nicht, ob es Rifats Blut war«, sagte Rahman ernst. »Ich ...«

»Rifat zeigte mir ein paar wundervolle Orte«, unterbrach ihn die merkwürdige Fremde. Erschrocken starrten die Albaner sie an. »Obwohl er selbst auch aus dem Ausland kam, wohnte er doch schon viel länger in dieser Stadt als ich. Er wusste, wo man hinfahren konnte. Denkmäler, Parks und Restaurants – das alles war mir im Grunde unbekannt, bis ich Rifat traf.«

»Deswegen hat der Junge in letzter Zeit so zugenommen«, flüsterte Mimosa Rahman ins Ohr.

»Sie sind doch nicht etwa schwanger?«, fragte Aliya die Besucherin derart unverblümt, dass Engelushjia fast das Tablett mit den Teegläsern aus den Händen fiel, das sie gerade hereintrug.

»Wenn es doch nur so wäre«, sagte Felicity Evren mit einem traurigen Achselzucken, »dann hätte ich wenigstens etwas, was mich an Rifat erinnert. Aber das war nicht ... es lag nie im Bereich des Möglichen.« Erneut brach sie in Tränen aus.

»Ich nehme mal an, sie ist zu alt und vertrocknet, um noch Kinder zu kriegen«, wandte Aliya sich an ihre Cousine.

»Die muss älter sein als du«, erwiderte Mimosa zustimmend und fügte dann erstaunt hinzu: »Was hat sich dein Rifat nur dabei gedacht?«

»Vielleicht genoss er einfach nur die Gesellschaft dieser Dame«, fuhr Engelushjia die beiden älteren Frauen an. Dann wandte sie sich wieder ihrem weinenden Gast zu: »Ich habe Ihnen eine Tasse Tee gemacht.«

»Oh, das ist wirklich sehr nett von Ihnen«, sagte Felicity und versuchte ihre Tränen zu trocknen. »Vielen Dank. Es tut mir Leid. Es tut mir ja so furchtbar Leid!«

Während sie ihrer Besucherin feierlich ein kleines Glas Tee reichte und dabei die Worte des ihr verhassten Lek Dukagjini sprach – ein jedes Haus soll Allah und Gästen offen stehen –, erinnerte Engelushjia ihre albanische Familie an ihre Verpflichtungen gegenüber Gästen – gegenüber *allen* Gästen. Auf effektive Weise beendete sie so die beleidigende und sensationslüsterne Befragung dieser fremden Frau in ihrer Mitte. Insgeheim freute sie sich sogar darüber, dass sie es ihrer Familie mit ihrem eigenen Verhaltenskodex heimgezahlt hatte.

So verging eine ganze Stunde zwischen Tee und Tränen. Während Felicity ihnen erzählte, wie liebenswürdig und aufmerksam sich Rifat ihr gegenüber gezeigt hatte, rauchten Rahman, Aliya und Mimosa unablässig. Und obwohl die fremde Frau nicht direkt sagte, dass sie ihn geliebt hatte, konnte man dies durchaus ihren Worten entnehmen. Darüber hinaus erfuhren sie allerdings kaum etwas. Wo und wann Felicity Rifat kennen gelernt und wie ihre Familie ihn aufgenommen hatte – diese Details zählten nicht zu den Dingen, in die die Berishas eingeweiht wurden. Nach Felicitys Besuch stellten Rifats Eltern fest, dass sie noch immer nicht wussten, wo diese Frau wohnte und woher sie eigentlich stammte. Sie war einfach nur vorbeigekommen, hatte ihr Beileid ausgesprochen und sich mit einer herzlichen Umarmung von Engelushjia verabschiedet, bevor sie wieder ging. Felicity ahnte nicht, dass Engelushjia ein paar Dinge über sie wusste, die dem albanischen Mädchen ziemliches Unbehagen bereiteten – Dinge, über die sie mit ihren Eltern nicht reden konnte.

»Ich denke, wir sollten Wachtmeister Tepe unbedingt informieren, dass sie hier war«, sagte Engelushjia, während sie die Teegläser und den Aschenbecher abräumte.

»Das finde ich nicht«, erwiderte ihr Vater. »Warum muss die Polizei von den Eroberungen deines Bruders wissen?«

»Sie müssen alles über Rifat wissen, wenn sie seinen Mörder finden wollen«, entgegnete Engelushjia.

»Ja, aber *wir* wissen doch, wer deinen Bruder umgebracht hat«, sagte Aliya. »Es war ...«

»Nein, das wissen wir nicht!«, unterbrach ihre Tochter sie. »Wir wissen es nicht sicher.«

»Ach, und du bist also nur für einen harmlosen Plausch zu den Vloras marschiert, oder was?«, sagte Rahman höhnisch. »Mit einem Messer in der Tasche.«

»Ich habe immer ein Messer dabei, das weißt du genau!«, konterte Engelushjia. »Für den Fall, dass mich jemand bedroht.«

»Was sie ja auch gemacht haben.«

»Ja! Aber ich wollte nur mit ihnen reden und versuchen, diese verdammte Geschichte zu klären.« Als sie die ungläubigen Gesichter um sich herum sah, warf Engelushjia den Kopf in den Nacken und sagte: »Von mir aus, dann glaubt mir eben nicht. Mir doch egal. Aber ich sage die Wahrheit, ob es euch gefällt oder nicht.«

Mimosa brach in Gelächter aus und rief dann: »Du musst doch vor uns nicht verbergen, dass du auf diesen türkischen Polizisten scharf bist! Halte dich ruhig an die Türken – die haben Geld und mochten unsere Frauen schon immer.«

»Wachtmeister Tepe ist verheiratet«, sagte Engelushjia und erwiderte verächtlich den seltsam anzüglichen Blick der Cousine ihrer Mutter. »Und selbst wenn er nicht verheiratet wäre, hätte ich zu viel Respekt vor ihm und mir selbst, um mich ihm hinzugeben. Wenn ich mir einmal einen Mann suche, dann muss das jemand sein, den ich liebe und der mich liebt.«

»Dann bist eine größere Närrin, als ich dachte«, sagte Aliya Berisha und ging langsam in Richtung Küche. Doch plötzlich blieb sie abrupt stehen und sah ihrer Tochter direkt ins Gesicht. »Oder willst du mit neununddreißig so aussehen wie ich?«

Schweigend senkte Engelushjia den Blick.

»Das dachte ich mir«, sagte ihre Mutter bitter und verließ den Raum.

»Ach, mach dir nichts draus«, lachte Mimosa. »Wenn dein Vater Rifat gerächt hat, werde ich Dilek zu einem großen Fest überreden.«

»Soll das eine Totenfeier werden, oder was?«

»Nein!«, lachte Mimosa noch lauter. »Ich werde mir was anderes ausdenken, irgendeinen Vorwand. Ich werde Dilek dazu bringen, all seine Freunde einzuladen. Das sind alles Türken. Unter denen wirst du bestimmt einen Mann nach deinem Geschmack finden.«

»Ganz bestimmt«, sagte Engelushjia düster. Allein der Gedanke an Dileks meist betrunkene Freunde reichte aus, ewige Enthaltsamkeit zu schwören. Aber die Ironie in ihrer Stimme entging Mimosa, die Rahman und Aliya in die Küche folgte.

Erneut dachte Engelushjia daran, wie sehr sie sich wünschte, dass diese ganze Horrorgeschichte bald vorbei war. Sie wollte, dass Rifat endlich beerdigt wurde und dass ihr Vater aufhörte, den nächsten Mord zu planen. Und sie wünschte sich tatsächlich ein Wiedersehen mit Wachtmeister Tepe. Es kam nicht jeden Tag vor, dass ein Mann sie wie ein menschliches Wesen behandelte, ganz zu schweigen wie eine Dame – und das, obwohl sie seinen Kollegen gebissen hatte.

Engelushjia lachte leise und ging hinaus in den Flur, um ihre Schuhe anzuziehen.

»Ich geh eine Weile spazieren«, rief sie, während sie eine Strickjacke über ihr Kleid zog und die Wohnungstür öffnete.

Aber niemand in der Küche hörte ihre Worte oder das Schließen der Haustür. Sie waren zu sehr mit ihren eigenen Plänen und Rachegedanken beschäftigt.

Es war schwer zu sagen, warum sie dem Jungen nicht konzentriert zuhörte – lag es daran, dass er nur dummes Zeug redete und sich selbst dabei gefiel, oder daran, dass sie in Gedanken schon bei der Aufgabe war, die sie nach dieser Sitzung erwartete? Eigentlich hätte sie sein Zustand beunruhigen müssen; schließlich sah es nicht danach aus, als ob er irgendwelche Fortschritte machte. Im Gegenteil: Die manierierte Morbidität, die er in den letzten drei Monaten zur Schau stellte, nahm immer mehr zu.

Während die schwarz gerandeten Augen des Jungen aus seinem blassen Gesicht herausschauten, zupfte er an seinem Pullover und räusperte sich. »Doktor Halman?«

Beschämt, dass jemand sie bei ihren Tagträumereien erwischt hatte – noch dazu jemand mit der gleichen Muttersprache wie sie –, richtete Zelfa Halman sich etwas in ihrem Sessel auf und lächelte.

»Es ist also nicht die Furcht vor der Fettleibigkeit, die dich antreibt«, sagte sie und blätterte geschäftig in ihren Notizen, die sie wenige Minuten zuvor gemacht hatte.

»Ich würde es zwar hassen, wenn ich fett wäre«, sagte der Junge und setzte eine finstere Miene auf, »aber das ist nicht der Grund. Nein, es ist irgendwie philosophischer als das, es ist ...«

»Aber du weißt schon, dass deine Nahrungsverweigerung letztendlich zu Muskelschwund, Haarverlust und Zahnausfall führt, gefolgt von unerträglichen Schmerzen.«

»Wenn der Körper im Kampf um Leben und Tod seine eigenen Organe zu verdauen beginnt«, ergänzte er strahlend. »Ja, das weiß ich. Mein Vater hat mir das alles erzählt. Aber ich esse doch, das versichere ich Ihnen. Seit meinem letzten Besuch bei Ihnen habe ich etwas gegessen – mehrmals sogar. Ehrlich gesagt neigt mein Vater dazu, maßlos zu übertreiben ...«

»Er macht sich Sorgen um dich, Ali. Er möchte, dass es dir gut geht.«

Der Junge lächelte auf eine Art und Weise, die sie völlig verwirrte. »Ja.«

Nach einer kurzen Pause fuhr sie fort: »Du hast mir erzählt, dass du alte Horrorfilme und -bücher magst – Dracula, Frankenstein und dergleichen.«

»Ja, aber wenn Sie jetzt behaupten wollen, dass mein Aussehen in irgendeiner Form mit meinem Interesse für Übersinnliches zusammenhängt ...«

»Nein, das hatte ich nicht vor.«

»Ich weiß, dass man als Teenager angeblich für diese Art von Obsession anfällig ist, aber tatsächlich ist diese ganze Geschichte wesentlich komplizierter, Dr. Halman. Wie ich bereits sagte, ist es philosophischer ...« Er wandte sich ab und blickte lächelnd in eine andere Ecke des Raums. Wie so viele Jugendliche seines Alters schien er geradezu romantische Vorstellungen von der dunklen Seite des Lebens zu haben, dachte Zelfa. Ein ihres Erachtens typisch europäisches Phänomen – aber schließlich hatte der Junge auch lange in England gelebt, dem Heimatland seiner Mutter. Und dort war die Gothic-Szene äußerst populär. Offensichtlich konnten die Briten – genau wie die Iren – es sich leisten, sich mit solchen Kinkerlitzchen zu beschäftigen.

»Sie wissen doch: Die Unfähigkeit des Vampirs, sich selbst im Spiegel zu sehen, reflektiert unsere Furcht vor einer Verwandlung in etwas Nichtmenschliches und die Angst vor dem Identitätsverlust, den eine Transformation in einen mächtigeren und primitiveren Daseinszustand mit sich bringen könnte«, sagte er in einem altklugen und intellektuellen Ton, den Zelfa bei ihm schon kannte.

»In welchem Buch hast du das gelesen, Ali?«, fragte sie.

»Genau genommen hat meine Schwester es gelesen«, erwiderte er. »Gestern.« Und dann fügte er mehr für sich selbst als für Zelfa hinzu: »Ist wohl eine Art alternativer Erklärungsversuch.«

»Ja, aber das trifft in keiner Weise auf deine eigene Situation zu, oder? Du bist, genau wie ich, sehr real, und du kannst dich, genau wie ich, durchaus im Spiegel sehen.«

Er seufzte traurig, bevor er reagierte. »Tja, ich fürchte, Sie und ich, wir beide sind gegenwärtig nur langweilige Sterbliche.«

»Woran wir nichts ändern können«, sagte Zelfa mit einem Lächeln. »Aber wenn du nicht vernünftig isst und mit niemandem außerhalb deiner Familie redest, dann könnte das eines Tages dazu führen, dass du dir einbildest, du wärst etwas, was du gar nicht bist.«

»Ach, ich glaube nicht, dass das passieren könnte, Sie etwa?«, fragte er mit übertrieben bestürztem Gesichtsausdruck. Doch in seinen Worten schwang auch eine gewisse Bitterkeit.

»Ehrlich gesagt, ich habe schon merkwürdigere Dinge gesehen«, erwiderte Zelfa entschieden, »also übertreib es nicht.

Dein Geist ist ein empfindliches Organ und sehr empfänglich für äußere Einflüsse. Bevor du also das nächste Mal zu mir kommst, solltest du versuchen, in der Schule wenigstens das ein oder andere Gespräch zu führen und jeden Tag etwas mehr zu essen. Versprichst du mir das?«

»Ich werde es versuchen«, sagte er und blickte schmollend zu Boden. Dann erhob er sich, den Kopf noch immer gesenkt. »Bleibt es bei Donnerstag?«

»Ich habe das Gefühl«, sagte sie und sah ihn direkt an, »dass wir uns intensiver mit den Themen auseinander setzen müssen, die hinter deiner Schwermut liegen könnten.«

»Ich bin nicht schwermütig.«

»Dein Vater hat den Eindruck ...«

»Mein Vater will mich in eine Anstalt einweisen lassen.«

Zelfa konnte sich gerade noch zurückhalten, über diesen typischen Fall pubertärer Übertreibung amüsiert zu lächeln. Obwohl İlhan Evren sicherlich ein paar Ecken und Kanten besaß, schien er – dem kurzen Gespräch nach zu urteilen, das sie miteinander geführt hatten – ein ganz normaler, besorgter Vater zu sein.

»Ali, dein Vater möchte nur, dass du gesund wirst.«

»Warten Sie's ab – Sie werden schon sehen«, sagte er mit einem abschätzigen Achselzucken.

Zelfa wechselte das Thema. »Vielleicht können wir uns beim nächsten Mal ein wenig weiter vorwagen und noch einmal über deine Mutter sprechen.«

Er nahm seine Jacke von der Stuhllehne und zog sie an.

»Ja, vielleicht«, sagte er. »Ich meine, wenn das für Sie von Interesse ist.«

»Um meine Wünsche geht es hier eigentlich nicht, Ali. Obwohl ... wenn du gerne möchtest, dass ich Interesse an diesem Thema zeige ...«

»Ja.« Er lächelte, wobei er seine ebenmäßigen weißen Zähne entblößte. »Ja, als eine Übung zur Erforschung der Annihilation könnte das auch für Sie interessant sein, Dr. Halman.«

»Dann sehen wir uns also nächsten Donnerstag«, sagte sie und erhob sich, um ihn aus ihrem Sprechzimmer zu geleiten.

»Ich freu mich schon darauf«, sagte er immer noch lächelnd und ging hinaus.

Nachdem er die Tür hinter sich geschlossen hatte, ließ Zelfa Halman sich in ihren Bürostuhl sinken. Wie so häufig bei Magersüchtigen, und selbst bei einem relativ leichten Grenzfall wie Ali, war das Ganze ein Spiel. Aber die Vorstellung, dass er ihr irgendwie einen Gefallen tat, war neu. Der Junge war kompliziert und ziemlich intellektuell für sein Alter, dachte Zelfa. Ein interessanter Fall. Allerdings nicht so interessant, dass sie darüber vergaß, bald ein Gespräch mit Alis fettleibigem Vater suchen zu müssen. Denn trotz seines ganzen Gehabes spürte sie, dass es für den Jungen wichtig war, aus erster Hand zu erfahren, dass der noch lebende Elternteil auf seiner Seite stand.

Doch bis dahin – und bevor sie endgültig der Mut verließ – musste sie unbedingt noch ein anderes Telefonat führen, das sie schon den ganzen Tag über hatte erledigen wollen. Ein Telefonat mit Mehmet Süleyman. Während sie die Nummer seines Mobiltelefons wählte, wurde ihr plötzlich ganz heiß. »Verdammte Menopause!«, murmelte sie.

Als er wenige Sekunden später abnahm, verlor sie zum ersten Mal kein Wort über ihren körperlichen Zustand und verkniff sich auch jeden zynischen Kommentar. Und während sie mit ihm redete, wusste sie, dass es für einen Rückzieher jetzt zu spät war. Sie würde einfach »die Katze aus dem Sack lassen«, wie man in ihrer Heimat sagte, und dann sehen, was passierte.

»Wo bist du gerade, Mehmet?«, fragte sie, nachdem er ihr überschwänglich für ihren Anruf gedankt hatte – und dafür, dass sie seinen Tag versüßte.

»Ich steige gerade in meinen Wagen«, sagte er. »Ich bin auf dem Weg zur Gerichtsmedizin.«

»Du bist also noch nicht losgefahren? Und es sitzt auch niemand neben dir?«

»Nein. Warum?«

Sie lächelte. Offensichtlich hatte er nicht die geringste Ahnung, worauf sie hinauswollte. »Du sitzt also gerade in deinem Wagen?«

»Ja. Zelfa ... «

»Mehmet«, sagte sie feierlich und genoss jetzt jeden Moment dieser zärtlichen Qual – so wie sie es sich immer vorgestellt hatte. »Mein lieber Mehmet, nach reiflicher Überlegung bin ich zu dem Entschluss gekommen, deinen Antrag anzunehmen und deine Frau zu werden.«

Die merkwürdig erstickten Laute am anderen Ende der Leitung verrieten ihr, dass er sie gehört hatte, aber sie musste ein paarmal seinen Namen rufen, bevor er reagierte.

»Weißt du, Zelfa, dass du mich gerade unendlich glücklich gemacht hast?«, sagte er schließlich, als er seine Stimme wiedergefunden hatte.

»Ja, du dummer Junge«, erwiderte sie, während sie sich rasch ein paar Tränen aus den Augen wischte, »aber du weißt ja gar nicht, wie glücklich ich selber bin ...«

»Warum kommst du nicht heute Abend zu mir, damit wir es allen erzählen können?«

»Wem, den Cohens?«

»Ja«, lachte er. »Die werden sich wahnsinnig für uns freuen! Fast so sehr wie ich.«

Zelfa lächelte. Obwohl er schon Mitte dreißig war, verhielt er sich manchmal wie ein aufgeregter Schuljunge. Aber auch das gehörte zu den vielen Dingen, die sie so an ihm liebte.

»Okay«, sagte sie und warf rasch einen Blick in ihren Kalender, der aufgeschlagen auf ihrem Schreibtisch lag. »Ich bin hier gegen sechs fertig.«

»Dann komme ich dich abholen!«

»Du ...«

»Ich will nicht, dass meine zukünftige Frau allein durch die kalten, nebligen Straßen läuft!«

Während Zelfa der Versuchung widerstand, ihn darauf hinzuweisen, dass dies offenbar kein Problem dargestellt hatte, solange sie noch seine Geliebte war, stahl sich ein Lächeln auf ihr Gesicht, und sie willigte ein.

Erst als sie den Hörer aufgelegt und den nächsten Patienten hereingebeten hatte, wurde ihr bewusst, was sie gerade getan hatte. »Ach, du lieber Himmel!«, kicherte sie, während der Patient zögerlich durch die Tür trat.

İkmen warf zuerst einen Blick auf das kleine Stück Papier in seiner Hand und dann zu Tepe.

»Sie glauben also nicht, dass Engelushjia Berisha ein Spielchen mit uns treibt, Tepe?«, fragte er.

»Nein, Chef«, sagte sein Assistent.

»Trotz der Tatsache, dass sie bewaffnet zur Wohnung der Vloras ging und dann plötzlich gemeinsame Sache mit ihren Feinden machte, um es uns gegenüber nicht einzugestehen?«

»Sie sagt, sie sei dort hingegangen, um mit Mehmet zu reden. Das Messer hatte sie nur deshalb dabei, weil sie es immer bei sich trägt – sagt sie.«

»Sagt sie«, murmelte İkmen und wiederholte damit den Teil, den er für das wichtigste Element im Satz seines Kollegen hielt. Plötzlich grinste er breit. »Und, ist die junge Dame noch hier auf der Wache oder wieder bei ihren Eltern?«

»Sie ist noch hier«, sagte Tepe. »Ich würde sogar fast behaupten, sie hat es überhaupt nicht eilig, hier wegzukommen.«

»Sehr merkwürdig.«

»Vielleicht will sie wissen, ob Sie schon mit Felicity Evren telefoniert haben, und falls ja, was bei dem Gespräch herausgekommen ist.«

İkmen griff zum Hörer und wählte die Nummer. »Na, dann wollen wir sie mal nicht enttäuschen«, sagte er und wartete darauf, dass jemand abnahm.

Nach ein paar Sekunden wurde das monotone Tuten in der Leitung von einer männlichen Stimme unterbrochen.

»Ich möchte gerne mit Felicity Evren sprechen«, sagte İkmen.

»Sehr wohl«, erwiderte eine männliche Stimme, die ziemlich jung klang. Dann rief der Mann ein paar Worte in einer Sprache, die İkmen sofort als Englisch mit einem schweren türkischen Akzent erkannte.

»Miss Flick! Miss Flick! Ein Mann am Telefon!«

»Und was will er?«, erwiderte eine ausgesprochen britisch klingende, weibliche Stimme.

»Ich weiß es nicht«, sagte der Mann. »Hier, für Sie.«

Das raschelnde Geräusch des überreichten Telefonhörers

knisterte in İkmens Ohr, der sich in der Zwischenzeit eine Zigarette angezündet hatte.

»Felicity Evren«, hauchte die Frau in die Sprechmuschel. »Ja bitte?«

»Guten Tag, Miss Evren«, erwiderte İkmen in tadellosem Englisch, wie selbst Tepe feststellte. »Mein Name ist Inspektor Çetin İkmen. Ich arbeite für die Kriminalpolizei Istanbul.«

»Oh. Tatsächlich?«

»Ja. Und ich rufe im Zusammenhang mit dem Tod eines jungen Mannes an, der wohl ein guter Freund von Ihnen war.«

»Oh.« İkmen konnte förmlich sehen, wie sie traurig zu Boden blickte – ihr gesamter Kummer eingefangen in einem einzigen kleinen Laut. »Woher wissen Sie ...«

»Die Familie des Verstorbenen hilft uns bei unseren Ermittlungen; dafür werden Sie sicher Verständnis haben. Und da Rifat Berisha eines unnatürlichen Todes gestorben ist, sind wir gehalten, sämtliche seiner sozialen Kontakte zu überprüfen.«

»Natürlich.«

»Und deshalb sind wir für jeden Hinweis dankbar, vor allem von guten Freunden des Toten wie Ihnen, Miss Evren.«

Er hörte sie seufzen.

»Was, jetzt?«, fragte sie. »Ich bin gerade ...«

»Wir können einen Termin ausmachen«, sagte İkmen und warf einen raschen Blick auf die Rückseite seiner Zigarettenschachtel, die ihm an diesem Tag als Kalender diente. »Wie wäre es so gegen fünf?«

»Heute?«

»Ja.« Es hatte sich bewährt, mit den Leuten, die man zu befragen beabsichtigte, eine klare, wenn auch freundliche Sprache zu sprechen, dachte İkmen. Dieses sanfte, aber unnachgiebige Drängen sorgte dafür, dass sich alle Beteiligten über ihre eigene Rolle in dem ganzen Verfahren klar wurden – selbst wenn solche Worte wie »Sie müssen« und »Sie werden« niemals fielen.

»Also gut«, sagte die Frau langsam, »möchten Sie, dass ich auf die Wache komme?«

»Ich kann auch bei Ihnen zu Hause vorbeischauen, wenn Ihnen das lieber ist«, sagte İkmen.

»Oh nein. Nein. Ich komme zu Ihnen«, sagte sie und fügte mit einem leisen Lachen hinzu: »Hassan kann mich fahren. Überhaupt kein Problem.«

»Ausgezeichnet. Vielen Dank.«

»Keine Ursache.«

Er gab ihr die Adresse der Polizeiwache und eine Wegbeschreibung zu seinem Büro. Als sie sich mit den Worten verabschiedete, sie freue sich auf das Treffen, erschien İkmen dies zunächst sehr merkwürdig. Aber schließlich war Felicity Evren durch und durch Engländerin, so dass ihre Bemerkung vielleicht gar nicht so seltsam war, wie sie zunächst klang. Timur İkmen hatte immer behauptet, die Briten seien derartig höflich, dass es fast gegen jede Vernunft ging. Vermutlich hatte sein verstorbener Vater wieder einmal Recht, dachte İkmen grimmig. Aber angesichts der jüngsten Ereignisse war es nicht angeraten, über seine Eltern zu grübeln. Um sich auf andere Gedanken zu bringen, warf er seinem Assistenten einen raschen Blick zu. »Vielleicht könnten Sie Engelushjia Berisha nach Hause bringen, Tepe. Es hat ja keinen Sinn, dass sie ewig unten sitzt und wartet.«

»Nein, da haben Sie Recht«, entgegnete der Assistent und stand auf.

»Dann können Sie ihr auch sagen, dass wir, was Felicity Evren betrifft, am Ball sind. Allerdings brauchen Sie ihr keine Details zu nennen.«

İkmen wandte seine Aufmerksamkeit wieder dem Papierstapel zu, über dem er gebrütet hatte, als Tepe in das Büro kam. Aber sein Geist weigerte sich, sich auf die vorliegende Aufgabe zu konzentrieren. Der Tod seiner Mutter verfolgte ihn inzwischen Tag und Nacht, und allmählich gelangte er zu der Überzeugung, dass er das klärende Gespräch mit Halil eher aus Feigheit hinauszögerte denn aus aufrichtiger Rücksichtnahme gegenüber seinem Bruder. Schließlich würde er Halil spätestens dann kontaktieren müssen, wenn sich unter Vahan Sarkissians Unterlagen kein Hinweis auf eine unnatürliche Todesursache befinden sollte – wovon Arto Sarkissian auszugehen schien.

Mit einem schweren Seufzer griff er nach dem Telefonhörer und wählte die Nummer seines Bruders. Nach einer Weile, die ihm fast wie eine Ewigkeit erschien, meldete sich eine ruhige Stimme.

»Halil, hier ist Çetin«, sagte İkmen rasch, da er sich der Gefahr bewusst war, dass er jeden Moment den Mut verlieren konnte. »Ich muss unbedingt mit dir reden.«

»Was ist denn? Ist irgendwas mit Fatma oder …?« In der Stimme seines Bruders schwang aufrichtige Sorge.

»Nein, Fatma und den Kindern geht es gut, und auch finanziell ist alles in Ordnung – soweit man das je behaupten kann«, erwiderte İkmen und schloss damit die üblichen Gründe für ein Telefonat mit seinem Bruder aus.

»Was ist dann los?«

»Hör zu, Halil«, sagte İkmen und spürte, wie er plötzlich gereizt wurde. »Ich muss einfach mit dir reden, okay? Ich meine, hast du heute Abend schon was vor?«

»Çetin, du machst mir jetzt richtig Angst.«

»Ja oder nein, Halil?«, rief İkmen, allmählich ungeduldig. »Ich könnte zu dir kommen, oder wir können irgendwohin gehen.«

»Çetin …«

»Halil, ich muss mit dir über Mutter reden!«, platzte İkmen heraus. Und da er sich darüber ärgerte, dass er das eigentliche Gesprächsthema vorzeitig preisgegeben hatte, fügte er hinzu: »Das ist ein Gespräch, das wir vor vierzig Jahren schon hätten führen sollen!«

»*Wie bitte?*«

Als İkmen die Panik in der Stimme seines Bruders hörte, reagierte er sofort: »Können wir uns über diese Sache unterhalten? Ja oder nein? Kann ich nachher zu dir kommen?«

»Heute Abend?«

»Ja! Ja, ich muss mit dir darüber reden, Halil, ich …«

»Okay, okay!« İkmen konnte förmlich sehen, wie die langen, beringten Hände seines Bruders abwiegelnd in der Luft wedelten – fast die gleichen Hände wie die von Ayşe İkmen, wenn auch nicht die gleiche Gestik. Aber schließlich hieß es immer, dass der ältere der beiden İkmen-Brüder das attraktive Erscheinungsbild seiner Mutter geerbt hatte, während der »Kleine« eher ihre magische Persönlichkeit besaß.

»Ich bin gegen sieben mit den Zahlen hier durch«, sagte Halil. »Wenn du also danach vorbeikommen willst, bitte ich meine Haushälterin, für uns beide Abendessen zu machen.«

»Das ist wirklich nicht nötig«, sagte İkmen, als er sich an den verächtlichen Blick erinnerte, den ihm die Haushälterin seines Bruders bei seinem letzten Besuch zugeworfen hatte. Aber was hatte er auch erwartet? Sein Bruder, ein erfolgreicher, kinderloser und inzwischen geschiedener Steuerberater, lebte, kleidete und ernährte sich anständig, während Çetin – ein verheirateter Polizeibeamter mit neun Kindern – auch genauso aussah wie der Mann, der er nun einmal war: ein gestresster Kettenraucher mit mehreren schlecht behandelten Magengeschwüren.

»Also gut, ich seh dich dann später«, sagte Halil mit einem Seufzer.

»Danke, Halil.«

»Ist doch selbstverständlich.«

Aber natürlich wussten beide, dass es keineswegs selbstverständlich war. Schließlich konnte man ein Gespräch über Ayşe İkmen nicht gerade als Lappalie bezeichnen. Obwohl sie vor über vierzig Jahren gestorben war, hatte die Hexe von Üsküdar immer im Zentrum leidenschaftlicher Spekulationen all derjenigen gestanden, die sich für die dunklen Seiten des Lebens interessierten. Und obwohl ihre beiden Söhne nie über die Mutter sprachen, schien sie ständig und unverrückbar zwischen ihnen zu stehen – wie einer der kargen Berge ihres Geburtsortes.

Sie hatte nicht erwartet, an solch einem Ort jemanden wie ihn anzutreffen. Groß, schlank und außergewöhnlich attraktiv, schloss der Mann eine Tür hinter sich, von der sie annahm, dass sie in sein Büro führte. Und da er eindeutig auf dem Weg nach draußen war, musste Felicity Evren davon ausgehen, dass es sich bei dieser attraktiven Erscheinung nicht um den Inspektor handeln konnte, mit dem sie telefoniert hatte. Vermutlich war er ein Kollege, den sie – wenn sie sich ihrer türkischen Sprachkenntnisse sicherer gewesen wäre – gerne nach diesem İkmen gefragt hätte, einzig und allein, um den Mann anzusprechen. Aber so schnell, wie er aufgetaucht war, so schnell war Inspektor Süleyman – das stand zumindest auf seinem Türschild – auch schon wieder verschwunden. Felicity blieb allein im Flur zurück und ging zu der gegenüberliegenden Tür, die dem Namensschild zufolge in Inspektor İkmens Büro führte.

Als sie einmal kurz gegen die Glasscheibe klopfte, erschien sofort ein kleiner, drahtiger Mann in der Tür.

Nachdem er sie zuerst ein wenig verwirrt betrachtet hatte, breitete sich rasch ein freundliches Lächeln auf seinem Gesicht aus.

»Hallo, Miss Evren«, sagte er in perfektem Englisch und reichte ihr seine kleine Hand. »Vielen Dank, dass Sie so schnell kommen konnten.«

»Wenn ich Ihnen dadurch helfen kann ...« Sie zuckte die Achseln, wobei die Aufwärtsbewegung der Schultern die auffällige Schwellung und die kaum kaschierte Verfärbung der Haut betonte, die İkmen in ihrer linken Gesichtshälfte bemerkte.

»Bitte nehmen Sie Platz«, sagte İkmen und befreite seine Hand aus ihrer Umklammerung. Dann deutete er auf den Stuhl vor seinem Schreibtisch.

»Vielen Dank.«

Sie setzte sich, wobei ihre winzige Gestalt fast hinter dem Papierstapel auf seinem Tisch verschwand.

»Kann ich Ihnen eine Tasse Tee anbieten?«

»Nein. Vielen Dank«, sagte sie und lächelte auf eine Weise, die fast so irritierend war wie ihr Achselzucken.

Ganz der perfekte Gastgeber, holte İkmen seine Zigaretten und sein Feuerzeug hervor. »Zigarette?«

»Nein, danke«, erwiderte sie, »aber lassen Sie sich von mir bitte nicht abhalten.«

İkmen nickte dankend und zündete sich eine Zigarette an.

»Mein Vater ist auch ein starker Raucher«, sagte sie, während sie İkmen beobachtete, der genussvoll an seiner Zigarette zog. »Wie ihr alle.«

İkmen runzelte die Stirn. »Wie ihr alle?«, fragte er. »Was meinen Sie damit, Miss Evren?«

»Wie alle Türken, Inspektor«, ewiderte sie lachend. »Mein Vater ist Türke, genau wie Sie.«

»Ach. Und Sie selbst?«

»Ich bin Engländerin, wie meine Mutter«, sagte sie, »aber das wussten Sie doch längst, oder?«

İkmen lächelte.

»Sie sprechen meine Sprache ganz hervorragend, Inspektor, und fast ohne Akzent.«

Da Schmeicheleien ihn immer verlegen machten, blickte İkmen auf seinen Schreibtisch. »Mein Vater hat Englisch, Französisch und Russisch an der Universität gelehrt. Allerdings vor langen Jahren.«

»Und mein Vater hat bis vor kurzem noch in London gelebt, aber er spricht die Sprache nicht so perfekt wie Sie«, erwiderte sie.

»Danke schön.«

Einen Moment lang schwiegen beide. Felicity Evren hatte plötzlich das Gefühl, dass sie diesem fremden Mann vielleicht zu sehr geschmeichelt hatte, und blickte zur Seite. Und auch İkmen versuchte, in eine andere Richtung zu schauen, wenn auch aus anderen Gründen. Praktischerweise fiel sein Blick dabei auf Rifat Berishas Akte.

»Also, Miss Evren, wie lange kannten Sie Rifat Berisha?«, fragte er.

»Ungefähr achtzehn Monate.«

»Schön.« İkmen blätterte die Seiten der dicken Akte um und stieß auf die Ansichtskarten und Fahrscheine aus London.

»Und wo haben Sie ihn kennen gelernt?«

»Ich habe bei ihm eine Tasse aus sehr edlem Porzellan gekauft«, sagte Felicity, während die Erinnerung ein Lächeln auf ihr Gesicht zauberte. »Er hatte mit ein paar anderen Männern einen Stand, auf dem Sonntagsmarkt in Ortaköy.«

»Diese anderen Männer«, fragte İkmen, »waren das auch Albaner?«

Sie zuckte die Achseln. »Ich könnte es mir vorstellen. Jedenfalls habe ich von dem, was sie sagten, nichts verstanden.«

»Und dann?«

»Wir wurden Freunde, Inspektor«, erwiderte sie und lächelte ihn seltsam schief an. »Er hat mir so viele Dinge in dieser Stadt gezeigt. Wir hatten sehr viel Spaß miteinander. Ich wohne erst seit zwei Jahren in Istanbul, seit ich mit meinem Vater und meinem Bruder hierher gezogen bin.«

»Und Ihre Mutter ...«

»Ist tot, Inspektor.«

»Oh, das tut mir Leid.«

Sie zuckte nur die Achseln, was İkmen als Zeichen wertete, fortzufahren. »Wann haben Sie Rifat Berisha das letzte Mal gesehen, Miss Evren?«

Sie dachte einen Moment nach und meinte schließlich: »Am Mittag seines Todestages. Wir haben eine Kleinigkeit zusammen gegessen.«

»Wo?«, fragte İkmen, drückte seine Zigarette aus und zündete sich sofort die nächste an.

»Im Yeşil Ev«, sagte sie und nannte damit eines der Hotels, die sich in einer ehemaligen osmanischen Holzvilla befanden.

İkmen runzelte die Stirn. »Ziemlich teuer.«

»Ja«, erwiderte sie schlicht. »Ich war einkaufen. Und das gemeinsame Mittagessen war ein schöner Abschluss für meine Shoppingtour.«

İkmen zog kräftig an seiner Zigarette. »Und machte Rifat Berisha beim Mittagessen oder davor in irgendeiner Weise den Eindruck, dass er sich in Gefahr befinden könnte?«

»Nein«, antwortete sie, dieses Mal ohne langes Nachdenken. »Obwohl er beim Essen nicht viel geredet hat.« Sie lächelte. »Ich fürchte, ich habe ein bisschen zu ausführlich von meinen Einkäufen erzählt. Wenn wir zusammen waren, habe ich meist mehr geredet als er.«

»Und trotzdem hatten Sie und er viel Spaß.«

»Ja, das hatten wir«, erwiderte sie plötzlich unerwartet scharf. »Rifat mochte mich so, wie ich bin. Uns verband eine tiefe Freundschaft!«

»Gut, ich verstehe«, sagte İkmen in beschwichtigendem Ton. »Es gibt schließlich viele Dinge, die Männer und Frauen zusammen ... tun ... können ...«

»Wir hatten keinen Sex miteinander«, fügte sie hinzu, offensichtlich immer noch ziemlich verärgert. »Ich habe Rifat geliebt, und ich werde ihn furchtbar vermissen, aber nicht ... in dieser Hinsicht.«

»Nein.« İkmen nickte. »Ich verstehe.«

Wieder schwiegen beide eine Weile, bis İkmen sich schließlich räusperte.

»Haben Sie und Rifat auch abgelegenere Orte besucht, etwa außerhalb der Stadt?«

»Wir waren einen Tag in Bursa«, sagte sie, »kurz vor dem Erdbeben.«

»Und andere Ausflüge?«, fragte İkmen, während er erneut die Ansichtskarten und Fahrscheine in Rifats Akte betrachtete. »Sie sind nicht zufällig zusammen ins Ausland gereist?«

»Ins Ausland? Ist das Ihr Ernst?« Sie lachte. »Rifat war Albaner, Inspektor İkmen, und die sind an vielen Orten nicht besonders willkommen – vor allem in Europa, wohin mich meine Reisen normalerweise führen, wenn ich die Türkei verlasse.«

İkmen runzelte die Stirn. »Sie wissen also nicht, woher er die hier gehabt haben könnte?«, fragte er und schob die Karten und Fahrscheine zu ihr hinüber.

Felicity Evren warf einen kurzen Blick darauf und zuckte die Achseln. »Nein. Es könnte sein, dass ich ihm die Ansichtskarten irgendwann mal geschenkt habe, aber ich kann mich nicht daran erinnern.«

İkmen lächelte. »Und haben Sie vielleicht irgendeine Idee, von wem er sie sonst noch haben könnte?«

»Nein.«

İkmen nahm die Beweisstücke wieder an sich. »Wissen Sie, woher Miss Berisha Ihre Telefonnummer hat, Miss Evren?«

»Sie hat es mir nicht gesagt. Wahrscheinlich hat sie sie irgendwo zwischen Rifats Sachen gefunden.«

»Nein, er kannte sie auswendig und hatte sie nirgendwo notiert«, erwiderte İkmen nüchtern. »Engelushjia Berisha hat meinem Assistenten erzählt, dass ihr Bruder ihr die Nummer gegeben hat, als er letztes Jahr eine Reise ins Ausland unternahm. Er wusste nicht, wo er übernachten würde, aber er wollte, dass seine Schwester die Nummer hat, für den Fall, dass ihm irgendetwas zustoßen sollte.«

Felicity Evren wandte den Kopf ab.

»Darüber hinaus hat Miss Berisha meinem Assistenten auch erzählt«, fuhr İkmen fort, »dass Rifat sich einer Operation unterzogen hat, während er mit Ihnen im Ausland war. Er hat Ihnen eine seiner Nieren gespendet, richtig, Miss Evren? Bevor Sie jetzt antworten, denken Sie bitte daran, dass ich eine Untersuchung anordnen kann, die dies genau überprüft.«

»Sie haben ja keine Ahnung ...«, sagte sie, ohne İkmen anzusehen. »Ich hatte eine Nierenerkrankung ... Es ...«

»Und zum Dank schenkten Sie Rifat einen schönen neuen Wagen.«

Sie drehte sich wieder um und sah İkmen direkt an, das Gesicht rot vor Wut. »Das war nicht der Grund, warum ich ihm den Wagen gegeben habe!« Ihre Stimme zitterte vor Erregung. »Rifat hat mir geholfen, weil er mich liebte. Ich habe ihm den Wagen geschenkt, weil ich es mir leisten kann und ihn geliebt habe. Zwischen uns war nie Geld im Spiel!«

»Eine freiwillige Organspende ist nicht illegal«, sagte İkmen. »Sie müssen verstehen, als unser Pathologe feststellte, dass Rifat nur noch eine Niere hatte ...«

»Da haben Sie gleich das Schlimmste angenommen!«, fuhr sie ihn an.

»Also, angesichts der Tatsache, dass seine Eltern überhaupt nichts von der Operation wussten ...«

»Es war sein Körper! Er konnte damit machen, was er wollte ...«

»Aber Sie müssen doch zugeben, Miss Evren, dass die offensichtliche Geheimhaltung seiner Organspende ein wenig verdächtig wirkt. Wir waren gezwungen, entsprechende Nachforschungen anzustellen.«

Ihr armes, entstelltes Gesicht verzog sich zu einem kleinen Lächeln. »Ich weiß.«

Irgendwie tat sie İkmen plötzlich Leid. »Aber da Sie uns jetzt die Wahrheit gesagt haben, ist ja alles in Ordnung«, fuhr er sanft fort, »obwohl ich natürlich noch Rücksprache mit den britischen Behörden halten muss.«

»Ja, ja, tun Sie das«, sagte sie abwesend. Offensichtlich machte sie sich jetzt selbst Vorwürfe. »Wir haben für Rifat ein Visum beim Konsulat besorgt und ... Es tut mir so Leid, dass ich Sie angelogen habe, Inspektor İkmen. Ich dachte nur, dass Sie nach Rifats Tod alles Mögliche annehmen würden und ...«

»Nun, Miss Evren, wenn das alles ist ...« Er wartete einen kurzen Moment, um ihr die Gelegenheit zu geben, noch etwas hinzuzufügen. Aber sie schwieg. »Vielleicht wären Sie dann so freundlich, Ihre Aussage später einem meiner Kollegen zu Protokoll zu geben.«

Sie seufzte. »Selbstverständlich.«

Doch plötzlich veränderte sich etwas an ihr – Felicity Evren beugte sich vor und zeigte auf ihr Gesicht: »Wissen Sie, Inspektor, obwohl Rifat mir über alle Maßen geholfen hat, brauchte ich ihn nicht, wie vielleicht manche andere Frauen, zur Stärkung meines Egos. Ich meine, bei meinem Aussehen – warum sollte ich so etwas nötig haben?«

Betroffen und ratlos, welche Reaktion hier von ihm erwartet wurde, sagte İkmen einfach: »Nein, Miss.«

»Wenn ich gewollt hätte, dass Rifat mich liebt, dann wäre es mir wohl nicht schwer gefallen, seine Zuneigung zu gewinnen, oder? Nicht, wenn man attraktiv ist, oder?«

»Das kann ich leider nicht sagen«, erwiderte İkmen aufrichtig. »Aber wenn Sie das so empfinden ...« Er zuckte die Achseln.

Als Felicity Evren erneut schief lächelte, wandte İkmen sich ab. Hatte sie das ironisch gemeint, oder litt sie einfach unter Wahnvorstellungen? In Ermangelung einer Antwort suchte er Zuflucht bei einer weiteren Frage zu Rifats Todestag.

»Also, nach dem gemeinsamen Mittagessen mit Rifat Berisha ... wie ging es da weiter?«

»Ich bin nach Hause gefahren, und Rifat ist meines Wissens ebenfalls nach Hause gefahren«, sagte sie.

»Und er schien nicht irgendwie nervös oder beunruhigt?«

»Nein. Ich lud ihn noch für nächsten Freitag zu mir nach Hause zum Abendessen ein, und dann trennten sich unsere Wege.« Sie zuckte die Achseln. »Alles ganz normal.«

»Schön«, sagte er und sammelte diverse Beweisstücke aus Rifats Akte zusammen. »Wir benötigen in Ihrem Protokoll natürlich sämtliche Einzelheiten über Ihre Reise nach England.«

»Möchten Sie, dass ich das sofort erledige?«

»Ja, ich begleite Sie gleich in eines unserer Vernehmungszimmer«, erwiderte er.

»Wie Sie wollen.«

İkmen stand auf. »Dann hätten wir ja wenigstens einen Teil unserer Nachforschungen geklärt, nicht wahr?«

»Ja.« Auch sie erhob sich und lächelte, während er ihr die Tür aufhielt. »Danke.«

»Keine Ursache.«

Ihre Geschichte ergab einen Sinn, und İkmen bezweifelte nicht, dass die britischen Behörden sämtliche Einzelheiten bestätigen würden. Aber das machte ihn nicht besonders glücklich. Rifats Eltern hätten das Recht gehabt, von seinem Vorhaben zu erfahren, auch wenn Rifat selbst das nicht wollte. Was wäre gewesen, wenn er nach seiner Rückkehr in die Türkei erkrankt wäre? Was hätte die arme Engelushjia dagegen unternehmen können? Seiner Meinung nach war das Ganze purer Machtmissbrauch. Die Reichen konnten alles kaufen, was sie wollten. Er wusste, dass das Leben nun einmal so war, aber das bedeutete nicht, dass es ihm auch gefiel.

Außerdem spielten hier noch andere Dinge eine Rolle – beispielsweise Felicitys Aussehen und ihre Einstellung dazu. Und wenn sie schon wegen Rifats Organspende gelogen hatte, welche anderen Details über die Ereignisse in England mochten sie oder ihre Familie sonst noch vor der Polizei verbergen?

11

Nach einem skeptischen Blick auf den Hang, der steil hinter dem weißen BMW abfiel, öffnete Zelfa die Wagentür und stellte ihre Füße auf die mit Schlaglöchern übersäte Straße. Hinter ihnen kam ein kleiner Fiat zum Stehen.

»Ist das nicht dein Bruder?«, rief sie Mehmet Süleyman über das Wagendach zu.

»Ja«, erwiderte er lächelnd, ging zu ihr hinüber und nahm ihre Hand. »Ich wollte, dass Murad dabei ist, wenn wir es offiziell verkünden. Du hast doch nichts dagegen, oder?«

»Nein, natürlich nicht.« Ermutigend drückte sie seine Hand, und zusammen schlenderten sie zu dem kleinen Wagen, aus dem ein leicht stämmiger, mittelgroßer Mann gerade ein kleines Mädchen hervorholte.

»Murad!«

Das Gesicht, das hinter den mit Bändern verzierten Locken des Mädchens hervorschaute, wirkte freundlich, aber auch müde. Obwohl Murad Süleyman etwas kleiner schien als sein jüngerer Bruder, war er ähnlich attraktiv wie Mehmet, wenn man einmal von seinem fliehenden Kinn absah – ein Merkmal, das gerne als Zeichen für den hohen Anteil aristokratischen Bluts in seinen Adern gedeutet wurde.

»Hallo, kleiner Bruder«, sagte er und konnte gerade noch verhindern, dass ihm seine Tochter, die ihrem Onkel die Ärmchen entgegenstreckte, aus den Armen fiel.

Mehmet ließ Zelfas Hand los und nahm das kleine Mädchen lachend von seinem Bruder entgegen.

»Was für eine nette Begrüßung von einem so hübschen Mädchen!«, rief er, während die Kleine die Arme um seinen Hals schlang und ihr Gesicht im dicken Kragen seines Mantels vergrub.

»Was hast du erwartet? Schließlich bist du Edibes einziger Onkel«, sagte Murad und drehte sich dann zu Zelfa um. »Freut mich, Sie wiederzusehen, Frau Doktor Halman.«

»Ganz meinerseits.«

Er lächelte sie kurz an und wandte sich dann wieder seinem Bruder zu. »Also, ist das hier heute Abend nur ein geselliges Beisammensein oder etwas Wichtigeres?«

»Wenn wir hineingegangen sind, werde ich dir alles erzählen«, erwiderte Mehmet, der Zelfas Blick aufgefangen hatte und glücklich lächelte.

»Es hat also nichts mit Vaters Einladung zu tun?«, fragte Murad.

»Nein, aber ...«

Wie es Zelfa schien, wechselten die beiden Brüder einen angespannten Blick.

»Aber was, Mehmet?«

»Jetzt ist nicht der richtige Moment, darüber zu reden«, sagte der Jüngere und schenkte Zelfa erneut ein strahlendes Lächeln. »Heute Abend geht es nur um glückliche Dinge, die nicht in der Vergangenheit, sondern in der Zukunft liegen.«

»Du sprichst in Rätseln!«

Doch Murads Ratlosigkeit wirkte nicht sehr überzeugend. Er schien nicht nur vorbereitet auf die guten Neuigkeiten, sondern hatte offensichtlich schon vorgesorgt – der Flasche Champagner nach zu urteilen, die aus seiner Manteltasche hervorschaute.

Während sie auf den Häuserblock zugingen, in dem die Wohnung der Cohens lag, musste Zelfa über diesen kleinen, freundlichen Schwindel lächeln.

In manchen Familien ist die Ähnlichkeit der einzelnen Mitglieder nicht zu übersehen, doch in anderen deutet nichts oder nur wenig auf eine Blutsverwandtschaft hin. Die İkmen-Brüder Çetin und Halil wiesen nicht nur kaum Ähnlichkeiten miteinander auf, sie wirkten regelrecht wie zwei Fremde. Als Halils Haushälterin den beiden Männern den Tee serviert und sie dann allein gelassen hatte, spürte Çetin İkmen die Entfremdung zwischen seinem Bruder und ihm ganz deutlich. Es war nicht so, dass er Halil nicht aufrichtig liebte – das Gegenteil war der Fall –, aber er fühlte sich in seiner Gegenwart einfach unwohl, vor allem da *dieses* Gesprächsthema im Raum stand. Unmittelbar nach seiner Ankunft in Halils schönem Haus im Vorort Emirgan hatte Çetin das Gespräch direkt auf ihre Mutter gebracht – ein Fehler, wie sich jetzt herausstellte. Dass Halil in Gegenwart seiner Haushälterin nicht über Familienangelegenheiten reden wollte, wurde aus dem eisigen Schweigen deutlich, mit dem er auf Çetins einleitende Worte reagierte. Und obwohl jetzt nur noch die Stille der Nacht Zeuge ihres Gesprächs war, stockten Çetin die Worte.

Er warf einen Blick auf den elegant gekleideten Mann, der scheinbar entspannt in seinem Sessel saß, rutschte nervös auf seiner eigenen Sesselkante hin und her und räusperte sich. Dann holte er Zigaretten und Feuerzeug aus seinem Mantel, den er noch immer nicht abgelegt hatte, und hielt die Schachtel hoch. »Darf ich?«

»Auf dem Tisch steht ein Aschenbecher«, erwiderte Halil achselzuckend.

Lächelnd beugte Çetin sich vor, um seinem Bruder eine Zigarette anzubieten. Doch Halil lehnte mit einem kurzen Kopfschütteln ab, eine Hand dankend auf das Herz gelegt.

Zum ersten Mal bemerkte Çetin, der sich durch den Genuss der Zigarette ein wenig entspannte, die weißgrauen Schläfen seines Bruders. Es war einer jener seltenen Momente, in denen man erkennt, dass diejenigen, die einem nahe stehen, nicht mehr jung sind. Von seinem eigenen Alter ausgehend, rechnete Çetin schnell hoch und stellte überrascht fest, dass sein Bruder bereits siebenundfünfzig war – ein kleiner Schock, den er erst einmal verdauen musste.

Schließlich brach Halil das Schweigen. »Also, was genau wolltest du wegen Mutters Tod mit mir besprechen?«

Çetin zog kräftig an seiner Zigarette, bevor er reagierte.

»Ich möchte wissen, was an jenem Tag passiert ist«, sagte er. »Ich möchte es begreifen.«

»Du warst doch dabei, als ...«

»Ich war zehn Jahre alt, Halil«, unterbrach Çetin ihn scharf.

»Ja, und ich war dreizehn.«

»Du bist damals als Erster ins Schlafzimmer gegangen. Du hast vor mir gestanden. Ich habe nur deinen Rücken gesehen.«

Halil beugte sich vor und verschränkte die Hände zwischen den Knien. »Du warst mein kleiner Bruder, Çetin. Ich wollte dir den Anblick ersparen. Ich wusste, dass Mutter tot war.«

»Woher wusstest du das?« Çetin zog nervös an seiner Zigarette und versuchte Halil in die Augen zu sehen, der jedoch seinem Blick auswich. »Ich weiß lediglich, dass sie auf ihrem Bett lag. Hätte sie nicht genauso gut einfach nur schlafen können?«

»Çetin, sie war tot.«

»Ja, aber woher ...«

»Ich weiß nicht, woher ich das wusste! Das ist alles schon so lange her!« Halil stand rasch auf, ging hinüber zu seinem Bruder, nahm sich eine Zigarette aus dessen Schachtel und zündete sie an.

»Wenn Mutter wirklich an einem Herzinfarkt gestorben ist, dann gab es sicherlich nicht allzu viel zu sehen.«

Halil wollte gerade zu seinem Sessel zurückkehren, blieb aber abrupt stehen und drehte sich zu seinem Bruder um.

»Ich weiß es nicht«, sagte er. »Ich kann mich nicht erinnern. Vielleicht solltest du mit Arto über die postmortalen Anzeichen eines Herzinfarkts reden.«

»Ich will damit doch nur sagen ...«

»Çetin, ich weiß es wirklich nicht.« Nach einem kräftigen Zug an seiner Zigarette ließ er sich seufzend in seinem Sessel nieder und meinte schließlich: »Und ich verstehe nicht, warum diese alte Geschichte für dich plötzlich so wichtig ist. Mutter starb, als wir beide noch Kinder waren. Und die Jahre danach waren für Vater furchtbar hart. Ich dachte, du und ich, wir hätten beschlossen, dass das alles der Vergangenheit angehört.«

Halil hatte Recht mit dem, was er sagte, das wusste Çetin. Nach Ayşe İkmens Tod war das Leben für ihre Familie wirklich sehr hart gewesen. Ihr Vater hatte weiterarbeiten müssen, um seine beiden Jungen ernähren zu können, aber einen hohen Preis dafür bezahlt ... Die beiden Brüder mussten unterdessen den Haushalt führen, kochen und sich um die Wäsche kümmern – nicht gerade die Lieblingsbeschäftigungen von zwei intelligenten und lebhaften Jungen. Am Ende eines langen Tages, wenn sie nach der Schule das Essen gekocht, die Wohnung geputzt und ihre Hausaufgaben gemacht hatten, fielen die beiden immer todmüde ins Bett, während ihr Vater Timur noch bis tief in die Nacht seine Vorlesungen vorbereitete, die Suppe für den nächsten Morgen zubereitete und in den Wintermonaten aus dem Garten Brennholz hereinholte. Während all dieser Zeit hatte sein Blick nicht ein Mal auf einer anderen Frau geruht, obwohl er selbst noch recht jung war und schrecklich einsam gewesen sein musste.

Doch ungeachtet dieser bitteren Erinnerungen wusste Çetin, dass er irgendwie die Wahrheit zutage fördern musste, wenn Angeliki Vloras rachsüchtiges Gesicht jemals aus seinem Gedächtnis verschwinden sollte. Darüber hinaus hatte er den Eindruck, dass der schwer auf ihm lastende Tod seiner Mutter und seine Verbindung zur albanischen Gemeinschaft über Samsun allmählich dazu führte, dass er im Fall Rifat Berisha nicht mehr objektiv vorgehen konnte. Je eher die Fragen rund um Ayşes Tod geklärt waren, desto besser. Aus diesem Grund berichtete Çetin seinem Bruder die ganze Geschichte: Er erzählte von Angeliki Vlora, von der *gjakmaria* und von der unglücklichen Verstrickung ihres Cousins in diesen Fall. Lediglich Angelikis Darstellung der Todesumstände ihrer Mutter verschwieg er, da er davon ausging, dass Halil sowieso davon wusste, falls die Behauptungen zutrafen.

Als Çetin seinen Bericht beendet hatte, nahm Halil eine weitere Zigarette aus der Schachtel und lehnte sich nachdenklich in seinem Sessel zurück.

»Verstehst du jetzt, Halil, warum ich es wissen muss?«, fragte Çetin und zündete sich ebenfalls eine Zigarette an. »Das Ganze beeinflusst meine Arbeit ...«

»Ja, schon …« Halil seufzte. »Ich verstehe, warum es für dich so wichtig ist, Çetin.«

»Aber?«

Halil lächelte. »Aber wenn Arto nichts in Onkel Vahans Unterlagen findet, fürchte ich, dass du nicht weiterkommen wirst.«

»Aber, Halil, du warst doch …«

»Ja, ich war dabei, Çetin, und ja, ich habe Onkel Vahan angerufen und dich zu den Nachbarn gebracht.« Er lehnte sich vor; seine Augen schimmerten dunkel und feucht. »Aber die Wahrheit ist, dass ich dir selbst unter Androhung der Todesstrafe nicht sagen könnte, was ich in Mutters Schlafzimmer gesehen habe.«

Çetin, der auf dem Weg zu seinem Bruder diverse Theorien entworfen hatte, was Halil ihm all diese Jahre verschwiegen haben mochte, traf diese schlichte Offenbarung wie ein Schlag. Einen Moment lang war er vollkommen verwirrt.

»Das heißt, wenn du heute in Gedanken zurück in Mutters Schlafzimmer gehst …«

»Dann sehe ich nur Dunkelheit«, ergänzte Halil. »Nichts.«

»Nichts? Absolut gar nichts?«

»Çetin, ohne die alten Fotos kann ich mich nicht einmal mehr daran erinnern, wie Mutter aussah!«

»Aber du siehst ihr so ähnlich.«

»Dann ist das vielleicht der Grund, warum ich mich morgens nicht lange vor dem Spiegel aufhalte! Vielleicht, weil das Ganze viel zu schmerzhafte Erinnerungen weckt!«

Beide verfielen in Schweigen. Çetin versuchte, seine Gedanken zu ordnen. Wenn Halil die Erinnerung an den Tod der Mutter aus seinem Gedächtnis gelöscht hatte, was hatte das dann zu bedeuten? Dieses Verhalten war nichts Ungewöhnliches bei Menschen, die ein schweres Trauma erlitten hatten. Aber im Laufe der Zeit kehrte die Erinnerung im Allgemeinen zurück, oder die betroffene Person entwickelte andere Probleme, die aus der Verdrängung des Traumas resultierten. Und normalerweise suchten diese Menschen psychologische Hilfe auf. Doch soweit er wusste, traf weder das eine noch das andere auf Halil zu. Hatte sein Bruder in diesem Schlafzimmer etwas derart

Schreckliches gesehen, dass ein scheinbar undurchdringlicher Vorhang seine Erinnerung permanent verschleierte? Hatte er ihre Mutter vielleicht mit aufgeschlitzter Kehle daliegen sehen – die klaffende Wunde so tief und blutig wie die, die Rifat Berisha das Leben kostete? War es möglich, dass in Angeliki Vloras Worten doch ein Körnchen Wahrheit steckte?

»Halil …«

Das Klingeln seines Handys unterbrach ihn. Mit einem kurzen, entschuldigenden Nicken in Richtung seines Bruders nahm Çetin das Gerät aus seiner Manteltasche und drückte auf die Empfangstaste.

»İkmen.«

»Inspektor, hier spricht Orhan Tepe«, verkündete eine ziemlich atemlose Stimme.

İkmen runzelte die Stirn. »Gibt es irgendein Problem?«

»Ich fürchte, ja: Samsun Bajraktar musste mit Stichwunden ins Krankenhaus eingeliefert werden.«

Ein heißes Schuldgefühl überspülte İkmen wie eine Flutwelle. Das konnten nur die Vloras gewesen sein. Er hatte immer gewusst, dass seine Arbeit eines Tages seine eigene Familie gefährden würde. Und jetzt war es tatsächlich geschehen.

»Wie geht es ihm?«, fragte İkmen und zündete sich an der alten Zigarette nervös die nächste an. »Und in welchem Krankenhaus liegt er?«

»Also, zuerst die gute Nachricht: Er ist bei Bewusstsein. Einer der Wachleute der Zabita-Truppe war Zeuge des Angriffs …«

»Wo ist das Ganze passiert?«

»In der Nähe des Kapali Çarşi; wo genau, weiß ich nicht.«

»Und konnte der Wachmann den Angreifer festhalten?«

Halil rückte näher an seinen Bruder heran. »Was ist passiert? Was …«

Mit einer strengen Handbewegung unterbrach Çetin seinen Bruder, und Halil sah schweigend zu, wie İkmen offenbar weitere schlechte Nachrichten zu hören bekam.

»Nein, das hat er nicht«, erwiderte Orhan Tepe, »allerdings sagt er, dass er den Mann ziemlich genau beschreiben kann.«

»Gut.« An dieser Stelle hätte İkmen gerne nachgehakt, ob

die Beschreibung auf Mehmet Vlora passte, aber er wandte sich den im Moment wichtigeren Dingen zu. »In welchem Krankenhaus ist Samsun zurzeit, Tepe?«

»Er wurde ins Cerrahpaşa gebracht«, sagte Tepe und nannte damit zu İkmens großer Erleichterung die ausgezeichnete Universitätsklinik, die zudem nicht allzu weit vom Ort des Überfalls entfernt lag.

»Ich fahre sofort hin«, sagte İkmen und stand auf.

»Ich glaube, er wird gerade medizinisch versorgt, Chef.«

»Ich fahre trotzdem hin«, erwiderte İkmen. »Schließlich ist er nicht nur das Opfer eines Überfalls, sondern auch mein Cousin.«

Halil riss erschrocken die Augen auf und schnitt wilde Grimassen, um weitere Informationen zu erhalten. Çetin drehte sich zur Seite und konzentrierte sich wieder auf das Gespräch.

»Ist irgendjemand bei ihm im Krankenhaus?«

»Nur der Zabita-Wachmann. Ich habe aber bereits einen Uniformierten, Roditi, rübergeschickt, um ihn abzulösen. Er soll dann den Wachmann hierher aufs Revier schicken, damit ich seine Aussage aufnehmen kann.«

»Gut. Ich mache mich jetzt mal auf den Weg.«

»Sind Sie zu Hause, Chef?«

»Nein«, erwiderte İkmen seufzend, da er an den langen Weg zum Krankenhaus dachte, das sich in Kasap İlyas, auf der anderen Seite des Goldenen Horns befand. »Nein, ich bin im Augenblick in Emirgan, bei meinem Bruder.«

»Oh.«

»Aber ich fahre jetzt gleich los; es dürfte also nicht zu lange dauern.«

»Okay.«

»Ich seh Sie dann, wenn ich aus dem Krankenhaus zurück bin, Tepe.« Und dann fügte er, wenn auch ein wenig abwesend, hinzu: »Und vielen Dank übrigens. Ich weiß zwar nicht, warum Sie so spät noch arbeiten, aber …«

»Bis später dann, Chef«, unterbrach Tepe seinen Vorgesetzten.

»Ja.« İkmen beendete das Gespräch und schob das Telefon wieder in seine Manteltasche.

»Also, was ist los?«, fragte sein Bruder mit großen Augen, während er Çetin in den Flur folgte. »Was ist passiert?«

»Unser Cousin Samsun Bajraktar ist überfallen worden«, sagte Çetin und schritt rasch durch den breiten Flur Richtung Ausgang. »Und das ist alles meine Schuld.«

»Aber …«

Doch Çetin war schon durch die Tür und eilte hinaus in die Kälte. Während Halil ihm mit klopfendem Herzen nachsah, bemerkte er, dass es schon viele Jahre zurückliegen musste, dass er seinen Bruder das letzte Mal hatte laufen sehen.

Trotz hochhackiger Schuhe und engem Rock stellte Samsun Bajraktar immer noch einen nicht zu unterschätzenden, muskulösen Gegner dar. Der Angreifer war wesentlich kleiner als Samsun gewesen, und selbst das Überraschungsmoment hatte ihm keine entscheidenden Vorteile gebracht. Zwar war das Messer tief in das Gesäß der Transsexuellen gedrungen, aber dank ihrer größeren Körperkraft und -größe schwebte sie nicht in Lebensgefahr. Nichtsdestotrotz ließ Samsun, nachdem die Wunde erst einmal genäht war, sich nicht die Gelegenheit entgehen, das Ganze zu einem schrecklichen Drama hochzustilisieren.

»Der Blutverlust war so groß«, erklärte sie İkmen, der sich einen Stuhl ans Bett heranzog, »dass ich in den Armen dieses Wachmanns in Ohnmacht gefallen bin.«

»Das muss für ihn eine ganz besondere Erfahrung gewesen sein«, erwiderte İkmen, der den Wachmann inzwischen kennen gelernt hatte und wusste, dass dieser jung und attraktiv war.

Dr. Alptekin, der Samsun keine Stunde zuvor behandelt hatte, lächelte.

»Um ehrlich zu sein«, sagte er, »Ihr Blutverlust war nicht ganz so dramatisch: Wir mussten nicht einmal eine Bluttransfusion machen. Andererseits wissen wir ja alle, wie schnell Blut sich überallhin verteilt«, fügte er freundlich hinzu.

»Selbstverständlich«, stimmte İkmen zu. »Ein Löffelchen Blut kann aussehen wie ein ganzes Blutbad.«

»Ich werde Sie beide jetzt mal allein lassen«, sagte Alptekin immer noch lächelnd und schloss die Tür hinter sich. Der hektische Krankenhauslärm auf dem Gang ließ deutlich nach.

»Er versucht, das Ganze herunterzuspielen«, erklärte Samsun, nachdem der Arzt gegangen war.

İkmen lächelte. »Bestimmt meint er es nur gut«, sagte er, seufzte dann schwer und wandte sich wichtigeren Dingen zu. »Und, war Mehmet Vlora derjenige, der dich angegriffen hat?«

»Das kann ich beim besten Willen nicht sagen, Çetin«, erwiderte Samsun und blickte auf die weiße Schüssel, die auf dem Tisch neben ihrem Bett stand. »Es passierte alles so schnell. Ich dummes Ding war auf der Suche nach diesem treulosen Mistkerl Abdurrahman ...«

»Dieser Zabita-Wachmann«, unterbrach İkmen rasch Samsuns Redefluss, bevor die ihn mit unnötigen Details überfluten konnte, »gibt einem meiner Beamten gerade eine umfassende Beschreibung des Täters.«

Samsun warf İkmen einen raschen Blick zu. »Tatsächlich?«

»Ja, er hat alles sehr gut sehen können ... auch das Gesicht des Mannes«, sagte er und musste über seine kleine Lüge lächeln.

»Ach.«

»Falls du also weißt, wer es war, kannst du es mir genauso gut auch gleich sagen.«

Samsun, die an diesem Morgen mit dem streng aus dem Gesicht gekämmten Haar wesentlich maskuliner wirkte, kratzte angelegentlich an ihrem abblätternden Nagellack herum.

»Samsun?«

Sie blickte auf. »Ja?«

»Hör zu, falls du dir Sorgen wegen irgendwelcher Vergeltungsmaßnahmen machst ...«

»Wenn der Zabita-Wachmann doch deutlich sehen konnte, wer mich angegriffen hat, dann wüsste ich wirklich nicht, warum ich seinen Beobachtungen noch irgendetwas hinzufügen sollte. Ich meine, als Hüter des Gesetzes ...«

»Er braucht alle Hilfe, die er kriegen kann«, sagte İkmen. »Die Zabitas sind nur uniformierte Marktwächter, im Grunde nichts weiter als Wachmänner. Natürlich sind sie besonders wachsam, und natürlich kennen sie sich mit Taschendieben und zwielichtigen Händlern aus. Aber sie sind es nicht gewohnt, mit schweren Gewalttaten umzugehen – eine Tatsache, die auch jedem Anwalt bekannt sein dürfte, der deinen Angreifer vertritt.«

Erschrocken drehte Samsun sich zu ihrem Cousin um. »Du meinst, dass man dem Wachmann vielleicht nicht glaubt? Und dass der Kerl, der mich angegriffen hat, vielleicht ungestraft davonkommt?«

»Das wäre möglich.«

»Oh, wenn das so ist«, sagte sie und richtete sich unter Schmerzen in ihrem Kissen auf, »wenn das wirklich passieren sollte, dann muss ich mich wohl selbst um diese Angelegenheit kümmern.«

»Und auf die Gesetze von Lek Dukagjini zurückgreifen«, ergänzte İkmen so beiläufig wie möglich.

»Ja, genau, ich ...«

»Also war der Angreifer Albaner«, sagte İkmen mit kaum verhohlenem, triumphierenden Lächeln.

Samsun blickte wieder auf ihre Fingernägel und zischte İkmen ein erbostes »Mistkerl« zu, bevor sie ihn wütend musterte.

İkmen lächelte. »Wenn deine Beschreibung mit der des Wachmannes übereinstimmt, dann wäre das sehr hilfreich. Die Glaubwürdigkeit einer Zeugenaussage erhöht sich ungemein, wenn mehrere Menschen die gleiche Kleidung, Haarfarbe, Körpergröße und Ähnliches beobachtet haben.«

»Also muss ich dir gar keinen Namen nennen.«

»Nein, nein«, erwiderte İkmen lächelnd und griff in seine Tasche, um sein Notizbuch und einen Stift hervorzuholen, »eine Beschreibung des Mannes reicht völlig aus.«

»Und ich muss auch keine Angaben zu seiner Nationalität machen?«, fragte Samsun, deren Stimme ein wenig zitterte, teils aufgrund des Schmerzmittels, das man ihr verabreicht hatte, und teils aufgrund der Anstrengung, die sie dieses Gespräch voller indirekter Anspielungen kostete.

»Nein«, sagte İkmen. »Beschreib mir einfach, wie der Täter *genau* ausgesehen hat und was er trug.«

Plötzlich wanderte Samsuns Blick zur Zimmertür. Auf ihrem Gesicht spiegelte sich eine gewisse Nervosität wider.

»Hör zu, Samsun, ich werde nicht zulassen, dass dir etwas passiert«, sagte İkmen. »Einer meiner Männer wird draußen auf dem Flur Wache stehen, bis du das Krankenhaus verlässt.«

»Und danach?« Besorgt suchte sie in seinem Gesicht nach einer beruhigenden Antwort.

»Bis dahin müsste der Täter längst hinter Schloss und Riegel sitzen, und seine Familie lasse ich strengstens überwachen.«

»Ist das dein Ernst, Çetin? Ich meine, du sagst das jetzt nicht nur, um ...«

»Ich gebe dir mein Wort darauf«, erwiderte İkmen mit ernstem Gesicht. »Sowohl als Cousin wie auch als Gesetzeshüter garantiere ich, dass dir nichts Schlimmes widerfahren wird«, fuhr er fort und nahm ihre Hand in seine, was ein kleines Lächeln auf ihr Gesicht zauberte.

»Also gut«, sagte sie nach einer Weile, »ich schätze, ich könnte vielleicht eine Beschreibung ...«

»Braves Mädchen!«, rief İkmen begeistert und schlug sein Notizbuch auf. »Also ...?«

»Also ...«, setzte Samsun an.

Während İkmen jedes ihrer Worte sorgfältig aufnahm – wobei ihn einige Details ziemlich überraschten –, beschäftigte sich dennoch ein Teil seines Gehirns mit der Frage, wie um alles in der Welt er sein Versprechen halten sollte, Samsun vor weiterem Schaden zu bewahren. Schließlich war sie nicht gerade unauffällig – ganz zu schweigen von der Frage, woher er genügend Männer nehmen sollte, um die Wohnung des Täters zu überwachen. Doch dann tröstete er sich mit dem Gedanken, dass er als Türke einfach auf die unergründlichen Wege des Schicksals vertrauen musste. Die Tatsache, dass er eigentlich gar nicht an Kismet glaubte, tat dabei nichts zur Sache, beschloss er.

12

An diesem Morgen kam die Dämmerung erst spät, wie üblich während der Wintermonate. Çetin İkmen stand mit gezückter, allerdings nicht geladener Pistole – was jedoch nur er selbst wusste – vor der Wohnungstür der Vloras und war in diesem Augenblick dankbar für die kurzen Tage. Denn die langen Stunden der Dunkelheit hatten es ihm ermöglicht, zahlreiche seiner Männer ungesehen rund um das Haus auf der Tahtakale Caddesi zu postieren. Im Inneren der Wohnung konnte sich eine große Zahl von Personen aufhalten, die gegenüber der Polizei möglicherweise bewaffneten Widerstand leisteten. Und obwohl İkmen wusste, dass er an dieser Tatsache nichts ändern konnte, indem er dem offensichtlich nervösen Orhan Tepe an seiner Seite beruhigend zunickte, schenkte er ihm trotzdem ein aufmunterndes Lächeln. Schließlich kostete es ihn nichts, und das angespannte Grinsen, das er als Antwort erhielt, war die Mühe wert. Vor der dünnen Wohnungstür, die Yıldız wenige Tage zuvor eingetreten hatte, waren zwei Uniformierte mit einem Rammbock postiert. İkmen warf ihnen einen Blick zu und formte mit den Lippen: »Jetzt!«

In dem darauf folgenden Durcheinander mischten sich das Splittern der Tür und die Kommandos der Beamten mit Frauengeschrei und dem panischen Getrappel auf dem kahlen Fußboden. Die Luft war erfüllt von einem durchdringenden Geruch, den İkmen sofort als den betäubenden Duft von Cannabis identifizierte.

»Mmm«, sagte er, während seine Beamten ihm einen Weg in das Schlafzimmer bahnten. »Drogenbesitz und gewalttätige Übergriffe. Was kommt wohl als Nächstes?«, fügte er mit einem Blick auf Tepe hinzu.

Statt einer Antwort lächelte Tepe nur kurz und folgte den Uniformierten in den Raum.

Angeliki und Aryan Vlora wurden von einigen Beamten in der Küche gestellt, aber die beiden anderen Brüder waren in ihren Betten überrascht worden. Offensichtlich waren sie bis zum Eintreffen der Polizei anderweitig beschäftigt gewesen: Die Frau in Mehtis Bett wirkte mit ihrer hellen Haut und dem aschblonden Haar sehr westeuropäisch, während die kleine, dunkle Gestalt neben Mehmet vermutlich aus Albanien stammte. Möglicherweise war sie seine Frau.

»Was fällt euch ein, hier einfach so einzudringen!«, brüllte Mehmet Vlora, als İkmen und Tepe eintraten. »Eure Leute waren doch gestern schon hier. Männer in weißen Overalls, die einfach alles mitgenommen haben ...«

»Die Spurensicherung, richtig, wegen des Mordes an Rifat Berisha. Im Augenblick stehen sie wieder draußen und warten nur darauf, dass ich sie reinrufe. Ich denke, Sie haben sie erwartet, wenn auch nicht so schnell, dem Geruch in dieser Wohnung nach zu urteilen. Aber deswegen bin ich nicht hier, und ich bin auch nicht gekommen, um mit Ihnen zu reden, Mehmet. Stattdessen würde ich mich gerne mal mit Mehti unterhalten«, sagte İkmen und grinste den Angesprochenen an, »und zwar über einen sehr hässlichen Angriff auf einen gewissen Samsun Bajraktar, im Laufe des gestrigen Abends.«

»Er war die ganze Zeit hier bei uns!«, knurrte Mehmet, jedoch eher in Richtung des großen Polizeibeamten, der ihm inzwischen eine Hand auf die Schulter gelegt hatte.

»Was geht hier vor?«, fragte die blonde Frau auf Englisch.

»Diese Durchsuchung betrifft eine Gewalttat, die Ihr Freund hier möglicherweise begangen hat«, erwiderte İkmen auf Englisch, »und des Weiteren den Besitz von Haschisch – wo wir schon mal dabei sind.«

»Damit habe ich absolut nichts zu tun!«, fauchte die Frau ihn an und zog ein ziemlich schmuddeliges Bettlaken über ihren nackten Körper. »Und außerdem ist er nicht mein Freund, falls Sie das denken sollten!«

İkmen lächelte. »Das ist vielleicht auch besser so, oder?« Dann wandte er sich auf Türkisch wieder an Mehti. »Zu Ihrem großen Pech, Herr Vlora, konnte uns der junge Wachmann, der vermutlich Samsun Bajraktars Leben gerettet hat, eine sehr genaue Beschreibung von Ihnen geben, einschließlich ...«, er deutete mit dem Kopf auf eine smaragdgrüne Windjacke, die auf dem Boden lag, »... Ihrer Kleidung.«

»Aber ...«

»Ich will, dass die gesamte Sippe auf die Wache gebracht wird«, wandte İkmen sich an seine Männer.

»Zieht euch an«, befahl Tepe den beiden Albanern.

Schweigend und offenbar ein wenig eingeschüchtert, streiften Mehmet und Mehti Hosen, Hemden und Socken über und forderten die beiden Frauen leise auf, sich ebenfalls anzukleiden. Und obwohl das englischsprachige Mädchen immer noch sehr aufgebracht wirkte, tat sie es ohne weiteren Kommentar.

Während İkmen zurück in Richtung Flur ging, erinnerte er seine Untergebenen daran, dass Mehti Vloras Kleidung später gerichtsmedizinisch untersucht werden müsse. Außerdem sollten sie ihn auffordern, ein paar Sachen zum Wechseln einzupacken, da es durchaus sein könnte, dass er länger auf der Wache festgehalten würde. Im Flur angekommen, schwand seine bis dahin arrogante, aber gutmütige Haltung schlagartig, als er die wutschnaubende alte Frau erblickte, die ihn bitterböse anstarrte.

»Du Schwein!«, zischte Angeliki Vlora und spuckte ihn an, während sie ihre krummen Finger aus dem unerbittlichen Griff eines untersetzten Wachtmeisters zu befreien versuchte.

»Wir haben Kokain bei ihr gefunden«, sagte der Beamte.

»Oh, oh«, meinte İkmen und beugte sich vor, um der wütenden Alten direkt ins Gesicht zu sehen, »das ist aber gar nicht gut, Angeliki.«

»Keiner meiner Söhne war an dem Überfall auf diese Tunte beteiligt! Keiner von ihnen!«

»Habe ich denn behauptet, dass sie es wären?«, erwiderte İkmen mit gespielter Unschuldsmiene. »Ich denke nicht.« Dann sah er den Wachtmeister an, der die Frau festhielt, und fragte: »Während Sie in der Küche waren, Bilgen, hat da irgendjemand Frau Vlora erzählt, warum wir hier sind?«

»Nein, Inspektor.«

İkmen wandte sich wieder der Frau zu. »Also entweder können Sie neuerdings durch Lärm und dicke Wände hören, oder die Lage wird für Sie immer ernster.«

»Du Hexenkind!«, zischte die Frau. »Ich weiß, warum du uns verfolgst!«

»Tatsächlich? Und warum?«

»Weil du faul bist! Weil meine Jungs passende Sündenböcke für den Mord an dem Berisha-Jungen abgeben! Und weil ich dir die Wahrheit über den Tod deiner Mutter gesagt habe und du sie nicht wahrhaben willst!«

Von ihren Worten getroffen, fuhr İkmen die Alte zornig an. »Zu Ihrer Information«, sagte er mit zusammengebissenen Zähnen, »ich zähle zu den gewissenhaftesten Kriminalbeamten, die Sie in dieser Stadt finden können. Und ich hätte Ihre ›Jungs‹ innerhalb von vierundzwanzig Stunden nach Rifats Ermordung verhaften lassen können, wenn ich es gewollt hätte und wenn ich von ihrer Schuld überzeugt gewesen wäre. Aber das bin ich nicht. Allerdings bin ich auch nicht vom Gegenteil überzeugt.« Er schwieg einen kurzen Moment, um sich eine Zigarette anzuzünden, ließ die Frau aber keinen Augenblick aus den Augen. »Und was meine Mutter betrifft: Bisher konnte Ihre Geschichte von niemandem bestätigt werden.«

»Und auf das Wort einer albanischen Frau verlässt du dich natürlich nicht, oh nein!«

»Nicht, wenn diese Frau Verbrechern Unterschlupf gewährt und mit Drogen handelt. Täten Sie das etwa?«

Sie zuckte die Achseln. »Wenn du die richtigen Leute fragen würdest …«

»Was meinen Sie damit?«, fragte er und starrte in ihre verschlagenen, gelblichen Augen, auf der Suche nach weiteren Lügen.

»Falls Ahmet Bajraktar noch unter den Lebenden weilt …«

»Mein Onkel?«

»Genau der. Der Bruder der Hexe. Er weiß Bescheid, İkmen.« Ihre trocknen Lippen verzogen sich zu einem dünnen Lächeln. »Er weiß alles.«

»Was ...«

»Sollen wir diese Truppe jetzt nach unten bringen, Chef?«, fragte Tepe, der mit den anderen ebenfalls in den Flur gekommen war, und brach damit den Bann, der einen kurzen Moment zwischen İkmen und Angeliki Vlora bestanden hatte.

İkmen wandte sich von der Alten ab und sah seinen Assistenten an, der ihn fragend anblickte.

»Ja«, sagte er, und nachdem er offensichtlich wieder an Kraft und Entschlossenheit gewonnen hatte, fügte er hinzu: »Ja, bringen Sie sie runter in den Wagen. Aber passen Sie auf, dass sie nicht miteinander reden. Ach ja, und sagen Sie den Männern von der Spurensicherung, die Wohnung gehört jetzt ihnen.«

»In Ordnung.«

Während die Beamten die Verhafteten aus der Wohnung führten, wischte İkmen sich mit zittriger Hand die kleine Schweißperle von der Stirn, die sich trotz der Kälte über seiner Augenbraue gebildet hatte.

Das Frühstück zählte nicht zu den Mahlzeiten, die Zelfa Halman regelmäßig einnahm. Meistens reichten ihr eine Tasse Kaffee und drei Zigaretten. An diesem Morgen jedoch fühlte sie sich seltsam schwindlig, und sie hatte das Gefühl, dass sie ausnahmsweise doch ein paar Bissen essen sollte. Das mussten die Nachwirkungen des Champagners sein, dachte sie. Zwar hatte sie am Abend zuvor nur zwei Gläser getrunken, andererseits konnte sie aber schon lange nicht mehr so viel vertragen wie früher. Es war schon viele Jahre her, dass sie fünf Guinness und mehrere doppelte Whisky hinunterspülen konnte – und hätte sie es am gestrigen Abend erneut versucht, dann wäre ihr Kater sicher gerechtfertigt gewesen. Da dies jedoch nicht zutraf, bestellte sie in dem kleinen Café gegenüber ihrer Praxis ziemlich widerwillig Tee und etwas zu essen.

Als das eigentlich ganz appetitlich wirkende Frühstück mit Käse, Honig und Brot serviert wurde, sorgte der Anblick des hart gekochten Eis dafür, dass ihr richtig übel wurde. Während sich ihr Magen zusammenkrümmte, nahm sie das Ei vorsichtig mit der Serviette und legte es auf den leeren Tisch neben sich. Dann trank sie einen Schluck Tee und warf einen Blick auf ihre Uhr, bevor sie sich dem restlichen Essen auf ihrem Teller widmete. Sie hatte noch eine halbe Stunde Zeit bis zu ihrem ersten Termin, was hoffentlich ausreichte, um ihren armen, geschundenen Körper wieder mit etwas Leben zu füllen. Mit zittriger Hand griff sie nach ihrem Messer.

»Hallo, Doc«, sprach sie plötzlich eine junge, männliche Stimme an, die sie aufgrund des perfekten Englischs sofort wiedererkannte.

»Hallo, Ali«, sagte sie und versuchte, nicht zu erschrocken zu wirken, als sie seine tief in den Höhlen liegenden Augen sah, die sie amüsiert betrachteten. »Was machst du denn hier?«

»Ich wollte eine Tasse Tee trinken«, erwiderte er und ließ sich unaufgefordert auf dem Stuhl ihr gegenüber nieder. Und als könnte er ihre Gedanken lesen, fügte er hinzu: »Mit dem Trinken habe ich kein Problem, das wissen Sie doch.«

»Nur essen willst du nichts«, sagte Zelfa und biss ohne rechte Begeisterung in ihren Käse.

»Vielleicht später.« Er lächelte. »Aber nicht jetzt.« Dann beugte er sich vor und meinte: »Ich weiß, dass Sie gestern Abend mit meinem Vater telefoniert haben, und ich weiß auch, worüber Sie gesprochen haben.«

Zelfa seufzte. »Dann weißt du ja so gut wie ich, dass er sich große Sorgen macht und nur dein Bestes will.«

Der Junge betrachtete ihre kläglichen Bemühungen, einen Happen zu essen, mit einer gewissen Selbstgefälligkeit, wie Zelfa bemerkte.

»Das hat er *Ihnen* erzählt«, erwiderte er. »*Mir* hat er erzählt, dass er meine Verrücktheit satt ist und mich in eine Anstalt einweisen lässt, wenn ich nicht bald so bin, wie er mich haben will.«

»Ich bin sicher, dass er es nicht so gemeint hat.«

»Doch, das hat er! Ich kenne ihn!« Seine Augen starrten sie noch intensiver an. »Mein Vater ist kein netter Mensch. Er tut Menschen weh. Er hat meine Mutter mit seiner Gleichgültigkeit und seinem mangelnden Verständnis tief verletzt. Aber wir alle«, fügte er traurig hinzu, »waren an diesem Drama nicht ganz unbeteiligt.«

»Ali«, sagte Zelfa sanft, »wir haben ja bereits über den Tod deiner Mutter gesprochen, und ich habe den Eindruck, dass hier noch viel Arbeit auf uns wartet. Aber deine Schuldgefühle sind völlig unverhältnismäßig. Du warst damals noch ein Kind; was hättest du denn tun können? So wie ich es sehe, war deine Mutter eine sehr unglückliche Frau.«

»Was wissen Sie schon von ihr?«, fuhr er sie an. »Ich will darüber nicht reden! Der Tod. Das interessiert mich nicht! Ich will über mich reden, und ich will, dass Sie dafür sorgen, dass mein Vater mich nicht in irgendeine lausige Anstalt steckt!« Dann sah er ihr tief in die Augen und sagte flehentlich: »Das werden Sie doch nicht zulassen, Dr. Halman? Ich meine, ich bin doch nicht verrückt.«

»Zum jetzigen Zeitpunkt könnte und würde ich dich ganz bestimmt nicht einweisen lassen, Ali«, formulierte Zelfa ruhig, aber sorgfältig ihre Antwort, um sich zukünftige Entscheidungen offen zu halten.

Doch der Junge schien sie gar nicht zu hören. »Denn im Gegensatz zu meiner Mutter habe ich nicht vor, mir das Leben zu nehmen. Ich möchte lediglich mein Leben auf eine Weise führen, die meinem Wesen entspricht. Ich bin kein billiger Abzocker wie mein Vater, ich bin ein Gentleman. Ich habe Manieren, ich schütze die Ehre meiner geliebten Schwester, ich kleide mich schlicht, aber elegant.« Mit arrogantem Blick betrachtete er die anderen Gäste im Café und verzog angewidert das Gesicht.

Seine verbale Gewandtheit in Kombination mit seiner Schuluniform ließ Zelfa einen Moment schweigen. Sie musste an Mehmet Süleyman denken. War er während seiner Schulzeit vielleicht ähnlich aufgetreten? Ernsthaft, charmant, mit guten Manieren – allerdings ohne diese fiebrige Unruhe, die den Blick dieses Jungen hier kennzeichnete. Mehmet Süleyman. Ihr Geliebter, ihr Verlobter, ihr zukünftiger Ehemann. Sie zwang sich, bei dem Gedanken an ihn nicht zu lächeln, und wandte sich wieder Ali zu.

»Hör mal, Ali«, begann sie und legte ihr Messer auf den Teller. »Dein Vater will doch nur, dass du vernünftig isst und mit deinen Altersgenossen einigermaßen zurechtkommst. Ich weiß, dass du Schlafprobleme hast, aber wenn du die Tabletten nicht nimmst, die ich dir gegeben habe …«

»Aber ich mag die Nacht, Dr. Halman!«, rief er aufgebracht. »Meine Schwester und ich, wir sind immer bis tief in die Nacht aufgeblieben. Das habe ich Ihnen doch schon erzählt. Nachts ist es einfach wundervoll mit ihr.« Er lächelte. »Und außerdem war es für sie in England nicht leicht, tagsüber auszugehen.«

»Wegen der Krankheit deiner Mutter?«, fragte Zelfa und versuchte, sich an das Gespräch zu erinnern, das sie bei einer der ersten Sitzungen mit Ali über seine ältere Schwester geführt hatte.

»Zum Teil.« Er wandte den Kopf ab.

»Aber du weißt schon, dass du nicht wirklich in deinem eigenen Horrorroman leben kannst, oder?«, fuhr Zelfa unbeirrt fort. »Es mag sein, dass du dein Leben bisher als eine Aneinanderreihung von Horror…«

»Meine Mutter hat *Dracula* gelesen, als sie mit meiner Schwester schwanger war.«

»Und?«, fragte Zelfa stirnrunzelnd.

»Ach, das ist nur eine Feststellung«, sagte er, zuckte die Achseln und wirkte wieder wie ein schmollender Teenager. »Mum mochte diese Sachen. Genau wie meine Schwester. Ich bin also nicht der Einzige.«

Wahrscheinlich war das für eine suizidgefährdete Frau nicht gerade die beste Lektüre, ob sie nun schwanger war oder nicht, dachte Zelfa. Sie fragte sich, was die Frau wohl gelesen hatte, kurz bevor sie sich das Leben nahm.

»Deine Mutter war schon immer depressiv, oder?«, fragte sie. »Das ist für alle Personen im Umfeld immer sehr schwierig. Depressive können die Menschen in ihrer Umgebung beeinflussen und sie – häufig unabsichtlich – in ihre eigene dunkle Welt hinabziehen.«

»Sie verstehen es immer noch nicht, oder?«, sagte er müde.

»Nein, du hast Recht, aber wenn wir intensiver über diese Themen sprechen würden …«

»Mum ist nicht der Grund, warum mein Vater mich in eine Anstalt einweisen lassen will.«

»Da stimme ich dir zu«, sagte Zelfa in ruhigem Ton, »aber ich bin durchaus der Ansicht, dass der Selbstmord deiner Mutter dir noch immer Probleme bereitet und dass diese dein gegenwärtiges Verhalten beeinflussen. Dein Zustand hat sich in letzter Zeit nicht gerade verbessert, Ali. Ich meine, diese fixe Idee, dass du eingewiesen werden könntest ...«

»Aber er hat es wirklich vor, Dr. Halman! Das ist keine Wahnvorstellung! Sie müssen mir glauben!«

»Was ich glaube oder nicht, steht hier nicht zur Debatte, Ali«, sagte Zelfa. »Im Gegenteil: Das, was *du* glaubst, macht mir Sorgen. Wir müssen uns damit beschäftigen, wieso du auf die Idee kommst, dass auch nur entfernt die Möglichkeit bestünde, dich einweisen zu lassen. Ich denke, dass dieses Thema sehr eng mit unangenehmen Ereignissen aus der Vergangenheit verknüpft ist.«

Er senkte den Kopf und legte ihn auf seine mageren Schultern, wie ein unglückliches kleines Kind. Und obwohl Zelfa den Jungen bei diesem Anblick am liebsten in den Arm genommen hätte, um seinem ausgehungerten Körper etwas Wärme und Trost zu spenden, widerstand sie diesem unprofessionellen Impuls. Trotz ihres vollen Terminkalenders meinte sie schließlich: »Hör mal, Ali, du bist heute offensichtlich sehr aufgewühlt. Warum kommst du nicht nach der Schule zu mir? Wir können in meiner Praxis viel besser reden.«

»Aber muss mein Vater dafür nicht zusätzlich zahlen ...«

»Ich bin mir sicher, dass es ihm nichts ausmacht, wenn er erkennt, wie wichtig das für dich ist. Schließlich möchte er doch, dass es dir besser geht.« Da sie sich inzwischen ein bisschen weniger schwindlig fühlte als bei Alis Ankunft, nahm sie einen großen Schluck Tee.

Ali wirkte immer noch unsicher.

Um seine Unentschlossenheit zu durchbrechen, sagte Zelfa schließlich: »Wie wäre es, wenn ich die Sitzung heute Nachmittag nicht in Rechnung stelle? Dein Vater zahlt doch für Donnerstag sowieso.«

»Sind Sie sicher?«

»Ja.« Dieser Junge war sehr krank, und wenn sie es richtig einschätzte, würde sich sein Zustand möglicherweise noch verschlimmern. Sie sollte versuchen, alles zu tun, um ihm zu helfen – auch wenn das bedeutete, dass sie dabei finanzielle Einbußen erlitt. Und außerdem faszinierte sie dieser Junge, das musste sie zugeben. Er hatte etwas Ungewöhnliches an sich, das ihr berufliches Interesse weckte. Offenbar war er besessen von seiner eigenen Form der Realität, wobei die Furcht, »weggesperrt« zu werden, sich mit einer dunklen Faszination für alles Makabere vermischte – im Grunde erinnerte Ali Evren sie an Edgar Allan Poe.

Der Junge lächelte wieder und stand auf. »Dann sehe ich Sie also heute Nachmittag, Dr. Halman«, sagte er und unterstrich seine Worte mit einer kleinen Verbeugung.

»Okay. Aber versprich mir, dass du versuchen wirst, mit mindestens einem deiner Klassenkameraden zu reden.«

»Ich rede nicht mit minderwertigen Kreaturen«, erwiderte er scharf.

Und dann war er auch schon verschwunden. Zelfa warf erneut einen Blick auf die Uhr, bevor ihre Gedanken wieder zu ihrem Liebsten abschweiften und zu der Frage, wie es wohl sein würde, mit ihm verheiratet zu sein. Sie wusste von dem vereinbarten Treffen zwischen den Süleyman-Brüdern und ihrem Vater, dem Murad Süleyman vermutlich die »gute Neuigkeit« schon überbracht hatte. Ob auch Mehmets Mutter schon informiert war, wusste Zelfa nicht; vielleicht lebte sie zurzeit noch in seliger Unwissenheit, wie Zelfas eigener Vater. *Du musst es deinem alten Herrn bald erzählen*, mahnte ihr schlechtes Gewissen.

»Ich bin mir nicht sicher, ob ich mit dieser ganzen Geschichte wirklich glücklich bin, Çetin«, sagte Mehmet Süleyman, während er İkmen zu den Vernehmungszimmern begleitete. »Ich meine, wenn sich deine Ermittlungen auf diesen Mann konzentrieren ...«

»Deswegen will ich ja, dass Tepe seinen Brüdern ordentlich einheizt«, erwiderte İkmen lebhaft. »Und außerdem brauche ich deine Hilfe, das habe ich dir doch schon erklärt.«

»Ja.«

Die beiden Männer verfielen in Schweigen. İkmen brauchte den Abstand, um die unerwünschten Dämonen rund um den Tod seiner Mutter zu verbannen. Währenddessen dachte Süleyman darüber nach, was sein ehemaliger Vorgesetzter ihm erzählt hatte – dass İkmen das Gefühl hatte, die Beschäftigung mit seiner Mutter führe ihn von den wirklich wichtigen Dingen in diesem Ermittlungsfall, nämlich Rifat Berishas Ermordung, immer weiter fort. Da er selbst gegenwärtig nicht so viel zu tun hatte, war Süleyman zeitlich durchaus in der Lage, İkmen zu helfen, sich wieder richtig auf den Fall zu konzentrieren. Wenn nur Tepe das Ganze nicht so persönlich nehmen würde, dachte Süleyman.

Kurz bevor sie Vernehmungszimmer 1 betraten, breitete sich auf İkmens sorgenvollem Gesicht ein Lächeln aus. Er streckte seinem Kollegen die Hand entgegen und sagte freudestrahlend: »Ach, bevor ich es vergesse, Mehmet – herzlichen Glückwunsch zu deiner bevorstehenden Hochzeit!«

»Danke«, sagte Süleyman und schüttelte freudig die ausgestreckte Hand. »Ich wollte es dir gestern selbst erzählen, aber …«

»Ich war anderweitig beschäftigt«, ergänzte der Alte und öffnete die Tür zum Vernehmungszimmer. »Cohen hat mich angerufen.«

»Oh.«

Mehti Vlora wirkte noch schmächtiger als sonst, während er mit eingefallenen Schultern auf seinem Stuhl saß und den Wachmann anstarrte, der ihn von der anderen Seite des Raumes mit ausdruckslosem Gesicht betrachtete. Seit Mehtis Einlieferung auf dem Revier waren mehrere Stunden vergangen, und İkmen wusste, dass sein Verlangen nach einer Zigarette jetzt ziemlich groß sein musste. Er warf eine halb volle Schachtel vor dem Verdächtigen auf den Tisch und gab ihm zu verstehen, dass er sich selbst bedienen solle. Widerwillig griff Mehti zu.

Als Verhörleiter machte İkmen den Inhaftierten erneut darauf aufmerksam, dass er ein Recht darauf hatte, während des Verhörs einen Anwalt hinzuzuziehen, was Mehti jedoch erneut ablehnte. Nachdem die vorbereitenden Maßnahmen wie die rechtliche Belehrung und die Überprüfung des Kassettenrekorders abgeschlossen waren, begann İkmen mit der Vernehmung, die zunächst sehr schleppend in Gang kam.

»Dann erzählen Sie mir mal von der Fehde mit den Berishas«, sagte er.

»Ich dachte, ich wäre wegen des Überfalls auf diese Tunte hier«, erwiderte Mehti.

İkmen lächelte. »Darauf kommen wir zu gegebener Zeit noch zu sprechen. Wie wär's, wenn Sie mir in der Zwischenzeit ein wenig die Vorgeschichte erzählten, Mehti? Ich nehme doch mal an, dass diese Blutfehde bereits in Ghegerien begonnen hat?«

»Ja.«

Süleyman, der nicht die geringste Vorstellung hatte, was Ghegerien war oder wo es lag, machte ein ausdrucksloses Gesicht, fixierte aber den Inhaftierten unverwandt.

»Und weiter?«, drängte İkmen.

Mehti Vlora zuckte die Schultern. »Die Berishas hassen uns, und wir hassen sie. Was gibt es da groß zu erzählen?«

»Na, zum Beispiel, was im Zuge dieser Fehde alles passiert ist, seit Sie in diesem Land sind«, erwiderte İkmen.

»Warum fragen Sie das ausgerechnet mich?« Plötzlich sprang Mehti wütend auf, wurde aber von dem Wachmann sofort wieder auf seinen Stuhl gedrückt.

İkmen beugte sich über den Tisch. »Weil es den Anschein hat«, sagte er, »als ob ich seit Rifat Berishas Tod nur noch von Fehden zwischen Albanern zu hören bekomme! Auch Samsun Bajraktar ist Albaner ...«

»Ja, und Sie gehören auch zu seiner Familie!«

»Lassen wir mich mal da raus, okay?«, knurrte İkmen mit zusammengebissenen Zähnen. »Mir reicht es langsam, dauernd von meiner angeblichen Verstrickung in diese ganze Geschichte zu hören! Ich will wissen, wie sich die Fehde seit Ihrer Ankunft in der Türkei entwickelt hat!«

»Da sollten Sie besser Rahman Berisha fragen!«

»Weshalb?«

»Weil er unseren kleinen Bruder Dhori umgebracht hat, deshalb!«, erwiderte Mehti und schlug scheinbar triumphierend mit der Faust auf den Tisch.

Süleyman, der bis zu diesem Zeitpunkt nicht das Gefühl hatte, irgendetwas zu der Vernehmung beitragen zu können, räusperte sich jetzt. »Und dieser ›Mord‹, Herr Vlora, wann genau geschah der?«

Offenbar ermattet von seinem vorangegangenen Wutausbruch, murrte Mehti: »Ich weiß es nicht. Vor dem Beginn des letzten Jahres ... im Sommer ...«

»1999?«

»Ich schätze, ja.«

İkmen sah Süleyman fragend an, der daraufhin die Achseln zuckte.

»Ich glaube nicht, dass mein Kollege oder ich uns an den Fall erinnern können«, sagte İkmen.

Mehti sah İkmen direkt in die Augen. »Das liegt wohl daran, dass Rahman die Leiche versteckt hat«, erwiderte er.

Süleyman hatte erneut den Eindruck, dass dieser Fall über seinen Verstand ging, fragte aber nichtsdestotrotz: »Warum?«

»Ich weiß es nicht! Fragen Sie doch Berisha! Seit dieser Zeit haben wir überall nach Dhori gesucht, aber ...« Er ließ den Kopf sinken, um zu verbergen, dass sich seine Augen mit Tränen füllten. »Aber wir haben ihn nicht gefunden.«

İkmen wusste, dass es sinnlos war, Mehti zu fragen, warum die Vloras das Verschwinden ihres Bruders nicht bei der Polizei gemeldet hatten. Stattdessen richtete er seine Aufmerksamkeit auf mögliche andere Erklärungen für Dhori Vloras Verbleib.

»Aber könnte Dhori nicht einfach in eine andere Stadt gezogen sein?«, fragte er. »Oder könnte ihn sonst jemand getötet haben?«

»Dhori hatte keine Feinde außer den Berishas!«, entgegnete Mehti aufgebracht. »Er war ein guter Junge. Jeder mochte ihn. Er hatte sogar eine alte Frau gefunden, die bereit war, ihn finanziell ein wenig zu unterstützen!«

»Eine Europäerin?«, fragte İkmen in scharfem Ton, da er sich an Mehtis englischsprachige Freundin erinnerte.

»Wieso?«

»Weil diese Frauen offenbar einen besonderen Reiz auf euch ausüben«, erwiderte İkmen, und als er sich an die Freundschaft zwischen Rifat Berisha und Felicity Evren erinnerte, fügte er hinzu: »Wie anscheinend auf viele eurer Leute.«

Doch Mehti reagierte nicht darauf. Nach einer Weile sagte er: »Ich weiß nicht, wer die Frau war; ich hab sie nie getroffen. Dhori hat viel für sich behalten.«

İkmen lehnte sich in seinem Stuhl zurück, fixierte die gegenüberliegende Wand und ließ seinen Kollegen die nächste Frage stellen.

»Mal angenommen, Rahman Berisha hat Ihren Bruder wirklich getötet«, sagte Süleyman, »dann muss er dafür doch einen Grund gehabt haben.«

Mehti Vlora senkte den Blick. »*Gjakmaria*, Blutrache …«

»Was, gemäß Ihren Sitten, bedeuten würde«, fuhr Süleyman fort, »dass Ihre Familie noch vor dem Tod Ihres Bruders das Blut der Berishas vergossen hat.«

Mehti gab keine Antwort.

»Wäre das nicht auch etwas, was wir die Berishas fragen könnten, Inspektor?«, wandte İkmen sich an seinen Kollegen, scheinbar wieder aus seinen Träumen erwacht.

»Ja, da haben Sie Recht«, sagte Süleyman mit einem Lächeln.

»Rifat Berisha hat nur das bekommen, was er verdient hat.«

İkmen und Süleyman blickten ihren Gefangenen interessiert an.

»Ach, tatsächlich?«

»Und haben Sie persönlich dafür gesorgt, dass er bekam, was er verdiente, Mehti? War das der Grund, warum Sie Samsun Bajraktar zum Schweigen bringen wollten? Für den Fall, dass er mir zu viel über Ihre Vergangenheit mit den Berishas erzählt hatte – beispielsweise, warum Rahman Ihren Bruder getötet hat?«

Einen Moment lang schien es, als hätte Mehti Vlora beschlossen, die Fragen zu ignorieren. Er wirkte völlig abwesend. Als er schließlich doch reagierte, kamen seine Worte nur leise aus seinem Mund.

»Ich möchte Ihnen ein Geschäft vorschlagen«, sagte er.

İkmen beugte sich vor und runzelte die Stirn.

»Könnten Sie das bitte noch einmal wiederholen, Herr Vlora?«, fragte er. »Damit wir es auch auf der Kassette verstehen können.«

»Ich möchte mit Ihnen ein Geschäft machen«, sagte Mehti, diesmal mit klarer Stimme. »Ich liefere Ihnen Rifats Mörder und Sie lassen meine Familie frei.«

İkmen warf Süleyman einen Blick zu und seufzte dann schwer.

»Also gut«, sagte er, »lassen Sie mal die Details hören, und dann will ich sehen, was ich machen kann.«

Mehti Vloras Aussage wurde in Form eines Diktats festgehalten, da er nicht gut schreiben konnte. Noch bevor Mehti seine Geschichte zu Protokoll gab, wurden Aryan Vlora und die beiden jungen Frauen auf freien Fuß gesetzt – eher als Geste denn als Teil des Abkommens. Denn im Gegensatz zu Angeliki und Mehmet Vlora waren weder Aryan noch die Frauen bei ihrer Verhaftung im Besitz von Drogen gewesen; daher ordnete İkmen nur die Freilassung derjenigen an, die er sowieso hätte laufen lassen müssen.

Gemäß seiner Aussage hatte Mehti Vlora Rifat Berisha mehrere Monate lang beobachtet, bevor er ihn schließlich tötete. Er wusste, dass Rifat Istanbul zwischendurch für einen längeren Zeitraum verlassen hatte und sich regelmäßig mit einer ausländischen Frau mit einem »verzerrten Gesicht« in schicken und teuren Vierteln der Stadt traf. In der Mordnacht war Mehti ihm zum Haus dieser Frau gefolgt und hatte sich auf der Rückbank von Rifats Wagen versteckt, um auf ihn zu warten. Als Rifat wieder in den Wagen stieg, hatte Mehti ihn ein paar Kilometer fahren lassen, bevor er sich zu erkennen gab und seinem Opfer befahl, am Straßenrand anzuhalten. Dort tötete er Rifat dann mit einem einzigen tiefen Schnitt seines Messers. Anschließend fuhr er den Wagen mit dem toten Rifat Berisha zurück nach Eminönü, wo er die Leiche im Schutz des dichten Nebels in der Nähe der Fähranlegestelle aus dem Wagen warf – dort, wo man sie auch gefunden hatte. Bis dahin schien die Geschichte glaubwürdig – wenn man mal von dem dick aufgetragenen »mit einem einzigen tiefen Schnitt« absah –, obwohl İkmen Mehtis Bruder Mehmet für den überzeugenderen Mörder gehalten hätte. Denn Mehti zeichnete sich durch eine gewisse geistige Zurückgebliebenheit aus, die ihn zu einem irgendwie unglaubwürdigen Schwerverbrecher machte.

Die ersten Unstimmigkeiten in Mehtis Geschichte traten erst in dem Moment auf, als es um die Ereignisse nach der Entsorgung der Leiche ging. Es schien so sinnlos, zu Felicity Evrens Haus in Bebek zurückzufahren und danach den Wagen in Ortaköy abzustellen. Viel logischer wäre es gewesen, den blutgetränkten Wagen vor dem Haus der Evrens zu parken und sie auf diese Weise von Anfang an in die polizeilichen Ermittlungen hineinzuziehen. Denn obwohl Felicity und ihre Familie nicht direkt mit dem Verbrechen in Zusammenhang gebracht worden wären, hätte die Polizei sich mit anderen Dingen als den Vloras beschäftigt, zumindest für einen gewissen Zeitraum. Auf die Frage, warum er diesen offensichtlich unlogischen Schritt getan hatte, erwiderte Mehti einfach, dass er Angst gehabt hätte und nicht wirklich wusste, was er tat – was natürlich möglich war. Die Tatsache, dass er den Fundort des Wagens kannte, schien dabei durchaus von Bedeutung, doch İkmen wusste, wie rasch sich Neuigkeiten von der Berisha-Familie zu den anderen Mitgliedern der albanischen Gemeinschaft ausbreiten konnten.

Ein weiterer kritischer Punkt in Mehtis Aussage betraf den alten Fiat, den er angeblich gestohlen hatte, um Rifat in dieser Nacht hinterherzufahren. Er behauptete, er habe ihn gegenüber vom Haus der Evrens stehen lassen, als er sich gewaltsam Zugang zum Mercedes seines Opfers verschaffte. İkmen wusste jedoch, dass Bebek zu den Stadtvierteln zählte, in denen die Anwohner verlassene Autos der Polizei meldeten, vor allem, wenn die Wagen alt und heruntergekommen wirkten. İkmen beschloss, sich später mit der Verkehrspolizei in Verbindung zu setzen und Mehtis Geschichte zu überprüfen. Außerdem war er ein wenig enttäuscht, dass Mehti weder die bunten Glasscherben im Gesicht des Opfers erwähnt hatte noch den Vorhang, in den der Mörder Rifats Leiche gewickelt hatte. Natürlich konnte Mehti diese Details lediglich vergessen haben; es konnten aber auch Hinweise darauf sein, dass er sich seine

Geschichte nur ausgedacht hatte, vielleicht um seinen rigorosen und rachsüchtigen Verwandten zu imponieren. In diesem Fall würde er mit einer lebenslänglichen Freiheitsstrafe einen hohen Preis dafür zahlen. Zudem gab es noch immer keine Indizien, die Mehtis Geschichte bestätigten. Die Wohnung der Vloras war akribisch untersucht worden, aber es fanden sich nur ein paar alte Blutflecken. Diese mussten zwar noch analysiert werden, aber es schien unwahrscheinlich, dass sie von Rifat Berisha stammten. Und ob sich Fingerabdrücke, Blutspuren oder andere Gewebereste des Verdächtigen unter den Beweismitteln aus Rifats Wagen befanden, blieb auch noch abzuwarten.

Angesichts der vielen Ereignisse, die sich in der Vergangenheit angeblich zwischen den Vloras und Berishas abgespielt hatten, beschloss İkmen, die Berishas noch einmal in ihrer Wohnung auf der Kutucular Caddesi aufzusuchen. Dort würde ein Gespräch mit Rahman Berisha hoffentlich etwas Licht in die Angelegenheit bringen. In der Zwischenzeit machte Süleyman sich auf den Weg zum Haus der Evrens in Bebek. Es war wichtig, herauszufinden, ob die Evrens in der fraglichen Nacht irgendetwas Ungewöhnliches vor ihrem Haus bemerkt hatten. Insbesondere Felicity würde noch einmal befragt werden müssen – schließlich hatte sie İkmen erzählt, sie habe Rifat zuletzt beim Mittagessen gesehen. Aber wenn Mehti Vlora die Wahrheit sagte, konnte das nicht stimmen. Laut Mehti war Rifat an jenem Abend in das Haus der Evrens hineingegangen. Und wenn er nicht seine Freundin besucht hatte, was hatte er dann dort gewollt?

13

Ja, er war hier bei mir«, sagte İlhan Evren ausdruckslos.

»Und was wollte er?«, fragte Süleyman.

Der korpulente Türke rutschte unruhig in seinem Sessel hin und her, bevor er reagierte. »Er wollte Geld.«

Es war nicht leicht, mit einem Mann ein Gespräch zu führen, der seinem Besucher so demonstrativ keinen Platz anbot. Doch Süleyman tröstete sich mit dem Gedanken, dass zumindest seine Position günstiger war: Obwohl es natürlich nicht angenehm war, während des ganzen Gesprächs zu stehen, war es doch Evren, der zu ihm aufblicken musste.

»Und, haben Sie ihm Geld gegeben?«

»Natürlich nicht!«, erwiderte Evren ärgerlich. »Dank meiner Tochter hatte er schließlich bereits einen Wagen! Ich wollte ihm gar nichts mehr geben! Nichts!«

»Nichts *mehr*?«, hakte Süleyman nach und betonte das zweite Wort.

Evren nahm eine dicke Zigarre aus seiner Jacketttasche und ließ sich Zeit.

»Ich habe dafür bezahlt, dass der Junge uns nach London begleitete – Flugtickets, neue Kleidung, einfach alles«, sagte er schließlich.

Süleyman erinnerte sich an İkmens Worte – dass Felicity Evren mit genauen Angaben bezüglich dieser Reise sehr zurückhaltend gewesen war – und wunderte sich, wie offen ihr Vater darüber sprach.

»Warum haben Sie Rifat mit nach London genommen, Herr

Evren?«, fragte er und beobachtete, wie sich die dicken Lippen des Mannes um das Zigarrenende schlossen.

Evren zog ein paarmal an der Zigarre, damit sie besser brannte, und warf einen prüfenden Blick auf das glimmende Ende, bevor er antwortete.

»Herr Berisha war so freundlich, meiner Tochter eine seiner Nieren zu spenden. Felicity hat das schon bei einem Ihrer Leute zu Protokoll gegeben.«

Obwohl er von Felicitys Aussage wusste und die Diskussionen auf der Wache über einen möglichen Organhandel kannte, traf Süleyman diese kühle Erklärung dennoch wie ein Schlag. Allerdings hatte Evren noch mit keinem Wort gesagt, dass er für die Niere tatsächlich bezahlt hatte.

Entnervt über Evrens flegelhafte Manieren, ließ Süleyman sich unaufgefordert in einem der Sessel gegenüber seinem Gastgeber nieder.

»Ihre Tochter hat also …«

»Meine Tochter hat diverse gesundheitliche Probleme«, sagte Evren ungeduldig. »Ich war froh, dass ich in Istanbul einen Dialyseplatz für sie bekommen konnte, aber die Transplantation sollte in London durchgeführt werden. Ich wollte, dass sie die beste medizinische Versorgung erhielt. Ich kenne Dr. Collins; ich habe früher schon mal für ihn gearbeitet. Ich vertraue ihm.«

»Dr. Collins?«

»Der Facharzt, der Berisha die Niere entnahm und sie meiner Tochter einpflanzte. Es ist absolut legal, einem anderen Menschen freiwillig eines seiner Organe zu spenden. Bei dieser Transplantation floss nicht das geringste Geld.«

»Mal abgesehen von Rifats Reisekosten und diesem Mercedes, den Ihre Tochter …«

»Felicity hat das aus eigenem Entschluss getan!«, brauste Evren auf. »Das hat nichts mit mir zu tun! Ich habe sie sogar noch gewarnt. Ich habe ihr gesagt, dass das falsch verstanden werden könnte – und so war es dann ja auch!«

Süleyman runzelte die Stirn. »Was soll das bedeuten?«

»Das bedeutet, dass der Wagen Rifat auf dumme Gedanken gebracht hat.«

»Was für dumme Gedanken?«

»Na, dass er für diese verdammte Niere bezahlt worden wäre!«, brüllte Evren. »Eine derartige Transaktion ist in England illegal. Und das ist genau das, was Rifat mir sagte, als er an jenem Abend hierher kam, um Geld aus mir herauszupressen!«

Plötzlich öffnete sich eine der Türen in Evrens Wohnzimmer – das in Süleymans Augen außergewöhnlich hässlich eingerichtet war. Ein Mann erschien, dem Mehmet im Flur bereits begegnet war, als Evren ihn widerstrebend ins Haus gelassen hatte.

Als Evren ihn sah, verzog sich sein Gesicht zu einem Lächeln. »Es dauert nicht mehr lange, Alexei«, sagte er. »Nimm dir in der Zwischenzeit doch schon mal einen Drink, oder probier den Kaviar. Fühl dich wie zu Hause.«

Der Mann lachte kurz und verschwand wieder – ein fettes und zugleich sprödes Lachen, das mindestens so beunruhigend war wie seine extrem breiten Schultern, dachte Süleyman.

Er wandte sich wieder Evren zu. »Bitte fahren Sie fort. Waren Sie von Berishas Verhalten überrascht oder schockiert?«

»Nein, eigentlich nicht. Er hatte mir anfangs erzählt, er spende Felicity eine seiner Nieren, weil er sie liebe. Aber ich bin ja kein Narr: Ich wusste, dass das nicht stimmen konnte.«

»Warum nicht?«

»Er war Albaner«, schnauzte Evren ihn an. »Die leben in diesen riesigen Sippen, tragen Blutfehden aus und schleppen alles Mögliche an Waffen mit sich herum, um sich zu verteidigen. Die heiraten nur untereinander ... Und außerdem: Haben Sie meine Tochter mal gesehen?«

»Ja.«

»Dann wissen Sie ja, dass sie nicht die Sorte von Frau ist, die ein Mann lieben könnte!«

»Ich ...«

»Felicity ist ein Alptraum!«, zischte er leise. Entschlossen, wenn auch etwas schwerfällig, beugte Evren sich zu Süleyman vor. Sein Gesicht war vor Wut rot angelaufen. »Und das ist sie schon immer gewesen! Eine Missgeburt! Wenn Mary, meine Frau, mir nicht meinen Sohn geschenkt hätte, dann ... Nicht, dass er noch zu irgendetwas zu gebrauchen wäre ...« Er blickte nach unten, auf die Beine von Süleymans Sessel. »Natürlich habe ich das Felicity nie gesagt. Ich habe immer versucht, ihr Selbstvertrauen zu stärken, besonders nach dem Tod ihrer Mutter, den sie nur schwer verkraftet hat. Ich habe ihr alles gegeben, habe sogar nutzlose, erpresserische junge Männer in meinem Haus geduldet.« Sein Blick kehrte zurück zu Süleyman. »Oh nein, Berisha war nicht der Erste! Sobald wir in diese Stadt gezogen waren, tauchten diese Mistkerle auf! Nachbarn, die sich zum Essen einluden, um herauszukriegen, ob wir Geld haben. Aber Berisha war der Einzige, den ich hier länger geduldet habe und der auch dafür bezahlt hat – wenn auch in natura –, für all die Großzügigkeit, die ich meiner Tochter all die Jahre habe durchgehen lassen.«

Zum ersten Mal entdeckte Süleyman so etwas wie Kummer im Gesicht des Mannes, so dass er ein klein wenig Mitleid empfand.

»Meinem Kollegen Inspektor İkmen zufolge hat Ihre Tochter diese Dinge nicht ganz eindeutig geschildert«, sagte er. »Die Nierentransplantation hat sie nur sehr widerstrebend zugegeben, und sie schien ein wenig – sagen wir mal – optimistisch, was ihre körperliche Anziehungskraft auf Männer betrifft.«

»Felicity lebt in einer Phantasiewelt.«

Reflexartig blickte Süleyman sich um.

»Ach, Sie müssen sich keine Sorgen machen, Inspektor«, sagte Evren. »Mein Tochter ist momentan in der Stadt und gibt mein Geld aus.«

»Oh.«

»Ich muss allerdings zugeben, dass ich den Phantasien meiner Tochter nie widersprochen habe«, fuhr Evren fort. »Im Gegenteil: Häufig habe ich sie sogar selbst gefördert – habe ihr erzählt, wie schön sie sei und Ähnliches. Felicity braucht ihre Wahnvorstellungen, um zu überleben. Daher sollten Sie nicht allzu viel von dem glauben, was sie sagt.«

»Wo war Ihre Tochter, als Rifat Berisha hier auftauchte, Herr Evren?«

»Sie war schon zu Bett gegangen, genau wie mein Sohn.«

Er zog einmal an seiner Zigarre und meinte dann: »Er nimmt Tabletten, damit er schlafen kann. Ich habe Rifat hereingelassen. Wir haben hier in diesem Zimmer miteinander gesprochen, so gegen zehn Uhr, und danach habe ich ihn rausgeworfen.«

»Haben Sie vielleicht gesehen, wie Rifat in seinen Wagen gestiegen ist?«, fragte Süleyman.

»Nein, aber ich habe gehört, wie er wegfuhr. Und dann bin ich auch nach oben ins Bett gegangen.«

»Sie haben nicht zufällig irgendwelche anderen Autos vorfahren hören, etwa um die Zeit, als Rifat hier auftauchte?«

Evren zuckte die Achseln. »Keine Ahnung. Nicht, dass ich wüsste.«

»Und haben Sie am Tag nach Rifats Tod irgendeinen verlassenen Wagen hier auf dieser Straße bemerkt?«

»Nein, mir ist keiner aufgefallen. Aber unser Haus liegt auch ziemlich weit von der Straße weg.« Eine ummauerte Auffahrt führte zu Evrens Haus. »Warum?«

Süleyman lächelte ihn auf eine ganz spezielle, unverbindliche Weise an. »Ach, eine reine Routinefrage.«

Hoffentlich würden die Streifenpolizisten, die auf der gesamten Straße von Haus zu Haus gingen und die Nachbarn befragten, jemanden finden, der etwas wachsamer war als İlhan Evren, dachte Süleyman. Obwohl diese Grundstücke nicht so exklusiv waren wie die Anwesen, die direkt an den Bosporus grenzten, handelte es sich dennoch um eine begehrte Wohngegend, in der die Anwohner ihre Wagen im Allgemeinen auf der eigenen Auffahrt parkten. Ein verlassener Wagen – insbesondere ein heruntergekommener grüner Fiat, wie Mehti Vlora ihn beschrieben hatte – würde sofort auffallen. Und vielleicht hatte ja auch die Verkehrspolizei noch weitere Informationen ...

»Womit verdienen Sie Ihren Lebensunterhalt, Herr Evren?«, wechselte Süleyman das Thema. Angesichts des Kontrasts zwischen der äußeren Pracht des Gebäudes und der billigen, fast schmuddeligen Inneneinrichtung interessierte ihn diese Frage besonders.

Evrens dunkle, tief liegende Augen verengten sich. »Wieso?«

In diesem Moment fuhr wie auf Kommando ein großer, goldener Rolls-Royce unter dem Fenster des Wohnzimmers vor.

»Weil das, womit Sie auch immer Ihr Geld verdienen mögen, Herr Evren, Ihnen offensichtlich ein sehr angenehmes Leben ermöglicht. Außerdem haben Sie erwähnt, dass Sie für den Chirurgen gearbeitet hätten, der Ihre Tochter operierte.«

»Ich bin ein ehrlicher Geschäftsmann«, sagte Evren und drückte seine Zigarre im Aschenbecher aus. »Ich verkaufe Kunstobjekte. Für Dr. Collins habe ich mehrere Kunstwerke erstanden. Ich handele nur mit erstklassiger Ware ...« Jemand schob einen Schlüssel in das Schloss der Haustür, öffnete und kam herein. Einen kurzen Moment wirkte Evren etwas nervös, doch dann fuhr er fort: »... die für den westeuropäischen Markt bestimmt ist. Ich importiere Kunstobjekte.«

»Aus Osteuropa?« Als Evren ihn fragend anblickte, fügte Süleyman mit einem İkmen-artigen Lächeln hinzu: »Sie nannten Ihren Freund ›Alexei‹, und das ist, soweit ich weiß, ein slawischer Name. Ich habe nur eins und eins zusammengezählt.« Er lächelte. »Dafür bezahlt uns der Staat schließlich.«

»Ja, ich mache mit den Russen Geschäfte«, sagte Evren und zuckte mit den steifen, dicken Schultern, »aber es ist alles ganz legal. Ich gehöre nicht zu denjenigen, die eine Truppe von Verbrechern in irgendwelche kleinen Dorfkirchen schicken, um deren Ikonen zu plündern. Wenn die Leute sich zum Verkauf an meine Handelsvertreter entschließen – die ihnen übrigens immer einen fairen Preis zahlen –, dann ist das allein ihre Sache.«

»Natürlich.«

»Und außerdem«, fuhr Evren fort, seine eher dubiosen Geschäftspraktiken zu rechtfertigen, »reden wir hier nicht über sehr wertvolle Kunstschätze. Die hat die russische Regierung schon vor langer Zeit von ihren Aristokraten konfisziert. Die wirklich kostbaren Objekte erwerbe ich vielmehr hier, in der Türkei.« Er lächelte Süleyman mit seltsam finsterer Miene an. »Sie wären überrascht, wenn Sie wüssten, wie viele Mitglieder unserer ehemaligen Kaiserfamilie noch genügend Schmuck besitzen, um ihren Kindern das Studium zu finanzieren.«

»Tatsächlich?«, erwiderte Süleyman und kämpfte gegen die Bitterkeit in seiner eigenen Stimme an. Obwohl es fraglich schien, ob Evren jemals Geschäfte mit Süleymans Familie gemacht hatte, war es jemand wie er gewesen, der die wertvolle Sammlung edelsteinbesetzter Zigarrenetuis aus dem Besitz seines Großvaters gekauft hatte – jemand, der Süleymans verzweifeltem Vater alles andere als einen »fairen Preis« bezahlt hatte.

Süleyman wollte Evren gerade fragen, ob diese antiken türkischen Schmuckstücke sowie die russischen Ikonen nach Westeuropa verkauft wurden, als sich hinter ihm die Tür öffnete. Er warf einen Blick in den großen Spiegel, der direkt vor ihm hing, und erkannte Felicity sofort wieder. Obwohl er sie am Nachmittag zuvor nur flüchtig gesehen hatte, als sie vor İkmens Büro stand, war Felicity Evrens Erscheinungsbild so bestürzend, dass man sie nicht so schnell vergaß.

»Daddy, draußen sind ganz viele Polizisten«, sagte sie in ihrer Muttersprache – was für sie als Britin vermutlich bequemer war, dachte Süleyman. Als sie den Polizeibeamten im eigenen Haus bemerkte, lächelte sie offensichtlich angenehm überrascht.

»Inspektor …«, schnaubte Evren und versuchte, sich an Süleymans Namen zu erinnern.

»Süleyman«, kam Mehmet ihm zur Hilfe.

»Genau«, sagte Evren auf Englisch und betrachtete seinen »Gast« jetzt feindselig. »Inspektor Süleyman ist hier, weil er ein paar Fragen zu deinem Freund Rifat hat.«

»Oh.« Felicity lächelte und ging zu einem kunststoffgepolsterten Stuhl am Fenster, so dass sie direkt zwischen den beiden Männern saß. »Ich dachte, ich hätte Inspektor İkmen gestern schon alles erzählt«, sagte sie mild, »aber wenn Sie noch irgendwelche Fragen haben, Inspektor Süleyman …«

»Ich habe ihm gesagt, dass Rifat dir eine Niere gespendet hat«, fiel Evren ihr rasch und irgendwie schroff ins Wort.

Obwohl sie nach außen keinerlei Reaktion auf die Worte ihres Vaters zeigte, verfiel sie eine Weile in Schweigen – und sann offensichtlich über eine Antwort nach.

Als sie schließlich reagierte, kamen ihre Worte langsam und stockend.

»Ich habe Rifat geliebt. Er hat ein tiefes Loch in meinem Leben hinterlassen.«

»Ach, es gibt noch andere junge Männer, mein kleiner Engel«, erwiderte ihr Vater und fügte dann noch eine Bemerkung hinzu, die nach Süleymans Einschätzung fern jeder Realität war: »Wer könnte dich schließlich nicht lieben, mein hübsches kleines Mädchen?«

»Das ist wohl wahr.«

Dann blickte Felicity Evren hinüber zu Süleyman und verzerrte ihr entstelltes Gesicht zu einem Lächeln.

Als İkmen und Tepe eintrafen, befanden sich nur Engelushjia und Rahman Berisha in der Wohnung. Aliya war hinüber zu Mimosa gegangen, um ihr von dem schrecklichen Eingriff zu erzählen, den Rifat für diese fremde Hexe über seinen Körper hatte ergehen lassen. Als sie begriff, dass İkmen gekommen war, um Rahman zu befragen, verließ auch Engelushjia die Wohnung. Obwohl der harsche, graue Winterhimmel kübelweise Regen über der Stadt ausschüttete, ging Engelushjia nicht in die Nachbarswohnung zu ihrer Mutter und deren Cousine, sondern stieg hinauf auf das schmale Dach mit dem Baldachin, das der Familie im Sommer als Zufluchtsort vor der drückenden Hitze im Inneren des Hauses diente. Sie zog ihre dünne Strickjacke fester um die schmächtigen Schultern und beobachtete die Möwen, die sich vor der Skyline von Eminönü kreischend in der Luft balgten. Die graue Winterluft und das aggressive Verhalten der Vögel verstärkten das ungute Gefühl, das die Erwähnung jenes schrecklichen Namens bei ihr hervorgerufen hatte. Als sie die Wohnungstür hinter sich zugezogen hatte, hörte sie gerade noch, wie der Polizeibeamte »Dhori Vlora« sagte, und ihr Herz hatte so sehr zu rasen begonnen, dass sie dachte, sie müsse sterben. Ihr Vater hatte Dhori Vlora getötet, hatte dessen Blut für das seines Sohnes Egrem vergossen. Das wussten alle – zumindest alle Albaner. Die Polizei hatte vermutlich über diese Bajraktar-Schwuchtel davon erfahren. Aber was sie ohne Dhoris Leiche unternehmen konnte, war Engelushjia nicht ganz klar. Vielleicht besaß sie ja Mittel und Wege, möglicherweise brutale, schmerzvolle Mittel und Wege, Rahman davon zu »überzeugen«, sein Wissen über Dhoris Verbleib preiszugeben.

Engelushjia selbst hatte nicht die geringste Idee, wo Dhoris Leiche sich befinden konnte oder warum ihr Vater sie versteckt hatte. Sie wusste lediglich, dass ihr Vater nach Egrems Beerdigung auf einem Stück Ödland in der Nähe des Flughafens – etwas anderes konnten sie sich nicht leisten – noch am hastig aufgeworfenen Grab geschworen hatte, den Tod seines Sohnes mit dem Blut der Vloras zu rächen. Als dann einige Zeit später – Engelushjia wusste nicht mehr genau, wann – Dhori Vlora verschwunden war, machte natürlich das Gerücht die Runde, ihr Vater habe Dhori ermordet. Und tatsächlich schien Rahman seit diesem Zeitpunkt ruhiger und befriedigter, obwohl er selbst sich niemals zu diesem Thema geäußert hatte – bis Rifat seinem Bruder Egrem in den Tod gefolgt war.

Wie lange sie schon auf dem Dach saß, wusste Engelushjia nicht. Doch als sie endlich die beiden Beamten aus dem Haus treten sah – den alten und den netten, attraktiven jungen –, waren ihre Hände ganz blau vor Kälte. Auf ihren tauben Füßen schwankend, suchte sie einen Moment das Gleichgewicht und kletterte dann vorsichtig die Leiter hinunter, um in die elterliche Wohnung zurückzukehren.

Ihr Vater saß noch immer in der Küche, genau dort, wo sie ihn zurückgelassen hatte. Und obwohl er den Kopf müde auf seine Hände aufstützte, wirkte sein Gesicht nicht sonderlich beunruhigt.

Engelushjia ließ sich schweigend auf dem Stuhl gegenüber nieder und sah zu, wie er sich die Zigarette anzündete, die zwischen seinen Lippen klebte. Sie wartete einen Moment und kam dann direkt zur Sache: »Sie haben dich nach Dhori Vlora gefragt, stimmt's?«

Fast reflexartig neigte Rahman seinen Kopf zur Seite. »Ja.«

»Und was hast du ihnen gesagt, Vater? Was hast du ihnen erzählt?«

»Alles, was ich weiß.«

Erschrocken schlug Engelushjia eine Hand vor den Mund,

um den erstickten Schrei zu unterdrücken. Gleichzeitig begann ihr Herz wieder wie wild zu rasen, und Tränen stiegen ihr in die Augen. Wenn ihr Vater der Polizei wirklich »alles« gesagt hatte …

Aber trotz ihrer offensichtlichen Qual lächelte Rahman einfach nur.

»Vater …«

»Ich habe ihnen gesagt, dass ich über Dhori Vloras Tod nichts weiß.«

»Also hast du gelogen!« Erleichtert legte Engelushjia eine Hand auf ihre Brust, schloss die Augen und murmelte leise: »Gelobt sei Allah.«

Rahman sah seiner Tochter direkt in die Augen. »Nein«, sagte er.

»Wie bitte?«

»Nein, ich habe die beiden Beamten nicht angelogen.« Er beobachtete, wie sich die Verwirrung auf dem Gesicht seiner Tochter widerspiegelte. »Ich habe der Polizei die Wahrheit gesagt. So gerne ich Dhori Vlora auch umgebracht hätte – ich habe es nicht getan. Um ehrlich zu sein: Ich habe in meinem ganzen Leben noch nie jemanden getötet, Engelushjia.« Er erhob sich langsam von seinem Stuhl. »Mir fehlt der Mut dazu.«

»Und wer hat es dann getan?«

»Ich habe nicht die geringste Ahnung, wer Dhori Vlora getötet hat«, sagte Rahman und schob den Stuhl zurück an den Tisch, »oder wo sich seine Leiche befindet.« Und damit verließ er den Raum.

Engelushjia, die die vergangene Stunde unter einer enormen Anspannung gestanden hatte, brach in Tränen aus.

Als İkmen an diesem Abend in seine Wohnung zurückkehrte, wusste er, dass Mehti Vlora der einzige Mensch war, der behauptete, ein grüner Fiat habe vor dem Haus der Evrens in Bebek gestanden. Zumindest befand sich der Wagen zum jetzigen Zeitpunkt nicht mehr dort. Anscheinend hatte er sich genauso in Luft aufgelöst wie Dhori Vloras Leiche – falls der junge Mann überhaupt tot war. Zwar ließ sich an der Tatsache, dass er verschwunden war, nicht rütteln, doch die Umstände seines Verschwindens blieben genauso ungeklärt wie die Identität von Egrem Berishas Mörder. Theoretisch konnte İkmen Egrems Tod zwar rekonstruieren, aber praktisch gab es dabei ein paar Probleme. Die Gegend um Yeşilköy, wo die Berishas Egrem angeblich beerdigt hatten, zählte zu den Regionen, die bei dem Erdbeben am schwersten betroffen und stark zerstört worden waren. Angesichts der Unmengen von Schutt und Geröll, die anschließend abtransportiert wurden – ganz zu schweigen von den Leichen, die man zur Bestattung fortbrachte –, war die Chance, Egrems sterbliche Überreste zu finden, sehr gering. Und selbst wenn sie ihn fanden, musste dessen Identität noch auf irgendeinem Wege bestätigt werden. İkmen wusste aus Erfahrung, wie schwierig das war.

Inzwischen verblieben Mehti Vloras mit Drogen handelnde Verwandte – sein Bruder Mehmet und seine Mutter Angeliki – weiterhin in Polizeigewahrsam, und die Ermittlungen im Mordfall Rifat Berisha wurden vorläufig eingestellt. Mehti hatte das Verbrechen gestanden und Einzelheiten genannt, die mit den meisten Fakten des Falls übereinstimmten. Natürlich irritierte İkmen noch immer die Geschichte mit dem grünen Fiat sowie die Tatsache, dass Mehti das Einwickeln der Leiche in den Vorhangstoff nicht erwähnt hatte. Aber möglicherweise war es ihm auch einfach nur entfallen – so etwas konnte schon mal vorkommen, selbst bei Tätern, die auf frischer Tat ertappt wurden. Allerdings hatte Mehti auch die bunten Glasscherben in Rifats Gesicht weder erwähnt noch erklärt. Vielleicht konnte ihm ein weiteres Gespräch mit Samsun über die Vlora-Brüder etwas mehr Klarheit bringen, dachte İkmen. Dann hätte er gleichzeitig Gelegenheit, mit seinem Onkel Ahmet, Samsuns Vater, zu reden, der im Laufe des Vormittags aus İzmir anreisen wollte, um sein verletztes Kind zu besuchen. Vermutlich würde der alte Mann nicht gerne über den Tod seiner Schwester reden, aber İkmen war fest entschlossen, ihn zu fragen, auch wenn das egoistisch war. Angeliki Vlora hatte behauptet, Ahmet »wisse die Wahrheit«. Deshalb wollte İkmen ihn direkt darauf ansprechen, in der Hoffnung, dass er es merken würde, wenn sein Onkel ihn zu beschwindeln versuchte.

Fatma schenkte ihrem Mann etwas Wasser ein und stellte

einen Teller vor ihn auf den Tisch. Wie üblich, hatte sie viel zu viel zubereitet, und obwohl warmes Fladenbrot mit Ei zu İkmens Lieblingsgerichten zählte, schreckte ihn die schiere Menge irgendwie ab – was er seiner Frau selbstverständlich nicht sagen konnte.

Während sie sich in der Küche zu schaffen machte, beobachtete Fatma, wie ihr Mann langsam mit seiner Mahlzeit begann. Schließlich meinte sie bewusst beiläufig: »Hulya hat erzählt, dass das Zimmer der Mädchen letzte Nacht mehrere Sekunden lang gebebt hat.«

»Das war nur ein Erdbeben der Stärke 4,4«, erwiderte İkmen. Er hatte das schwache Beben in der Nacht zuvor nicht bemerkt, aber die Zeitungen waren voll davon.

»Beim letzten Mal gab es vorher auch solche kleinen Beben«, sagte Fatma.

Ihr angespannter Gesichtsausdruck ließ vermuten, dass sie wieder einmal kurz vor einem akuten Anfall extremer Erdbebenangst stand. İkmen nahm einen großen Bissen von seinem Fladenbrot, kaute einen Moment, schluckte und meinte dann: »Und, hast du einen neuen Hamster gekauft?«

»Ja, aber ...«

»Na, dann müssen wir uns doch keine Sorgen machen, oder?«, sagte er lächelnd. »Das Tier wird uns wecken und ...«

»Hör auf, mich wie ein kleines Kind zu behandeln, Çetin İkmen!«, fauchte Fatma und fuchtelte wütend mit einem Putzlappen vor seiner Nase herum.

İkmen knallte sein Fladenbrot auf den Teller und konterte: »Schrei mich beim Essen nicht an, Frau!«

Fatma wollte gerade etwas zurückbrüllen, als der eskalierende Ehekrach durch das Schellen der Türklingel unterbrochen wurde.

»Und wer ist das jetzt schon wieder? Um diese Uhrzeit?«, rief Fatma und rollte genervt mit den Augen.

»Woher soll ich das wissen?«, erwiderte ihr Mann. »Warum gehst du nicht zur Tür und siehst nach?«

»Das werde ich«, sagte sie und stampfte wütend an ihm vorbei in Richtung Flur. »Aber bestimmt nicht, weil du es mir gesagt hast!«

Als sie aus der Küche war, warf İkmen einen Blick auf sein noch nicht mal zur Hälfte aufgegessenes Abendbrot und schob seinen Teller ungeduldig zur Seite. Er zählte sowieso nicht zu den leidenschaftlichen Essern, und der Streit hatte ihm endgültig den Appetit verdorben. Daher tat er das, was er in solchen Situationen immer tat, und zündete sich eine Zigarette an.

Wenige Minuten später hörte İkmen Schritte im Flur und machte sich auf eine zweite Runde gefasst. Aber glücklicherweise war es nicht Fatma, die die Küche betrat.

»Hallo, Çetin«, begrüßte Arto Sarkissian ihn lächelnd.

»Arto!«

»Bleib sitzen.« Mit einer abwehrenden Handbewegung bedeutete der Armenier seinem Freund, sitzen zu bleiben. »Iss erst mal auf.«

İkmen warf einen finsteren Blick auf sein kalt werdendes Fladenbrot und brummte: »Ich bin bereits fertig.«

»Ach. Na, das wird Fatma aber nicht gefallen.«

»Welch ein Jammer«, erwiderte İkmen bissig.

Ein paar Sekunden lang beobachtete Arto seinen Freund, der schweigend vor sich hin starrte und scheinbar abwesend an seiner Zigarette zog; dann streckte er eine Hand in Richtung Teller aus und sagte: »Gib her.«

Grinsend schob İkmen ihm den Teller hinüber und ließ sich wieder auf seinen Stuhl fallen.

»Genau wie früher«, sagte er leise.

»Ja, mit dem einzigen Unterschied, dass ich heute nicht mehr die Reste von anderen essen sollte.« Arto biss herzhaft in das Brot. »Manchmal glaube ich, dass ich heute so fett bin, weil ich früher jedes Mal dein Essen aufgegessen habe, wenn du uns besuchen kamst.«

İkmen zuckte die Achseln. »Du hast dich nie beschwert.«

»Meiner Mutter war es ein absolutes Rätsel, wie du so dünn bleiben konntest.«

»Und, hast du ihr jemals die Wahrheit gesagt?«

Arto lächelte. »Nein. Aber hin und wieder verschweigt man jemandem schon mal etwas, und das aus gutem Grund, richtig, Çetin?«

Der Ausdruck in den Augen seines Freundes veranlasste İkmen, sich aufrecht hinzusetzen – es war die Art von Blick, den Arto immer bekam, wenn er etwas Wichtiges sagen wollte oder eine unangenehme Nachricht überbringen musste.

»Du hast unter Onkel Vahans Unterlagen etwas gefunden, stimmt's?«, fragte İkmen angespannt.

Arto nahm noch einen Bissen und legte dann das Fladenbrot beiseite. »Ja.«

İkmen wartete, wenn auch ungeduldig, bis sein Freund den Bissen hinuntergeschluckt hatte. »Und?«

»In der Patientenakte deiner Mutter ist als offizielle Todesursache ›Selbstmord‹ eingetragen«, sagte Arto ernst. »Es tut mir so Leid, Çetin.«

»Aber das ist völlig unmöglich!«

Arto starrte eine Weile auf den Tisch, statt seinen entsetzten Freund anzusehen, was ihm aber auch nicht weiterhalf, wie er feststellen musste. Schließlich sagte er: »Ich fürchte, der Bericht lässt keine Zweifel offen. Es gab sogar einen Abschiedsbrief. Deine Mutter hat sich die Kehle aufgeschlitzt.«

İkmen fasste sich an den Kopf und sprang so abrupt auf, dass sein Stuhl nach hinten umfiel. Wie benommen lief er durch die Küche. »Aber ich war doch noch ein Kind, Arto! Wie konnte sie uns das antun?«

»Ich weiß es nicht, Çetin. In dem Abschiedsbrief stand offensichtlich nichts über eventuelle Motive, und der Bericht meines Vaters enthielt keine psychologischen Details, falls man die zur damaligen Zeit überhaupt schon aufführte. Möglicherweise könnte Zelfa Halman dir ein paar Erklärungsversuche liefern, falls du sie fragen möchtest. Ehrlich gesagt, ich habe heute Nachmittag schon versucht, sie in ihrer Praxis zu erreichen, aber offensichtlich war sie schon nach Hause gegangen. Sie fühlte sich nicht wohl.«

»Wenn das wirklich stimmt«, sagte İkmen, wobei er die Worte seines Freundes vollkommen ignorierte, »dann haben mein Vater und mein Bruder mich all die Jahre angelogen.«

»Also …«

»Das ganze Zeug, das Halil mir letztens erzählt hat: Er könne sich nicht an Mutters Tod erinnern ... und wenn er es versuche, liege immer alles im Dunkeln ...«

»Çetin ...«

»Sie haben mich angelogen, Arto! Sogar Onkel Vahan hat mich belogen ... und dich auch!«

»Ich nehme an, dass dein Vater nur versucht hat, dir die schreckliche Wahrheit zu ersparen.«

»Ja, damals vielleicht. Das könnte ich noch verstehen«, sagte İkmen, drückte seine Zigarette aus und zündete direkt die nächste an. »Aber warum hat er es mir nicht später erzählt? Und was Halil betrifft ...«

»Hör zu, Çetin. Ich weiß, dass du in deinem Beruf schon mehrfach miterlebt hast, was mit Menschen geschehen kann, die mit einer unerträglichen Nachricht oder einem Anblick konfrontiert werden, den sie nicht verkraften können.« Arto war ebenfalls aufgestanden und ging zu seinem Freund, der nach wie vor unruhig auf und ab lief. Entschlossen legte er ihm eine Hand auf die Schulter. »Sie blenden das Erlebte einfach aus ihrer Erinnerung.«

»Vierzig Jahr lang!«, donnerte İkmen.

Da Arto fürchtete, dass Çetin sich in einen hysterischen Anfall hineinsteigern würde, wenn er die Situation nicht bald in den Griff bekam, änderte er seine Taktik.

»Dein Bruder ist an dem Tag, als er eure Mutter fand, in einem Alptraum gelandet!«, sagte er hart und schonungslos ehrlich. »Du weißt, wie ein Mensch aussieht, dem man die Kehle aufgeschlitzt hat – dann stell dir jetzt mal vor, wie es ist, nach Hause zu kommen und dort den Menschen, den du am meisten liebst, so vorzufinden! Stell dir vor, du würdest Fatma so auffinden!«

»Arto ...«

»Er wusste, dass sie tot war! Er konnte sehen, dass er nichts mehr für sie tun konnte, und daher hat er das Naheliegende getan und dafür gesorgt, dass du, sein kleiner Bruder, das nicht auch durchmachen musstest.« Ohne den Blick von İkmens Gesicht abzuwenden, bückte Arto sich und hob den umgefallenen Stuhl auf. Dann sagte oder vielmehr befahl er seinem

Freund, sich wieder hinzusetzen. Und obwohl İkmen noch ziemlich aufgewühlt war, gehorchte er ihm.

»Der Grund dafür, dass Halil nie zuvor mit dir über diese Angelegenheit gesprochen hat«, fuhr Arto fort, nachdem auch er sich wieder hingesetzt hatte, »liegt meines Erachtens darin, dass er sich wirklich nicht daran erinnert. Ich vermute, obwohl ich das natürlich nicht sicher weiß, dass Halil in dem Moment, als unsere Väter und die Polizei eintrafen und der Druck von ihm genommen wurde, die Erinnerung aus seinem Gedächtnis gelöscht hat. Ich erinnere mich ganz genau, dass ich noch am gleichen Tag vom Tod deiner Mutter erfuhr, und zwar die ›offizielle‹ Version: Dass sie an einem Herzinfarkt gestorben war. Weder Krikor noch ich haben bis zum heutigen Tag jemals etwas anderes gehört.«

»Aber Vater wusste es.«

»Unsere beiden Väter wussten es, Çetin, genau wie die Polizei. Aber ich glaube, als sie erkannten, dass dein Bruder das, was er gesehen hatte, aus seinem Gedächtnis verbannt hatte, beschlossen sie, die Umstände von Tante Ayşes Tod in eine wesentlich akzeptablere Version umzuwandeln. Schließlich waren wir damals alle noch sehr jung.«

»Halil muss es erfahren, oder?«

Arto seufzte. »Ich denke, wir müssen dazu Rat einholen, Çetin. Psychologische Hilfe.«

Obwohl İkmen sich etwas beruhigt hatte, runzelte er die Stirn.

»Halil wird damit zurechtkommen müssen, dass er diese Geschichte vierzig Jahre lang verdrängt hat«, sagte Arto ernst. »Eigentlich hatte ich seinetwegen mit Zelfa sprechen wollen und nicht wegen dir.«

Beide Männer verfielen in Schweigen. İkmen war völlig erschöpft, während Arto darüber nachdachte, dass es ihm lieber gewesen wäre, er hätte diese Nachricht nicht überbringen müssen. Und hätte İkmen ihn nicht explizit dazu aufgefordert, dann hätte er das Ganze wahrscheinlich für sich behalten. İkmen hatte ihn gebeten, herauszufinden, ob seine Mutter umgebracht worden war, und er hatte ihm etwas mitteilen müssen, das fast noch schwerer zu ertragen war. Schließlich gab es bei einem Mord immer eine dritte Person – selbst wenn der Täter unbekannt war –, auf die man seine Wut konzentrieren konnte. Doch nach einem Selbstmord blieben nur der Verlust, die Verwirrung und, was am schlimmsten war, das Gefühl der Zurückweisung.

»Kann ich ...«, sagte İkmen schließlich, nachdem er seine Stimme wieder einigermaßen im Griff hatte, »kann ich einen Blick in Onkel Vahans Bericht werfen?«

»Natürlich.« Arto griff in seine Jackentasche und brachte einen dünnen Stapel vergilbter Papiere zum Vorschein. »Aber der Abschiedsbrief deiner Mutter ist nicht dabei, Çetin. Ich weiß nicht, wo er sein könnte oder ob er überhaupt noch existiert.«

Wortlos nahm İkmen Arto die Papiere aus der Hand und verbrachte die nächsten Minuten schweigend mit dem Studium dessen, was dort vermerkt stand. Einmal wischte er sich eine Träne aus dem Auge. Als er schließlich fertig war, gab er seinem Freund die Unterlagen zurück.

»Ich danke dir, Arto«, sagte er, als er sich wieder gefangen hatte. »Ich weiß es sehr zu schätzen, was du für mich getan hast. Das kann nicht leicht gewesen sein.«

»Es tut mir nur Leid, dass diese boshafte Albanerin uns nach etwas suchen ließ, was wir nie, nie hätten erfahren sollen.«

»Mmm.« Plötzlich runzelte İkmen die Stirn, als wäre ihm gerade ein noch unangenehmerer Gedanke gekommen. »Wenn unsere Väter so sehr darauf bedacht waren, den Selbstmord vor uns Kindern geheim zu halten, dann müssen sie doch gegenüber Freunden und Verwandten ebenfalls gelogen haben.«

»Ja, das könnte ich mir vorstellen«, stimmte Arto ihm zu. »Vermutlich wollten sie auf diese Weise sichergehen, dass wir es nicht doch noch versehentlich erfuhren.«

»Und trotzdem behauptet Angeliki Vlora, die das alles ganz bestimmt nicht gewusst haben kann, dass meine Mutter mit einem Messer getötet wurde und mein Onkel Ahmet alles darüber wisse.«

»Na, dann wirst du deinem Onkel die ganze Geschichte wohl erzählen müssen und ihn fragen, was er darüber weiß.«

İkmen beugte sich über den Tisch und stützte den Kopf in

die Hände. »Ach, Arto«, sagte er und begann zu weinen, »was soll ich ihm nur sagen?«

Statt einer Antwort ging Arto hinaus auf den Flur und holte Fatma, die geduldig vor der Tür gewartet hatte. Sobald sie in der Küche war, schlang sie die Arme um die Schultern ihres Mannes und strich ihm über das Haar, bis seine Tränen allmählich versiegten.

14

Dr. Babur Halman warf seiner Tochter einen aufmerksamen Blick zu, als sie sich zu ihm an den Frühstückstisch setzte. Noch im Morgenmantel, ließ sie sich langsam auf den Stuhl ihm gegenüber sinken.

»Fühlst du dich noch immer nicht wohl?«, fragte Babur und betrachtete ihr unnatürlich blasses Gesicht, das sich beim Anblick des Frühstückstischs angewidert verzog.

»Wahrscheinlich die Aufregung«, antwortete sie und versuchte, ein Glas Tee hinunterzuwürgen, das ihr Vater ihr eingeschenkt hatte.

»Hochzeitspanik«, meinte ihr Vater weise und lächelte. Er hatte sich sehr über die gute Neuigkeit gefreut, die sie ihm am Abend zuvor mitgeteilt hatte, und machte noch immer einen beglückten Eindruck.

»Nein, ich glaube, das hängt eher mit diesem Fall zusammen, von dem ich dir gestern erzählt habe«, sagte sie. »Ich habe das Gefühl, dass dieser Patient in irgendetwas hineinrutscht … möglicherweise in eine ausgewachsene Psychose.«

»Manchmal vertrauen Patienten uns Dinge an, die es uns schwer machen, unsere Schweigepflicht einzuhalten – insbesondere deine Sorte von Patienten.«

»Es ist nicht so, dass dieser Patient mir gegenüber angedeutet hätte, er wolle jemand anderem Schaden zufügen«, erwiderte sie nachdenklich, »aber seine Weltanschauung ist so fürchterlich düster. In seiner Gegenwart habe ich fast das Gefühl zu … zu ersticken.«

Babur schob sich ein Stückchen Tomate und etwas Käse in den Mund und fragte schließlich: »Und weiter?«

»Wenn das, was er mir erzählt hat, wahr ist, dann könnte die Situation bei meinem Patienten zu Hause wirklich sehr bedenklich sein.«

»In welcher Hinsicht?«

»Ich kann es nicht wirklich sagen«, sagte sie. »Die Art und Weise, wie er redet, ist voll von scheinbar paranoiden Gedanken und Geheimnissen. Er hat Angst – als würde ihn irgendetwas oder irgendjemand verfolgen. Außerdem gibt es da offensichtlich noch eine sexuelle Komponente, wobei ich mir allerdings nicht sicher bin, ob es sich dabei nicht nur um eine pubertäre Phantasie handelt.«

»Mmm. Freud'sche Komponenten.« Babur, der nichts von Psychoanalyse hielt, lächelte. »Vielleicht spielt dein Patient ja auch nur ein Spielchen mit dir.«

»Ja, genau!«, erwiderte sie, erfreut, dass ihr Vater offensichtlich zu dem gleichen Schluss gekommen war wie sie selbst. »Ich meine, ich kann ja schlecht seiner Familie etwas vorwerfen, wenn es alles Wahnvorstellungen sind.«

»Nein, aber dieser Patient könnte in Gefahr sein.«

»Du meinst: Psychisch gefährdet«, korrigierte sie ihn.

Babur zuckte die Achseln. »Ist doch eh das Gleiche.«

Zelfa seufzte. Danach schwiegen Vater und Tochter eine Weile – bis sie nervös mit den Fingern auf den Tisch trommelte.

»Ich habe meinen Patienten gebeten, die nächste Zeit täglich in meine Praxis zu kommen«, sagte sie. »Aber das Familienmitglied, das für die Sitzungen aufkommt, ist nicht bereit, die Behandlung weiter zu unterstützen. Diese Person will einfach nur, dass der Verwandte bald gesund wird, was ich natürlich verstehen kann. Aber das bedeutet auch, dass weitere Informationen über die häusliche Situation nur schwer zu bekommen sind. Außerdem gibt es da noch ein Geschwisterkind, aber was es damit auf sich hat, verstehe ich noch nicht ganz. Es scheint, als würde das andere Kind geliebt und beschützt, aber mein Patient nicht.«

»Du könntest einen Hausbesuch vorschlagen«, meinte

Babur. »Du könntest einfach sagen, da es notwendig sei, deinen Patienten in Zukunft täglich in deiner Praxis zu sehen, könnte ein Hausbesuch möglicherweise etwas von dem Druck nehmen, den häufige Sitzungen bei labilen Patienten verursachen.«

»Mmm.« Zelfa lächelte. »Keine schlechte Idee.«

»Alte Ärzte sind manchmal noch ganz gut zu gebrauchen«, erwiderte ihr Vater und beugte sich über den Tisch zu ihr hinüber. »Vor allem dann, wenn es darum geht, zu erkennen, ob der eigenen Tochter gesundheitlich etwas fehlt.«

»Hm?«

Babur strich etwas Butter auf sein Brot und sagte dann: »Ich verstehe ja, dass du dir Sorgen um diesen Patienten machst, aber ich habe auch bemerkt, dass du – und zwar schon seit einiger Zeit – ziemlich blass bist und ständig müde.«

»Tja, die Menopause ...«

»Das ist deine Erklärung für alles und jedes.«

»Aber ...«

»Lass endlich eine Blutuntersuchung machen, Zelfa«, sagte er streng. »Die Menopause – wenn es das überhaupt ist – kann deinen Eisengehalt im Blut beeinträchtigen. Dagegen musst du etwas unternehmen. Ich muss dir doch wohl nicht sagen, welche Folgen Eisenmangel haben kann, oder?«

Wie ein kleines Kind, das sich dem Gewicht des elterlichen Zorns beugt, senkte Zelfa den Kopf. »Nein.«

»Dann tu endlich das, was viel zu wenige von uns tun, und geh zum Arzt, Frau Doktor!«

Erst als İkmen ihr mehrfach versichert hatte, dass Mehti Vlora und sein Bruder Mehmet wirklich hinter Schloss und Riegel saßen, war Samsun Bajraktar bereit, mit İkmen erneut über die Vlora-Sippe zu reden.

Ursprünglich waren es fünf Vlora-Brüder gewesen – Mehmet, Aryan, Mehti, Dhori und Leka, der wohl als kleines Kind an Typhus gestorben war. Dhori, von dem es hieß, er sei von Rahman Berisha getötet worden, war der Jüngste in der Familie. Da seine Mutter bei seiner Geburt die vierzig bereits weit überschritten hatte, bestand ein ziemlich großer Abstand – über zwanzig Jahre – zwischen Dhori und seinem ältesten Bruder Mehmet. Der Damenwelt und dem Alkohol zugetan, war der junge Dhori, laut Samsun, eigentlich ein netter Kerl gewesen, der sich nur selten prügelte und recht umgänglich war. Lediglich in Sachen Intelligenz war er nicht allzu üppig ausgestattet gewesen – eine Ehre, die in der Vlora-Sippe nur Aryan zufiel, welcher nach Samsuns Ansicht noch nie so richtig in »diese Familie« gepasst hatte.

»Aryan denkt nach, bevor er handelt«, sagte sie und drückte ihre Zigarette in der Nierenschale neben ihrem Bett aus. »Dadurch ist er vorsichtiger als die anderen. Ich meine, es wundert mich überhaupt nicht, dass ihr bei ihm keine Drogen gefunden habt.«

»Und Mehmet?«, fragte İkmen. »Was ist mit ihm?«

»Mehmet ist ein Psychopath«, erwiderte Samsun giftig. »Er ist gewalttätig, manipuliert andere, handelt mit Drogen ... als ich angegriffen wurde, war ich mir eigentlich sicher, dass er es gewesen sein musste. Wenn ich nicht mit eigenen Augen gesehen hätte, dass es Mehti war, dann hätte ich es nicht geglaubt. Mehti Vlora ist ein Niemand«, sagte sie mit einer verächtlichen Handbewegung. »Schon immer gewesen.«

»Mmm.« Während er an das wesentlich schwerwiegendere Verbrechen dachte, das Mehti gestanden hatte, fragte İkmen: »Hältst du es für möglich, dass Mehti diesen Überfall begangen hat, um den Rest seiner Familie zu beeindrucken?«

Samsun zuckte die Achseln. »Wer weiß? Aber wenn es so war, dass Mehmet ihn dazu aufgefordert hat, dann würde er es jedenfalls nicht wagen, sich zu widersetzen. Da kannst du sicher sein. Wie ich schon sagte: Mehmet ist ein Psychopath.«

»Vor dem die anderen Angst haben.«

»Ja.«

In diesem Moment wurde das Gespräch der beiden durch einen groß gewachsenen älteren Mann mit einer Schaffelljacke und weiten Şalvar-Hosen unterbrochen, der zur Tür hereintrat. Und obwohl er die typische Bauerntracht trug, sah man auf den ersten Blick, dass es sich um qualitativ hochwertige Sachen handelte – vergleichbar mit der folkloristischen Kleidung, die wohlhabende Touristen kauften. Sein faltiges Gesicht wirkte immer noch attraktiv, und die Ähnlichkeit sowohl mit Samsun als auch mit İkmens Bruder Halil war erstaunlich.

»Hallo, Vater«, sagte Samsun, als sie ihn sah.

»Möge es rasch vorübergehen, Mustafa«, erwiderte der Alte und verwendete damit die Standardformel zur Begrüßung von Kranken.

»Danke.«

İkmen stand auf und umarmte den Neuankömmling behutsam.

»Ich hoffe, du hattest eine angenehme Reise, Onkel Ahmet«, sagte er und führte den alten Mann zu seinem Stuhl.

Der Alte winkte müde ab. »Der Bus kam, ich bin eingestiegen, und jetzt bin ich hier«, sagte er und ließ sich langsam auf den Stuhl sinken.

»Es tut mir so Leid, dass ich dir so viele Unannehmlichkeiten bereite, Vater.« Samsun senkte ihre langen Wimpern mit einem Ausdruck aufrichtigen Bedauerns.

Ahmet Bajraktar seufzte. »Obwohl du wie eine bemalte Odaliske herumläufst, bist du immer noch mein Sohn«, sagte er leise. »Du bist mein Fleisch und Blut.«

İkmen war nicht erpicht auf eine weitere Diskussion über albanische Blutsverwandtschaft und verkündete, dass er die beiden jetzt eine Weile allein lassen wolle. Er würde später noch mal vorbeikommen und seinen Onkel mit zu sich nach Hause nehmen. Selbst Fatma, die seit seinem Kummer am Abend zuvor wesentlich umgänglicher war, verstand, dass der alte Mann unmöglich in Samsuns und Abdurrahmans Wohnung bleiben konnte – wenn Letzterer auch seit Tagen verschwunden war. Sie hatte sogar angeboten, eine Ecke des Wohnzimmers extra für Ahmet frei zu räumen – ein bis dahin nie gekannter Akt der Gastfreundschaft gegenüber jemandem mit dem Nachnamen Bajraktar. Doch leider würde auch dies nicht helfen, den Schmerz zu lindern, den Ahmet verspüren würde, sobald İkmen das Gespräch auf den Tod seiner Mutter brachte. Das wusste der Inspektor ganz genau.

Während er die Wärme des Krankenhauses verließ und in die unbarmherzig nasskalte Winterluft hinaustrat, sagte İkmen sich, dass er zuerst noch andere Dinge zu tun hatte. Jetzt musste er erst einmal seine Arbeit erledigen. Er wartete noch immer auf die Untersuchungsergebnisse von Mehtis Kleidung und der alten Blutflecken in der Vlora-Wohnung, doch in der Zwischenzeit konnte er sich ja noch einmal mit Mehti selbst befassen. Der Albaner und seine Geschichte mussten noch einmal ganz genau unter die Lupe genommen werden, bevor er ihn vor den Richter bringen konnte. Schließlich waren auch Geständnisse mit Vorsicht zu genießen, und İkmen hatte das Gefühl, dass das auf diesen Fall ganz besonders zutraf. Falls Mehmet Vlora wirklich ein Psychopath war, hätte er sicher keine Probleme damit gehabt, entweder seinen Bruder zu dem Mord an Rifat Berisha anzustiften oder aber das Verbrechen selbst zu begehen und seinen jüngeren Bruder die Schuld auf sich nehmen zu lassen.

İkmen blieb nur kurz stehen, um sich eine Zigarette anzuzünden, und eilte dann weiter in Richtung Polizeiwache.

Trotz der Kälte und der trübseligen Stimmung, die der feine Nieselregen verbreitete, zählte die Divanyolu Caddesi immer noch zu den besseren Gegenden zum Betteln. Selbst im Winter besuchten Touristen die Stadt. Und Engelushjia Berisha hatte in letzter Zeit mehrfach die Erfahrung gemacht, dass man genug Geld zusammenbekommen konnte, wenn man nur weit genug von den fetten anatolischen Bäuerinnen mit ihren Strickwaren und der frommen Frau weg saß, die die Passanten anflehte, im Namen Allahs Barmherzigkeit zu zeigen. Mit ihrem ernsten, mageren Gesicht und dem ausgemergelten Körper einer Zwölfjährigen weckte Engelushjia bei vielen Fußgängern Mitleid. Die Tatsache, dass ihr Bruder einst einen viele Hundert Millionen Lira teuren Wagen besessen hatte, barg zwar eine gewisse Ironie, blieb aber der Kundschaft hoffentlich verborgen, dachte sie.

Und so saß sie einfach da, kurz vor den Stufen zu dem billigen Juwelierladen, und spürte, wie das nahezu unaufhörliche Rumpeln der Straßenbahnen auf dem Weg nach Eminönü in ihrer Wirbelsäule vibrierte. Auf dem matschigen Boden vor ihr lag ein kleiner geöffneter Beutel – das Behältnis für die Spenden der Freigebigen. Seit sie sich etwa eine Stunde zuvor dort hingehockt hatte, hatte Engelushjia zwei Millionen Lira sowie einen Laib Brot und ein Päckchen Oliven erhalten. Das Geld stammte von Touristen, während die Lebensmittel, die sie bereits verzehrt hatte, von einer streng blickenden türkischen Hausfrau kamen, die sie ihr wortlos überreicht hatte. Engelushjia musste zugeben, dass diese Spende sie wenn auch nicht glücklicher gemacht hatte, so aber doch dafür gesorgt hatte, dass sie sich jetzt von innen wenigstens ein wenig wärmer fühlte.

Im Augenblick gab es nicht viel, was sie glücklich gemacht hätte. Rifat war tot, und obwohl sie von ihrem Vater wusste, dass die Polizei Mehti Vlora als Mordverdächtigen verhaftet hatte, fand sie nur wenig Trost darin. Denn sie ahnte, dass auch ihr Vater weiterhin überwacht wurde, obwohl er der Polizei gesagt hatte, dass er mit Dhori Vloras Verschwinden nichts zu tun hatte. Und das alles nur, weil er seinen Landsleuten gegenüber nie den Irrtum ausgeräumt hatte, dass er für Dhoris Verschwinden verantwortlich war – und somit die edle Pflicht der *gjakmaria* ordnungsgemäß erfüllt hatte. Allah allein wusste, wo Dhori Vlora sein mochte oder an welchem Ort seine Leiche verweste.

Wütend blickte Engelushjia auf ihren Beutel. Dieser dumme, dumme Vater! Wahrscheinlich hätte sie noch länger zu Boden gestarrt, hätte nicht jemand mit einem Zehnmillionenliraschein vor ihrer Nase herumgewedelt und ihn dann in ihren Beutel gelegt.

Ganz begierig darauf, zu erfahren, wer solch ein kleines Vermögen scheinbar achtlos verschenkte, blickte sie rasch nach oben.

»Du!«

»Ja«, sagte Aryan Vlora und bückte sich zu ihr hinunter. »Ja, ich.«

»Was willst du?«, zischte Engelushjia, wobei sie sorgfältig darauf achtete, kein Aufsehen zu erregen, das potentielle Wohltäter abschrecken konnte.

»Ich möchte mit dir reden«, erwiderte Aryan.

Engelushjia griff hastig in den Beutel, um den Geldschein herauszufischen.

Als Aryan merkte, das sie ihm sein Geld zurückgeben wollte, sagte er: »Nein, ich möchte es nicht zurück, Engelushjia, ich ...«

»Nimm es!«, fauchte sie ihn an und drückte ihm den Geldschein in die Hand. »Ich will es nicht!«

»Nein, du verstehst nicht«, sagte er und rückte noch näher. »Mit diesem Geld will ich für deine Zeit bezahlen. Ich muss unbedingt mit dir reden.«

»Nachdem dein Bruder unseren Rifat ermordet hat?« Sie lachte bitter. »Kommt nicht in Frage!«

»Aber Mehti hat Rifat nicht ...«

»Da ist die Polizei aber anderer Meinung! Sie ...«

Mit einer Geschwindigkeit, die Engelushjia überraschte, packte Aryan Vlora sie am Arm und hielt sie in einer Art Polizeigriff fest.

»Aua!«

»Jetzt hör mir mal gut zu«, zischte er. »Ich weiß nicht, wie lange die Polizei Mehmet und meine Mutter festhalten werden, deshalb hab ich keine Zeit für irgendwelche dummen Spielchen!«

Ihr Gesicht verzog sich vor Schmerz, und Engelushjia quiekte: »Du tust mir weh!«

»Ja, und ich werde nicht eher aufhören, bis du mit mir mitkommst!« Aryan zog sie auf ihre Beine. Dann sah er sich kurz um, um sicherzugehen, dass keine Passanten neugierig stehen blieben, bückte sich, um ihren Beutel aufzuheben und zog Engelushjia in Richtung eines Schnellrestaurants namens Pudding Shop.

»Also, was hat es mit dem bunten Glas auf sich, Mehti?«, fragte İkmen.

»Hä?«

»Die bunten Glasscherben, vielleicht von einer Flasche oder einer Vase – ist das irgendeine Art Botschaft oder so? Eine Art Warnung an andere Mitglieder der Familie des Opfers?«

Mehti Vlora lehnte sich in seinem Stuhl zurück und zog eine finstere Miene. »Ich weiß nicht, wovon Sie reden«, sagte er und sah İkmen an, als sei er verrückt geworden.

»Ach. Das ist aber eine Überraschung.«

»Stimmt«, sagte Tepe, der neben seinem Chef saß. »Eine echte Überraschung.«

Mehti Vlora runzelte die Stirn und betrachtete misstrauisch die Gesichter der beiden Beamten vor ihm.

»Und wie sind Sie in Rifats Wagen gekommen?«, wechselte İkmen wie schon viele Male zuvor das Thema und steuerte das Verhör scheinbar nach Lust und Laune in eine andere Richtung.

»Ich hab das Schloss an der hinteren Tür aufgebrochen.«

»An welcher hinteren Tür?«, fragte Tepe. »An der linken oder an der rechten?«

»Das weiß ich nicht mehr.« Mehti zuckte die Achseln. »Ich kann mich nicht erinnern.«

İkmen lächelte. »Ich fahre übrigens auch einen Mercedes«, sagte er freundlich. »Natürlich nicht so einen wie Rifat. Einen alten.«

Mehti Vlora starrte scheinbar gelangweilt auf den Boden.

»Aber so alt der Wagen auch sein mag«, fuhr İkmen ruhig fort, »da gibt es doch eins, was er nie verliert, und das ist seine Robustheit. Aus diesem Grunde kaufe ich immer einen Mercedes. Jemand wie ich, der sich regelmäßig in den zwielichtigsten Teilen der Stadt aufhält, muss ein diebstahlsicheres Auto haben. Schließlich will ich nicht, dass mir jemand meinen Wagen stiehlt. Das wäre doch sehr peinlich.«

Obwohl Mehti Vlora nicht auf İkmens Worte einging, setzte Tepe das Verhör an dieser Stelle ungerührt fort.

»Aber im Gegensatz zu Inspektor İkmens Wagen besaß Rifats Mercedes eine Alarmanlage«, sagte er.

»Natürlich nicht mehr, als *wir* den Wagen fanden«, fügte İkmen hinzu.

»Nein.« Tepe lächelte Mehti an. »Aber der Wagen war vorher mit einer Alarmanlage ausgestattet, die losgegangen wäre, wenn Sie die Tür aufgebrochen hätten.«

»Dann muss sie eben ausgeschaltet gewesen sein!«, rief Mehti, plötzlich aufgebracht.

»Mmm, tja«, murmelte İkmen bemerkenswert gelassen, »das könnte natürlich möglich sein, aber ...« Er schwieg einen

Moment, um sich eine Zigarette anzuzünden, und reichte die Packung an Tepe weiter, der sich ebenfalls bediente. Keiner der beiden bot Mehti eine Zigarette an. »Jedenfalls hat die Spurensicherung keinerlei Anzeichen für ein gewaltsames Öffnen irgendeiner der Türen gefunden«, fuhr İkmen fort.

Mehti Vlora sprang auf und stieß dabei seinen Stuhl um.

»*Ich* habe Rifat mit einem Messer die Kehle aufgeschlitzt! *Ich* habe seine Leiche an der Reşadiye Caddesi aus dem Wagen geworfen! Und ich habe seine Kleidung beschrieben, und zwar vollkommen korrekt – wie Sie selbst gesagt haben! Wir hatten eine Blutfehde, und ich bin stolz, dass ich Dhoris Tod schließlich gerächt habe!«

»Ja«, sagte İkmen mit ruhiger Stimme, die einen krassen Gegensatz zu Mehtis Wutanfall bildete, »ja, das wissen wir alles. Aber jetzt ist es an der Zeit, uns die Einzelheiten Ihres Verbrechens zu schildern.«

»Ich war wütend! Ich wollte sein Blut sehen!« Mehti Vlora starrte İkmen an. »Vollkommen außer mir, verstehen Sie?«

»Ja.«

»Und in so einem Zustand erinnert man sich nicht immer an alles, oder?«

»Nein, aber normalerweise gibt es doch ein paar mehr Beweise dafür, dass man eine Tat wirklich begangen hat«, erwiderte İkmen und stand auf. »Darüber können Sie ja mal nachdenken, wenn wir gegangen sind. Ich persönlich denke ja, dass Sie uns nur Mist erzählt haben.« Er lächelte. »Gehen wir, Tepe.«

»Aber ...«, setzte Mehti Vlora an.

»Wir können später darüber reden«, sagte İkmen und rief nach der Wache.

Die Tür wurde geöffnet, und die beiden Beamten verließen die Zelle.

Im Gang lehnte İkmen sich gegen die kalten Gefängnismauern und seufzte.

»Mehti Vlora hat ein Motiv, er hatte offensichtlich die Gelegenheit, und er weiß genügend über Rifats Treiben in jener Nacht, dass er dort gewesen sein könnte ...«

»Aber entweder war er nicht in Rifats Wagen, oder Rifat

hat ihn selbst einsteigen lassen«, führte Tepe die Gedankenkette fort. »Oder aber jemand anders war noch an der Sache beteiligt.«

»Jemand, den er nicht nennen will.«

»Vielleicht weil es gegen seine Ehre ginge, wenn er zugäbe, dass er einen Komplizen hatte.«

İkmen schloss die Augen, um den aufkommenden Schmerz in seinem Kopf zu unterdrücken.

»Inspektor Süleyman hat mir erzählt, dass sich niemand von der Familie Evren an einen zweiten Wagen erinnern kann, der vor ihrem Haus vorgefahren sein soll. Damit wird bestätigt, was wir bereits von der Verkehrspolizei wissen«, sagte er und öffnete die Augen. »Außerdem hat İlhan Evren Felicitys Geschichte von Rifats Reise nach England bestätigt.«

»Ach ja?«

Die beiden Männer gingen langsam in Richtung Treppe. Mehrere Zelleninsassen hämmerten von innen gegen die Metalltüren und verlangten lautstark nach ihrem Anwalt, etwas zu essen, ihrer Mutter oder ihrer Frau.

»Ja«, versuchte İkmen die Kakophonie zu übertönen. »Und laut seiner Aussage ist dabei kein Geld geflossen. Felicity gab Rifat den Wagen als ein Geschenk, und alle waren glücklich und zufrieden – bis Rifat beschloss, aus seiner Organspende etwas Geld rauszuschlagen. Am Abend seines Todes fuhr er zum Haus der Evrens, um Felicitys Vater zu erpressen, aber der Alte setzte ihn vor die Tür.«

»Glauben Sie, dass İlhan Evren Rifat getötet haben könnte?«, fragte Tepe und stieg vor seinem Vorgesetzten die Treppe hinauf.

»Möglich wär's«, sagte İkmen und warf seinen Zigarettenstummel auf den Boden. »Aber falls das so ist, wäre es logischer – da für ihn von Vorteil –, wenn er behauptete, einen grünen Fiat gesehen zu haben. Ich meine, er muss doch gemerkt haben, dass Inspektor Süleyman Ermittlungen in eine Richtung anstellte, die ihn nicht direkt betraf.«

»Felicity Evren ist eine seltsame Frau mit einem merkwürdigen Äußeren, das muss ich schon sagen.«

»Ja«, keuchte İkmen, der gerade mal den ersten Treppenabsatz erreicht hatte und schon nach Luft rang. »Sie ist eine ... eine Phantastin, sagt ihr Vater. Aber, äh ...« Schnaufend blieb er stehen – auf der Hälfte der zweiten Treppe war seine Grenze erreicht. Er legte die Hände auf die Knie, beugte den Kopf und keuchte atemlos. Tepe lächelte, da er wusste, dass İkmens Gesundheitszustand nicht wirklich besorgniserregend war, sondern von jeher ein unverbrüchlicher Teil seines Vorgesetzten.

»Also lügt sie?«

»Ich glaube eher, sie verdreht die Fakten, die ihr nicht zusagen.«

»Das heißt, sie lügt«, sagte Tepe bestimmt.

»Also, äh ...«

İkmen hievte sich die restlichen Stufen hinauf und blieb ein paar Sekunden auf dem oberen Treppenabsatz stehen, eine Hand beruhigend auf seine Brust gelegt.

Als er schließlich wieder zu Atem gekommen war, meinte er: »Inspektor Süleyman vertritt die Ansicht, dass İlhan Evren in kriminelle Machenschaften verstrickt ist. Er will ein paar Telefonate nach London führen, wo die Familie lange gewohnt hat.«

»Warum glaubt er das? Weil Evrens Haus ›geschmacklos‹ war?«, fragte Tepe und imitierte spitzzüngig Süleymans abschätzige Bemerkung.

»Ja«, erwiderte İkmen mild, »das war es tatsächlich. Aber Evren bezeichnet sich als Kunsthändler und hat viele Kontakte nach Osteuropa. Sie wissen doch, wie das läuft, Tepe. Man gibt dem Not leidenden Bauern einen Laib Brot für den Goldschmuck seiner verstorbenen Frau und verkauft den Schmuck dann in London für eine Viertelmillion Dollar. Diese Sorte von Kunsthändler.«

»Oh.«

»Und noch was, Tepe«, fuhr İkmen mit einem warnenden Ton in der Stimme fort, »machen Sie sich bei mir nicht über Ihre Vorgesetzten lustig. Inspektor Süleyman mag zwar Aristokrat sei, aber er ist noch lange kein Narr.«

Tepe senkte den Blick. »Nein, Chef.«

»Behandeln Sie ihn mit Respekt«, sagte İkmen, während er

zu seinem Büro zurückging. »Außerdem: Wie wären Sie wohl damit umgegangen, wenn diese Evren *Sie* begehrlich angesehen hätte?«

»Hat sie das etwa?«

»Welche Frau tut das nicht?«, konterte İkmen und spielte damit auf Tepes außereheliche Affäre mit Ayşe Farsakoğlu an – eine Frau, die immer noch ganz verrückt nach Süleyman war.

Tepe versuchte, die Frage seines Vorgesetzten zu beantworten, ohne ausfallend zu werden, brachte aber nur ein Stammeln zustande: »Also, ich, äh …«

»Sie müssen darauf nicht antworten«, sagte İkmen, als sie ihr gemeinsames Büro betraten. Er setzte sich, warf einen Blick auf den hohen Papierberg, unter dem sich sein Schreibtisch verbarg, und meinte: »Bosheit erzeugt nur neue Bosheit, Tepe, und Sie wollen doch nicht, dass die Leute über Sie anfangen zu reden, oder?«

Tepe, der sich an seinem wesentlich weniger chaotischen Schreibtisch niedergelassen hatte, schaltete den Computer ein und sagte kläglich: »Nein, Chef.«

»Übrigens«, rief İkmens Stimme über den Papierwust hinweg, während er rasch wieder zur Tagesordnung überging, »wie hat Mehmet Vlora eigentlich reagiert, als Sie ihm gesagt haben, dass Mehti den Mord an Rifat gestanden hat?«

»Er hat noch mal wiederholt, dass er und Aryan den ganzen Abend über mit Mehti zusammen gewesen seien. Aber er wirkte doch etwas verunsichert.«

»Tatsächlich?«

»Ja.« Und nachdem er einen Moment nachgedacht hatte, fügte Tepe hinzu: »Chef?«

»Ja?«

»Halten Sie es für möglich, dass die Wahrheit irgendwo zwischen Mehtis Geschichte und dem liegt, was uns die Evrens erzählt haben?«

»Ach, nach allem, was Mehti uns erzählt hat, glaube ich tatsächlich, dass er in Bebek war«, sagte İkmen, »genau wie Evren und seine Kinder. Und falls Rifat nicht auf dem Weg nach Hause von jemandem überfallen wurde, den wir noch nicht kennen, dann hat einer von diesen vieren ihn vermutlich getötet.«

»Ja, aber wenn Evren Rifat getötet hat, warum war er dann so kooperativ, als Inspektor Süleyman ihm einen Besuch abstattete?«

»Vielleicht hat Evren den Jungen nicht selbst getötet«, sagte İkmen. »Möglicherweise weiß er wirklich nichts über Rifats Tod. Allerdings könnten seine Kinder etwas wissen.«

»Was? Diese merkwürdige, verdrehte kleine Frau?« Tepe runzelte ungläubig die Stirn. »Nein! Dr. Sarkissian sagte, dass der Mörder zwar nicht unbedingt stark, aber zumindest entschlossen gewesen sein und einen robusten Magen gehabt haben muss.«

»Evren hat ja noch einen jungen Sohn und einen recht kräftig wirkenden Chauffeur«, erwiderte İkmen.

»Aber warum ...«

»Das wissen wir eben nicht.« İkmen zündete sich eine Zigarette an. »Mal abgesehen von dem Versuch, Geld zu erpressen, scheint Rifat der ideale Freund für die arme Felicity gewesen zu sein. Aber wir haben noch immer kein vollständiges Bild, richtig?«

»Nein.«

»Die Antwort liegt irgendwo in dem Dreieck aus albanischer Blutrache, den Phantasien einer Frau und der wachsenden Ungeduld eines geldgierigen jungen Mannes«, sagte İkmen, nahm den Hörer von seinem Telefon und wählte eine Nummer.

»Was haben Sie vor, Chef?«, fragte Tepe.

»Ich werde Polizeipräsident Ardıç bitten, mir genügend Leute abzustellen, die uns beim offiziellen Verhör der Evrens und ihres Chauffeurs helfen können. Und danach werden wir uns die Vloras noch mal vorknöpfen, inklusive Aryan. Und nicht zu vergessen Rahman Berisha. Bis dahin müssten die gerichtsmedizinischen Untersuchungen ...« Am anderen Ende der Leitung nahm jemand ab, und İkmen drehte sich zur Seite. »Ja, hier ist İkmen«, sagte er. »Ja, es geht um ... Ja ...«

Tepe verfolgte İkmens Gespräch mit Ardıç nur mit halbem Ohr; seine Gedanken kreisten um die ernste Rüge, die ihm sein Vorgesetzter erteilt hatte, und um den riesigen Berg Arbeit, der auf sie alle wartete. Und angesichts der Tatsache, dass sie bereits ein Geständnis hatten – wenn auch ein zweifelhaftes –, hielt sich seine Begeisterung sehr in Grenzen.

»Du hast angefangen!«, zischte Engelushjia Berisha über die Tasse Kaffee hinweg, die er ihr gerade spendiert hatte.

»Nein, das habe ich nicht!«, erwiderte Aryan Vlora aufgebracht. »Diese ignoranten Bauern, die unsere Vorfahren waren, haben damit angefangen!« Er beugte sich über den Tisch und sagte mit gesenkter Stimme: »Wusstest du eigentlich, dass ich noch nie in Albanien war – geschweige denn in der Stadt, über die wir die ganze Zeit streiten?«

»Ich bin in Kukes geboren«, sagte Engelushjia und nannte den Ort, aus dem sie alle ursprünglich stammten. »Mein Vater musste mit ansehen, wie deine Cousins seinen Onkel töteten! Und als wir dann hierher kamen und auf einen anderen Zweig deiner verfluchten Familie stießen …«

»Engelushjia …«

»Warum sollte ich mit dir reden, wenn jeder weiß, dass du Egrem umgebracht hast?«

»Meine Familie, ja. Aber nicht ich. Nicht ich persönlich.«

»Aber du weißt, wer es war, oder?«, beharrte Engelushjia. »Du musst es doch wissen.«

Aryan warf einen kurzen Blick auf die anderen Gäste im Pudding Shop. Bei den meisten handelte es sich wohl um Touristen, offenbar mit Geld – der Kleidung und den gepflegten Frisuren nach zu urteilen. Dazwischen saßen auch ein paar Türken, ebenfalls wohlgenährt und anständig gekleidet. Nur er und Engelushjia mit ihrem schlammbefleckten Rock stachen aus diesem Bild heraus.

»Wenn ich dir verrate, wer Egrem getötet hat«, sagte Aryan ernst, »wirst du mir dann glauben, wenn ich dir sage, dass Mehti Rifat nicht umgebracht hat?«

Engelushjia betrachtete ihn misstrauisch. »Ich weiß nicht. Wir waren immer der Meinung, dass er zu nichts nutze war. Rifat hat immer über ihn gelacht …«

Aryan verschränkte seine dünnen, knotigen Hände vor sich auf dem Tisch. »Ich will dich nicht anlügen und behaupten, dass ich am Abend von Rifats Tod die ganze Zeit mit Mehti zusammen war. Denn das war ich nicht. Die Wahrheit ist, dass ich nicht weiß, wo Mehti in jener Nacht war.«

»Die Polizei sagt, dass er Rifat zum Haus seiner Freundin gefolgt ist.«

»Ja, und das ist auch gut möglich«, stimmte Aryan ernst zu. »Er ist deinem Bruder hin und wieder gefolgt – aber das weißt du ja. Aber er hat nie etwas gesagt oder getan. Mehti traf Dhoris Verschwinden härter als alle anderen, und er wollte deine Familie dafür bestrafen. Aber ich weiß, dass er Rifat nicht umgebracht hat.«

»Und woher?«

Aryan zuckte die Achseln. »Ich weiß es einfach.«

»Das ist keine Antwort«, konterte Engelushjia wütend. »Warum sollte ich dir das glauben?«

»Weil ich eines Abends nach Hause gekommen bin und Mehmet vorfand, der mit einem blutigen Messer in der Hand über der Leiche deines Bruders Egrem hockte. Mehti aber hatte sich in unserem Schlafzimmer versteckt, ein Betttuch über den Kopf gezogen und mit den Händen beide Ohren zugehalten!«

Einen kurzen Moment schien es, als hätte sie seine Worte nicht gehört. Ihre seltsam teilnahmslosen Augen wanderten sogar eine Sekunde lang zur Tür, als ein alter Schuhputzer in das Lokal kam, um Tee und Reispudding zu bestellen. Erst als der Schock nachließ, den er ihr versetzt hatte, fing sie an zu weinen: leise, fast lautlos – wie jemand, der schon lange keine Tränen mehr hat.

»Mehti schrie mir zu, ich solle Mehmet stoppen, aber es war schon zu spät«, fuhr Aryan fort. »Dein Bruder war tot, und meine Mutter half Mehmet bereits dabei, Egrem über die Feuerleiter rauszuschaffen.«

»Wir wussten sofort, dass Egrem tot war, als er in jener Nacht nicht nach Hause kam«, sagte Engelushjia mit erschreckend kalter, ruhiger Stimme. »Wir haben sogar darüber gesprochen, wie Mehmet ihn getötet haben könnte … Und als dann am nächsten Morgen euer Nachbar, Ahmet Qerimi, kam …«

»Dein Vater und deine Mutter kamen mit einem Handkarren, um deinen Bruder von dem Müllberg unterhalb unserer Feuerleiter wegzubringen.« Er blickte erneut auf seine Hände, die jetzt zu Fäusten geballt waren. »Meine Mutter lächelte ... Und dann hat dein Vater Dhori getötet, und danach hat Angeliki nie wieder gelächelt.«

»Nur mit dem Unterschied, dass mein Vater Dhori nicht getötet hat«, murmelte Engelushjia leise, als wolle sie nicht, dass ihr Feind dieses Eingeständnis hören konnte.

Aryan runzelte die Stirn. »Was? Aber ich dachte ...«

»Oh ja, du dachtest!«, sagte Engelushjia bitter. »Genau wie alle anderen, genau wie ich auch! Aber Vater hat Dhori nicht getötet. Wie hätte er das schaffen sollen, wenn er zu viel Angst hatte, das Haus zu verlassen? Wann sollte er das getan haben? Rifat war jung und dumm und wagemutig, und Mutter und ich konnten jederzeit aus der Wohnung, aber Vater?« Sie brach jetzt vollständig in Tränen aus, versuchte aber ihre Stimme zu senken, die vor Erregung bebte. »Vater ist ein Feigling, hat er mir gesagt, er ...«

»Okay, okay!« Aryan streckte die Hand aus und nahm ihre kalten Hände zwischen seine. »Aber wo ist mein Bruder Dhori? Er war ein einfacher, freundlicher Mann. Wer sonst außer deinem Vater könnte ihn getötet haben, Engelushjia?«

»Mein Vater hat noch nie jemanden getötet«, schluchzte sie klagend. »Selbst als dein Vater meinen Großvater tötete, übernahm es mein Onkel Muhammed, ihn zu rächen.«

»Mit dem Blut meines Vaters«, sagte Aryan seufzend.

»Ja, und so weiter und so fort, bis hin zu Egrem und Rifat und ...« Die Liste der Toten aufzuzählen schien Engelushjia unendliche Kraft zu kosten, und sie verfiel in Schweigen.

Nach einer Weile sagte Aryan: »Trink deinen Kaffee, er wird sonst kalt.«

Das Mädchen folgte schweigend seiner Aufforderung, wobei sie immer wieder ein paar Tränen herunterschluckte. Aryan beobachtete sie scheinbar kühl und eindringlich, aber in Wirklichkeit suchte er in ihren Augen nach einem Funken Verständnis. Nachdem sie so eine ganze Weile gesessen hatten, nahm er das Gespräch wieder auf.

»Hör zu, Engelushjia«, sagte er. »Ob wir einander nun glauben oder nicht – wenn wir einfach mal davon ausgehen, dass dein Vater und mein Bruder Mehti unschuldig sind, dann ... lass mich bitte ausreden!«, sagte er, als sie protestieren wollte.

Einen Moment sah sie ihm forschend in die Augen, dann zuckte sie die Achseln und schwieg.

»Das Einzige, was wir mit Sicherheit wissen, ist, dass Mehmet Egrem getötet hat«, sagte Aryan leise, für den Fall, dass sich im Pudding Shop noch andere Albaner aufhielten. »Mehmet ist wahnsinnig, aber da er sich jetzt in Polizeigewahrsam befindet, gibt es vielleicht eine Möglichkeit, dass er für immer dort bleibt. Er – und Mutter.«

Erschrocken über seinen scheinbaren Mangel an Loyalität gegenüber der Familie, sagte Engelushjia: »Aber Mehmet ist dein Blutsverwandter.«

»Ja, und ich habe lange genug geschwiegen! Für Mehmet habe ich fast mein ganzes Leben lang vertuscht, gelogen und betrogen, aber genau wie meine anderen Brüder habe ich das nur aus Angst getan. Ich sitze heute nur deshalb hier mit dir, weil Mutter und Mehmet eingebuchtet sind! Mehmet ist geisteskrank, er jagt mir und Mehti Angst ein – wie er früher auch Dhori Angst eingejagt hat!« Er rieb sich müde die Augen. »Hör zu, ich weiß mit absoluter Sicherheit, dass Mehmet Mehti dazu angestiftet hat, Mustafa Bajraktar zu überfallen – Mehmet träumte von einem Krieg mit den Bajraktars, dieser Idiot! Aber glücklicherweise ist Mehti ein Angsthase ohne viel Kraft und dieser Mustafa groß und stark.«

»Dann glaubst du also, dass Mehti gar nicht in der Lage ist, jemanden umzubringen?«

»Ich weiß es sogar!«, erwiderte Aryan leidenschaftlich. »Ich habe ja mit eigenen Augen gesehen, wie er sich vor Mehmets Gewalttätigkeiten versteckte.«

»Dann war es also Mehmet?«

»Nein, denn der war in der Mordnacht die ganze Zeit mit mir zusammen, und das ist die absolute Wahrheit.«

»Aber wenn keiner deiner Brüder Rifat getötet hat, wer war es dann?«, fragte Engelushjia kläglich.

»Ich weiß es nicht«, erwiderte Aryan, »aber vielleicht können wir es herausfinden, wenn wir uns etwas intensiver mit dem Leben deines Bruders beschäftigen.«

»Wir?«, fragte sie, und ihre Augen verengten sich zu Schlitzen.

Aryan räusperte sich. »Wenn du mich Mehtis Unschuld beweisen lässt, dann gehe ich zur Polizei und erzähle ihnen, wie, wann und wo Mehmet Egrem getötet hat.«

»*Was?*«

»Mehmet muss für immer hinter Schloss und Riegel! Er ist eine Bestie! Und außerdem muss dieses ganze Blutvergießen endlich einmmal aufhören. Wir haben jetzt die Chance dazu, Engelushjia! Jetzt, wo Mehmet und Mutter in Polizeigewahrsam sind, haben wir die Chance, diese Geschichte ein für alle Mal zu beenden! Möchtest du denn nicht auch endlich ein ganz normales Leben führen wie all die anderen Leute in diesem Lokal?« Er machte eine Bewegung in Richtung der anderen Gäste. »Also, was sagst du?«

15

Obwohl sie befürchtete, dass er ihre Gesellschaft möglicherweise als aufdringlich empfand, beschloss Zelfa Halman, ihrem Patienten nach der Sitzung anzubieten, ihn nach Hause zu fahren. Es war für sie zwar ein kleiner Umweg, aber es regnete, und er wirkte so furchtbar müde. Außerdem bekam sie dann vielleicht Gelegenheit, seine Familie kennen zu lernen und die häusliche Situation besser zu beurteilen.

Für einen Jungen seines Alters schien Ali Evren unter ziemlich vielen Schuldgefühlen zu leiden, die sich offenbar vor allem auf seine Mutter und die Umstände ihres Todes bezogen. Mary Evren hatte ihr ganzes Leben lang unter schweren Depressionen gelitten und war in England mehrfach in psychiatrischen Kliniken gewesen, bevor sie sich vor etwa drei Jahren das Leben genommen hatte. Zelfa konnte nicht sagen, ob Alis Schuldgefühle direkt auf den Selbstmord der Mutter zurückgingen oder sich durch spätere Gespräche innerhalb der Familie entwickelt hatten. Obwohl er ein, wie man früher gesagt hätte, »melancholisches Wesen« besaß, das er offensichtlich mit seiner horrorfilmbegeisterten Mutter geteilt hatte, war Zelfa zu der Überzeugung gelangt, dass nicht Ali zur Verschlimmerung ihrer Krankheit beigetragen hatte, sondern eher seine Schwester Felicity. Mary hatte Schuldgefühle, weil sie ihrer Tochter durch ihre Krankheit eine schwere Verantwortung aufgebürdet hatte, auch wenn Felicity ihre Mutter offensichtlich gerne umsorgt hatte. Felicity – eine Schönheit, wie Zelfa annahm – war zur Sklavin von Marys Krankheit geworden; eine Erkrankung, deren Verlauf Mary weder steuern noch verkürzen konnte. Und deshalb hatte Mary sich das Leben genommen – eine gleichermaßen selbstlose wie selbstsüchtige Tat. Eine Tat, die seitdem auf allen lastete.

Dennoch bereiteten Alis Schuldgefühle Zelfa nicht die größten Sorgen; schließlich handelte es sich dabei um ein häufig auftretendes Phänomen nach dem Tod eines geliebten Menschen. Nein, was ihr viel mehr Sorge machte, war seine zunehmende Angst, die nicht allein durch seinen Vater verursacht sein konnte. Die Angst zog sich durch Alis gesamtes Leben. Er fürchtete sich vor Menschen, weil er durch die Nähe zu anderen etwas von sich selbst preisgeben musste. Er fürchtete sich vor dem Schlaf wegen des Kontrollverlustes, den dieser Zustand naturgemäß mit sich bringt. Und er fürchtete sich davor, den einzigen Menschen zu verlieren, der ihm nah war – seine Schwester. Denn Felicity schien ihn offenbar zu verstehen. Ein Gespräch mit ihr könnte interessante Einsichten liefern, dachte Zelfa.

»Kennen Sie die Hagia Sophia?«, fragte der Junge, nachdem er sich entschlossen hatte, das Schweigen zwischen ihnen zu brechen.

»Ja«, sagte Zelfa und lenkte ihren nagelneuen Renault unter dem grauen Koloss der Bosporusbrücke hindurch.

»Wussten Sie, dass sie früher mal eine Kirche war?«

»Ja.«

»Wir waren heute mit der Klasse dort, und irgendwie hat mich der Besuch ziemlich mitgenommen und bedrückt.«

Zelfa lächelte ironisch. »Du meinst, wie einen bösen, gottlosen Vampir?«

»Nein«, erwiderte er mit erstaunlicher Gelassenheit. »Wenn Sie sich recht erinnern mögen, wurde nicht *ich* im Schatten von Bram Stokers Epos geboren, sondern meine Schwester.«

»Hat sie denn Probleme in Kirchen?«, fragte Zelfa.

»Ich weiß es nicht.« Aus dem Augenwinkel sah sie, wie er die Stirn runzelte. »Sie betritt keine Kirchen – jedenfalls nicht, wenn ich dabei bin. Sie war noch nie in der Hagia Sophia. Vielleicht sollte ich sie mal mitnehmen.«

»Ja, vielleicht solltest du das. Und wenn du dann feststellst, dass Gott keinen von euch beiden tot umfallen lässt, habt ihr beide vielleicht etwas mehr Klarheit bezüglich der Frage, wer und was ihr seid«, sagte sie, obwohl sie wusste, das sie sich damit über eine sorgfältig konstruierte und achtsam gehegte Wahnvorstellung lustig machte.

Aber Ali Evren reagierte nicht ungehalten; im Gegenteil – er lächelte.

»Ach, ich bin mir ziemlich sicher, dass mit meiner Schwester etwas passieren würde, Dr. Halman«, sagte er. »Denn obwohl sie nicht zugibt, dass sie ein Vampir ist, hat Felicity kein Spiegelbild.«

Zelfa wandte ihren Blick von der Straße ab – länger, als es die Sicherheit eigentlich erlaubte – und starrte ihn an. »Was hast du gesagt?«

»Sie haben mich genau verstanden«, erwiderte der Junge ruhig.

»Aber Ali ...«

»Ich möchte über dieses Thema nicht mehr sprechen«, sagte er entschlossen. »Also werden wir das auch nicht.«

Zelfa widerstand dem Impuls, weiter nachzufragen, und konzentrierte sich wieder auf den Verkehr. Wegen des starken Regens war die Sicht sehr schlecht, und die Straße erforderte ihre ganze Aufmerksamkeit. Doch ihre Gedanken kreisten weiter um diesen merkwürdigen Jungen, seine unsichtbare Schwester und ihren eigenen Arzttermin bei Dr. Aksu. Es war eine Sache, über die Menopause zu reden, aber sie durch Untersuchungsergebnisse bestätigt zu bekommen war etwas ganz anderes. Sie war sich nicht sicher, wie sie auf den klinischen Befund reagieren würde. Vielleicht würde sie etwas vollkommen Verrücktes tun und einfach nach Irland zurückgehen, ohne irgendjemandem davon zu erzählen ...

»Die nächste Straße links«, sagte Ali.

Die kleine Straße, in der Ali wohnte, ging links von der Küçük Bebek Caddesi ab. Obwohl der Stadtteil Bebek nicht gerade als arm bezeichnet werden konnte, zählte diese Straße nicht zu den bevorzugten Lagen. Die Bebauung, ein architektonischer Stilmischmasch, umfasste osmanische Holzvillen aus dem neunzehnten Jahrhundert, aber auch die seltsam geschwungenen Linien einer Art-déco-Villa, die offenbar der Familie Evren gehörte. Zelfa nahm an, dass das Haus ursprünglich weiß gewesen war, doch der Zahn der Zeit hatte dafür gesorgt, dass es jetzt den gleichen Grauton wie der Himmel hatte. Es gab eigentlich nur einen Grund, warum jemand eine Villa so weit oben in den Hügeln hinter dem eigentlichen Stadtteil kaufte. Die Aussicht war trotz Regens einfach atemberaubend. Die schäumende Flut des Bosporus lag direkt zu Zelfas Füßen, und dahinter erstreckte sich der asiatische Kontinent bis ins weit entfernte China. Eine Welt voller Romantik und Abenteuer in Sichtweite.

Ihre Laune änderte sich jedoch schlagartig, als sie das Haus betrat. Im Inneren war es auf eine Weise dunkel und drückend, die nicht zu Art-déco-Villen passte, und bereits der Flur war voll gestellt mit Gegenständen, die billig wirkten, selbst wenn sie es vielleicht gar nicht waren – wie etwa das Telefon aus »antikem« Porzellan und Blattgold.

Wie sie erwartet hatte, bestand Ali darauf, dass sie zum Tee blieb. Daher ließ sie sich in einen Raum führen, der sich als ein zweigeteiltes Wohnzimmer herausstellte. Nachdem sie auf einem Sessel vor einem riesigen Erkerfenster Platz genommen hatte, bemerkte sie mit Bedauern, dass dieser Raum nach hinten hinaus ging, so dass sie von hier nicht die wundervolle Aussicht auf den Bosporus genießen konnte. Stattdessen fiel ihr Blick auf einen äußerst ordinären goldenen Rolls-Royce, der direkt vor dem Fenster stand. Obwohl sie sich für ihre eigene Heuchelei hasste, machte sie ein paar bewundernde Bemerkungen, bevor Ali sie allein ließ, um den Tee zuzubereiten. Als er gegangen war, blickte sie sich im Rest des geschmacklos eingerichteten Raumes um. Das Zimmer war voll gestopft mit schweren Möbeln, scheußlichen, billigen Kelims, einem riesigen, protzigen Spiegel – und einer Ansammlung erstaunlich schöner Ikonen aus Osteuropa.

»Hallo.«

Diese unvermittelte Begrüßung, noch dazu auf Englisch, ließ Zelfa erschrocken zusammenzucken.

»Du lieber Gott!«, rief sie und legte ihre Hand auf die Brust, um sich zu beruhigen.

Die Frau war winzig klein und vollkommen in Schwarz gekleidet. Zunächst dachte Zelfa, sie müsse entweder sehr jung oder sehr alt sein. Doch bei näherem Hinsehen erkannte sie, dass keines von beidem zutraf. Dafür war die Frau extrem missgestaltet: mit einer hochgezogenen Schulter und einem Gesicht, das man als hübsch hätte bezeichnen können, wenn es nicht durch eine Ansammlung hässlicher, roter Schwellungen verdreht und verzogen gewesen wäre.

»Es tut mir Leid, dass ich Sie erschreckt habe«, sagte die Frau und streckte Zelfa ihre kleine Hand entgegen. »Mein Bruder sagte mir, dass Sie aus Irland stammen.«

»Oh ja, richtig«, erwiderte Zelfa, ebenfalls auf Englisch, und schüttelte die ausgestreckte Hand, die ungeachtet ihrer Größe kräftig und fest zupackte. Herr im Himmel, dachte Zelfa ironisch, wenn das Alis wunderschöne Schwester ist, dann möchte ich nicht wissen, wie jemand aussieht, den Ali als hässlich bezeichnet.

»Ich bin Felicity«, sagte die Frau, »Davids Schwester.«

»David?«

Das seltsame Gesicht versuchte ein Lächeln. »So hieß Ali zu Hause in England«, sagte sie. »Manchmal benutze ich den Namen noch. Macht der Gewohnheit.«

»Oh.«

»Ja.« Sie trat einen Schritt zurück und zog eine ernste Miene. »So nett es auch ist, Sie kennen zu lernen, Dr. Halman, ich muss Sie leider dennoch bitten zu gehen.«

»Hm?«

»Wir erwarten jeden Moment die Polizei.«

»Nichts Schlimmes, hoffe ich«, setzte Zelfa an, »ich ...«

»Nichts, wogegen einer von uns irgendetwas unternehmen könnte«, erwiderte Felicity Evren kryptisch. »Eine Familienangelegenheit. Nichts, was einen Außenstehenden etwas anginge, wenn Sie verstehen, was ich meine.«

»Natürlich.«

Felicity machte eine schwungvolle Bewegung in Richtung Tür. »Dann darf ich Sie jetzt hinausbegleiten«, sagte sie, »und Ihnen dafür danken, dass Sie so freundlich waren und David nach Hause gebracht haben.«

»Ach, keine Ursache, wirklich ...«

Doch Felicity strebte bereits zur Haustür. Zelfa fragte sich, ob die arme Frau sich wohl jemals nach draußen wagte. Sie war sich sicher, wenn sie selbst unter der Krankheit zu leiden hätte, mit der Felicity behaftet war, dann bräuchte sie keine kranke Mutter als Ausrede, um im Haus zu bleiben. Die Menschen konnten in diesen Dingen furchtbar grausam sein. Kein Wunder, dass Ali seiner Schwester gegenüber einen solch ausgeprägten Beschützerinstinkt entwickelt hatte und so ausgesprochen zuvorkommend zu ihr war – obwohl sich manchmal auch eine gewisse Bitterkeit in seine Worte schlich. Möglicherweise bildete dies einen Teil seines seltsamen, facettenreichen Problems. Vielleicht *wollte* Felicity gerne unsichtbar sein. Zelfa verstand jetzt auch, wieso.

Als sie die Haustür erreichten, versuchte Alis Schwester erneut ein Lächeln und drückte die Klinke herunter.

»Sie müssen wissen, ich mache mir große Sorgen um den Zustand Ihres Bruders«, sagte Zelfa, während sie hinaustrat. »Er nimmt bestimmte Ereignisse auf eine ungewöhnliche und meines Erachtens nicht immer gesunde Art und Weise wahr.«

»Ach.« Felicity senkte den Blick. »Tatsächlich?«

»Ja. Und obwohl ich Ihnen aufgrund meiner ärztlichen Schweigepflicht natürlich nicht sagen kann, worum es dabei genau geht, denke ich, dass ein Gespräch mit Ihnen sehr nützlich sein könnte.«

Felicity nickte ernst. »Ja, natürlich, wenn ich David dadurch helfen kann ...«

»Vielleicht könnten Sie mich anrufen?«, fragte Zelfa und suchte in ihrer Tasche nach einer Visitenkarte. »Möglichst bald?«

»Ja, natürlich«, erwiderte Felicity und schenkte ihr ein weiteres schiefes Lächeln.

»Vielleicht im Laufe des morgigen Tages?«

»Ja ... vielleicht ... Nun muss ich Sie aber wirklich bitten zu gehen, Dr. Halman«, sagte sie und begann, die Tür zu schließen.

»Oh, äh, natürlich. Auf Wiedersehen. Und vielen Dank.«

Die Tür fiel krachend hinter Zelfa ins Schloss.

Als Zelfa sich ihrem Wagen zuwandte, riss sie erstaunt die Augen auf. In der Auffahrt stand im strömenden Regen Mehmet Süleyman.

»Ich nehme mal an, ich sollte dich nicht fragen, warum du gerade aus diesem Haus kommst?«, sagte er und unterdrückte den Impuls, sie anzulächeln.

»Nein«, erwiderte Zelfa, »das solltest du nicht.«

»Fast wie euer christliches Beichtgeheimnis, diese ärztliche Schweigepflicht, habe ich Recht?«, fragte İkmen, als er sich zu Zelfa und Süleyman gesellte.

»Stimmt genau«, sagte sie lächelnd und wandte sich wieder ihrem Verlobten zu. »Ich ruf dich später an.«

»Aber nicht vergessen.«

»Zu Befehl!«, erwiderte sie mit einem unterdrückten Lachen in der Stimme und ging zu ihrem Wagen. Als sie an Süleyman vorbeikam, drückte er sanft ihre Hand, und die beiden tauschten einen Blick – einen kurzen Blick, der jedoch nicht so kurz war, dass er den Menschen im Inneren des Hauses, die die Szene beobachteten, nicht aufgefallen wäre.

Da Angeliki, Mehmet und Mehti die Wohnung schon ein paar Tage nicht mehr betreten hatten, wirkte sie irgendwie sauberer. Und obwohl Orhan Tepe wusste, dass dieser Eindruck ziemlich irrational war, gab es keinen Zweifel daran, dass sich tatsächlich ein paar Dinge in der Wohnung geändert hatten. So waren die Räume beispielsweise wesentlich weniger von Zigarettenrauch erfüllt, und die normalerweise überall herumliegenden Kartoffelschalen – Angelikis Spezialität – fehlten gänzlich. Was Tepe allerdings am meisten überraschte, war Engelushjia Berishas Anwesenheit.

»Ich nehme an, dass Ihre Eltern nicht sehr erfreut wären, wenn sie wüssten, dass Sie hier sind«, sagte er zu dem Mädchen, während er sich in den Sessel neben ihr sinken ließ. Engelushjia senkte den Kopf und errötete.

»Ich hoffe mal, dass hier ... äh ... nichts Ungebührliches geschieht«, fügte Tepe hinzu und sah Aryan Vlora an.

»Engelushjia Berisha und ich suchen nur nach einem Weg,

meinem Bruder Mehti zu helfen und Rifat Berishas Mörder zu finden«, erwiderte der Albaner erstaunlich ruhig.

»Das stimmt, Wachtmeister Tepe«, mischte das Mädchen sich ein. »Herr Vlora und ich wollen das Gleiche.«

»Aber Ihr Bruder hat den Mord an Rifat Berisha bereits gestanden«, wandte Tepe sich wieder an Aryan.

»Haben Sie irgendwelche kriminaltechnischen Beweise, die meinen Bruder mit diesem Mord in Verbindung bringen?«, fragte Aryan.

»Noch nicht.«

»Sie werden auch keine finden.«

»Und warum nicht?«

»Weil er es nicht getan hat«, erwiderte Aryan schlicht.

Seufzend holte Tepe Stift und Notizbuch aus seiner Jackentasche und schlug es auf. »Ich bin hier, um mit Ihnen über die Nacht von Rifats Ermordung zu reden, Herr Vlora«, sagte er und notierte etwas am oberen Rand der Seite. »Ich möchte, dass Sie mir sagen, was Sie und Ihre Brüder an jenem Abend gemacht haben.«

»Was, schon wieder?«

»Ja. Sie müssen verstehen, wenn sich eine Ausgangslage ändert, wie in diesem Fall, müssen wir das natürlich überprüfen. Schließlich war Mehti zuerst angeblich den ganzen Abend mit Ihnen zusammen zu Hause, und dann war er doch nicht hier.«

Aryan zuckte die Achseln. »Okay.«

»Also, was geschah an jenem Abend?«

»Wir haben zusammen zu Abend gegessen, wie immer. Meine Mutter möchte das so, sie ... Na ja, jedenfalls so gegen sieben Uhr beschloss Mehmet, sich voll laufen zu lassen.«

»Er hat nicht irgendwelche seiner Drogen genommen?«, fragte Tepe.

Aryan seufzte. »Nein, das macht er nur selten. Meistens zieht er es vor, sich zu betrinken, und außerdem – wie Sie ja wissen, Wachtmeister – nehmen gute Drogenhändler nur selten die eigene Ware. Mehmet hat sich jedenfalls mit einer Flasche Rakı vor den Fernseher gehockt, während ich das tat, was ich normalerweise um diese Uhrzeit tue.«

»Und das wäre?«

»Er zeichnet«, sagte Engelushjia Berisha. »Menschen und Straßen und Ähnliches. Er ist wirklich gut.«

Tepe sah von seinem Notizbuch auf und hob überrascht eine Augenbraue. Es war kaum vorstellbar, dass sich jemand in solch einer verkommenen, kahlen Wohnung künstlerisch betätigte. Aber Inspektor İkmen hatte ihm schon erzählt, dass Aryan Vlora wohl nicht in das übliche Bild des arbeitslosen Immigranten passte.

»Ich zeige es Ihnen«, sagte Aryan. Er verließ kurz den Raum und kehrte mit einer seiner Zeichnungen zurück.

Tepe war beeindruckt. Er konnte sehen, dass Aryan ziemlich begabt war und eine genaue Beobachtungsgabe besaß. Die Zeichnung – ein Porträt seiner Mutter – spiegelte viele Züge von Angelikis Charakter wider, sogar ihre alles beherrschende Boshaftigkeit. Tepe brachte seine Bewunderung zum Ausdruck und fuhr dann mit seiner Befragung fort.

»Also«, setzte er erneut an, »Mehmet war also betrunken und Sie haben gezeichnet.«

»Meine Mutter ist dann irgendwann eingeschlafen, und Mehti hat gegen acht die Wohnung verlassen.«

»Hat er gesagt, wohin er wollte?«

»Nein, obwohl ...«, Aryan zögerte, als sei er unentschlossen, was er als Nächstes sagen solle. »Ich weiß, dass er seit Dhoris Verschwinden viel Zeit vor der Wohnung der Berishas verbracht hat. Ich habe ihn selbst öfter dort gesehen.«

»Aber er hat nie irgendetwas gemacht«, warf Engelushjia ein. »Ich erinnere mich, dass Mutter mehrfach gesagt hat, sie hätte einen der Vlora-Brüder vor dem Haus gesehen. Sie dachte, es wäre vielleicht Mehmet, und bekam Angst. Aber Rifat fürchtete sich nicht. Er sagte, das sei nur Mehti, und dann lachte er. Das könnte erklären, warum er keine Angst hatte, aus dem Haus zu gehen.«

»Es war also allgemein bekannt, dass Mehti keine Bedrohung darstellte?«

»Ja«, erwiderte Aryan.

»Und dennoch haben Sie und Ihre Familie einen ganz schönen Ruf«, sagte Tepe. »Die Eltern von Engelushjia Berisha fürchten sich vor Ihnen, und der Überfall auf Mustafa Bajraktar kann ihre Angst nur noch verstärkt haben.«

»Eine in eine Blutfehde verwickelte Familie regiert durch Angst, oder sie geht unter«, erwiderte Aryan ernst. »Die Vlora-Brüder sind zwar gefürchtet, aber in Wirklichkeit waren es immer nur meine Mutter und Mehmet, die mit Begeisterung bei der Sache waren.«

»Aber wenn Sie nicht damit einverstanden waren, Herr Vlora ...«

»Ach, Sie glauben also, es wäre so einfach, seiner Familie zu sagen, dass man dieses Spiel nicht mehr mitspielen will?« Plötzlich wütend, sprang Aryan auf und lief unruhig im Zimmer auf und ab. »Haben Sie eigentlich auch nur die geringste Vorstellung davon, was mein Bruder Mehmet mit mir machen würde, wenn er jetzt hereinkäme und Engelushjia hier vorfände?«

»Also, ich ...«

»Er würde mich umbringen! Unsere Gesetze, das Kanun von Lek Dukagjini, verlangen es! Wir dürfen nicht feige sein, wir dürfen keine Gnade zeigen, wir dürfen noch nicht einmal versuchen, unsere Streitigkeiten mit Worten beizulegen!« Seine Hände zitterten sichtbar, als er sich eine Zigarette anzündete und sich wieder in seinen Sessel sinken ließ. »Und das passt einem Irren wie Mehmet natürlich wunderbar in den Kram.«

»Aber was ist mit Mehti?«

Aryan stützte den Kopf in die Hände. »Mehti wäre gerne so wie Mehmet, aber das ist er nicht. Er ist eine trübe Tasse.« Er hob den Kopf. »Ja, ja, ich weiß, dass er Bajraktar angegriffen und ihn verletzt hat. Aber ich glaube, das hat er nur deshalb getan, weil er sich nicht dazu überwinden konnte, Rifat Berisha zu töten – und natürlich, um Bajraktar dafür zu bestrafen, dass er gesungen hat. Und selbstverständlich wollte er auch Mehmet beeindrucken, der das Ganze angezettelt hatte. Mehmet war richtig stolz darauf, dass wir jetzt auch die Bajraktars als Feinde hätten; ihm gefiel der Gedanke einer Blutfehde mit dieser Familie. Die Bajraktars sind ein sehr mächtiger Clan, wie Ihr Inspektor İkmen ja sicher weiß.«

Die verwandtschaftlichen Beziehungen zwischen İkmen

und der Transsexuellen gehörten nicht zu den Themen, die Tepe jetzt gerne diskutieren wollte, daher räusperte er sich nur kurz.

»Aryan und ich denken darüber nach, welche Leute Rifat sonst noch kannte – Bekannte, die vielleicht einen Grund hatten, ihn zu töten«, sagte Engelushjia.

»Und trotzdem«, beharrte Tepe auf seinem Standpunkt. »Mehti hat diese Wohnung also gegen acht Uhr abends verlassen und ist wann zurückgekehrt?«

»Am nächsten Morgen, aber …«

»Also hatte er sowohl ein Motiv als auch die Gelegenheit, Herr Vlora.«

»Aber ich weiß, dass er es nicht getan hat!«

»Und woher wissen Sie das?«

»Ich weiß es einfach«, erwiderte Aryan lahm.

»Herr Vlora, ich verstehe ja, dass Sie Ihren Bruder lieben und ihm helfen wollen. Aber Sie müssen doch einsehen, dass die Beweislage gegen ihn spricht, selbst wenn er nicht gestanden hätte. Wir haben gute Gründe für die Annahme, dass er in der Mordnacht am gleichen Ort war wie Rifat.«

»Wenn das alles schon so aussichtslos ist, Wachtmeister Tepe, warum wollten Sie dann mit mir sprechen?«

Eine berechtigte Frage, aber Tepe schien es nicht angebracht, die Antwort – dass Mehti Vloras Geschichte nicht hundertprozentig mit den Fakten übereinstimmte – jetzt schon preiszugeben. Daher schwieg er.

Die Stille wurde erst durchbrochen, als Engelushjia zu Aryan hinüberging und sich neben ihn setzte. »Warum sagst du Wachtmeister Tepe nicht das, was du mir vorhin erzählst hast? Du weißt schon.«

»Hören Sie«, sagte Tepe leicht gereizt, »wie kommt es eigentlich, dass Sie beide plötzlich beste Freunde sind? Sie behaupten zwar, dass Sie gemeinsam die Wahrheit herausfinden wollen, aber ehrlich gesagt finde ich das ziemlich …«

»Wachtmeister Tepe!« Aryan Vloras Stimme klang laut und gebieterisch, aber sein Blick war auf Engelushjia Berisha gerichtet.

Tepe bemerkte, dass sie einander ansahen, aber er konnte

ihren Blicken nicht viel entnehmen. Er war wütend darüber, dass ihn ein Zivilist angeschnauzt hatte.

»Ja, Herr Vlora?«, gab er barsch zurück.

»Wenn ich Ihnen jemanden nenne, der wirklich ein Mörder ist, werden Sie mir dann zuhören, was Mehti betrifft?«

»Können Sie mir Rifats Mörder nennen?«

»Nein«, sagte Aryan, »das kann ich nicht. Aber ich kann Ihnen sagen, wer Egrem Berisha getötet hat und Ihnen beschreiben, wie Mehti auf Gewalttätigkeiten reagiert.«

»Fahren Sie fort«, sagte Tepe misstrauisch.

»Als mein Bruder Mehmet Egrem Berisha umgebracht hat, hat Mehti geschrien und geweint wie ein kleines Kind.«

Tepe ließ sich in seinen Sessel zurückfallen, als würde er von der schieren Gewalt dieser Information erdrückt. »Waren Sie bei dem Mord dabei, Herr Vlora?«, fragte er ernst.

»Nein, ich kam erst kurze Zeit später nach Hause.«

»Und Sie haben diese Straftat nicht der Polizei gemeldet?«

Aryan blickte zu Boden. »Nein.«

Tepe seufzte. »Ich hoffe, Sie verstehen, welche Konsequenzen sich aus dem ergeben, was Sie gerade gesagt haben, Herr Vlora. Sowohl für Sie selbst als auch für Ihren Bruder.«

Angesichts der ernsten Situation erschien es merkwürdig, aber Aryan lächelte. »Oh ja, Wachtmeister«, sagte er. »Mir ist genau bewusst, was ich getan habe. Das ist etwas, was ich schon vor langer Zeit hätte tun sollen.«

Süleyman hob Tepes Stuhl an den Lehnen hoch, trug ihn zu İkmens Schreibtisch und setzte sich. Über Istanbul senkte sich die Nacht herab, und in der Stille, die ihrem Gespräch vorausging, lauschten die beiden Männer dem Rauschen des unaufhörlichen Regens. In der Ferne dröhnte das Nebelhorn einer Fähre, und von der Straße hallten die hastigen Schritte von Passanten hoch, die keinen Regenschirm hatten. Missbilligend betrachtete Süleyman seine Schuhe, die ziemlich mitgenommen aussahen – was aber bei dem ewigen Matsch, den verfaulenden Lebensmittelresten und schmutzigen Pfützen auf den Straßen von Istanbuls Altstadt nicht weiter verwunderte.

İkmens Gedanken kreisten dagegen um weniger triviale Dinge. Gemächlich ließ er sich an seinem großen Schreibtisch nieder und zündete sich eine Zigarette an. »Weißt du«, setzte er an, »obwohl es über die Familie Evren eigentlich nicht viel Negatives zu sagen gibt, bin ich über ihre Verwicklung in diesen Fall nicht gerade begeistert. Um es mal mit Zelfas Worten auszudrücken: Mir gefällt die ›Dynamik‹ zwischen diesem Mann und seinen Kindern nicht.«

Süleyman zuckte die Achseln. »İlhan Evren ist ein Verbrecher. Von der Metropolitan Police in London weiß ich, dass Evren bereits einmal wegen Betrugs verurteilt wurde, und es gibt Indizien, wenn auch keine Beweise, dass er im illegalen Organhandel zwischen armen Flüchtlingen und reichen Europäern mitgemischt hat. In dem Zusammenhang soll es auch zu Gewalttaten gekommen sein. Leute wie er und ihre Familien leben ständig in einem Umfeld aus Geheimnissen und Betrügereien.«

»Ja«, meinte İkmen und runzelte die Stirn, »und genau das macht mir Sorge. Wenn deine Einschätzung stimmt, dann ist Evren wahrscheinlich ein gewiefter Lügner. Allerdings hat er aus seinen Gefühlen gegenüber Rifat keinen Hehl gemacht, und auch seine Tochter war auf ihre eigene, verdrehte Art und Weise sehr hilfreich. Sie versuchen erst gar nicht, Rifats Anwesenheit in ihrem Haus an jenem Abend zu vertuschen.«

»Nein.«

İkmen schwieg einen Moment, während er heftig an seiner Zigarette zog und an die nikotingelbe Decke starrte. »Das Einzige, was mir überhaupt nicht gefallen hat«, sagte er nach einer Weile, »war die Art und Weise, wie der Sohn immer zuerst seine Schwester angesehen hat, bevor er auf eine Frage reagierte. Immer mit diesem verstohlenen Lächeln. Irgendetwas ist mir daran nicht geheuer. Das Ganze war so merkwürdig. Ich meine, wenn er ein kleines Kind gewesen wäre, dann hätte ich es ja noch verstehen können. Aber nicht bei einem Teenager.«

»Du meinst, er hätte selbstsicherer auftreten müssen?«, fragte Süleyman lächelnd. »Vielleicht hat man ihm in England ja erzählt, wie schrecklich die berüchtigte türkische Polizei sein kann.«

Auch İkmen musste lächeln. »Ja, vielleicht.«

Süleyman holte ein Päckchen Zigaretten aus seiner Jackentasche und zündete sich eine Zigarette an. »Was hältst du eigentlich von diesem Geschenk, das Rifat angeblich für Evrens Tochter mitgebracht hatte? Anscheinend nutzte er es als eine Art Vorwand, um ins Haus zu gelangen. Das vermute ich zumindest.«

»Ja«, stimmte İkmen zu. »Aber offenbar hat er es wieder mitgenommen, was immer es auch gewesen sein mag.«

»Mmm.« Süleyman zog nachdenklich an seiner Zigarette. »Ein Jammer, dass wir nicht wissen, was es war.«

İkmen nickte zustimmend. »Vor allem, ob es sich dabei um einen Gegenstand aus buntem Glas gehandelt hat. Es wäre doch interessant, herauszufinden, was genau mit solcher Wucht in Rifats Gesicht geschleudert wurde.«

»Falls es das Geschenk für Felicity war, würden sich daraus diverse Möglichkeiten ergeben.«

»Ja.« İkmen lächelte. »Vielleicht gefiel ihr das Geschenk nicht.«

»Oder eine andere Dame war rasend eifersüchtig.«

İkmen lehnte sich mit seinem Stuhl zurück und wippte auf den beiden hinteren Beinen. »Aber da es keinerlei Hinweise auf andere Frauen gibt, landen wir zwangsläufig wieder bei der Familie Evren. Nur weil Felicity und ihr Bruder angeblich schon im Bett waren, als Rifat dort vorbeigefahren ist, bedeutet das noch lange nicht, dass sie wirklich schon geschlafen haben.«

»In diesem Falle stellt sich jedoch die Frage, warum Felicity Evren die Berishas in ihrer Wohnung besuchte und dadurch riskierte, mit dem Mord in Verbindung gebracht zu werden.«

»Engelushjia Berisha hatte ihr Rifats Tod mitgeteilt und sie eingeladen. Ich nehme mal an, dass Felicity nicht davon ausging, Engelushjia würde uns von ihrem Besuch erzählen. Schließlich konnte Felicity sich zusammenreimen, dass Engelushjia von ihrer Freundschaft mit Rifat wusste. Aber sie konnte nicht ahnen, dass er seiner Schwester auch von seiner Reise nach London erzählt hatte. Und um ehrlich zu sein: Ich glaube nicht, dass Engelushjia irgendetwas gesagt hätte, wenn sie nicht eine Schwäche für Tepe gehabt hätte. Außerdem hätte Felicity die Berishas, spätestens nachdem sie die Geschichte in der Zeitung gelesen hatte, sowieso besucht. Schließlich hat sie Rifat geliebt.«

»Obwohl sie und er nie etwas miteinander hatten.«

İkmen lachte. »Ah, der zynische Ausdruck in deinem Gesicht ist Geld wert!« Begeistert klatschte er in die Hände. »Als ich dich zum ersten Mal traf, hast du mich schon so zum Lachen gebracht mit der Mitteilung, dass Sex deines Erachtens ein relativ unbedeutender Aspekt im Leben eines Menschen sei. Es gäbe so viele andere Dinge, die man sonst noch tun könne, hast du gesagt.«

»Okay, okay!« Süleyman musste unwillkürlich lächeln und strich sich müde mit einer Hand übers Gesicht. »Ich war damals noch sehr jung.«

»Und so furchtbar verklemmt«, erwiderte İkmen mit offensichtlichem Vergnügen. Sosehr er Süleyman auch schätzte und respektierte, blieb dieser doch immer ein Teil der »alten Ordnung« und daher ein legitimes Ziel für einen Bauern wie ihn. Süleyman war jedoch nicht gekränkt und reagierte gar nicht auf diesen kleinen Seitenhieb. Stattdessen wandte er sich einfach wieder dem Fall zu.

»Ich nehme an, wenn Mehti Vlora in jener Nacht wirklich vor dem Haus der Evrens war – und ich bin mir ziemlich sicher, dass er da war –, dann könnte er vielleicht etwas Wichtiges gesehen haben.«

İkmen zog ein finsteres Gesicht. »Möglicherweise. Aber wir müssen sein Verlangen nach familiärer Anerkennung und seinen albanischen Männlichkeitswahn irgendwie ausschalten, damit er uns etwas erzählt. Es sei denn, Mehti macht das alles im Auftrag dieses unappetitlichen İlhan Evren. Allerdings sehe ich bisher noch keine Verbindung zwischen den beiden.«

»Nein, ich auch nicht.«

»Aber ich muss schon sagen, der Gedanke, dass es Rifats eigenes Geschenk war, das in sein Gesicht geschleudert wurde, gefällt mir außerordentlich. Diese Tat würde von großer Wut zeugen. Wobei ich allerdings nicht wüsste, warum die offensichtlich schwer trauernde Felicity so etwas getan haben sollte. Und ich bezweifle, dass ihr Bruder dazu in der Lage wäre.«

»Evrens russische Freunde wären vermutlich dazu in der Lage.«

İkmen neigte den Kopf. »Stimmt. Und die Leiche in der Nähe der Wohnung des Opfers zu deponieren ist ein klassisches Mafia-Verhalten ... Wenn wir nur irgendwelche Beweise hätten.«

»Wohl wahr.«

»Aber die haben wir nicht«, sagte İkmen seufzend, »also müssen wir mit dem arbeiten, was wir haben. Und das ist im Augenblick lediglich ein nicht stichhaltiges Geständnis. Ich denke, dass es Zeit wird, İlhan Evrens Umfeld ein wenig genauer unter die Lupe zu nehmen. Obwohl Rifat Evrens Tochter angeblich freiwillig eine seiner Nieren gespendet hat, ist das Ganze meines Erachtens doch irgendwie anrüchig – nicht zuletzt wegen Evrens vermuteter Verstrickung in den organisierten Organhandel.«

»Ja«, stimmte Süleyman ihm zu, »das empfinde ich genauso. Denn warum sollte Rifat so etwas tun? Andererseits müssen wir uns auch die Frage stellen, ob wir zu der gleichen Schlussfolgerung kämen, wenn Felicity Evren jung und hübsch wäre.«

İkmen lächelte. »Zumindest hat Rifat einen Wagen und einen Urlaub dabei rausgeschlagen.«

»Im Krankenhaus?«, fragte Süleyman bissig. »Welch angenehme Vorstellung.«

İkmen ließ seinen Stuhl ruckartig nach vorne kippen. »Das erinnert mich an etwas«, sagte er und sah auf die Uhr. »Ich muss ins Krankenhaus und meinen Onkel abholen.«

Süleyman drückte seine Zigarette in İkmens Aschenbecher aus. »Und wie gehen wir jetzt weiter vor, Çetin?«

İkmen nahm sein Jackett von der Stuhllehne und stand auf. »Wir müssen noch in Erfahrung bringen, was Roditi aus dem Chauffeur herausbekommen hat, und uns Evrens Geschäftspartner genauer ansehen. Ich habe das britische Konsulat gebeten, sich mit mir in Verbindung zu setzen. Vielleicht hat Rifat ja für diesen ›britischen‹ Geschäftsmann gearbeitet.« Er zuckte die Achseln. »Außerdem denke ich, dass wir Mehti Vlora einmal klar machen sollten, was sein Verhalten im allerschlimmsten Fall für Konsequenzen hat.«

»Du meinst, er soll richtig Angst bekommen.«

»Ja.« İkmen warf sich sein Jackett über die Schulter. »Wenn Çöktin morgen früh wieder da ist, könntest du mit ihm mal darüber reden. Denn wenn es einem Anhänger des Satans nicht gelingt, einem Mann Angst einzujagen, wem denn dann?«, fügte er mit einem vergnügten Funkeln in den Augen hinzu.

Süleyman wollte gerade auf diese etwas überzogene Bemerkung eingehen, als Tepe unangemeldet ins Büro platzte.

»Inspektor«, rief er, während er versuchte, wieder zu Atem zu kommen, »wir haben einen Hinweis in dem Berisha-Fall!«

»Aryan Vlora hat uns Einzelheiten zu den genauen Umständen und dem Tatort von Egrem Berishas Ermordung genannt«, sagte Ayşe Farsakoğlu, die von Tepes Rücken fast vollständig verdeckt wurde.

İkmen runzelte die Stirn. »Das ist Rifats Bruder.«

»Ja! Aryan Vlora sagt, dass Mehmet Vlora Egrem umgebracht hat.«

»Und woher weiß Aryan das?«, fragte Süleyman ruhig.

»Er weiß es, weil er dabei war, Inspektor«, sagte Ayşe Farsakoğlu und schob sich an Tepe vorbei. »Ein Umstand, den Wachtmeister Tepe ihm auf geschickte Weise entlockt hat.«

»Ach, tatsächlich?«, sagte İkmen, während er gegen das Unbehagen ankämpfte, das ihm die Anwesenheit einer Frau bereitete, die mit beiden seiner Kollegen geschlafen hatte. »Und warum hat Aryan damals nichts dagegen unternommen?«

»Wie wär's, wenn ich Ihnen die ganze Geschichte auf dem Weg zum Vernehmungszimmer erzähle?«, fragte Tepe und hielt seinem Vorgesetzten die Tür auf.

»Aryan ist hier, richtig?«, fragte İkmen müde.

»Ja.«

»Und Engelushjia Berisha«, fügte Ayşe Farsakoğlu hinzu und sah Süleyman triumphierend an. »Das ist eine ziemlich lange Geschichte.«

»Das habe ich mir schon gedacht.«

Seufzend holte İkmen sein Mobiltelefon aus der Tasche und wählte eine Nummer.

»Wenn ich mir jetzt noch mehr Geständnisse anhören muss, sollte ich erst dafür sorgen, dass jemand anderes meinen armen Onkel abholt«, sagte er und wartete darauf, dass sich die vertraute Stimme seines ältesten Sohnes am anderen Ende der Leitung meldete.

16

Als Zelfa Halman an diesem Abend müde in ihr kaltes Bett kroch, kreisten ihre Gedanken um das Gespräch mit ihrem Onkel, das sie soeben geführt hatte. Es war noch nicht einmal neun Uhr, aber sie fühlte sich hundemüde. Obwohl sie wusste, dass sie Mehmet versprochen hatte, ihn anzurufen, war sie einfach nicht in der Stimmung dazu. Und als wäre es noch nicht genug, dass ihr Körper sich bleischwer anfühlte, hatte sie am frühen Abend ein Telefonat aus Irland erhalten, das sie sehr aufgewühlt hatte. Ihr Onkel Frank hatte sie nicht nur regelrecht mit Nachdruck aufgefordert, ihrem Vater von ihrer Verlobung zu erzählen – was sie inzwischen längst getan hatte –, sondern hatte ihr auch noch von einem Aspekt seiner Arbeit berichtet, der Zelfa noch nie geheuer gewesen war.

Offenbar trieb in einem Haus in Franks Gemeinde eine ruhelose Seele ihr Unwesen. Dieser »Geist«, der sich als großer, grauhaariger Mann manifestierte, hatte die dort wohnende ältere Dame so sehr in Aufregung versetzt, dass Frank keinen Gedanken daran verschwendete, sich mit seinem Kirchenoberen zu beraten, sondern gleich mit der Bibel und reichlich Weihwasser zur Tat schreiten wollte.

Zelfa konnte nicht verstehen, wie jemand mit auch nur ein bisschen gesundem Menschenverstand an einen solchen Schwachsinn glauben konnte. Sie hatte ihrem Onkel unmissverständlich gesagt, dass sie ihn für extrem verantwortungslos hielt.

»Diese ältere Dame könnte geistesgestört sein – das weißt

du selber!«, hatte sie ihren inzwischen schwer beleidigten Onkel angefahren.

»Ach, erzähl doch nicht so einen Blödsinn, Bridget! Mrs Morgan ist geistig so gesund wie ich!«

Zelfa schluckte die nahe liegende Antwort gerade noch herunter und meinte stattdessen: »Aber sie könnte unter heautoskopischen Erscheinungen leiden. So etwas kann jedem von uns widerfahren, vor allem wenn man unter Stress steht oder …«

»Wovon zum Teufel redest du, Mädchen?«

»Heautoskopische Erscheinungen bedeuten, dass das Gehirn einer Person Dinge vorgaukelt, die nicht wirklich existieren. Meistens handelt es sich dabei um eine Form von Wunscherfüllung. Wenn zum Beispiel der Mann einer Frau stirbt und sie ihn dann drei Monate später in ihrem Schlafzimmer sieht.«

»Herrgott noch mal, Bridget …«

»Aber es stimmt, Onkel Frank. Damit lassen sich diese Phänomene auf rationale Weise erklären.«

»Um zu beweisen, dass es so etwas wie Geister nicht gibt, nehme ich an!«, erwiderte er zornig. »Du und deine Wissenschaft. Heiliger Vater – als wäre es nicht schon schlimm genug, dass du einen Heiden heiratest …«

Kaum hatten die Worte seinen Mund verlassen, wünschte er, er hätte es nicht gesagt, das konnte Zelfa an seinem plötzlich angehaltenen Atem hören. Doch es war bereits zu spät – was Zelfa ihm unmissverständlich klar machte, indem sie den Hörer auf die Gabel knallte.

Jetzt, ungefähr zwei Stunden später, war Zelfa noch immer aufgewühlt. Heiden, Geister und mittelalterliche Zeremonien – das waren die Zutaten für Ignoranz und Vorurteile. Genau wie die Idee des Bösen hatten diese Dinge in der Praxis der modernen Psychotherapie keinen Platz mehr. Und doch existierten sie noch, wenn auch in eher klinischer Gestalt. War nicht auch Ali Evren in gewisser Hinsicht eine »ruhelose Seele«? Schuldgefühle und Angst – eine häufige Kombination bei Trauerfällen, vor allem nach einem Selbstmord – standen ganz oben auf Alis Tagesordnung. Vielleicht bewirkte ja der »Geist«

seiner toten Mutter, dass Ali sich so merkwürdig verhielt – vielleicht wünschte sie sich, dass ihr Sohn starb oder wahnsinnig wurde, damit sie wieder Kontakt zu ihm aufnehmen konnte. Unheimliche Anklänge an Emily Brontës *Sturmhöhe*. Doch auf einer viel profaneren Ebene genügte bereits die arme, verkrüppelte Felicity Evren, um selbst einen Gladiator das Fürchten zu lehren – sie war eine Art böses Omen, das durch das Haus schlich. Im Gegensatz zu dem, was ihr Bruder auch immer glauben mochte, war sie unglückseligerweise weder liebreizend noch unsichtbar. Und wenn sie wirklich unsichtbar gewesen wäre, hätte Ali dies auch wieder traurig gestimmt. Schließlich liebte er seine Schwester – eine einfache und lobenswerte Gemütsregung.

Zelfa fragte sich, was ihr geliebter »Heide« bei den Evrens gewollt hatte. Soweit sie wusste, half er im Augenblick İkmen bei den Ermittlungen in einem albanischen Blutrachefall. Sie sprachen nicht viel über ihre jeweilige Arbeit. Beide mussten sich ja viel zu sehr an ihre jeweilige Schweigepflicht halten. Trotzdem fragte sie sich, warum er dort gewesen war und mit welchem Familienmitglied er hatte sprechen wollen. Schließlich konnte der Besuch der Polizei bedeuten, dass bei den Evrens krimininelle Machenschaften im Gange waren – was wiederum eine wesentlich irdischere Ursache für Alis Angst vermuten ließ als der Geist seiner verstorbenen Mutter oder seine unsichtbare Schwester.

Wirklich zu dumm, dass sie Mehmet nicht einfach danach fragen konnte. Vielleicht könnte sie das Thema indirekt ansprechen oder hypothetische Fragen stellen ... Oder auch nicht. Zelfa sank tiefer in ihre Kissen. Sie hatte keine Lust zu reden, nicht einmal mit Mehmet und noch nicht einmal über Ali Evren. Alte Priester und die Reste ihrer eigenen religiösen Erziehung geisterten durch ihre Gedanken. Sie musste zugeben, dass sie nicht nur verärgert war, sondern auch ein gewisses Schuldgefühl empfand. Es schien, als hätte der Begriff »Heide« irgendetwas zum Klingen gebracht. Das Kind eines Heiden und jetzt auch noch im Begriff, einen weiteren Heiden zu heiraten? Warum hatte sie dieses böse Vorurteil hinter Onkel Franks freundlichen Worten nie bemerkt? Nach all den Jahren hatte er an diesem Abend schließlich offen gelegt, was er wirklich dachte. Wie dumm von ihr, dass sie vorher nie darüber nachgedacht hatte. Und hatte ihre eigene Mutter nicht Zelfas heidnischen Vater verlassen, um sich mit diesen vielen hübschen katholischen Männern zu vergnügen? Schlimmer noch: Hatte ihre Großmutter dies nicht auch noch gutgeheißen? Durch ihr Schweigen hatte sie zugestimmt. Aber vielleicht steckte auch mehr dahinter. Aber im Augenblick fühlte Zelfa sich nicht in der Stimmung, diesen Gedankengang weiterzuverfolgen. Mittelalterlicher Aberglaube! Sie beugte sich über ihr Bett, um die Nachttischlampe auszuschalten, und lag dann wach in der Dunkelheit. Sie wünschte, ihr Liebster wäre da, um ihr bei ihrem Kampf gegen die Gespenster der Vergangenheit zu helfen.

Sınan İkmen war schon lange wieder zu Hause, als sein Vater Çetin die Wohnung im Stadtteil Sultan Ahmet betrat. Sınan hatte seinen Großonkel vom Cerrahpaşa-Krankenhaus abgeholt und war noch zum Essen geblieben – er hätte seiner Mutter diese Bitte schlecht abschlagen können.

Als Çetin İkmen nach Hause kam, lagen Fatma und die Kinder bereits im Bett. Onkel Ahmet war der Einzige, der noch nicht schlief; er sah sich eine Musiksendung im Fernsehen an. İkmen holte zwei Flaschen Efes-Bier aus der Küche und erkundigte sich nach dem Gesundheitszustand seines Cousins. Danach ließ er sich neben seinem Onkel nieder und fragte sich, wie er das Gespräch auf den Tod seiner Mutter bringen sollte. Wenn Onkel Ahmet wirklich all die Jahre die Wahrheit gewusst hatte, war er İkmen eine Erklärung schuldig – und wenn es nur dazu diente, endgültig mit Angeliki Vloras Geschichten von blutigen albanischen Morden aufzuräumen.

Als er schließlich das Gefühl hatte, sich genügend Mut angetrunken zu haben, wandte İkmen sich an den alten Mann. »Dir ist schon klar, dass ich weiß, dass Mutter nicht an einem Herzinfarkt gestorben ist, oder, Onkel Ahmet?«

Ahmet stellte seine leere Bierflasche auf den Tisch und seufzte. »Mustafa hat mir gesagt, dass du Fragen gestellt hast.«

»Ach, Samsun wusste also auch Beischeid.«

»Nein! Natürlich nicht. Mustafa, dieser arme Junge, wusste nur, dass er mich sofort informieren musste, falls du oder dein Bruder jemals Fragen stellen solltet. Er wusste nicht, wieso – und er hat auch nie danach gefragt. Ich vermute, dass Menschen seines Schlages möglicherweise am besten wissen, dass manche Fragen nie gestellt werden dürfen.«

Die Musiksendung war vorüber, und es folgte ein Fernsehquiz, das für İkmens Geschmack unglaublich banal war. Während er mit halbem Ohr den Fragen des aalglatten Moderators lauschte, die dieser den nervösen Kandidaten präsentierte, fragte er sich, warum er nicht selbst im Fernsehen war und innerhalb eines sehr kurzen Zeitraums eine Summe in Höhe von mehreren Monatsgehältern gewann.

Aber er saß nicht im Fernsehstudio; er war in seiner Wohnung, zusammen mit seinem Onkel – einem Mann, der sein Geheimnis lange genug gewahrt hatte.

»Wie hast du die Wahrheit über Ayşes Tod herausgefunden?«, fragte der alte Mann schließlich.

»Eine Frau namens Angeliki Vlora hat ...«

»Diese Tochter des Teufels!«, rief Ahmet feindselig und spuckte auf den Boden. »Sie hat es dir erzählt?«

»Ja.«

Der alte Mann ließ den Kopf auf die Brust sinken.

»Onkel Ahmet ...«

»Natürlich weiß ich, dass Emina Ndrek noch unter den Lebenden weilt.«

İkmen erinnerte sich, dass Angeliki den Namen Ndrek im Zusammenhang mit dem Tod seiner Mutter erwähnt hatte, aber als Onkel Ahmet diesen Namen nannte, traf ihn das wie ein Schlag. Sein Onkel schien davon auszugehen, dass Angeliki Vlora ihm die Wahrheit gesagt hatte. Aber Angeliki hatte behauptet, seine Mutter sei ermordet worden, was bedeutete, dass Arto Sarkissians Entdeckung nicht korrekt sein konnte. Plötzlich fühlte İkmen sich sehr, sehr elend.

»Onkel, Emina Ndrek ...«

»Mit dem Tod deiner Mutter sind alle offenen Rechnungen beglichen worden«, sagte Ahmet. »Als ich erfuhr, dass der Akt vollzogen war, bin ich zu Eminas Vater gegangen – er hatte mich rufen lassen –, und wir haben die Sache gemeinsam beigelegt. Mögen meine Vorväter mir vergeben, aber ich habe nicht einmal versucht, Salih nach Albanien zu verfolgen, obwohl es mir das Herz brach.«

İkmen brachte nur ein Murmeln zustande. »Aber Onkel, der Selbstmord …«

Als Ahmet Bajraktar endlich die Verwirrung in der Stimme und auf dem Gesicht seines Neffen erkannte, schüttelte er müde den Kopf und nahm İkmens Hand in seine.

»Also weißt du gar nicht die ganze Wahrheit, Çetin?«, fragte er sanft.

»Die ganze Wahrheit?«

»Du kennst nur Angelikis Version, die du für ein Gerücht gehalten hast, plus die vermeintliche Wahrheit, die dein Vater und sein armenischer Freund ›herausgefunden‹ haben.«

İkmens Herz schlug jetzt wie wild, und sein Mund war wie ausgetrocknet. »Und was ist die ganze Wahrheit?«, flüsterte er.

Der alte Mann holte tief Luft und erwiderte dann: »Ungefähr einen Monat, nachdem ich İsmail Ndrek getötet hatte, hat sein jüngerer Bruder Salih deine Mutter umgebracht.« Mit einem kleinen, schiefen Lächeln sah er seinen Neffen an. »Vielleicht solltest du mich jetzt verhaften, Wachtmeister? Hm?«

İkmen starrte ihn nur entsetzt an, völlig gebannt vom Gesicht eines Mannes, den er zu kennen geglaubt hatte.

»Oh ja, es war *gjakmaria*«, fuhr der Alte fort, jetzt scheinbar gelassen. »Aber mit dem Tod deiner Mutter fand das alles ein Ende. Es ging auch nicht anders. Selbst Emina war entsetzt, als sie davon erfuhr.«

İkmen griff nach der Fernbedienung und schaltete das alberne Fernsehquiz aus. »Ich verstehe es nicht. Sie war doch eine Frau … Ich meine, wie …«

Onkel Ahmet drückte die Hand seines Neffen zwischen seinen knochigen Fingern. »Du und ich, wir beide müssen uns einmal mit Emina Ndrek unterhalten. Nur zusammen können wir dir die Erklärung liefern, die du verdienst, Çetin.« Er seufzte. »Ich werde mich darum kümmern.«

»Du …«

»Ich nehme dich mit zu Emina. Sie lebt immer noch in Üsküdar – zusammen mit ihrem Sohn und ihren Erinnerungen und mit Blick auf die Rückseite eures alten Hauses, wo meine Schwester sich bereitwillig auf ihr Bett legte und sich die Kehle aufschlitzen ließ.«

Während İkmen versuchte, sich von dieser schrecklichen Vorstellung zu lösen und einfach nur an das alte Holzhaus zu denken, wo er seine Kindheit verbracht hatte, krümmte sich sein Onkel in seinem Sessel zusammen und brach in Tränen aus. İkmen schien es, als hätte Ahmet bis zu diesem Zeitpunkt nie geweint. Sein Schluchzen war herzergreifend – oder wäre es zumindest gewesen, wenn İkmen außer Wut noch irgendetwas anderes hätte empfinden können. Er hatte endgültig genug von diesen Leuten: den Berishas, den Vloras und seiner eigenen Familie. Zum ersten Mal in seinem Leben wünschte er sich, er wäre jemand ganz anderes und hätte einen ganz anderen Beruf. Vollkommen egal, was – Hauptsache, er hätte mit diesen ganzen Albanern nichts mehr zu tun.

Langsam stand er auf und ging zur Tür.

»Mach das Licht aus, wenn du fertig bist«, sagte er eisig.

»Çetin …«

Doch İkmen wollte sich nicht länger anhören, was sein Onkel zu sagen hatte. So leise wie möglich kroch er in die tröstliche Wärme seines Betts und zu seiner türkischen Frau, die ihn bereits erwartete.

Aryan Vlora hatte niemals damit gerechnet, dass İkmen ihn laufen ließ, nachdem er seine Ausage zu Protokoll gegeben hatte. Schließlich hatte er durch seine Anwesenheit während der letzten Sekunden im Leben von Egrem Berisha sowie durch die Tatsache, dass er das Verbrechen nicht angezeigt hatte, Beihilfe zum Mord geleistet. Aber İkmen war selbst auch albanischer Herkunft, also hatte er vielleicht ein gewisses Verständnis, vermutete Aryan. Und außerdem: Wenn er damals Egrems Ermordung der Polizei gemeldet hätte, wäre er heute längst tot – und İkmen wusste das auch.

Allerdings würde ihm die Freiheit auch nicht lange Freude bereiten. Sobald dieser Narr Mehti schließlich doch seinen

Verstand einschaltete und sein absurdes Geständnis widerrief, würde es nicht mehr lange dauern, bis er ihre Verwandten in Kukes kontaktierte und Aryans Verschwinden arrangieren ließ. Weder Mehti noch die anderen Verwandten würden es mit Begeisterung aufnehmen, wenn er vor Gericht erschien, um gegen Mehmet auszusagen. Dennoch war er froh, dass er bei der Polizei gewesen war. Eine Anklage wegen Drogenhandels würde Mehmet nur kurze Zeit ins Gefängnis bringen, aber als verurteilter Mörder käme er für immer hinter Schloss und Riegel – und das war schließlich der Ort, wo er hingehörte.

Engelushjia Berisha hatte geduldig mehrere Stunden auf der Wache gesessen und gewartet, bis Aryan seine Aussage gemacht hatte. Als er schließlich aus dem Vernehmungszimmer kam, sah sie ihn an und lächelte. Gemeinsam verließen sie die Polizeiwache. Über ihrem dünnen, fleckigen Kleid und den zahlreichen, löchrigen Pullovern wirkte ihr kleines Gesicht ganz blau im nebligen Schein der Laternen neben der Yeni-Moschee. Aryan hätte gerne den Arm um sie gelegt, um ihr etwas von seiner Körperwärme abzugeben. Doch er wusste, dass das nicht möglich war. Er mochte zwar so etwas wie ein Held für sie sein, aber er war immer noch ein Vlora und hätte mühelos ihr Vater sein können.

»Ab hier gehe ich besser alleine«, sagte sie, als sie das dichte Straßengewirr von Eminönüs Basarviertel erreicht hatten.

»Natürlich«, sagte er lächelnd. Er nahm ihre kleine Hand und schüttelte sie vorsichtig. »Also nochmals vielen Dank, Engelushjia, dass du die ganze Zeit bei mir geblieben bist.«

»Wir müssen diese schreckliche Geschichte ein für alle Mal beenden, Aryan«, erwiderte sie fest. Und dann schnellte sie nach oben, um ihm einen leichten Kuss auf die Wange zu hauchen. »Danke.«

Im nächsten Moment war sie auch schon verschwunden. Aryan konnte sich nicht vorstellen, was sie ihrem Vater Rahman von den Ereignissen des Tages erzählen würde. Er hoffte nur, dass die Berishas nicht das übliche Verhalten zeigten, wenn die Kinder zweier in Blutrache verbundener Familien sich zusammentaten. Natürlich konnte er nichts dagegen machen, falls es so wäre. Väter besaßen nun einmal gewisse Rechte über ihre Töchter, und daran ließ sich nichts ändern. Aryan hoffte nur inständig, dass Rahman seine Tochter nicht krankenhausreif schlug.

17

Du kannst niemanden verhaften, nur weil er Vorhänge gekauft hat«, sagte Süleyman und ließ sich auf dem Rand von İkmens Schreibtisch nieder.

»Das weiß ich auch!«, fuhr İkmen ihn an. Es war nicht das erste Mal an diesem Morgen, dass er gegenüber seinem Kollegen einen barschen Ton anschlug. Süleyman gab sich alle Mühe, nicht darauf einzugehen. İkmen sah blass aus und klang furchtbar, und Süleyman fragte sich, was in seinem Privatleben passiert sein musste, um solch eine Reaktion hervorzurufen.

»Und außerdem«, fuhr Süleyman fort, »wusste der Chauffeur der Evrens gar nicht, was Felicity gekauft hatte. Erst als Roditi von Vorhängen sprach …«

»Roditi hätte erst gar nicht von Vorhängen anfangen sollen!«, knurrte İkmen. »Wenn die Leute wenigstens das bisschen Verstand nutzen würden, das sie haben.«

»Ach, jetzt hör aber auf, Çetin!«, rief Süleyman, der nun endgültig die Geduld verlor und İkmens schlechte Laune nicht länger duldete. »Roditi wollte dem Kerl nur ein bisschen auf die Sprünge helfen.«

»Er hätte ihm überhaupt nicht helfen sollen!« İkmen zündete sich die nächste Zigarette an. »Jetzt wird es für mich noch schwieriger, noch mal im Haus der Evrens aufzutauchen.«

»Aber du hast doch gesagt, du wolltest eine Durchsuchung …«

»Ja, das will ich auch, aber ein paar Beweise in einem Haufen von Vernutungen würden das Ganze erheblich erleichtern!«

»Vor kaum einer Minute wolltest du noch diese Frau verhaften!«

Ohne dass sie wussten, wie es dazu gekommen war, standen İkmen und Süleyman sich nun Auge in Auge gegenüber. Süleyman hatte das Gefühl, dass sein außergewöhnlich aufgebrachter Kollege sich in eine Folge sprunghafter Denkfehler verrannt hatte. Vollkommen untypisch für İkmen, hatte dieser sich in den Gedanken verbissen, dass Felicity Evren die Vorhänge gekauft und später Rifats Leiche darin eingewickelt hatte. Dabei schien er jedoch zu vergessen, dass der Kauf von Vorhängen noch keine Straftat darstellte und für sich genommen überhaupt nichts bewies – vor allem im Hinblick auf die Tatsache, dass Hassan, der Chauffeur, nicht die geringste Ahnung hatte, wo »Miss Flick« den Stoff gekauft hatte. Und da Roditi ihn offensichtlich beeinflusst hatte, wusste Hassan im Grunde gar nicht wirklich, dass es sich überhaupt um Vorhänge handelte. Aber das schien İkmen mit seiner schlechten Laune völlig egal zu sein.

Nachdem er eine Weile gedankenversunken geraucht hatte, nahm İkmen schließlich die Zigarette aus dem Mund und meinte ein wenig ruhiger: »Jedenfalls verbirgt diese Familie irgendetwas, da bin ich mir sicher. Und nach dem, was ich gerade erlebt habe, sollte ich wissen, wie eine Familie mit einem verschwiegenen Geheimnis aussieht, oder?«

»Wenn du die Evrens mit den Vloras vergleichst …«

»Ach was, nein«, erwiderte İkmen und sah Süleyman direkt in die Augen. »So weit weg muss ich gar nicht suchen, um auf solch ein Verhalten zu stoßen.«

Süleyman seufzte. »Çetin, wenn wir jetzt wieder, wie ich schwer annehme, über den Tod deiner Mutter …«

»Ihre Familie, *meine* Familie«, rief İkmen und schlug sich fest gegen die Brust, »hat zusammen mit irgendeinem anderen verdammten Albaner-Clan meine Mutter umgebracht!« Er ließ sich rückwärts auf seinen Stuhl fallen. »Da hast du's: ein Familiengeheimnis, das vierzig Jahre gewahrt wurde!«

»Çetin, bist du dir da auch sicher?«

»Nein!« Mit einer Mischung aus Hoffnungslosigkeit und Verzweiflung warf İkmen die Arme in die Luft und ließ sie dann kraftlos in seinen Schoß fallen. »Und das Tragische daran ist: Es wurden schon so viele Lügen erzählt, dass niemand die Wahrheit weiß oder sich auch nur dafür interessiert! Aber irgendwie ähnelt das auch unserem Fall hier: Jemand gesteht ein Verbrechen, ein anderer liefert ungefragt Beweise für das Gegenteil, dazu kommen seltsame Transaktionen, bei denen angebliche Liebe und lebendige Körperteile eine Rolle spielen ...« Er schlug verzweifelt die Hände vor das Gesicht, so dass die heruntergebrannte Zigarette auf den Boden fiel.

Süleyman wusste, dass jede Anspielung auf İkmens Gemütszustand weder angebracht war noch in irgendeiner Form weiterhalf, und entschloss sich, das zu tun, was er am besten konnte – das Ganze sachlich anzugehen. Er bückte sich, um die noch glimmende Zigarette aufzuheben, und meinte ruhig: »Wenigstens wissen wir, dass das Blut in Rifats Wagen definitiv von ihm selbst stammte. Und obwohl die gerichtsmedizinische Untersuchung der Blutspuren in der Vlora-Wohnung noch nicht vollständig abgeschlossen ist, hat das Labor bereits die Blutgruppe festgestellt – sie ist nicht identisch mit der von Rifat. Also wissen wir jetzt, dass er in der Nähe oder in dem Wagen starb, der laut Aussage von Mehti und der Evrens am Abend seines Todes vor dem Haus der Evrens gestanden hat.«

»Und, was folgerst du daraus?«, fragte İkmen durch das Gitter seiner gespreizten Finger.

Süleyman drückte den verglühenden Zigarettenstummel in einem der Aschenbecher aus und zündete sich selbst eine Zigarette an. »Ich denke, dass Evren nicht zu der Sorte Mann gehört, die es gewohnt ist, ihre Wut zu zügeln. Außerdem glaube ich, dass er seiner Tochter gegenüber sehr beschützerisch ist.«

»Aber wäre ein Mord nicht eine etwas übertriebene Reaktion auf einen relativ plumpen Erpressungsversuch? Und warum sollten sie dann zugeben, dass Rifat an jenem Abend überhaupt bei ihnen war? Wir hatten ja lediglich gesagt, es gäbe Hinweise auf seine Anwesenheit. Evren hätte das Ganze genauso gut abstreiten können.«

Während Süleyman das leicht gerötete Gesicht seines Kollegen betrachtete, neigte er den Kopf ein wenig und dachte über İkmens Argumente nach. »Vielleicht dachte Evren, dass es zu riskant sei, Rifats Anwesenheit abzustreiten, da er ja nicht wusste, von wem wir diese Information hatten. Schließlich wäre es immer noch denkbar, dass Rifat nur kurz im Haus war, dann wieder gegangen ist und erst später seinem Mörder begegnete. Sowohl Evren als auch Mehti sagen, sie hätten Rifat gegen zehn Uhr gesehen. Von da an bis zu Rifats Todeszeitpunkt, den Dr. Sarkissian irgendwann zwischen Mitternacht und zwei Uhr morgens ansetzt, liegt eine große Zeitspanne.«

»Stimmt.« İkmen zündete sich eine neue Zigarette an. »Ich verstehe nicht, warum Evren die ganze Zeit über Geld gestritten haben soll, das er dem Jungen sowieso nie geben wollte. Begreifst du das?«

»Nein«, sagte Süleyman. »Aber ich kann mir vorstellen, dass er eine Schlägertruppe gerufen hat, um die Sache zu regeln. Die Kreise der Kunstwelt, in denen er verkehrt, scheinen sich dieser Praktiken häufiger zu bedienen.«

İkmen erinnerte sich daran, was Süleyman ihm über İlhan Evrens Geschäfte mit der ehemaligen türkischen Aristokratie erzählt hatte, und musste lächeln.

»Aber wenn Evren mit irgendwelchen schweren Jungs aus Osteuropa unter einer Decke steckt, dann hätten die sich doch bestimmt noch ein wenig mit Rifat vergnügt, bevor sie ihn getötet hätten, oder? Ich weiß zwar, dass die Leiche viele Verletzungen aufwies, aber die meisten sind erst nach dem Tod entstanden. Und das Glas in seinem Gesicht deutet für mich eher auf das Werk einer Frau.«

»Wäre möglich.« Süleyman zuckte die Achseln.

»Was geschieht jetzt als Nächstes mit Mehti Vlora?«

»Er wird morgen dem Richter vorgeführt.« Süleyman erhob sich langsam von der Schreibtischkante. »Wie du vorgeschlagen hast, habe ich Çöktin gebeten, mit Mehti die ganze Geschichte noch mal durchzugehen.«

»Und du hast Çöktin doch sicherlich klar gemacht, wie wichtig es ist, zu einem überzeugenden Ergebnis zu kommen?«, fragte İkmen mit einer Art grimmigem Humor in der Stimme.

»Ich habe ihm gesagt, solange er keine körperlichen Spuren hinterließe, könne er tun, was immer er für erforderlich hielte, um die Wahrheit ans Licht zu bringen.«

İkmen lächelte grimmig. Obwohl İsak Çöktin normalerweise ein von Natur aus zurückhaltender Mann war, hatte er sich bereits mehrfach als hervorragender Spürhund bei der Suche nach der Wahrheit erwiesen. Seine Methoden waren alles andere als subtil, aber er wendete niemals körperliche Gewalt an; lediglich die Grenzen der psychischen Belastbarkeit wurden manchmal überschritten. Weder İkmen noch Süleyman fühlten sich allzu wohl bei dem Gedanken, aber manchmal – und ungeachtet İkmens lebenslangen Kampfes gegen Polizeibrutalität – war jemand wie Çöktin einfach unerlässlich. Wie in diesem Fall beispielsweise, wo ihnen die Zeit davonlief und die Gefahr bestand, dass Mehti Vlora sich selbst zu einer lebenslänglichen Freiheitsstrafe verurteilte für eine Tat, von der er nur wünschte, sie begangen zu haben. Schließlich durfte man bei diesen Albanern nicht vergessen, dass die Ehre der Familie über alles ging, dachte İkmen bitter. Für seine Mutter war sie wohl von größerer Bedeutung gewesen als die Liebe zu ihrem Mann und ihren Kindern. Sie hatte ihr Leben für etwas hingegeben, das er nicht einmal ansatzweise nachvollziehen konnte.

»Wer hat da so früh am Morgen schon angerufen?«, fragte Balthasar Cohen gereizt, als sein Sohn den Hörer wieder auflegte.

»Das war Zelfa. Sie wollte Mehmet sprechen«, erwiderte Berekiah. »Ich habe ihr gesagt, dass er schon zur Arbeit ist.«

»Also dort, wo du auch schon längst sein solltest, wenn du nicht willst, dass Lazar sich über dich beschwert.«

Balthasar versuchte eine bequemere Lage zu finden für das, was von seinen Beinen noch übrig war. Mühsam zerrte er an einem der Kissen unter seinem Gesäß und stieß zwischen erstickten Schmerzenslauten leise Flüche aus.

Berekiah brachte es nicht über sich, diesem Kampf noch länger untätig zuzusehen. Er ging zu seinem Vater hinüber. »Lass mich dir doch helfen …«

»Nein!«

»Aber ...«

»Nein!«, wiederholte Balthasar noch heftiger. »Geh weg! Wenn ich deine Hilfe brauche, rufe ich dich!«

»Aber Vater, Mehmet hast du erlaubt, dir zu helfen.«

»Mehmet ist mein Freund, und er ist ein erwachsener Mann!«, erwiderte Cohen, dem es schließlich gelang, das störende Kissen wegzuziehen.

»Ja, aber ich bin dein Sohn!«

Balthasar warf das Kissen auf den Boden – darauf bauend, dass seine Frau oder sein Sohn es später aufheben würden.

»Vater?«

Balthasar blickte rasch auf und sah seinen Sohn ohne erkennbare Regung an. »Solange du die Arbeit eines Kindes verrichtest, kannst du kein erwachsener Mann sein«, sagte er schroff. »Besorg dir einen anständigen Job, und dann können wir uns vielleicht als Gleichberechtigte unterhalten.«

Bis ins Mark getroffen von dieser brutalen Beurteilung seiner derzeitigen Beschäftigung, wandte Berekiah sich von seinem Vater ab. Da waren sie also mal wieder beim Thema: sein Eintritt bei der Polizei. Seit Berekiah İkmen besucht und sich mit ihm und Süleyman über die Arbeit der Polizei unterhalten hatte, ließ sein Vater nicht mehr locker. Zu Berekiahs und Estelles großer Verlegenheit hatte er sogar an jenem Abend davon angefangen, als Zelfa und Mehmet ihre Verlobung bekannt gegeben hatten. Und obwohl Berekiah hinsichtlich seiner Zukunft allmählich immer genauer wusste, was er wollte, ließ er sich nicht zu einer übereilten Entscheidung drängen – nicht einmal von seinem kranken Vater. Daher tat er das, was er in letzter Zeit, seit Balthasars Laune sich immer weiter verschlechterte, häufiger tat. Er lächelte seinen Vater an und sagte schlicht: »Du hast Recht – wenn ich nicht zu spät kommen will, sollte ich mich jetzt besser beeilen.«

»Vielleicht kannst du noch mal mit Mehmet reden, wenn du heute Abend zurück bist.«

»Ja, vielleicht«, erwiderte Berekiah lächelnd. »Aber jetzt muss ich erst mal Blattgold zur Hagia Sophia bringen.«

Obwohl es ihn nicht wirklich interessierte, murmelte Balthasar: »Wofür?«

Berekiah nahm den Mantel von seiner Stuhllehne und zog ihn an. »Für die Restaurierungsarbeiten«, sagte er. »Professor Apa und sein Team restaurieren die Mosaike in der Kuppel. Und wir liefern das Blattgold für dieses Projekt.«

»Bilder falscher Messiasse!«, zürnte Balthasar.

Jetzt verlor Berekiah endgültig die Geduld. »Seit wann bist du so fromm?«, fuhr er ihn an. »In meinem ganzen Leben hab ich noch nie etwas so Scheinheiliges gehört! Ich glaube, als du noch irgendwelchen billigen Weibern nachgerannt bist, die halb so alt waren wie du, da hast du mir besser gefallen!«

»Oh ja!«, konterte Balthasar bitter. »Mach nur weiter, erinner mich immer wieder daran, dass ich an diesen Stuhl gefesselt bin!«

Berekiah zuckte die Achseln. »Dafür brauchst du mich gar nicht«, sagte er und ging zur Tür. »Dazu bist du hervorragend selbst in der Lage.«

»Berekiah!«

Aber statt einer Antwort hörte er nur das Knallen der Tür, die sein Sohn wütend hinter sich zugeschlagen hatte. Der Junge würde sich im Laufe des Tages schon wieder beruhigen, so wie immer, dachte Balthasar. In der Zwischenzeit konnte er nur hoffen, dass Estelle, die er in der Küche vermutete, nichts von dem Streit mitbekommen hatte. Doch als die Tür zum Wohnzimmer aufgerissen wurde, schwand seine Hoffnung dahin. Im Türrahmen stand Estelle, die Hände in die Hüften gestemmt und entschlossen, ihm einen weiteren Vortrag über sein Verhalten gegenüber ihrem unglücklichen Sohn zu halten.

Hassan Cıva hatte nicht damit gerechnet, dass Felicity Evren zusammen mit ihrem Bruder in den Wagen stieg. Normalerweise war sie keine Frühaufsteherin und begleitete den Jungen nicht zur Schule. An diesem Morgen sah sie aus, als hätte sie die ganze Nacht kein Auge zugetan. Ihr Gesicht war aschfahl.

Aber vielleicht war das auch nicht anders zu erwarten, dachte Hassan, als der Junge und die Frau in den goldenen Rolls-Royce stiegen. Sein Chef, İlhan Evren, hatte ihn am Abend zuvor angerufen, um ihm mitzuteilen, dass die Polizei im Haus sei und auch bei ihm zu Hause veorbeischauen wolle. Doch unglücklicherweise kam dieser Anruf zu spät. Irgendein hässlicher, fetter Bulle hatte ihm bereits eine Reihe merkwürdiger Fragen gestellt, von denen Hassan hoffte, dass er sie in Evrens Sinne beantwortet hatte. Auch wenn diese Fragen seines Erachtens nichts Wichtiges betrafen – welchen Nutzen konnte jemand aus den Einkaufsgewohnheiten von Felicity schon ziehen? Ja, gut, sie hatte irgendwelchen Stoff gekauft. Er wusste nicht, wofür der gedacht war, aber er hatte allem zugestimmt, was der Beamte vorschlug. Wen kümmerte das schon?

Soweit er wusste, hingen diese polizeilichen Ermittlungen irgendwie mit dem Tod dieses Albaners zusammen, für den Felicity Evren sich so interessiert hatte. Die Polizei nahm an, dass dieser Mann am Abend vor seiner Ermordung im Haus der Evrens gewesen war. Hassan konnte dazu nichts sagen. Schließlich wohnte er nicht bei den Evrens, worüber er ziemlich erleichtert war, auch wenn die Familie zweifellos in einem gewissen Luxus lebte. Der Junge war irgendwie merkwürdig und nervös, und »Miss Flick« nahm zwar Rücksicht auf ihren geliebten Bruder, hatte aber auch eine eigenartige Beziehung sowohl zu Ali als auch zu ihrem Vater. Es schien Hassan, als würde sie die Männer beherrschen und nicht umgekehrt. Felicity war die Einzige, die ihren Vater bei Besprechungen mit ausländischen Geschäftspartnern stören durfte – harte, Furcht einflößende Männer. Hassan hätte so etwas nicht geduldet. Wenn seine Tochter einmal erwachsen war, würde sie ihm gehorchen und auf keinen Fall mit irgendwelchen Albanern rummachen. Oh nein – dafür würde er schon sorgen.

»Bitte fahr uns nach Sultan Ahmet, Hassan«, sagte Ali Evren, als er sich hinter dem Chauffeur auf den Sitz gleiten ließ.

Bevor Hassan darauf reagieren konnte, flüsterte Felicity ihrem Bruder leise, aber erregt etwas zu – wie üblich auf Englisch.

Als sie fertig war, wandte Ali sich wieder Hassan zu und fragte mit sanfter Stimme: »Hast du gehört, was ich gesagt habe?«

»Äh, ja, Mr Ali. Sultan Ahmet.«

»Genau«, erwiderte der Junge. »Sultan Ahmet.«

»Also nicht zur Schule?«

»Nein, ich gehe heute nicht zur Schule.« Ali lehnte sich in seinem Sitz zurück. »Bitte fahr jetzt los.«

Also ließ Hassan den Motor an und fuhr los. Hin und wieder warf er einen Blick in den Rückspiegel, um zu sehen, was die beiden dahinten wohl machten. Aber er erkannte nur zwei versteinerte Gesichter, die einander nicht anblickten, sondern den Schneeflocken zusahen, die leise auf die Stadt herabrieselten. Die Geschwister Evren waren offensichtlich in ihrer eigenen Welt versunken. Hassan tröstete sich mit dem Gedanken, dass er die beiden nur chauffieren und beschützen musste – alles andere war nicht sein Problem.

18

»Weißt du, was eine F-Strafanstalt ist, Mehti?«

Mehti Vlora empfand nicht nur die Stimme des Mannes als bedrohlich, sondern auch dessen Aussehen. Er hatte rote Haare und trotzdem diese dunklen Schlitzaugen. Der Mann stammte offensichtlich aus dem Osten dieses verfluchten Landes – einer Region, von der es hieß, dass es dort nichts als Ärger gab. Bei İkmen und selbst bei diesem großen, vornehm wirkenden Inspektor hatte Mehti das Gefühl, dass er es zumindest mit einer gewissen Art von Menschlichkeit zu tun hatte, wenn auch einer feindlich gesonnenen. Aber in der Gegenwart dieses Mannes und des Wärters mit dem ausdruckslosen Gesicht bekam er immer mehr den Eindruck, dass er ganz neuen Gefahren gegenüberstand.

Da er aus Mehti keine Antwort herausbekommen hatte, fuhr Wachtmeister Çöktin einfach fort und beantwortete seine Frage selbst.

»Eine F-Strafanstalt ist ein Gefängnis, in dem die Männer zu zweit oder zu dritt in einer Zelle untergebracht sind. Im Gegensatz zu den alten, größeren Gefängniszellen verhindert diese neue Einteilung die Bildung von Banden, wie wir sie in Bayrampaşa häufig hatten. Mit anderen Worten: Es ist sehr unwahrscheinlich, dass du jemanden finden wirst, der dich beschützt, besonders dann, wenn du mit anderen Leuten deines Schlages in einer Zelle landest.«

Mehti blickte auf. »Albanern?«

Çöktin lächelte. »Nein. Ich meine Männer ohne Mumm.

Männer, die den brutaleren Häftlingen ihren Arsch anbieten müssen – wenn sie am Leben bleiben wollen.«

Mehti rutschte nach vorne auf die Stuhlkante; seine Augen blitzten wütend. »Du …«

Die schwere Hand des Wärters schnellte vor und zog den Albaner zurück.

»Bist du jemals zum Analverkehr gezwungen worden, Mehti?« Çöktin sah dem Albaner kurz in die Augen und fuhr dann fort: »Das ist wirklich sehr schmerzhaft, und wenn der andere Mann groß gebaut ist, kann man dabei einen Schaden fürs Leben davontragen. Selbst wenn du zusammen mit deinem Bruder in einer Zelle eingekerkert würdest, habe ich große Bedenken, ob er dir helfen könnte. In unseren Gefängnissen sitzen ein paar Typen, gegen die Mehmet ein Heiliger ist.«

Mehti kniff die Augen zusammen, als er schließlich trotz seiner langsam arbeitenden Gehirnzellen dahinter kam, dass man ihn gezielt verunsichern wollte.

»Was wollen Sie überhaupt von mir?«, fragte er schließlich.

Çöktin zuckte die Achseln. »Das weiß ich noch nicht. Aber ohne Kassette im Gerät kann ich tun und lassen, was immer ich will.« Er blickte zu dem Wärter hinüber. »Stimmt's, Wachtmeister?«

»Stimmt genau.«

»Ich könnte beispielsweise eine gewisse Befriedigung daraus ziehen, dich grün und blau zu schlagen …«

»Das dürfen Sie nicht!«, schrie Mehti. »Was ist denn mit diesem ganzen Gerede von der gläsernen Polizei?«

»Alles leere Phrasen, wie du bald feststellen wirst.« Çöktin beugte sich vor, bis Mehti seinen heißen Atem im Gesicht spürte. »Schließlich sind wir Türken – deine Feinde. Und du weißt ja, wie brutal und skrupellos wir sein können.«

In Mehtis Augen spiegelte sich jetzt nackte Angst. Wenn dieser Mann, wie er behauptete, nichts Konkretes von ihm wollte, was machte er dann hier? War er gekommen, um ihn zusammenzuschlagen? Oder vielleicht war dieses ganze Gerede von einer Vergewaltigung gar kein Trick, um ihn zum Reden zu bringen. Vielleicht wollte dieser Türke sich ja selbst an ihm vergehen. Vielleicht würde der Wärter ihn festhalten und …

»Abführen.«

In seiner Panik hatte Mehti gar nicht gemerkt, dass Çöktin aufgestanden war und jetzt mit dem Rücken an der Wand des Vernehmungszimmers lehnte.

Eilfertig packte der Wärter Mehti an den Handschellen und zog ihn unsanft zur Tür.

Verblüfft von der Kürze und der scheinbaren Sinnlosigkeit dieses Verhörs, riss Mehti nur hilflos den Mund auf, während er aus dem Raum gezerrt wurde. Das Letzte, was er sah, war dieser finstere, rothaarige Affe, der ihn angrinste.

Sobald Mehti Vlora aus dem Raum war, erstarb das Lächeln auf Çöktins Lippen, und er ließ sich langsam auf seinen Stuhl sinken. Obwohl er die Rolle des sadistischen, perversen Bullen hervorragend spielte, fragte er sich manchmal, ob er nicht zu weit ging. Seine »Figur« erinnerte eher an jemanden aus einem Kriminalfilm oder an die Typen vom organisierten Verbrechen. Bei dem Gedanken daran erschauderte er tief in seinem Inneren.

Doch dann nahm er sich wieder zusammen, warf einen Blick auf die Uhr und beschloss, Mehti Vlora eine Stunde Zeit zu geben. Wenn sie etwas Glück hatten, würde die blanke Angst schon die Wahrheit zutage bringen.

Zelfa griff zum Telefon, nachdem ihr erster Patient die Türe hinter sich geschlossen hatte.

»Hallo, mein Schatz«, sagte sie, als sie die vertraute Stimme am anderen Ende der Leitung hörte. »Entschuldige, dass ich dich gestern Abend nicht mehr angerufen habe. Aber ich war furchtbar müde, und dann rief auch noch Onkel Frank an. Wir haben uns gestritten – ich werde ihn anrufen müssen, um mich zu entschuldigen. Er ist ein alter Mann …«

»Das tut mir Leid«, erwiderte Mehmet Süleyman immer noch leicht erschöpft. »Ich musste gestern auch lange arbeiten, und als ich nach Hause kam, wollte Cohen unbedingt mit mir reden. Du weißt ja, wie das geht.«

»Ja.«

»Wir sind beide schwer beschäftigte Menschen«, fuhr er seufzend fort, »aber das wird sich alles ändern, wenn wir erst einmal verheiratet sind. Dann treffen wir uns wenigstens ab und zu in der Küche deines Vaters.«

Zelfa lachte. Die Vorstellung, wie ein altes Ehepaar zusammenzuleben, kam ihr seltsam vor. Sie hatte noch nie mit einem anderen Mann als ihrem Vater zusammengewohnt.

Sie kam auf den Hauptgrund ihres Anrufs zu sprechen. So beiläufig wie möglich meinte sie: »Ach, und du warst also gestern im Haus der Familie Evren …«

»Ja.« Dann folgte eine Stille.

»Und?«

»Versuch nicht, etwas aus mir herauszulocken, das ich nicht sagen kann, Zelfa«, erwiderte er streng. »Du bist zu diesem Fall nicht als psychologische Beraterin hinzugezogen worden. Und nur weil ein Mitglied der Familie dein Patient ist, bedeutet das noch lange nicht, dass ich mit dir darüber reden kann.«

»Mehmet, ich frage doch nur, um mir ein besseres Bild von der familiären Situation meines Patienten machen zu können.«

»Würdest du mir Informationen über diesen Patienten geben, wenn ich dich darum bäte?«, fragte er. »Nein, das würdest du nicht. Du respektierst das Recht deiner Patienten auf Verschwiegenheit.«

»Ja, aber du weißt, ich würde meine ärztliche Schweigepflicht brechen, wenn es um die allgemeine Sicherheit oder eine Straftat ginge«, fuhr sie fort.

»Ist das denn bei diesem Patienten der Fall, Zelfa?«, fragte Mehmet.

Als ihr bewusst wurde, dass sie sich selbst in eine Ecke manövriert hatte, machte Zelfa einen Rückzieher. »Nein, bei diesem Patienten gibt es kein Problem mit der allgemeinen Sicherheit«, gab sie zu.

»Gut«, sagte er und wechselte das Thema. »Da wir gerade sprechen … Kann ich dich vielleicht zum Essen einladen? Wie wäre es mit einem Mittagessen im Pandeli – so gegen eins?«

»Klingt so, als wolltest du das Geld für unsere Hochzeit verprassen«, sagte sie leichthin. »Ach, was soll's? Ich bin Psychiaterin, und du bist ein Aristokrat. Es sollte uns doch wohl gelingen, eine Vorspeise und einen Kaffee zu finanzieren – vorausgesetzt, wir teilen uns beides.«

Mehmet lachte. »Ich ruf dich um halb eins noch mal an, für den Fall, dass bei einem von uns beiden was dazwischenkommt.«

»Ich freu mich schon.«

Sie legte den Hörer auf und wandte sich, noch immer lächelnd, wieder dem Aktenstapel auf ihrem Schreibtisch zu. Ihr nächster Patient litt an Verfolgungswahn. Seine Wahnvorstellung, in seiner Wohnung seien überall Wanzen versteckt, erschien ihr wesentlich moderner als die eher schaurige Gedankenwelt von Ali Evren. Möglicherweise reflektierten Alis Phantasien aber auch einfach nur seine britische Herkunft. Schließlich wäre es für einen Türken ungewöhnlich, sich für althergebrachte Vampirvorstellungen zu begeistern – ein eher typisch europäisch-christliches Phänomen. Auch ein Albaner würde sich von so etwas nicht beeindrucken lassen; die meisten Albaner waren wie die Türken Muslime. Andererseits galt der Balkan natürlich als ein Fall für sich. Zelfa war vor langen Jahren einmal dort gewesen: ein Urlaub im sonnigen Jugoslawien, in Dubrovnik. Eine Stadt, die jetzt durch die jahrelangen ethnischen Auseinandersetzungen schwer gezeichnet war. Damals hatte sie am Strand gelegen und zusammen mit Onkel Frank die verschiedenen Bars unsicher gemacht. Armer alter Onkel Frank, sie war viel zu hart zu ihm gewesen …

Obwohl Fatma sich im Allgemeinen nicht sehr für das Leben der Familienmitglieder ihres Mannes interessierte, hatte sie bemerkt, dass Ahmet Bajraktar nicht er selbst war, als er an diesem Morgen die Küche betrat. Er war still, was überhaupt nicht zu ihm passte, und wirkte traurig. Fatma hatte sich nie intensiv mit diesen merkwürdigen entfernten Verwandten beschäftigt, aber jetzt empfand sie Mitleid mit dem alten Mann. Sie vermutete, dass Çetin ihm die Wahrheit über Ayşes Tod gesagt hatte. Das musste ein schlimmer Schock für ihn gewesen sein – selbst im einundzwanzigsten Jahrhundert war Selbstmord immer noch mit einem Stigma behaftet. Es war eine Sache, im Kampf für den Islam zu sterben, aber einsame Gewalttaten gegen sich selbst in irgendwelchen dunklen Kammern galten als gottlos und widernatürlich. Doch Ayşes Tat war etwas, mit dem die Bajraktars und die İkmens sich jetzt wohl oder übel abfinden mussten.

»Möchtest du gerne noch ein Ei, Onkel?«, fragte Fatma, während sie sich noch etwas Rührei auf den Teller legte.

»Nein, danke, Fatma«, erwiderte der alte Mann. »Dafür fehlt mir die Zeit.«

»Ach?« Fatma ließ sich auf dem Stuhl ihm gegenüber nieder. »Willst du zum Krankenhaus?«

Ahmet seufzte. »Mustafa kann heute nach Hause. Wo das allerdings genau sein soll, weiß er, glaube ich, im Moment selbst nicht.«

»Er hat doch eine Wohnung in der Nähe des Kapalı Çarşı«, sagte Fatma ohne Nachdenken.

»Ja«, erwiderte Ahmet kühl, »das stimmt. Aber es ist nicht seine Wohnung, oder? Sie gehört diesem, äh, diesem Kerl, der früher als Ringkämpfer ...«

»Oh ja.« Fatma senkte den Blick. »Ein jüngerer Mann, glaube ich.«

»Na ja, wie dem auch sei – ich muss meinen Sohn jedenfalls irgendwo unterbringen«, sagte der Alte und schob den Stuhl zurück, um aufzustehen. »Selbst wenn das bedeutet, dass ich ihn mit zu mir nach İzmir nehmen muss.«

»Ich hole dir Hut und Mantel«, sagte Fatma, stand auf und schob sich an dem alten Mann vorbei in den Flur. »Es hat angefangen zu schneien, also sei bitte vorsichtig auf den Bürgersteigen, ja, Onkel?«

»Wenn Allah will, schaffe ich es heil bis zum Krankenhaus«, sagte er.

Fatma half dem alten Mann in den Mantel und reichte ihm seinen Hut.

»Übernachtest du heute Abend noch mal bei uns, Onkel?«

»Das hängt von meinem Sohn ab«, erwiderte Ahmet mit einem Achselzucken. »Aber wenn es nicht zu viele Umstände bereitet, würde ich gerne heute Abend wiederkommen. Ich muss unbedingt noch mal mit Çetin reden, bevor ich fahre.«

»Kein Problem.« Sie lächelte. »Deine Anwesenheit hier ist ihm ein großer Trost.«

Ahmet hob eine Augenbraue. »Tatsächlich? Na, ich weiß nicht recht.«

Fatma sah ihn fragend an. Aber als er schwieg, öffnete sie ihm die Wohnungstür.

»Möge Allah uns wieder zusammenführen«, sagte sie, während er langsam in den Flur trat.

»Wenn es Sein Wunsch ist«, erwiderte der alte Mann.

Fatma blickte ihm nach, bis er die Treppe hinuntergegangen war und die Haustür öffnete. In dem Moment blies ein Windstoß den Schnee, der sich vor der Tür angesammelt hatte, in den Flur hinein. Fatma hasste das – überall glitschige Pfützen, und die Leute trugen den Schneematsch in den Hausflur. Die Kinder würden es natürlich lieben, darauf herumzuschlittern, aber die Erwachsenen waren davon weniger begeistert. Hoffentlich würde der Hausmeister Aziz, dieser faule Hund, den Schnee bald wegfegen. Wenn er es nicht tat, würde diese Aufgabe an ihr und den anderen Frauen im Häuserblock hängen bleiben. Wenn Çetin im Flur ausrutschen sollte, würde sie das bis ans Ende ihrer Tage zu hören bekommen, vor allem jetzt, wo er so schlechte Laune hatte. Sie fragte sich, ob er und sein Onkel sich vielleicht gestritten hatten. Vielleicht wollte Ahmet nicht glauben, was Arto Sarkissian herausgefunden hatte. Soweit sie wusste, hatte man ihren Schwager Halil noch nicht über den Selbstmord der Mutter informiert – was sie durchaus verstehen konnte. Denn Halil hatte damals Ayşes Leichnam gefunden, und nun musste ihm die ganze Wahrheit schonend beigebracht werden. Vielleicht hatten Ahmet und Çetin darüber eine Meinungsverschiedenheit gehabt.

Nur eines wusste sie mit Sicherheit – das Leben war im Augenblick noch schwerer als sonst. Ein aufgewühlter, ständig gereizter Çetin, mehrere erkältete Kinder, Onkel Ahmets Anwesenheit und die gelegentlichen Besuche von Samsun – ihre Probleme schienen kein Ende zu nehmen. Nicht, dass sie es sich leisten konnte, lange darüber nachzugrübeln, jetzt, wo es auch noch geschneit hatte. Fatma verschwand kurz in der Wohnung, um sich ein Kopftuch umzubinden, und holte den Besen aus der Küche. Gut, sie erledigte die Arbeit von jemand anderem, aber wenn sie wartete, bis Aziz seinen Pflichten nachkam, würde sie sich nur den ganzen Vormittag Sorgen darüber machen.

»Soll ich dich abholen?«, fragte Mehmet Süleyman in sein Mobiltelefon. Hier unten im Zellentrakt war es wesentlich kälter als oben im Bereitschaftsraum der Wache. Seit es zu schneien begonnen hatte, schweiften seine Gedanken automatisch zu warmen, tröstlichen Dingen ab.

»Ich weiß doch, dass du ihren Zitronenwodka so gerne magst, Vater«, sagte er, »und es wäre überhaupt kein Problem für mich.«

Ein Schlüssel rasselnder Wachtmeister ging an ihm vorbei und grüßte. Süleyman grüßte zurück.

»Okay, wie du willst«, sagte er und lächelte, »dann seh ich dich um acht im Rejan ... Ja, Murads Schwiegermutter holt Edibe gegen sechs Uhr ab, so dass Murad erst mal zu mir kommt ... Ja ...« Als Süleyman Çöktin entdeckte, der an der Mauer am Ende des Ganges lehnte, winkte er ihn zu sich. »In Ordnung, Vater«, sagte er in sein Telefon. »Hör zu, ich muss jetzt Schluss machen. Wir sehen uns heute Abend.«

Während Çöktin auf ihn zukam, schaltete Süleyman das Handy aus und steckte es in seine Tasche.

»Und, in welchem Zustand haben Sie ihn zurückgelassen?«, fragte er seinen jüngeren Kollegen, während sich beide die eiskalten Hände rieben.

»Also, er war ziemlich verwirrt«, sagte Çöktin. »Ich hab ihn nicht lange verhört. Aber ich denke mir, wenn man jemandem etwas wieder und wieder einimpft, wird er es irgendwann kapieren.«

»Wahrscheinlich haben Sie Recht.« Süleyman bot Çöktin eine Zigarette an, die der Kurde jedoch dankend ablehnte.

»Ich hab ihm den Eindruck vermittelt, dass er vor mir nicht sicher ist«, fuhr Çöktin fort, während die beiden zu Mehti Vloras Zelle gingen. »Einige meiner Andeutungen waren ziemlich unangenehm.«

»Ich glaube nicht, dass ich irgendwelche Einzelheiten wissen will«, sagte Süleyman.

»Kann ich mir vorstellen.«

»Wenn wir beide jetzt mit Mehti noch mal seine Aussage durchgehen, könnten die Samen, die Sie gesät haben, vielleicht schon aufgehen.«

»Und wie wollen Sie es genau angehen, Inspektor?«, fragte Çöktin.

»Vernehmungsraum 3 ist leer. Lassen Sie ihn dort hinbringen, und den Kassettenrekorder schon mal vorbereiten. Ich werde dann die Fragen stellen, während Sie nur neben mir sitzen und ihn bedrohlich anstarren.«

Çöktin zog ein finsteres Gesicht. »Geht klar, Chef.«

Süleyman musste lachen und meinte: »Sie machen das so wundervoll, Çöktin. Betrachten Sie es einfach als ein ganz besonderes Talent.«

»In Ordnung, Inspektor.«

Als sie an Mehtis Zelle vorbeigingen, schwiegen die beiden Männer. Obwohl sie wussten, dass er sie wahrscheinlich nicht hören konnte, fühlten sich beide unbehaglich – und in der Minderheit. Denn in den beiden Zellen direkt gegenüber von Mehti saßen sein Bruder Mehmet und seine Mutter Angeliki. Es schien fast wie eine albanische Invasion.

Als die beiden Polizeibeamten die Wachstube erreichten, bot ihnen der Dienst habende Wachmann eine Tasse Tee an, die sie dankbar annahmen. Dann teilten sie dem Wärter ihre Pläne bezüglich Mehti Vloras Verhör mit und beschlossen, dass der gleiche Beamte wieder dabei sein sollte, der auch bei dem Verhör eine Stunde zuvor zugegen gewesen war. Hoffentlich würde Mehti das so interpretieren, wie sie es sich wünschten.

19

Die Kirche der göttlichen Weisheit, die Hagia Sophia, zählte schon immer zu den sagenumwobensten Bauwerken der Welt. Doch obwohl nur die wenigsten, die sie aufsuchen, einen tief verankerten Glauben besitzen, gibt es immer wieder Berichte über Besucher, die in diesen Räumen eine Art spirituelle Erfahrung machen. Das Bauwerk dient inzwischen als Museum, und obwohl es im Inneren relativ dunkel ist, erscheint das Licht, das von den prächtigen Mosaiken reflektiert in die Halle fällt, fast wie von einem anderen Stern. Durch Zeit und Raum hinweg kommunizieren seltsam gebieterische und mit unschätzbaren Edelsteinen verzierte Figuren mit den Bildern einer dunklen griechischen Gottheit. Die alte Welt in ihrer extremsten Form – hier zeigt sich das Christentum von seiner opulenten, fast heidnischen Seite. Und wer zu den hohen Bogenfenstern emporschaut und von dort weiter zu der nahezu himmelweit entfernten Kuppel, dem mag verziehen werden, dass er den Weihrauch förmlich vor sich aufsteigen zu sehen glaubt. Selbst die größten Zyniker können sich der Aura von über fünfzehn Jahrhunderten ergebener Gottesanbetung nicht entziehen. Und Ali Evren konnte dies schon gar nicht.

In dem heftigen Schneetreiben, das nun eingesetzt hatte, wirkte die Hagia Sophia mit ihrer erhabenen, riesigen Kuppel auf Ali eher russisch als türkisch. Aber hatten die Russen nicht ihre Religion und auch bestimmte Architekturformen von den Byzantinern übernommen? Schließlich gab es auf der Welt nichts, was wirklich vollkommen neu war – auch wenn die Schwester des Jungen dieses Bauwerk noch nicht kannte. Doch das würde sich bald ändern, und wenn sie sich erst einmal im Inneren dieser heiligen Stätte befand, würde er endlich erfahren, wer sie wirklich war. Er würde wissen, ob sie ihn belogen hatte. Denn diejenigen, deren Bild nicht im Spiegel reflektiert wurde, zerfielen in Kirchen zu Staub. Und die einzige Möglichkeit herauszufinden, ob Felicity wirklich das war, was er dachte und sich sehnlichst wünschte, bestand darin, sie in eine Kirche zu bringen – genau wie Dr. Halman am Tag zuvor vorgeschlagen hatte. Er wollte jetzt endlich die Wahrheit erfahren. Warum hatte er nicht schon eher daran gedacht? Natürlich musste er sein eigenes wachsendes Unbehagen an solch einem Ort in Kauf nehmen, aber das war die Sache wert. Wenn Felicity starb, dann wusste er Bescheid – und wenn sie nicht starb, würde er ebenfalls Bescheid wissen. Denn sosehr er seine Schwester auch liebte, bedeutete ihm diese Erkenntnis mehr als ihr Leben. Wie Felicity selbst wusste, war er ihrem Einflussbereich längst entglitten.

Auf ihrem Weg durch die fast vollständig zugeschneiten Gärten beeilten sich beide, aus der Kälte herauszukommen. Rasch durchquerte der Junge zuerst den äußeren und dann den inneren Narthex – die beiden Vorhallen – und klopfte sich den Schnee vom Mantel. Dann betrat er den eigentlichen Innenraum durch die so genannte Kaisertür und blieb andächtig stehen, um die erstaunliche Weite des Raums zu bewundern, der durch das gleißende Licht von draußen fast kristallin wirkte. Es war einfach atemberaubend. In der Mitte des Raums stand ein hohes Gerüst, errichtet von Mitarbeitern der Universität und den Restaurateuren, die an der Wiederherstellung der Fresken arbeiteten. Es erinnerte an einen modernen Turm zu Babel, der vergeblich versuchte, bis in die höchste Spitze der Kuppel vorzudringen. Plötzlich merkte Ali, wie sein Atem schwerer ging und der Raum eine seltsame, toxische Macht über ihn entfaltete. Er drehte sich zu seiner Schwester um, die noch immer draußen vor dem Haupteingang im Schnee stand, und winkte sie zu sich.

»Komm schon«, keuchte er und versuchte, ein ermutigendes Lächeln zustande zu bringen. »Es ist wirklich sehr eindrucksvoll.«

Aber sie schüttelte nur den Kopf, auf ihre exzentrische, deformierte Weise, und blieb weiterhin im Schnee stehen.

Ali wertete das als gutes Zeichen. Aber um ganz sicherzugehen, von welcher Art seine Schwester war, musste er sie in das Innere der ehemaligen Kirche locken. Er ging zu ihr hinaus. Als er an die frische Luft trat, bemerkte er, wie sein Kopf wieder klarer wurde.

»Was ist los?«, fragte er. »Hast du Angst, dass dir da drin irgendetwas zustoßen könnte?«

»Nein«, erwiderte sie schlicht. »Nach Rifats Tod habe ich dir ja erklärt, dass das Ganze nur ein Spiel war. Ein Spiel, das ich um etwas herumgestrickt habe, was mir widerfahren ist, etwas, was ich nicht erklären kann. Aber das hat keinen Einfluss auf das, was wir ... was wir füreinander empfinden.« Sie blickte traurig zu Boden und meinte dann: »Ich habe einfach das Gefühl, nach dem, was passiert ist, sollte ich mich nicht an einem solchen Ort aufhalten. Und außerdem müsstest du längst in der Schule sein.«

»Ach, komm schon, Flick, nur einen kurzen Moment«, bat er. »Es ist wirklich atemberaubend. Außerdem«, fügte er hinzu, wobei seine Stimme zunehmend gereizter klang, »außerdem haben Dad und ich dich immer beschützt. Also warum sollte ich das jetzt nicht auch tun?«

»Ach, weißt du ...«

»Komm schon, Flick«, sagte er und streckte ihr seine Hand entgegen. »Du hast Eintritt dafür bezahlt, also lass uns auch reingehen.«

Und tatsächlich setzte sie sich in Bewegung. Nachdem sie zögernd vor ihrem Bruder hineingegangen war, blieb sie im Inneren wie angewurzelt stehen und betrachtete ehrfürchtig das Hauptschiff. Was sie jedoch nicht tat, war, vor seinen Augen zu Staub zu zerfallen. Alis Gesicht war aschfahl, als er sie beobachtete. Er hatte seine ganze Welt um die Lügen einer kranken Frau konstruiert. Er war zu dem geworden, wonach er die ganze Zeit gestrebt hatte, nur um jetzt festzustellen, dass er ganz allein war. Seine Schwester, seine Liebe – alles nur eine Lüge.

»Warum kommst du nicht mit mir auf die Empore?«, fragte er atemlos und packte ihren dünnen Arm. »Von da oben kannst du alles viel besser sehen.«

»Wie du willst«, sagte sie lächelnd, »solange wir nicht mehr über Vampire reden müssen. Ich hoffe, das hat seit Rifats Tod endlich ein Ende.«

»Ja. Das weißt du doch.« Er geleitete sie zu einer Tür im inneren Narthex, hinter der sich die berühmten Rampen der Hagia Sophia befanden. »Jetzt, da er nicht mehr da ist, gehörst du wieder mir. Also ist alles in Ordnung.«

Die Tatsache, dass in der Hagia Sophia keine richtigen Treppen zu den Emporen führen, sagt viel über die sozialen Gebräuche und Sitten der Byzantiner aus. Im Gegensatz zu den traditionellen westeuropäischen christlichen Frauen gingen die byzantinischen Damen hohen Ranges häufig verschleiert. Es heißt sogar, dass die Osmanen die Idee des Harems von den Byzantinern übernahmen. Wie im Alltag waren Männer und Frauen auch bei der Ausübung der Religion getrennt – den Männern war das Hauptschiff vorbehalten, während die Frauen die Empore benutzten. Da es sich jedoch um adlige Damen handelte – Frauen und Töchter der Kaiser, konnte niemand von ihnen erwarten, dass sie zu Fuß gingen. Stattdessen wurden sie in stark verschleierten Sänften auf die Empore hinaufgetragen – vermutlich von ganzen Heerscharen armer Sklaven, dachte Felicity Evren, während sie schnaufend die ungleichmäßige Rampe hinaufstieg. Oben angekommen, blieb sie einen Moment stehen, um wieder zu Atem zu kommen. Ihr Bruder war ihr vorausgegangen und stand ebenfalls schwer atmend am oberen Ende der Rampe, was auf einen Mangel an Fitness schließen ließ und Felicity einen Moment beunruhigte.

Doch als er sie zum Geländer der Empore führte, um von dort einen Blick auf das Hauptschiff zu werfen, wandelte sich ihre Sorge in Entzücken, und sie bestaunte die enorme Weite des Raums unter und über ihr.

İkmen war angenehm überrascht, als er feststellte, dass ihn der britische Konsul höchstpersönlich zurückrief. Normalerweise erledigten irgendwelche Angestellten niederen Ranges derartige Aufgaben, aber nicht in diesem Fall.

»Offiziell hat İlhan Evren kein Vorstrafenregister«, sagte der Konsul diplomatisch.

»Tatsächlich?« Da İkmen wusste, dass Evren sehr wohl vorbestraft war, verwirrte ihn diese Information.

»Allerdings findet sich in den Akten ein Hinweis auf eine verjährte Verurteilung, die fast zwanzig Jahre zurückliegt.«

Jetzt wurde İkmen einiges klar. »Und was war damals der Grund?«

»Betrug. In der Hauptsache ging es dabei um das Arrangieren von Scheinehen für illegale Einwanderer. Evren selbst ist rechtmäßiger britischer Staatsbürger zypriotischer Herkunft. Offenbar hat er andere Zyprioten mit britischem Pass dazu gebracht, als Braut beziehungsweise Bräutigam aufzutreten.«

»Und seine Verbindungen zur Kunstwelt?«

»Die bestehen erst seit jüngerer Zeit«, erwiderte der Konsul, »und anscheinend sind sie ganz legal. Wie Sie ja sicher wissen, Inspektor, lebt Evren hier mit einer Aufenthaltsgenehmigung. In England hat er ziemlich viel Geld gemacht, und soweit ich weiß, verfügt er dort auch über einflussreiche Freunde.«

İkmen runzelte die Stirn. »Einflussreiche Freunde?«

»Kunstliebhaber, Inspektor. Bekannte Ärzte, Anwälte, Schauspieler – derartige Leute.«

Darunter auch der Arzt, der die Nierentransplantation bei Rifat und Evrens Tochter durchgeführt hatte, dachte İkmen. Er fragte sich, ob Evren überhaupt einen Cent für die Operation bezahlen musste. Oder hatte es sich dabei vielleicht um einen Gefallen gehandelt, den der Arzt ihm für die Lieferung besonders edler Feinsilbergegenstände schuldete? Ein ernüchternder Gedanke.

»Evren ist nach seinem Umzug hierher noch mehrmals in England gewesen«, riss der Konsul İkmen aus seinen Gedanken. »Und er hat tatsächlich ein Visum für einen Albaner beantragt, wie Sie bereits vermutet hatten.«

»Für Rifat Berisha?«

»Ja.«

»Und der Antrag wurde genehmigt.«

»Ja.« İkmen konnte förmlich hören, dass der Konsul lächelte. »In manchen Fällen erteilen wir ein Visum, Inspektor«, sagte er, »vor allem dann, wenn sich ein britischer Staatsbürger für die betreffende Person verbürgt und uns ein festes Abreisedatum genannt wird.«

»Und das hat man Ihnen mitgeteilt?«, fragte İkmen.

»Ja, zusammen mit einer Adresse in London, wo die Familie meines Wissens noch einen Wohnsitz hat.« Der Konsul lächelte erneut. »In Holland Park, einem Viertel, in dem man allein schon für eine Garage eine Million Pfund bezahlt – die dazugehörende Wohnung kostet erheblich mehr.«

»Ich verstehe.«

Der Konsul konnte ihm keine weiteren Informationen geben. Aus britischer Sicht schien Evren, was seinen Kunsthandel betraf, eine saubere Weste zu haben. Da die meisten Kunstobjekte in den ehemaligen Ostblockstaaten und die Schmuckstücke des alten türkischen Adels ganz legal für jedermann zu haben waren, stand es Evren frei, Geschäfte zu machen, mit wem er wollte. Und wenn sich darunter auch Männer mit schweren Lederjacken und russischen Namen befanden, dann war das ganz allein seine Angelegenheit.

Viel interessanter fand İkmen Evrens offensichtlichen Reichtum. In Pfund Sterling berechnet, war İlhan Evren Millionär und damit in der Tat sehr reich. Daher hätte er Rifat mühelos mehrere Hundert Millionen türkische Lira geben können, ohne es überhaupt in seinem Portemonnaie zu merken. Also warum hatte er es dann nicht getan, fragte İkmen sich. Vielleicht wollte er zukünftigen Erpressungsversuchen keinen Vorschub leisten; möglicherweise ging es aber auch gar nicht um Geld. Wollte Rifat für etwas bezahlt werden, das mit der Organspende an Felicity überhaupt nichts zu tun hatte? Vielleicht hatte er der seltsam deformierten Frau aber auch etwas gegeben, zu dem sich bis dahin kein Mann in der Lage gesehen hatte, dachte İkmen mit einem Schaudern.

»So«, sagte Süleyman und warf einen Blick auf Mehti Vloras Aussage, »Sie sagen also, dass Sie gegen zehn Uhr abends am Haus von Rifats Freundin eintrafen.«

»Ich dachte, das hätten wir schon besprochen«, sagte Mehti, während seine Augen unwillkürlich zu İsak Çöktin hinübersahen, der ihn finster angrinste. »Das ist doch längst geklärt. Ich habe alles zu Protokoll gegeben!«

»Ja«, sagte Süleyman und runzelte die Stirn. »Bedauerlicherweise gibt es da noch ein paar Unstimmigkeiten.«

»Oh nein, nicht der Fiat.«

»Nicht *nur* der Fiat, würde es genauer treffen, Herr Vlora.«

»Nur?«

»Wenn wir den zeitlichen Ablauf noch einmal durchgehen, wird mir vielleicht manches klarer«, sagte Süleyman.

»Aber …«

»Sie haben ausgesagt, dass Sie den grünen Fiat gegen vier Uhr nachmittags vor dem Geschäft eines Juweliers in der Babıali Caddesi gestohlen haben.«

»Ja.«

»Was haben Sie mit dem Wagen gemacht, bevor Sie Rifat Berisha an jenem Abend nach Bebek gefolgt sind?«

Mehti zuckte die Achseln. »Ich bin herumgefahren … habe irgendwo ein Mädchen aufgegabelt …«

»Eine Europäerin?«, fragte Çöktin, der bis zu diesem Zeitpunkt geschwiegen hatte.

Mehti warf einen kurzen Blick zu dem Mann hinüber, der für ihn zur Hauptquelle seiner Ängste geworden war, und murmelte: »Ja.«

»Und, hast du sie flachgelegt?«

Mehti starrte ihn mit offenem Mund an, brachte aber keinen Ton heraus.

»Ist diese Frage wirklich unbedingt erforderlich, Wachtmeister?«, fragte Süleyman stirnrunzelnd.

»Es würde bedeuten, dass es vielleicht außer Herrn Vlora noch jemand anderes geben könnte, der diesen grünen Fiat gesehen hat, Inspektor.«

»Aber ich bin damit nach Hause gefahren«, sagte Mehti. »Meine Brüder …«

»Oh, Ihre Brüder haben den Wagen also gesehen?«, fragte Süleyman. »Das ist ja was ganz Neues.«

»Ja, ich habe ihn Mehmet gezeigt und …«

»Aber nicht Aryan?«

»Der war nicht da. Aryan kam erst kurz vorm Essen zurück.«

»Es ist doch seltsam, dass Mehmet diesen Wagen bisher gar nicht erwähnt hat, finden Sie nicht auch?«, fragte Süleyman.

»Ich hab schon so oft irgendwelche Wagen geknackt. Ich kann mir keinen eigenen leisten. Und außerdem versucht Mehmet, mich zu schützen.«

»Oder du deckst ihn«, sagte Çöktin höhnisch.

»Das ist nicht wahr! Ich habe gestanden! Ich! Was wollen Sie noch mehr?«

Süleyman beugte sich nach vorne über den Tisch. »Wir wollen ganz sichergehen, dass wir auch den richtigen Mann haben. Denn derjenige, der Rifat Berisha umgebracht hat, wird den Rest seines Lebens hinter Gittern verbringen. Das bedeutet: keine Frauen, schlechtes Essen, keine Fluchtmöglichkeit und keine Garantie, dass die Gefängnisaufsicht – obwohl sie natürlich ihr Bestes tut – in der Lage sein wird, Sie vor Ihren möglicherweise sehr brutalen Zellengenossen zu schützen.«

»Aber ich habe es getan!«

»Ja, dann ist doch alles in Ordnung«, sagte Süleyman. »Wenn Sie es getan haben, verdienen Sie auch das, was Sie bekommen werden.«

Çöktins leises Lachen entging Mehti Vlora nicht.

»Gut, wenn wir jetzt einmal fortfahren könnten«, sagte Süleyman. »Sie sind Rifat Berisha also gegen halb neun nach Bebek gefolgt.«

»Ja.«

»Und als er erst einmal im Haus der Evrens war ...«

»Bin ich hinten in seinen Wagen eingestiegen.«

»Wie das?«

Mehti sah ihn verständnislos an.

Süleyman räusperte sich. »Was ich damit sagen will, Herr Vlora, ist Folgendes: Bei Ihrer ersten Vernehmung haben Sie ausgesagt, dass Sie eine der hinteren Türen aufgebrochen hätten. Als man Ihnen jedoch entgegenhielt, dass sich an den beiden hinteren Türen keinerlei Spuren für einen gewaltsamen Einbruch finden, haben Sie Ihre Aussage geändert und behauptet, die Tür müsse dann eben unverschlossen gewesen sein. Welche Version soll ich denn nun glauben?«

Mit einem Achselzucken erwiderte Mehti: »Die Tür war nicht verschlossen. Ich habe sie selbst aufgemacht.«

»Sind Sie sicher?«

»Ja.«

»Okay.« Süleyman schrieb etwas auf einen Bogen Papier, den er an das ursprüngliche Protokoll anheften wollte. »Sie werden das später noch einmal durchlesen und dann unterzeichnen können«, erklärte er Mehti, »sofern Sie mit dem Inhalt einverstanden sind.«

Der Albaner schwieg, den Blick starr auf Çöktin gerichtet.

»So«, fuhr Süleyman fort, »als Nächstes sagten Sie, Sie hätten auf Rifat Berisha im Fond seines Wagens gewartet. Stimmt das?«

»Ja.«

Süleyman lächelte. »Dann können Sie mir vielleicht auch erklären, wie es kommt, dass unsere Kollegen von der Spurensicherung trotz intensiver Suche keine Fingerabdrücke von Ihnen in Rifats Wagen finden konnten?«

»Ich hatte Handschuhe an«, sagte Mehti. »Es war kalt.«

»Sie haben in Ihrem Protokoll bisher keine Handschuhe erwähnt, Herr Vlora. Möchten Sie, dass die Handschuhe nachträglich zu Ihrer ursprünglichen Aussage hinzugefügt werden?«

Erneut zuckte Mehti die Achseln. »Ja, okay.«

Während Süleyman etwas auf dem Ergänzungsbogen notierte, fixierte Çöktin Mehtis Augen. Dann grinste er breit. Der Albaner wandte den Kopf ab.

Süleyman legte den Stift auf den Tisch. »Die Spurensicherung hat zahllose Fasern, Haare und Gewebereste aus dem Wagen des Ermordeten sichergestellt. Diese werden einem Gentest unterzogen, der absolut zuverlässig ist. Sie erinnern sich ja sicherlich, dass wir Sie zu diesem Zweck um eine Speichelprobe baten.«

Mehti kratzte sich den Kopf und rieb sich dann mit einer seiner in Handschellen steckenden Hände übers Gesicht.

»Wenn also dieses ganze Zeug nicht mit meinem genetischen Kram übereinstimmt …«

»Dann haben Sie nie in diesem Wagen gesessen, Herr Vlora«, sagte Süleyman. »So einfach ist das.«

Aufgrund des heftigen Schneefalls hatte Felicity Evren ihm den Rest des Tages freigegeben.

»Ali und ich kommen schon irgendwie nach Hause«, hatte sie gesagt, als sie am Sultan Ahmet Parkı ausstieg. »Fahr nach Hause, Hassan, bevor der Schnee noch schlimmer wird.«

»Aber was ist mit Ihrem Vater?«, hatte er gefragt.

»Ach, ich glaube nicht, dass er heute noch irgendwohin will«, erwiderte sie, während sie zitternd auf dem Bürgersteig stand. »Er ist viel zu alt, um bei so einem Wetter noch vor die Tür zu gehen. Lass den Wagen einfach in der Auffahrt stehen und geh nach Hause. Falls mein Vater doch noch mal wegmuss, kann ich ihn ja fahren.«

Aber Hassan war nicht überzeugt. Er wusste aus Erfahrung, wenn İlhan Evren nicht sofort bekam, was er wollte, dann hatten die anderen darunter zu leiden. Daher beschloss er, ihn selbst noch zu fragen. Schließlich musste er den Wagen sowieso zum Haus der Evrens zurückfahren – also konnte er genauso gut auch noch kurz hineingehen.

Er parkte den Wagen vor dem Haus und wollte gerade zur Haustür gehen, als ein Mann quer über die Straße auf ihn zulief – einer von İlhan Evrens russischen Freunden, Dimitri oder so.

»He, du!«, rief der Mann, als er näher kam und den Kragen seiner Lederjacke zum Schutz vor dem Schnee hochklappte. »Ist dein Boss bei dir?«

»Nein, ich denke, Herr Evren ist im Haus«, erwiderte Hassan und nahm den Hausschlüssel aus seiner Manteltasche.

»Nein, ist er nicht!«, stieß der Mann wütend hervor. »Ich habe geschellt und geklopft, aber es macht keiner auf. Ich war mit ihm für halb elf für eine Besprechung verabredet.«

Hassan zuckte die Achseln. »Vielleicht ist er noch mal kurz aus dem Haus gegangen, um Besorgungen zu machen«, sagte er, allerdings ohne rechte Überzeugung. Er wusste, dass Evren nur äußerst selten etwas ohne Wagen erledigte.

»Am besten komme ich mit rein und warte drinnen auf ihn«, sagte der Mann.

Hassan nahm an, dass das kein Problem sein würde. Schließlich war dieser Mann ein bekannter Geschäftspartner seines Arbeitgebers. Er hätte allerdings auch keine andere Wahl gehabt, denn in dem Moment, als er die Tür aufschloss, schob sich der Mann an ihm vorbei und ging zielstrebig ins Wohnzimmer der Evrens.

Hassan marschierte direkt in die Küche. Wenn Evren wirklich eine Verabredung mit diesem Mann hatte, musste er jeden Augenblick zurückkommen. Dann konnte er ihn fragen, ob er den Wagen noch brauchte und ihm von Miss Flicks Ausflug erzählen. Sein Chef wollte immer gerne über die verschiedenen Aktivitäten seiner Kinder auf dem Laufenden gehalten werden. Danach erkundigte er sich als Allererstes, sobald Hassan von einer seiner Fahrten mit ihnen zurückkehrte – was seine momentane Abwesenheit umso rätselhafter machte. Aber wer weiß, was ihm dazwischengekommen war. Aus irgendeinem Grund hatte er noch einmal aus dem Haus gemusst – daran gab es keinen Zweifel.

In der Küche steuerte Hassan direkt auf den Kühlschrank zu. In einem der Fächer lag eine Flasche echter schottischer Whisky, mit dem Hassan ab und an unauffällig – vorausgesetzt, er nahm nicht zu viel – sein mageres Gehalt ein wenig aufbesserte. Mit etwas Cola mixte er sich einen Drink, der ihn auch von innen erwärmte. Nach der anstrengenden Fahrt durch den Schnee konnte er eine kleine Entspannung gebrauchen. Genüsslich legte er die Füße auf den Küchentisch.

Obwohl Hassan nachher behauptete, er könne sich nicht erinnern, Dimitris eilige Schritte in Richtung Küche gehört zu haben, bereitete es ihm überhaupt keine Schwierigkeiten, sich an das Aussehen und den Geruch der Hände des Russen zu erinnern. Die wie grausige Trophäen unter seine Nase gehaltenen Finger rochen seltsam muffig und eisenartig und waren dunkelrot gefärbt, blutrot – denn mit Blut waren sie schließlich auch über und über bedeckt.

20

Sie war beunruhigend fit, dachte er und beobachtete, wie sie zu dem hohen Gerüst hinüberschaute, das sich spinnwebartig bis zur anderen Seite des Hauptschiffs erstreckte. Im Gegensatz zu seiner eigenen Atmung ging ihr Atem ganz ruhig; und obwohl in ihren Augen noch immer eine gewisse Traurigkeit lag, schien sie nicht mehr ganz so untröstlich wie in den Tagen zuvor. Sie hatte Rifat sehr gemocht, aber er hatte ihr nie wahre Liebe gegeben, nur Sex. Außerdem hatte er sich als verdammt geldgierig erwiesen, und deshalb war sie letztendlich ohne ihn besser dran. Er hätte gerne geglaubt, sie besäße kein Herz, aber das stimmte nicht. Ali zog ein finsteres Gesicht. Ihre ruhige Gelassenheit machte ihn wütend; er fühlte sich betrogen und – was viel schlimmer war – vollkommen allein. Er hatte das Gefühl, dass er an einem Punkt angekommen war, an dem er nie zuvor gewesen war, an dem er nicht sein sollte und an dem er sich auch nur deshalb befand, weil Felicity ihn angelogen hatte. Nach Rifats Tod hatte sie ihm zwar die Wahrheit gesagt, aber er hatte ihr bis heute nicht geglaubt. Der Gedanke war einfach zu unfassbar und beängstigend. Der Tod – sie war sterblich. Und damit blieb er ganz allein übrig …

»Jetzt, wo ich hier bin, fühle ich mich gar nicht mal schlecht«, sagte sie und wandte ihm ihr verzerrtes Gesicht zu. »Ich dachte, ich würde mich vielleicht schuldig fühlen.«

»Schuldig? Weswegen?« Er legte einen Arm um ihre Schulter und lächelte. »Du hast doch niemandem was getan, oder?«

Sie blickte hinab auf den Boden. Die grauen Marmorplatten lagen tief unter ihnen.

»Nein, jedenfalls Rifat nicht«, sagte sie leise, »aber ich fühle mich trotzdem verantwortlich. Ich meine, die ganze ›Vampir‹-Geschichte war für mich nur der Versuch, etwas zum Ausdruck zu bringen, was man im Grunde gar nicht erklären kann, David.«

»Mutter hat damals ›Dracula‹ gelesen, als du geboren wurdest.«

»Das ist vollkommen unerheblich«, sagte Felicity und sah ihrem Bruder direkt in die Augen. »Du solltest dem nicht so viel Bedeutung beimessen, David. Herrje, du glaubst mir immer noch nicht, stimmt's? Mutter war krank, und ich ... also für mich war das Ganze, wie ich schon sagte, eine Möglichkeit, dir zu erklären, was mit mir passierte. Schließlich warst du damals noch sehr jung.«

»Aber trotzdem war es eine bewusste Lüge, oder?« Er verstärkte seinen Griff um ihre Schultern. »Schließlich warst du es, Flick, die mich immer gedrängt hat, die ganze Nacht mit dir aufzubleiben.«

»Ich war einsam. Und du warst schon immer so ein lieber Junge«, sagte sie und blickte wieder auf das Hauptschiff hinab. »Solange ich mich erinnern kann, habe ich Schlafprobleme gehabt, vor allem dann, wenn ich Schmerzen hatte. Deine kostbare Liebe, mein kleiner Schatz, hat mir über diese Stunden hinweggeholfen.«

»Aber du warst es doch, die mir erzählt hat, dass ich im Laufe der Zeit vielleicht auch ein Vampir werden würde und dass wir beide dann ewig leben würden. Niemals sterben, Flick. Der Tod – nicht für uns.«

Einer der Männer auf dem Gerüst warf ihr ein Lächeln zu, während er langsam hinunterkletterte. Nervös lächelte Felicity zurück.

»Bis ...« Ihre Kehle war ganz trocken, und sie musste schlucken. »Bis zu Rifats Tod ... ich wusste nicht, dass du ...«

»Dass ich es ernst meinte? Dass ich besessen von dir war?« Er lachte. »Ich habe dir doch gesagt, dass ich aufgehört hatte zu essen ... und auch den Grund dafür! Und ich bin zu dieser

Ärztin gegangen, zu der Dad mich geschickt hatte! Aber das war alles okay, weil ich sowieso nur an dich denken konnte.«

»David ...«

»Ich habe dich geliebt. Aber zuerst hast du mich mit diesem Albaner betrogen, und jetzt muss ich auch noch feststellen, dass du ein ... ein Nichts bist! Eine Lüge! Als Nächstes wirst du mir vermutlich sagen, du hättest erst in dem Moment begriffen, was ich tat, als du mich Rifats Blut trinken sahst!«, flüsterte er, während er seine Hand langsam und sinnlich über ihren Rücken hoch zum Nacken gleiten ließ. »Du Lügnerin!« Plötzlich kniff er sie in die Nackenhaut, so dass sie aufschrie.

»David!«

Der Mann auf dem Gerüst, der Felicity zugelächelt hatte, hielt inne und blickte nach oben. Felicity hoffte, dass er ihren Gesichtsausdruck erkennen konnte – sie hatte panische Angst. Aber während sie zu ihm hinunterblickte, wandte der Mann den Kopf ab und kletterte weiter hinunter.

»Sie sollten wissen, Herr Vlora«, setzte Süleyman erneut an, »dass Mehmet so oder so des Mordes angeklagt wird – ob Ihnen das nun passt oder nicht.«

»Aber ich wie oft soll ich denn noch sagen, dass *ich* es war und nicht Mehmet, der ...«

»Ach, was, ich rede gar nicht von Rifat Berishas Ermordung«, unterbrach Süleyman ihn. »Ich rede von seinem Bruder Egrem.« Er beugte sich vor, um die Bedeutung seiner Worte zu unterstreichen. »Sie wissen schon, der Junge, den Mehmet in Ihrer Wohnung getötet hat. Der Mord, bei dem Sie zugesehen haben.«

»Aber in Wirklichkeit war er ja gar nicht dabei, nicht wahr, Inspektor?«, warf Çöktin mit einem hämischen Grinsen ein.

»Stimmt. Natürlich war er nicht dabei!«, sagte Süleyman. »Zu dem Zeitpunkt hatten Sie sich ja unter Ihre Bettdecke verkrochen, nicht wahr, Mehti? Und haben geweint!«

»Nein!«, schrie Mehti, aber seine angsterfüllten Augen straften ihn Lügen.

»Oh doch.«

»Nein, das ist eine verdammte Lüge!«

»Ihr Bruder Aryan hat uns gestern besucht. Das war ein sehr aufschlussreiches Gespräch.«

Als der Name seines Bruders fiel, wirkte Mehti Vlora zunächst verwirrt. Aber dann, als er die volle Bedeutung von Süleymans Worten erfasste, wurde er wütend.

Er versuchte, aufzuspringen, aber der Wärter drückte ihn wieder zurück auf seinen Stuhl, so dass er hochrot anlief und vor Wut schäumte.

»Sie sind ein verdammter Lügner!«, fauchte er Süleyman an. »Ein Blutsverwandter würde niemals mit der Polizei über andere Blutsverwandte reden.«

»Ach, nein?«, fragte Çöktin höhnisch, während er beobachtete, wie sein Vorgesetzter seelenruhig albanische Spucke von seinem Revers abwischte. »Und woher wissen wir dann davon, Mehti?«

»Woher wissen Sie was?«, rief der Albaner. »Alles Lügen!«

»Das könnte natürlich sein«, sagte Süleyman und steckte sein Taschentuch wieder ein. »Aber Sie werden ja selber wissen, ob die Geschichte stimmt oder nicht. Dazu brauchen Sie uns wohl kaum.«

»Lügen!«, schrie Mehti erneut. Seine Augen füllten sich vor Wut langsam mit Tränen, so dass er aussah, als würde er weinen.

»Ja, das sagten Sie bereits«, bemerkte Süleyman. »Wobei ich allerdings nicht weiß, ob Sie das unseretwegen sagen oder um sich selbst zu überzeugen.«

»Es ist nichts Schlimmes daran, dass man einen Mord als abscheulich empfindet«, sagte Çöktin lächelnd, »es sei denn, die anderen erwarten, dass man es genießt.«

»Was Sie Aryans Ansicht nach jedoch nicht tun«, fügte Süleyman hinzu. »Aber das war schon immer Ihr Problem, richtig, Mehti? Sie würden gerne das tun, was Ihre Familie Ihnen vorschreibt, aber die Wahrheit ist, dass Sie es nicht fertig bringen.«

»Ich habe Rifat Berisha umgebracht!« Spucke und Rotz sprühten über den Tisch, als Mehti versuchte, über seine Wut und seine Qualen hinwegzureden. »Vergossenes Blut verlangte neues Blutvergießen, und ich habe es getan!«

»Dann erzählen Sie mir alles.«

»Was ...«

»Erzählen Sie mir, wie er ausgesehen hat, was Sie gefühlt haben, was Sie getan haben!« Süleyman beugte sich vor. »Kommen Sie! Erzählen Sie's mir!«

Durch das erstickte Geräusch hindurch, das fast wie ein Schluchzer klang, stammelte Mehti eine Antwort: »Also, er ... er war im Wagen ... er ... ich habe meine Hand auf seine Schulter gelegt ...«

»Und sein Gesicht? Was war mit seinem Gesicht?«, hakte Süleyman nach. »Wie sah sein Gesicht aus? Hatte er Angst?«

»Ja!«

»Und? Was sonst noch? Was hat er gemacht, dieser verängstigte Mann, den Sie töten wollten? Hat er um Gnade gebettelt? Hat er geheult? Oder was?«

»Nein ... ich meine, ja ... er war ...« Mehti zuckte die Achseln. »Er hatte Angst ...«

»Ja, und weiter?«

»Das steht doch alles in meinem Protokoll.«

»Machte Rifat einen gepflegten Eindruck?«, fragte Çöktin. »Oder wirkte er zerzaust und ungepflegt? Wir haben nur Rifats Leichnam gesehen, Mehti. Kommen Sie, erzählen Sie es uns.«

»Also, er sah aus wie immer! Attraktiv, fast wie ein Mädchen. Er hatte Angst vor mir. Seine Augen waren ganz dunkel vor Furcht und ... Aber dann hab ich ihm die Kehle aufgeschlitzt ... und dann war er hässlich und das gefiel mir! Das Blut spritzte über sein ganzes Gesicht und ... «, stieß Mehti hastig und ohne erkennbare Logik hervor.

»Dann war sein Gesicht also nicht mit Blut bespritzt, bevor Sie ihm die Kehle aufgeschlitzt haben?«

»Äh, nein, natürlich nicht. Wieso auch?«

»Das Gesicht des toten Rifat war mit zahlreichen kleinen Schnittwunden übersät, in denen zum Teil winzige Glasscherben steckten. Sie erinnern sich bestimmt, dass Inspektor İkmen Sie bereits nach den bunten Glasscherben gefragt hat«, erklärte Çöktin.

»Ja. Und?«

»Also war sein Gesicht vor seinem Tod bereits verwundet,

Mehti. Und zwar ziemlich heftig. Merkwürdig, dass Ihnen das nicht aufgefallen ist. Und merkwürdig, dass Sie nicht darauf eingegangen sind, als Sie danach gefragt wurden. Denn wer auch immer Rifat Berisha getötet hat, muss davon gewusst haben.«

Aus Mehtis Gesicht war sämtliche Farbe gewichen. Er öffnete den Mund, um zu antworten, brachte aber kein Wort heraus.

»Das war's dann wohl«, sagte Süleyman und wandte sich an seinen rothaarigen Kollegen. »Also nur Besitz von Haschisch und tätlicher Angriff auf Mustafa Bajraktar, Wachtmeister Çöktin.«

»Aber ...«

»Dafür lohnt sich ja kaum die Kassette«, meinte Çöktin und drückte auf die Eject-Taste des Rekorders.

»Stimmt«, sagte Süleyman, stand auf und verließ den Raum ohne jedes weitere Wort.

Çöktin blickte auf den Straftäter hinab, der jetzt nur noch ein ganz kleiner Fisch war.

»Siehst du, Mehti«, sagte er und schob die Kassette in seine Jackentasche, »wir hatten dein Geständnis noch nicht allzu genau unter die Lupe genommen, als dein Bruder Aryan hier auftauchte. Aber danach wurden aus den kleinen Unstimmigkeiten, die uns bis dahin nur irritierten, ziemlich große Diskrepanzen.« Er zuckte die Achseln und bemerkte mit gespielter Anteilnahme: »Die Familie, nicht wahr? Da versucht man sein Bestes, sie zu beeindrucken, und die gehen einfach hin und spucken einem ins Gesicht!«

Als er wieder Boden unter den Füßen spürte, blickte Berekiah Cohen hinauf zur Empore, wo er diese seltsame Frau und den Jungen gesehen hatte. Sie standen noch immer dort oben, dicht gegen das Geländer gedrängt. Obwohl er jetzt viel zu weit entfernt war, um den Gesichtsausdruck der Frau zu erkennen, hatte er nach wie vor ein ungutes Gefühl. Aus irgendeinem Grund hatte sie in Panik aufgeschrien, und einen kurzen Moment lang glaubte er, nackte Angst in ihrem Gesicht gesehen zu haben. Zwar schien sonst niemand auf ihren Schrei zu reagieren, aber

Professor Apa und seine Kollegen waren meistens zu sehr in ihre Arbeit vertieft, um irgendetwas zu bemerken. Selbst als Berekiah das Blattgold angereicht hatte, hatte der Professor nur ein leises »Danke schön« gemurmelt. Und Berekiah hatte dafür volles Verständnis. Der Anblick dort oben im Inneren der Kuppel war einfach atemberaubend. Die Mosaike, an denen das Team zurzeit arbeitete, zeigten die Erzengel Michael und Gabriel – mit gelassenem, fast überirdisch anmutenden Gesichtsausdruck, die Flügel weit ausgebreitet vor dem prachtvollen goldenen Hintergrund. Es war ein wunderbares Privileg, dachte er auf dem Weg zum Museumswärter am Ausgangstor, Blattgold an solch einen Ort liefern zu dürfen. Und so etwas war es auch, was er in der Zukunft gerne machen wollte – da konnte sein Vater sagen, was er wollte. Die Beschäftigung mit der Geschichte faszinierte ihn, und sie war etwas höchst Lebendiges, wie Professor Apa ihm bei ihrer ersten Begegnung erzählt hatte. Ein großartiges Imperium wie das Byzantinische Reich verschwand nicht einfach spurlos; sein Nachhall durchdrang alle folgenden Jahrhunderte und spiegelte sich in den Gesichtern der modernen Istanbuler, in der Architektur der Stadt und in den fast lebendig anmutenden Zeugnissen des Glaubens, diesen Mosaiken. Berekiah fühlte sich allein durch den Aufenthalt in diesem Bauwerk regelrecht beschwingt.

Doch dann wanderten seine Gedanken wieder zurück zu dieser Frau. Seit ihrem ersten Aufschrei hatte sie keinen Mucks mehr von sich gegeben – aber er fühlte sich nicht wohl bei der Vorstellung, was sich dort oben wohl abspielen mochte.

»Auf der Empore sind ein Junge und eine Frau«, sagte er zu dem fröstelnden Museumswärter, der an der offenen Tür stand. »Ich glaube, sie haben sich gestritten.«

Der untersetzte Wärter sah ihn gelangweilt an und zuckte die Achseln. »Na und?«

»Ich habe das Gefühl, dass die Frau in Schwierigkeiten stecken könnte!«, sagte Berekiah mit Nachdruck.

Der Wärter unterdrückte zunächst ein Gähnen und trat dann von einem Fuß auf den anderen, um sich ein wenig aufzuwärmen. »In welchem Teil der Empore sind sie denn?«, fragte er. »Die ist schließlich ziemlich groß.«

»Direkt über uns.« Berekiah zeigte an die Decke des Narthex. »Im Gynäkeion.«

»Auf der Frauenempore, na typisch«, erwiderte der Wärter und bewegte sich langsam in Richtung Rampe. »Wahrscheinlich hat die Frau den armen Jungen völlig verrückt gemacht mit ihrer Nörgelei, weil sie alles ganz genau sehen wollte. Und dann hat sie die ganze Zeit dumme Fragen gestellt und nicht einmal zugehört. Das erlebe ich hier jeden Tag – ob bei den Touristen oder unseren eigenen Leuten. Immer das gleiche Spiel.«

»Möchten Sie, dass ich Sie begleite?«, fragte Berekiah, während er zusah, wie sich der Mann im Schneckentempo vorwärts bewegte.

»Nein, Sie bleiben besser hier«, sagte er und seufzte resigniert. »Ich mach das schon. Ich kümmere mich darum. Wie immer.« Dann seufzte er erneut, ging zur Rampe und machte sich an den langen und mühsamen Aufstieg zur Empore.

Bis auf ein paar Touristen, die nun die Vorhalle betraten, blieb Berekiah allein zurück. Er lehnte sich gegen eine der mit Porphyr verkleideten Mauern und schloss die Augen. Soweit er wusste, stammte der Porphyr aus Ägypten. Herr Lazar, sein schmächtiger Arbeitgeber mit dem Fuchsgesicht, hatte ihm einmal erzählt, dass der Stein wahrscheinlich von den alten Israeliten gehauen worden war, den ehemaligen Sklaven der großen ägyptischen Dynastien. Und dann hatte Lazar lachend hinzugefügt, dass den Juden rechtmäßig zumindest ein Teil dieses nun kostbaren Materials zustand und dass Berekiah mit seinem Messer ja gelegentlich ein Stückchen herausbrechen könnte, wenn gerade keiner zusah. Der violette Stein würde wunderschön zu einer Fassung aus Weißgold oder Platin aussehen. Berekiah musste lächeln. Lazar mochte zwar alt sein, aber er hatte noch immer einen herrlich anarchischen Humor – fast wie der kommunistische Antiquitätenhändler in Beyoğlu, Herr Orga. Dieser alte Herr trug noch immer die »Uniform« der 1950er Jahre: schwarzer Rollkragenpullover und Baskenmütze. Über dem Eingang zu seinem winzigen, verstaubten Reich wachte ein Gemälde, das ihn in klassischer Che-Guevara-Montur zeigte und dort seit der Zeit vor dem Kalten Krieg hing. Orga war ein beharrlicher, lustiger und faszinierender Mensch, genau wie es Berekiahs Vater früher einmal gewesen war – vor dem Erdbeben und bevor der Verstand von Berekiahs Bruder Yusuf an einem Ort fern der Heimat in Tausende winzige Bruchstücke zersplittert war. An einem Ort, an den Berekiah gar nicht denken wollte.

Er öffnete die Augen in dem Moment, als der Wärter, jetzt wesentlich eiliger als zuvor, das untere Ende der Rampe erreichte.

»Und, ist alles in Ordnung?«, fragte Berekiah.

»Wir werden das Gebäude räumen müssen«, sagte der Wärter in einem Tonfall, der kaum über ein Flüstern hinausging. »Aber zuerst muss ich die Polizei verständigen.«

Berekiah zog eine besorgte Miene. »Warum? Was ist da oben los? Ist die Frau verletzt?«

Der Wärter drehte sich um. »Du musst noch mal auf das Gerüst hinaufklettern und dem Professor und seinem Team sagen, dass sie herunterkommen sollen«, sagte er und fügte kopfschüttelnd hinzu: »Wir dürfen nicht das Risiko eingehen, dass irgendjemand etwas tut, was den Jungen da oben noch mehr aufbringt.« Dann setzte er sich in Bewegung und murmelte: »Aber jetzt muss ich erst mal die Polizei verständigen ...«

Berekiah legte dem forteilenden Wärter eine Hand auf die Schulter. »Was ist los? Bitte sagen Sie es mir.«

Der Museumswärter drehte sich erneut um; in seinen weit aufgerissenen Augen spiegelte sich das Schreckensbild, das er gerade gesehen hatte. »Der Junge hat ein Messer«, formte er fast unhörbar mit den Lippen. »Verstehst du?«

»Okay.« Berekiah holte tief Luft und machte sich dann rasch auf den Weg zum Gerüst im Hauptschiff.

Als er das Gerüst hinaufkletterte, blickte er bewusst nicht in Richtung des Gynäkeions. Doch durch das Prickeln in seinem Nacken spürte er bei jedem Tritt ganz genau, wo sich die Frauenempore und ihre beiden Besucher befanden.

İkmen musste sich nach vorne beugen und den Kopf etwas drehen, um in İlhan Evrens Gesicht zu sehen. Der zur Seite gedrehte Kopf des Kunsthändlers lag auf einem kleinen Stapel Briefpapier mitten auf dem Schreibtisch. Im Tode erschlafft, hing sein Kiefer leicht geöffnet über den Papieren und Stiften, die allesamt mit seinem Blut bedeckt waren.

İkmen richtete sich wieder auf und warf erneut einen Blick auf die Schere, die aus Evrens Rücken ragte. Sie musste ziemlich lang sein, dachte er, um jemanden von Evrens Statur zu töten. Aber falls Arto Sarkissian keine andere, weniger auffällige Todesursache entdeckte, musste die Schere İlhan Evren umgebracht haben – oder vielmehr derjenige, der sie geführt hatte.

»Ich nehme an, der Chauffeur hat keine Ahnung, wohin dieser Dimitri verschwunden sein könnte«, wandte İkmen sich an Tepe, der sein Profil in den restlichen Scherben des zertrümmerten Spiegels über dem Kamin betrachtete.

»Nein. Anscheinend hat er sich nur die Hände an einem Handtuch abgewischt und ist dann verschwunden.«

»Haben wir das Handtuch sichergestellt?«

»Ja.« Tepe drehte sich von seinem Spiegelbild weg und sah İkmen an. »Und wir haben von Hassan eine ziemlich genaue Beschreibung bekommen. Der Russe hat regelmäßig mit Evren Geschäfte gemacht; daher könnten wir hier vielleicht Geschäftsbriefe oder Rechnungen finden, die auf ihn verweisen.« Dann runzelte er die Stirn und meinte: »Ich frage mich nur, warum der Spiegel zerstört wurde. Denn ansonsten ist absolut gar nichts beschädigt.«

»Von Evren mal abgesehen.«

Das Motorgeräusch eines Wagens in der Auffahrt lenkte die Männer einen kurzen Moment ab, und İkmen ging nachsehen, wer es war. Vor dem Fenster stand ein großer schwarzer Mercedes.

»Dr. Sarkissian ist da«, teilte er seinem Kollegen mit. »Ich lass ihn mal rein. Sie können ja wieder in die Küche gehen. Ich komme dann nach, sobald ich hier fertig bin.«

Nachdem Tepe ihn nach dem ersten Gespräch allein in der Küche zurückgelassen hatte, hatte Hassan sich erneut aus der Whiskyflasche seines Arbeitgebers bedient. Er war jedoch nicht betrunken. Tepe hatte schon mehrfach die Erfahrung gemacht, dass Menschen, die unter Schock standen, häufig sehr viel vertragen konnten, ohne betrunken zu werden. Vielleicht kompensierte das zusätzliche Adrenalin, das ihr Körper produzierte, ja den Alkohol …

»Hat Ali Evren Ihnen gesagt, wann er und seine Schwester wieder nach Hause kommen wollten?«, fragte Tepe, während er sich auf der anderen Seite des Küchentischs niederließ.

Hassan zuckte die Achseln. »Nein.«

»Und Sie haben keine Ahnung, wohin sie gegangen sein könnten?«

»Nein. Ich habe sie in Sultan Ahmet abgesetzt, aber wohin sie wollten, weiß ich nicht. Der Junge spaziert gerne zwischen den Denkmälern herum. Und Miss Flick ebenfalls – zumindest als sie noch mit dem Albaner befreundet war.«

Tepe lehnte sich in seinem Stuhl zurück und suchte in der Jackentasche nach seinen Zigaretten. »Was haben Sie eigentlich von diesem Albaner, Rifat Berisha, gehalten, Hassan? Haben Sie ihn gemocht?«

»Ich mochte an ihm, dass er Miss Flick geholfen hat.« Hassan schenkte sich ein weiteres Glas Whisky ein. »Er war sehr nett zu ihr.«

»Aber?«

»Aber ich wusste, dass er nicht scharf auf sie war. Ich meine, wer wäre das schon? Umgekehrt wollte sie natürlich, dass er sie wollte.«

Tepe bot dem Chauffeur eine Zigarette an, der dankbar annahm. »Ist es denn jemals dazu gekommen, dass Rifat das Felicity klar gemacht hat? Wissen Sie vielleicht davon?«

»Nein.« Hassan zündete sich die Zigarette an und reichte dann Tepe das Feuerzeug. »Aber das wäre für ihn auch ziemlich schwierig gewesen, oder? Wo sie ihm doch den Wagen geschenkt hatte und alles andere, das er sich wünschte. Und außerdem hat sie diese merkwürdige Einstellung, die es sehr schwierig macht, ihr etwas Derartiges zu sagen.«

»Was meinen Sie?«

»Na, sie redet doch von sich selbst immer, als sei sie eine Schönheit. Anfangs habe ich gedacht, sie macht Witze.« Seine Augen weiteten sich, als er daran zurückdachte. »Aber Allah in seiner Güte hat dafür gesorgt, dass ich den Mund gehalten habe – weswegen ich heute noch diesen Job habe. Falls ich ihn noch habe.«

»Vermutlich haben Sie deswegen Wachtmeister Roditi auch nichts davon erzählt, als er mit Ihnen gesprochen hat.«

Hassan senkte den Kopf. »Damals lebte Herr Evren noch.«

»Stimmt.« Tepe runzelte die Stirn. »Sie meinen also, Fräulein Evren leidet unter Wahnvorstellungen, was ihr Aussehen anbelangt?«

»Das weiß ich nicht.« Hassan nahm einen kräftigen Schluck Whisky und stellte das Glas unsanft zurück auf den Tisch. »Sie ist eine merkwürdige Frau. Sie und dieser Junge ...«

»Ihr Bruder?«

»Ja. Sie reden ununterbrochen miteinander. Die ganze Zeit auf Englisch, was ich nicht gut verstehe.« Er beugte sich verschwörerisch über den Tisch. »Wenn Herr Evren noch am Leben wäre, würde ich Ihnen das ja nicht erzählen, aber ich habe schon immer vermutet, dass sich zwischen den beiden irgendetwas Widernatürliches abspielt. Irgendetwas an der Art und Weise, wie sie miteinander reden ... Wobei der Junge jedoch nicht allzu unglücklich darüber scheint, was immer es auch ist.«

»Aber wenn Fräulein Evren Rifat wollte ...«

»Ach, ich meine damit doch gar nicht, dass Miss Flick und Mr. Ali was miteinander haben! Obwohl ... jetzt, wo Sie es sagen ...« Hassan kicherte, während er Tepe mit leicht glasigem Blick anstarrte. »Nein, das ist mehr so eine Art Machtspiel. Manchmal bestimmt er, manchmal sie. Ich weiß auch nicht genau. Zum Beispiel heute: Ich glaube, sie hätte gewollt, dass er zur Schule ging, aber er hat das abgelehnt. Hat sich schlichtweg geweigert. Und sie hat sich einfach damit abgefunden.«

Tepe zog nachdenklich an seiner Zigarette. »Sie wissen nicht zufällig, warum er nicht zur Schule wollte?«

»Vielleicht weil er sich nicht wohl fühlte. Andererseits habe ich ihn auch noch nie richtig gesund erlebt.«

»Aber wenn Ali krank ist, dann würde er doch zu Hause bleiben wollen?«

»Wenn ich die beiden nach Taksim gefahren hätte, hätte ich gesagt, er wollte zu seinem Arzt.«

»Seinem Arzt?«

Hassan tippte sich an die Stirn. »Arzt für den Verstand«, sagte er geheimnisvoll. »Irrenarzt.«

»Sie meinen einen Psychiater?«

»Ja. Ich glaube, es ist sogar eine Frau. Sie kommt aus England oder so.«

Um genau zu sein, aus Irland, dachte Tepe, als er sich erinnerte, dass İkmen und Süleyman Dr. Halman vor der Tür dieses Hauses getroffen hatten. Sie hatten sich noch gefragt, weswegen die Psychiaterin wohl bei den Evrens gewesen war. Jetzt wussten sie es.

»Haben Sie Herrn Evren eigentlich gesehen, als Sie heute Morgen seine Kinder abholten?«, wandte Tepe sich wieder den wirklich wichtigen Dingen zu.

»Nein, die beiden kamen direkt raus, als ich vorfuhr.«

»Ist das immer so?«

»Normalerweise bleibt mir noch Zeit, um ein Glas Tee zu trinken, bevor ich mich ans Steuer des Rolls-Royce setze.«

»Aber heute Morgen nicht?«

»Nein.«

»Mmm.« Tepe legte nachdenklich eine Hand auf den Mund und runzelte die Stirn. Laut Hassan hatte Dimitri, der Russe, schon mehrfach vergeblich an der Tür geklopft, bevor der Chauffeur mit dem Wagen zurückkam. Daher war es denkbar, dass Evren zu diesem Zeitpunkt bereits nicht mehr lebte. Vielleicht war er ja sogar schon tot, als seine Kinder das Haus verließen. Im Grunde konnte er bereits in der vergangenen Nacht gestorben sein.

»Hassan«, wandte Tepe sich wieder an den Chauffeur, »Sie wissen nicht zufällig, ob die Tür zu Herrn Evrens Zimmer offen stand, als Sie zusammen mit Dimitri hereinkamen?«

Nachdem er einen Moment nachgedacht hatte, meinte Hassan schließlich: »Ich weiß es wirklich nicht. Dieser Russe hat sich vor mir durch die Haustür gedrängt, und ich bin direkt hierher in die Küche gegangen. Aber selbst wenn die Tür zum Wohnzimmer aufgestanden hätte, wäre ich trotzdem nicht in der Lage gewesen, irgendetwas zu erkennen, da Herrn Evrens Schreibtisch in der Ecke hinter der Tür steht.«

»Dann hätten also auch seine Kinder nicht sehen können, dass ihr Vater tot ist, falls sie nicht gezielt in sein Zimmer gingen?«

»Nein.«

Falls die beiden an diesem Morgen nichts mit ihrem Vater zu besprechen gehabt hatten, konnten sie das Haus verlassen haben, ohne zu wissen, dass er nicht mehr lebte. Eine unheimliche Vorstellung, dachte Tepe, die die Geschwister Evren – wenn sie sie erst einmal ausfindig gemacht hatten – bestimmt furchtbar schockieren würde. *Falls* Evren wirklich schon tot war, als sie aus dem Haus gingen. Schließlich war noch nicht geklärt, welche Rolle dieser verschwundene Russe gespielt hatte.

Doch Tepe musste nicht lange auf eine Antwort warten. İkmen steckte den Kopf durch die Küchentür und rief ihn hinaus in den Flur.

»Was ist denn, Chef?«, fragte der jüngere Mann, als er den ernsten Ausdruck auf dem Gesicht seines Vorgesetzten sah.

»Der Pathologe denkt, dass Evren schon eine ganze Weile tot ist«, sagte İkmen. »Wahrscheinlich starb er in den frühen Morgenstunden oder vielleicht sogar schon gestern Abend. Wir müssen herausfinden, ob er irgendwelche Gäste oder Besucher gehabt hat, und wir müssen vor allem seine Kinder möglichst bald finden.«

»Hassan sagt, dass Ali Evren heute nicht zur Schule gegangen ist«, erläuterte Tepe. »Der Chauffeur hat die beiden heute Morgen in Sultan Ahmet abgesetzt, aber er weiß nicht, was oder wohin sie dort wollten. Er hat mir übrigens auch erzählt, dass Ali bei Dr. Halman in Behandlung ist. Daher vermute ich, dass der Junge vielleicht ein wenig … na, Sie wissen schon, wie diese Patienten manchmal sein können.«

İkmen nickte. »Ich glaube, wir sollten Dr. Halman anrufen. Vielleicht hat sie ja eine Idee, wohin die beiden gegangen sein könnten.«

»Ja.«

İkmen gab Tepe Zelfas Praxisnummer, der die Zahlen in sein

Handy eingab. Als es am anderen Ende der Leitung klingelte, warteten die beiden Männer schweigend darauf, dass jemand abnahm.

Seitdem er das letzte Mal aus dem Fenster gesehen hatte, schien das Schneetreiben noch stärker geworden zu sein. Mehmet Süleyman ging zurück zu seinem Stuhl und legte Mehti Vloras unterzeichnetes Protokoll auf seinen Schreibtisch. Er musste lächeln, als er sich erinnerte, was Çöktin ihm über den grünen Fiat erzählt hatte. Der Wagen war einfach in der Nähe der Vlora-Wohnung abgestellt worden. Nachdem Mehti an jenem Abend stundenlang ziellos durch die Stadt gefahren war, hatte er ihn einfach irgendwo an den Straßenrand gestellt, als das Benzin aufgebraucht war. Total dilettantisch und gedankenlos – typisch Mehti.

Süleyman warf einen Blick auf die Uhr und ging dann zu seinem Mantel, der an der Bürotür hing. Er hatte nur noch zwanzig Minuten, um es zum vereinbarten Mittagessen im Restaurant Pandeli in Eminönü zu schaffen. Er wollte Zelfa nicht warten lassen – nicht bei diesem Wetter – und würde sich ziemlich beeilen müssen.

Einen kurzen Moment hielt er inne, um sich eine Zigarette anzuzünden, schloss dann die Bürotür hinter sich und machte sich auf den Weg zum Treppenhaus. Trotz der Hektik freute er sich auf das gemeinsame Essen. Er hatte mit Mehti Vlora einen anstrengenden Vormittag verbracht, und obwohl sie der Wahrheit offensichtlich recht nahe gekommen waren, was Mehtis fehlende Mitwirkung an Rifat Berishas Ermordung betraf, wussten sie noch immer nicht, wer für dieses Verbrechen wirklich verantwortlich war. Das war äußerst beunruhigend. Der Mörder lief nach wie vor frei herum und konnte möglicherweise erneut zuschlagen. Ein erschreckender Gedanke, den seine im Allgemeinen nicht sehr verständnisvollen Vorgesetzten sicherlich teilten, dachte Süleyman. Einbrüche und Autodiebstähle waren eine Sache, aber ungelöste Mordfälle stellten ein ganz anderes Kaliber dar. Diese Verbrechen beunruhigten die Öffentlichkeit, sie standen in allen Zeitungen und lasteten wie Grabsteine auf der eigenen Personalakte …

Vollkommen in seine Gedanken versunken, hatte Süleyman nicht bemerkt, dass Çöktin ihm hinterhergelaufen war und nun ziemlich außer Atem neben ihm stand.

»Inspektor, wir haben eine Geiselnahme«, keuchte er.

»Wie?« Süleyman drehte sich zu ihm um, in Gedanken noch immer bei dem Berisha-Mordfall.

»Sie müssen sofort los. Eine Frau wurde als Geisel genommen!«

Süleymans Herz begann schneller zu schlagen, und er spürte, wie der vertraute Adrenalinstoß ihm half, einen klaren Kopf zu bekommen.

»Wo?«

»In der Hagia Sophia«, sagte Çöktin. »Die Wärter haben das Museum bereits geräumt.«

»Gut.«

Im Gleichschritt liefen die beiden Männer in den Bereitschaftsraum, um drei der dort versammelten Beamten als Verstärkung mitzunehmen.

»Wissen wir schon, wer das Opfer oder der Täter ist?«, fragte Süleyman, holte sein Handy aus der Tasche und tippte eine vertraute Nummer ein.

»Nein«, erwiderte Çöktin.

»Okay.«

Die fünf Polizeibeamten verließen gemeinsam im Eiltempo den Bereitschaftsraum, während Süleyman das Telefon an sein Ohr drückte.

»Zelfa?«, fragte er. »Hör zu, mir ist was dazwischen gekommen. In der Hagia Sophia hat es einen Vorfall gegeben. Tut mir Leid.«

Die kleine Gruppe der Beamten rannte durch die Menge aus betrübt blickenden Bauern, weinenden Frauen und erbosten Geschäftsleuten, die sich um den Schalter im Eingangsbereich versammelt hatte. Aus irgendeinem unerklärlichen Grund schienen extreme Witterungsverhältnisse immer zu einem rapiden Anstieg von Anzeigen zu führen.

Doch Süleyman nahm die Menschen gar nicht wahr; stirnrunzelnd versuchte er das Telefonat zu beenden. »Nein, ich weiß nicht, wer daran beteiligt ist!«, rief er, während er sich einen Weg durch die Menge bahnte. »Ja, das könnte sein ... ja. Zelfa, wenn Çetin sagt, dass die Evrens in Sultan Ahmet abgesetzt wurden ... Ja, ich werde daran denken ... Ja, aber dieser ganze psychologische Aspekt ...«

Als die Beamten die Tür zur Straße aufstießen, blies ihnen ein eisiger Wind entgegen. Vor die Wahl gestellt, entweder mit Zelfa weiterzutelefonieren – die offenbar davon überzeugt war, dass es sich bei dem Paar im Museum um Felicity und Ali Evren handelte – oder seinen Mantel fester um seinen Körper zu ziehen, entschloss sich Süleyman für Letzteres.

»Ich muss jetzt gehen, Zelfa!«, sagte er und drückte entschlossen auf die Aus-Taste, um das Gespräch zu beenden.

Die Wärter hatten erst gar nicht versucht, die Situation auf der Empore unter Kontrolle zu bringen. Sie hatten schon genug damit zu tun gehabt, alle Besucher und das Restaurierungsteam dazu zu bewegen, das Museum leise zu verlassen. Eine vergleichbare Situation war bisher noch nie vorgekommen, erzählte einer der Wärter Süleyman auf dem Weg zur Rampe, und sie wussten überhaupt nicht, wie sie damit umgehen sollten. Der Mann wirkte ziemlich verunsichert, und nachdem er die Beamten zur Empore hinaufbegleitet hatte, trat er schnell wieder den Rückzug an.

Auch wenn er davon ausgehen musste, dass der Geiselnehmer die Polizisten beim Betreten des Gebäudes gesehen hatte, wollte Süleyman nicht direkt zu dem Paar gehen, sondern sich erst einmal einen Überblick über die Räumlichkeiten verschaffen. Das von einem kunstvoll verzierten Gewölbe überkrönte Gynäkeion nimmt einen weiten und sehr lichten Teil der Empore ein. Durch die Bogenfenster in der Außenmauer des Bauwerks, deren Linienführung im breiten Durchgang von bogenförmigen Säulenkonstruktionen noch einmal aufgenommen wird, fällt helles Tageslicht. Die Bereiche zwischen den Säulen geben den Blick frei auf das darunter liegende Hauptschiff. Süleyman erkannte, dass es zwar nur einen Weg zur Empore gab, es aber dennoch möglich war, seine Männer auf beiden Seiten des Bogengangs zu postieren, in dem das Paar sich befand. Trotzdem würde es schwer werden, den Jungen davon abzuhalten, sich zusammen mit der Geisel in die Tiefe zu stürzen. Nachdem er einen Moment nachgedacht hatte, beschloss Süleyman, Hikmet Yıldız auf die Nordempore zu schicken, dem Standort des Paars gegenüber. Von dort hatte er einen besseren Überblick über die Situation und konnte ihm alles berichten, was auf der gegenüberliegenden Empore passierte. Und vielleicht wirkte seine Anwesenheit – schließlich war er bewaffnet – auch abschreckend auf den Geiselnehmer, dachte Süleyman. Aber das hing natürlich vom geistigen Zustand des Täters ab.

Süleyman hatte seinen jungen Kollegen gerade auf seinen Posten geschickt, als er das erste Mal einen Blick auf die Gesichter des Paars werfen konnte. Sie waren ein paar Schritte vom Geländer zurückgetreten, so dass ihre Profile sichtbar wurden. Felicitys eigentümliches, verunstaltetes Gesicht erkannte er auf den ersten Blick. Den Jungen kannte Süleyman zwar nicht, aber er sprach Englisch, was zur Identifizierung reichte.

Der Inspektor beorderte sein Team zurück zur Tür an der Rampe. »Ich kenne die beiden. Das sind Felicity und Ali Evren – Bruder und Schwester.«

»Wachtmeister Tepe und Inspektor İkmen sind heute Morgen zum Haus einer Person namens Evren gerufen worden«, bemerkte Wachtmeister Avcı. Er gehörte zu der Sorte Mann, der es sich zur Aufgabe machte, über alles immer genauestens Bescheid zu wissen.

»Wissen Sie auch, weswegen?«, fragte Çöktin.

Avcı zuckte die Achseln. »Ich bin nur ein einfacher Wachtmeister«, sagte er leicht verdrossen, »warum sollte mir einer was erzählen?«

Süleyman wandte sich an Çöktin und meinte: »Ich glaube, Ali Evren ist einer von Dr. Halmans Patienten. Sie hatte die Vermutung, dass die beiden vielleicht hier sein könnten.«

»Ach.«

»Ich rufe sie besser mal an. Wir können hier jede Hintergrundinformation gebrauchen.« Dann wandte Süleyman sich an Avcı: »Gehen Sie bitte hinunter, und sagen Sie den Wärtern, dass wir Dr. Halman erwarten.«

»In Ordnung, Inspektor.«

»Ach ja, dann sagen Sie ihnen auch gleich, dass Inspektor İkmen später ebenfalls kommen wird«, fügte er hinzu, während er Zelfas Nummer in sein Mobiltelefon tippte. »Er hat heute Morgen schon einmal wegen der Evrens mit ihr gesprochen.«

»Soll ich Inspektor İkmen anrufen?«, fragte Çöktin und sah Avcı nach, der die Rampe hinunterlief.

»Ja«, erwiderte Süleyman, während er auf das Klingeln von Zelfas Telefon hörte, »aber möglichst leise.«

In dem Moment schrie hinter der Tür zur Empore eine männliche Stimme etwas, das jedoch keiner der Beamten verstehen konnte.

İkmen nahm das Handy aus seiner Jackentasche und drückte auf die Empfangstaste.

»İkmen.«

»Inspektor, hier ist Çöktin«, flüsterte eine eindringliche Stimme.

»Was ist los?« İkmen wandte sich von Arto Sarkissian ab, der gerade die blutverschmierten Latexhandschuhe abstreifte.

»Inspektor Süleyman und ich sind in der Hagia Sophia, zusammen mit Ali und Felicity Evren.«

»Oh, gut, ich versuche schon die ganze Zeit, die beiden zu finden«, erwiderte İkmen. »Ich habe sogar schon Dr. Halman gefragt, ob sie vielleicht wüsste, wo sie sein könnten.«

»Na, mittlerweile weiß sie es jedenfalls, Inspektor«, sagte Çöktin, dessen Stimme wirklich beunruhigt klang. »Wahrscheinlich wird sie auch bald hier sein. Ali Evren bedroht seine Schwester mit einem Messer. Die beiden sind hier oben auf der Empore.«

»Warum zum Teufel sollte er seine Schwester bedrohen?«

»Inspektor Süleyman und ich versuchen gerade, das herauszufinden.«

»Ich mache mich sofort auf den Weg und bin gleich bei Ihnen«, sagte İkmen entschlossen und beendete das Gespräch. Dann wandte er sich an Tepe. »Ich möchte, dass Sie hier vor Ort bleiben – ich muss dringend weg, nach Sultan Ahmet.«

»In Ordnung.«

Arto Sarkissian rollte seine Ärmel herunter und ging auf seinen besorgt blickenden Freund zu.

»Probleme?«, fragte er.

İkmen seufzte, während er seinen Mantel anzog und seinen Schal um den Hals wickelte. »Der junge Evren weiß möglicherweise mehr über den Tod seines Vaters, als wir dachten.« Er wühlte in seinen Manteltaschen nach dem Autoschlüssel, zog ihn schließlich hervor und verließ das Haus der Evrens ohne ein weiteres Wort.

»Willst du mich umbringen?«, fragte Felicity, als sie die Klinge des Messers an ihrer Kehle spürte.

»Ich habe dich geliebt«, wiederholte ihr Bruder erneut und ließ seinen ruhelosen Blick durch die Weiten des riesigen Bauwerks streifen. »Wir wollten leben bis in alle Ewigkeit.«

»Wenn du das Messer weglegst und mich loslässt, wird alles wieder gut. Ich werde immer für dich da sein.«

»So wie damals, als du Tag für Tag mit Rifat Berisha abgehauen bist? Als du ihm erlaubt hast, Schande über dich zu bringen?«

»David«, setzte sie an, »Rifat hat mich nie angefasst. Wie oft soll ich dir das noch sagen …«

»Wieso ist es auf einmal so still?«, flüsterte er ihr ins Ohr. »Glaubst du, die haben das Gebäude geräumt? Meinst du, die haben die Polizei verständigt?« Er lächelte. »Das würde dir gefallen, wenn dein Inspektor Süleyman hierher käme, was? Den magst du doch, stimmt's? Und du würdest dich doch gerne von ihm …«

»Herrgott, David!«

Er zog sie fest an seine Brust. »Hör zu, Folgendes wird jetzt passieren: Zuerst überprüfe ich, ob du wirklich sterblich bist, und dann werde ich von hier verschwinden, mit oder ohne dich. So oder so – ich werde dem Tod entkommen.«

In dem Moment, als er seinen Arm anspannte, um ihre Kehle aufzuschlitzen, hörte er ein Geräusch, das von der gegenüberliegenden Empore kam. Er blickte hinüber.

»Polizei«, sagte er, »oder sonst wer.« Und dann verzog sich

sein Gesicht plötzlich zu einem kindlichen Greinen: »Sie werden versuchen, mich aufzuhalten, Flick. Was soll ich nur tun?«

»David, wir müssen über alles reden! Du und ich, wir sind beide sterblich. Ich weiß, dass wir immer gesagt haben, wir könnten nicht sterben, aber die Wahrheit ist …«

Doch er hörte ihr nicht zu. Seine Augen wanderten hin und her, suchten nach einer potentiellen Gefahr. Er wusste nun, dass er sie sofort hätte töten sollen. Aber sie war seine Schwester und er liebte sie … Diese verlogene Schlampe. Doch selbst diese harten Worte konnten ihn nicht dazu bewegen, und leise begann Ali Evren zu weinen.

21

Obwohl er auf dem Gerüst eigentlich nichts zu suchen hatte, gehörte Berekiah Cohen zu den Letzten, die es verließen. Professor Apa war schon seit längerem angetan von Berekiahs Begeisterung für die Restaurierungsarbeiten und hatte versprochen, ihm die Verwendung des Blattgolds zu zeigen. Als Berekiah zu ihm hochkletterte, wollte Apa gerade zu einer Erklärung ansetzen, doch der Junge flüsterte ihm zu, dass er und sein Team das Gebäude schnellstmöglich verlassen müssten. Bei Geiselnahmen, wo junge Männer Frauen mit Messern bedrohten, hatten Universitätsmitarbeiter oder Goldlieferanten nichts zu suchen. Das war eindeutig eine Aufgabe für die Polizei und vielleicht noch für einen Arzt, wenn der Junge tatsächlich geistig verwirrt war – was durchaus möglich schien. Denn wer außer einem Verrückten würde jemanden in aller Öffentlichkeit bedrohen? Automatisch wanderten Berekiahs Gedanken zu seinem Bruder Yusuf. In seinem Schmerz und seiner Angst, die seine paranoiden Wahnvorstellungen begleiteten, hatte Yusuf den behandelnden Arzt angegriffen und versucht, ihn zu töten. Daraufhin waren ihm starke Medikamente verabreicht worden, bis er irgendwann versuchte, sich selbst umzubringen. Mit einer Hand voll Schlaftabletten, die er gehortet hatte, schloss er sich in einer der Toiletten ein. Als es den Ärzte schließlich gelang, ihn wiederzubeleben, hatte Yusuf geweint – zum einen weil er Schmerzen hatte, aber vor allem, weil er noch am Leben war. Ein Zustand, von dem Berekiah wusste, dass sein Bruder ihn nicht mehr ertragen konnte.

Als Berekiah und das Universitätsteam wieder festen Boden unter den Füßen hatten, wurden sie rasch und leise aus dem Gebäude gebracht. Berekiah rechnete mit einer längeren Wartezeit draußen in den verschneiten Gartenanlagen und zog eine Mütze aus seiner Manteltasche. Dann zündete er sich eine wärmende Zigarette an und beobachtete, wie vor dem Haupteingang des Museumskomplexes ein Taxi vorfuhr. Doch statt wie die anderen gebannt zuzuschauen, wer wohl aus dem Taxi ausstieg, wandte der junge Cohen sich ab, um seinen eigenen Gedanken nachzuhängen.

Der Eindruck, dass der Junge auf der Empore in irgendeiner Form geistig gestört war, ließ sich nicht beiseite schieben. Berekiah fragte sich sogar, was der Geiselnehmer wohl im Augenblick durchmachte – was ihn antrieb, wie er sich in dieser Situation fühlte, was er empfinden würde, wenn er der Polizei gegenüberstand. Wenn sein Bruder Yusuf besonders aufgebracht war, schien es, als kämpfe er gegen etwas tief in seinem eigenen Inneren, gegen etwas fast teuflisch Bösartiges. Auf die Frage des Chefarztes von Yusufs Klinik, wie sie den Zustand ihres Sohnes einschätzte, hatte Estelle Cohen einmal geantwortet, dass er eine »gejagte Seele« sei. Aber was ihn so ruhelos mache, das wisse sie nicht. Doch Berekiah glaubte, die Ursache zu kennen. Schließlich konnte man die Dinge, die man im Krieg erlebt und gesehen hatte, nicht einfach »ungesehen« machen; das wusste er aus eigener Erfahrung. Die zentrale Frage war, ob man Tag und Nacht von diesen Geistern verfolgt wurde oder nur gelegentlich, wie er jetzt zum Beispiel in diesem Augenblick.

In dem Moment, als der einzelne Fahrgast aus dem Taxi im Begriff war, im Eingang zu verschwinden, warf Berekiah einen kurzen Blick über die Schulter, um nachzusehen, was da vor sich ging. Wie er überrascht feststellte, war der Besucher, der sich nun mit einem der Museumswärter unterhielt, eine Frau. Sie hatte blondes Haar, und er erkannte sie sofort: Zelfa.

»Der Junge da drinnen wird sich wünschen, er sei nie geboren worden – und zwar, noch bevor der Tag vorbei ist.«

Berekiah drehte sich um und sah, dass sich ein älterer Mann

in der vertrauten Uniform der Museumswärter zu ihm gesellt hatte.

»Natürlich nur, wenn er diesen Tag überhaupt überlebt«, fügte der Mann hinzu und rieb seine kalten Hände zum Schutz gegen den eisigen Wind. »Vollkommen durchgedreht, der Junge. Deswegen ist sie ja auch hier.« Er deutete mit dem Kopf in Zelfas Richtung und flüsterte: »Psychiaterin. Und jetzt, wo die Polizei auch da ist ...« Er zuckte verächtlich die Achseln. »Wenn du mich fragst, sollten die alle eingesperrt werden.«

Berekiah widerstand dem Impuls, ihm heftig zu widersprechen, und brummte nur ein »Hm«.

»Dieser Wirbel hier ist gar nicht gut fürs Geschäft«, fuhr der Wärter fort, »und außerdem kann das doch nur ein schlechtes Ende nehmen, oder? Ich meine, wenn er es wirklich will, dann wird er es auch tun. Das ist Kismet. Ich mag gar nicht daran denken, was das wieder für eine Schweinerei wird.« Dann ging er zu einem seiner zweifellos ebenfalls verärgerten Kollegen.

Berekiah setzte sich auf den harten, kalten Boden und versuchte nicht daran zu denken, was Zelfa möglicherweise gleich zu sehen bekam.

Obwohl Felicity Evren alles andere als eine willige Geisel war, stellte es für ihren Bruder aufgrund ihrer geringen Körpergröße überhaupt kein Problem dar, sie mit sich in die Mitte der Empore zu zerren.

Süleyman nahm sein Funkgerät vom Gürtel und rief Yıldız.

»Was macht er jetzt?«, fragte er. »Können Sie irgendetwas erkennen?«

»Ich glaube, er hat mich gesehen, Inspektor«, erwiderte der junge Mann mit möglichst leiser Stimme. »Oberhalb des Mihrab kommt er nicht weiter, deswegen bewegt er sich in Richtung Südempore, aber das ist eine Sackgasse.«

»Vielleicht befürchtet er ja, wir könnten versuchen, ihm in den Rücken zu fallen.«

»Wäre möglich. Möchten Sie, dass ich mit ihm auf einer Höhe bleibe?«

»Ja, aber geben Sie unter keinen Umständen einen Schuss

ab. Inspektor İkmen ist bereits auf dem Weg hierher. Sie erhalten Ihren Schießbefehl nur von ihm oder mir. Ist das klar?«

»Verstanden, Inspektor.«

Süleyman beendete den Funkkontakt und hängte das Gerät wieder an seinen Gürtel. Dann sah er zu Çöktin und einem dürren Beamten namens Güney hinüber.

»Ali Evren ist Engländer. Vermutlich wird er mit uns in seiner Muttersprache reden, weil das für ihn leichter ist«, sagte er und zuckte die Achseln. »Das heißt, dass ich mit ihm irgendwie auf Englisch werde reden müssen.« Er sah Çöktin an. »Ich weiß, dass Sie die Sprache auch recht fließend sprechen.«

»Ja, einigermaßen, Inspektor.«

»Was ist mit Ihnen, Güney?«

»Ich kann ›bitte‹ und ›danke‹ sagen, und ich kann in einem Lokal nach Bier, Tee und Mädchen fragen.«

Süleyman lächelte. »Ihre Prioritäten gefallen mir, Güney«, sagte er. »Trotzdem denke ich, dass es für uns alle sicherer wäre, wenn Sie einfach schweigen. Wachtmeister Çöktin und ich werden Ihnen die wichtigsten Sachen übersetzen.«

»In Ordnung, Inspektor.«

»Gut.« Er schob eine Hand in seine Jacke und tastete nach seiner Waffe. Er hatte zwar nicht vor, sie zu gebrauchen, musste sich aber vergewissern, ob sie an ihrem Platz war. Dann wandte er sich mit einem Lächeln an seine Kollegen: »Meine Herren?«

Die beiden Beamten gaben durch Nicken zu verstehen, dass sie bereit waren.

Im nächsten Augenblick öffneten sie die Tür am oberen Ende der Rampe, und Süleyman trat hinaus auf die Empore.

Ali Evren stand mit seiner Schwester im mittleren Bereich der Empore und drückte ihr mit der rechten Hand die Klinge seines Messers an die Kehle. Felicitys Augen waren vor Angst weit aufgerissen.

»Die byzantinischen Kaiserinnen haben von dort aus immer die religiösen Zeremonien verfolgt«, sagte Süleyman und deutete mit dem Kopf in Richtung der kaiserlichen Loge. »Ob nun Christen oder Moslems – in diesem Gebäude waren Männer und Frauen immer strikt voneinander getrennt.«

Es dauerte einen Moment, bevor Ali auf Süleymans Bemerkung reagierte, aber dann meinte er mit erstaunlich fester Stimme: »Ja, das stimmt. Aber wenn sie miteinander verwandt waren, konnten die Männer und Frauen sich nach der Kirche treffen. Eine Reihe byzantinischer Kaiser standen ihren Schwestern und Müttern sehr nahe – das sagt zumindest mein Geschichtslehrer. Wir waren vor kurzem mit der Klasse hier.«

»Da hat er Recht.«

»Aber einige der Kaiser haben ihre weiblichen Verwandten auch getötet«, sagte Ali, sah hinab in Felicitys völlig verängstigte Augen und fügte hinzu: »Vor allem dann, wenn diese treulos und verlogen waren.«

»Ich habe dich nie belogen, David!«, keuchte Felicity. »Nie!«

»Ach ja?« Er verstärkte seinen Griff um ihre Kehle und Schulter. »Und was ist mit dem Tod? Was ist damit? Und dann der Albaner, mit dem du mich betrogen hast – was war mit dem?«

Süleyman widerstand dem Impuls, weiter vorzurücken, und meinte: »Also, ich weiß ja nicht, was Sie damit meinen und warum Sie das da tun …«

»Ich will nur, dass meine Schwester sich bei mir entschuldigt«, unterbrach ihn der Junge. »Wir haben ein paar schlimme Dinge getan – Dinge, an die ich wahrscheinlich nicht *gedacht* hätte, wenn es nicht für Felicity gewesen wäre.«

»Was für Dinge?«

Ali und seine Geisel hatten sich die ganze Zeit langsam rückwärts bewegt. Doch jetzt beschleunigte er seine Schritte und zerrte seine Schwester rasch in Richtung des Marmortorbogens, des so genannten Tores des Himmels und der Hölle. Dahinter lag die eigentliche Südempore, die schließlich in einer Sackgasse endete, wie Yıldız bereits bemerkt hatte.

»Wo willst du hin?«, rief Süleyman, während er und Çöktin versuchten, mit den beiden Schritt zu halten. »Das ist der falsche Weg. Der Ausgang liegt in der anderen Richtung.«

»Nicht unbedingt«, erwiderte der Junge lächelnd. Während er sich mit dem Rücken an einem der alten Marmorpfeiler vorbeischob, warf er einen Blick hinab in die atemberaubende Tiefe des Hauptschiffs. »Es gibt auch noch andere Wege.«

»Du kannst nicht fliegen, David!«, rief Felicity panisch, als sie dem Blick ihres Bruders folgte. »Sagen Sie ihm, dass er nicht fliegen kann, Inspektor!«

Obwohl Süleyman verwirrt war von diesen Worten, kam er ihrer Aufforderung nach. Doch der Junge schien gar nicht zuzuhören. Mit einem raschen Schnitt ritzte er die Haut seiner Schwester an und fing das Blut mit einem Finger auf. Dann steckte er sich den Finger in den Mund und saugte daran – offensichtlich mit großem Vergnügen.

Obwohl sie eigentlich mit Avcı direkt zur Empore gehen wollte, musste Zelfa am Eingang zum äußeren Narthex eine kurze Pause einlegen. Ihr Kopf dröhnte, ihr war schwindlig, und sie hatte das Gefühl, als müsse sie sich jeden Moment übergeben.

»Ich brauche einen Moment frische Luft«, sagte sie zu Avcı und ging wieder hinaus in den Museumsgarten.

»Ist alles in Ordnung, Dr. Halman?«

»Ja!«

Glücklicherweise folgte er ihr nicht, und obwohl draußen eine große Menschenmenge versammelt war, schien niemand sie zu beachten. Die Übelkeit verflog, sobald sie an der frischen Luft war und sich hingesetzt hatte. Sie spürte, wie es ihr allmählich wieder besser ging. Doch die Tatsache, dass sie erst nach einer Weile merkte, dass sie im tiefen Schnee saß, zeigte ihr, dass sie ziemlich krank sein musste – oder einfach nur Angst hatte. Wenn sie richtig vermutete und Ali Evren tatsächlich seine Hypothese über die Sterblichkeit seiner Schwester überprüfen wollte, dann war sie selbst diejenige, die ihn auf diese Idee gebracht hatte. »Nimm Felicity mit zur Hagia Sophia und warte ab, was passiert.« Sie hatte es Ali überlassen, mit seinen Wahnvorstellungen über seine Schwester endgültig aufzuräumen. Im Grunde hatte sie ihm sogar die Erlaubnis dazu erteilt. Und wenn sie sich richtig erinnerte, dann wurden mutmaßliche Vampire mit ziemlich drastischen, lebensbedrohlichen Maßnahmen auf die Probe gestellt: man trieb ihnen einen Pfahl mitten durch das Herz, verbrannte sie, oder man schnitt ihnen den Kopf ab – wie sie aus *Dracula* wusste. Ali Evren bedrohte seine Schwester mit einem Messer an der Kehle; das hatte Mehmet ihr erzählt. Offensichtlich ließ sich Ali nicht von der Tatsache irritieren, dass Felicity sämtliche Kruzifixe an den Wänden des Museums überlebt hatte. Vielleicht hatte er aber auch festgestellt, dass Felicity doch sterblich war, und fühlte sich jetzt betrogen und war wütend auf sie. Schließlich hatte sie ihn belogen, oder etwa nicht? In Zelfas Augen eine dumme und sinnlose Lüge. Jeder Mensch hat ein Spiegelbild – wirklich jeder.

»Dr. Halman?«

Die tiefe, kräftige Stimme kam ihr sofort bekannt vor.

»Inspektor İkmen?« Sie blickte auf, sah direkt in Çetins dunkle, intelligente Augen und versuchte zu lächeln.

»Ich will Ihnen ja nicht zu nahe treten«, sagte er und hockte sich vor sie, »aber Ihr Gesicht ist schneeweiß.«

Zelfa war nicht gewillt, auf dieses Thema näher einzugehen.

»Weshalb sind Sie hier?«, fragte sie und sah, wie sich eine große Anzahl uniformierter Polizisten über das Gelände des antiken Bauwerks verteilte.

»Aus demselben Grund wie Sie, fürchte ich.«

»Die Geschwister Evren.«

»Ja. Çöktin hat mich angerufen. Ich habe die hier zur Verstärkung mitgebracht«, sagte er und deutete auf die Beamten. »Für den Fall, dass Ali beschließt abzuhauen. Ich komme übrigens gerade vom Haus der Familie Evren.«

Zelfa erinnerte sich an das seltsam kryptische Gespräch, das sie am Morgen mit Tepe geführt hatte. »Ja, davon hab ich gehört. Was haben Sie denn da gemacht?«

»Einen Tatort besichtigt.« Als er sah, dass sie versuchte aufzustehen, bot er ihr eine Hand an. »Der Chauffeur der Familie hat heute Morgen İlhan Evren tot aufgefunden.«

Zelfa starrte ihn mit weit aufgerissenen Augen an.

»In seinem Rücken steckte eine Schere.« İkmen nahm Zelfas Arm und führte sie behutsam zum Museum. »Ich habe schon ein paar Ideen, wer dieses Verbrechen begangen haben könnte, doch mir fehlen noch die Beweise«, sagte er. »Aber jetzt sollten wir überlegen, ob wir dem Geschwisterpaar da oben auf der Empore davon erzählen sollten.«

Zelfa warf einen Blick in die hoch aufragende Kuppel, die die Eingangstür, durch die sie gerade traten, winzig klein erscheinen ließ.

»Ich denke, das hängt davon ab, was sich dort oben abspielt«, sagte sie ernst.

Es ist nicht mehr bekannt, welche Seite des Tores die Himmelspforte und welche das Tor zur Hölle darstellte. Aber angesichts der Tatsache, dass dieses Portal sicherlich von einem Mann seinen Namen erhielt, lag das Himmelreich wahrscheinlich in dem Teil, der zum Gynäkeion – der Frauenempore – gehörte, dachte Süleyman. Das bedeutete, dass sie Ali Evren jetzt in den hinteren Trakt der Südempore folgten und damit in die Hölle. Süleyman spürte eine gewisse Erleichterung, als er Yıldız auf der Nordempore entdeckte, kurz bevor er zusammen mit Çöktin und Güney durch das Portal trat. Falls Ali Evren wirklich die Nerven verlieren sollte, hatte er immer noch Yıldız in der Hinterhand.

»Ich glaube, wir sollten uns mal unterhalten, Ali.«

»Aber zuerst soll ich natürlich meine Schwester gehen lassen, richtig?« Ali Evren lächelte – ein aufrichtiges Lächeln, ohne jede Spur von Ironie, aber ein harter Gegensatz zu seinen Worten. »Kommt nicht in Frage.«

»Wenn du deine Schwester gehen lässt«, sagte Çöktin langsam, »dann wird Inspektor Süleyman mit dir reden, und niemand wird verletzt.«

»Wie viel Geld muss mein Vater euch wohl bezahlen, damit ihr diese ganze Geschichte hier einfach vergesst? Wie viel? Aber das ist jetzt eh egal«, sagte er, während sein Gesicht vor Aufregung rot anlief, »ihr könnt mich ja sowieso nicht töten. Also weshalb sollte ich mir überhaupt Sorgen machen? Meine Schwester und ich werden dieses Gebäude bald verlassen, so oder so. Möglicherweise wird sie dann zwar nicht mehr am Leben sein ...«, er hielt kurz inne, um Luft zu holen, »... aber darüber hätte sie vielleicht mal eher nachdenken sollen.«

»David, ich ...«

»Wenn du in einen Spiegel schaust, Felicity, was siehst du dann? Los, sag's mir!«

»Ich …«

»Sag es ihm, Felicity.« Zelfa Halman stand neben Mehmet Süleyman. Ihr Hand zitterte, aber sie widerstand der Versuchung, ihn zu berühren.

»Erzähl es deinem Bruder, Felicity«, sagte sie ruhig. »Das Spiel ist vorbei.«

»Aber ich kann nicht!« Ihre Stimme klang heiser, und Zelfa bemerkte, dass Blut von ihrem Hals tropfte.

»Felicity …«

»Ich kann mich selbst nicht im Spiegel sehen! Ich habe nicht die geringste Ahnung, wie ich aussehe!«

»Kannst du mir bitte mal verraten, worum es hier eigentlich geht?«, sagte Süleyman leise zu Zelfa, während er Ali keinen Moment aus den Augen ließ.

»Das Ganze war nur ein Spiel, das ich erfunden habe, weil du es so gewollt hast!«, rief Felicity weinend, bis sich die Hand ihres Bruders fester um ihre Kehle schloss.

»Du versuchst, ein Vampir zu sein, stimmt's, Ali?«, sagte Zelfa erstaunlich kaltblütig. »Felicity hat dir erzählt, dass sie sich nicht im Spiegel sehen kann, und du möchtest genauso sein wie sie. Hab ich Recht?«

»Es geht nur darum, dem Tod zu entkommen, Dr. Halman«, erwiderte der Junge. »Das ist die einzige Möglichkeit.«

»Ja, aber wie wir gerade gehört haben, ist es nur ein Spiel, Ali. Felicity ist kein Vampir.«

»Aber sie hat es mir gesagt!« Er schaute wütend hinunter auf den Kopf seiner Schwester. »Sie hat gesagt, sie könne sich nicht mehr im Spiegel sehen – schon vor Ewigkeiten! Dann ist Mutter gestorben … Flick konnte sich immer noch nicht sehen … Ich sagte damals, vielleicht sind wir beide ja Vampire, und sie sagte ja, und ich sagte, dass das eine tolle Möglichkeit wäre, dem Tod zu entgehen! Denn Sie wissen ja, Doktor«, er starrte Zelfa mit kaltem Blick an, »der Tod ist kein Vergnügen! Ich habe ihn gesehen, und ich will nichts damit zu tun haben!«

»Das trifft vielleicht auf dich selbst zu«, sagte İkmen, der hinter seinen Kollegen stand und unbehaglich sein Gewicht von einem Fuß auf den anderen verlagerte, »aber als Vampir bist du gezwungen, das Leben anderer zu nehmen, richtig?«

Der Junge öffnete den Mund, um zu antworten, aber seine Schwester kam ihm zuvor.

»Nein, er hat nicht, er wird nicht, er ...«

»Rifats Tod hat nichts damit zu tun!«, rief Ali; seiner Stimme war der Abscheu über derartige Unkenntnis anzuhören. »Er hat widerliche Sachen über Flick gesagt, und er hat versucht, sich zu nehmen, was mir gehört. Er hatte den Tod verdient! Ich habe sein Blut nur getrunken, weil ich es plötzlich vor mir sah. Es kam wie von selbst, weil ich das bin, was ich bin – ich habe es nicht geplant!«

Inzwischen weinte Felicity. Ihr Bruder presste sie noch fester an seine Brust und ging drei Schritte zurück.

»Wo willst du hin?«, fragte Zelfa.

»Ich habe es Ihnen doch schon gesagt – ich werde jetzt gehen.«

Süleyman warf einen schnellen Blick quer durch das Hauptschiff hinüber zur Nordempore und sah, dass sich dort drüben etwas sehr schnell bewegte.

İkmen räusperte sich. »Ali«, begann er, »bitte entschuldige, dass ich ein bisschen langsam bin – aber wenn ich das richtig sehe, müssen Vampire Blut trinken, können nicht im Tageslicht existieren und ...«

»Meine Transformation ist noch nicht abgeschlossen.«

»Aber wenn Felicity, wie du ja mittlerweile weißt, gar kein Vampir ist, was bringt dich dann zu der Überzeugung, dass in dir gerade eine solche Metamorphose stattfindet?«

»Ich habe es Ihnen doch schon gesagt! Ich habe Rifats Blut getrunken! Und ihres habe ich auch getrunken«, fügte er hinzu, wirbelte seine Schwester herum und drehte sich selbst so, dass er mit dem Rücken zur Außenmauer der Kirche stand. Wahrscheinlich hatte er Yıldız auf der gegenüberliegenden Empore entdeckt, dachte Süleyman. Auf jeden Fall war jetzt die Gefahr, dass er sich und Felicity in die Tiefe des Hauptschiffs stürzte, verringert. Wie auch immer – diese neue Position machte es Yıldız unmöglich, einen Schuss auf den Jungen abzugeben, ohne die Geisel zu gefährden.

»Mein Vater wollte mich ein für alle Mal ins Irrenhaus stecken«, rief er über das erstickte Weinen seiner Schwester hinweg. »Aber er ist genauso schuldig wie ich und ...«

»Bitte, David, nicht!«

»Halt's Maul!« Er wechselte das Messer von der rechten in die linke Hand und schaute die Empore entlang bis zu dem Punkt, an dem sie in einer Sackgasse endete. Aber Ali Evren wusste, dass es hier – wie auf der Nordempore auch – eine Holztür gab, alt, im Laufe der Jahre fast schwarz geworden und mit einem Vorhängeschloss gesichert. Der Junge deutete zuerst auf İkmen und dann auf die Tür.

»Aufmachen«, sagte er, »sofort.«

In den wenigen Sekunden, in denen Ali Evren İkmen bei seinem Kampf mit dem Vorhängeschloss beobachtete, flüsterte Zelfa Süleyman zu: »Wir können ihn nicht durch diese Tür entkommen lassen! Die Männer draußen werden ihn töten!«

»Du weißt, dass hinter manchen dieser Türen gar nichts ist, oder, Ali?«, sagte İkmen, während er sehr überzeugend so tat, als versuche er das ohnehin geöffnete Vorhängeschloss aufzubrechen. »Ich weiß nicht, warum das so ist«, fuhr er fort, als der Junge keine Antwort gab, »vielleicht handelt es sich ja um eine Art seltsamen byzantinischen Scherz.«

»Hauptsache, sie führt nach draußen«, erwiderte der Junge.

»Ja, dahinter kann aber auch ein Abgrund sein ...«

»Ich werde jedenfalls nicht sterben!«

Felicity Evren schien sich völlig aufgegeben zu haben – sie starrte nur noch mit verzweifeltem Blick vor sich hin.

»Ali, so muss es doch nicht enden«, begann Zelfa. »Wenn du einfach mit mir kommst ...«

»Wird Ihr Liebhaber mich zusammenschlagen«, sagte er mit einem Blick auf Süleyman, »und danach steckt er mich in die Klapsmühle!« Er lachte. »Ganz genau das wird passieren, Doktor! Mein Vater hat es mir vergangene Nacht gesagt. Er meinte, dass er mich jetzt nicht länger decken könnte. Er sagte, er würde Sie anrufen. Er sagte, dass nie herauskommen würde, dass er mir geholfen hat, weil ich ein Verrückter bin – und wer glaubt schon einem Irren?«

»Was meinst du damit? Wobei hat er dir geholfen?«

»Vater ist tot, David.«

Die Worte kamen so ruhig und mit einer solchen Bestimmtheit, dass İkmens Hände für einen Augenblick die Arbeit an dem aufgebrochenen Vorhängeschloss einstellten.

Ali wirbelte seine Schwester herum und schaute ihr in die Augen. »Tot?«

İkmen warf Süleyman einen schnellen Blick zu, der daraufhin eine Hand in seine Jackentasche gleiten ließ. Beide wussten, dass Yıldız nun völlig das Schussfeld versperrt war.

»Ich habe ihm alles über meinen Anteil an deinem … an deiner Entwicklung erzählt, David«, sagte Felicity und wandte ihr Kinn so weit wie möglich von der Messerspitze an ihrer Kehle ab. »Und es gefiel ihm gar nicht.«

»Hast du sein Blut getrunken?«

»Nein!«

Wutentbrannt riss der Junge seinen Blick vom Gesicht seiner Schwester los und starrte İkmen an. »Brechen Sie das Schloss auf, oder ich schneide ihr die Kehle durch!«

İkmen zog den verrosteten Metallklumpen vom Türhaken und warf ihn auf den Boden.

»Und jetzt gehen Sie zurück!«

»Ali …«

»Na los!«

İkmen machte ein paar Schritte zurück auf die andere Seite der Tür.

Ali wirbelte seine Schwester erneut herum, so dass sie jetzt wieder mit dem Gesicht zu den Polizisten stand. Dann starrte er der Ärztin wütend ins Gesicht.

»Sie wissen, dass es nur Ihre Schuld ist, dass wir hier sind, Doktor?«, sagte er. »Sie haben mir vorgeschlagen, ich sollte meine Schwester auf die Probe stellen – und sie hat versagt.«

»Ali, ich weiß ja, dass in deiner Realität Vampire existieren, aber …«

»Oh, ich werde den Tod überlisten«, sagte er. Er bewegte sich langsam zur Tür und drückte die Klinke herunter. »Ich will nicht sterben, also werde ich auch nicht sterben. Ich werde alles tun, um das zu verhindern.«

Als die Tür nach außen aufschwang, fuhr ein eiskalter, von Schneeflocken durchsetzter Windstoß in das Gebäude. Von ihrem Standort aus konnte Zelfa nur einen breiten Streifen bleigrauen Himmels sehen.

»Das ist kein Ausgang«, sagte İkmen und blickte hinaus in die scheinbar endlose Tiefe hinter der sanft schwingenden Tür. »Du wirst dich umbringen.«

»Nein, das werde ich nicht.« Ali tat einen Schritt rückwärts in Richtung des Türrahmens. »Ich werde nur den falschen Vampir töten, die Betrügerin, die Frau, die sterblich ist.«

»Oh Gott«, murmelte Felicity, »oh mein Gott ...«

»Und ich habe die ganze Zeit gedacht, du wärst eine Tochter des Satans!« Der Junge verstärkte seinen Griff um ihre Kehle, drückte ihr langsam die Luft ab.

Und dann schaute Ali hinter sich in den Abgrund.

Süleyman zog seine Pistole, während İkmens Hand vorschoss und nach Felicity Evrens Handgelenk griff.

Çöktin warf sich nach vorn und umklammerte İkmens Beine. Der Junge hatte im Tod zwar den Griff um den Hals seiner Schwester gelöst, aber die Wucht der Kugel und das gemeinsame Gewicht von Ali und Felicity reichten aus, um İkmen bis an den Rand des Abgrunds zu ziehen. Wie er ihr Handgelenk noch zu fassen bekommen hatte, konnte İkmen nicht mehr sagen.

Eine eigenartige, gepresste Stille herrschte, in der Çöktin und seine Kollegen İkmen und Felicity von der Tür zurückzerrten und sie, nach Luft schnappend, auf den sicheren Boden der Empore legten. Und immer noch wortlos beobachteten sie die beiden dabei, wie sie versuchten, die Kontrolle über ihren Körper zurückzugewinnen. Felicity, deren Kopf und Schultern mit dem Blut ihres Bruders beschmiert waren, starrte mit leerem Blick auf das Mosaik der byzantinischen Kaiserin Eirene, einer bemerkenswerten blonden Schönheit. Der Kontrast zwischen der leuchtenden Pracht des Kunstwerks und der missgebildeten, mit Blut bedeckten Frau entging keinem der Umstehenden auf der Empore, der noch einen klaren Gedanken fassen konnte.

»Oh Gott!«, murmelte Zelfa, während sie unsicheren Schrittes hinüber zu der Holztür ging. Sie schaute hinab und folgte mit ihren Augen dem langen scharlachroten Streifen, der sich durch den Schnee zog und kleine Vorsprünge an der Außenseite des Gebäudes befleckt hatte. Unten hatte sich bereits eine Menschenmenge gebildet. Und obwohl sie wusste, dass Ali Evren auch irgendwo dort unten liegen musste, erfüllte sie die Tatsache, dass sie seinen Körper – noch – nicht sehen konnte, mit Unruhe.

»Sie gehen jetzt besser nach draußen, Doktor«, hörte sie İkmens überraschend feste Stimme sagen.

Zelfa drehte sich um. Çöktin und Güney, zu denen sich jetzt auch noch Yıldız gesellt hatte, führten die weinende Felicity Evren zu einer Stufe, auf der sie etwas bequemer Platz nehmen konnte. Sie hockte nun direkt gegenüber des Deesis-Mosaiks, einer Darstellung von Johannes dem Täufer und der Muttergottes, die am Tag des Jüngsten Gerichts Fürbitte für die Menschheit halten. Der katholische Teil von Zelfas Geist musste über diese Ironie lächeln, bevor ihre türkischen Augen zu Mehmet Süleyman hinüberblickten, der mit dem Rücken zu ihr stand und in sein Mobiltelefon sprach. Die Pistole, mit der er auf Ali Evrens Kopf geschossen hatte, hielt er immer noch in der rechten Hand.

Eine leichte Berührung an der Schulter rief ihr İkmens Anwesenheit wieder ins Gedächtnis.

»Ich komme mit Ihnen«, sagte er.

»Wie bitte?«

»Irgendjemand muss den Tod des Jungen offiziell feststellen«, sagte İkmen und schob sie sanft von der gähnenden Leere hinter der Tür fort.

Zelfas Augen füllten sich mit Tränen. »Ich bin keine Pathologin.«

»Aber Sie sind Ärztin, und daher besser für diese Aufgabe geeignet als ich es bin.«

»Ja …«

»Hören Sie«, meinte er und nahm ihre Hand, »es gibt nur eine Möglichkeit, mit so etwas fertig zu werden – einfach weitermachen. Ich weiß es, glauben Sie mir.« Und dann tat er etwas, was sie angesichts der Situation sehr verwunderte: Er begann leise zu lachen. »Das muss man sich einmal vorstellen – jetzt gebe ich schon einem Psychiater gute Ratschläge!«

Süleyman hatte seinen Anruf beendet und steckte sein Telefon gerade wieder in die Tasche, als sie ihn erreichten.

»İskender ist unterwegs«, sagte er zu İkmen und bezog sich damit auf einen Kriminalinspektor, der höchstwahrscheinlich die Untersuchung der Ereignisse rund um diesen Vorfall leiten würde.

İkmen schaute nach unten auf die Waffe in der Hand seines Kollegen und stellte fest, dass der Sicherungshebel wieder umgelegt war.

»Du wirst ihm deine Waffe aushändigen müssen«, sagte er. Ihm war klar, dass Süleyman dies auch wusste, aber er musste einfach etwas sagen – irgendeinen Satz, nur um den Moment noch weiter hinauszuzögern, in dem Zelfa zum ersten Mal wieder mit ihrem Verlobten sprechen würde. Doch es gelang ihm nicht.

»Du hast ihn umgebracht«, sagte Zelfa und schaute hinauf in die kalten, angespannten Augen ihres Geliebten.

»Ja.«

»Ich hätte mehr Zeit gebraucht, um mit ihm zu sprechen ...«

»Ali Evren hat die Situation selbst beschleunigt.«

»Weil es dir nicht gelungen ist, ihn zu bremsen!«

Süleymans Antwort erfolgte sofort, und sein Ton und seine Haltung zeigten, warum seine Vorfahren mächtige und einflussreiche Männer gewesen waren.

»Nein – sondern weil es mir nicht gelungen ist, ihn zu verstehen, Doktor!«, sagte er eisig. »Ich traf völlig unvorbereitet bei einer Geiselnahme ein, an der ein Wahnsinniger beteiligt war – jemand, von dem du wusstest, dass er verrückt war, und zwar noch vor Rifat Berishas Ermordung!«

»Nein! Nein, er hatte ...«

Aber Süleyman hatte sich bereits abgewandt und ging mit schnellen Schritten zurück zu seiner kleinen Gruppe von Polizeibeamten und einer inzwischen wesentlich ruhigeren Felicity Evren.

İkmen legte seine Hand auf Zelfas Schulter. »Ich rede mit ihm«, sagte er und führte sie vorbei an den Männern und der blutbesudelten Frau. »Das ist der Schock. Wir müssen jetzt alle versuchen, uns zu beruhigen, und in Ruhe darüber nachdenken, was gerade geschehen ist.«

»Aber Mehmet hat den Jungen umgebracht, er ...«

»Inspektor Süleyman hatte keine andere Wahl«, erwiderte İkmen streng. »Ali Evren stand kurz davor, ins Leere zu springen und seine Schwester mit sich zu reißen. Auf diese Weise wären zwei Menschen vor aller Öffentlichkeit ums Leben gekommen.«

»Hätten Sie nicht einfach versuchen können, sie von ihm wegzureißen?«

»Ali hätte den Hals seiner Schwester niemals losgelassen, solange er noch am Leben war. Sie lief bereits blau an. Bitte bedenken Sie das, Zelfa«, sagte İkmen, während er sie zum oberen Ende der Rampe brachte. »Ich weiß nur wenig darüber, was im Kopf dieses Jungen vor sich ging, aber Sie sollten noch einmal über das nachdenken, was Sie über sein inneres Universum wussten, und mir dann sagen, was Sie an Mehmets Stelle getan hätten.«

Zelfa schaute İkmen nur an, mit einem unsteten, ausdruckslosen Blick.

22

Dies ist bereits das zweite Mal in Ihrer Karriere, dass Sie ohne ausreichende Vorbereitung bei einer Geiselnahme eingeschritten sind«, sagte Polizeipräsident Ardıç scharf. »Sie handeln völlig unüberlegt.«

»Mit allem Respekt«, begann İkmen und blickte zu Süleyman hinüber, während er sprach, »Inspektor Süleymans Beteiligung an jenem früheren Fall kam nur deshalb zustande, weil der Täter auf seiner Anwesenheit am Ort des Geschehens bestand.«

»Ja, richtig.« Ardıç schaute İkmen an, dessen Gesicht abgespannt wirkte. »Aber das gilt nicht für den heutigen Vorfall, oder, İkmen?«

»Nein.«

»Heute erhielten wir einen Notruf von einem höchst öffentlichen Ort, auf den Inspektor Süleyman mit größter Schnelligkeit reagierte – was zwar sehr lobenswert ist, aber auch einen Mangel an geplantem Vorgehen zeigt, den ich für inakzeptabel halte.« Ardıç fixierte Süleyman mit einem grimmigen Blick und fuhr fort: »Sie begaben sich mit einer kleinen Gruppe von Beamten an den Ort des Geschehens, stellten aber nur einen Mann dazu ab, den Täter aus einem anderen Teil des Gebäudes im Auge zu behalten. Ihre mangelnde Kenntnis der Räumlichkeiten des Museums führte dazu, dass Sie keinerlei Vorkehrungen dafür trafen, in den Rücken des Täters zu gelangen, was wiederum zur Folge hatte, dass der Junge die Situation völlig unter seine Kontrolle bringen konnte.«

»Der Junge war verrückt«, warf İkmen ein. »Er befand sich in psychiatrischer Behandlung.«

»Bei Dr. Halman, ich weiß.« Wenn er so ruhig sprach wie jetzt, war Ardıç besonders gefährlich. »Dr. Zelfa Halman, die gelegentlich als Beraterin für die Polizei arbeitet und mit Inspektor Süleyman verlobt ist, den sie demnächst heiraten wird. Einfach großartig, finden Sie nicht, İkmen?«

»Herr Präsident ...«

»Ali Evren besaß sowohl die türkische als auch die britische Staatsbürgerschaft – was bedeutet«, sagte Ardıç mit einer langen Zigarre im Mund, »dass die britischen Behörden alles darüber in Erfahrung bringen wollen, was es über diesen Vorfall in Erfahrung zu bringen gibt. Und das mit vollem Recht. Doch während die Briten in vielerlei Hinsicht Freunde und Verbündete unseres Landes sind, hängen sie im Hinblick auf unsere polizeilichen Methoden genau den gleichen falschen Vorstellungen nach wie alle anderen Mitglieder der Europäischen Union. Und darüber hinaus gehören ihre Pressevertreter zu den unbarmherzigsten und skrupellosesten in ganz Europa. Sie und diese Italiener ...« Ardıç schüttelte den Kopf.

İkmen hütete sich, seinen Chef an dieser Stelle zu unterbrechen.

»Es wird nicht genügen, ihnen mitzuteilen, dass wir keine bösartigen Untiere sind, İkmen! Das haben wir versucht, als die Verrückten von Leeds United hierhin kamen, um gegen Galatasaray anzutreten – und Sie wissen genau, wozu das geführt hat: zu Chaos und Toten. Damals hat man uns der Selbstgefälligkeit beschuldigt, heute wird man uns der ... ich wage gar nicht, daran zu denken, wessen man uns bezichtigen wird! Wir alle hier wissen, dass es gute und schlechte Polizisten gibt, und ich weiß, dass Sie beide im Grunde ehrbare, wahrheitsliebende Männer sind. Aber die Briten wissen das nicht! Sie werden nur ihn hier sehen« – er deutete wild auf Suleyman –, »mit einer Pistole in der Hand und einem toten Kind zu seinen Füßen!«

»Mit allem Respekt«, entgegnete İkmen, »weder ich noch Inspektor Süleyman haben zu jenem Zeitpunkt an diese Dinge gedacht, denn unsere erste Sorge als Polizeibeamte galt der

Geisel. Sobald die Untersuchungen abgeschlossen sind, werden Sie feststellen, dass Inspektor Süleyman gar keine andere Wahl blieb – davon bin ich überzeugt. Zunächst einmal hätte das Vorhängeschloss niemals in einem solchen Zustand sein dürfen. Und wenn die Tür nicht zugänglich gewesen wäre, hätten wir wesentlich mehr Zeit gehabt. Die Psychiaterin …«

»Dr. Halman wird ihren Befund über den Evren-Jungen dem für den Fall zuständigen Beamten vorlegen müssen.«

»Inspektor İskender?«

»Nein, mir«, erwiderte Ardıç. »Das britische Interesse an dem Fall hat zur Folge, dass ich mich selbst darum kümmern muss. Sie haben Glück, dass es nicht der Minister persönlich ist«, fügte er unheilvoll hinzu. »Wir dürfen uns jetzt keine Fehler mehr erlauben, İkmen. Ich erwarte, dass die schriftlichen Berichte von jedem der vor Ort anwesenden Beamten bis heute Abend auf meinem Schreibtisch liegen.«

»Natürlich.«

Ardıç räusperte sich. »Nun zu Felicity Evren – wie sieht es mit ihr aus?«

»Sie hat Beruhigungsmittel bekommen und liegt unter Bewachung im Cerrahpaşa«, antwortete İkmen. »Die Psychiaterin – ich sollte hinzufügen, dass es nicht Dr. Halman ist – sagt, dass wir morgen früh mit ihr sprechen können.«

»Nicht eher?«

»Nein. Sie kann sich noch nicht verständlich ausdrücken.«

»Und der Vater der Frau?«

»Die gerichtsmedizinische Untersuchung findet gerade statt«, sagte İkmen. »Dr. Sarkassian hat den Leichnam ins Leichenschauhaus gebracht. Aus dem, was in der Hagia Sophia gesagt wurde, ging deutlich hervor, dass zumindest Felicity Evren, vielleicht aber auch ihr Bruder, vom Tod des Vaters wusste.«

Ardıç lehnte sich in seinem Stuhl zurück und fixierte mit seinem Blick erneut das leichenblasse Gesicht von Mehmet Süleyman. »Ich verstehe. Hat sie es getan? Was glauben Sie, İkmen?«

»Ich weiß es nicht. Aber ich werde es herausfinden. Das wenige, was ich über die Familie bislang in Erfahrung bringen konnte, weist darauf hin, dass in ihr oft Selbsttäuschung und

Wahnsinn das Handeln bestimmten, ein Handeln, das nicht gerade mit dem übereinstimmte, was man normalerweise unter ›logisch‹ bezeichnet.«

»Psychologengeschwätz«, sagte Ardıç mit unverhohlener Verachtung.

»Ganz genau.«

»Möge Allah ihnen gnädig sein!« Er schaute runter auf seinen Schreibtisch. »Also gut – Sie machen sich jetzt besser auf den Weg und schreiben Ihren Bericht. Und Süleyman, Sie werden erst mal Urlaub nehmen.«

Der Jüngere zuckte zusammen. »Aber, Herr Präsident ...«

»Es ist zu Ihrem eigenen Besten, Süleyman«, sagte Ardıç barsch. »Wenn diese Vorfälle an die Öffentlichkeit dringen, wird die britische Presse nach einem Schuldigen suchen, und ich will nicht, dass diese Bastarde Sie finden. Sobald die Lage sich wieder etwas beruhigt hat, können Sie in den Dienst zurückkehren – dann hoffentlich mit etwas mehr Selbstbeherrschung und streng nach den Vorschriften.« Mit diesen Worten wandte er seine Aufmerksamkeit ganz demonstrativ wieder der Akte zu, die er studiert hatte, bevor İkmen und Süleyman sein Büro betraten. Sie waren entlassen.

Draußen auf dem Flur zündeten sich beide sofort eine Zigarette an.

»Tja, das ist wohl das Ende meiner Laufbahn«, sagte Süleyman düster.

İkmen legte seinem Kollegen beruhigend die Hand auf die Schulter. »Das glaube ich nicht. Ardıç will, dass du zurückkommst, sonst hätte er das nicht gesagt. Außerdem hat er gesagt, dass er dich für einen guten Mann hält – und ich weiß, dass er so etwas niemals nur dahinsagen würde. Nein, ich glaube, sobald wir bewiesen haben, dass der junge Evren verrückt war ...«

»Was macht das für einen Unterschied? Ich habe ihn erschossen, Çetin.«

»Du hattest keine andere Wahl! Ich habe deinen Blick gesehen, ich wusste, was du tun wolltest. Und das werde ich auch in meinem Bericht schreiben.«

Süleyman brachte ein dankbares Lächeln zustande.

»Zelfas Aufzeichnungen sollten unsere Annahme bezüglich der Geisteskrankheit des Jungen bestätigen«, meinte İkmen, während beide den Flur entlang zu ihren Büros gingen. »Hätten wir sie vor diesem Zwischenfall über Ali Evren befragen können, wären die Ereignisse anders abgelaufen – da bin ich mir sicher. Aber dies war uns leider nicht möglich.«

»Nein.«

»Ärztliche Schweigepflicht«, lächelte er, »ist nicht immer von Vorteil.« Dann hob er seine Hände in einer Geste der Hilflosigkeit. »Kismet!«

»Da hast du Recht.«

Mit einer kurzen Umarmung verabschiedeten sich die beiden Männer voneinander, und Süleyman ging in sein Büro, um seinen Bericht über die Ereignisse dieses Tages zu schreiben.

İkmen schlenderte dagegen langsam in Richtung seines Schreibtischs zurück. Er war zuversichtlich, dass Zelfas Aussage trotz ihrer persönlichen Beziehung zu Süleyman berücksichtigt werden würde. Der Junge war ganz deutlich psychisch labil gewesen – auch wenn er nicht genau sagen konnte, wie lange schon und in welchem Ausmaß. Auf dem Weg zur Empore hatte Zelfa versucht, ihm die Fixierung des Jungen auf Vampire zu erklären, aber da kaum Zeit für lange Erläuterungen geblieben war, hatte er nicht alles verstanden. Zelfa hatte irgendetwas über die Schwester gesagt, die ein Vampir war, und über irgendwelche Spiegelbilder – typische Balkan-Hirngespinste. Als ob er nicht schon genug davon hatte ... Andererseits war jetzt nicht die Zeit, um schon wieder über seine Mutter nachzugrübeln. Jetzt musste er vor allem versuchen, Mehmet Süleyman zu helfen und gleichzeitig diesen gordischen Knoten von einem Fall zu durchtrennen. Wenn Ali Evren tatsächlich Rifat Berisha getötet hatte, vielleicht mit der Hilfe seines Vaters, dann wollte İkmen den Grund dafür herausfinden. Dass Ali das Blut des Albaners trinken wollte, schien ihm kein ausreichendes Motiv zu sein – obwohl er mittlerweile aufgrund seiner Erfahrungen mit den Berishas, den Vloras und sogar mit seiner eigenen Familie wusste, dass selbst scheinbar lächerliche Motive ausreichten, um manche Menschen zu Mördern zu machen. Außerdem war da noch Felicitys Beziehung zu Ali, die ihm noch nicht ganz klar war. İkmen dachte an das, was er hoch oben auf der Empore der Hagia Sophia selbst mit angesehen hatte, sowie an die Aussage des Chauffeurs Hassan über die Geschwister, von der Tepe ihm erzählt hatte, und kam zu dem Schluss, dass er die Beziehung der beiden noch einmal genauer unter die Lupe nehmen sollte. Ihm schauderte bei dem Gedanken, was er hier möglicherweise ans Licht bringen würde.

Orhan Tepe war die Aufgabe zugefallen, der Familie Berisha mitzuteilen, dass man die Mordanklage gegen Mehti Vlora fallen gelassen hatte. Zu dem Zeitpunkt, als er sich zum Haus der Berishas aufmachte, hatte Mehti bereits offiziell sein Geständnis widerrufen. Tepe war sich nicht sicher, ob dieser Schritt eine Reaktion auf den vermeintlichen Verrat seiner eigenen Familie – in Person seines Bruders Aryan – darstellte oder ob Çöktin ihm so große Angst eingejagt hatte, dass Mehti es sich anders überlegt hatte. Doch letzten Endes war Tepe froh darüber, vor allem angesichts der Tatsachen, die das Drama in der Hagia Sophia zum Vorschein gebracht hatte. Natürlich mussten noch einige Dinge durch Beweise erhärtet werden, aber es schien, als ob Rifat Berisha von einem oder vielleicht beiden Evren-Geschwistern ermordet worden war.

Allerdings, so beeilte er sich einem äußerst misstrauischen Rahman Berisha gegenüber zu erklären, würde die Anklage gegen Mehmet Vlora wegen der Ermordung seines Sohnes Egrem nach wie vor aufrechterhalten.

»Aryan Vlora hat sich bereit erklärt, gegen seinen Bruder auszusagen«, sagte Tepe zu dem Albaner, der zusammengesunken an seinem Küchentisch saß, »also sieht die Sache sehr gut aus, Herr Berisha.«

»Wenn er glaubt, dass ich mich bei ihm dafür bedanke, kann er ewig warten«, erwiderte Rahman bitter und rollte den Stummel seiner Zigarette zwischen den Fingern hin und her. »Jeder hier hätte Ihnen sagen können, dass Mehmet meinen jüngsten Sohn ermordet hat. Was mich betrifft, leben wir immer noch in Blutfehde mit den Vloras.«

»Nun, das ist Ihre Angelegenheit und Ihre freie Entscheidung«, antwortete Tepe steif. »Allerdings muss ich Sie warnen, dass wir jede Art von Tätlichkeit Ihrerseits gegen die Vloras unnachgiebig verfolgen und bestrafen werden. Sie sind nun an einem ordentlichen Gerichtsverfahren beteiligt, Herr Berisha, ob es Ihnen gefällt oder nicht. Und dazu gehört eine Beweisführung – etwas, wobei Aryan Vlora uns unterstützt.«

Statt einer Entgegnung zuckte Rahman nur die Achseln.

»Dennoch wäre es äußerst hilfreich«, fuhr Tepe fort, »wenn Sie uns ein Kleidungsstück mitgeben könnten, das Egrem getragen hat – natürlich nur, falls Sie noch eines besitzen ...«

»Warum?« Die Augen, die Tepe anstarrten, waren blutunterlaufen und lagen tief in den Höhlen.

»Weil wir einige alte Blutspuren in der Wohnung der Vloras sicherstellen konnten, ungefähr an der Stelle, an der Mehmet laut Aryans Aussage Ihren Sohn getötet hat. Und dieses Blut lässt sich weder irgendeinem der Bewohner dieser Wohnung zuordnen, noch – das sollte ich hinzufügen – Ihrem anderen Sohn, Rifat.«

»Und?«

Tepe seufzte, ein wenig ermüdet von Rahmans scheinbar vorsätzlicher Begriffsstutzigkeit. »Nun, Herr Berisha«, sagte er so geduldig wie möglich, »falls die DNA dieser Blutspuren beispielsweise mit der DNA von Haarproben übereinstimmt, die wir einem Kleidungsstück von Egrem entnehmen könnten, würde dies zusammen mit Aryans Aussage zweifelsfrei Mehmet Vloras Schuld beweisen. Ganz im Sinne eines ordentlichen Gerichtsverfahrens.«

Rahman räusperte sich und sagte: »Also ...«

Es schien durchaus möglich, dass Rahman Berisha in jenem Moment mehr hätte sagen wollen – aber als Tepe später an diese Situation zurückdachte, erschien es ihm wahrscheinlicher, dass er wieder in Schweigen verfallen wäre. Denn letzten Endes kannte dieser Mann keine andere Gerechtigkeit als die, für die die eigene Familie sorgte. Aber es war nicht Rahman, der als Nächstes sprach. Seine Tochter stand in der Küchentür und hielt die Hand schützend vor ihre aufgeplatzten Lippen, im vergeblichen Versuch, auch die Blutergüsse rund um ihre Augen zu verdecken.

Tepe starrte sie nur an, völlig geschockt von ihrem Aussehen.

»Wir haben immer noch das Hemd, das Egrem am Tag seines Todes trug«, brachte sie mit einigen Schwierigkeiten heraus. Es klang so, als ob sie versuchte, mit geschwollener Zunge zu sprechen. »Genügt Ihnen das, Wachtmeister?«

»Wer hat dir erlaubt, dein Zimmer zu verlassen?« Wütend sprang ihr Vater auf, die Hand zum Schlag erhoben. Tepe brauchte nicht viel, um eine Verbindung zwischen dem jetzigen Aussehen des Mädchens und der nun in ihre Richtung weisenden Hand herzustellen. Und da diesmal kein Vorgesetzter anwesend war, der ihn daran hätte hindern können, packte er Rahmans Arm und drehte ihn dem Albaner auf den Rücken.

Erschreckt riss Engelushija die Augen auf.

Tepe, dem die Jahre beim Militär reichlich Kraft in Armen und Händen beschert hatten, lächelte das Mädchen an und sagte: »Ja, das wäre großartig, Fräulein Berisha. Vielleicht wären Sie so freundlich, es mir zu holen.«

»Oh, äh, natürlich. Einen Augenblick.« Langsam und schmerzverkrümmt schlurfte sie aus dem Raum.

Tepe wartete, bis er sicher war, dass sie ihn nicht mehr hören konnte. Dann wandte er seine Aufmerksamkeit wieder ihrem Vater zu.

»So wie es aussieht, haben Sie sie immerhin nicht völlig krankenhausreif geschlagen«, meinte er und bog Rahman den Arm noch weiter den Rücken hinauf.

»Aaaauu!«, schrie Rahman. »Sie ist meine …«

»Das gibt Ihnen aber nicht das Recht, sie umzubringen, ist das klar!«, zischte Tepe und lockerte den Griff ein wenig.

»Meine Tochter hat sich mit dem Mörder ihres Bruders eingelassen!«, brüllte Rahman. »Er hat ihr die Flausen in den Kopf gesetzt, dass Mehti Vlora unschuldig ist!«

»Das sind keine Flausen, Herr Berisha, das ist die Wahrheit!«, gab Tepe lautstark zurück.

Rahman war viel zu erbost, um ihm zuzuhören. Er bemerkte nicht einmal, wie Engelushjia wieder in die Küche kam, ein blutiges Hemd in ihren Händen.

»Sie hat sich von ihm vögeln lassen – ich weiß es!«, sagte

Rahman und hob abwehrend die freie Hand. »Und jetzt ist sie befleckt und …«

»Wie oft soll ich dir noch sagen, dass Aryan und ich nichts Unziemliches getan haben!«, rief das Mädchen, während ihr Tränen über die geschwollenen Wangen liefen. »Wir wollen beide nur, dass dieses unsinnige …«

»Lügnerin!« Rahman entwand seinen Arm aus Tepes gelockertem Griff und stürzte sich auf sie. Das gab Orhan Tepe den Anlass, den er brauchte. Sein Schlag hob den Albaner von den Füßen und schleuderte ihn auf den Boden vor der Küchenspüle. Dort blieb er liegen und schaute mit einem mitleiderregenden, gedemütigten Blick in den Augen hinauf zu Tepes kraftvoller Statur.

Engelushjia dachte nicht daran, sich pflichtbewusst um ihren Vater zu kümmern; stattdessen legte sie einfach das Hemd in Tepes Hände und ging hinaus in den Flur.

»Wenn wir die Testergebnisse haben, werde ich mich wieder bei Ihnen melden«, sagte Tepe zu dem Mann auf dem Boden. »Sie werden eine Aufforderung erhalten, bei der Gerichtsverhandlung gegen Mehmet Vlora als Zeuge zu erscheinen.«

Rahman Berisha antwortete nicht. Tepe verließ den Raum und traf im Flur auf die schweigende Engelushija.

»Kann ich irgendetwas für Sie tun?«, fragte er sie.

»Nein«, antwortete ihre Mutter, Aliya, die in der Tür zu einem der Schlafzimmer stand. »Gehen Sie endlich.«

»Ich habe Ihre Tochter gefragt, nicht Sie«, erwiderte der Polizeibeamte grob und wandte sich dem Mädchen zu. »Engelushjia?«

Sie drehte ihm ihr tränenfeuchtes Gesicht entgegen und sagte sehr bestimmt: »Ich möchte hier weg, auf der Stelle.«

»Was? Jetzt sofort?«

»Ja.« Und mit einem starren Blick in die Augen ihrer Mutter sagte sie: »Bitte bringen Sie mich zur Tahtakale Caddesi.«

»Zu deinem Liebhaber Aryan!«, stieß ihre Mutter hervor.

»Jetzt ist es aber genug!«, warnte Tepe Aliya mit drohend erhobenem Zeigefinger. »Sind Sie sicher, Engelushjia?«

»Bringen Sie mich dorthin, Wachtmeister«, antwortete sie,

und ihre Augen glühten vor Entschlossenheit. »Ich möchte in Sicherheit sein.«

»Bei den Vloras wirst du niemals in Sicherheit sein!«, höhnte ihre Mutter. »Sie werden dich töten. Sie müssen es tun, das gebietet das Gesetz.«

»Sie holen jetzt besser Ihren Mantel«, sagte Tepe und ignorierte die Worte der alten Frau. »Es schneit immer noch.«

Und trotz der Schmerzen, die ihr zerschundenes Gesicht durchzuckten, lächelte Engelushjia Berisha.

İkmen war es ausnahmsweise einmal gelungen, Fatma anzurufen und ihr zu sagen, wann er nach Hause kommen würde – und das hatte ihr allem Anschein nach gefallen. Aber als er schließlich in seiner Wohnung stand, stellte er fest, dass nicht nur Fatma, sondern auch alle seine Kinder verschwunden waren. Einen Augenblick lang wurde er von Panik ergriffen. Hatte sie schließlich doch die Geduld mit ihm und seinem unsteten Lebenswandel verloren und ihn endgültig verlassen? Oder hatte sie, in einem Anflug von alles verzehrender Erdbebenangst, alle Zelte abgebrochen und sich nach Konya aufgemacht, um endlich ein ruhigeres Leben zu führen? Der erste Hinweis darauf, dass sie ihn nicht – wie befürchtet – verlassen hatte, war ein großer Teller mit noch warmen gefüllten Weinblättern und frischem Brot, der an seinem Platz auf dem Küchentisch stand. Der zweite Hinweis kam von seinem Onkel Ahmet – gerade als İkmen im Begriff stand, die ledrigen Weinblätter anzuschneiden, die Fatmas eigene, »geheime« Dolma-Füllung umhüllten.

»Deine Frau ist mitsamt den Kindern für ein paar Stunden zu ihrer Schwester gegangen«, meinte Ahmet, während er in Rauchschwaden gehüllt die Küche betrat und sich an den Tisch setzte.

İkmen legte sein Messer und seine Gabel zurück auf den Tisch und kreuzte die Arme über der Brust.

»Bei dem Schnee?«, fragte er ungläubig. »Ist sie verrückt geworden? Oder hast du sie etwa aus dem Haus gejagt, mit deinen blutigen Geschichten über Rache und Tod?«

»Im Grunde hat sie tatsächlich meinetwegen das Haus verlassen«, antwortete der alte Mann mit einem Lächeln. Dann nickte er in Richtung von İkmens Teller. »Du solltest jetzt essen, Çetin. Bis du deine Mahlzeit verzehrt hast, wird dir manches klarer sein.«

İkmen hatte einen Tag hinter sich, nach dem er es müde war, ständig auf Antworten für alles und jedes warten zu müssen. Und die Aussicht auf Antworten von Seiten Ahmets schien nur noch weiteren Ärger zu versprechen. Denn wenn er seinem Onkel glauben konnte, war dieser nach eigenem Bekunden ein Mörder – und damit nicht gerade die Art von Mensch, dachte İkmen, mit der er sich unterhalten wollte, wenn er nach einem grauenvollen, Kräfte zehrenden Tag nach Hause kam.

»Um was geht es, Onkel? Weitere Enthüllungen über meine Mutter?«, fragte er bitter. »Vielleicht über sie und dich und den Völkermord in der alten Heimat?«

»Çetin, ich verstehe, dass du verärgert bist, aber …«

»Ich bin Polizist, Onkel Ahmet, und du bist ein Mörder!« İkmen schob das von seiner Frau mit viel Liebe zubereitete Gericht zur Seite und zündete sich eine Zigarette an. »Was soll ich deiner Meinung nach dazu sagen? Gut gemacht? Und was meine Mutter betrifft …« Ein Blick zur Küchentür ließ ihn abrupt verstummen.

Der alte Mann drehte sich um und folgte dem Blick seines Neffen.

»Oh, Emina«, sagte Ahmet mit einem Lächeln und bedeutete einer älteren, übergewichtigen Frau, näher zu treten. »Komm doch herein. Das ist Çetin, mein Neffe.«

»Ayşes jüngster Sohn, nicht wahr?«, fragte die Frau mit einer tiefen Stimme und schwerem Akzent.

»Genau.«

Der alte Mann zog einen Stuhl hervor, so dass sie sich zu ihnen an den Tisch setzen konnte.

»Du hast die Augen deiner Mutter«, meinte sie, nachdem sie Platz genommen und İkmen lange angeschaut hatte. »Ich kann die Zauberkraft sehen.«

»Oh ja, er besitzt sie, Emina!«, lachte Ahmet. »Oh ja! Ganz im Gegensatz zu seinem Bruder – Allah möge ihn beschützen – trägt er die Macht in sich.«

»Du meinst wohl die Polizeimacht!«, fuhr İkmen ihn an, aber es gelang ihm, der Frau ein Lächeln zuzuwerfen, das fast so etwas wie Wärme enthielt. »Ich gehe davon aus, dass Sie die Emina Ndrek sind, von der ich bereits gehört habe?«

Sie neigte bestätigend ihren Kopf, der von einem Tuch umhüllt war.

»Würden Sie mir bitte sagen, warum Sie hier sind?«

»Ich bin hier, um dir die Wahrheit über deine Mutter zu erzählen – und um dich von dem Gift zu reinigen, das diese Hure Angeliki Vlora verspritzt hat.«

»Ich verstehe.« İkmen lehnte sich in seinem Stuhl zurück und seufzte. »Und um welche Version der Wahrheit handelt es sich heute? Der Herzanfall, der Selbstmord oder der …«

»Deine Mutter wurde ermordet, junger Mann! Dein Onkel Ahmet hier hatte, ganz nach den Gesetzen der *gjakmaria*, meinen Bruder İsmail getötet, woraufhin mein anderer Bruder Salih deine Mutter Ayşe tötete.«

»Richtig – das habe ich alles schon gehört!«, sagte İkmen mit einem schnellen, wütenden Seitenblick auf Ahmet. »Aber eines verstehe ich daran nicht: Warum haben eure ›unantastbaren‹ Gesetze auf einmal den Mord an einer Frau erlaubt?«

»Wenn eine Frau einen Knaben unter dem Herzen trägt, ist dies zulässig. Das männliche Element macht sie zu einem Teil vom Baum des Blutes.«

In dem Augenblick der angespannten Stille, der auf diese Worte folgte, war keiner der Anwesenden auch nur in der Lage, Atem zu holen. Als sie jedoch aus ihrer Erstarrung erwachten, liefen die Ereignisse schnell, fast gewaltsam ab.

»Nein!« İkmen sprang von seinem Stuhl auf und stürzte in Richtung Tür.

»Çetin …«

»Nein! Nein! Was zu viel ist, ist zu viel.« Seine Augen verengten sich und funkelten seinen Onkel böse an. »Ich weiß nicht, warum ihr beschlossen habt, mich zu quälen, aber …«

»Es ist die Wahrheit, Çetin, die reine Wahrheit«, sagte Emina Ndrek und erhob sich, um auf ihn zuzugehen.

İkmen zuckte vor ihr zurück. »Fassen Sie mich nicht an! Sie

sind krank. Ich will kein Wort mehr hören! Verlassen Sie sofort meine Wohnung!«

»Çetin!«

»Meine Mutter hätte nie einem Kind etwas zuleide getan, und ganz bestimmt nicht ihrem eigenen! Das sind Lügen, nichts als Lügen!«

»Glaub mir, mein Junge, ich kann verstehen, warum du das nicht wahrhaben möchtest«, begann Ahmet, »aber ...«

»Verlassen Sie sofort mein Haus!«, brüllte İkmen. Tränen liefen ihm über die Wangen. »Verschwinden Sie!«

Ahmet stand ebenfalls auf und stellte sich neben Emina: »Es ist die Wahrheit, mein Junge. Ich schwöre es auf den Heiligen Koran.«

»Nein!«

»Sie trug einen Knaben unter dem Herzen«, wiederholte Emina fest, »ein Wesen aus Fleisch und Blut.«

»Nein!«, sagte İkmen und wich, hochgradig erregt, wieder zum Tisch zurück. »Sie lügen! Das ist alles Unsinn. Abgesehen von allem anderen geschah das alles im Jahr 1957. Damals konnte kein Arzt der Welt das Geschlecht eines Kindes im Mutterleib bestimmen.«

»Ja, aber deine Mutter war etwas Besonderes«, sagte Ahmet, »sie brauchte keine Ärzte. Deine Mutter war eine Hexe!«

»Ach, zum ... Ich meine ...« İkmen fuhr sich mit der Hand durchs Haar und schlug dann mit der Faust auf den Tisch.

»Wenn du den Polizisten in dir zum Schweigen bringst und dem Bajraktar in dir erlaubst zuzuhören, wirst du es wissen und es verstehen«, erwiderte die alte Frau fest. »Ich habe dir eine Geschichte zu erzählen, Hexenkind, die nicht nur der Wahrheit entspricht, sondern letztendlich«, sie warf Ahmet einen schnellen Blick zu, »auch etwas Gutes für uns alle in sich trägt.«

Ahmet nickte zustimmend und murmelte auf Albanisch ein paar fromme Worte.

Emina Ndrek ging wieder zum Tisch zurück und setzte sich. Dann faltete sie ihre kleinen, runzligen Hände im Schoß und schaute İkmen direkt ins Gesicht. »Wirst du nun zuhören, junger Mann?«

Erschöpft von der Gewalt seines Gefühlsausbruchs, zuckte İkmen nur mit den Achseln und zündete sich die nächste Zigarette an. Emina nahm dies als Zustimmung und sagte: »Gut, dann setz dich. Und du auch, Ahmet. Ich kann nicht immer von einem zum anderen schauen, dafür fehlt mir die Kraft.«

Die beiden Männer kamen ihrer Aufforderung nach, vermieden aber sich anzusehen.

Die alte Frau lächelte. »Gut«, sagte sie und begann mit ihrer Geschichte.

»Ich werde hier nicht darauf eingehen, wie und warum Ahmet İsmail tötete. Wie in allen Fällen von *gjakmaria* liegen die Gründe dafür viel weiter in der Vergangenheit, als irgendjemand von uns erahnen kann. Aber als İsmails Hemd in unserem Fenster hing, wusste deine Familie, dass es nur eine Frage der Zeit war, bevor die Ndreks Vergeltung üben würden. Und wie du ja weißt, sind laut unserer Tradition die Männer Ziel der Blutrache – und zwar alle Männer«, sie hob einen Finger, um die Bedeutung ihrer Worte zu unterstreichen, »von den Ältesten bis zu den Knaben. Die männlichen Angehörigen der Familie Bajraktar in dieser Stadt waren damals dein Onkel, dein Cousin Mustafa, dein Großvater, der zu dieser Zeit an sein Bett gefesselt war, du und dein Bruder.«

»Aber mein Vater war Türke!«

Emina Ndrek machte eine abschätzige Handbewegung. »Ich weiß, und dein Vater galt auch nichts – aber du und dein Bruder waren von großer Bedeutung. Ihr wart die Kinder der Hexe, und ihr seid es noch heute. Die Macht ging von eurem Großvater auf eure Mutter über, und von ihr auf euch. Und mein Bruder Salih hätte alles dafür getan, diese Macht zu zerstören.«

»Deine Mutter verkündete, dass sie schwanger war«, unterbrach Ahmet betrübt, »und nahm Kontakt mit Salih auf.«

»Dein Vater hat nie etwas davon geahnt«, sagte Emina und betrachtete İkmens Gesicht, in dem die Emotionen einander in rascher Folge abwechselten. »Ayşe und Salih trafen ein Übereinkommen – ihr Leben und das ihres ungeborenen Kindes gegen dein Leben und das deines Bruders. An jenem Nachmittag, als dein Vater zur Arbeit war und du und dein Bruder in der Schule, legte Ayşe Bajraktar sich auf ihr Bett und bot Salih Ndrek ihren Hals dar – wie ein Schaf beim Kurban Bayram, dem Opferfest. Und er schlitzte ihr mit einem einzigen sicheren und schnellen Schnitt seines Messers die Kehle auf.«

İkmens Gesicht war grau vor Schmerz, und er wischte sich eine einzelne Träne aus dem Winkel seines linken Auges.

Ahmet beugte sich über den Tisch und ergriff die Hand seines Neffen. »Dein Vater hat immer geglaubt, es wäre Selbstmord gewesen – Ayşe hat ihm sogar einen Abschiedsbrief hinterlassen –, und auch der Arzt deines Vaters war der gleichen Ansicht. Beide haben diesen Glauben mit ins Grab genommen.«

»Wusstet ihr davon?«, fragte İkmen plötzlich und wandte sich mit wilden Augen an die beiden alten Leute in seiner Küche. »Habt ihr von diesem Arrangement gewusst?«

»Nein«, sagte die alte Frau, »erst, als alles vorüber war. Salih erzählte es uns. Aber als wir davon hörten ...« Sie schüttelte den Kopf. »Sogar mein Vater, möge Allah seiner Seele gnädig sein, war erschüttert, als er es erfuhr.«

»Ali Ndrek rief mich in sein Haus«, sagte Ahmet. »Natürlich war ich zunächst misstrauisch, aber ... als ich erfuhr, was Ayşe getan hatte ...« Die Tränen stiegen ihm in die Augen. »Was man ihr angetan hatte ...« Erneut schloss er die Augen, um die Qual der Erinnerung zu verdrängen.

»Salih ging zurück nach Albanien«, fuhr Emina nüchtern fort, »wo er schließlich starb. Aber weder Ahmet noch dein Großvater haben ihn jemals verfolgt. Wir alle – mein Vater, Ahmet, dein Großvater – beschlossen, dass mit dem Tode deiner Mutter und ihres Kindes alles vorüber sein sollte. Es war zu schrecklich; es musste ein Ende haben.« Sie starrte zu Boden, fasste suchend über den Tisch und ergriff Ahmets freie Hand. »Und so geschah es.«

»Weder die Bajraktars noch die Ndreks haben seither eine Blutfehde begonnen.« Ahmet schaute Emina mit einem Blick an, in dem İkmen so etwas wie Zuneigung entdeckte. »Andere Familien wie die Vloras versuchen gelegentlich, uns darin zu verwickeln, mit solch erbärmlichen Angriffen wie gegen meinen Mustafa, aber bis auf derartige Kleinigkeiten ist nichts mehr geschehen. Nur die alten Leute wie wir erinnern sich noch an diese Dinge – und zu ihnen gehört natürlich auch Angeliki Vlora.«

»Diese Hure ist die Einzige, die in all diesen Jahren darüber gesprochen hat!«, brach es aus Emina heraus. Zu İkmen gewandt, fügte sie hinzu: »Der Tag, an dem du in ihr Haus gerufen wurdest, war ein Unglückstag, Çetin. Sie hat ihr Wissen über die Dinge, die du niemals hättest erfahren sollen, dazu benutzt, dich zu verwirren und zu verletzen.«

İkmen verbarg sein Gesicht in den Händen. »Wenn das stimmt, was ihr mir erzählt«, kam es gedämpft aus seinem Mund, »dann hat sie nur das getan, was auch meine Mutter für uns tat. Sie hat nur versucht, ihre Kinder zu schützen.«

»Das hat sie«, erwiderte Ahmet, »auf ihre eigene Art und Weise.«

Einen Moment lang saßen sie in tiefem Schweigen da; nur das Rauschen der Autos und Straßenbahnen, gedämpft vom tiefen Schnee auf der Divanyolu Caddesi, drang entfernt an ihre Ohren. İkmen kämpfte mit Gefühlen des Unglaubens und des Abscheus und versuchte, die schrecklichen Einzelheiten der Geschichte zu verarbeiten, die er gerade über seine Mutter gehört hatte. Bei Allah – wenn sie tatsächlich schwanger gewesen war, hatte sie wirklich ein unvorstellbares, abscheuliches Opfer gebracht! Das arme ungeborene Kind … Das Ganze war so schrecklich, dass er einfach nicht länger darüber nachdenken wollte!

Wie konntest du nur, Mutter?, schrie er in seinem aufgewühlten Inneren. Wie konntest du das deinem Kind antun? Warum nur … aber du hast es für uns getan, nicht wahr, Mutter? Für mich und für Halil. Für deine Nachkommen, deine lebendigen Kinder. Du hast dich bereitwillig auf dein Bett gelegt und dir von diesem Mann ohne einen Laut die Kehle durchschneiden lassen. Vahan Sarkissian hatte also in gewisser Hinsicht Recht, was deinen Tod betraf – es war eine Art Selbstmord. Leise begann İkmen zu weinen.

»Deine Mutter hat dich über alles geliebt«, sagte Emina Ndrek sanft und wischte sich die Tränen aus den Augen.

Ahmet nickte zustimmend und fügte hinzu: »Sie hat Halil

und dich immer ihre Juwelen genannt – ihre Diamanten und Smaragde. Und auch wenn es dir kein Trost ist, Çetin: Sie hat das, was sie tat, mit Freude getan, weil sie wusste, dass ihr alle nach ihrem Tod sicher sein würdet.«

»Aber sie hat mir so gefehlt!«, brüllte İkmen und packte die Hand seines Onkels so fest, dass die Knöchel weiß hervortraten, »und sie fehlt mir immer noch!«

»Ich weiß, mein Junge. Ich weiß.«

»Und was erzähle ich jetzt meinem Bruder? Wie soll ich das Halil sagen?«

23

Der Weg von Karaköy nach Ortaköy war auf den vereisten Straßen eine Tortur gewesen. Nicht alle Autofahrer hatten so viel Vernunft aufgebracht, ihren Fahrstil den Wetterbedingungen anzupassen, was zur Folge hatte, dass etliche Unfälle sowie eine Reihe von mehr als heiklen Situationen Süleymans Fahrt zu einem Nervenspiel machten. Und dazu kam noch seine eigene Erschöpfung, die sich langsam immer stärker bemerkbar machte. Trotz der schrecklichen Ereignisse des Tages hatte er sich wie verabredet mit seinem Bruder und seinem Vater zum Essen getroffen – Stunden, in denen sein Vater seine schlechte Finanzlage beklagte und immer wieder davon anfing, dass er ein weiteres Kästchen mit Familienschmuck würde verkaufen müssen. Dazu trank der alte Mann fast eine halbe Flasche Zitronenwodka – die große Schwäche der Familie. Und wie Mehmet vorausgesehen hatte, hatte Murad bereitwillig den überzogenen Forderungen seines Vaters nachgegeben. Von einer erneuten Annäherung zwischen ihnen dreien war dagegen keine Rede mehr gewesen. Der alte Mann hatte ihn belogen. Süleyman wusste nicht, warum es immer wieder so kam – aber allein schon die Tatsache, dass er wieder einmal auf seinen Vater hereingefallen war, empfand er als ärgerlich genug. Aber wenigstens die Cohens hatten ihm nach den Vorfällen in der Hagia Sophia Trost und Rückhalt gespendet. Berekiah hatte ihm erklärt, dass Ali Evren, wenn er überlebt hätte, den Rest seines Lebens in einer geschlossenen Anstalt hätte verbringen müssen – was letztlich einem Tod sehr nahe kam. Und wenn man Balthasar glauben durfte, wäre ein solches Schicksal noch schlimmer gewesen als der Tod selbst. Aber ob Zelfa ähnlich denken würde, stand auf einem anderen Blatt. Daher drückte Mehmet mit einiger Beklommenheit die Klingel an der Tür zum alten Holzhaus der Halmans und wartete darauf, dass ihm jemand öffnete. Zum Glück war es der Vater seiner Verlobten.

»Du musst einen Augenblick warten; sie ist noch am Telefon«, sagte der alte Dr. Halman und führte Süleyman vorbei an Zelfas Arbeitszimmer in den Wohnraum der Familie. »Setz dich, Mehmet.« Er deutete auf einen der Sessel, die im Halbkreis um den offenen Kamin standen.

»Ein wichtiges Gespräch?«, fragte Süleyman, während er sich in der wohligen Wärme des Sessels niederließ.

»Sie spricht mit Dermot«, erwiderte der alte Mann und setzte sich ebenfalls, »also wird es vermutlich wichtig sein – etwas Berufliches.«

»Dermot?«, fragte Süleyman finster. »Wer ist Dermot?«

Babur Halman hörte die Eifersucht in Süleymans Stimme und musste lächeln.

»Dermot ist ein Ire«, sagte er sanft. »Zelfa hat ihn auf der Universität kennen gelernt. Er ist Psychologe, oder eher Parapsychologe. Dermot beschäftigt sich mit Geistern und allen Arten von ›Erscheinungen‹. Ich habe oft gedacht, er sollte sich stattdessen besser selbst bei Zelfa auf die Patientencouch legen.«

Immer noch nicht gänzlich beruhigt, fragte Süleyman: »Und was hat sie jetzt mit diesem Mann zu bereden? Weißt du, worum es bei diesem Gespräch geht?«

»Nein, aber wenn du Zelfa fragst, wird sie es dir mit Sicherheit sagen.« Mit diesen Worten erhob er sich und bot seiner Tochter, die soeben – das Handy noch in der Hand – das Zimmer betreten hatte, seinen Platz an. »Mehmet ist zu Besuch gekommen, Zelfa«, sagte er und berührte im Vorübergehen flüchtig das Gesicht seiner Tochter. »Ich werde uns einen Tee machen.«

Süleyman, dessen Manieren so untadelig waren wie immer, hatte sich in dem Augenblick erhoben, als Zelfa den

Raum betrat, und darauf gewartet, dass sie sich setzte, bevor er selbst wieder seinen Platz einnahm. Sie wirkte – milde ausgedrückt – beunruhigt, und dennoch wollte er sie nicht nach dem Grund dafür fragen, sondern lenkte das Gespräch ganz bewusst in die Richtung, die er sich einzuschlagen vorgenommen hatte.

»Ich weiß, dass du noch immer sehr erschöpft sein musst«, sagte er mit einem Lächeln, »aber wir hatten gestern gar keine Möglichkeit mehr, miteinander zu sprechen.«

»Das stimmt.« Sie lehnte sich zu ihm hinüber und küsste ihn leicht auf die Lippen. »Ich habe gehört, dass man dich beurlaubt hat. Tut mir Leid.«

Obwohl der Kuss beruhigend gemeint sein sollte, konnte er deutlich sehen, dass ihre Gesichtszüge angespannt waren.

»Liebling, ist alles in Ordnung?« Er nahm eine ihrer kalten Hände in seine. »Ich meine, ich weiß, dass der gestrige Tag für dich schrecklich gewesen sein muss, und ich war nicht sehr ... Ich war selbst so aufgebracht und durcheinander ...«

Zelfa lächelte und drückte leicht seine Finger. »Ali Evren war wesentlich kränker, als ich dachte«, sagte sie ernst. »Ich habe in meiner Einschätzung folgenschwere Fehler begangen und außerdem bei meinen Erklärungen für seine Empfindungen die möglichen Konsequenzen nicht bedacht. Ich habe mich gerade mit einem alten Freund darüber unterhalten.«

»Dermot?«

»Oh – Vater hat dir von ihm erzählt. Ja.« Sie seufzte. »Dermot ist Parapsychologe. Er arbeitet mit Menschen, die von sich behaupten, Gespenster zu sehen, Poltergeister zu hören oder die glauben, sie könnten in die Zukunft blicken – etwas in der Art. Manche Menschen halten seine Arbeit für äußerst wertvoll und bahnbrechend – aber für viele andere ist er nichts weiter als ein Spinner.« Sie zuckte die Achseln. »Ich für mein Teil könnte nicht sagen, was er ist, aber ich schätze sein großes Wissen sehr. Ich habe ihn wegen Felicity Evren angerufen.«

Süleyman holte seine Zigaretten aus der Tasche und hielt Zelfa das Päckchen hin.

»Was hast du ihn denn gefragt? Ich dachte, ihr hättet über Ali gesprochen«, sagte er verblüfft.

Zelfa nahm eine Zigarette und wartete, bis Süleyman ihr Feuer gab.

»Es ging um ihre Behauptung, sie könne sich selbst nicht im Spiegel sehen. Oberflächlich betrachtet, erscheint diese Aussage lächerlich, wie eine Selbsttäuschung.«

»Genau.«

»Für normale Menschen kann es keine andere Erklärung geben. Aber Dermot ist kein normaler Mensch, und ich wusste, wenn irgendjemand Licht in diese Angelegenheit bringen könnte, würde er es sein. Schließlich hat Felicity ihre Behauptung, sie könne sich selbst nicht im Spiegel sehen, sogar dann noch aufrechterhalten, als ihr Leben in Gefahr war, Mehmet.«

»Ja, aber wenn Dermot sogar nach deinen eigenen Worten ein bisschen verrückt ist, dann weiß ich nicht, wie ...«

»Offensichtlich spricht man in solchen Fällen von negativer Heautoskopie«, sagte sie und überging seinen Einwurf. »Im Gegensatz zur positiven Heautoskopie, bei der eine Person ein halluziniertes Bild wahrnimmt, bezeichnet die negative Variante das Löschen oder Ausblenden tatsächlich existenter Bilder oder Handlungen. Obwohl es viele unterschiedliche Erklärungen für diese Art der Krankheit gibt, werden die jeweiligen Bilder im Grunde ganz nach den Bedürfnissen der jeweiligen Person erschaffen – egal, ob aus Wunscherfüllung, sexuellem Verlangen oder Trauer. Positive Heautoskopie bedeutet mit anderen Worten: Jemand sieht Gespenster. Die negative Variante kann ebenfalls durch Verlangen oder Wunscherfüllung motiviert sein – aber in unserem speziellen Fall handelt es sich um das Bedürfnis, etwas Unerwünschtes auszublenden.«

»Ja, aber ...«

»Ohne dass ich davon angefangen hätte, kam Dermot auf den alten Vampirmythos zu sprechen. Moderne Auffassungen zu diesem Thema gehen von der These aus, dass es sich bei Vampiren eigentlich um Menschen gehandelt hat, die an einem Leiden namens Porphyrie erkrankt waren. Die Opfer dieser Krankheit werden extrem lichtempfindlich, ihre Haut wird blass, und sie erleben extreme Verwirrtheitszustände. Es fällt nicht weiter schwer, daraus abzuleiten, dass diese so genannten Vampire sich selbst nicht mehr im Spiegel sehen konnten – denn da sie so plötzlich und unerklärlich entstellt waren, *wollten* sie sich einfach nicht mehr sehen. Mit anderen Worten: negative Heautoskopie.«

Süleyman runzelte die Stirn. »Also ... glaubst du, oder glaubt Dermot, dass Felicity an Porphyrie leidet?«

»Oh nein«, sagte sie mit einer abwehrenden Bewegung ihrer Zigarette. »Zumindest nicht, soweit ich weiß. Felicity hat ihre schweren physischen Defekte schon von Geburt an. Nein, ich will damit nur sagen, dass der Prozess der gleiche ist. Sie wollte nicht hässlich sein; wer will das schon? Als İkmen sie befragte, beschrieb sie sich selbst als wunderschöne Frau – weil dies genau das war, was sie sein wollte und was ihr Vater ihr wohl auch immer wieder gesagt hat. Und weil sie sich selbst nicht im Spiegel sehen kann, ist es ihr möglich, genauso auszusehen, wie es ihr gefällt!«

»Ich verstehe ... aber ist das alles nicht etwas zu spekulativ?«

»Für ihren Bruder ergab das alles einen Sinn. Er hatte alles über Vampire gelesen, Filme darüber gesehen und wusste, dass diese Kreaturen sich selbst nicht sehen können. Und als Felicity ihm erzählte, dass sie sich ebenfalls nicht im Spiegel sah, zog er den für ihn logischen Schluss. Außerdem entsprach dies genau seinen Wünschen: Der Selbstmord seiner Mutter hatte in ihm eine schreckliche Angst vor dem Tod ausgelöst, und plötzlich stellte sich seine Schwester als eine Unsterbliche heraus. Er wollte genauso sein wie sie. Also ahmte er die morbiden Jugendlichen nach, die er in England gesehen hatte – Gothic-Fans mit schwarzen Haaren, magersüchtig, besessen von Friedhöfen und Grabsteinen. Sein Vater war viel zu sehr von seinen Geschäften in Anspruch genommen ...«

Das Handy neben ihr begann zu klingeln und unterbrach sie. Sie wandte sich dem Telefon zu, und Süleyman war erleichtert, dass sie nicht mehr auf ihn einredete. Es beunruhigte ihn sowohl in professioneller als auch persönlicher Hinsicht, dass sie beruflich so viel mit Menschen zu tun hatte, die in »seinen« Fällen eine Rolle spielten. Natürlich war das auch schon früher der Fall gewesen – Zelfa hatte von jeher als psychologische Beraterin für die Polizei gearbeitet. Aber dies war das erste Mal, dass einer ihrer Patienten in einen Mordfall verwickelt war. Und darüber hinaus hatten ihre Worte ihm eines ganz deutlich gemacht – ihrer beide Auffassungen von Verbrechen unterschieden sich erheblich voneinander. Für Zelfa stellten Felicity Evren und ihre inzwischen verstorbenen Familienmitglieder eine faszinierende menschliche Quelle spekulativer Theorien dar. Für ihn und für İkmen drehte sich alles um die Frage, ob Ali, seine Schwester oder ihr Vater einen oder mehrere in einer inzwischen ganzen Serie von Morden begangen hatten. Der Junge hatte zugegeben, Rifat umgebracht und sogar sein Blut getrunken zu haben, und das Mädchen kam als Täterin für den Mord an ihrem Vater in Frage. Natürlich brauchten sie jetzt stichhaltige Beweise, und hoffentlich würden sie diese in den nächsten Tagen finden. Er wusste, dass Zelfa und İkmen sich miteinander treffen wollten, nachdem İkmen Felicity verhört hatte.

Der Ausdruck auf Zelfas Gesicht holte ihn plötzlich wieder aus seinen Gedanken zurück. Sie war leichenblass. Während sie das Handy zurücklegte, beugte Süleyman sich vor und fasste sie an der Schulter.

»Was ist los, Zelfa? Was ist passiert?«

»Das war Latife Aksu«, sagte sie, »meine Gynäkologin. Ich habe einige Tests machen lassen, und nun will sie mich sehen.« Sie seufzte. »Ich weiß, was sie mir sagen will – es geht natürlich um die Menopause.«

»Aber Zelfa, davon sprichst du doch schon seit gut einem Jahr.«

»Ja, aber bisher ist es noch nicht bestätigt worden, Mehmet!«, sagte sie weinerlich. Plötzlich sprang sie auf und fuhr sich mit den Fingern durch ihr Haar. »Ich weiß, dass ich davon gesprochen habe, dich damit verrückt gemacht habe, aber … aber wenn es jetzt bestätigt wird – es ist, als ob ich aufhören würde, eine richtige Frau zu sein, und das kurz vor meiner Hochzeit …«

Als ihr Vater, mit einem kupfernen Tablett beladen, den Raum betrat, verbarg Zelfa das Gesicht in den Händen und brach in Tränen aus.

Beide Männer beeilten sich, sie zu trösten.

An diesem Morgen blieb es in der Küche der İkmens seltsam still. Çetin, der normalerweise zumindest einen Kaffee mit dem Rest seiner Familie trank, war etwas später als gewöhnlich aufgestanden – was dazu führte, dass nur noch Fatma in der Wohnung war, als er in die Küche kam. Und als er sich an den Tisch setzte, mit roten Augen und zerzaustem Haar, unterbrach sie ihre fast manische Reinigung des Herds und erhitzte das Wasser im Samowar. Bevor sie zu ihrer Schwester gegangen war, hatte Ahmet ihr all das erzählt, was er später auch Çetin gesagt hatte. Er tat ihr schrecklich Leid, und das versuchte sie ihrem Mann zu zeigen, indem sie ihm Tee zubereitete.

»Um welche Zeit ist Onkel Ahmet eigentlich gegangen?«, fragte sie, nahm ein sauberes Teeglas vom Abtropfbrett und stellte es auf den Tisch.

İkmen zuckte die Achseln. »Keine Ahnung. Etwa um Mitternacht.«

»Ist er zusammen mit dieser Emina nach Hause gefahren?«

»Er wollte sie nach Hause nach Üsküdar bringen und danach zu Samsuns Wohnung fahren.« İkmen lächelte kurz. »Soweit ich verstanden habe, ist Abdurrahman gestern im Krankenhaus erschienen, hat sich hundertfach entschuldigt und seine unsterbliche Liebe beteuert.«

Fatma widerstand der Versuchung, einen bissigen Kommentar dazu abzugeben. Stattdessen sagte sie nur: »Ach.«

»Angeblich ist seine Mutter in Bursa plötzlich sehr krank geworden. Allerdings weiß ich nicht, warum er deswegen sein Handy die ganze Zeit abschalten musste und Samsun noch nicht einmal eine Notiz hinterlassen hat. Ich glaube eher, dass er etwas vor ihr verbirgt. Aber Ahmet zufolge schienen Samsun seine Erklärungen zu genügen – natürlich erst, nachdem sie Abdurrahman ein paar ordentliche Hiebe versetzt hatte. Was für ein wildes, exzentrisches Getue …«

Fatma goss etwas starken schwarzen Tee in das Glas, ließ heißes Wasser aus dem Samowar dazulaufen und stellte das Glas vor ihren Mann. Dann holte sie ihm einen sauberen Aschenbecher und setzte sich ihm gegenüber an den Tisch.

»Also, was wirst du nun wegen deines Bruders unternehmen, Çetin?«, fragte sie, während er sich eine Zigarette ansteckte und danach einen Schluck Tee trank.

»Heute Morgen muss ich erst einmal Felicity Evren verhören. Danach werde ich mich mit Zelfa Halman treffen und mir ihren Befund über Felicity anhören. Und danach wollte ich versuchen, mit Zelfa über Halil zu sprechen.«

»Was ist mit Arto?«, fragte Fatma. »Schließlich hat doch alles damit angefangen, dass du ihn darum gebeten hast, einen Blick in die Akten seines Vaters zu werfen.«

»Ich will erst mit Zelfa sprechen«, sagte İkmen. »Denn wenn ich mich entscheiden sollte, Halil die Wahrheit über Mutter zu verschweigen, ist es wahrscheinlich am besten, dass Arto sie auch nicht erfährt. Man weiß nie, wie manche Menschen auf solche Wahrheiten reagieren, nicht wahr? Arto und Krikor haben ihren Vater angebetet, und wenn sie nun erfahren, dass er unwissentlich in einen Mordfall verstrickt war ...«

»Wie ich das sehe, war Vahan Sarkissian nur ein Bauer in einem scheußlichen albanischen Schachspiel – genau wie du, dein Vater und sogar die Polizisten, die zum Ort des Geschehens gerufen wurden«, sagte Fatma erregt. »Weißt du was, Çetin? Wenn ich könnte, würde ich diese Leute am liebsten allesamt umbringen!«

»Aber Fatma ...«

»Unschuldigen Kindern die Mutter zu rauben! Schmerz und Trauer in mein Haus zu bringen mit ihren Morden und ihrem Hexenzauber und ihren ... Vampiren! Gottlose, blutsaugende ...« Die Stimme versagte ihr. Stattdessen erhob sie sich und ließ ihre Wut und ihren Abscheu in einer erneuten Putzattacke am Herd aus.

Als sie sich so weit abreagiert hatte, um wieder mit ruhiger Stimme zu sprechen, wandte sie ihre Augen von der Herdplatte İkmen zu und fragte: »Wer war das heute Morgen am Telefon?«

»Mehmet. Ich hatte ihn gebeten, mich anzurufen. Er wirkte gestern Abend so aufgewühlt, dass ich wissen wollte, ob es ihm gut geht.«

»Und – ist alles in Ordnung?«

»Er schien nicht allzu glücklich, aber er sprach mehr über

das gemeinsame Essen mit seinem Vater und seinem Bruder gestern Abend.« İkmen schüttelte den Kopf. »Ganz im Vertrauen, Fatma, sein Vater steckt schon wieder in finanziellen Schwierigkeiten. Mehmets Bruder und seine kleine Tochter ziehen wieder zurück zu seinen Eltern, damit sie dem alten Fürsten helfen können, seine Rechnungen zu bezahlen.«

Fatma zuckte die Achseln. »Ich weiß nicht, warum sie nicht schon nach dem Tode von Murads Frau zu ihnen gezogen sind«, sagte sie etwas scheinheilig. »Die meisten von uns müssen sowieso erst einmal bei ihren Eltern wohnen bleiben.«

»Das stimmt. Aber für solche Leute ist das etwas anderes. Der alte Mann wird noch mehr von seinem Erbe verkaufen müssen. Sein Haus musste schon vor Jahren daran glauben, und danach eine Reihe von Familienerbstücken. Nun ist er sogar gezwungen, den Schmuck zu verkaufen, der einst seiner Mutter gehörte.«

»Zumindest hat er Schmuck, den er verkaufen kann«, sagte Fatma und wandte sich wieder ihrem Herd zu.

»Er möchte, dass Mehmet und sein Bruder einige Stücke aussuchen, die sie gern behalten würden. Seine Frau ist darüber sehr aufgebracht.«

»Ach, tatsächlich?«, erwiderte Fatma kühl. »Wenn du mich fragst, Çetin, hat diese Frau die ganzen Probleme verdient! Immer nur an sich und den eigenen Vorteil denken! Sie hätte sich mehr um ihre Kinder kümmern sollen. Schmuck!«, stieß sie verächtlich hervor. »Sie sollte sich besser darüber Gedanken machen, wie sie die nächste Mahlzeit auf den Tisch bringt – genau wie der Rest von uns auch!«

In einem für ihn überraschend milden Ton erwiderte İkmen: »Genau solche praktischen Dinge sind der Auslöser für ihren Streit, Fatma. Beim heutigen Wirtschaftschaos ist niemand mehr sicher. Und die Lira fällt und fällt ins Bodenlose.«

»Tja, Çetin, aber wie ich schon sagte – diese Leute haben wenigstens Diamanten und Smaragde, die sie verkaufen können. Denn wie sogar du bemerkt haben dürftest, ist in diesem Hause seit über einem Monat kein Fleisch mehr auf den Tisch gekommen – und das, obwohl wir von unseren älteren Kindern unterstützt werden!«

»Ja, ich weiß.«

Beunruhigt durch die völlig untypische Sanftmut und den Unterton von Hoffnungslosigkeit in der Stimme ihres Mannes, wischte Fatma sich die Hände an einem Tuch ab und ging zu ihm hinüber.

»Denk bitte nicht, dass ich dir die Schuld dafür gebe«, sagte sie und legte ihre Hände auf seine Schultern. »Du hast all die Jahre so hart gearbeitet. Und das ganze Geld aus dem Verkauf deines Elternhauses ist in die Ausbildung unserer Kinder geflossen.«

»Ich möchte einfach, dass alle die gleiche Chance bekommen«, sagte er, griff nach einer ihrer Hände und tätschelte sie. »Es ist so wichtig. Wie schon mein Vater gesagt hat: Bildung ist das einzige Licht im Dunkel unserer menschlichen Existenz. Ohne sie wären wir Tiere.«

»Çetin ...«

»Ich weiß, dass du in dieser Hinsicht anderer Meinung bist«, fuhr er fort. »Und ich weiß, dass du die Religion als Weg zum Guten in der Welt siehst. Aber schau dir die Albaner an, zu denen ich übrigens auch meine Mutter zähle – sie leben in völliger, ungebildeter Ignoranz. Man kann es ihnen nicht zum Vorwurf machen, da ihr Land durch die Korruption völlig ruiniert ist. Aber weil sie es nicht besser wissen, wenden sie sich auf der Suche nach dem Sinn ihres Lebens immer wieder der Vergangenheit zu. Und auch wenn wir sie gern in romantischem Licht betrachten, so war diese Vergangenheit doch geprägt von Dummheit, Schmutz und Brutalität. Wir müssen vorwärts streben, wir müssen ausbilden und aufklären. Und wenn uns das nicht gelingt, so müssen wir wenigstens unsere Kinder lehren, nicht zu hassen.«

Fatma küsste ihren Mann auf den Kopf; dann setzte sie sich wieder ihm gegenüber an den Tisch. »Also«, sagte sie, »seit der, du weißt schon, der Erschütterung, äh ...«

»Dem Erdbeben?«, unterbrach er sie vorsichtig, weil er wusste, wie heikel sie auf dieses Thema reagierte.

»Ja, seit diesem Ereignis hat unser Land mehr mit den Griechen gesprochen als je zuvor.«

»Ja, und das finde ich gut. Die Griechen waren in der Not

für uns da – ihre Hilfsmannschaften haben wirklich unermüdlich gearbeitet.«

»Und wir waren für sie da, als bei ihnen das ... die Schwierigkeiten ausbrachen«, ergänzte Fatma und spielte damit auf das etwas schwächere, aber ebenso verheerende Erdbeben an, das Athen kurz nach der Katastrophe in Istanbul heimgesucht hatte.

»Genau.«

Die vergangenen achtzehn Monate waren sehr hart für sie gewesen, aber das Erdbeben und die nachfolgende Finanzkrise hatten ausnahmslos alle Teile der Bevölkerung getroffen. Die schreckliche Wahrheit über İkmens Mutter dagegen ließ sich damit nicht vergleichen: Dies war eine zutiefst persönliche Wunde, deren Heilung sehr viel Zeit in Anspruch nehmen würde. Und ebenso lange würde es dauern, bis das Bild von Ali Evrens Kopf, der in einer Wolke von Blut explodierte, in İkmens Erinnerung verblasste – das wusste er aus Erfahrung. Also blieb er nicht länger grübelnd sitzen, sondern zwang sich dazu aufzustehen, nahm seinen Mantel und machte sich auf den Weg zur Polizeiwache. Dort würde Felicity Evren schon auf ihn warten.

Latife Aksu hatte den größten Teil ihres Berufslebens als Ärztin und Dozentin an der medizinischen Fakultät des Cerrahpaşa verbracht. Und obwohl sie sich der Tatsache bewusst war, dass sie möglicherweise nicht alles wusste, was es auf dem Gebiet der Gynäkologie zu wissen gab, war sie es nicht gewöhnt, dass man ihre Diagnose in Frage stellte – schon gar nicht, wenn es sich um einen solch eindeutigen Befund handelte.

»Aber natürlich bin ich mir sicher, Zelfa!«, sagte sie zu der im Augenblick sehr verängstigt wirkenden Psychiaterin, die ihr gegenübersaß.

»Aber ich wusste gar nicht, dass du diesen Test durchgeführt hast!«

»Ich habe ihn eigentlich nur gemacht, um die Möglichkeit ganz sicher ausschließen zu können!«, erwiderte Latife in beinahe barschem Ton. Sie war eine äußerst direkte Frau in mittleren Jahren, und Zelfa stellte ihre Geduld auf eine schwere Probe.

»Und du bist dir wirklich absolut und zu einhundert Prozent sicher?«

»Du bist schwanger, Zelfa«, kam die klare Antwort. »Und außerdem bist du – aber wir wissen beide, dass das in deinem Zustand normal ist – leicht anämisch, weshalb ich dir ein Eisenpräparat verschreibe.«

»Aber was soll ich jetzt tun, Latife?«, fragte Zelfa und durchwühlte ihre Handtasche auf der Suche nach ihren Zigaretten.

»Tja, als Erstes solltest du aufhören zu rauchen.«

Schuldbewusst stellte Zelfa ihre Tasche ab, legte die Hände in den Schoß und begann, sie nervös zu kneten.

»Und was du ganz allgemein in deiner Situation tun solltest«, fuhr die Gynäkologin fort, »das liegt allein bei dir. Natürlich besteht die Möglichkeit einer Abtreibung, aber wenn du dich entschließen solltest, das Kind auszutragen, werden wir einen Termin für eine Ultraschalluntersuchung machen, und du musst dich einer Fruchtwasseruntersuchung unterziehen. In deinem Alter steigen die Chancen, dass das Kind mit Down-Syndrom zur Welt kommt.«

»Oh mein Gott!«, rief Zelfa und verfiel dabei in das für sie weitaus vertrautere Englisch.

Dr. Aksu griff nach einem Stift und zog Zelfas Akte zu sich heran. »Weißt du ungefähr, wann die Empfängnis war?«

Zelfa verneinte. Doch während sie darüber nachdachte, fiel ihr auf, dass ihr Körper schon eine ganze Weile lang die klassischen Signale ausgesandt hatte – Gewichtszunahme, plötzliche Übelkeit und Schwindelanfälle. Außerdem war ihre Periode seit zwei Monaten ausgeblieben. Sie erzählte Latife davon, und die Gynäkologin murmelte irgendetwas, während sie sich Notizen machte.

»Was wird jetzt aus meiner Praxis?«, fragte Zelfa kläglich, während Wellen der Furcht und Ungewissheit ihre Gedanken durchfluteten. »Und meine Hochzeit! Oh mein Gott!«

Latife Aksu legte ihren Stift auf den Tisch und schaute Zelfa mit strengem Blick an. »Du bist schwanger, Zelfa – das passiert Frauen nun einmal! Du bist nicht krank! Soweit ich das beurteilen kann, wirst du auch in den kommenden Monaten problemlos in der Lage sein, dir die psychotischen Ergüsse deiner Patienten anzuhören. Und was deine Heirat betrifft« – sie zuckte die Achseln –, »sei doch froh, dass die sowieso geplant ist, hm?«

»Aber was wird Mehmet denken? Ich meine …«

»Mehmet wird, wie so viele andere Männer auch, die Verantwortung für seine wollüstigen Taten übernehmen müssen.«

Latife Aksu war weithin als ausgesprochene Gegnerin von Männern und all ihrer Machenschaften bekannt. Schon als junge Frau hatte sie immer gesagt, sie würde niemals einen türkischen Mann heiraten, weil diese ihrer Ansicht nach das unwiderstehliche Bedürfnis hatten, ihre Frauen zu unterdrücken. Im Laufe der Jahre hatte Latife in ihrem Operationssaal Frauen aller Nationalitäten behandelt, ganz zu schweigen von den Frauen im Frauenhaus von Harbiye, wo sie einmal in der Woche umsonst praktizierte, und dabei diese Einschätzung auf alle Männer ausgedehnt. Selbst der äußerst attraktive junge Liebhaber ihrer nun weinenden Patientin konnte an ihrem Männerbild nicht rütteln.

Doch nun brachte sie ein Lächeln zustande, griff nach einer Schachtel Taschentücher und reichte sie Zelfa. »Ich würde dir raten, es ihm so schnell wie möglich zu sagen«, meinte sie freundlich. »Ganz egal, wie seine Reaktion deiner Meinung nach ausfallen wird.«

»Oh, ich glaube, er wird hocherfreut sein«, sagte Zelfa und wischte sich etwas Mascara von den Augen. »Und ich selbst fühle mich im Augenblick eher überrascht als bestürzt, um ehrlich zu sein. Ich hätte nicht erwartet, jemals ein Kind zu bekommen. Schon gar nicht mehr in meinem Alter.«

»Du brauchst einfach etwas Zeit, um dich an den Gedanken zu gewöhnen.«

»Wahrscheinlich hast du Recht.«

Zelfa wusste nicht, mit welchen Worten sie es Mehmet beibringen würde. Ebenso wenig hätte sie sagen können, wie er reagieren würde. Sie hoffte einfach nur, dass der leise Verdacht, den sie ihm gegenüber immer gehegt hatte – dass er nämlich eigentlich von ganzem Herzen ein Kind wollte, es sich aber nicht anmerken ließ –, wirklich zutraf. Schließlich betete er seine kleine Nichte an. Doch dann beschwor ihr Geist, der wie immer den zweiten Schritt vor dem ersten tat, Bilder von Mehmets Eltern herauf, oder genauer gesagt das Bild, dass sie sich mit Hilfe eigener kleiner Einblicke und Mehmets Erzählungen von ihnen gemacht hatte. Auf dem Weg in die Klinik hatte er ihr erzählt, dass er seinen Vater über ihre bevorstehende Heirat informiert hätte – eine Nachricht, die der alte Mann allem Anschein nach freudig aufgenommen hatte. Und der Gedanke daran, dass »Fürst« Muhammeds flatterhafte Frau wahrscheinlich gerade in diesem Augenblick darüber nachdachte, wie sie ihre zukünftige Schwiegertochter mittels Bestechung dazu bringen konnte, aus dem Leben ihres Sohnes zu verschwinden, stimmte Zelfa heiter und trübsinnig zugleich.

Nachdem sie sich wieder etwas beruhigt hatte, suchten ihre Gedanken Zuflucht in der Beschäftigung mit dringlicheren Aufgaben. Sie war mit İkmen verabredet, um mit ihm über Felicity Evren zu sprechen. Da er zuvor das Mädchen selbst befragen wollte, konnte sie davon ausgehen, dass er bei diesem Treffen einige Fragen an sie richten würde – und manche davon würden selbst für eine erfahrene Ärztin wie sie nicht einfach zu beantworten sein. Mit anderen Worten: Jetzt war nicht die Zeit, sich von anderen Themen ablenken zu lassen wie der Sorge um Mehmet und seine Gefühle. Als sie diese Gedanken Latife gegenüber äußerte, nickte die Gynäkologin zustimmend.

»Bring deine Sprechstunde hinter dich, und erzähle es ihm danach«, sagte sie, während sie Zelfa zur Tür begleitete.

»In Ordnung.«

»Aber zögere es bloß nicht länger hinaus«, fügte Latife ernst hinzu.

Zelfa lächelte, bevor sie und Latife einander zum Abschied umarmten und sie das Büro verließ.

Draußen im Wartezimmer stand Mehmet Süleyman auf und lächelte sie an.

»Und?«, wollte er wissen.

»Alles in Ordnung«, antwortete sie und zwang sich, zu lächeln. »Es ist nicht das, was ich gedacht habe. Mir geht es gut.«

»Das freut mich.«

Sie hakte sich bei ihm unter, und zusammen gingen sie zum Ausgang.

24

Die Polizei entschied sich, Felicitys Verhör in englischer Sprache zu führen. Auf diese Weise, so hoffte man, wären eventuelle Missverständnisse weitgehend ausgeschlossen. Und es hatte auch zur Folge, dass İkmen Çöktin darum bat, bei diesem Gespräch anwesend zu sein, da dessen Englisch im Gegensatz zu Tepes Sprachkenntnissen recht gut war.

Wenn man bedachte, dass sie gerade erst ein grauenerregendes Erlebnis hinter sich hatte und ganz offensichtlich unter Medikamenteneinfluss stand, sah Felicity Evren bemerkenswert gut aus. Als İkmen ihren Anwalt, Adnan Öz, in den Raum geleitete, brachte sie sogar ein Lächeln zustande.

Nachdem die Formalitäten erledigt waren, begann İkmen mit der Befragung.

»Fräulein Evren, ich würde Sie bitten, mir etwas über die Nacht zu erzählen, in der Rifat Berisha starb«, sagte er.

»Ich …«

»Sie müssen nicht antworten, wenn Sie nicht wollen«, erinnerte Adnan Öz seine Mandantin mit einem Lächeln.

Felicity lächelte zurück. »Das geht schon in Ordnung«, sagte sie. »Ich habe damit keine Probleme.«

Öz zuckte die Achseln.

»Nun, Fräulein Evren?«, fragte İkmen.

»Rifat kam zu meinem Vater und bat ihn um etwas Geld. Irgendjemand hatte ihm erzählt, dass die Operation, die er in London hatte vornehmen lassen, nach britischem Recht illegal war. Das stimmte zwar nicht, weil in diesem Zusammenhang ja kein Geld geflossen war, aber ... Auf jeden Fall stritten Rifat und Vater sich. Mein Bruder David und ich waren oben, als wir Vater laut werden hörten.«

»Sind Sie nach unten gegangen, um zu sehen, was los war?«

»Ja. Sobald ich den Raum betrat, lächelte Rifat mich an, so wie er es immer tat, und überreichte mir ein kleines Päckchen. Er sagte zu mir, er wäre vorbeigekommen, weil er ein Geschenk für mich hätte. Und obwohl ich wusste, dass sein Präsent auf keinen Fall der Grund dafür sein konnte, warum Vater und er so stritten, öffnete ich es.«

»Was war in dem Päckchen?«, fragte Çöktin, obwohl er die Antwort schon zu kennen glaubte.

Felicity seufzte. »Einer von diesen billigen Parfümflakons aus gefärbtem Glas. Sie werden in Ägypten hergestellt. Um ehrlich zu sein: Wenn Vater nicht ständig weiter darauf herumgeritten wäre, warum Rifat in Wirklichkeit vorbeigekommen war, hätte ich mich an diesem Geschenk nicht weiter gestört. Schließlich wusste ich, dass Rifat äußerst knapp bei Kasse war.«

»Was geschah dann?«, fragte İkmen.

»Ich fragte Rifat, ob Vater die Wahrheit sagen würde. Ich konnte es ihm am Gesicht ablesen, dass es stimmte. Aber Vater hörte nicht auf, sich darüber zu beklagen, dass Rifat nur hinter seinem Geld her sei und dass er mich nur des Geldes wegen überhaupt anschauen würde, und irgendwann geriet ich in Wut. Das Ganze war so demütigend. Außerdem verstand ich einfach nicht, warum Rifat so etwas tun konnte – er hätte dankbar sein sollen, jemanden wie mich zu haben. Aber ich konnte es an seinen Augen sehen, dass es nicht so war. Mein Vater hatte Recht.« Sie schluckte schwer. »Ich schleuderte ihm die Flasche ins Gesicht und begann zu weinen. Rifat geriet völlig außer sich, begann zu fluchen, sagte die unmöglichsten Dinge und beleidigte mich mit widerlichen, abscheulichen Worten.«

»Wie hat Ihr Vater darauf reagiert?«

»Er brüllte Rifat an, aber der lachte ihn nur aus. Dann zog er ein Messer – was mir richtig Angst einjagte. Anschließend sagte er uns, was er wirklich von uns hielt, und es dauerte eine Ewigkeit, bis er endlich das Haus verließ. Ich weinte und wollte, dass er zurückkam ... Vater und David folgten ihm zu seinem Wagen. Ich konnte nicht sehen, was dann geschah. Etwa zehn Minuten später kam mein Vater wieder ins Wohnzimmer.«

»Warum kehrte er zurück, Fräulein Evren?«, fragte Çöktin.

»Er suchte etwas, mit dem er Rifats Blut aufwischen konnte.« Felicitys Stimme war kaum lauter als ein Flüstern.

»Also war Rifat gerade getötet worden.«

»Mein Vater sagte, Rifat hätte versucht, ihn zu erstechen«, sagte sie und warf İkmen einen erschöpften Blick zu, »aber irgendwie wäre es David gelungen, Rifat das Messer abzunehmen und ihm die Kehle aufzuschlitzen. Vater meinte, es hätte keinen Kampf gegeben – es ging alles viel zu schnell, ein tiefer Schnitt, aber dann fing David an, an seinem Hals herumzusägen ... Vater bekam es mit der Angst zu tun ...« Sie leckte sich mit der Zunge über die trockenen Lippen. »Ich holte meinem Vater die Vorhänge, die ich am gleichen Tag gekauft hatte – für das Blut –, und folgte ihm hinaus zu Rifats Wagen. Mein Bruder hatte seinen Mund auf Rifats Kehle gepresst.«

Mit diesen Worten begann sie zu weinen. Die Männer ließen sie gewähren und rauchten eine Zigarette, bis sie sich wieder gefasst hatte. Dann, nach einer kurzen Beratung mit ihrem Anwalt, fuhr Felicity mit ihrer Aussage fort.

»Vater wickelte Rifats Körper in die Vorhänge. David und mich schickte er ins Haus und befahl mir, meinem Bruder zu helfen sich zu säubern. Vater war außer sich vor Wut. Er brüllte, David sei ein Tier. Noch Tage danach schrie er immer wieder herum, wie viel Geld er für Davids psychiatrische Behandlung ausgegeben hätte und dass das alles die reinste Verschwendung gewesen sei. David bekam große Angst. Er erzählte mir, irgendetwas hätte ihn gezwungen, Rifats Blut zu trinken. Aber Vater verstand das nicht.«

»Und was war mit Rifat?«, fragte İkmen, dessen Augenbrauen sich zu einem Stirnrunzeln zusammengezogen hatten. »Hat das Ihren Vater überhaupt nicht berührt?«

Jetzt lächelte Felicity unter Tränen. »Mein Vater war ein schlechter Mensch, Inspektor İkmen. Mord war für ihn nichts Ungewöhnliches. Die Polizei in unserer Heimat müsste einiges über ihn wissen ... meine Mutter jedenfalls hat es bestimmt gewusst. Sie hat sich umgebracht.« Sie räusperte sich. »Das Einzige, das meinem Vater Sorgen bereitete, war die Frage, wie er Rifats Leiche loswerden konnte. Er kam auf die Idee, ihn irgendwo in der Nähe von Rifats Wohnort in die Gosse zu werfen, damit die Polizei annahm, Rifat sei in einer der Blutfehden getötet worden, die die Albaner untereinander austragen. Ich erzählte ihm, dass Rifat irgendwo in Eminönü wohnte, aber dass ich die genaue Adresse nicht kannte.«

»Unterhielt Ihr Vater irgendwelche Verbindungen zu Albanern, Fräulein Evren?«, fragte Çöktin.

»Mein Vater machte mit jedem Geschäfte, solange es sich für ihn lohnte«, erwiderte Felicity, »und einige seiner Geschäftspartner waren tatsächlich Albaner. Falsche Pässe, gestohlene Antiquitäten, Organhandel, gelegentlich ein Auftragsmord – mein Vater war ein äußerst vielseitiger Mann. Er zog sich Handschuhe an, um Rifats Leiche zu beseitigen. Ich musste die Autositze mit Plastikmüllsäcken abdecken. Und später vernichtete er alle Kleidungsstücke, die er in dieser Nacht getragen hatte. Er war ein schlauer, vorsichtiger Mann. Es überrascht wohl kaum, dass mein Bruder zu dem wurde, was er war, oder?«

»Also entledigte er sich Rifats Leichnam ...«

»Er ließ ihn einige Stunden im Auto liegen, bis etwa gegen drei Uhr morgens. Vater nahm an, dass um diese Zeit nur wenig Verkehr sein würde. Und außerdem gibt es immer noch eine Menge Leute, die sich an die Zeiten der Ausgangssperre erinnern und zu dieser Nachtzeit einfach nicht aus dem Haus gehen. Dazu wurde es noch neblig ... Er brachte Rifat nach Eminönü und ließ den Wagen in Ortaköy stehen. Eigentlich wollte er ihn ebenfalls in Eminönü zurücklassen, aber er meinte, dort jemanden bemerkt zu haben. Also fuhr er einfach weiter, bis er einen abgeschiedenen Ort fand.«

»Wie kam er von Ortaköy nach Bebek zurück?«

»Ich bin hingefahren und habe ihn abgeholt.«

»Sie haben doch behauptet, Sie könnten nicht Auto fahren?«, bemerkte İkmen finster.

»Ich habe gelogen, Inspektor«, erwiderte sie schlicht.

»Ich verstehe. Und haben Sie mich auch über Ihre Gefühle für Rifat belogen? Denn allem Anschein nach haben Sie diese Ereignisse bemerkenswert leicht verarbeitet. War er für Sie vielleicht nur ein Organspender?«

»Nein!« Ihr Gesicht verzog sich gequält. »Ich habe ihn geliebt! Ich war völlig außer mir – das alles hätte nie geschehen dürfen. David hat einfach überreagiert! Er wollte mich immer nur beschützen ...«

İkmen blickte kurz auf die Akte, die vor ihm lag, und überflog die dort notierten Sätze. Als er zu seiner nächsten Frage ansetzte, entging ihm nicht, dass sie ihn genau beobachtete.

»Was hat es eigentlich mit diesen Vampiren auf sich?«, fragte er. »Können Sie mir mehr darüber erzählen?«

»Mein Bruder war von Vampiren wie besessen; er wollte selbst ein Vampir sein«, antwortete sie und wandte dabei ihr Gesicht ab. Offensichtlich wollte sie nicht darüber sprechen.

Für İkmen umso mehr Grund nachzuhaken.

»Warum?«, fragte er.

»Wie bitte?«

»Warum war Ihr Bruder von dem Wunsch besessen, ein Vampir zu sein?«

Felicity schluckte. »Es war ein längerer Prozess«, sagte sie, »und alles begann mit mir.«

»Wie meinen Sie das?«

»Als ich ein Kind war, bereitete mir mein Aussehen – wie immer das auch sein mochte – keinerlei Sorgen.« Sie beugte sich nach vorn über den Tisch und schloss damit ihren Anwalt bewusst aus dem Gespräch aus. Als Herr Öz sich daraufhin räusperte, ignorierte sie ihn. »Meine Mutter und mein Vater waren immer sehr ... verständnisvoll. Doch dann geschahen zwei Dinge. Nach Jahren erfolgloser Versuche wurde meine Mutter überraschend schwanger. Doch leider verlor sie das Baby, was ihre Depressionen nur noch verstärkte. Ich blieb ständig in ihrer Nähe, um ihr zu helfen – Vater ließ sich kaum noch zu Hause sehen und war dauernd geschäftlich unterwegs. Und außerdem wollte ich zu dieser Zeit das Haus nicht mehr verlassen. Ich war inzwischen achtzehn Jahre alt und es langsam müde, dass man ständig mit dem Finger auf mich zeigte und mich auslachte.« Sie holte tief Luft. »Wie Sie sich vorstellen können, habe ich mich nie gern im Spiegel betrachtet. Aber im Laufe der Zeit schien das ohnehin immer schwieriger zu werden: Irgendwie verblasste mein Spiegelbild immer mehr, so als ob es langsam ausgeblendet würde, sich in nichts auflöste. Ich weiß, dass das unglaublich klingt, aber genauso war es. Als David etwa achtzehn Monate später auf die Welt kam, war ich schon völlig verschwunden. Wenn ich in einen Spiegel schaute, konnte ich alles sehen, was sich hinter mir befand – nur mich selbst sah ich nicht mehr. Aber darüber war ich nicht traurig: Hätte ich weiterhin jeden Tag in dieses schreckliche Gesicht blicken müssen, wäre ich auf Dauer nicht damit fertig geworden. Und wahrscheinlich hätte ich nie den Mut besessen, Männer wie Rifat anzusprechen, und ich hätte in meiner Vorstellung auch nie ein perfektes Gesicht und einen perfekten Körper für mich erschaffen können ... es schenkte mir Selbstvertrauen. Und meine Eltern spielten mit, ohne das Ganze wirklich zu verstehen.«

»Ehrlich gesagt, bei Ihrem ersten Besuch empfand auch ich Ihr Selbstvertrauen als äußerst ... überraschend«, sagte İkmen.

Sie lächelte. »Und auch Sie waren, wie die meisten Menschen, sehr verständnisvoll. Aber leider hatte mein Gebrechen, oder wie immer Sie es nennen wollen, eine schreckliche Wirkung auf meinen Bruder. Ich bin zwanzig Jahre älter als David und habe mich immer um ihn gekümmert, vor allem, als er noch sehr klein war. Vater ließ sich nur zu Hause sehen, wenn er Geschäftsfreunde zum Essen eingeladen hatte, einen illegalen Einwanderer bei uns einquartierte oder kleine Säcke mit einem Inhalt, über den ich lieber gar nicht nachdenken will, hinten im Garten versteckte. Mutter war völlig ihrer Depression verfallen und unternahm zwölf Versuche, sich das Leben zu nehmen, bis es ihr endlich vor drei Jahren gelang. David und ich hatten nur noch uns, und wir erzählten einander alles. Ich glaube, er war etwa zehn Jahre alt, als ich ihm hiervon erzählte.« Sie deutete auf ihr Gesicht.

»Und wie hat er reagiert?«

»Oh, er verstand mich völlig«, sagte sie, und ihre Augen nahmen einen glasigen Ausdruck an. »Mutter, David und ich hatten genug Horrorfilme gesehen, um zu wissen, was das bedeutete – Mum gefielen solche Dinge. Aber es war Davids und mein Geheimnis, außer uns durfte es niemand wissen. Und bis zum Tode meiner Mutter geschah auch nichts Ungewöhnliches. Bis dahin war das alles nur ein Spiel zwischen uns. Felicity der Vampir, der sich selbst nicht im Spiegel sehen kann und die ganze Nacht wach bleibt – denn natürlich hatte ich zu dieser Zeit schon Nierenprobleme.«

»Was änderte sich mit dem Tod Ihrer Mutter?«

»Wir wurden ins Krankenhaus gebracht und mussten sie identifizieren – ihre Leiche. David ist dabei völlig durchgedreht.«

İkmen runzelte verständnislos die Stirn. »Wie bitte?«

»Es jagte ihm eine Todesangst ein, Inspektor. Mutter sah so anders aus, so furchteinflößend – jede Leiche hat diese Wirkung, wie Sie sicher wissen. Er war zu Tode erschreckt, konnte nicht mehr schlafen. Er glaubte, wenn er einschlief, würde er aufhören zu atmen. Er wollte nicht sterben. Und er fing immer wieder davon an, was für ein Glück ich hätte, weil mir das nicht passieren könnte. Ich hatte zwar nie behauptet, ich sei unsterblich – aber ich habe ihm auch nie widersprochen. Stattdessen sagte ich, wenn er wolle, könne er so sein wie ich. Die ganze Vampirsache erschien mir harmlos. Viele Jugendliche in England stehen darauf. Sie tragen nur Schwarz, essen sehr wenig und treffen sich auf Friedhöfen. Und irgendwann entwachsen sie dieser Phase.«

»Aber Ihr Bruder ist dieser Phase nie entwachsen, nicht wahr, Fräulein Evren?«

Statt einer Antwort schaute sie nach unten, so als ob sie sich für ihre Taten schämen würde – oder für das, was sie nicht getan hatte. »Nein«, sagte sie. »Und als mein Vater näher bei seinen Lieferanten sein wollte, um die Dinge besser unter Kontrolle zu haben, zogen wir hierher. Vater meinte, dass ihr hier leichter zu bestechen wärt als die englische Polizei.« Sie lachte bitter.

»Und hat Ihr Vater Recht behalten, Fräulein Evren?«, fragte Çöktin. »Hat Ihr Vater in Istanbul Polizeibeamte bestochen?«

Sie zuckte die Achseln. »Keine Ahnung – euch jedenfalls ganz sicher nicht. Wie auch immer: David oder besser Ali – Vater sprach ihn jetzt immer mit seinem zweiten Vornamen an – hörte fast völlig auf zu essen. Vampire faszinierten ihn noch immer, aber hier war er jetzt auch noch ganz allein, bis auf mich. Ich ließ ihn gewähren, ich gebe es zu, aber es wurde immer schlimmer, und schließlich wollte er gar nichts mehr essen. Also schickte Vater ihn zu einer Psychiaterin. Ich nehme an, sie dachte, es würde sich nur um eine Phase handeln – Sie wissen schon. Doch dann tötete er plötzlich Rifat und versuchte, sein Blut zu trinken ...« Sie unterbrach sich und versuchte ganz offensichtlich, ihre Gedanken von diesem schrecklichen Bild zu lösen. »Wissen Sie, wenn bei uns zu Hause jemand nach langer Zeit etwas heimgezahlt bekommt, sprechen wir vom Fluch der bösen Tat. Und als David Rifat getötet hat, ist genau das für mich eingetreten.«

»Aber in der Hagia Sophia hat Dr. Halman Sie gebeten, Ihrem Bruder die Wahrheit über Ihr Spiegelbild zu sagen, und Sie antworteten, dass Sie sich wirklich nicht sehen könnten. Menschen in Todesangst lügen nicht.«

»Das stimmt. Und ich habe ja versucht, es Ihnen begreiflich zu machen, Inspektor. Ich hätte es meinem Bruder niemals erzählen dürfen. Ich habe das alles ausgelöst und ... Er hätte auch mich getötet, wie Sie ja wissen.«

»Als er feststellte, dass der Anblick des Kreuzes Sie nicht zu Staub zerfallen ließ.« İkmen lächelte. »Ich muss zugeben, ich habe die Filme auch gesehen.«

»Ja«, erwiderte sie schlicht, »obwohl ich nicht verstehe, warum Dr. Halman David aufforderte, mit mir ins Museum zu gehen. Er sollte mich auf die Probe stellen – und natürlich habe ich nicht bestanden. Ich bin sterblich, so wie jeder andere auch. Wenn ich gewusst hätte, dass er mich deshalb dorthin bringen wollte, wäre ich nie mit ihm gegangen. Dr. Halman hätte das niemals tun dürfen. David war so voller Hass, dort oben auf der Empore. Ich habe geredet und immer weiter geredet, nur um am Leben zu bleiben.« Erneut brach sie in Tränen aus, und diesmal hielt İkmen die Zeit für eine längere Pause gekommen. Er schickte Çöktin hinaus, um für alle Tee zu holen.

Während sie auf die Rückkehr des Kurden warteten, betrachtete İkmen Felicity Evren mit forschendem Blick. Trotz ihrer Tränen war dieses Verhör ungewöhnlich problemlos verlaufen. Sie hatte selbst die schrecklichsten Ereignisse bemerkenswert gefasst beschrieben. Natürlich durfte man auch die Beruhigungsmittel nicht außer Acht lassen, die der Arzt ihr verschrieben hatte. Aber İkmen wusste, dass sie noch lange nicht zum Kern der Ereignisse vorgedrungen waren, zumindest was Felicity selbst betraf. Bisher hatten sie den Tod ihres Vaters noch mit keiner Silbe erwähnt, und außerdem war da noch etwas anderes, etwas, dass Zelfa in der Hagia Sophia angedeutet hatte, etwas, das er einen kurzen Augenblick lang selbst zu beobachten geglaubt hatte ...

Er schaute in das fleischige, selbstzufriedene Gesicht ihres Anwalts. İkmen wusste, dass Adnan Öz Zelfa Halmans scheinbare Fehleinschätzung des Geisteszustands ihres Patienten für seine Zwecke nutzen würde. Schließlich hatte İkmen selbst mit angehört, wie Ali Evren die Ärztin beschuldigte, die Hauptverantwortliche für seine gestörten Taten zu sein. Dr. Halman hatte Ali aufgefordert, seine Hypothese zu überprüfen und Felicity auf die Probe zu stellen, und er war ihrer Aufforderung gefolgt – wahrscheinlich aus der Angst heraus, dass sein Vater ihn bald einweisen lassen würde. Vermutlich ein Versuch, seine »Transformation« zu beschleunigen, dachte İkmen. Nicht, dass er sich in dieser eigenartigen Gedankenwelt auskannte – ihm war sowieso schleierhaft, wie ein Mensch sein eigenes Spiegelbild nicht mehr sehen konnte. Einbildung, nichts als pure Einbildung! Denn schließlich wusste Felicity Evren tief in ihrem Inneren ganz genau, wie sie aussah, oder? Zumindest hatte sie gerade im Gespräch den Anschein erweckt. Oder hatte sie diese Erkenntnis erst vor kurzem gewonnen? War irgendetwas geschehen, das sie dazu gebracht hatte, sich selbst so zu sehen, wie sie in Wirklichkeit war? Er dachte zurück an den Raum, in dem İlhan Evren gestorben war, und nagte an seiner Oberlippe.

Als Çöktin mit dem Tee zurückkehrte, nahmen sie das Verhör wieder auf. İkmen kam sofort auf den Punkt.

»Lassen Sie uns über Ihren Vater sprechen, Fräulein Evren«,

begann er. »Im Museum wussten Sie allem Anschein nach bereits, dass er tot war. Können Sie uns dazu etwas sagen?«

Zum ersten Mal wandte Felicity sich an ihren Anwalt. Er lächelte sie an und antwortete für sie.

»Fräulein Evren hat gestern Morgen den Leichnam ihres Vaters entdeckt«, sagte er.

»Warum haben Sie uns das nicht gemeldet?«, fragte İkmen und wandte sich dabei direkt an Felicity.

»Fräulein Evren stand unter Schock. Schließlich geschieht es nicht alle Tage, dass man den toten Körper eines engen Verwandten entdeckt ...«

»Und doch standen Sie nicht so sehr unter Schock, dass es Sie davon abgehalten hätte, mit Ihrem Bruder auszugehen.«

Diesmal antwortete Felicity selbst. »David war sehr aufgebracht. Sowohl er als auch ich hatten am Abend zuvor mit Vater gestritten.«

»Worum ging es?«

»Natürlich um das, was mit Rifat passiert ist!«, rief sie. »Mein Vater hatte Angst! Sie waren vorbeigekommen, und er suchte für uns nach einem Ausweg aus der Situation, in der wir uns befanden. Also schlug er vor, dass wir Davids geistige Labilität zu unserem Vorteil nutzen sollten.«

»Er wollte ihm die Schuld für die ganze Sache in die Schuhe schieben? Ihn einweisen lassen?«

»Ja.«

»Aber Sie waren damit nicht einverstanden.«

»Nein!«

»Weil Sie Ihren Bruder liebten?«

»Ja.«

İkmen beugte sich über den Tisch zu ihr. »Und in welcher Weise genau haben Sie Ihren Bruder geliebt, Fräulein Evren?«

»Inspektor İkmen«, unterbrach Adnan Öz. »Ich muss doch ...«

İkmen hob die Hand, um den Anwalt zum Schweigen zu bringen. »Gestern auf der Empore der Hagia Sophia haben Sie Ihrem Bruder erzählt, Sie hätten Ihrem Vater alles über Ihre Mitschuld am Zustand Ihres Bruders gesagt – und es hätte ihm nicht gefallen, was er hörte.«

»Ich erzählte ihm von dem Spiegel. Es war unser Geheimnis, Davids und meins …«

»Haben Sie Ihrem Vater auch erzählt, dass Sie mit Ihrem Bruder geschlafen haben? Sie waren gerade mit ihm im Bett, als Rifat eintraf, nicht wahr?«

»Inspektor İkmen!« Adnan Öz erhob sich.

»Stimmt das, Fräulein Evren?«, hakte İkmen nach. »Oder bezogen sich die Bemerkungen Ihres Bruders, Rifat hätte versucht, ›sich zu nehmen, was ihm gehört‹ und Sie ›hätten ihn mit dem Albaner betrogen‹, auf etwas anderes?«

Felicitys Augen verrieten ihm die Wahrheit. Äußerlich ungerührt, erglühte in ihnen langsam ein intensiver Hass, der so stark war, dass Çöktin diesen Anblick nicht mehr ertrug und wegschauen musste.

Der immer noch aufgebrachte Öz beugte sich zu seiner Mandantin vor und sagte: »Sie müssen das nicht beantworten.«

»Schauen Sie, Fräulein Evren«, fuhr İkmen fort und hielt entschlossen ihrem Blick stand, »ich habe da eine Theorie. Ganz egal, wie kompliziert oder kaum nachvollziehbar die Mordmotive eines Menschen sein mögen – letzten Endes lassen sie sich immer auf Liebe, Neid oder Angst zurückführen. Und obwohl ich die Tatsache akzeptiere, dass Ihr Bruder unter einer Art von kompliziertem, kaum nachvollziehbarem Wahn litt, bin ich davon überzeugt, dass Sie und er eine gewisse Phantasie teilten.«

»Wer sonst hätte mich lieben können? Ich wollte so sehr geliebt werden!« Sie begann zu weinen. »Ich wollte Männer wie Rifat …«

»Also haben Sie kleine Spielchen gespielt. Sie waren Vampire. Sie waren Liebende. Sie waren dazu bestimmt, ewig zu leben.« İkmen sah sie traurig an. »Aber er wurde langsam erwachsen, Fräulein Evren – er wurde zum Mann. Und ein Mann wie er wollte seine Geliebte nicht teilen.«

»Aber ich hätte nie gedacht, dass er jemals so für mich empfinden könnte! Ich glaubte, wir könnten einfach so weitermachen wie bisher … Ich bin abscheulich …«

»Ja«, sagte İkmen, »und Sie können sich jetzt selbst im Spiegel sehen, nicht wahr? Vielleicht haben Sie sich die ganze Zeit über sehen können.«

Sie schaute ihn an; ihre missgebildete Nase tropfte.

»Ich habe lange darüber nachgedacht, warum nur ein Gegenstand im Büro Ihres toten Vaters zerstört worden war«, sagte İkmen. »Doch schließlich gaben Sie und Dr. Halman mir auf der Empore die Antworten auf meine Fragen.«

»Mein Vater zwang mich hineinzusehen! Er hielt mich mit Gewalt auf einem Stuhl fest, bis ich es sah«, schrie Felicity Evren. »Ich erzählte es ihm, und er lachte, und dann zwang er mich, in den Spiegel zu sehen! ›Wie‹, sagte er, ›kannst du das nicht sehen? Wie könnte jemand so etwas lieben?‹ Und dann begann ich es zu sehen …«

»Also haben Sie oben auf der Empore – als Doktor Halman Sie fragte, was Sie im Spiegel sähen – erneut gelogen, richtig? ›Ich habe nicht die geringste Ahnung, wie ich aussehe‹ – irgendetwas in dieser Richtung haben Sie gesagt«, meinte İkmen stirnrunzelnd. »Aber Sie haben gelogen. Selbst im Angesicht des Todes haben Sie Ihr Spiel weitergespielt, weil Sie nicht glauben wollten, dass es vorbei war. Weil Sie nichts anderes hatten als das Spiel, um Ihren Bruder, Ihren Geliebten an sich zu binden.«

»Ich …«

Adnan Öz räusperte sich. »Inspektor İkmen«, sagte er, »ich würde mich gern ein paar Minuten allein mit meiner Mandantin besprechen.«

Aber İkmen stand kurz vor seinem Ziel; er trieb sie immer weiter in die Enge.

»Ihr Vater wollte Ihren Bruder in eine Anstalt stecken, und damit hätte er jede Art von Sex aus Ihrem Leben verbannt. Denn Sie wussten, dass niemand sonst Sie lieben würde. Rifat hatte es nicht getan – er wollte es nicht!«

»Ich wollte, dass Vater die Verantwortung für Rifats Tod übernahm!«, schrie sie unter Tränen. »Er wollte ihn loswerden! Er brauchte ihn nicht mehr! Er liebte niemanden, den er nicht kaufen konnte!«

»Also haben Sie ihn umgebracht«, sagte İkmen. »Sie zerschlugen Ihr eigenes Bild im Spiegel, und dann töteten Sie Ihren Vater!«

»Inspektor İkmen!«

»Sie wussten, dass er viele Feinde hatte. Sie wussten, wie man einen Tatort von Spuren und Indizien säubert – das haben Sie mir selbst erzählt.« İkmen hielt kurz inne, um tief Luft zu holen, und fuhr dann fort: »Und Sie wussten, dass Sie eine nahezu überzeugende Geschichte erfinden konnten, nach der Ihr Vater Rifat umgebracht hat. Schließlich können Tote ja nicht mehr reden, nicht wahr, Fräulein Evren? Und dennoch haben Sie sich in zwei Punkten verschätzt.«

Felicity schaute ihn an – ihre ganze Energie war in dem glühenden Hass in ihren Augen gebündelt.

»Sie haben nicht geglaubt, ich könnte hinter die wahre Natur Ihrer Beziehung zu Ihrem Bruder kommen – vielleicht nahmen Sie ja an, dass meine Sympathie für jemanden wie Sie mich dazu bringen würde, dies zu übersehen. Falsch. Und zweitens glaube ich nicht, dass Sie auch nur die geringste Ahnung davon hatten, wie krank Ihr Bruder wirklich war.«

»Er hat versucht, mich zu töten.« Diese Antwort kam so ruhig, dass es den Anschein haben musste, Felicity Evren hätte ihn immer noch nicht verstanden.

»Ja, das stimmt, Fräulein Evren«, erwiderte İkmen, »und ich beschuldige Sie hiermit des Mordes an Ihrem Vater.«

Plötzlich und ohne Vorwarnung war alles vorüber – Felicity Evrens Schweigen erfüllte schmerzlich den ganzen Raum. Die drei anwesenden Männer brauchten mehrere Minuten, um sich darüber klar zu werden, was gerade geschehen war. Und als sie es begriffen, riss Adnan Öz sein Handy ans Ohr und rief ihre Ärztin an.

Mehmet und Mehti Vlora bekamen fünf Minuten, um mit ihrer Mutter zu sprechen, bevor sie ins Bayrampaşa-Gefängnis abtransportiert wurden.

»Ich dachte, die Türken hätten den Bau im letzten Jahr bis auf die Grundmauern niedergebrannt«, sagte Angeliki, als ihre Söhne ihr erzählten, wohin man sie bringen würde. »Angeblich haben die Gefangenen dort Bomben und andere Waffen hergestellt.«

»Nun ja«, sagte Mehmet und warf dem Wächter an der Tür

einen schnellen, verstohlenen Blick zu, »das werde ich jedenfalls nicht versuchen, Mutter. Mehti und ich werden dort Besseres zu tun haben.« Er lächelte. »Vielleicht züchten wir ja Tauben.«

»Fast wie ›richtige‹ Türken«, erwiderte seine Mutter ironisch. »Ich werde so stolz auf euch sein!« Dann wandte sie sich an Mehti und sagte: »Wenn Allah und die Türken gnädig sind, musst du nicht allzu lange dort bleiben.«

Mehti senkte den Kopf. »Nein, Mutter.«

»Dass sie wirklich geglaubt haben, du könntest zu einem Mord fähig sein, ist mir unbegreiflich«, fügte sie mit einem Achselzucken hinzu. »Du bist ein Nichtsnutz, du warst noch nie etwas anderes.«

»Ich habe versucht, Mehmet und dich hier rauszuholen. Ich ...«

»Spar dir deine Worte! Du hast es nur versucht, um uns zu beeindrucken.« Sie legte einen dünnen Arm um Mehmets Hüfte und drückte sie liebevoll. »Du dagegen«, sagte sie und schaute hinauf in Mehmets Gesicht, »wirst sehr lange drinnen bleiben müssen – es sei denn, wir finden vor dem Prozess eine Möglichkeit, den zur Rechenschaft zu ziehen, der einst dein Bruder war.«

Mehmet lächelte. »Und wird unsere Familie das für uns erledigen, Mutter?«

»Ich weiß noch nicht, wann ich selbst hier rauskomme«, antwortete sie und schaute zum Wächter hinüber, der die drei beobachtete. »Aber sobald ich entlassen werde oder es mir gelingt, jemanden zu informieren, kannst du dich darauf verlassen, dass etwas geschehen wird, mein Sohn.«

»Und es wird eine endgültige Lösung sein, nicht wahr, Mutter?«, fragte Mehmet, während er sich zu ihr hinunterbeugte und ihre kalten, runzligen Wangen küsste.

»Aber ja.« Sie schaute über seine Schulter zu Mehti, der den Tränen nahe schien. »Nicht einmal Aryan ist schlau genug, den Gesetzen des Lek Dukagjini zu entgehen.«

Draußen vor der Tür hörte man das Rasseln von Schlüsseln. Als sich die Tür öffnete, sahen die Vloras sich Orhan Tepe und einer Gruppe bewaffneter Wächter gegenüber.

»Es ist so weit, Jungs«, sagte er mit unbewegtem Gesicht. Mehtis Augen füllten sich mit Tränen.

Die bewaffneten Männer marschierten in die Zelle und drängten die mit Handschellen gefesselten Albaner zur Tür hinaus.

Angeliki, der mittlerweile ebenfalls Tränen der Wut und des Hasses in den Augen standen, rief: »Behandelt meine Söhne gut, hört ihr? Wenn ihr einem von ihnen auch nur ein Haar krümmt, werde ich jeden von euch mit meinen eigenen Händen töten! Ihr Affensöhne!«

Aber niemand, nicht einmal ihre eigenen Söhne, erwiderte etwas darauf. Und als sich die Zelle geleert hatte, schloss Tepe die Tür und verriegelte sie ohne ein Wort.

Wieder allein in der Zelle, sank Angeliki auf den Boden und bearbeitete ihn wütend mit ihren Fäusten. Irgendein Zauber – den wahrscheinlich der Sohn von Ayşe, dieser Bajraktar-Hexe, ausgesprochen hatte – war schuld daran, dass ihr Aryan sich gegen die Familie gewandt hatte und nun dafür sorgen würde, dass ihr Mehmet nie mehr ein Leben in Freiheit führen konnte. Schweigend verfluchte sie den Polizisten und seine ganze Familie – etwas, das sie nie zuvor getan hatte aus Furcht, die geheimnisumwobenen und mächtigen Bajraktars würden kommen und ihren Körper und ihre Seele in die Hölle schicken. Aber das spielte jetzt keine Rolle mehr. Angeliki wusste, dass sie zwar mithilfe von Freunden dafür Sorge tragen konnte, dass Aryan auf traditionelle Weise gerichtet wurde, aber das würde an ihrer eigenen Situation nichts ändern. Sie hatte die Wahrheit über Ayşe Bajraktar preisgegeben, und nun würde der Sohn dieser Frau ihr dafür die Freiheit nehmen.

Angeliki Vlora kam nicht ein einziges Mal in den Sinn, dass der eigentliche Grund für ihren Gefängnisaufenthalt der Besitz von Kokain sein könnte. Ihrer Auffassung nach sperrte İkmen sie nur aus persönlichem Hass ein. Mit einem lauten Schrei verfluchte sie ihn und seine Kinder.

Sie trafen sich wie verabredet in Zelfas Praxis – angeblich, weil sie hier ihre Patientenakten aufbewahrte, aber vor allem, weil dieser Ort für jeden Beteiligten zugänglich war, sogar für einen »beurlaubten« Polizisten.

»Ali Evren war das, was wir zu Hause in England einen ›Goth‹ nennen – ein kränklicher Junge, der den Tod verherrlichte. Zumindest habe ich angenommen, dass er das war«, sagte Zelfa, während sie ihre Aufzeichnungen über ihn durchblätterte. »Er kam eigentlich zu mir wegen seiner Magersucht, die nicht sehr ausgeprägt schien, aber bald drehten sich alle Gespräche um Fragen, die sich mit dem Tod seiner Mutter und mit Sterblichkeit im Allgemeinen auseinander setzten. Durchaus nicht ungewöhnlich für einen trauernden Hinterbliebenen. Aber«, sie schaute İkmen an, »in Anbetracht dessen, was Sie mir gerade berichtet haben, habe ich anscheinend nur einen Teil des Gesamtbilds gekannt, richtig?«

»Das stimmt – aber woher hätten Sie es wissen sollen, wenn er es Ihnen ganz offensichtlich nicht erzählen wollte?«, erwiderte İkmen. »Laut seiner Schwester stellte für Ali die Vorstellung, ein Vampir zu sein, eine Möglichkeit dar, seine Sterblichkeit zu überwinden. Felicity bestärkte ihn darin – sie sah es als Mittel, ihm den Schmerz über den Tod der Mutter zu lindern. Offensichtlich zeigte er im Museum panische Angst beim Anblick von religiösen Objekten, aber ich habe das selbst nicht bemerkt.«

Zelfa zuckte die Achseln. »Er muss völlig im Banne seiner Wahnvorstellung gestanden haben, um das zu tun, was er tat.«

»Ich verstehe allerdings noch nicht ganz, wie ihre sexuelle Beziehung begann und warum Felicity an der Behauptung festhielt, sich selbst nicht im Spiegel sehen zu können.«

»Ich werde gleich darauf eingehen«, sagte Zelfa. »Also hat Ali Evren Ihren Albaner umgebracht.«

»Laut Felicitys Aussage schleuderte sie Rifat das Geschenk, das er ihr mitgebracht hatte, ins Gesicht – und der Anblick des Blutes stachelte ihren Bruder auf. Zumindest hat er selbst das nach der Tat behauptet. Aber natürlich ging es letztlich doch wieder um sexuelle Eifersucht.«

»Ganz genau«, pflichtete Süleyman ihm bei, während er Zelfa eine Zigarette anbot, die sie jedoch seltsamerweise ablehnte. »Ali schien mir recht wählerisch zu sein in der Frage, welche Teile des Vampirmythos er für sich übernehmen sollte. Soweit ich weiß, trinken Vampire Blut, weichen vor religiösen Symbolen zurück, meiden das Tageslicht, können kein Wasser überqueren und haben kein Spiegelbild. Ali tat nur einige dieser Dinge.«

»Das Ausleben von Phantasien, die auf alten Legenden oder Mythen basieren, muss zwangsläufig irgendwann an Grenzen stoßen«, sagte Zelfa. »Schließlich zerfällt niemand einfach zu Staub, wenn er ein Kruzifix sieht – ganz egal, wie sehr er sich das wünscht. Demzufolge muss sich die persönliche Vorstellung dieser Phantasie irgendwann einmal verändern, um sich der Realität anzupassen. Phantasien müssen sehr dehnbar sein, damit sie im alltäglichen Leben Bestand haben können. Ali Evren blieb nichts anderes übrig, als am Tage das Haus zu verlassen – schließlich musste er zur Schule gehen. Also fand er dafür die Scheinbegründung, dass seine Transformation zum Vampir noch nicht völlig abgeschlossen sei. Ähnliches gilt auch für die Literatur: Wenn man zeitgenössische Romane zu diesem Thema liest, wird man feststellen, dass sich darin eine ganze Reihe der althergebrachten Vorstellungen über Vampire geändert haben. Heutzutage gibt es gute Vampire, Kindervampire, Vampire, die ein Kruzifix in die Hand nehmen und darüber lachen können, und so weiter.«

»Also suchte Ali sich das aus der Vampirliteratur zusammen, was er brauchen konnte«, sagte Süleyman.

»Genau – und dazu kamen die ›Beweise‹, die seine Schwester ihm lieferte. Es kann sogar sein, dass sie ihn mit pseudomythischen Argumenten überzeugte, dass es nützlich sei, mit einem Vampir zu schlafen, um ihn auf diese Weise in ihr Bett zu bekommen. Aber als ihr Vampirstatus in der Nacht, als der Albaner starb, infrage gestellt wurde, brach für Ali eine Welt zusammen. Wenn Felicity kein Vampir war, was war dann er? Er musste sie auf die Probe stellen, und unglücklicherweise hatte ich ihm erzählt, wie er das anstellen könnte.«

»Und dennoch«, sagte İkmen, »war er letztendlich immer noch davon überzeugt, dass wenn vielleicht auch nicht seine Schwester, so wenigstens er dem Tod ein Schnippchen schlagen könnte.«

»Ja und nein«, sagte Zelfa und lächelte. »Ich weiß – die klassische Antwort einer Psychiaterin. Ich glaube, er muss gewusst haben, dass er die Phantasie in ihrer bisherigen Form nicht mehr weiterleben konnte. Also blieb ihm nur noch eine Möglichkeit: Er musste sich selbst von der Empore stürzen, um danach entweder als richtiger Vampir ewig weiterzuleben oder dem verhassten Gespenst des Todes gegenübertreten, sozusagen als Strafe dafür, dass er sein Ziel nicht erreicht hatte. Ich denke, er wusste zum Schluss, dass jeder dieser beiden Wege ihn in die Hölle führte.«

»Und damit war er verloren«, meinte Süleyman.

»Ja – ein Gefühl, das ihm nicht unbekannt gewesen sein dürfte«, sagte Zelfa, während ihre Finger nach ihrer Zigarettenschachtel griffen, sie dann aber wieder zurücklegten. »Stell dir vor, deine Mutter ist depressiv und begeht Selbstmord, dein Vater ist die meiste Zeit nicht zu Hause und sowieso davon überzeugt, dass du verrückt bist, und deine geliebte hässliche Schwester schläft mit dir. Unter diesen Voraussetzungen wirst du in einer positiven Umgebung voller freundlicher Menschen kaum jemals klarkommen. Mit einer intensiven psychologischen Betreuung wäre es ihm vielleicht gelungen.« Sie zuckte die Achseln. »Aber seinem Wesen gemäß verbarg er zu viel vor mir, und sein Vater wollte nur, dass er ein braver Sohn war – was auch immer er darunter verstand.«

»Nach dem Mord an Rifat wollte sein Vater ihn in eine Anstalt stecken«, sagte İkmen.

»Hmmmm.«

Beide Männer wussten, dass Zelfa immer noch unter ihrem vermeintlichen Versagen im Falle von Ali Evren litt. Aber keiner von ihnen sprach das Thema an.

»In der Nacht seines Todes stritt Felicity sich deswegen mit ihrem Vater«, fuhr İkmen fort. »Sie wusste genau, warum Ali Rifat getötet hatte und warum er das Blut des Albaners trank. Sie erzählte all das ihrem Vater. Außerdem sagte sie ihm, dass sie dagegen sei, Ali in eine Anstalt zu stecken. Aber İlhan Evren wollte nichts davon hören. Wir waren bereits bei ihm gewesen, und er machte sich Sorgen. Außerdem widerte ihn die Vorstellung an, dass seine Kinder Sex miteinander hatten – was ja nicht weiter überrascht. Und daher versuchte er – so nehme ich jedenfalls an –, seine Tochter wieder in die Wirklichkeit zurückzuholen und sie mit der Tatsache zu konfrontieren, was sie und ihr Bruder getan hatten, indem er sie dazu zwang, ihr Gesicht im Spiegel zu betrachten. Und sie sah sich selbst – so wie sie sagte, zum ersten Mal in Jahren. Ich zweifle nicht daran, dass es Menschen gelingen kann, jahrelang jeden Blick in den Spiegel zu vermeiden; aber ob Felicity sich zuvor wirklich nicht sehen konnte, steht für mich auf einem anderen Blatt.«

»Und so brachte sie ihren Vater in einem Wutanfall um, richtig?«, fragte Süleyman.

»Ja, ich habe sie wegen Mordes verhaftet«, erwiderte İkmen. »Allerdings hat Felicity Evren in Sachen Verbrechen nicht ganz so viel Geschick bewiesen wie ihr verstorbener Vater. İlhan hätte sich uns gegenüber lautstark über albanische Blutfehden verbreiten können, und mit Mehti hinter Schloss und Riegel hätten wir ihm vielleicht auch geglaubt. Aber dafür war er viel zu gewieft. Er unterließ jeden Hinweis in diese Richtung, obwohl er mit eigenen Augen einen grünen Fiat gesehen hatte. Bei einer Vergangenheit wie seiner leistet man sich keinen solchen Fehler. Also ließ er uns unsere eigenen Schlüsse ziehen – und das haben wir dann ja auch getan.«

»Und hat İlhan auch die Leiche beseitigt?«

İkmen zündete sich eine Zigarette an. »Ja«, antwortete er, »es war İlhan, zusammen mit Felicity. Natürlich äußerst professionell. Zu dumm für sie, dass sie beim Mord an ihrem Vater nicht ganz so sorgfältig vorgegangen ist. Andererseits ist sie auch keine Berufsverbrecherin, sondern nur ein irregeleitetes Mädchen, das Sex mit dem eigenen Bruder hatte. Kaum auszudenken, in welchem Zustand sie sich befunden haben muss, um ihren Vater auf diese Weise töten zu können. Die Wut in ihr muss schrecklich gewesen sein …«

»Ihr Bruder war ihr wichtiger«, sagte Süleyman.

»Ja. Ali gab ihr die körperliche Liebe, nach der sie sich so sehnte. Und wie ich dir ja schon zuvor gesagt habe, Mehmet, sind Liebe, Neid und Angst die einzigen wahren Mordmotive. Auf der anderen Seite spielte kalte Berechnung bei ihren Taten auch eine gewisse Rolle. Sie behauptete, sie hätte Rifat geliebt – und dennoch entledigte sie sich ohne Zögern seines Leichnams und ging danach weinend auf Kondolenzbesuch zu seiner Familie. Aber letztendlich hat sie sich doch nicht als ganz so kaltblütig erwiesen. Kurz bevor ich sie verließ, mussten wir einen Arzt kommen lassen. Sie erlitt eine Art Zusammenbruch und wirkte danach fast katatonisch. Vielleicht ist ihr plötzlich aufgegangen, was nun auf sie wartet. Keine Ahnung, wie viele Jahre sie bekommen wird …« Einen kurzen Augenblick sank İkmen in sich zusammen. Alles Leben entwich aus seinem Gesicht, und Süleyman stellte plötzlich fest, dass er langsam alt wurde.

Doch dann richtete İkmen sich wieder auf. »Wie auch immer – das müssen die Richter entscheiden, nicht wir. Dennoch ist sie im Grunde eine bedauernswerte Person, deren Bruder …«

»… von mir erschossen wurde«, beendete Süleyman den Satz für ihn.

Zelfa griff nach ihm und nahm seine Hand.

»Die Berichte sämtlicher Anwesender sagen übereinstimmend aus, dass dir keine andere Wahl blieb«, sagte İkmen. »Nur Yıldız äußert sich nicht zu dieser Frage, weil er nicht auf der Südempore war und von seinem Platz aus nichts sehen konnte. Wahrscheinlich wirst du dich wegen deiner anfänglichen Missachtung der Vorschriften vor Ardıç in den Staub werfen müssen – bildlich gesprochen –, aber ich glaube nicht, dass darüber hinaus noch etwas nachkommen wird.«

»Über meine Beteiligung an dem Fall dürfte Ardıç ebenfalls nicht sehr glücklich sein«, sagte Zelfa. »Ich habe den Ernst von Alis Geisteszustand unterschätzt und völlig falsche Schlussfolgerungen gezogen.«

»Bitte sagen Sie das nicht in aller Öffentlichkeit, Zelfa«, meinte İkmen. Aber niemand lachte.

Aufgewühlt stand Süleyman auf und ging hinüber zum Fenster. Die Reflexionen des grellen Winterlichts auf der schneebedeckten Straße ließen ihn blinzeln.

»Wie auch immer – wenn das alles vorbei ist, werde ich nur noch für mich selbst arbeiten und nie mehr im Auftrag anderer«, sagte Zelfa und schaute hinüber zu ihrem Verlobten, der das Leben auf der Straße beobachtete.

»Sie wollen nur noch privat praktizieren?«, fragte İkmen.

»Warum soll ich mir weiterhin die Qual antun, wild gewordene Psychopathen in mittelalterliche Einrichtungen einzuweisen oder Wolfsmenschen im Gefängnis zu besuchen, wenn ich mich mit gelangweilten Hausfrauen oder Männern in den besten Jahren unterhalten kann, die Probleme mit der Tatsache haben, dass sie nicht genug im Leben erreicht haben? Neurosen!«, rief sie wenig überzeugend. »Das ist die Zukunft!«

»Aber wird das nicht fürchterlich frustrierend für dich sein?«, fragte Süleyman, wobei er sich wieder den anderen zuwandte und seine eigenen düsteren Gedanken verdrängte. »Ich möchte nicht, dass du dich zu Tode langweilst, nur weil sich unsere Wege mit dem von Ali Evren gekreuzt haben.«

»Oh, ich hatte sowieso schon über diesen Schritt nachgedacht«, sagte sie und legte vorsichtig eine Hand auf ihren Bauch. »Wenn wir heiraten wollen, könnte uns das sonst ohnehin in schwierige Situationen bringen.«

»Das stimmt«, seufzte Süleyman.

Dann verfielen die drei erneut in Schweigen. İkmen wusste, dass er eine Gelegenheit finden musste, Zelfa in Bezug auf seinen Bruder Halil um Rat zu fragen. Aber egal, wie seine ursprünglichen Pläne ausgesehen hatten – jetzt war nicht der richtige Zeitpunkt dafür. Vielleicht könnte er sie später bei ihr zu Hause anrufen. Im Augenblick jedoch waren sie alle viel zu sehr mit der eigenartigen Verkettung von Umständen beschäftigt, die zum Tode dreier Menschen geführt hatten – Taten, die İkmen samt und sonders als verrückt und sinnlos erschienen. Dazu kam noch Süleymans Angst um seine berufliche Zukunft, die wie eine schwarze Wolke über ihm hing. Und trotzdem gab es da noch etwas, für das er Zelfa um eine Erklärung bitten musste.

»Zelfa«, begann er, »Sie erwähnten eben, dass Sie später noch einmal auf dieses Spiegelproblem zu sprechen kommen wollten …«

»Ja, richtig«, sagte sie. Doch obwohl sie İkmen zuhörte, schaute sie die ganze Zeit hinüber zu ihrem Geliebten, der gegen die Fensterbank gelehnt dastand und die Decke anstarrte. Er sah so müde und erschöpft aus – umso mehr Grund, dachte İkmen, dass er sie dazu brachte, ihm alles Wissenswerte zu erzählen. Erst dann würde die Sache wirklich ein Ende finden.

Sie stand auf und legte Ali Evrens Akte wieder in ihren Schrank zurück. »Ja, richtig«, wiederholte sie, »aber wenn Sie nichts dagegen haben, Çetin, würde ich Ihnen das gern auf dem Heimweg erläutern.«

»Oh, natürlich …«

»Wir bringen zuerst Çetin nach Hause, Mehmet«, meinte sie, während sie ihren Mantel von der Stuhllehne nahm.

»Ja«, sagte er abwesend. »Natürlich.«

Keiner sagte ein Wort, bis sie Süleymans Auto erreichten. Die Abenddämmerung und der immer dichter werdende Schnee hatten einen Mantel des Schweigens über die große Stadt Konstantins geworfen, und erst als sie im Wagen saßen und Süleyman die Heizung einschaltete, fiel der eisige Zauber von ihnen ab.

»Natürlich hätte theoretisch auch Ali Evren seinen Vater umbringen können«, sagte İkmen vom Rücksitz aus. »Schließlich sind seine Fingerabdrücke überall im Raum verteilt – und ich weiß, dass Adnan Öz versuchen wird, diese Karte auszuspielen. Aber ich schätze, wir müssen erst einmal den Bericht der Spurensicherung und der Gerichtsmedizin abwarten.«

»Natürlich.« Zelfa wandte sich in ihrem Sitz um und schaute ihn an. »Aber warum schien er dann so geschockt zu sein, als seine Schwester ihm vom Tod seines Vaters erzählte?«

»Weil er ihn nicht umgebracht hat«, erwiderte İkmen. »Andererseits hat Felicity Evren nicht gestanden, den Mord an ihrem Vater begangen zu haben, und ich glaube auch nicht, dass sie das tun wird. Aus ihren Aussagen weiß ich, dass ich Recht habe, aber natürlich hätte ich am liebsten noch ein paar stichhaltige Beweise.«

Süleyman schaltete die Front- und Heckscheibenwischer ein. Mit einem dumpfen Schnauben schoben sie den Schnee, der sich auf den Scheiben gesammelt hatte, beiseite.

»Und was sagt uns das alles in Hinblick auf Rifat Berishas Tod, Çetin?«, fragte er und zündete sich, sehr zum heimlichen Verdruss seiner Verlobten, eine Zigarette an. »Ich weiß, wir haben alle gehört, wie der Junge die Tat zugab, und außerdem ist da noch die Zeugenaussage seiner Schwester – aber wird das genügen?«

»Wir müssen die Fingerabdrücke und Spuren mit denen vergleichen, die wir von der Familie Evren haben. Wenn das erledigt ist, werden wir es sicher wissen – oder auch nicht.« Er seufzte. »Dieser nutzlose Mehti Vlora! Wenn er nur an Ort und Stelle geblieben wäre, als er sah, wie Rifat das Haus der Evrens betrat. Aber nicht mal dafür hat er genügend Mut aufgebracht.«

»Also ich glaube, dass Ali uns die Wahrheit gesagt hat«, begann Zelfa.

»Oh ja«, nickte İkmen, »da stimme ich mit Ihnen überein. Aber alles wäre viel einfacher, wenn wir konkrete Beweise hätten. Doch jetzt erzählen Sie mir bitte etwas über Felicity und ihre Spiegel, Zelfa.«

»Soll ich dich zu Hause absetzen, Çetin?«, erkundigte Süleyman sich, während er langsam auf die mit Schneematsch bedeckte Straße einbog.

»Ja, das wäre gut«, erwiderte İkmen und wandte sich wieder Zelfa zu, die zu seiner Verwunderung keine Zigarette in der Hand hielt, was für sie ungewöhnlich war. »Jetzt aber zu Ihrer Theorie, Zelfa.«

»Dieser Zustand, oder besser theoretische Zustand, wird als negative Heautoskopie bezeichnet«, begann sie, und während der Wagen durch die schneebedeckte Stadt rollte, erhielt İkmen eine Erklärung, die ihm, selbst für seine Begriffe, äußerst ungewöhnlich erschien. Aber er musste zugeben, dass sie durchaus einen Sinn ergab. Eigentlich war es die Umkehrung dessen, was während seinen eigenen »Gesprächen« mit seiner Mutter geschah. Er wollte etwas von ihr hören, also hörte er auch etwas – zumindest würde jemand wie Zelfa das so formulieren. Onkel Ahmet und seine albanischen Verwandten dagegen würden dieses Phänomen als Geist beschreiben – was in gewisser Weise zutraf, ganz egal, ob man an Geister glaubte oder nicht. Irgendetwas blieb von einem Menschen immer erhalten, vielleicht eine Art intelligente Energie. Im Gegensatz dazu hatte Felicity Evren ihr eigenes Bild aus ihrem Kopf verbannt und sich selbst eine Art leeres Blatt geschaffen, auf dem sie die Bilder aufmalen konnte, die ihr gefielen. İkmen kam der Gedanke, dass dieses Verhalten gewisse Ähnlichkeiten mit der Art und Weise aufwies, in der Halil seit dem Tod seiner Mutter mit den Bildern umging, die er an jenem Tag gesehen hatte. Der Geist tat das, was er tun musste, um das Leben erträglich zu machen.

Inwieweit dies alles Einfluss auf den Prozess gegen Felicity Evren haben konnte, wagte İkmen nicht vorauszusagen. Richter zeigten sich bekanntermaßen als äußerst konservativ, wenn es um außergewöhnliche oder paranormal motivierte Verbrechen ging. Die Wahrscheinlichkeit war groß, dass man Felicity Evren in eine psychiatrische Klinik einweisen würde – was für eine Ironie! Aber andererseits konnte ihm das auch blühen, dachte İkmen, wenn er bei den Richtern einen zu esoterischen Eindruck hinterließ.

Als sie vor seinem Haus ankamen, verabschiedete İkmen sich von seinen Kollegen und blieb dann einige Augenblicke im Schnee stehen, um sein Spiegelbild im Schaufenster des gegenüberliegenden Juweliergeschäfts zu betrachten. Obwohl er wusste, dass er weder jung noch attraktiv war, gefiel ihm, was er sah. Er konnte sein Leben aus seinem Gesicht ablesen, und trotz aller Entbehrungen liebte er das Leben. Kein Spiegelbild zu haben käme einer Verleugnung des eigenen Lebens gleich. İkmens Gesicht verfinsterte sich, doch dann musste er über das Bild lachen, das er im Schaufenster sah. Schließlich steckte er sich eine Zigarette an und ging ins Haus.

25

In den darauf folgenden Tagen erhielt Felicity Evren Besuch von zahlreichen Leuten, darunter Anwälte, Konsulatsangehörige und sogar eine Verwandte aus England. Trotz hohem Schnee und eisigem Wind suchten sie die junge Frau auf, um sie zu trösten, ihr Mut zuzusprechen und sie zu beraten. Aber seit dem Gespräch mit İkmen saß Felicity einfach nur schweigend und vollkommen regungslos da – abgesehen von gelegentlichen Gängen zu dem Eimer in der Ecke ihrer Zelle. Selbst als İkmen herbeigerufen wurde, um sie aus ihrer Lethargie zu reißen, hockte sie reglos auf ihrer Pritsche und starrte gegen die Wand. Es war offensichtlich, dass sie in diesem Zustand nicht dem Richter vorgeführt werden konnte – unabhängig davon, ob sie das Ganze nur vortäuschte, wie manche behaupteten, oder nicht. Auf Zelfa Halmans Rat hin wurde Dr. Hüseyin Sezer eingeschaltet, ein Experte auf dem Gebiet katatonischer Bewusstseinsveränderungen.

»Es ist ein bekanntes Phänomen, dass das Bewusstsein eines Menschen sich vollkommen von der Außenwelt abschottet, wenn lang gehegte Phantasien oder Wahnvorstellungen aus irgendeinem Grunde zu einem Ende kommen«, sagte Zelfa, als İkmen sie besuchte, um mit ihr über Halil zu sprechen. »Falls Felicity wirklich viele Jahre lang unter negativer Heautoskopie gelitten hat, dann könnte die Kombination der verschiedenen Umstände – Konfrontation mit ihrem eigenen Erscheinungsbild, der Tod ihres Vaters und die darauf folgenden Ereignisse – der Auslöser für ihren jetzigen Zustand gewesen sein.«

»Ich dachte anfangs, ich würde ganz gute Fortschritte mit ihr machen«, sagte İkmen, »aber dann …«

»Sie haben Sie verhaftet, İkmen, und damit den Tropfen geliefert, der das Fass zum Überlaufen brachte. Sie und ich, wir wissen beide, dass jemand so lange unschuldig ist, bis seine Schuld vor Gericht bewiesen wird, aber die meisten Laien setzen eine Festnahme mit Schuld gleich, und diese wieder mit einer Freiheitsstrafe. Sobald jemand verhaftet wird, stehen plötzlich eine ganze Reihe negativer Vorstellungen im Raum: Scham, Schuld, Gefängnis, Ruin, Tod. Und bei jemandem wie Felicity, deren Welt sowieso schon in sich zusammenstürzte …«

İkmen stand auf und streckte seine müden Glieder. »Dr. Sezer hat übrigens erzählt, dass sie sich bewegte, als er ihre Zelle betrat. ›Unangemessene sexuelle Handlungen‹, so hat er es, glaube ich, genannt.«

Zelfa hob eine Augenbraue. »Tatsächlich?«

»Çöktin hatte den Arzt begleitet und erzählte mir, dass sie mehrfach versuchte, Sezers Hand zwischen ihre Beine zu ziehen.«

»Was möglicherweise bedeutet«, sagte Zelfa achselzuckend, »dass sie nur schauspielert. Aber mir erscheint es wahrscheinlicher, dass jetzt ihre zugrunde liegende wahre Motivation zutage tritt. Ich habe das schon häufiger bei meinen chronisch kranken Patienten erlebt. Sie versuchen jahrelang, eine alles überwältigende Fixierung zu unterdrücken, aber sobald sie erst einmal in der Klinik sind, brechen plötzlich alle Dämme. Und obwohl wir unsere Patienten in pharmazeutische Zwangsjacken stecken, lassen wir ihnen viel mehr Dinge durchgehen. Geistesgestörte Menschen, Çetin«, fuhr sie lächelnd fort, »tun eine Menge Dinge, die wir bei einem Gesunden niemals akzeptieren würden. Aber sie sind nun mal verrückt, und deshalb gestatten wir es ihnen.«

»Glauben Sie, dass Felicity vielleicht nymphoman sein könnte?«

Zelfa ging auf İkmen zu und half ihm in den Mantel. »Ich glaube, wenn Felicity hübsch oder auch nur ganz normal ausgesehen hätte, würden wir dieses Verhalten heute nicht bei ihr erleben. Das gehört auch zur Tyrannei der Jugend und Schönheit«, sagte sie bitter. »Mir tut Felicity Leid. Das Einzige, was diese Frau gebraucht hätte, wäre ein Freund, der sie selbst und nicht ihr Geld liebt.«

»Aber dann stellt sich doch die Frage«, sagte İkmen, »warum der Vater, bei dem Geld, das er hatte, nie eine Schönheitsoperation für seine Tochter in Erwägung gezogen hat.«

»Ich weiß zwar, dass heutzutage eine Menge möglich ist«, erwiderte die Psychiaterin, »aber nach dem, was ich bei Felicity gesehen habe, scheint es sich um eine Knochenmissbildung zu handeln, und die lässt sich nur sehr schwer korrigieren. Natürlich kenne ich die Ursache für diese Missbildung nicht, aber ich weiß sehr wohl, wenn man erst einmal anfängt, die Knochen zu verschieben, kann man leicht in Teufels Küche geraten. Sehen Sie sich nur mal Michael Jackson an.«

İkmen verzog das Gesicht. »Stimmt.«

Einen kurzen Moment standen sie an der Tür und sahen einander schweigend an. İkmen schien noch etwas auf dem Herzen zu haben.

»Und Sie glauben also, solange mein Bruder einen entsprechenden Rückhalt hat ...«, setzte er schließlich an.

»Ihr Bruder hat in der Vergangenheit keine psychischen Schäden erlitten, Çetin«, erwiderte Zelfa. »Natürlich wird es für ihn ein Schock sein, aber er ist körperlich fit, er wird es verkraften. Ich weiß, dass Arto Sarkissian sich deswegen große Sorgen macht, aber ich selbst habe den Eindruck, wenn Halil die Wahrheit erfährt und er von der Liebe seiner großen türkischen Familie aufgefangen wird, dann werden Sie feststellen, dass die Dunkelheit, die den Tod Ihrer Mutter umgibt, nicht ganz so undurchdringlich ist, wie Sie angenommen haben. Selbst in den hartnäckigsten Fällen seelischer Verdrängung tauchen immer wieder Erinnerungsfetzen auf. Das gilt auch für Felicity Evren: Selbst wenn sie unter negativer Heautoskopie litt, muss sie doch irgendeine Form von Selbstbild gehabt haben – das legt zumindest ihr Verhalten nahe. Ob sie sich selbst nun im Spiegel sehen konnte oder nicht, sie wusste, dass sie unansehnlich war. Warum sonst hätte sie sich ihrem gerade einmal pubertierenden Bruder zuwenden sollen?«

»Tja ...«

»Wenn Sie Halil zu mir brächten, damit ich ihm die Wahrheit über seine Mutter erzähle, wäre er doch sehr verletzt, oder?«

»Ich versuche doch nur, ihn zu schützen.«

»Ja.« Sie lächelte. »Genau wie er versucht hat, Sie zu schützen, als Ihre Mutter starb.«

İkmen erinnerte sich an den Groll, den er selbst wegen dieses Verhaltens empfunden hatte, und nickte. »Ich verstehe, was Sie meinen«, sagte er. »Und außerdem ist er schließlich ein Mann.«

»Wenn Sie meine Hilfe benötigen, wissen Sie ja, wo Sie mich finden«, sagte Zelfa.

»Ja.« İkmen lächelte. Sie öffnete ihm die Tür und er trat hinaus. Für eine Frau in den Vierzigern, die ihr erstes Kind erwartete, sah sie ziemlich gut aus, dachte İkmen, während er den Weg hinunterging. Vielleicht ein klein wenig rundlicher als üblich, aber sonst ... Dabei hatten weder Zelfa noch Mehmet ihn über den bevorstehenden Familienzuwachs informiert. Mehmet hatte lediglich erwähnt, dass sie wohl doch früher als geplant heiraten würden – eine Neuigkeit, die İkmen unkommentiert stehen ließ. Vor vielen Jahren, als Fatma noch nicht so gesetzt war wie heute, hatte İkmen sich in einer ähnlichen Situation befunden, aber das ahnte Süleyman nicht. Diese eigene Erfahrung und natürlich die Tatsache, dass er schließlich das Kind der Hexe Ayşe Bajraktar war, genügten, dass er manchmal Dinge wusste, die ihm niemand gesagt hatte. Während er die Stufen zur Straße hinunterging, umspielte ein Lächeln seine Lippen.

Zurück auf der Wache, suchte İkmen zuerst Polizeichef Ardıç auf und ging danach in sein eigenes Büro, um in Ruhe noch einmal die kriminaltechnischen Ergebnisse durchzugehen, die bis dahin vorlagen. Es sah nicht allzu gut aus. Keine Fingerabdrücke auf der Schere, mit der İlhan Evren umgebracht wurde – aber eine Fülle von Spuren, die auf die Geschwister Evren, den Chauffeur und Evrens Geschäftspartner Dimitri Asanow hindeuteten, den Mann, der Evrens Leichnam entdeckt hatte. Mithilfe der Geschäftskorrespondenz in Evrens Büro hatte die

Polizei Asanows Adresse ausfindig gemacht und ihn bei sich zu Hause angetroffen, als er gerade seine blutbefleckten Sachen waschen wollte. İkmen hatte ihn persönlich verhört. Obwohl ein Zuhälter, war er gar kein so übler Kerl; zum Zeitpunkt von Evrens Tod hatte er sich in Polonezköy aufgehalten. Aber ansonsten wollten die Nachbarn in der Mordnacht niemanden im oder am Haus der Evrens gesehen haben – typisch für diese reichen, reservierten Bebek-Bewohner.

Und so war es gut möglich, dass Felicity Evren ungeschoren davonkam. Es gab keine Zeugen, keine schlüssigen kriminaltechnischen Beweise, kein Geständnis. Als er sich erneut den Untersuchungsergebnissen aus Rifat Berishas Wagen zuwandte, gestattete İkmen sich ein kleines Lächeln. İlhan Evren war sehr clever gewesen. Von ihm hatten sie nicht die geringste Spur gefunden – jede Menge Hinweise auf Ali und Felicity, aber absolut nichts von İlhan. İkmens kriminaltechnische Erfahrung sagte ihm, dass das natürlich unmöglich sein konnte. Aber er und Süleyman wussten, dass nichts absolut sicher ist oder unmöglich. Kein Wunder, dass es der britischen Polizei nie gelungen war, Evren mit irgendwelchen Gewalttaten in Verbindung zu bringen. Sie mussten wirklich hocherfreut gewesen sein, als er das Land verließ und in die Türkei zog. Dieser gewiefte alte Fuchs!

Doch er musste sich wieder Felicity zuwenden. Wer sonst könnte ihren Vater getötet haben? Außer ihrem Bruder kam niemand anderes in Frage. Und es schien auch keine Indizien zu geben, die auf einen anderen Täter hindeuteten, nichts, was auf ein gewaltsames Eindringen ins Haus schließen ließ. Nur ein toter Mann und ein zerbrochener Spiegel. Laut Ardıç würde Felicity in eine Klinik eingewiesen; Dr. Sezer war in diesem Punkt sehr entschieden gewesen. Für eine weitere Vernehmung konnte noch nichts festgesetzt werden, kein Datum, nichts. Und das war auch genau das, was sie aus ihr herausbekamen – nichts. Wo mochte sie nun mit ihren Gedanken sein? Welche seltsamen Landschaften mochte sie wohl durch den Schleier der bereits verabreichten Medikamente sehen? Die britische Presse vertrat die Meinung, dass man sie nach Hause schicken solle, und in gewissem Maße stimmte İkmen dem zu.

Welche Fortschritte konnten schließlich erzielt werden, solange sie von Fremden umgeben war, die ihre Sprache nicht sprachen? Bei kranken Menschen kommt es häufig vor, dass sie in ihre Muttersprache zurückfallen. Von Cohen wusste İkmen, dass sein Sohn Yusuf Phasen erlebte, in denen er nur Ladino sprach, die Sprache, die er als Kind auf dem Schoß seiner Mutter gelernt hatte. Verbittert dachte İkmen darüber nach, welche Folgen ein ähnlicher Zusammenbruch bei ihm wohl hätte. Würde er plötzlich das Albanisch sprechen, das seine Mutter ihm vorgesungen hatte? Würde die Welt des Lek Dukagjini für ihn auf einmal einen Sinn ergeben?

Er musste zugeben, dass sie das in gewisser Hinsicht bereits tat. Seine Erfahrungen mit den Albanern hatten ihn gelehrt, dass Veränderungen nur durch Verständnis möglich sind. Die Gesetze des Kanun waren sehr alt und wurden in der Bevölkerung trotz zahlreicher Unterdrückungsversuche durch die einander abwechselnden Fremdherrscher gehegt. Diese Gesetze waren ihr ureigenstes Eigentum, sie waren einzigartig. Zuerst hatten die Osmanen und später auch die Kommunisten versucht, das Kanun zu verbannen, es zu unterdrücken oder es seinen Anhängern auszureden, doch die Gesetze hatten überlebt. Denn so blutrünstig sie auch sein mochten, sie waren ein unverbrüchlicher Teil der Albaner, und diese würden weiterhin dafür sterben – genau wie seine Mutter es getan hatte.

Angeliki Vlora und ihre Söhne Mehmet und Mehti sollten am Mittwoch dem Richter vorgeführt werden – wegen Drogenhandels. Mehmet sollte dann anschließend des Mordes an Egrem Berisha angeklagt werden. Die »Jungs« hatten bereits zu Protokoll gegeben, dass sie allein für den Handel mit den Drogen verantwortlich wären; ihre Mutter habe nichts damit zu tun. Angeliki würde zwar ins Gefängnis wandern, aber nicht so lange, wie İkmen gehofft hatte. Und außerdem besaßen die Vloras genügend Freunde außerhalb der Gefängnismauern, die dafür sorgen würden, dass Aryan sich niemals mehr in Sicherheit fühlen konnte. İkmens einziger Trost war die Tatsache, dass er Mehmet Vlora mit ziemlicher Sicherheit für immer hinter Schloss und Riegel bringen konnte. Und er war sicher nicht der Einzige, der darüber froh war.

Im Augenblick musste er sich jedoch praktischeren Dingen zuwenden. Tepe kümmerte sich darum, dass Aryan Vlora und Engelushjia Berisha zu einem sicheren Ort gebracht wurden, wo sie bis zu Mehmets Gerichtstermin Tag und Nacht unter Bewachung standen. Danach würde Aryan wieder auf sich selbst gestellt sein. Hoffentlich würde er – vielleicht sogar zusammen mit Engelushjia – einfach von hier verschwinden können, so wie sein Bruder Dhori. Falls der jüngste Vlora tatsächlich verschwunden war. Erneut fragte İkmen sich, wo der vermisste Dhori sich wohl aufhielt. Abgesehen von dem jüngsten Vlora-Sohn, der als kleines Kind gestorben war, war Dhori der Einzige der Gebrüder Vlora, den İkmen nicht kannte.

Früher hieß es, dass die Nähe zu einem Fürsten gewisse Gefahren mit sich bringt. Ein Fürst wurde als eine Art Feuer gesehen, das hell und kraftvoll lodert, und jeder, der diesem Feuer zu nahe kam, verbrannte sich die Finger daran. Nach Meinung einiger Freunde und Kollegen war dies auch bei Ayşe Farsakoğlu der Fall. Seit dem Ende ihrer Affäre mit Mehmet Süleyman war sie ständig gereizt – ein Zustand, an dem auch Orhan Tepe nichts ändern konnte. Und er hatte wirklich keinen leichten Stand, denn je gereizter sie wurde, desto taktloser verhielt sie sich. Ihr Kommentar gegenüber Engelushjia Berisha war noch vergleichsweise harmlos: »Ich hoffe, dass zwischen dir und dem alten Mann«, sie deutete mit dem Kopf auf Aryan Vlora, »nicht irgendwelche unmoralischen Sachen laufen.«

»Nein!«, entgegnete das Mädchen aufgebracht, wie Tepe erleichtert feststellte. »Aryan ist ein Freund. Er kümmert sich um mich wie ein Vater.«

»Wachtmeister Farsakoğlu?«, sagte Tepe. »Könnte ich Sie kurz sprechen?«

Sobald die beiden außer Hörweite von Engelushjia und Aryan waren, der seine spärlichen Besitztümer in einen Karton packte, machte Tepe seinem Ärger Luft.

»Was fällt dir ein, Engelushjia solche Fragen über ihren Freund zu stellen?«

»Ihr Freund!«, schnaubte sie verächtlich. »Was will ein

Mann mittleren Alters mit so einem Kind sonst anfangen, außer es zu vögeln?«

Tepe packte sie am Arm, fester, als ihr lieb war.

»Au! Orhan, du tust ...«

»Wenn du gesehen hättest, was ihr Vater ihr angetan hat, dann würdest du sie überall hingehen lassen, Hauptsache, weit weg von ihm! Und außerdem werden diese beiden Menschen als Zeugen gegen jemanden aussagen, von dem wir wissen, dass er ein Mörder ist – Mehmet Vlora. Was immer sie also vorhaben – unsere Aufgabe ist es, dafür zu sorgen, dass es ihnen gut geht.«

»Ja, aber war die Blutprobe von Egrem Berishas Hemd nicht identisch mit dem Blutfleck auf dem Boden in der Vlora-Wohnung?«

»Ja, schon, aber das bedeutet nicht notwendigerweise, dass Mehmet den Mord begangen hat. Selbst jeder Winkeladvokat könnte argumentieren, dass Aryan lügt, um seinen eigenen Kopf zu retten. Wir müssen die beiden unterstützen. Also konzentrier dich auf deine Arbeit, Ayşe«, sagte er und ließ ihren Arm los, »und hör endlich auf, deinen Frust an anderen auszulassen.«

Ihre Augen funkelten ihn wütend an. »Was willst du damit sagen?«, zischte sie.

»Ich will damit sagen, dass du dir Mehmet Süleyman aus dem Kopf schlagen solltest. Er heiratet demnächst Dr. Halman. Angle dir selbst einen Ehemann, bevor es zu spät ist!«

»Ach, ich dachte, das hätte ich längst getan!«, konterte sie und betrachtete ihn boshaft von Kopf bis Fuß.

»Ich meinte, einen eigenen Ehemann.«

Jetzt war ihr Gesicht wutverzerrt. »Soll das heißen, dass du mit mir nicht länger all die schönen kleinen Dinge tun willst, die du mit Ayşel nicht machen darfst?«

»Wachtmeister Tepe?«

Die beiden Beamten wirbelten herum und fühlten sich von dem jungen Mädchen mit dem unschuldigen Blick ertappt.

»Wir sind jetzt so weit«, sagte Engelushjia.

»In Ordnung.«

Aryan Vlora kam ebenfalls zu ihnen in den Flur hinaus. »Ich

vermute mal, dass ich nie mehr hierher zurückkommen werde«, sagte er schlicht, »aber das bedaure ich nicht. Diese Wohnung war ein schlechter Ort – ein Ort des Todes.«

Ayşe Farsakoğlu ging wortlos zur Wohnungstür, während Tepe Aryan und Engelushjia mit ihren Sachen half.

»Wird in der Wohnung, in die wir jetzt ziehen, auch ein Polizist sein?«, fragte Engelushjia. »Um uns vor meinem Vater und Aryans Familie zu schützen?«

Tepe lächelte. »Ja, natürlich«, sagte er, »wir lassen nicht zu, dass Ihnen irgendein Leid geschieht. Darauf gebe ich Ihnen mein Wort. Sie sind wirklich sehr tapfer und mutig.«

In ihrem jugendlichen Überschwang stellte Engelushjia sich auf die Zehenspitzen und umarmte Tepe. »Vielen Dank.«

In dem Moment öffnete Ayşe Farsakoğlu die Wohnungstür und ließ sie krachend hinter sich zuschlagen.

Es war bereits dunkel, als İkmen endlich Zeit fand, zum Zellentrakt hinunterzusteigen und Angeliki Vlora zu besuchen. Dort unten war es eisig kalt; der Dienst habende Wächter zählte nicht zu den Leuten, die der Ansicht waren, dass man die Gefangenen verwöhnen dürfe. İkmen war da von einem anderen Schlag und nahm ein paar Wolldecken und ein zusätzliches Päckchen Zigaretten mit.

»Na, bist du gekommen, um dich an meinem Anblick zu weiden, Hexenkind?«, fragte die alte Frau, als sie seine Silhouette im Türrahmen erkannte.

»Nein. Ich wollte Ihnen diese Sachen geben.« İkmen warf die Decken auf ihre Pritsche und drückte ihr die Zigaretten in die Hand. »Und um Ihnen zu sagen, dass Sie Recht hatten.«

Angeliki sah ihn fragend an.

»Wegen meiner Mutter«, fuhr er fort. »Ich habe mit meinem Onkel und Emina Ndrek gesprochen. Allem Anschein nach wurde meine Mutter tatsächlich von Eminas Bruder Salih getötet, aber wahrscheinlich nicht so, wie Sie vermuten.«

»Ach nein?« Sie klopfte auf die schmale Pritsche und bedeutete ihm, sich neben sie zu setzen. »Erzähl mir davon.«

İkmen setzte sich, zündete erst sich eine Zigarette an und dann eine weitere für die alte Frau. »Meine Mutter hat ihr

Leben freiwillig hingegeben«, sagte er, »im Tausch für mein Leben und das meines Bruders.«

»Die Hexe erwartete ein Kind.«

»Ja, das vermuten wir«, erwiderte İkmen ruhig, »obwohl man bei meiner Mutter nie sicher sein kann, wie Sie ja wissen. Schließlich hat sie die dreistesten Lügen erzählt.« Er lächelte bei dem Gedanken daran. »Aber ich bin zu dem Schluss gekommen, wenn die Tat meiner Mutter die Blutfehde zwischen den Bajraktars und Ndreks ein für alle Mal beendet hat – was ja auch wirklich der Fall ist –, dann hat sich ihr Opfer doch gelohnt.«

»In der alten Heimat gibt es noch andere Familien, mit denen die Bajraktars eine Blutfehde austragen.«

»Ja, aber nicht hier, Angeliki, nicht in meiner Stadt. Nicht an einem Ort, wo dieser Irrsinn meinen Kindern Schaden zufügen könnte.«

»Die *gjakmaria* ist eine edle Pflicht.«

»Die *gjakmaria*«, sagte İkmen, »ist ein Verbrechen gegen die Menschlichkeit. Eines habe ich aus dieser ganzen Geschichte gelernt: Die Ghegen sind ein intelligentes, zähes und zutiefst magisches Volk. Ich respektiere Sie, Angeliki. Ich respektiere Ihren Widerstand und Ihr beharrliches Festhalten an dem, was Ihr Ureigenstes ist. Aber genau wie wir alle können Sie nicht einfach einen anderen Menschen ungestraft umbringen. Wenn Sie an diesem Irrsinn festhalten, wird niemand Sie jemals ernst nehmen oder auch nur Verständnis für Sie zeigen.«

Verächtlich spuckte Angeliki auf den Boden. »Du lebst in deiner Welt, Türke, und ich lebe in meiner. Wir Ghegen brauchen nicht länger die Erlaubnis der Osmanen, um zu atmen.«

İkmen zuckte die Achseln. »Nein, die brauchen Sie nicht. Aber wenn Sie irgendwann aus der Haft entlassen werden, sollten Sie immer daran denken, dass ich Sie im Auge behalten werde, Angeliki.«

»Für den Fall, dass ich diesem Feigling, der mal mein Sohn war, nachstelle?« Sie lachte. »Ich vermute, Sie haben ihn bestimmt an einen sicheren Ort gebracht.«

»Ja«, erwiderte İkmen lächelnd. »Das habe ich tatsächlich. Denn Aryan ist ein anständiger Mensch. Er hat dafür gesorgt, dass ich daran glaube, dass die Albaner eine echte Zukunft haben. Aber Aryan ist nicht der einzige Grund, warum ich Sie beobachten werde, Angeliki.«

»Aha«, sagte die Alte scheinbar ohne jedes Interesse und betrachtete ihre Zigarette.

»Ich werde Sie beobachten, weil ich mich nicht dazu überwinden kann, Ihnen zu verzeihen.«

Angeliki runzelte die Stirn. »Mir verzeihen? Weswegen?«

»Ich vermute, Sie haben nicht die geringste Ahnung, wie schwierig es für mich war, mich darauf vorzubereiten, meinem Bruder die Wahrheit über den Tod unserer Mutter zu sagen.«

Sie sah ihn mit ausdruckslosem Gesicht an.

»Nein, das ahnen Sie nicht einmal«, sagte İkmen seufzend. »Ich habe nächtelang wachgelegen und mit mir gerungen. Halil hat Mutter gefunden, blutbespritzt, tot. So etwas vergisst man nicht so schnell, oder? Aber mein Bruder hat es vergessen. Eine befreundete Psychiaterin meint, dass Halil das Ganze verdrängt hat. Mit anderen Worten: Der Anblick, der sich ihm bot, war so Furcht erregend, dass sein Bewusstsein diese Bilder einfach ausgesperrt hat, um sich selbst zu schützen. Und damit konnte er ganz gut leben. Und wenn ich Sie nicht getroffen hätte«, sagte er mit leicht erhobener Stimme, »dann würden er und ich noch heute glücklich und zufrieden leben. Aber da ich jetzt die Wahrheit weiß, darf ich sie ihm nicht länger vorenthalten. Auch wenn mein Bruder dadurch Schaden nehmen könnte – ich darf ihm die Wahrheit nicht verschweigen. Das wäre respektlos ihm gegenüber. Und außerdem könnte er es irgendwann von jemand anderem erfahren – wie etwa einer bösartigen alten Frau!«

»Ich habe nur versucht, meine Jungs zu beschützen!«

»Oh ja, das weiß ich«, sagte İkmen, »und ich habe versucht, es mir genau so zu erklären, aber ich kann Ihnen trotzdem nicht verzeihen.« Er drückte die Zigarette auf dem Boden aus und stand auf. »Das muss das albanische Blut in meinen Adern sein«, fügte er bitter hinzu.

»Du Mistkerl!«

»Falls Sie also jemals wieder auf freien Fuß kommen, dann werden Sie sich schön brav verhalten, verstanden, Angeliki?«

Er beugte sich hinab und flüsterte ihr ins Ohr: »Denn das Hexenkind wird dich Tag und Nacht beobachten, und wenn du auch nur eine Erdbeere stehlen solltest …« Er klatschte direkt neben ihrem Ohr laut in die Hände.

»Aua!«

»Dann bist du schneller wieder hier, als du dir vorstellen kannst.«

Im nächsten Moment klopfte er laut gegen die Zellentür, um den Wachmann herbeizurufen.

In den wenigen Sekunden, die der Wärter benötigte, um die Tür aufzuschließen, wandte Angeliki Vlora sich erneut an İkmen: »Was war denn so Besonderes an dem Blut der Kinder eines Türken, dass Ayşe Bajraktar ihr Leben dafür gegeben haben soll?«

İkmen lächelte. »Ich glaube, das nennt man Liebe, Angeliki«, sagte er, während die Tür geöffnet wurde. »Etwas, was unabhängig von Blutsverwandschaft existiert. Einfach nur Liebe.«

26

Mehmet Süleyman stand vor Ardıç' Schreibtisch, den Blick unverwandt auf den rasch schmelzenden Schnee auf dem Fensterbrett des Polizeichefs gerichtet. Ein paar Vögel, hauptsächlich Tauben, stritten um die Brotkrumen, die nur Ardıç dort hingestreut haben konnte, wahrscheinlich direkt am Morgen, nachdem er ins Büro gekommen war. Es war schon seltsam, dass ein derart aufbrausender Mensch manchmal bei ganz trivialen Dingen wie diesen Tauben Gefühle zeigen konnte.

»İkmen hat mir gesagt«, setzte der Alte an, während er die britische Zeitung schloss, in der er geblättert hatte, »dass die englische Presse uns offenbar vergessen hat.« Er zuckte die Achseln. »Demnächst scheinen dort wohl Wahlen anzustehen.«

»Ja, Herr Polizeipräsident.«

»Mmm.« Andächtig inspizierte Ardıç die Spitze seiner Zigarre. »Schwierige Zeiten.«

Süleyman, dessen Blick noch immer auf die Welt vor dem Fenster gerichtet war, gab keine Antwort. Die britische Politik war ihm ein genauso großes Rätsel wie Ardıç vermutlich auch. Außerdem wollte er es endlich hinter sich bringen, was immer ihn auch erwartete, und dann schnell zu Zelfa zurückkehren – und dem Baby natürlich. Auch wenn er es noch nicht gesehen hatte, so war das Ungeborene dennoch sein Kind, das er bereits von Herzen liebte. Allein der Gedanke daran ließ ihn lächeln.

»Des Weiteren wurde ich darüber informiert«, fuhr Ardıç fort, »dass der Britische Botschafter in Ankara sich mit dem

Justizminister trifft, um über unsere schweigende Gefangene zu sprechen.« Er seufzte. »Unsere jeweiligen Staatsoberhäupter scheinen gute Beziehungen zu unterhalten.«

Süleyman blickte verständnislos auf den Vorgesetzten herab. »Wie meinen, Herr Polizeipräsident?«

»Wer weiß schon, was als Nächstes geschieht«, setzte Ardıç seinen Monolog fort. »Das weiß allein Allah, der in seiner Güte dafür gesorgt hat, dass Felicity Evren schweigt. Und dass wir, als bloße Diener Gottes, nicht in der Lage sind, über die Verlegenheit hinwegzusehen, in die dieser Fall uns alle gebracht hat, ist ein typisch menschlicher Fehler.«

»Ja, Herr Polizeipräsident.«

»Wenn es wirklich geschrieben stand, dass Felicity Evren überleben sollte, um uns diesen ganzen Ärger einzuhandeln, dann müssen wir auch zu dem Schluss kommen, dass ihr Retter ebenfalls einen bestimmten Zweck erfüllte. Schließlich befanden Sie sich in einer äußerst schwierigen Lage, und Ihre Waffe wurde nur ein einziges Mal abgefeuert ... Nun, wie dem auch sei, die türkische Polizei ist jedenfalls dafür bekannt, dass sie ihre besten Beamten nicht im Stich lässt.«

»Ich verstehe nicht ganz.«

»Ich möchte, dass Sie Ihren Urlaub beenden, Süleyman«, sagte Ardıç unumwunden, »und ab morgen wieder zum Dienst antreten.«

Süleyman lächelte.

»Und in Zukunft werden alle Fälle von Geiselnahmen mir persönlich unterstellt.« Ardıç hielt ein brennendes Streichholz an seine Zigarre und zog mehrmals an deren anderem Ende. »Bei der türkischen Polizei ist kein Platz für Einzelgänger.« Als er Süleymans ungläubigen Blick sah, fügte er hinzu: »Und ich will jetzt nichts von İkmen hören!«

»Aber ...«

»İkmen ist ein ganz anderes Thema, Süleyman! Ich will nicht über ihn reden. Ich mag ihn«, sagte er und zuckte die Achseln, »aber ich will nicht über ihn reden.«

»Verstanden, Herr Polizeipräsident.«

»So, das wär's. Sie können jetzt gehen. Und machen Sie das Beste aus Ihrem letzten Urlaubstag.«

»Das werde ich. Und vielen Dank, Herr Polizeipräsident.« Süleyman wollte gerade salutieren und gehen, als Ardıç erneut das Wort an ihn richtete.

»Ach ja, bitte bestellen Sie Exhauptwachtmeister Cohen Grüße von mir. Ich gehe doch recht in der Annahme, dass Sie noch immer bei seiner Familie wohnen?«

»Ja.« Süleyman war nicht im Geringsten überrascht. Normalerweise sprach Ardıç diese amorphe Gruppe »seiner« Männer nur selten mit dem Namen an, aber Süleyman vermutete, dass sein Vorgesetzter wesentlich mehr wusste, als er zugab.

»Ein Jammer, dass sein Sohn sich gegen eine Karriere bei der Polizei entschieden hat«, fuhr Ardıç fort.

»Berekiah, Cohens Sohn, hat den Eindruck, dass seine Begabung mehr auf künstlerischem Gebiet liegt.«

»Ja.« Ardıç schenkte Süleyman eines seiner seltenen Lächeln. »Das Vergolden alter Gemälde führt nur selten zum Tod oder in den Wahnsinn. Und angesichts der Krankheit von Cohens ältestem Sohn ...«

»Ja, Herr Polizeipräsident.«

»Na, jedenfalls richten Sie der Familie meine herzlichen Grüße aus«, sagte Ardıç und signalisierte Süleyman mit einem Wink seiner Hand, dass das Gespräch beendet war.

Noch immer lächelnd, verließ Süleyman Ardıç' Büro und beeilte sich, in sein eigenes Zimmer zu kommen. Als er die Tür öffnete, erwartete Zelfa ihn bereits. Behutsam legte er eine Hand auf ihren kostbaren Bauch, küsste sie und flüsterte ihr die gute Neuigkeit ins Ohr.

An diesem Abend stattete Halil İkmen der chaotischen Wohnung seines Bruders einen seiner seltenen Besuche ab. Er und seine Cousine Samsun Bajraktar waren von Fatma zum Essen eingeladen worden, aber Halil wusste natürlich, dass Çetin dahinter stecken musste. Schließlich war von den Fragen, die sein Bruder hinsichtlich ihrer Mutter aufgeworfen hatte, noch keine befriedigend geklärt. Während er sich für den Abend ankleidete, spürte Halil, dass er mehr als nur ein wenig nervös war. Was immer Çetin ihm zu sagen hatte, Halil war sich nicht ganz sicher, ob er es wirklich wissen wollte. Es kann sehr tröstlich sein, sich an eine bestimmte Begebenheit nicht mehr zu erinnern – sofern es sich um ein tragisches Ereignis handelte.

Während des Essens sprach jedoch niemand dieses Thema an. Fatma servierte den beiden İkmen-Brüdern, Samsun und fünf ihrer eigenen zahlreichen Nachkommen ihr berühmtes Auberginengericht »Imam Bayıld«, und das Tischgespräch drehte sich hauptsächlich um unverfängliche Dinge und einige Klatschgeschichten, die von Samsun, dem alten Lästermaul, zur Sprache gebracht wurden.

Nach dem Essen folgte Halil Çetin und Samsun ins Wohnzimmer. Mit Tee, Weinbrand und Zigaretten versorgt, zogen sich die drei nachdrücklich von den restlichen Familienmitgliedern zurück, die sich entweder in den anderen Räumen zu schaffen machten oder ausgingen. Und so geschah es, dass Çetin İkmen mit der schlafenden Katze Marlboro auf dem Schoß begann, die zahlreichen Ereignisse, die zum Tode von Ayşe İkmen geführt hatten, der Reihe nach zu erzählen.

Als er seine Geschichte beendet hatte, waren alle drei in Tränen aufgelöst: Çetin weinte, weil ihn diese Tragödie noch immer mitnahm, auch wenn er sie jetzt schon ein paar Tage kannte; Samsun wegen ihres Vaters und ihrer Tante, und Halil vor Schmerz und Erleichterung zugleich, weil die Dunkelheit, die seinen Geist umgeben hatte, sich plötzlich lichtete.

»Ich muss es die ganze Zeit gewusst haben«, sagte er und schlug die Hände vors Gesicht. »Ich muss es gesehen haben …«

»Ja, das hast du auch«, erwiderte sein Bruder, der die Katze von seinem Schoß gescheucht hatte und jetzt neben Halils Sessel hockte und ihm fest die Schulter drückte. »Aber du hast es verdrängt, hast es tief in dir vergraben.«

»Ich …«

»Du hast versuchst, mich zu schützen, Halil«, sagte Çetin. »Dein erster Impuls war, dich um deinen kleinen Bruder zu kümmern. Ich habe wirklich überhaupt nichts von all dem gewusst. Ich habe mir das Hirn zermartert und bin mir absolut sicher. Und das verdanke ich dir«, er drückte seinem Bruder den Arm, »das war eine sehr mutige Tat für einen Dreizehnjährigen.«

Als Halil erneut in Tränen ausbrach, nahm Çetin seinen Bruder in den Arm und schaukelte ihn sanft hin und her, um ihn zu trösten.

»Aber was hat mein Vater sich nur dabei gedacht?«, rief Samsun, deren ehemals saubere Bluse mit der Asche ihrer zitternden Zigarette bedeckt war. »*Gjakmaria*, schön und gut, aber musste er wirklich ...«

»Samsun, er hat es getan, weil er nun mal der Mann ist, der er ist.«

»Ja, aber er hat einen Menschen getötet, Çetin.« Auch Samsun war jetzt wieder in Tränen ausgebrochen und schluchzte heftig. »Er hat İsmail Ndrek umgebracht. Mein Vater hat sich an der *gjakmaria* beteiligt. Du müstesst ihn eigentlich verhaften ...«

»Wozu?«, fragte Çetin, den Arm noch immer um seinen Bruder gelegt. »Emina Ndrek will keine Anzeige erstatten. Und wie auch immer diese Blutfehde zwischen unserer Familie und den Ndreks angefangen haben mag – sie ist jetzt endgültig vorbei. Sie haben einen Pakt geschlossen, wie ich dir ja erzählt habe.«

»Ja, aber als Hüter des Gesetzes ...«

»Aber als Mitglied der Bajraktar-Familie muss ich nach vorne blicken, Samsun«, erwiderte Çetin. »Emina Ndrek hat mir gesagt, dass sie nicht zu mir als Polizist spricht, sondern als einem Mitglied dieser Familie, unserer Familie. Und als solches Familienmitglied kommt Onkel Ahmet ungeschoren davon. Entweder das, oder wir wecken etwas auf, das wir vielleicht nicht mehr kontrollieren können, sobald es einmal wieder angefangen hat.«

»Was meinst du damit?«

»Tja, wenn jüngere Mitglieder unserer Familie oder des Ndrek-Clans diese Geschichte hören – was glaubst du wohl, werden sie daraus machen? Den Impulsiveren unter ihnen könnte das alles zu Kopf steigen, und dann fängt die ganze Geschichte wieder von vorne an.« Er runzelte die Stirn. »Nein, diese Dinge muss man einfach ruhen lassen, Samsun.«

»Und warum hast du uns dann überhaupt davon erzählt?« Samsun deutete mit dem Kopf auf den noch immer weinenden Halil. »Sieh ihn dir an. Er ist vollkommen am Boden zerstört!«

»Nein, das ist er nicht!«, entgegnete Çetin aufgebracht. »Mein Vater hat starke Kinder hervorgebracht! Wag es nicht, so etwas zu sagen, Samsun!«

»Aber …«

»Ich habe es dir und Halil erzählt, weil ihr die Wahrheit verdient! Wir waren damals alle noch Kinder – du hast deine Tante verloren und wir unsere Mutter. Es ist wichtig, dass ein Mensch die Wahrheit erfährt. Wir wissen jetzt, dass unsere Mutter sich für uns geopfert hat, und dafür sollten wir ihr danken und sie ehren.«

»Aber Vater hat es nie erfahren, oder?«, fragte Halil und befreite sich aus der Umarmung seines Bruders. Sein Gesicht war tränenüberströmt.

»Nein, er hat es nicht gewusst«, erwiderte sein Bruder seufzend, »aber sie wollte es nun einmal so, Halil.«

»Ja, ich weiß.« Er senkte den Kopf und versuchte, sich zu fassen, doch es gelang ihm nicht. »Aber sie muss doch gewusst haben, dass wir sie finden würden!«

»Sie hat es wie einen Selbstmord aussehen lassen.«

»Ach, und deswegen sollte ich mich jetzt besser fühlen? Ich bin damals in das Zimmer gekommen, überall war Blut, das ganze Bett war …«

»Sch! Sch!« Çetin nahm seinen viel größeren Bruder erneut in den Arm und versuchte, ihn zu beruhigen. »Halil«, sagte er schließlich, »ich habe nächtelang wachgelegen und bin diese Geschichte immer wieder durchgegangen. Sie hatte keine andere Wahl. Entweder sie oder wir würden sterben.«

»Du solltest sie fragen.« Samsun drückte ihre Zigarette aus und zündete sich die nächste an. »Nimm Kontakt mit ihr auf …«

»Mutter kommuniziert nicht mit mir, so wie du dir das vorstellst, Samsun«, sagte Çetin. »Wenn sie zu mir spricht, dann ist das eher in Form eines … in Form eines Gedankens, der sich in meinem Kopf bildet.«

»Ja, aber …«

»Mutter ist tot. Sie starb 1957.«

Diese Worte wurden so ruhig ausgesprochen, dass Çetin und Samsun einen Moment brauchten, bis sie realisierten, dass sie von Halil kamen. Er war jetzt völlig ruhig und räusperte sich, bevor er weitersprach.

»Das ist eine Tatsache – ganz egal, wie Çetin Mutter heute noch wahrnehmen mag«, sagte er. »Ich war dabei. Sie ist tot. Für mich ist sie tot.«

»Ja, aber, Halil«, setzte Samsun erneut an. »Çetin ...«

»Mutter hat nie mit mir kommuniziert!«, brauste Halil auf. »Sie hat es niemals getan, und sie wird es niemals tun! Sie ist tot! Und das ist die einzige Art und Weise, wie ich mit der ganzen Geschichte umgehen kann!« Halil sah seinen Bruder an, der ihn mit besorgter Miene betrachtete. »Jetzt, da ich die Wahrheit weiß, will ich nichts mehr davon hören. Nein ... Çetin. Ich will absolut nichts mehr hören. Für mich ist sie tot, sie ...«

»Okay, okay«, versuchte Çetin, ihn zu beruhigen. »In Ordnung, Halil. Es ist nur so, dass ...«

»Wir haben magische Kräfte«, sagte Samsun lächelnd und mit einem seltsamen Glänzen in den Augen. »Wir sind anders. Du nicht.« Sie zuckte die Achseln. »So ist das Leben, Vetter!«

Widerstrebend mussten die beiden anderen lachen.

Und bald kehrte wieder so etwas wie Normalität in İkmens stickigem, rauchgeschwängerten Wohnzimmer ein. Die drei rauchten, tranken, stritten, weinten. Leben, Familienleben. Die Tragödie, mit der sie ihr ganzes Leben lang auf unterschiedliche Weise umgegangen waren, hatte sie schwer mitgenommen, aber nicht zerstört. Çetin hatte eine dicke Mauer aus Familienmitgliedern und Freunden um sich herum aufgerichtet, sowohl bei sich zu Hause als auch bei seiner Arbeit. Und Halil hatte nichts und niemanden an sich herangelassen – weder an sein Bewusstsein noch an sein Herz.

Die drei tranken und rauchten die ganze Nacht. Samsun brach in den frühen Morgenstunden unter einem hysterischen Lachanfall zusammen, und Halil sackte einfach zur Seite und schlief seinen Rausch aus. Nur Çetin blieb übrig, der einfach nur dasaß und vor sich hin lächelte, bis Fatma irgendwann hereinkam, um das Wohnzimmer für den nächsten Tag aufzuräumen. Den Anblick, den die drei betrunkenen, erschöpften Männer ihr boten, kommentierte sie mit den Worten: »Ein Nest voller Vampire …«

Ihre Cousine Julia war entsetzt über die Zustände, die sie im Krankenhaus vorfand.

»Du solltest wirklich nicht an solch einem Ort sein!«, sagte sie zu Felicity und warf einen Blick durch den Krankensaal. »Wir müssen zusehen, dass wir dich nach Hause bekommen.«

Offensichtlich hatte man Julia nicht die ganze Wahrheit gesagt über das, was sie getan hatte. Oder sie hatte vielleicht das Englisch der Aufseher nicht verstanden. Möglicherweise verstand Julia aber auch recht gut, kümmerte sich jedoch nicht darum. Schließlich hatte die Familie ihrer Mutter den Türken, ihren Vater, noch nie leiden können. Und im Grunde war es ja auch Marys Geld gewesen, das die Familie so lange unterhalten hatte – das Haus in Holland Park, den Lebensstil und die illegalen Geschäfte ihres Vaters …

Aber sie war nicht in der Lage, Julia davon zu erzählen. Irgendetwas versperrte ihr den Weg, etwas, das zwischen ihr und anderen Dingen, anderen Menschen lag. Keine Tür oder Trennwand oder dergleichen, sondern etwas viel Nebulöseres. Und es befand sich in ihrem Inneren, nicht außerhalb ihres Körpers. Als wäre irgendetwas ausgeschaltet worden, als hätte sich etwas Lebenswichtiges verklemmt.

Der Sex war ihr allerdings noch geblieben, worüber sie sehr froh war. Sie wusste zwar, dass David nicht mehr lebte – sie hatte gesehen, wie sein Kopf explodierte und ihr über Kopf und Schultern spritzte –, aber das Gefühl, dass er in ihr kam, war geblieben, die Woge des Orgasmus, die sie in regelmäßigen Abständen überspülte und alles um sich herum vergessen ließ. Das war ein wundervolles Gefühl und ein weiterer Grund dafür, warum der Weg nach »draußen« für sie nicht mehr in Betracht kam. Hier »drinnen« war sie sicher, denn hier in ihrem Inneren schien alles Überflüssige einfach zu verschwinden. Hier gab es keine Konflikte – konnte es ja auch nicht, weil es niemand anderen gab. Sie konnte weder jemand anderen verletzen noch selbst verletzt werden, und ihr körperliches Erscheinungsbild spielte überhaupt keine Rolle.

Möglicherweise hatte der Vorgang ja tatsächlich hier in ihrem Inneren eingesetzt. Die Transformation zum Vampir. Wobei sie jedoch keine anderen Menschen verschlang, sondern sich selbst und langsam und unaufhörlich ihr eigenes Ich verzehrte. Eine Auflösung der eigenen Persönlichkeit, bis nichts mehr von ihr übrig blieb.

Sie fragte sich, ob ihre Cousine diesen Vorgang wohl sehen konnte, diese Auflösung ihres Wesens. Wenn Julia das nächste Mal kam, würde sie, Felicity – was immer das auch sein mochte –, vielleicht schon verschwunden sein. Nicht nur im Spiegel, sondern vollständig.

Als İkmen am nächsten Tag schwer angeschlagen und leichenblass in sein Büro kam, fand er einen Zettel auf seinem Schreibtisch, mit der Bitte, Samsun Bajraktar anzurufen. Obwohl er sich nicht vorstellen konnte, was sie außer einem Katermittel von ihm wollte, rief er sie trotzdem zurück.

»Was ist los?«, fragte er, während er sich in eine beruhigende Wolke aus Zigarettenrauch hüllte. »Ich dachte, du wärst zu Hause und längst im Bett.«

»Ich bin auch zu Hause, Çetin«, sagte sie, »und ich werde mich auch gleich hinlegen, aber hast du schon einen Blick in die *Bügün* geworfen?«

»Machst du Witze?«, schnaubte İkmen, entsetzt, dass ein Mitglied seiner Familie auch nur den Namen dieses Skandalblatts kannte.

»Kannst du dir eine Ausgabe besorgen?«

»Möglicherweise hat eine der Dumpfbacken unten im Bereitschaftsraum eine Ausgabe.«

»Dann geh runter und frag nach!«, sagte Samsun. »Ich mach keine Witze, Çetin. Es ist wichtig.«

»Das will ich auch hoffen«, erwiderte er düster. »Ich muss nämlich die ganzen Treppen runter und – was viel schlimmer ist – nachher wieder rauf!«

»Ruf mich an, wenn du Seite drei aufgeschlagen hast«, sagte Samsun.

»Okay.« İkmen legte auf und machte sich tatsächlich auf den Weg, vermutlich weil er durch den Restalkohol und den Mangel an Schlaf sowieso nicht geradeaus denken konnte.

Es wäre untertrieben, wenn man behauptete, die »Dumpfbacken« im Bereitschaftsraum wären überrascht gewesen, als İkmen sie um ihre Ausgabe der *Bügün* bat, dieses Revolverblättchens mit seinen Storys über Brustvergrößerungen und Entführungen durch Außerirdische. Roditi, für den dieser Lesestoff eine wichtige Ergänzung seiner Phantasiewelt bildete, reichte İkmen die Zeitung mit einer Mischung aus Fassungslosigkeit und Unmut. Wenn jetzt schon jemand wie İkmen die *Bügün* las, dann musste die Welt verrückter sein als allgemein angenommen.

Zurück in seinem Büro, breitete İkmen die Zeitung auf seinem Schreibtisch aus und blätterte zu Seite drei. Eine unglaublich großbusige Frau starrte ihn an. İkmen griff zum Telefon und rief Samsun an.

»Okay«, sagte er, »ich habe Seite drei aufgeschlagen.«

»Dann sieh dir mal das Foto unter der Frau mit dem Silikonbusen an«, erwiderte Samsun. »Das mit dem Jungen und der alten Frau.«

»Der Welt größter Altersunterschied?«, las İkmen die Schlagzeile vor.

»Genau das«, sagte Samsun in zufriedenem Ton. »Er ist neunundzwanzig und sie eine neunzigjährige Witwe, ursprünglich aus Kars. Ihr verstorbener Ehemann war ein Baumwollbaron, ziemlich betucht, und jetzt heiratet sie diesen ...«

»Ist das denn irgendwie wichtig?«, fragte İkmen gereizt und griff nach der nächsten Zigarette.

»Ja. Wenn du dir mal die Bildunterschrift ansiehst, dann weißt du auch, wieso«, sagte Samsun.

İkmen warf einen Blick auf die Zeile unter dem Foto und verschluckte sich.

Samsun lachte. »Ja, genau, Çetin«, sagte sie, »das ist *der* Dhori Vlora, für den Fall, dass du Zweifel hattest. Hat er es nicht richtig weit gebracht im Leben?«

Die wichtigsten handelnden Figuren

Çetin İkmen – Inspektor bei der Istanbuler Kriminalpolizei

Orhan Tepe – Wachtmeister; sein Assistent

Mehmet Süleyman – Inspektor, früherer Assistent von Çetin İkmen

İsak Çöktin – Wachtmeister kurdischer Herkunft

Dr. Zelfa Halman – Psychiaterin; Freundin von Mehmet Süleyman

Dr. Arto Sarkissian – Pathologe und Freund von İkmen

Fatma İkmen – İkmens Frau

Ayşe İkmen – İkmens verstorbene Mutter, geb. Bajraktar

Halil İkmen – Steuerberater, İkmens älterer Bruder

Mustafa Bajraktar, genannt Samsun – İkmens Cousin

Ahmet Bajraktar – İkmens Onkel; Vater von Mustafa Bajraktar

Rifat Berisha – fünfundzwanzigjähriger Albaner, tot aufgefunden

Engelushjia Berisha – seine Schwester

Aliya Berisha – seine Mutter

Rahman Berisha – sein Vater

Angeliki Vlora – Albanerin, Mutter von Aryan, Mehti und Mehmet Vlora

İlhan Evren – Kunsthändler aus Bebek

Felicity Evren – seine Tochter

Ali (David) Evren – sein Sohn